『保元物語』系統・伝本考

原水民樹 著

和泉書院

目次

凡　例

一、各系統の本文引用は、特に断らない限り左掲の伝本に依る。
○文保本・鎌倉本・杉原本系統―彰考館文庫蔵本（古典研究会叢書『保元物語』汲古書院　昭和四十七、四十九年）
○文保・半井本系統―国立公文書館内閣文庫蔵半井本
○宝徳本系統―陽明文庫蔵宝徳三年奥書本（陽明叢書『保元物語』思文閣　昭和五十年）
○根津本系統―筑波大学附属図書館蔵根津文庫旧蔵本
○流布本系統―宮内庁書陵部蔵古活字版
○東大国文本系統―東京大学文学部国文学研究室蔵本
煩雑を避けるため、系統の語を省くことも多い。宝徳本系統の謂いで宝徳本と記す如くである。

二、系統間の異同についての言及は、必要と思われる場合を除いて、文保・半井本、鎌倉本、宝徳本、根津本、龍門本、流布本の主要六系統に限る。従って、諸系統と記す場合は上掲六系統を指し、杉原本、東大国文本、宮内庁書陵部蔵保元記などの後流系統は考慮の外とする。

三、活字本・翻刻本が公刊されている系統については、参考として、それらにおける該当本文の所載頁・行を末尾（　）内に記す。例えば（1―1）は、それが第一頁第一行にあるか、もしくはそこからはじまることを示す（章段名の部分なども行数に含める）。それら活字本・翻刻本は次の通り。
○文保本・鎌倉本―伝承文学資料集第八輯『鎌倉本保元物語』（三弥井書店　昭和四十九年）
○半井本―新日本古典文学大系『保元物語　平治物語　承久記』（岩波書店　平成四年）
○宝徳本系統―新編日本古典文学全集『将門記　陸奥話記　保元物語　平治物語』（小学館　平成十四年）
○根津本系統―『京都大学附属図書館蔵保元物語』（和泉書院　昭和五十七年）
○流布本系統―日本古典文学大系『保元物語　平治物語』（岩波書店　昭和三十六年）
○東大国文本系統―「東京大学文学部国文学研究室蔵『保元物語』―翻刻と研究―」（早稲田大学大学院文学研究科日本文学専攻中世散文

研究室　平成九年十月）

四、影印本が公刊されている伝本の本文引用に際しては、本文末（　）内に「影」の表示のもと活字本・翻刻本の場合と同形式で所載頁・行を示す。それら影印本は次の通り。

○彰考館文庫蔵文保本・鎌倉本・等覚院本・杉原本・京師本（古典研究会叢書『保元物語』汲古書院　昭和四十七、四十九年）

○学習院図書館蔵九条家旧蔵本（日本古典文学影印叢刊『保元物語　平治物語』日本古典文学会　昭和六十三年）

○東京大学国語研究室蔵『保元記』（東京大学国語研究室資料叢書『保元記　平治物語』汲古書院　昭和六十一年）

○陽明文庫蔵宝徳三年奥書本・陽明文庫蔵三巻本（陽明叢書『保元物語』思文閣　昭和五十年）

○九州大学附属図書館支子文庫蔵本（在九州国文資料影印叢書『保元物語』昭和五十四年）

○早稲田大学図書館蔵枡型本（早稲田大学蔵資料影印叢書『軍記物語集』早稲田大学出版部　平成二年）

五、本文引用に際しては、必要と思われる場合を除いて振り仮名は省略する。なお、振り仮名を採る場合、振り位置はできるかぎり原本に近づける。旧字・異体字は原則として現在通行の字体に改めるが、場合によりそのままとするものもある。

六、第二部においては複数の伝本の本文をまとめて示すことが多い。その場合、ある特定の一本で代表させ、伝本間の表記の相違や小字句の異同は原則として無視するが、並記する場合もある。その異同が例えば「山」と「やま」である場合、「山（やま）」と示す。ただし、「しつまらし」「しづまらじ」「静《しつま》らし」「静マラシ」など、伝本間で表記・振り仮名・送り仮名・濁音符の有無等様々の相違がある場合も「しつ（静）まらし」と示す。また、伝本間で文字の有無に異同がある場合は、該当文字を〔　〕で括る。例えば、「山」「山川」との異同がある場合、「山〔川〕」と示す。

七、小著にいう音節は音韻論的音節（モーラ）の意である。伝本間で本文の異同がある場合、いずれの伝本に依るか、また漢字の読み方によっても音節数にいくほどかの誤差が生じるが、各々の箇所で底本とした伝本に依る。従って、得られる数値は一つの目安に過ぎない。

八、引用書・引用論文の刊行年は元号で統一する。

九、『保元物語』以外の文献についての使用テキストは次の通りである。

『壒嚢抄』（原装影印版増補古辞書叢刊　雄松堂書店）
『吾妻鏡』（新訂増補国史大系　吉川弘文館）
『安藤系図』（続群書類従　第七輯上　系図部）
『今鏡』（講談社学術文庫）
『今川記』（続群書類従　第二十一輯上　合戦部）
『烏帽子折』（『謡曲二百五十番集』赤尾照文堂）
『大鏡』（日本古典文学大系　岩波書店）
『かけ正いかづちもんだう』（『古浄瑠璃正本集』第四　角川書店）
『甲子夜話』（東洋文庫　平凡社）
『義経記』（日本古典文学全集　小学館）
『愚管抄』（日本古典文学大系　岩波書店）
『くらま出』（『幸若舞曲集』臨川書店）
『源威集』（新撰日本古典文庫　現代思潮社）
『源平盛衰記』（中世の文学　三弥井書店）
『源平闘諍録』（講談社学術文庫）
『後三年記』（『後三年記詳注』汲古書院）
『今昔物語集』（日本古典文学大系　岩波書店）
『三国伝記』（中世の文学　三弥井書店）
『蔗軒日録』（大日本古記録　岩波書店）
『職原鈔』（新校群書類従　第四巻）
『白峯寺縁起』（香川叢書　名著出版）
『神皇正統録』（続群書類従　第二十九輯上　雑部）
『新編相模国風土記稿』（大日本地誌大系　雄山閣）
『神明鏡』（続群書類従　第二十九輯上　雑部）
『大日本史』（大日本雄弁会）
『太平記』（新編日本古典文学全集　小学館）
『東海道中膝栗毛』（岩波文庫）
『藤葉栄衰記』（続群書類従　第二十二輯上　合戦部）
『藩翰譜』（人物往来社）
『百錬抄』（新訂増補国史大系　吉川弘文館）
『兵範記』（増補史料大成　臨川書店）
『富家語』（新日本古典文学大系　岩波書店）
『藤崎系図』（続群書類従　第七輯上　系図部）
『平家物語』（延慶本）（勉誠社）
『平家物語』（覚一本）（新日本古典文学大系　岩波書店）
『平治物語』（第一類本）（新日本古典文学大系　岩波書店）
『保元平治軍物語』（『古浄瑠璃正本集』第八　角川書店）
『北条記』（続群書類従　第二十一輯上　合戦部）
『細川大心院記』（続群書類従　第二十輯上　合戦部）
『六代勝事記』（中世の文学　三弥井書店）
『八嶋』（『幸若舞曲研究』第九巻　注釈編　三弥井書店）
『和漢朗詠集』（日本古典文学大系　岩波書店）

序文

異本間における記述内容の異同の大きさが、軍記物語に接する人々をとまどわせてきた。『保元物語』もその例外ではない。近世期、これら作品群は史書として認識される面が大きかっただけに、詞句にとどまらず記述内容まで相違する異本群の存在は、そのいずれに信を置けばよいのかまことに厄介な問題であった。そうした点を当時としてはほぼ網羅的に整理したのが、水戸彰考館に依って作成された『参考保元物語』『参考平治物語』『参考源平盛衰記』『参考太平記』である。近代になると、いずれの形態がより本来的な姿であるのか、また、各異本は形成・変容史のどこに位置づけられるのかという体系論・諸本論に研究は向かう。

栃木孝惟氏は「軍記物語というジャンルに属する作品が、内容のかなりに異なる諸本を備える現象」について、『徒然草』が記す平家物語生成伝承を例に取り、「すでに生成の過程において、あるいは管理、伝播の過程において共同性、あるいは協働性をその本質として担う作品」の場合、後に「一つの管理圏の何らかの便益をも背負って、作品の質的向上、作品の面目の更新、さらには書き換え自体の面白さが望まれ、よろこばれた時、それをおしとどめる作品の原作者帰属の原理は」希薄であったろうと述べる[1]。ある種の軍記物語には、位相差の甚だしい異本を派生させる必然性が本質的に内包されていたことを示唆する言である。それにしても、異本作者（管理圏）の改作欲求とはいかなる類の情動なのだろう。一つの完成体として既に自立している著作物に対し、享受するだけでは飽きたらず、多大な労力を費やす改作へと駆り立てるその情熱は一体なになのか。『保元物語』の場合、異本作成の要因は概ね次の三点にまとめられるのではないか。

一、校訂　二、検証　三、いわゆる文芸的意図に根ざす改作

まず、一、校訂の意図による改作作業の場合、改作者の手元には既にそれ以前に成立していた複数の異本があり、それらを比較・検討しながら、より妥当と思われる本文を決定・採択し、結果としてさらに新たな一異本を生みだす行為といえる。この場合、異本作者に本来性への回帰（原態への遡及）志向があったか否か一概には言えないが、少なくとも、より妥当な本文に即こうとする意志（それがたとえ誤った判断であったとしても）は間違いなくあった。こうした意図により生み出された一つの典型を内閣文庫蔵賜蘆拾葉所収本に見る。

二、検証、については、『保元物語』のような歴史事実に材を求めた作品においては、かなり強い要因として働くのではないか。程度の差はあれ、大方の異本作者の意識するところだったろう。そうした事実考証・検証の姿勢が濃厚に現れている異本に鎌倉本がある。現在所在不明の岡崎本もまたそうした面を濃く持つ伝本だったようだ。

最後に、三、いわゆる文芸的意図に根ざす改作、であるが、これは異本作者の力量が問われる作業といえる。狂言綺語に過ぎないが、それを承知でなお文字言語の作り出す仮構世界に意匠を凝らす異本作者の心根をそこに見いだす。異本を異本たらしめる最大の要因であり、個性の強い異本の出現を支える改作理念とも言える。異本作者の創出による改作のみでなく、他文献を利用しての増補作業もこの中に含めて考えたい。

以上、異本が生まれる場合、上掲の三つの要素が要因あるいは目的として存在するのではないか。そして、この要素のいずれにより比重を懸けるか、その度合いが各異本の個性を決めるのだろう。ただ、数ある異本の中にはこの範疇で捉えきれないものもある。京師本系統や正木本系統は、宝徳本（金刀本）系統本文に、根津本（京図本）系統の為朝説話を付加した取り合わせ本である。もっとも、この場合も、異本を突き合わせて一方にない記事を他本によって補うのだから、校訂には違いない。

『保元物語』諸本は、戦前、高木武氏[2]・土橋寛氏[3]・高橋貞一氏[4]らの努力により発掘・分類され、その系統化の基礎が築かれた。以後、新たな写本が出現する一方で不明になるものもあり、異同が生じていたが、森井典男氏の先駆的な分類試案[5]を経て、昭和三十六年、永積安明氏[6]により、現存本が新たな体系のもとに分類・整理され、現在の基盤が確立した。氏の分類法は、文保・半井本系統を最古態第一類と見、諸本を左掲の如く全十類に整理する。

第一類　文保・半井本系統の諸本
第二類　鎌倉本
第三類　京図本系統の諸本
第四類　金刀本系統の諸本
第五類　京師本系統の諸本
第六類　正木本系統の諸本
第七類　竜門本
第八類　杉原本
第九類　流布本系統の諸本
第十類　その他の諸本（宮内庁書陵部蔵保元記）

この後、これを修正する形で、犬井善壽氏[7]により新たな分類が提示された。

宝徳本系統　保元記系統　杉原本系統　版行本系統　根津本系統　竜門本系統　康豊本系統　文保本系統

の八系統分類である。

犬井分類の特質並びに研究史上の位置については、既に栃木氏[8]・平野さつき氏[9]・高村圭子・羽原彩両氏[10]等により的確な把握がなされており、付け加えるべきものはない。犬井論を小著に必要な範囲でまとめるなら、「本文変化」

には「著作性本文形成」（構成・表現・思想の三点に関する、物語全体にわたる本文改変）と「書写性本文変化」（表記の改変・小さな意改・誤写・誤読・誤脱・訂正など、もっぱら所拠本をそのままに写すという書写態度において生じる本文変化）の二種類があり、氏の分類は「現存する諸伝本の範囲内で明らかにしうる『保元物語』の著作性本文形成の度数の確認」を目的としてなされたものという。この点、古態本文の追究、及び古態からの派生・展開の実相捕捉を主目的とする従来の分類法とはその目的・立場をいささか異にしている。ただし、犬井分類は永積分類に依拠・立脚している。呼称の相違はあるが、各系統の指し示す伝本群は、永積氏のそれとほぼ一致している。すなわち、宝徳本系統は金刀本系統に、版行本系統は流布本系統に、根津本系統は京図本系統に、康豊本系統は鎌倉本に、文保本系統は文保・半井本系統に各々相当している（竜門本・杉原本・保元記はそのまま）。結局、両者の分類法の唯一の相違は、永積分類における第五類京師本系統並びに第六類正木本系統を犬井分類では独立した系統とみなさず、宝徳本（金刀本）系統に配属している点であるといってよい。この処置については犬井氏自身による明快な説明がある。氏の見解によれば、京師本・正木本両系統は共に、宝徳本（金刀本）系統本文の末尾に根津本（京図本）系統の為朝説話を追加したに過ぎず、そこには「改作者流の著作性本文形成」が認められない。従って「特別に系統として独立させる必要はない」[11]。氏の論理からすれば、当然の処置ではある。もっとも、これらを宝徳本系統に組み入れることについて、氏自身多少の疑義を漏らしている[12]。

犬井分類の特徴は、系統立てそのものではなく、各系統に属する伝本群を精密に校合し、系統内部を系列に細分する作業を通して、系統中における最善本を認定、それをもって系統名とすることを提起したことにある。永積氏の系統命名には必ずしも明確な論拠が提示されているとは言いがたいのに比し、犬井氏のそれは論理的・自覚的な前進といえる。犬井分類については、追検証によってもその妥当性が実感される点が多い。が、疑問もある。以下、この点を述べる。

まず、「康豊本系統」との呼称であるが、永積分類では「鎌倉本」と称する。「康豊本」「鎌倉本」の呼称については、それぞれに来歴がある。「鎌倉本」なる呼称は、元禄六年（一六九三）刊行の『参考保元物語』に発する。一方、「康豊本」なる呼称は高木氏によりはじめて用いられ、高橋氏に引き継がれ（土橋氏は、鎌倉本（或、康豊本）と両称を併記）、犬井氏により復活した。該本の上・下巻奥には「保元物語〔下〕　上野介康豊／〔右〕以鎌倉相承院本写之畢」、中巻奥には「此一巻以鎌倉等覚院本写之畢」とあり、上・下巻と中巻とがその親本を異にすること（中巻は宝徳本（金刀本）系統本文）は周知である。犬井氏が、「鎌倉本」なる呼称を退けて「康豊本」との呼称に即いたのは、上・下巻が鎌倉相承院本の写し、中巻が鎌倉等覚院本の写しで、いずれも鎌倉本と呼び得る曖昧さを懸念したためで、上・下巻識語に見える「上野介康豊」による方が妥当と判断したものと思われる。指し示す対象（すなわち上・下巻）が明確であるという点を重んじれば、「康豊本」と称する方がより適正との感を抱く。ただし、『参考本』がその凡例に「此本第二巻闕」と記し、上・下巻のみを指して鎌倉本と称していることよりすれば、当初から概念は明白であり改称の必要はないとの考え方もある。古典研究会刊『保元物語』（汲古書院）解題はこの立場に立つものだろう。

次に、「版行本系統」なる名称について考える。永積分類で「流布本系統」と呼ぶ一類である。「流布本」なる語が概念の曖昧さ故に、学術用語としてふさわしくないとはよく言われる。通念としては、近世期に古活字版や整版等の形態で世に広く流布した伝本群を指しており、犬井氏が版行本系統と称することも故ないことではない。しかし、そう呼ぶためには解決しなければならない問題がある。該系統は、古活字版・整版並びに写本から構成される一類である。この中、版本は、古活字版第一種を源流とするとの川瀬一馬氏の説(13)が今に認められているが、写本は等閑視されてきた。それら写本の多くが版本からの直接もしくは間接の写しである現実からすれば、それもやむを得ないことだったかもしれない。しかし、少なくとも、大東急記念文庫蔵褐色表紙本・東京国立博物館蔵和学講談所旧蔵本・名古屋市蓬左文庫蔵朱色地絵表紙片仮名交じり本・三春町歴史民俗資料館蔵本は、版本の後流に立つものとして一蹴されるべき位置にはない。この事実は、突き詰めれば、版行のために新たな本文を作成したのか、あるいは当時存在した写本の中から版行に付すべくある一本を選んだのか、すなわち、原流布本が写本か版本かの問題に帰す。この点が明快にされていない現在（写本先行の可能性が高い）、該系統を「版行本系統」と称することにはなお疑念があると考える。

ついで、「根津本系統」なる名称についてであるが、永積分類は「京図本系統」とする。この系統に属する諸本の本文を対校・精査した犬井氏は、「京図本系統のより信頼し得る本文を再現するためには、教本（後、根津本と改める―原水注）を中心におくべきであろう」[14]と結論、該系統を根津本系統と呼ぶことを提唱した。[15]氏の分析は緻密で説得性に富むが、一方で氏自身も断るように、根津本は「誤脱という面ではやや難があ」り、系統諸本中、卓絶した本文を有しているとは言いがたく、消去法の結果残された伝本の色合いが濃い。「完全に信頼できる本はない」という状況の中、根津本の信頼性は多分に相対的である。また、該本には微細ながら固有の書き換えもいくほどか見いだされ、後出の要素が認められる。根津本本文の本来性がかなり相対的であることは、学習院大学日本語日本文学研究室蔵『忠光卿記』紙背断章の存在によっても明白である。該系統を根津本系統と呼ぶことにはいくぶんの不安がある。

以上、犬井氏の系統命名のいくつかについて私見を述べた。なお、「宝徳本系統」なる名称については、栃木氏が陽明文庫蔵宝徳三年奥書本・東京大学国語研究室蔵『保元記』・金刀比羅宮図書館蔵本の対校を踏まえた上で、「代表本文を決定する課題は、なお多くの問題を残している。[16]」と、慎重な発言をしている。さらに、系列名についても疑問がないわけではない。例として、宝徳本系統陽明本系列を取り上げるなら、確かに該系列は系統内で一つのグループをなしていることが認められる。しかし、系列名の由来である陽明文庫蔵三巻本は独自異文を多く持ち、系列中では個性の強い伝本である。独自性が濃い点では一系列を立てる意味はあるが、それが系列共通の個性ではないという点で、該系列を陽明本系列と呼ぶことにはなにほどかの疑義がある。

このように、犬井説については、系統・系列分類、系列の代表伝本の認定等において、さらに慎重な検討が必要とされるが、全体としては永積体系を一歩前進させたものとなっているため、小著では、暫定の域を出るものではないが、犬井分類を基盤として左のごとき諸本分類を試みるものである。以下、この分類により論を進める。

文保・半井本系統

鎌倉本

宝徳本系統

根津本系統

龍門本

流布本系統

杉原本系統

東大国文本系統

宮内庁書陵蔵保元記

久曾神昇氏蔵断簡

以下、伝本分類・系統化作業の意義並びに限界について記す。松尾葦江氏は『平家物語』の諸本について「今我々が純化してイメージしている覚一本、屋代本、延慶本等々が最初から純粋な本文として成立したわけではなく、混態を繰返して行く内にその個性が分岐して行き、いわば鎖のとびとびの環だけが不連続に残存している。(17)」と述べているが、『保元物語』の情況も『平家物語』とさほど変わるまい。一体どれほど多くの写本が闇に消えたことか。現存している写本はかつて生み出されたもののごく一部に過ぎないだろう。現存本のほとんどは、近世、それも江戸時代に書写されたものである。本文が大きく揺れ動いたのではないかと想像される鎌倉期のものは文保二年（一三一八）の奥書を持つ文保本のみである。その文保本も、文保二年以前に存在していた複数の異本の本文を混合することで成ったものだが、親本となった伝本の姿は明確ではない。また、久曾神昇氏蔵伝北条時頼筆断簡と同系の伝本は見あたらず、この系統の全容は現在には伝わっていないと思われる。今治市河野美術館蔵下条屋文右衛門旧蔵本・大阪天満宮蔵本・彰考館文庫蔵杉原本・静嘉堂文庫蔵京師本・大東急記念文庫蔵屋代弘賢旧蔵本・名古屋市蓬左文庫蔵平仮名交じり本・同朱色地絵表紙片仮名交じり本など、行間に校異が書き入れられている伝本がいくつか存在しているが、書き込まれた校合本文が現存本のどれとも一致しない事例が少なからず見いだされる。[18]こうした事実からも、失われた伝本が如何に多かったかが窺われる。とすれば、現在に伝わる乏しい写本を調査することから得られる結果はかなり危ういものかもしれない。

なお、分類・系統化作業により得られた結果が、物語の変容・異本派生の実相をさながらに写し出すわけではない。系統・系列という概念をあまり固定的に考えすぎると、かえって諸本展開の実状を見誤ることになりはしないか。系統分類とは、言ってみれば、共通本文を最大公約数の観点から処理したものにすぎない。量的には少ないが、その網目からこぼれ落ち放置される現象がある。例えば、宝徳本系統に属する伝本間における本文異同のすべてが、系統内部の問題として処理できるわけではない。系統という境界を越えて考えなければならない現象は少なくない。ある系統に属する伝本のすべてが系統原本というべき共通祖本を根元として、その埒内で純粋培養的に分岐・展開していったわけではない。そこに所属する伝本の多くは、直接あるいは間接の形で複数の他系統との想像を越えるほどに錯綜した交渉の中から生み出されたと思われる。また、空隙を仮想本文で埋めなければならない場合もある。一つの系統に属する伝本群の共通祖本としてのいわゆる系統原本を想定することは自明のように思われるが、一方仮想に過ぎないようにも思われる。そう考える時、系統（さらには系列）分類の作業も、諸本の展開・派生の実状を模索する一つの便法の域を大きくでるものではないと思われさえする。系列分類についてなお言えば、例えば、犬井氏は宝徳本系統内部を当初は三系列に分けたが、後に四系列に分類しなおしている。系統分類ましてや系列分類はその程度に流動的・便宜的なのである。分類・体系化が、本文の変容を把握する上で便利なことは言うまでもないが、あまり固定的に考えると、かえって実態を捉え誤ることにもなりかねない。自戒を込めて思う。

注

（1）「早大本『保元物語』の影印刊行に寄せて―軍記物語諸本問題一、二―」（早稲田大学蔵資料影印叢書『軍記物語集』月報26　早稲田大学出版部　平成二年）
（2）「保元平治物語の書史学的一考察」（「国語と国文学」3―10　大正十五年十月）、後に『日本精神と日本文学』（冨山房　昭和十三年）に補訂収録。
（3）「保元平治物語の一研究」（上）（中）（下）（「国語国文」3―6・7・9　昭和八年六、七、九月）
（4）「保元・平治物語の諸異本より流布本の成立」（上）（中）（下）（「書誌学」昭和九年一、二、四月）、後に『平家物語諸本の研究』（冨山房　昭和十八年）に収録。
（5）「『保元物語』の形成と発展―『語りもの』の形成に関する一試論―」（「国文論叢」8　昭和三十五年五月）、後に日本文学研究資料叢書『戦記文学』（有精堂　昭和四十九年）に採録。
（6）日本古典文学大系『保元物語　平治物語』解説、後に『中世文学の成立』（岩波書店　昭和三十八年）で補訂。
（7）『鎌倉本保元物語』（三弥井書店　昭和四十九年）解題中「『保元物語』伝本分類私考―康豊本系統と文保本系統の独立―」
（8）東京大学国語研究室資料叢書『保元記　平治物語』解題（汲古書院　昭和六十一年）
（9）「戦後『保元物語』研究史の展開―昭和の終焉まで―」（『保元物語の形成』汲古書院　平成九年）

(10)「東京大学文学部国文学研究室蔵『保元物語』―翻刻と研究―」(早稲田大学大学院文学研究科日本文学専攻中世散文研究室　平成九年十月)付載「諸本研究史」

(11)「宝徳本系統『保元物語』本文考―四系列細分と為朝説話追加の問題―」(『和歌と中世文学』東京教育大学中世文学談話会　昭和五十二年)

(12)永積分類でも、金刀本と京図本の取り合わせ本である蓬左文庫蔵平仮名交じり本・神宮文庫蔵賢木園文庫旧蔵本を京図本系統に属させている。解説にはその旨明記するが、一つの便法であり、実態に即した分類ではない。

(13)『増補古活字版之研究』(日本古書籍協会　昭和四十二年)

(14)「京図本系統『保元物語』本文考―二系列分類とその本文の吟味―」(上)(中)(下)(「国文学言語と文芸」60・61・63　昭和四十三年九、十一月、四十四年三月)

(15)注(7)の解題並びに注(11)の論文。

(16)注(8)の解題。

(17)「平家物語の本文流動―八坂系諸本とはどういう現象か―」(「国学院雑誌」96―7　平成七年七月)、後に『軍記物語論究』(若草書房　平成八年)に補訂収録。

(18)蓬左文庫蔵平仮名交じり本(前半は宝徳本系統、後半は根津本系統の取り合わせ本)を例に取るなら、「守《安福門イ》　門の前を通らせ給けるを」「六条堀《西洞院イ》　川の宿所へ行向て」「見物輩門　前　市《稲麻竹葦ノことしイ》　をなす」の各々の校合と一致する本文を持つ伝本はいまだ管見に入っていない。

第一部　『保元物語』系統考

第一章　文保・半井本系統

第一節　文保本並びに半井本の本文形成

はじめに

『保元物語』の諸本論・古態論については、永積安明[1]・栃木孝惟[2]・森井典男氏[3]が、ほぼ時を同じくして文保・半井本系統（以下、原則として半井本系統と略称）古態説を提出してから既に半世紀を越えた。確かに「金刀比羅本（宝徳本―原水注）にみられる最も完結した芸術的価値の世界」が「敢てくずされ」て半井本が生じたとは考えにくく、「素朴な実録性」を有する半井本系統から「物語を重点的・集中的に展開する構想力」を備える「統一的作品」としての金刀本系統（宝徳本系統）に変質したと捉える方が無理がないように思われる。そうした認識はほぼ定着しており、現在生み出される論文は半井本系統を古態とする立場から論じられるのが一般的だ。上掲三氏の所説に従う限り、宝徳本系統（金刀本系統）から半井本系統への流れを想定することは困難に思われる。ただし、宝徳本系統から半井本系統への流れを否定することが、そのまま半井本系統から宝徳本系統への流れを証明することにはならないこともまた事実である。私は半井本系統古態説を否定しようとしているのではない。宝徳本系統に比した場合、半井本系統には文飾や虚構化が少ない。また、素材とした史・資料が十分消化されないままに残されている点があること（「第三節　半井本に窺われる古態性」で述べる）からも、諸系統中、半井本系統に古態の残る度合いが最も濃いことはほぼ間違いないのではないか。しかし、該系統に見られる分散性・夾雑性が、その未熟さや構成意識の希薄さのみではなく、複雑な形成事情にも由来しているのではないかとの犬井善壽氏の提起(4)もまた看過することができない。以下、この観点から半井本系統の本文形成の実態を探る。

一　文保本の本文形成と龍門本

半井本系統に属する伝本は現在四部確認されている。その中、「文保二年八月三日書写了」の奥書を有する文保本は、中巻のみの零本ながら、書写年次の明らかな伝本としては最古のものである。永積氏は、文保本を半井本と同質の伝本と考えたが、犬井氏は、文保本中に見られる行間書き入れが「文保本書写当時、つまり鎌倉時代末期に存在した、異本との校合である」ことを証明し、そうした形の「文保本を、そこに書き入れられた校合さえも本文として取り入れることによって成ったのが、現存半井本の祖本である」と、文保・半井両本の関係を明らかにした。

両本についての上掲犬井氏の見解は至当と判断される。ただし、文保本の書き入れには、明らかに書写の際の誤脱を補なったものもあり、書き入れの各々について、どれが校合でありどれが誤脱の補塡であるか、その判別は必ずしも容易ではない。このことを確認した上で、書き入れの各々について具体的に検討する。参看する他系統は、鎌倉本・宝徳本・根津本・流布本・龍門本とする。

①　日吉社へ《御祈アテ》神《此暁モ》　筆御願書ヲ七条ノ座主宮へ奉給ケレハ（影58―6）（121―10）

当該部には二つの書き入れが存在している。左行間の「御祈アテ」は書写の際の誤脱を補なったものだろう。書き入れを補なわない場合、「日吉社へ（略）七条ノ座主宮へ」と、文脈に屈折を生じることよりそう判断される。右行間の書き入れ「此暁モ」については、同語が宝徳本に見いだされることを犬井氏が指摘しているが、龍門本にも、また、

ひよし山わうにきせいし奉らせ給ひけり此あかつきもしん筆の御くハんしよを七条のさす宮へたてまつらせ給ひたりけれは

と見えている。ただ、当該書き入れが誤脱の補塡か校合であるかは分からない。

② 為義忠正カ子共命ヲ惜トモミヘサリケレトモ　無《山王ノ御計ニヤ》　程敵ヲシエタケラレシ事（影58―9）（121―12）

書き入れが誤脱の補塡か校合であるかは分からない。他系統では、「さんわうやくハんくんに入かハらせ給ひたりけん」（龍門本）、「山王七社や官軍ニ入替せたまひけん」（宝徳本）（影529―5）（312―9）、「されは山王七社も官軍の方に立かけらせ給けるにや」（流布本）（370下4）と、根津本以外の系統に、文章は異なるが書き入れの趣旨に近い記述が見える。

③ イカナル事モヤアラン　スラン《今夜モステニアケナントス心ウシトモ》《ヲロカナリ》。知足院ノ方へ渡奉ケルカ（影61―4）（122―13）（左行間の「ヲロカナリ」は、右行間の書き入れが「心ウシトモ」で行末となるため、左に続けたもの）

書き入れが誤脱の補塡か校合であるかは分からない。他系統では、少し位置が異なるが、「けふ《こよひ》も明なんとす」（宝徳本）（影537―5）（316―14）、「夜も既に明ぬ」（根津本）（56―2）と、書き入れに近い記述が見える。龍門本には当該章段そのものが存在しない。

④ 院ハ武士ニ守ラレテ御心ト、ムル事マシマサ、リケレトモカウコソ思召ツ、ケ、ル思キヤ身ハ浮雲ニ成ハテン嵐ノカセニマカスヘシトハウキ事ノマトロム程ハワスラレテサムレハ夢ノ心地コソスレトソアソハシケル

（影63—2）（124—2）

右掲文はすべて行間書き入れである。断片的な詞句や文ではなく、ひとまとまりの記事である点が他の書き入れと異なる。他系統では、根津本以外の龍門本・鎌倉本・宝徳本・流布本が相当記事を有している。当該書き入れについては、犬井氏により校合である蓋然性の高いことが説かれている。

⑤　陸奥《足利イ》新判官義康（影67—3）（126—5）

「足利」が校合であることは「イ」の表示より明白である。当該部、校合である書き入れと一致するのは根津本「足利判官義康」（60—14）であり、文保本の本行本文と一致するのは龍門本・宝徳本・流布本である。

⑥　義朝申ケルハ《今度勲功ノ賞ニハ卿相ノ位ニ昇トテモ難アルヘキニアラス》。此官ハ先祖多田満仲法師カ始テ罷成テ候ケレハ（影67—4）（126—6）

書き入れが脱文の補塡か校合であるかは不明。他系統では、宝徳本に「しかれは従（ママ）卿相の位ニ昇といふとも誰か可傾申」（影527—7）（311—11）と、書き入れに近い文が見いだされる。

⑦　義朝ヲ左馬頭ニソ被成ケル《サテコソ憤ヲヤスメケル》。（影68—2）（126—12）

他系統では、龍門本のみが、

よしともをさまのかみになされけるさてこそハいきとをりをはやすめける

とし、文保本の書き入れと一致する記述を持つ。ただし、文保本の書き入れが校合か書写の際の脱文等を補なったものかは分からない。

⑧　十二日左大臣殿（ア）《未死終給ハス》。猶目許ハ□□キ給ケリ（イ）《ワッカニノ給事トテハ入道殿ニミエ奉リ見奉テ死ハヤト被仰ケレハ承ニツケテ悲カリケレハイカニト》富家殿ニ限ノ御有様ヲミセマイラセントテ《シテ南都マテ渡奉ヘシトハオホヘネトモ若伝事モ有ハ》昨日ノ如ク車ニ乗奉リテ嵯峨ヲ出ルニ（影68—2）（127—1）

該部については、行間書き入れを除いてたどる本文に「何等の飛躍や乱れがない」こと、書き入れに近い詞句が根津本に見えることが犬井氏により指摘されている。根津本における相当部を掲出する。

七月十三日まで左大臣殿(あ)いまた事きれさせ給す(い)たゝ仰らるゝ事とてはあハれ入道殿を今一度見まゐらせて心安しなはやと仰られけれハ御供に候ける人々若や御対面もあるとて御車にかきのせ参らせてさかをとほらせ給ふ程に（61—9）

氏の説くように、確かに根津本の（あ）は文保本の書き入れ（ア）に、（い）は同じく（イ）に近似している。ただし、根津本よりさらに文保本の書き入れに近い本文を持つ伝本がある。龍門本である。該本は、

(あ)さ大しんとのいまたしにはて給ハす(い)たゝの給ふ事とてハあはれ入道殿を見奉り見えまいらせはやとそおほせけるを承るに付てもかなしかりけれはいかにもしてなんとまてわたし奉るへしとはおほえねどもしやつたいゆく事もやあるとて御車にかきのせ奉りむめつのかたへやりゆく

と記す。対応部を同じく（あ）（い）の符合を打って示したが、龍門本は根津本より一層文保本の書き入れに近似している。また、文保本の書き入れに相当する本文のみを有し、文保本の本行本文「猶目許ハ□□キ給ケリ」「富家殿ニ限ノ御有様ヲミセマイラセントテ昨日ノ如ク」に相当する記述を持たないが、文脈上の難点はない。両者の関係については蓋然性として二様の解釈があり得る。ひとつは、龍門本が、その本文形成に当たって文保本の本行本文を捨て、書き入れのみを採用したとする捉え方、いまひとつは、文保本が書き入れに利用した伝本が龍門本と少なからぬ親縁性を有するものであったとする捉え方である。この場合、後者の把握を穏当とすべきだろう。書き入れのみを連ねて脈路の通った文章ができあがる可能性は低いからだ。見方を変えれば、龍門本本文の存在は、該箇所における文保本の書き入れが「書写の際の脱文等を直後に補ったもの」ではなく、校合であるとの犬井説の妥当性を裏付けることにもなる。他系統では、宝徳本・流布本が文保本の本行本文に近い本文を持つ。

⑨　明ル十三日ニ木津河ニ入テ作ノ森ノ辺ニシテ図書允俊成シテ富家殿ニ今一度御対面申サセ給ハントテワタラセ給テ候限ノ御アリサマ御覧セラル

ヘキヨシ被申タレトモ（影68―9）（127―6）

龍門本は、相当部を、

き津にそつきにけるつしよのかミとしなりといふさふらいをもて入道殿へまいらせらるとしなりはしり参りて今一度見まいらせんとてわたらせ給ふと申けれは

とする。傍線で示すように、龍門本には文保本の書き入れに近似する本文が存在する一方で、文保本の本行本文「限ノ御アリサマ御覧セラルヘキヨシ」に相当する記述がない。この場合も、文保本の本行本文と、相当部を含む龍門本の本文にはかなりの懸隔が認められることより、龍門本が、文保本の書き入れのみを採って本文を形成したとは考えにくい。当該書き入れもまた校合と認識される。そして、その書き入れに用いられた伝本は龍門本と何らかの関係を有するものであったと推測される。他系統では、根津本が、

木津川につかせ給ひて図書助俊成と云ものを御使にて入道殿へ申て若御対面や候へきとて是まてこそいらせ給ひて候へと申けれハ（61―15）

と、類似本文を伝えるが、他は「木津ニ留りぬ明十三日柞の森に《（ママ）》辺より図書允俊成をもつて富家殿ニ被告申たりけれは」（宝徳本）（影545―5）（320―14）、「木津へ入給ふ（略）柞の森の辺より図書允俊成をもて興福寺の禅定院におはします入道殿に此由申たりけれは」（流布本）（372上3）と、異なっている。

⑩　左府ウチウナツカセ給テ御気色カワラセ給テ御舌ノ崎ヲクヒキリ・ハキ《（チヲ）》出サセ給（影69―8）（127―12）

龍門本の本文は文保本の本行本文と同じで、書き入れに相当する語を持たない。この場合も、書き入れの「チヲ」が誤脱の補塡か校合であるかは分からない（ただし、当該書き入れは本行とは別筆か）。他系統では、根津本が「なかるゝちをふきいたさせ給ひけるハ」（62―8）と、「ちを」の語を持つ。

⑪　大臣誅ヲウル事天笠《（ママ）》震旦ハアケテカソウヘカラス《ルニ不及》（影72―10）（129―8）

龍門本・宝徳本・根津本は文保本の本行本文と符合し、流布本は固有。書き入れと一致する系統は見あたらない。該書き入れが校合であることは論を待たない。

⑫　御所中ノ男《上》女《下》□□見奉テ袖ヲシホラヌハナシ（影73―11）（130―2）

相当部、龍門本は、

御しよ中上下なんによ是をみて袖をしほらぬそなかりける

とし、傍線で示すように、文保本の書き入れと同じ語を持つ。当該書き入れが誤脱の補塡か校合であるかは即断できないが、記載形態からすれば校合の蓋然性が高いか（ただし、当該書き入れは本行とは別筆か）。他系統では、根津本が「男女のたくひ」（64―7）とするが、宝徳本・流布本は表現が異なる。

上掲の①〜⑫が、文保本中、龍門本との対校が可能である部位に存在する書き入れの全てである（欠脱の補塡であることが明白なものは除く）。書き入れと符合もしくは類似記述が存在する系統を示すと、①龍門本・宝徳本、②龍門本・宝徳本・流布本、③宝徳本・根津本、④龍門本・鎌倉本・宝徳本・流布本、⑤根津本、⑥宝徳本、⑦龍門本、⑧龍門本・根津本、⑨龍門本・根津本、⑩根津本、⑪なし、⑫龍門本、となる。これを見る限りでは、書き入れと一貫して符合する本文を有する系統は存在しない。ただ、校合であることが明らかかもしくはその蓋然性が高い書き入れの中⑤⑧⑨⑫（⑫は考慮の外に置くべきか）については、龍門本・根津本の本文が文保本の書き入れに近い（⑤は根津本のみ、⑫は龍門本のみ）。特に⑧⑨については各々の項で述べた如く、龍門本との間に同文的類似が見いだされ、このことより、文保本の校合に利用された伝本の形姿は、現存本に徴すれば龍門本に最も近いとの推定が可能になる。ただし、その一方で、書き入れに相当する語が龍門本に見いだされない事例もあり、文保・龍門両本の関係に一貫性が認められない。その理由のひとつは、文保本が校合に使用した伝本と現在の龍門本との懸隔に求められるだろうが、それだけではないように思われる。

以下、この点を文保本の本文形成の面から考える。文保本には、本文が墨線で消去されている箇所がいくつかある。この本文消去に注目した犬井氏は、それが「二度に渉って同じ本文を写し、その前の方を消去し」たものであるとの見解を示した。その際、消去部分と再出部分とが完全に同文ではないことを根拠として「文保本はその親本に忠実に書写されたものではなく、かなり自由に本文を変えながら書かれた面」があったと推定した。慧眼であるが、私の推測をつけ加えるなら、その書き換えのあり方は、「かなり自由に本文を変えながら書」いたにとどまらず、複数の伝本の本文を混合するものでもあったのではないか。すなわち、文保本は親本を複数有し、それらの本文を、ある箇所では本行本文として、ある箇所では校合として行間に書き入れるという方法を取ったのではないか。そのように推測しえる根拠を以下に示す。

① 面ニ立タル◦《弟》伊藤五伊藤六トテヲト、イアリ伊藤六ハ生年十七歳死生不知ノ兵ナリ萌黄匂ノ腹巻鎧ニ（略）鹿毛ナル馬ニ貝鞍ヲイテノリタリケリ伊藤六カ鎧ノヒ《ムナイタ》　キアワセヲトヲル矢（影10―3）（97―10）

◦印をもって補入されている「弟」は意味をなさない。また、傍線部は伊藤六に関する説明を主としており、戦闘の経緯を語る文脈を中断させる存在となっている。傍線部をとばして「面ニ立タル◦《弟》伊藤六カ鎧」とたどる時、その文脈はなだらかで、またこの文脈においてはじめて、補入された「弟」は存在意味を持つ。なお、傍線部のはじめ「伊藤五伊藤六」の「五」の文字は不自然な形をしており、最初書いた別字を上から「五」とのぶとく訂正したような痕跡がある。さらに「五」に続く「伊」の字も「カ」の上に重ね書きされているようである。最初「伊藤六カ」と書いたものを「伊藤五伊」と書き改めたのではないか。文脈としては「面ニ立タル◦《弟》伊藤六カ鎧」とあるのが妥当だから、文保本筆者は最初「面ニ立タル。伊藤六カ鎧」と書いたが、その時点で主拠した親本には存在していない伊藤六に関する説明を他の伝本を以て補うことに思い及び、「伊藤六カ」を「伊藤五伊」と改めることで、本行に取りこんだのではないか。ただし、現存系統中に傍線部に相当する記述を持つものはみあたらない。

②　伊藤六カ鎧ノヒ《ムナイタ》　キアワセヲトヲル矢ツ、イタル伊藤五カ射向ノ袖ニソウラカイタル（影10—6）（97—12）

「ヒキアワセ」に傍書された「ムナイタ」は校合と考えてよい。両者は鎧の異なる部位の名称であり、併存できない性質のものだからだ。この場面に続いて伊藤六の死を伊藤五が清盛に報告するところでは、

是ハ伊藤六カムナ板射通テ某カイムケノ袖ニ裏カキテ候（影10—12）（98—1）

とあり、ここでは前に校合として傍書されていた「ムナイタ（ムナ板）」が本行本文となっている。この現象は、文保本筆者が、前に校合に用いた伝本の本文を後では本行本文として取りこんだために生じた矛盾と見られる。

③　後ナル御堂ノ門ノ扉《ホウタテノ板ニィ》　ヲ　ノ中過テソ射通シタル（影33—5）（108—13）

上掲文に先立つ戦闘場面には義朝が「ホウタテニウシロヲアテ」部下達に下知していたことが見え、後続の記述中にも、この矢を「下野守ノ甲ノ鉢イケツテ門ノホウタテノ板ニ射タテタル矢」と説明している。これらの記述に依るなら、為朝の放った矢は門の「ホウタテノ板」に立っていなければならないが、上掲文ではその矢は「門ノ扉」を射通しており記述に矛盾がある。この場合、前後の記述と照応するのは校合として傍書された「ホウタテノ板ニ」である。この事実は、該当部と他の箇所とでは本行本文として取りこんだ伝本が異なっていたことを示すと考えられる。他系統では、流布本が方立、宝徳・根津本が扉に射立ったとする。

文保本が複数の親本を有していただろうと推定するもう一つの根拠、それは犬井氏の指摘した、消去本文とその再出部分との関係の有り方に求められる。山田是行の鞍に射立った為朝の矢に恐れをなす鎌田正清の言を義朝が打ち消すくだりを、

トコナル凡夫境界ノ物ノ冑武者ヲハ鞍ナカラ是ホトイヘキ八郎ハ今年ハ十八カ九カニコソ成ト覚レ筑紫ソタ

チエテカチ立ハヨカルラン正清一アテアテ、ミヨ（影21―10）（103―6）

と記す。義朝の命を受けて為朝に挑んだ正清は、為朝に追撃されほう〳〵の態で逃げ帰り、為朝の「軍立」の「ケワシサ」を義朝に報告する。その義朝の反応を、

只正清カ思ナシソ八郎ハヨク〳〵カソウレハ今年ハ十八ニナルトコソナルト覚ユレ勢ハ大キナリトモイマタ身ノ力ハツノルマシ筑紫ソタチノ者ニテ遠矢ヲイナラヒ大刀ツカウ様ハシリタルランカチタチハヨクトモ馬ノ上ニテ押並テクマン事ハ相模若党ニハ争カマサルヘキ（影25―8）（105―3）

と記す。後者の傍線部が前者の消去部に相当しているが、後者ではそれが散在しており前者と完全に同文ではない。犬井氏はこの現象を文保本では「かなり自由に本文を変えながら書かれた」故の結果と解釈しているが、宝徳本には、「その冠者今年八十七か八かにそ成覧と覚《ル》れさまてハやはつのるへき鎮西そたちなれハ歩立ハよかる覧」（影466―6）（285―6）と、文保本の消去本文と類似する本文が存在している。この事実を考慮するなら、消去本文と再出本文とが完全には同文でない事実は、必ずしも文保本筆者の自由な書き換えのみに起因しているとは限らないのではないか。文保本形成の時点で、消去本文に近い形態を持つ伝本があり、その本文を文保本筆者は取りこんだが、後に別種の伝本から同内容の記述を取りこんだため、内容上の重複をきたし、それに気づいた筆者が一方を削除したと考えることも可能ではないか。

文保本が複数の親本を有し、それらの本文を適宜混合することにより形成されたとの仮説が成り立つなら、前述した、龍門本の本文が文保本の本行本文、校合と見なされる書き入れの両方に符合もしくは近似している理由が納得されるだろう。その場合、龍門本は、文保本の形成に与った一親本の形態を多少なりとも今に伝える伝本と考えることが許されよう。ただし、文保・龍門両本を対照しえる部位は局限されている。具体的に示すと、「朝敵ノ宿所焼キ払フ事」の一部、「勅ヲ奉ジテ重成新院ヲ守護シ奉ル事」（ただし、行間書き入れ）、「関白殿本官ニ帰復シ給

フ事付ケタリ武士ニ勧賞ヲ行ハルル事」の一部、「左府ノ御最後付ケタリ大相国御歎キノ事」の各章段が該当する（文保本・半井本・龍門本共に目次・章段区分はないが、新日本古典文学大系本に付されている章段名に依る。以下同）。

このように、両者を対校できる部位が限られているのは、文保本が中巻のみの零本であること並びに龍門本の上巻頭より中巻半ばすぎまでが宝徳本系統の本文であることに因る。

上掲章段における文保本の本文は各部で親疎の差はあるものの、全体としては龍門本の本文に近似している。具体的に述べれば「関白殿本官ニ帰復シ給フ事付ケタリ武士ニ勧賞ヲ行ハルル事」（一部）は酷似、「左府ノ御最後付ケタリ大相国御歎キノ事」も近似、「朝敵ノ宿所焼キ払フ事」（一部）にはさほど緊密な類似は認められないが全体的に大異がないという点で諸本中龍門本に最も近い。結局、現存系統中から文保本に最も近接度の高いものをあげるとすれば龍門本が該当する。この事実とすでに得た知見（文保本は龍門本に近い形態を有する伝本を親本の一つとしただろうとの推定）とを考え併せるなら、少なくともこれら章段群においては、文保本は龍門本に近い形態を有する伝本に主拠したことになる。もちろん、子細に見れば文保・龍門本間に異同のある部位も少なくないが、文保本が複数の親本を有していたとすればそれも当然だろう。

以下、文保本における本文混合の実状について考える。その際、手掛りとなりそうな部位が、前掲した⑧である。該当部をより広範囲に掲出する。

十二日左大臣殿。(ア)未死終給ハス猶目許ハ□□キ給(イ)ワツカニノ給事トテハ入道殿ニミエ奉リ見奉テ死ハヤト被仰ケレハ承ニツケテ悲カリケレハイカニトシテ南都マテ渡奉ヘシトハオホヘネトモ若伝事モ有ハケリ富家殿ニ限ノ御有様ヲミセマイラセントテ昨日ノ如ク車ニ乗奉リテ嵯峨ヲ出ルニ釈迦堂ノ前ニテ僧徒アマタ出来テ御車ヲ留マイラス様〱ニ乞請テ梅津ニユイテ帷ヲ賃ニカイテ小船ニ艘借テクミ合テ柴切入テ木コリ舟ト号シテ下ス日クレニケレハ鴨河尻ニソト、マリケル明ル十三日ニ木津河ニ入テ柞ノ森ノ辺ニシテ図書允俊成シテ富家殿ニ限(ウ)今一度御対面申サセ給ハントテワタラセ給テ候ノ御アリサマ御覧セラルヘキヨシ被申タレトモ中〱ミタテマツラシト被仰ケル御心ノコソ推量ルレ東北院ノ律師専覚ヲ尋ラルレトナカリケレハ松室(エ)走出テモ迎マイラセタク思食サレケレトモ余ノ心ウサニ何トテカ入道ヲモミントモ思ヘキ入道モミントモ思ハヌヲヤレ俊成ヨ氏長者タル程ノ人兵杖ノサキニカヽル事ヤハアルサ様ノ不運ノ者ニ対面セン事コツナカリナム目ニモミヘ音ニモ聞ヘサラン方ヘ可行ト被仰テ御涙ニ咽給ケル

（文保本）（影68―2）（127―1）

さ大しんとの(あ)いまたしにはて給ハす(い)たゝの給ふ事とてハあはれ入道殿を見奉り見えまいらせはやとそおほせけるを承るに付てもかなしかりけれはいかにもしてなんとまてわたし奉るへしとはおほえねとももしやつたいゆく事もやあるとて御車にかきのせ奉りむめつのかたへやりゆくさかのほとりをとをりけるにしやかたうのミなミのもんにてそうとも四五人いてきたりてあやしミとゝめ奉りけれはさま〳〵にこしらへて車をゆるされてむめつへわたし奉る小舟をかりてのせ奉りしばの葉なとをとりおほい奉りてをしくたしき津にそつきにけるつしよのかミとしなりといふさふらいをもて入道殿へまいらせらるとしなりはしり参りて(う)今一度見まいらせんとてわたらせ給ふと申けれは(え)はしりも出むかひてむかへまいらせたくおほしけれともあまりのこゝろうさになにとしてか入道を見んとおもふへき入道も見えん共おもハぬものをやれとしなりうちのちやうしやにいたる人のやにあたてしぬる事ハなきそさやうにふうんのものにたいめんせん事こつなかりなん目にも見えすをとにもきこえぬかたへゆけといふへしと仰ありて御なみたにむせはせ給ひける（龍門本）

文保本には三箇所の行間書き入れが存在しているが、これらが校合であろうこと、その校合と近似する本文が龍門本に見えることは前に見た。当該部については、龍門本に近い形態の親本が文保本の本行には用いられず校合として利用されたであろうことより、文保本が主拠したのは龍門本に近いものではない別の伝本であったろうことが推定される。書き入れ（イ）に相対する文保本本行部の一節「富家殿ニ限ノ御有様ヲミセマイラセントテ」が同じく本行部の後続記述「富家殿ニ限ノ御アリサマ御覧セラルヘキヨシ被申タレトモ」と対応していることからも、このあたりの本行本文が同一の親本からのものであったことが推測される。

文保本に見られる、「日クレニケレハ鴨河尻ニソト、マリケル明ル十三日ニ」と、その途中一夜を明かした旨の記事、さらには「杵ノ森」の明記が龍門本にない点など（夜を明かした記事と「杵ノ森」の語は宝徳本・流布本にも見えるが、根津本には龍門本と同じく存在しない）、龍門本の本文と文保本の本行本文との間にはかなりの径庭があるが、より厳密に言えば、それは傍線部（エ）「走出テモ」の直前までであり、「走出テモ」を起点として文保・龍門本間の類似はそれ以前とは異なり突然緊密になる。つまり「走出テモ」の前後で文保本の本行本文と龍門本の親疎度が大きく相違している。松本隆信・長谷川端氏も指摘するように、(5) 文保本の「走出テモ」以降の文章はその前の一文と滑らかに接合しているとは言い難い。「走出テモ」以降の忠実に関する描写はその直前の文「中〳〵ミタテマツラシト被仰ケル御心」の内容を具体的に記したものである（ただし、表現は適切ではない。「中〳〵ミタテマツラシ」は、頼長との対面を拒否した忠実の言もしくはその趣旨を記したものと考えられるが、そうであれば、子息頼長に対する忠実の行為に謙譲語を使用していることになり、不適切）。「走出テモ」を狭んで前文は後文の要約的な存在となっており、内容的に重複している。前文か後文のいずれか一方があればことたりる。従って、本行本文「中〳〵ミタテマツラシト被仰ケル御心ノコソ推量ルレ」（前文）をとばして、書き入れ（ウ）「今一度御対面申サセ給ハントテワタラセ給テ候」（と申しければ）から直ちに「走出テモ」以降に続ける方が文脈はむしろすっきりする。事実、龍門本・根津本などこの形を取る系統が存在してもいる。

このことより、「中〳〵ミタテマツラシ……」との一文とそれに後続する「走出テモ」以降の記述は、元々同一本の本文ではなかったのではないかとの疑念が生じる。しかも、この部位を境として文保・龍門両本の親疎が大きく変わる、すなわち、それ以前では龍門本は文保本の書き入れと一致するが、以降では逆に本行本文に近似するという現象を考え併せる時、この部位を起点として文保本が主拠本を取り換えたと考えられるのではないか。こう考えれば、書き入れ（ウ）から本行部「走出テモ」以降へと文脈をたどっても不自然さのないことが納得できる。該当部には文保本における本文混合の痕跡が残されているのではないか。

右の場合ほど規模は大きくないが同様な事例がもう一箇所存在する。一五頁に②として掲げた部位である。

為義忠正カ子共命ヲ惜トモミヘサリケレトモ　山王ノ御計ニヤ無　程敵ヲシエタケラレシ事法験モ目出ク王威モヲソロシ（文保本）（影58―9）（121―12）

ためよしたゝまさか子共いかにもいのちをゝします見えけれともさんわうやくハんくんに入かハらせ給ひたりけん風のまへのちりのことくちりうせぬ（龍門本）

文保・龍門本を対比すると、文保本の書き入れ「山王ノ御計ニヤ」を境として、その前後で両本の親疎に変化の生じていることがわかる。すなわち、前部では文保・龍門本が近似するが後部では相違している。とすれば、該箇所についてもまた書き入れ「山王ノ御計ニヤ」あたりで文保本は主拠本を取り換えた蓋然性が考えられるのではないか。相当部を他系統に見ると、宝徳本「山王七社や官軍ニ入替せたまひけん」（影529―5）（312―9）、流布本「山王七社も官軍の方に立かけらせ給けるにや」（370下5）は、龍門本と同趣旨の本文を伝えている。さらに、流布本には「朝敵は風の前の塵のことく」（370下7）と龍門本に似た句も見えている。

二例ではあるが、文保本がその形成にあたり主拠する伝本を途中で取り換えたのではないかと推測される部位を示した。その場合注目したいのは親本交換がなされたかとおぼしきあたりに書き入れが存在している事実である。

一体、文保本中に数多く見られる行間書き入れは如何なる性格のものであるのか、以下そのことを少し考える。それらは三種に類別され得る。第一は本行本文の欠脱を補ったもの、第二は本行本文の形成に用いた親本とは別の親本の本文を記したもの、第三は第二と同じく親本間の異同を記したものではあるが、単なる校異ではなくその書き入れを本行に取りこんでもさしつかえないものである。後二者は校合の二つの様態として理解される。各々の実例を一つずつ示す。

① 左《府》。前後ニ迷給ケリ（影49―4）（116―11）

② クケイノ板《弓手ノ草摺ヌイサマニコソトヲリタレ》ヲヌイサマニシタ、カニコソ仕レ（影20―1）（102―6）

③ 其内ニムナ矢トテハ下野守ノ甲ノ鉢イケツテ門ノホウタテノ板ニ射タテタル矢ト大庭平太カ膝ノ節射切テ馬射殺シタル矢ト《惣門ニ射止タル矢ト》。是三《筋》。コソアタ矢ナレ（影50―4）（117―5）

①が本行本文の欠脱を補ったもの、②が校合であることは説明の要もないが、③については検討が必要である。為朝が合戦に射た四十九本の矢のうち「アタ矢」がわずか三本であったことを記す部位だが、該箇所については犬井氏に詳察がある。氏によれば、文中「是三《筋》。」の「三」は最初「二」と書いた上に一本を加え「三」と改めた形跡がある。その改変の理由は、書き入れ「惣門ニ射止タル矢」を加えることによって「アタ矢」の数が二本から三本になるために「二」を「三」としたものである。しかし、為朝が後代への語り草として惣門に鏑矢を射とどめる場面は右の記述より後に細字書き入れで加えられており、後に登場する矢を前もって数えあげるという過失を犯している。結局、この事実は、文保本が校合とみなされる「『惣門ニ射止タル矢ト』を加えて『ムナ矢』の数を『二』から『三』に改めた点までは無難であったが、実はこの矢が本文の記事としては無いことに気付き、これを後方に書き入れたのであって、大きな不手際を生じ」たと理解されるとの旨である。該箇所における文保本の様態については犬井氏の見解に従うべきだろう。留意すべきは、本行本文が依ったとは異なる伝本を用いて記されたと見られる「惣門ニ射止タル矢ト」の記述が文保本筆者に本文の一部として意識されている事実である。該書き入れが単に異本間の相違を行間に書きとどめたものであるなら、本行本文の記す「ムナ矢」の数を「二」から「三」に改める必要はない。然るに、当該書き入れに対応させるべく本行本文に修正を加えている事実は、文保本筆者が当該書き入れを本文の一部として認識していたことを意味する。

以上のように、文保本の行間書き入れはその性格より三類別されるが、これら書き入れの各々についてそれが欠脱の補塡か校合かの判別が必ずしも容易でないことは既に見た。判別を困難にしている原因の一つは文保本が複数の親本本文を混合して成った混合本であることに求められる。底本が一定していない混合本について、行間に加えられた書き入れを、それがないと文意が通じない場合及びそれを本行にとりこむと文脈に矛盾を生じる場合を除いて、誤脱の補入か校合か見極めようとすること自体意味のないことかもしれない。例えば前掲の「左府ノ御最後付ケタリ大相国御歎キノ事」の一節「十二日左大臣殿《未死終給ハス》。猶目許ハ□□キ給ケリ」の場合、本行本文と行間書き入れとが各々別の親本に依ったろうことが龍門本の存在によって推定され、その意味において書き入れは校合と理解される。ただそれが純然たる校異として行間に記されているのか、本行本文を補うものとして付加されているのかは必ずしも明らかではない。「左大臣殿」の下に書き込まれている。印を書き入れの入るべき位置を示すものと考えれば、それは本行本文を補うものとして記されていることになる。大体において、文保本は、本行中に取りこんでも矛盾の生じない書き入れについては。印をもってその入るべき位置を指示しているようだ。おそらくのところ、文保本筆者は、依拠した複数の親本の異なる形姿のいずれをも伝えようとの意図を持っており、書き入れを本行に組みこんでも矛盾の生じない場合は。印をもって挿入箇所を示し、矛盾の生じる場合には単なる校異として示したということではないか。

ある種の書き入れ（誤脱の補塡ではなくそれを含めずに文脈をたどっても飛躍や矛盾の生じない類）を右のように認識できるなら、文保本がその本文形成に際して親本の交換をなしたとみなされる周辺に書き入れが存在している事実を以下のように解釈し得るのではないか。依拠伝本を適宜取り換えながら本文を綴る作業は相当な困難を伴うものだろう。異種本文を綴りあわせてゆくわけだから、文脈に齟齬が生じないよう配慮する必要がある。しかし、その上でもなお結果的には本行のみの記述ではものたりないとか、記すべきことを脱していたとか少なくとも筆者が不足に感じる場合も生じただろう。そういう類の不備を筆者は行間書き入れの形で補足したと解することはできないだろうか。もっとも一口に親本交換とは言っても、それがかなりの頻度でしかも相当な規模で行われたという風にはまず考えられない。というのは、文保本の各段は全体としては龍門本にほぼ近接する本文を有しているわけだから、少なくとも文保本・龍門本が対校できる中巻後半に関しては、龍門本に近い形態の親本を基盤とし、それに別の親本の本文を組み込む方法を取ったと想像される。書き入れのいくつかはそういった意味合いでの異種本文の混入として把握される筈である。例えば、一六頁⑥に掲げた、文保本が、

義朝申ケルハ今度勲功ノ賞ニハ卿相ノ位ニ昇トテモ難アルヘキニアラス。此官ハ先祖多田満仲法師カ始テ罷成テ候ケレハ其跡芳ク候ヘトモ本右馬助今権頭ニ転任勲功ノ賞トモヲホヘス更ニ面目ナシ（影67―4）（126―6）

と記す部位、龍門本は、

よしとも申けるハ此くハんハせんそたゝのまんちうほうしかはしめてまかりなりて候ひけれはそのあとかうはしく候へともうまのすけいまこんのかミに転任くんこうのしやう共おほえすさらにめんほくなし

と、文保本の本行本文と酷似し、書き入れに相当する記述を持たない。文保本の指示に従って、本行の「申ケルハ」と「此官ハ」の間に書き入れを挿入して文脈をたどった場合必ずしもなだらかとは言えず後続文とは異和感があると犬井氏は述べる。このことと、本書き入れとの同趣文が他系統では宝徳本にのみ存在することを考え併せれば、この周辺については文保本は龍門本に近い形態の親本の本文をたどりながら、それにはない一文「今度勲功ノ賞ニハ卿相ノ位ニ昇トテモ難アルヘキニアラス」を別の親本から補って行間に記入したと考えるべきであろう。

右のように、本行に用いたとは異なる伝本の本文を書き入れの形で補入している場合はその実態把握はまだ容易である。しかし異種本文を本行中で融合させている場合その腑分けを行うことは極めて困難である。そうした本文混合は少なからずなされたと想像されるが、それら箇所を逐一探し出すことは不可能に近いのではないか。

ただ文保本と龍門本を比較する時、全般的な傾向として、文保本のみに存在する記述が少なからずあり、諸本中文保本が最も饒舌な場合が往々見られる。龍門本に比して文保本の記述が多い理由は必ずしも明確ではないが、一般的には次の二つの場合が考えられる。ひとつは龍門本書写の際の誤脱もしくは省筆に由来する場合であり、ひとつは文保本が混合本であることに起因する場合である。後述の「三　龍門本の性格」における考察からすれば、前者の事例も相当数あると思われるが、後者の場合も当然あっただろう。そうした痕跡が窺われる事例を示す。頼長死亡の報に接した忠実の悲嘆を語る文保本の本文である。便宜上、本文を細分しその各々に番号を付す。

（忠実は―原水補足）①御袖御顔ニ押アテ、御涙ニ咽テ②シハシハ物モ不被仰③近ク参レト召テ④イカニハヤ死ケルナ⑤云置事ハナカリケルカ⑥我身ノカウナルニ付テモ子共ノ事イカニオホツカナク思置ケン⑦何許カ此世ニ執ノ留ケンナ⑧サリトモシハシハ死ナシ物ヲト思テコソミサリツルニ⑨サハ死ケル事ヨ⑩我膝ノ上ニテ殺スヘカリケルニ⑪只今死ケル者ニ合テ入道カクトキ事ヲシケルクヤシサヨ⑫アハレ摂政関白ヲモシテ天下ノ事ヲ今一度取行ハンヲミ聞ントコソ思シニ⑬命ノ長キモヨシナキ事ニテ有ケリ⑭カヽル事ヲ見聞ハト⑮被仰モハテテ□セ給フ日来ニモマサリテ今一キハ御歎深クハミエサセ給ケレ⑯争口惜カラサルヘキ⑰正ク合戦ノ庭ニ出命ヲ惜マヌ物モカナラスシモ疵ヲカウフル様ヤハアル⑱今度ノ合戦ニ⑲白河殿ニ参籠タリツル輩⑳源氏平氏㉑サモ可然者ハ㉒一人モウタレストキク㉓公卿□北面ノ輩ニ至マテ参籠リタリケルトキコユ㉔誰カハ被打タル㉕ナト左府一人ニシモ㉖矢ノアタリテ命ヲ失ケル事ヨ㉗イカナル物ノハナチタリケル矢ニカ㉘多クノ人ノ中ニ㉙左府シモカヽル事ニアヒケント㉚心ウキソカシ（影71―1）（128―10）

これら各事項について、他系統における有無と順序を示すと、

龍門本　①②③④⑤⑥⑦⑧⑨⑩⑪⑯⑲㉑㉔㉙㉚

流布本　①⑤⑦⑥⑫⑬⑭⑰⑳㉑㉒㉓㉕㉖㉗㉚

宝徳本　⑥ⓐ⑫⑬⑧ⓑ⑱⑳㉑㉒㉗㉕㉖

根津本　ⓒ⑨⑧ⓓ⑥⑪⑱⑲㉘㉑㉒㉙㉚㉗

〔諸本必ずしも同文的類似が見られるわけではないが、同趣旨の記述を同番号で示した。また、宝徳本・根津本中のⓐⓑⓒⓓは各系統における固有本文である。それは以下の通り。ⓐいまはかいなき事なれとも（影548—6）（322—7）、ⓑ左府はいかはかりかハうらめしと思つらむかゝるへしと思ハ世に恐人ニはゝかりても等閑の事ニこそ最後ニいま一度見さりつらんこそくやしけれ（影549—2）（322—10）、ⓒあなむさんやな（63—6）、ⓓ今《ママ》にうらめしくおもひつらん（63—7）〕

となる。右により、文保本の本文展開が龍門本のそれとほぼ同じであることが了解されるとともに、龍門本に比して文保本が饒舌であることも分かる。その饒舌が異種本文の混合に由来するとは断言できないが、文保本における⑮の存在が気になる。④以降は忠実の言だが、地の文⑮により一旦それは中断される。この形態が不都合というのではないが、⑮に続く⑯「争口惜カラサルヘキ」は不安定な存在である。新大系本八四頁脚注一四は、当該文について、「忠実の心中の思いを推察する語り手の言葉。また、ここから、再度の忠実の発話とみて、頼長の心中を推察する忠実の言葉ととる解もあり得る」とする。ただ、「忠実の心中の思いを推察する語り手の言葉」とみた場合、敬語が使用されていないことに違和感がある。また、「再度の忠実の発話」とみた場合、それはいかにも唐突である。いずれにしても、⑯は文脈になだらかには乗らず浮き上がっている。このあたり龍門本は、

⑪たゝ今しにけるものにあハて入道かくくとき事しつるくやしさよ⑯されともといかてかくちをしからさるへき

とする。これまた必ずしも文意明解ではないが、それでも「くちをし」との慨嘆は、先行記述すなわち死期の迫った頼長を見捨てたことに対する忠実の悔恨を反復的に強調した言とも理解される。そして、龍門本の場合、⑫～⑮

の記述がないために⑯が⑪を受ける形となり、比較的なだらかな文脈を保っているのだが、文保本においては⑮が存在するために⑯が安定性を欠く存在となっている。この事実と、⑮とそれに先行する⑫⑬⑭が龍門本や根津本に存在していない事実、さらに、周辺本文が龍門本と近接する事実を併せ考えるなら、このあたり文保本は龍門本に近い形態の親本に依りながらも、⑫〜⑮に関しては別の親本に依ったと解することはできないだろうか。さらに言えば⑯以降の文保本の行文も文脈に矛盾はないものの反復・重複が目立ち（㉔〜㉖と㉗〜㉙）、他本と比べるとその重畳性は否定できない。ここにもまた本文混合の事実があったのではないかとの思いを抱かせる。

次に示す事例もまた疑問のある箇所である。

（金子家忠は高間四郎の―原水補足）頸ヲカイキル金子党ニツ、ク物共山口六郎仙波七郎《ナリ》。御曹司ノ方ヨリハ三丁ツフテノ紀平次大夫大矢新三郎アレモコレモ二人ツ、ヲチアヒテ切合ケリ三丁ツフテノ紀平次大夫ハ山口六郎ニメテノカタヲキラレテ一ツフテモ《一丁モ》。ウタテソニケニケル大矢ノ新三郎ハ仙波ノ七郎ニ弓手ノウテヲ被切テ矢一モイテニケニケリ金子十郎ハ一人ニ手ヲウセ死生ハミス一人カ頸トテ馬ニウチノリ

（影42―7）（113―7）

金子功名譚中に、他の武士の戦闘記事（傍線部）が割り込んでおり、半井本系統の分散的性格を端的に表した部位といえそうだ。しかし、如何に未熟とはいえ、最初からこうした拙劣な構成を持つ伝本が存在するものだろうか。割り込んでいる三丁礫紀平次・大矢新三郎負傷の記事は他系統では別の箇所にあること、傍線部のはじめ「金子党ニツ、ク物共」に見られる「金子党」が馴染みのない用語であることとも相俟って、文保本におけるこの部位もまた、主拠した親本に存在していない記事を別の親本から取りこんだその痕跡と見ることはできないだろうか。牽強に過ぎるとの批判もありそうだが、そうした蓋然性を完全に否定することもできないように思う。

これ以外には特に本文混合を窺わせるような箇所を見いだすことはできなかった。しかし本文混合が推測される

箇所とは要するに操作が手際よくなされず文脈にいく程かの違和感が生まれている部位であるに違いなく、巧みな操作がなされた場合その痕跡を見いだすことは困難なのではないか。従って、本文混合の推測される箇所が数多く見いだせないことがそのままその事実が少なかったことを示すことにはならない。半井本系統の行文が重複的でかつ緊密性に欠けるその原因を本系統の素朴さ、構成力の未熟さに求める姿勢が一般的であることは前に述べた。それを否定するものではないが、本文混合によって文脈の緊密性が希薄になり、また記述が重複的になった場合もあるのではないか。

二　半井本下巻と龍門本

前項では文保本中巻の形成事情について考察したが、本項では下巻について同様な検討を試みる。ただし、その作業は中巻の場合に比して不確定要素を増す。文保本が中巻のみの零本であるからだ。文保本の外題には「保元物語中三帖内」とあり、かつては上・下巻も存在していたようだが現存しない。従って、下巻については半井本に依らざるを得ない。文保本と半井本の関係については前者が後者の「原型」すなわち「現存半井本の祖本は文保本を書写することによって成ったものであり、その校合をも含めて本文とした」「一種の混態」本であることが犬井氏により明らかにされている。ただし、この見解は中巻に関してのものであり、現在所在不明の文保本の上・下巻と半井本のそれとの関係が中巻の場合と同様であったとの保証はない。まずはこの点を検証する必要があるかと思われる。

文保本が存在しないために中巻ほどには明確でないが、半井本の下巻にも本文混合の痕跡が認められるように思う。

①　保元々年七月十五日左京大夫入道教長（略）東三条ニテ推問セラル少納言入道其人ヲハ其人ヲハ（ママ）其国へ流スヘシ彼人ヲハ彼国へ遣スヘシト兼テ披露シケレハ命計ハ死スマシキ事コサンナレトテアソコ爰ヨリ法師ニ成テ出来ニケリ其中ニ蔵人大夫入道経憲式部大夫入道盛憲ハ兄弟ニテ有ケリカレ二人ト前瀧口㳙（ママ）助是等三人靭負庁ニ召□ナテ拷訊セラル（88―3）

崇徳院に与した廷臣達が乱後推問される半井本のくだりである。傍線部は彼等の投降事情を記すもので、その存在は推問の様を語る文脈を中断する。そのために、傍点部「其中ニ」は直前の傍線部記述ではなくこれに先立つ「推問セラル」を受ける。傍線部相当記述は鎌倉本・宝徳本・流布本には存在するが、龍門本・根津本にはない。(6)院方の廷臣達に関する記述という点では前後と無関係ではないが、それが文脈を断ち切る挿入句的な存在であること並びに相当記述を持たない系統があることの二点から見て、周辺の本文が依ったとは異なる伝本の本文を取りこんだ蓋然性が高いのではないか（文保本の時点では書き入れであったかもしれない）。

②　新院ノ一宮重仁親王ハ東西ノ（ア）失セ給（イ）此日来尋奉レ兵座サ（ママ）、リケルカ十五日夕方（ウ）女房ノ車ニ乗具テ（エ）新院ノ御所ヲ尋テ仁和寺ノ方へソ御座ケル（オ）朱雀門ノ前ヲ過テ行セ給ケルヲ（89―11）

重仁の出家に至る経緯を語る始発部である。（ア）「東西ノ（彰考館本―ヲ）失セ給」と（イ）「此日来尋奉レ兵（彰考館本―奉共）座サ、リケルカ」との間には整合性がない。それは（ア）が重仁の立場からの記述であるのに対し（イ）が重仁の行方を追う側からの記述であり、視点が一貫していないからだ。他系統では、龍門本が、

しんゐんの一のミやしけひとのしんわうはとうさいをうしなわせ給ひて女房の車にめしくしてしんゐんの御ゆくゑをたつねまいらせてにんわしのかたへおハしけるかしゆしやくもんのまへをすきさせ給ひけるを　（根津本同趣）

宝徳本が、

又重仁親王を八日比被尋進られけれとも御行末を不奉知ける程ニ女房車ニめされて朱雀門の前を通せたまひけるを（影554―8）（325―9）（流布本同趣）

とし、龍門本・根津本は（ア）（ウ）（エ）（オ）、宝徳本・流布本は（イ）（ウ）（オ）と展開している（鎌倉本は欠巻）。前者が重仁に即して描くのに対し、後者は追討軍の立場から叙しているのだが、いずれの場合も記述の不足も視点のゆれもなく、半井本に比して明快である。（ア）（イ）が共存するにはいささかの難点があることと、当該記述を有する「重仁親王御出家ノ事」の段が、全体としては半井・龍門本間に本文の近似が見られ、かつ、龍門本には（ア）のみ存在し（イ）が存在しない事実を併せ考えるなら、この場合もまた（ア）（イ）を併せ持つ半井本の形は異種本文の混合に由来するのではないか。

③（重病となった為義を―原水補足）馬ニ昇乗テ行ニ(ア)兵共出来テ打留トスル上へ(イ)大将軍ノ重病ナルヲ(ウ)見テ郎等共皆ステ、迯失ヌ子共六人ノ外郎等四人ト雑色華沢一人残ケル近江ノ簑浦ニテ船ニ乗ラントシケル所ニ敵廿騎斗懸出タリ戦ニ不及四方へ皆迯散ヌ四人等カ郎等モ落失テ無リケリ（91―11）

関東への逃亡を企てた為義が次第に寡兵になる経緯を述べる箇所である。半井本の記述にとりたてての矛盾はないが、敵襲を受け郎等が逃げ失せる場面が二度にわたって記される点にいささかの重複感がある。龍門本は、

馬にかきのせてゆきけるに(ア)つハものおひきたりてうちと、めんとしけれハ年らいのらうとうもミなすて、にけうせぬ子共七人より外ハらうとう四人さつしきはなさハ一人そのこりけりミのうらにて小舟にのらんとしけるところにて四人のらうとうおちてけり

とし、半井本の傍線部（イ）（ウ）に相当する記述を持たない。敵襲を受ける場面は一度であり、しかもこの

形で文脈に問題はない。この事実は、龍門本の如きが一つの形として成り立ち得ることを示している。根津本は、

> (イ)（為義が病を得たために―原水補足）郎等かなハしとや思ひけむ所々へおちゆきける今ハ子共の(ウ)外に郎等わつかに三四人そのこりける近江国箕浦と云所ハ為義か所領なれはかしこへつかんと行程にたれとハしらす百騎斗有せひゆきあひてさん〳〵にた丶かひて手負きすを蒙て引しりそく（66―13）

とし、為義が病を得たのを見た郎等達が落ちた後に敵襲を受ける筋立てを取る。半井本と比較すると、（ア）がなく（イ）（ウ）〔ただし（ウ）の内容は異なる〕を有し、敵襲はやはり一度である。流布本は根津本に同趣であり、宝徳本は内容は異なるがこれも敵襲は一度である。半井本のみが二度にわたって敵襲を記す事実、並びに（ア）と（イ）（ウ）を併せ持つ系統が半井本以外にない事実より、ここもまた（ア）と（イ）（ウ）とは各々別の伝本に依ったものではないかと想像される。

同種の現象として想起されるのが重傷を受けた頼長を部下達が介抱する場面にかかわる犬井氏の考証(7)である。該当部、半井本は、忠正が落馬した頼長を「タキ上奉テ馬ニ乗奉ラン」としたが叶わず、続いて信頼が同じく「御馬ニカキ乗進セン」と試みたがこれも駄目であったと記し、「忠正と信頼が全く同じ動作をくりかえ」している。半井本におけるこの現象を氏は次の如く読み解く。忠正が頼長を介抱するくだりは文保本では行間書き入れとなっている。このことより文保本の時点では、忠正による頼長介抱のくだりは信頼が頼長を介抱することを記した本行本文に対する校異として書きこまれていた、すなわち忠正による頼長介抱と信頼による頼長介抱の記事は本来別種の伝本に由来するものだったが、文保本では書き入れであった忠正による頼長介抱記事が半井本の時点で本行本文中に組みこまれ、その区別がなくなったためであると。ここに示す為義逃避行記事における重複も右に掲げた頼長介抱記事に見られる重複と同質の現象なのではないか。そうであれば該当記事を

含む「為義降参ノ事」の段が全体としては半井・龍門両本に近似が見られることより、文保本の時点では（イ）（ウ）は龍門本に近い形態ではない別の親本に依ったものと考えられようか。

④　死罪ヲ被止テ年久シサレハ長徳ニ（ア）内大臣藤原伊周公花山院ヲ射奉タリシハ（イ）花山院ノハケ物ノマネヲシテ道ヲ行セ給ケル前足ト云物ヲ召テ築垣ニ御尻ヲ懸テ紅ノ袴ヲ続集テ土ニ下ル程ナルニ髪ニモ同色ノ御衣ヲ着テ有ケルヲ伊周公実ノハケ物ト思テ是ヲ射奉ル罪免（ママ）ニ斬刑ニ及フ死罪有ヘシト法家検申シ然共（96―12）

死罪停止の先例として藤原伊周の花山院威嚇事件を記した部位。傍線部（イ）は傍線部（ア）の具体的説明であるが、（ア）から（イ）への接続は「射奉タリシハ……射奉ル」と必ずしもなだらかではない。もっとも、それが半井本の文体ということであればとりたてて問題とすべきでないかもしれない。他系統では、龍門本が、

しさいをと、められきされはちやうとくに内大しんこれちかく八山のゐんをうち奉りきさいくハすてにしさいにおこなハるへしとのりとしかんしやう申しかとも

と、傍線部（ア）に相当する記述のみを持ち、傍線部（イ）威嚇事件の具体的説明を持たない。しかも、この形で文脈に不都合はない。鎌倉本・流布本もまた龍門本と同形である。ただ、宝徳本のみ、

本朝ニ死罪を被止て歳ひさしく成り候ぬ又長徳の比花山法皇紅の袴をつき延させたまひ高足ニめされ築垣ニ御尻をかけさせ給て夜な〳〵御遊ある事ありしをある時内大臣伊周公可被奏事ありて小夜ふけ方ニ被参けるか是を見たてまつり変化の者そと高《こゝ》得て射奉たりしかは其辜八虎ニ及由法家勘申たりしかとも（影574―8）（336―8）

と、半井本と同様事件の顚末を具体的に語る。表現は相違しているが、半井本の傍線部（ア）を脱したと同じ内容である。このことと、当該記事を含む「忠正、家弘等誅セラルル事」の段が全体として半井・龍門両本で近似する事実を考え併せるなら、該箇所においても文保本の時点では龍門本に近い形態を有する親本に主拠し

たが、それが事件の顛末語りを持っていなかったために、別の親本（それが現在の宝徳本に似るものであったかどうかは不明）を用いてそれを書き入れた。その操作が巧みでなかったために現在の半井本の（ア）（イ）間に行文上の屈折が生じたとは考えられないか。

⑤　父ノ義法房申ケルハ若ク盛リナリシ時陸奥守ニ成ラテ今老衰ヘ朝敵ト成出家入道ノ後其ホトノ可有果報共不覚如何シテ病モ直リ命ヲモ扶ルヘシト思ス（ア）（彰考館本―ニ）一日モ忍フヘシ共不覚我身ノ合期シタラハコソ子共引具テ東国ヘモ趣キ山野ニモ籠ラメサレハ清盛ハ伯父忠正五人法師ニコソ成タレ共命計ハ扶タン也下野守ハ今度ノ勧賞ニ左馬頭ニ成タン也勲功ニ申替ナトカ父一人ヲ扶ケサルヘキト思ヘハ為義ハ義朝カ許ヘ願レテ行テ命計ヲ申請ヨト云テ世ヲ渡ラント思ソ如何カ可有ト宣ケレハ（93―10）

関東での再起を主張する為朝に対する為義の返答である。当該記述が存在する「為義降参ノ事」の段については、半井本の本文は全体的に龍門本に近いが、為義が降伏を決意するに至る経緯並びに為朝の進言に限っては類似が認められない。しかし、為義の言の途中、傍点部「如何シテ」を境に再び半井本は龍門本と近似を見せ、この傾向は該段の終わりまで続く。なお、龍門本は傍線部（ア）を持たない。当該箇所で注意すべきは「如何シテ」以降の叙述が唐突で、文脈に円滑さを欠いている事実である。義法坊（為義）は為朝の進言を

「若ク盛リナリシ時陸奥守ニ成ラテ今老衰ヘ朝敵ト成出家入道ノ後其ホトノ可有果報共不覚」と退ける。為朝への返答としてここまではよい。が、続く「如何シテ病モ直リ命ヲモ扶ルヘシト思ス……」の言は如何にも唐突である。この言を龍門本は、為義が帰降を切りだす発語として用いており、存在位置に違和感がない。半井本における「如何シテ」以降の叙述が前文と融和していない事実、該当語を境としてその前後で半井本・龍門本の親疎に相違の生じている事実、龍門本では相当文「さてもいかにしてやまひをもやめいのちをもたすかるへきとおもふに……」が為義の発語として用いられ、しかもそれが適切な位置にあることを併せ考えるなら、

半井本の「如何シテ」を境としてその前と後では主拠した本文が異なっていたかと思われ、為義が帰降を決意する経緯については龍門本に近い形態ではない親本（半井本・宝徳本・根津本では、為朝が再起を進言し、為義が拒む形を取るが、龍門本・流布本は、為義の降服提案に為朝が反駁し、為義がそれを退ける形を取る）に依拠したが、「如何シテ」を境に再度龍門本に近い形態の親本の本文に還ったことを示すものではないか。

当該部にはもう一箇所問題点が存在する。前にも触れたが、傍線部（ア）「サレハ清盛ハ伯父忠正五人法師ニコソ成タレ共命計ハ扶タン也下野守ハ今度ノ勧賞ニ左馬頭ニ成タン也勲功ニ申替ナトカ父一人ヲ扶ケサルヘキト思ヘハ」に相当する記述が龍門本には見いだされない事実である。（ア）は為義に帰降の決意をさせた理由の一つを記すものだが、文脈上不可欠ではない。相当部を持たない龍門本の本文、

さてもいかにしてやまひをもやめいのちをもたすかるへきとおもふに一日へんしもかくれしのふへしともおほえす我身のかうこしたらはこそ子ともひきくしてさんやにもましハらめされはよしともをたのミてうちあらハれてゆきていのちをたすけよたすかるやうに申うけよといひてゆかんとおもふそいかゝあるへきとのたまへは

で、行文上なんら支障はない。これに対して、半井本の本文展開は苦しく、該当句はおさまりがよいとはいえない。この事実に為義・忠正投降の経緯が絡んでくる。忠正の降伏に関して半井本は、

平馬助忠正法師嫡子新院蔵人長盛皇后宮傅（彰考館本―侍）長忠綱左大臣勾当正綱平九郎道正父子五人ヲハ甥ノ播磨守清盛ヲ頼テ向タランニサリ兵（彰考館本―共）命ヲ助サランヤト思テ顕レ向タリケルニ清盛無左右伯父ヲ切ニケリ（98―2）

と記す。「父子五人ヲハ……顕レ向タリケルニ」との文脈にはねじれが認められるが、その原因はおそらくは、

平うまの介たゝまさしんゐんくらんとなかもりくハうこくうしちやうたゝつなさ大しんまさつな四人を

ははりまのかミきよもりうけ給て六条かハらにてこれをきる此たゝまさハおち也かせんのにハにおちてふかくかくれたりけるかためよしはんくハんあらハれてちやくしよしともをたのミていのちたすかるよしをきゝてきよもりをたのミてむかひたらんにさりともたすけさらんやと思ひてあらハれてむかひたりけるにきよもりさうなくおちをきつてけり
（イ）

といった龍門本の如き形態の傍線部（イ）にあたる部分を切り捨てたことによる。では何故半井本は（イ）を削除したか。それは半井本における（ア）の存在と係わる。（ア）は忠正の投降を聞き知った為義が自らも降服を決意する旨を記すが、（イ）はそれとは逆に忠正が為義に倣って帰降した旨を語る。（ア）（イ）は同一本中に共存できない性質のものである。おそらく半井本はその初期の段階では両記事を併有していたのだろうが、現在の半井本に至るある時点でその矛盾に気付き、共存しえない（ア）（イ）の中の（イ）を削除したと思われる。ただその削除の仕方が拙劣であったために文脈にねじれを生じたのだろう。では何故半井本は初期の段階で（ア）（イ）両記事を併有することになったのだろう。半井本において（ア）の存在することが文脈を屈折させており、その位置は適当とは思われない。一方、（イ）のないところではそのために文脈が飛躍している。つまり、（ア）は少なくとも現在の位置にはない方がよいし、（イ）はなければならない。とすれば、考えられることは、文保本の時点では、（ア）（宝徳本に相当記述が存在する）が異文として行間に書き入れられており（イ）が本行本文として存在していたが、転写のある時点（現存半井本の祖本の段階か）で、（ア）が本行に組みこまれた。そのため（ア）（イ）が並存する矛盾が生じたが、それに気づいた後人が（イ）を削除する形で修正を行った。それが今に見る半井本の姿なのではないか。

次もまた半井本が混合本であることを示唆する現象と思われる。光弘斬刑に関する記述である。

Ⓐ　廿五日源平ヲ始テ十七人カ首ヲハネラル（略）中宮傅長光弘《ママ》ヲハ平判官実俊承テ船岡山ニテ是ヲ切（97―12）

Ⓑ　明ル十八日ニ事七（彰考館本は「事」と「七」の間に「十」を別筆補入）日源氏平氏棟トノ者十三人カ首ヲ切ル明ル十八日ニ事ノ由申（105―4）

Ⓒ　（佐渡式部大夫重成は―原水補足）鳥羽草津マテ参タリケレハ院ハ去十一日ニ切ラレタル共知食サテ光弘法師事由申テ追テ参ト云ヘキ也汝又此日来情有ツル事コソ難忘ケレ思食忘ルマシキソトソ被仰ケル（120―1）

Ⓒは、七月二十三日付けの崇徳院讃岐遷幸記事の一部である。この記述に従えば、光弘が十一日に既に斬首されたことを崇徳院は知らず、光弘への伝言を重成に託している。一方Ⓐは、光弘斬刑の日を遷幸の二日後の二十五日としている。Ⓐの記述に従えば、院が重成に光弘への伝言を託した二十三日には光弘はまだ生存していたことになり、Ⓒの記述と矛盾する。斬刑記事としてはⒶ以外にⒷも存在している。Ⓑの最初の七文字「明ル十八日ニ事」はおそらくは目移りに因る誤写であろう。文脈から推して、本来は、十七日に源平の主だった者が処刑され翌十八日にそのことが奏聞されたという記述内容であったろう。Ⓑには被刑者の名が明記されていないので、十七日と二十五日の二度にわたって処刑が行なわれたと考えても支障はない。その点ではⒶとⒷは共存し得る。ところでⒸの記述については、文中の「十一日」は「十七日」の誤写ではないかとの疑問が生じる。七月十一日は保元の合戦が勃発したその当日だからである。合戦当日に、敗者（光弘）の処刑がなされたとするのは意識的な虚構という面を考慮に入れてもなお納得がゆきがたい。第一、半井本自体、合戦敗北後、光弘は院と共に終日如意山に潜んでいたことを記しているのだから。十一日は誤写と考えてよかろう。何を写し誤ったかの確証はないが、十七日の誤写であるなら、ⒸはⒷに対応することになる。つまりⒸを本来的な記述と考える時、ⒷはⒸに対応する可能性を持ち、十七日の被刑者の中に光弘がいたことになる。そしてその場合Ⓐは衍文とみなされる。又、反対にⒶを本来的な記述と考えるなら、その時はⒸが衍文ということになる。いずれにせよⒶとⒸが共存し得ないことは間違いない。

こういう言い方をしたのも、『保元物語』諸本中、光弘斬刑を十七日とするものと二十五日とするものとが存在しているからである。宝徳本は十七日の条に光弘が斬刑に処せられたことを明記している。従って、二十三日の日付のもと、崇徳院が光弘への伝言を重成に託す場面を「此光弘法師と申は去十七日の夜被切たりけるをも不被知食して御言付のありけるこそ哀なれ」（影636—3）（372—3）と記しており、光弘斬刑の時日に矛盾はない。一方、鎌倉本は二十五日の条に光弘断罪を記している。従って、それより以前の出来事である二十三日の崇徳院讃岐遷幸のくだりでは「新院重成を近召て汝日来事に於て芳心有つるこそ難有けれ（略）さて光弘法師御許あり急罷下れと云へなと細々に仰事有けれハ重成泪を流畏承て罷留ぬ」（影919—10）（49—1）と、院が重成に光弘への伝言を託したことのみ記し、半井本や宝徳本の如き、既に光弘が斬られたのを院は知らず云々の記述を持たない。鎌倉本もまたそれ自体一貫している。この事実は、半井本には十一日（十七日の誤写か）断罪を記す系統と二十五日断罪を記す系統の本文が混在しているのではないかとの疑いを起こさせる。栃木氏の推考によれば(8)二十五日断罪記事は、半井本中において「ただ一ケ所、追時的記述形式の破綻を生んでいるかにみえる」箇所であり、本来は十七日断罪のくだりに「異本の校合本文」として傍書されていたものが「いつのまにか原態半井本の本行本文にとってかわり」その結果宙に浮いた本行本文十七日断罪のくだりが他部に竄入したものと理解される。つまり半井本はより本来的な時点（文保本と考えてよいか）においては整然とした追時形式を有していたことになり、現在の半井本に見られる乱れは、校合本文であった二十五日断罪記述が本行本文化することにより生じたものとなる。(9)

以上の考察により、現存しない文保本下巻も又中巻の場合と同様な成立事情であったろうとの推測はある程度の説得性を持つことになったのではないか。(10)この推測が認められるなら、その本文混合の実態はどういうものであったのか。それは各検討箇所において折々に言及した如く、混入が推測される部位と同趣旨の記述が龍門本には存在しない事実、又その周辺の本文が全体的には龍門本に近接している事実（①は明確でない）を併せ考える時、これら各部位について文保本は龍門本に近い形態の伝本を基調としながら別の伝本の本文を適宜行間に傍書する、もしくは本行に組みこむ形で本文形成を行ったと考えられる。その場合、⑤などはかなり広範囲にわたって文保本が龍門本に近い形態の親本から離れた事例ではあろう。ともかくも検討箇所に限っては文保本の形成は龍門本に近い親本への依存度が相当高かったということになる。

では、下巻全体としては半井・龍門本間の親疎度はどうであるのか。結論を述べればそれは一貫してはいない。具体的にいえば「重仁親王御出家ノ事」「為義降参ノ事」「忠正、家弘等誅セラルル事」など前半の章段群では半井本の本文は龍門本に近似しているが、後半部では両者間に一貫した緊密性を見出すことはできない（ただし記事項目の有無で言えば半井本は龍門本に近い位置にある。この点については「三　龍門本の性格」で述べる）。上記の現象をどのように捉えるべきか。文保本は後半部に至って龍門本に近い形態の親本から離れ別の親本に依拠する度合いが増したと解釈すべきなのだろうか。

三　龍門本の性格

龍門本が文保本以前に存在した『保元物語』の姿を追究する上で重要な鍵を握る伝本であることはこれまでの調査で明らかになった。ただ、それは本文のごく一部を検討することによって得られた結果に過ぎない。古態論議に龍門本を参加させるにしても、まずは、全体的な性格を把握しておく必要があろう。

該本は、永積氏の紹介で世に広く知られた。同氏は、「上巻から中巻にかけて、金刀本（宝徳本系統—原水注）の段落によれば、『朝敵の宿所焼き払ふ事』にあたる部分にいたるまでが、第四類本（宝徳本系統—原水注）に属する」るが、「この段の将門説話あたりから、第一類本（半井本系統—原水注）に近い本文となる」ことより、金刀本系統（宝徳本系統）と半井本系統との「混合形態本」であること、全体的に「混合補訂があり、誤脱もまた少なくない」

が、半井本の欠文を補足しうる点もあり、「第一類本の第二資料として、はたしうる書誌的意義」があることなどを説いた。

氏の指摘の如く、該本の前半部は宝徳本系統に属するが、後半部は半井本系統に近い。この形を永積氏は両系統の「混合形態」と見るが、この点については、宝徳本系統に至る過渡形態とする捉え方も蓋然性としてはありえる。しかし、前半部が宝徳本系統松井本系列に属する本文を備えるのに対し、後半部には宝徳本系統の要素がほとんど見られず、本文の素性が前後で極端に相違することより、過渡本とは考えにくく、取り合わせ本と見る永積見解に従うべきだろう。諸系統中、龍門本のみに存在しない章段や項目が比較的多く目につくことも、該本がとりあわせ本であることを示すものではないか。特定の記事が特定の系統にのみ存在しない現象は珍しいことではないし、また、章段や項目の有無が成立の問題に直接結びつくわけではない。が、龍門本の場合状況が少々特異である。該本においては、ある章段や項目のないことが原因で文脈に飛躍の生じている場合が少なからず見られる。いくつかの例を示す。

他系統の場合、合戦に敗れ如意山に逃れた崇徳院は、洛中をさまよったあげく弟の覚性を恃んで仁和寺に入るが、寛遍法務の坊に移され、源重成の看視下に置かれることとなる。ところが、龍門本は、如意山を出て寛遍の坊に入るまでの崇徳院の動静を記さない。そのため、如意山中に潜む崇徳院の様を描いた後、場面は、寛遍の坊に監禁される崇徳院の描写に飛ぶ。両記事は連続していないため、その矛盾は表だってはいないが、崇徳院が仁和寺に入り寛遍の坊に移される経緯を記さない龍門本の形は欠脱を生じたものと考えざるをえない。

頼長の子息の動向記述にもまた同様な現象が見られる。他系統の場合、彼等は出家の決意を胸に祖父忠実を訪れるが、忠実の制止によりこれを思いとどまる。ただし、龍門本はその記事を持たない。その後、配流により都を去るに際し、師長は忠実に書状を献じるが、それは左掲の一文で始まる。

一日乍押別涙罷出御所之後

「先日別涙をおさえて忠実のもとを辞した後」との意味であるこの一文は、忠実への呈状以前に、師長が忠実のもとを訪れたことを前提としている。しかしそのことは龍門本には見えない。とすれば、やはり龍門本が当該記事を欠落させたとしか考えられない。

さらに、流罪記事の冒頭、

八月二日さ大しん殿の御子右大しやうをはしめとして四人なんとをいてゝ山しろの国いなまつはといふところへわたり給ふ

の「なんとをいてゝ」は、合戦終結後、忠実が頼長の子息を伴って南都へ逃れた由の記事を踏まえることではじめて正しく理解されるが、相当記述を龍門本は持たない。これもやはり龍門本における欠脱と考えられる。

この他にも、高松殿から東三条殿への還幸記事、季実による宇治橋警護記事、官軍の追捕が山の大衆の怒りをかった記事など、龍門本のみが持たない記事項目がいくつか見られる。章段や項目の有無については、成立面からのみではなく作品論的な面からも検討すべきだが、龍門本のみが持たない章段や項目の少なくともいくつかは、明らかに不手際によって欠落したと考えられる。その場合、これらの章段や項目は存在するとすれば龍門本の本文が宝徳本系統から離れはじめるあたりに位置すべきものである。このことより、これらの欠脱は、龍門本が宝徳本系統への依拠をとりやめた際に生じたかと思われる。龍門本が宝徳本系統から離れた理由が、例えば、龍門本筆者の使用した宝徳本系統伝本が中巻途中までしか存在しない残欠本であったというような外的要因であるのか、あるいは龍門本筆者の内的必然性にかかわるものであったか、その点は定かでない。

如上、龍門本には章段や項目の欠落に起因すると思われる文脈の飛躍が見られることを指摘した。ただし、甚だしい撞着・重出の類は見出されない。[11] この事実は、龍門本が異種本文を機械的に取り合わせたのではなく、それなりの配慮をもって臨んだことを窺わせる。矛盾や重出を避けるためには、記述内容の部分的改変にとどまらず、かなり大胆な章段・項目の組み変えを必要としただろうから、その操作の過程でいくつかの章段や項目が欠失したのではないか。

龍門本全般についての把握を終え、以下、龍門本を龍門本たらしめている後半部について検討する。当該部については「半井本の本文にきわめて近接しているが」、「けっして第一類本のままではなく、むしろ相当の異同」のあることが永積氏により説かれている。総体としては半井本との間に濃厚な近似は認められず、本文よりはむしろ記事・項目の有無のレベルで半井本により近い。情調文の少ないこと、為朝の捕縛から流罪までの経緯が簡略であること、青（蒼）海波記事・康頼讃岐下向記事・重仁服喪記事等を持たない点において鎌倉本や宝徳本と異なり、半井本・流布本・根津本に近い。これに、流布本に特徴的な関雎・無塩君・虞舜・頼長信西亀卜論等を持たない点、根津本の平俗な文体と異なる点を加えるなら、消去法的に半井本により近い性格を有しているということになる。繰り返せば、本文そのものは半井本との緊密度が特に高いとは言えない。より正確に言えば、極めて緊密度の高い部分も確かに存在してはいるが、それが全体にわたっているわけではない。

龍門本はその文章・行文に独自の固有性が認められ、他系統との近接度という点では、半井本（文保本）と鎌倉本の各々に近い部位を比較的多く有するようだ。半井本との場合、勧賞、重仁の拘束から出家、旧臣談、忠実が知足院に入る経緯、為朝の捕縛から流罪、崇徳院写経などが近接しており、中でも、勧賞、旧臣談に強い近似が見られる。勧賞記事は左掲の通りである。

関白殿今日氏長者ニナリカヘラセ給久安ノ比悪左府ノナラセ給シ御イキトヲリ是ナリケリ南都ノ尋範千覚信実玄実等カ前長者ト同意ノ聞ヘアルニヨテ所領ヲ没官セラルヘキヨシ宣下セラル興福寺権別当覚継前長者ノ為（ア）ニ所領ヲ収公セラレタル本ノ如クタルヘキヨシ仰ケリ夜ニ入テ勧賞行ハレケリ安芸守清盛勲功アテ播摩守ニウ（イ）

ツル下野守義朝（ウ）右馬権頭ニウツル本ハ右馬助ナリケリ陸奥《足利イ》新判官義康義朝始テ殿上ユルサル義康ヲハ蔵人判官ト中ケリ義朝中ケルハ《今度勲功ノ賞ニハ卿相ノ位ニ昇トテモ難アルヘキニアラス》。此官ハ先祖多田満仲法師カ始テ罷成テ候ケレハ其跡芳ク候ヘトモ（エ）本右馬助今権頭ニ転任勲功ノ賞トモヲホヘス更ニ面目ナシ朝敵ヲウツ物ハ半国ヲ給ハル其功（オ）世々ニタヘストソ承ル父ヲソムキ親類兄弟ヲステ、御方ヘマイリテ命ヲ惜マスセメタ、カウ勅命ソムキカタシトイヘトモ父ニ向ヒ弓ヲヒキ矢ヲハナテハ人ニコ（カ）ヘタル不次ノ賞ヲコソカフルヘキニトアマ《シキ》リニ申セハ道理ナリケレハ隆季朝臣ノ左馬頭ナリシヲ（キ）則左京大夫ニウツサレテ義朝ヲ左馬頭ニソ被成ケル《サテコソ憤ヲヤスメケル》。十二日左大臣殿

（文保本）（影66―5）（125―14）（当該記述は、文保本に存在するためこれに依る）

くハんはく殿こん日うちのちやうしやになりかへらせ給ふ久あんのころあくさふのならせ給ひし御いきとをりこれ也けりなんとの尋範せんかくしんしつけんしつかせんちやうしやとゝうゐのきこえあるによてしよりやうをほつくハんせらるへきよしせん下せらるこうふくしこんへつたうかくけいせんちやうしやの（あ）時しよりやうぬう《ママ》くせられしもとのことくたるへきよしおほせけり夜に入てくハんしやうおこなハるしもつけのかミよしと（う）もさまのこんのかミにうつるもとハうまのすけ也あきのかミきよもりあそんはりまのかミにうつるむつのくしんはんくハんよしやすよしともはしめててん上ゆるさる由やすをはくらんのはんくハんと申けりよしとも申けるハ此くハんハせんそた丶のまんちうほうしかはしめてまかりなりて候ひけれはそのあとかうはしく候へともうまのすけいまこんのかミに転任くんこうのしやう共おほえすさらにめんほくなしてうてきをうつものはん国をたまハる其（お）上世々にたえすとそうけ給るち丶をそむきしんるい兄弟をすて丶ミかたへまいりていのちをおしますせめた丶かふちよくめいをそむきかたしといへともち丶にむきて弓をひきやをはなつ（か）人にすきたるふしのしやうをこそかうふるへきにとあまりに申せはたうりなりけれハたかすゑのあそんのさまのかミなりけるをさきやうのたゆふにうつされてよしともをさまのかミになされけるさてこそハいきとをりをはやすめける

（龍門本）

当該部に存在する文保本の書き入れについては考察済みなのでここでは触れない。目に付く両本間の異同を傍線を以て示した。傍線部に冠した仮名符号は対応関係を示す。対応する符号が一方にない場合は相当字句がないことを意味する（この他、清盛と義朝の勧賞記載順序が異なる）。相違は微細であり、このことより両者はほぼ同文的類似を見せていることが了解される。

これに次いで近い位置にある根津本の本文は次の通りである。

関白殿をはもとのことく藤氏の長者たるへき由宣下せらるゝ此次に除目あつて安芸守清盛播磨守になる下野守義朝ハ左馬頭になる足利判官義康ハ殿上をゆるされける爰に左馬頭いきとほり申けるハ此官は先祖多田満仲法師か始て罷なりて候けれハ其跡かうはしく候へ共本左馬助也今ハ権頭補任あなかちに忠賞にあらすされハ面目をうしなひ候敵をたひらくる者ハ半国を給るうへ其功はくたいなりとこそ承り候へその故ハ父かめいをそむき兄弟のよしミを忘て義朝一人御方に参りて合戦を仕る勅命そむきかたしといへ共現在の父にむかひて弓を引ものや候へき然に院宣に昇殿ゆるされぬかさねて此奉公によつて不次賞おこなはれん事誰かハさゝへ申へきと申けれハ申処謂ありとて隆季朝臣の左馬頭たりしを左京太夫にうつされて義朝左馬頭になさる（60―13）

具体的な説明は省略するが、右掲の根津本と比較する時、龍門本と文保本（半井本）の近さが確認できるだろう。以下もまた龍門・半井本間に近似が見いだされる部位である（文保本欠巻部）。

鳥羽殿ニハ故院ノ旧臣達被申ケルハヨニヲヒタ、シク聞ヘシ内裏モ別ノ御事渡セ給ス又京中モ巳（彰考館本―亡）ス誠ニ神明ノ御助ト覚ヘタリ末代モ猶憑シ、新院被流サセ給ヌ其外ニモ十四人ヲ国々ヘ分チ遣ス即礼義ノ郷ヲ出テ各無智ノ俗ニ移リタリ妻ハ夫ニ別レ子ハ父ニ別レ親昵モ不随主従ニモ各別也別行悲残留ル歎何モ由ヲロカナラシ中ニモ宇治禅閤ノ思コソ哀レナレ憑奉ラセ給ツル左府ニハ追（彰考館本―ヲク）レ奉給ヌ御心ヲ

慰ミ給ツル左府ノ君達ハ配所へ趣給ヌ命ノ長キモ由無事也トソ申合レケル（半井本）（127―1）

とは殿には人々申されけるハおひたゝしくきこえしかともへちの御事もなくきやう中いまたほろひすことに神めいの御たすけとおほえてめてたかりける事ともなりゆくすへもたのもしたゝさ大しん殿なかれやにありうせられにけりしんゐんすてにはい所へおもむき給ひぬさふの御しそく四人その外の人々十四人まて国々へなかしつかハさるたちまちにすミなれしミやこを出てをの〱りう《流》国におもむくつまハおとこにわかれ子ハちゝにわかる親るいもともなハすしう〱もしたかハすへつりのかなしミとゝまれるなけきいつれもおろかならしとそおほえけるその中にうちせんもんの心のうちこそをしはかられてかなしけれいきてのわかれしゝてのわかれ別ハいつれもおなしくてくうくハいハ又そのこ《期》なし御いのちのなかきもよしなきまてそおほしめししつませ給ふらん（龍門本）

近似度では前掲の勧賞記事に劣るが、両者に類似の認められることは明らかである。相当部を他系統に求めると、鎌倉本・宝徳本は記述内容にかなりの異同があり、記事配列も異なっている。また根津本・流布本には相当記述そのものが存在していない。

以上の例の示すように、龍門本と文保本（半井本）との間には部分的ではあるが、ほぼ同文的類似が見られる。この事実は、少なくともこれらの部位においては、文保本が採用した本文が龍門本に極めて近いものであったことを思わせる。

その一方で、龍門本は鎌倉本とも類似する。「義朝幼少の弟悉く失はるる事」「為義の北の方身を投げ給ふ事」「左大臣殿の御死骸実検の事」「新院御歎きの事」「新院讃州に御遷幸の事」（章段名は、鎌倉本の翻刻に付載されたものに依る）にそれは顕著である。ただし、半井本との間には部分的にせよ同文的な類似が見いだされるのに対し、鎌倉本との場合は細かな筋の展開が近似している。類似の一例として「義朝幼少の弟悉く失はるる事」の部分を掲げる。

よしとをよち、はいつくにとこゑ〳〵にいひけりあにおとわか殿は道もなきくさむらのなかへ入けるもいと、あやしくされはよと心えてけりこしよりもおりすしてなきいたりよしとをたちよりて申けるはいそきおりさせ給へなにをかくしまいらせ候へきこれにてきりまいらせよと仰をかうふりて候なりかうの殿の申せと候つるはきみの御かたきになりてはんくはん殿もあにの人々もきりてまいらせよとせんしをかうふりたれはちからおよひ候はぬ事にて候そよしともうらみ給ふなと申せとて候つると申せは三人の子共これをきゝてよしとをかあしにとりつきていちゝやうされはわれらをはきるへきかいくさをもしたらはや君もきれとはおほせられんするかうの殿のにくみてこそよきついてにとてころし給ふらめたすけおきて馬のくさをもからせ給へと申てみよやさりともわれらは御よふにこそたち候ハんすれなうたてしくにくミ給ふそとかなハさらんまてもいま一と申てみるへきそとこゑをとゝのへてさけひけれハおと若殿こしよりおりてよしとをにとりつきたるおとゝ共をひきのけてあな心うのものともやけんしとてわれらか家にむまれたるものハミなやうある事にてありなんちら十一九つ七つになるそあやしのものゝ子たにも六つや七つになれはおやのかたきをうつとこそいへましていまハいくさのさきをもかけ大しやうくんをもすへきほとそかし（龍門本）

弟三人ハ急下走散ていつらハ父御前ハとて彼方此方へ尋行兄乙若ハ草村を分入けるよりハや心得て輿よりも下すさめ〳〵とこそ泣居たれ其時介通とく〳〵下させ給へ何を陰し進すへき失奉へき由宣旨を被下て候間力無次第にて候且ハ守殿も申せと候つるハ判官殿朝敵と成給ひにし後其子息を皆失へきよし被仰下たる時に角ハするそ我を恨めしなと思なと申せとこそ候つれと申是を聞て弟三人ハ義通か足手に取付てさて我等をハ一定害すへきか軍をしたらハこそ上よりも害せとハ仰事あらめ守殿の我等を悪みてそ左様にハ仰らるらむ責てハ扶置て馬の草をも苅せ給へ共申て命を生よ死なむことの余に怖きにとて声をそろへておめきさけふ其時乙若輿より下

て介通《義》に取付たるを引放て穴心憂の者共の有様や人もこそ見れ源氏の家に生るゝ者ハ皆心ハ武き事そかし汝等或ハ十一或九七に成今ハ軍にも出親の敵を討共なとか叶さらむいかなれハか様に不覚にハ有そ泣ハ扶かるへきや（鎌倉本）（影940―9）（59―10）（錯簡を生じている部位を含むがここには是正した形を掲げた）

当該部は、本文面でも特に両者に類似の見られる部位である（他系統の本文は示さないが、武久堅氏監修『保元物語六本対観表』で確認されたい）。ただし、本文が一貫して近似しているということではなく、趣意や細部の展開のレベルでの近似が認められる。

両本の関係について注目すべきは、鎌倉本の誤脱や錯簡を龍門本によって補正しえる事実である。上掲記事中、鎌倉本に錯簡が見られることは注記したが、龍門本は錯簡を生じる以前の鎌倉本と同じ文脈を有している。この点、少なくとも龍門本は鎌倉本より本来的な姿を有していることになる。

龍門本の本文を以て鎌倉本の誤脱を補正しえる部位も存在している。乙若等四人の小児と傅の殉死を叙した鎌倉本は、「今朝船岡山にて八主従八人失ぬ」（影956―5）（67―4）と記す。しかし、実際には、四人の小児と傅の内記平太と、計五人の死しか記しておらず、前後で死者数が齟齬している。相当部を龍門本に求めると、該本にも「ふなをかのほとりにてしう〳〵八人あしたの露ときえ」と、鎌倉本と同趣文が存在しており、かつ、相当場面において、（内記平太は―原水補足）はらをかきゝりてしかひしてこそふしたりけれこれを見てのこり三人もけにも〳〵とてたれかおとるへきとておなしまくらにしかひしてけり

と、四人の幼主の刑死に続いて内記平太をはじめとする四人の傅の殉死記事を有し、前後で矛盾がない。おそらくは、鎌倉本も本来は龍門本に見るような記述内容を有していたと思われる（「腹かひ切〳〵」（影950―1）（64―2）との表現にその痕跡を残すか）が、転写の過程で、内記平太を除く三人の傅の殉死記述を欠失したのだろう。因みに、船岡山での死者の数を八人とするのは龍門・鎌倉二本のみであり、半井・宝徳・流布本は十人、根津本は十一人と

している。

以上、ごく大雑把に見て半井本に近似する箇所と鎌倉本に似る箇所を併せ持つ（量としては少ないが根津本や宝徳本との類似箇所もある）龍門本後半部が諸本体系中如何なる位置を占めるかが以後の考察の限目となる。まず、鎌倉本との関係については、龍門本・鎌倉本のいずれか一方が他方の本文を取りこんだとする捉え方、もしくは、龍門・鎌倉両本が現存本を遡る時点で共通の祖本にたどり着く関係にあるとする捉え方がありえる。このいずれが是であるかは決しがたいが、両本の類似が本文よりはむしろ細かな筋立てのレベルであることを考えれば、（間接的であっても）一方が他方を利用したと考えることは無理なように思う。

龍門本はまた流布本とも似ている。一部にではあるが、構成・本文面での類似が見いだされる。龍門本と半井本が近接し、かつ、流布本が半井本を「有力な源流本」としているなら、龍門・流布本間に類似が認められるのは当然であろう。ただし、注目すべきは、龍門・流布本間における類似が半井・流布本間におけるそれよりも濃密な箇所が存在する点である。両本の本文面での顕著な類似例としては、頼長の子息流罪の一部が掲げられる。龍門本、半井本、流布本の本文を並記する。

検非違使維繁資能追立ノ有司ニテ山城へ参ル四人重服ノ御装束也御馬ハ下部共カ給テ寄セトリニ取タルセカレ馬ノ鞍ナン共アヤシケナル御馬ニメス（半井本）（125―11）

けんひいしまさしけすけなかおつたてのくハんしにて四人をの〳〵ちうふくの御しやうそくにて御馬をはしもへともとりてけれは（ママ）きとりにしたるむまのくらなんともうたてけなるにそのり給ひけるめもあてられぬ御ありさま也（龍門本）

検非違使惟繁資能二人追立の使にて兄弟四人各重服の装束にて御馬をは下部取てけれは押取にしたる鞍なともうたてけなるにそ乗給ひける見る人目もあてられさりけり（流布本）（392上14）

事項＼系統	半	龍	流	鎌	宝	根
1崇徳乗船	1	1	1	1	1	
2直島の御所について	2					2
						1
3重成暇乞い			3	3		3
4遷幸の様	4	4	4	4	4	4
5昔日の栄華と比す		5				
6崇徳重仁を思う	6	6	6	6	6	6
7崇徳女房を思う	7	7	7	7	7	
				5	5	
8先例		8	8	8		
9崇徳讃岐下着		9	9			
		2				
10崇徳松山の堂に入る		10	10			
11崇徳詠歌（浜千鳥）			11			
12源平合戦の噂	12	12	12	12	12	12

該箇所は、かつて高橋貞一氏が[12]、半井・流布両本の類似を強調した部位であるが、人名の相違などがあるものの、流布本は半井本以上に龍門本に近似している。

構成面における龍門・流布本の類似例として、崇徳院配流記事の一部を示す。当該部、諸本の大まかな構成は上表の通りである。

上表に依れば龍門本と流布本の記事配列に近似が見いだされる。ただ、いくつかの相違はある。2は配所直島の様と当地における崇徳院の処遇についての朝廷の指図を内容とする。半井・根津本は、これを離京記事中に置くが、龍門本は讃岐下着記事の後に置く。存在位置は龍門本の方が適切である（流布本を含む他系統は、さらに後方、崇徳院の松山から直島への移遷記事の後に置く。これはこれでよい）。11の「浜ちどり跡はみやこへかよへども身は松山にねをのみぞなく」の詠を龍門本は持たない。宝徳・根津本は、崇徳院の都宛て書状に添える。該詠は、「千鳥の跡」すなわち筆跡のみが都に届くことを嘆く趣旨の歌であるから、宝徳本等の位置が適正であり、崇徳院が松山の堂に入って詠んだとする流布本の配置は不当である（3は半井本・龍門本・宝徳本では、1より前に存在）。こう見てくると、半井本・龍門本・流布本の中では龍門本の筋の運びが難がないように見える。

以上、部分的ではあるが、龍門・流布両本間に類似の見られることが明らかになった。この類似現象を如何に解釈すべきか、次にはこのことが問われよう。となれば、まずは、流布本の本文性格を解明する必要が生じる。流布本については、半井本を「有力な源流本としているが、他の諸本の影響もあり、そのほか雑多な文献から多様な抄入をおこなっ(13)」て成立したと見る永積氏の認識が現在も通行しているかと思われる。流布本が半井本的な本文を基盤としてそこに宝徳本の如きに見られる成果を持ち込み、構成・文章共に新たにした系統であるとの認識は大体において誤ってはいないだろう。ただし、「半井本をうけついだかにみえる部分が殆どではあるが、半井本を経ずに一挙に流布本に至ったかにみえる部分もある」事実より、「流布本は半井本を主なる底本として補訂された」との考え方に疑問を呈する犬井氏の見解がある。まずはこの点を検討してみたい。流布本が文保本、半井本のいずれにより近いかは、かなり重要な問題であるに違いない。しかし、この点明確にはしがたい。半井本系統と流布本系統との間に緊密な同文的類似が見いだされないからだ。両者の類似は主として文章の趣意や構成レベルで見られる。従って、文保・半井両本における些細な異同の多くが流布本に反映してはいない。ただ、細かい比較が可能な部位については、文保本、半井本の各々と符合もしくは類似する事例が見いだされる。それらのいくほどかを掲げる。まずは、流布本が文保本と一致もしくは類似する事例である。

①　流布本―柏原の天皇（361下15）
　　文保本―柏原天皇（影8―5）（96―13）
　　半井本―葛原天皇（47―5）

②　流布本―副将軍の宣旨をかうふりし（362上1）
　　文保本―副将軍ノ宣旨ヲカフリシ（影9―7）（97―5）

半井本―其恩賞ニ副将軍ノ宣旨ヲ蒙リシ（47―13）

③流布本―物其者にはあらね共（363上6）

文保本―者其物ニテモ候ハネハ（影17―5）（101―2）

半井本―其人柄ニテ候ネハ（52―4）

④流布本―鏑矢（365下15）

文保本―鏑（影35―11）（110―2）

半井本―引目（62―13）

⑤流布本―猛火既に御所におほひ候（368上4）

文保本―猛火既ニ押懸リ候（影49―1）（116―9）（ただし行間書き入れ）

半井本―なし

⑥流布本―蔵人太夫経憲も馳来て抱付奉けれ共かひもなし（368上17）

文保本―蔵人経憲モ参テイタキ奉テ泣居タリ（影51―11）（118―4）

半井本―なし

次に、流布本が半井本と一致もしくは類似する例を示す。

㋐流布本―前左衛門尉頼賢とそ名乗ける（361上18）

文保本―四郎左衛門尉頼賢（影4―10）（95―2）

半井本―四郎左衛門尉頼賢ト名乗リケル（45―5）

㋑流布本―時代久しく成下れり（361下15）

文保本―時代久ク、タレル者ナリ（影8―6）（96―13）

半井本―時代久ク成リ下レリ（47―5）

㋒流布本―凡夫の所為とも覚候はす（362上11）

文保本―凡夫ノイツヘキヤウカ（影10―12）（98―1）

半井本―凡夫ノ態ト覚ス（48―10）

㋓流布本―おほく矢共を請しかと（362下18）

文保本―多ノ矢カスアタリテ（影13―12）（99―8）

半井本―多ノ矢員ヲ請タレ共（50―6）

㋔流布本―山中にて水きこしめしつる（369下10）

文保本―山中ニテ水ノマイリツル（影61―6）（123―2）

半井本―山中ニテ水ヲキコシ食ツル（78―4）

これらを比較すると、流布本と文保本の間には、⑤⑥などにかなり顕著な符合・類似が認められる（⑤などが犬井説の主要な論拠）のに対し、半井本と流布本との符合・類似は微細なものが多く、両者の関係を強く主張するものではないように思える。三者の関係はいまひとつ明らかではなく、流布本が文保本・半井本の各々に符合・類似する箇所を持つ事実については、これを文保本から現在の半井本諸本に至るある階梯の伝本が流布本の形成に利用されたことを示すかと考えることもできそうだが、よく分からない。

その本文性格を上述のように捉えられる流布本と龍門本の間に部分的ではあるが類似が見られることをどう考えるべきか。流布本➝龍門本といった流れを想定することはまず無理である。流布本を特徴づける固有記事、例をあげれば、関雎・無塩君・虞舜・頼長信西亀卜論等の影が龍門本にはまったく見出されないからである。龍門本を流布本の影響下に置くことはできない。それでは、龍門本の影響下に流布本を置くことができるかといえばそれもまた難しい。符合・類似が部分的でかつ細部の筋立てに係わるものが多いことよりして、両本の間に直接的な関係があったとは考えにくい。

蓮如（蓮阿・蓮誉などとも）なる聖が讃岐に崇徳院を訪ねる記事を龍門・流布本は共に有していない。半井本・鎌倉本・宝徳本・根津本は有しているが、半井本についてはその存在位置の不適さを説く服部幸造氏の見解がある。(14)当該記事に係わって注意すべきは、崇徳霊が保元の乱の敗将達を供として清盛邸に入った由の夢を半井・龍門・流布本が有する事実である。この夢は、その後の清盛による後白河圧迫を予告するものだが、龍門・流布本は「〔ある〕人の夢」とし、特定の人物と結びつけてはいない。対して、半井本は蓮如の見た夢とする。該話は、『平家物語』の数種の異本にも見られ、『源平闘諍録』や長門本もやはりある人物の夢とするが、『源平盛衰記』は教盛の夢とする。『源平盛衰記』の場合、清盛の弟である教盛に付会することでその夢に迫真性を与えようとしたと思われるが、半井本の蓮如もまた同様の意識により付会されたのではないか。すなわち、元来はある人物の夢語りとして記されていたが、半井本の場合、蓮如記事を取りこんだため、かつて崇徳院に仕え、かつ院の生前彼を讃岐に訪うた唯一の人物として設定される蓮如こそ夢を見る資格のある人物と認識、その結果、蓮如の夢という形が生みだされたのではないか。臆測の域を出ないが、もしこうした考えが認められるなら、ある人の夢と記す龍門本は流布本と共に半井本より古い形態を伝えていることになり、それはおそらくは両本の共通母胎から引き継いだものだろう。

このように、龍門本は、半井本以外に、鎌倉本や流布本との類似も見せているが、前にも述べたようにこうした現象を如何に捉えるかは中々に難しい。龍門本は、現存本を遡る時点で鎌倉本や流布本の前形態と接触をもったと考えることもできそうであるが、如何なものだろう。

以上、龍門本の古態性に視点をあてて論を進めてきたが、該本の性格はさほど単純ではない。現存本に至る過程で改変が加えられたようであるし、かつ後補性の高い記事をも含んでいる。崇徳院方武士断罪の時日について半井本に本文の混乱が見られることは既に述べた。二十五日断罪記事が、半井本中において「ただ一ケ所、追時的記述形式の破綻を生んでいるかにみえる」箇所であることが栃木氏により指摘されていることも紹介したが、龍門本もまた半井本と同様に日並記の面でのくずれを見せている。龍門本の記載する時日をたどると、七月十四日頼長死亡、十五日崇徳院方の廷臣推問、十六日為義の逃亡から降参、二十五日崇徳院方の武士断罪、二十二日仁和寺に勅使派遣、二十三日崇徳院配流、三十日師長忠実に呈状、八月二日師長等遠流、十日崇徳院讃岐下着、十八日忠実知足院に遷移、二十一日為朝捕縛記事の開始、と展開しており、傍線で示すように、崇徳院方武士の断罪記事に冠された七月二十五日の日付のみが半井本と同じく時日の流れにそわない。となれば少なくとも該箇所に限っては半井本の上流に龍門本を据えることはできそうもない。また、本文面における不手際も見いだされる。為義の幼少の子息達の斬首記事に例を求めるなら、彼等は「北山たかう」（高尾であろうか。他系統は舟岡山）において処刑されたが、その母は刑地の北山に行くために「かつらかハのひかしのはたにつきてくたりさまに」「五条かすへ」まで赴いたとする。このことは、龍門本が京の地理にまったく不案内であることを語っており、後人による改竄が考えられる。

また、家貞諌言、経沈め、崇徳追号などの記事を持つ点に後補性が窺われる。その一つ、家貞諌言記事は、義朝に父を斬らせるよう仕組んだ清盛を家貞が諌める内容を持つ。家貞が、清盛の父忠盛の股肱の臣として『平家物語』（殿上の闇討）に印象深く描かれていることはよく知られており、清盛の御意見番的な役割を家貞に負わせている当該記事が、『平家物語』の影響下に生み出されたであろうことは容易に想像される（第二章第一節に詳述）。こうした後補性の高い記事が、現在の龍門本に至るどの段階で取りこまれたのか明らかではないが、龍門本の後出性を示唆している。

結局のところ、龍門本は、文保本や原鎌倉本をも遡りえる可能性を持ち、かつ流布本の旧態とも繋がる姿を残すかと考えられる一方で、意改・増補の痕もあり、その位置づけは一筋縄ではいかない伝本と言えそうだ。

それに、現在の龍門本は平仮名を多用しており、人名などの固有名詞や単語に単純な誤りが少なくないし、不注意に因る欠脱も見られる[15]。このことより現存本はかなりの転写を経たものと推測される。

四　文保本の本文形成に係わった別種の伝本

前項での考察結果は、龍門本もまた位置づけの難しい、古態性の面では不安定な伝本であることを語っている。龍門本本文の純良性が信頼できるものなら、より正確に言うなら文保本の形成に与った親本の一つが現在の龍門本とさほど懸隔のないものであったなら、文保本（文保本が存在しない下巻については半井本）と龍門本を対校し、龍門本と相違するもしくは龍門本に存在しない文保本（半井本）の記述については、これを文保本（半井本）が龍門本の如きでない別の親本に依ったものとみなし、それらの事象を集積することで朧気ながらも別の親本の形姿を推考することは不可能ではない。しかし、文保本が利用したであろう龍門本に近い伝本と現在の龍門本との間にどれほどの懸隔があったのかそれを見定めることはできそうにない。であれば、龍門本とは近似しない文保本（半井本）の箇所を、文保本（半井本）が龍門本の如きではない別の親本に依ったと決めつけることはあやうい。それでは他にどのような方法があるのかとなれば、やはり龍門本を一つのものさしとする以外に手だてはないようにも思う。そして、中巻（文保本現存部）についてはこれもやはり書き入れを手掛りとするほかあるまい。校合であることが明らかな書き入れ箇所に、文保本の形成にかかわった複数（少なくとも二本）の伝本の姿が伝えられていることはまちがいない。となれば、それらを検討することで複数の親本の姿をいくらかでも明らめることができるかもしれない。これら書き入れについては、既に犬井氏により逐一綿密な検討がなされているので、各々については同氏論文に依られたい。ここでは、明らかに校合と判断されるもののみを対象とする。まずは、龍門本が利用できる中巻後半部を扱う。当該部には、欠脱の補塡であることが明らかなものを除けば、十二の行間書き入れが存在していることは「一　文保本の本文形成と龍門本」に述べた。それら十二項中、本行と同筆と判断され、校合であることが明白もしくはその蓋然性が高いものは④⑤⑧⑨⑪の五項である。それらについて、本行本文・書き入れの各々と同じもしくは類似する系統を示すと、次のようになる。

④　書き入れ―龍門本・鎌倉本・宝徳本・流布本、なし―根津本
⑤　書き入れ―根津本、本行―龍門本・宝徳本・流布本
⑧　書き入れ―龍門本・根津本、本行―宝徳本・流布本
⑨　書き入れ―龍門本・根津本、本行―なし
⑪　書き入れ―なし、本行―龍門本・宝徳本・根津本

書き入れ、本行本文のいずれかと一貫して符合する系統は見あたらないが、文保本が複数の異本本文を適宜混合する形で形成されたとすれば、この現象を不審とするにはあたらない。複数の親本の本文が、ある箇所では本行本文として取りこまれ、ある箇所では校合として傍書されたと考えれば問題はない。しかし、系統間の符合や異同に明確な一貫性が見いだされない点は不審とすべきかもしれない。文保本の本文形成に利用された親本が、現存系統のいずれかと緊密な関係にあるなら、現存系統間に明確な対峙が見いだされるはずだが、そうした事実は見られない。⑨⑪は、親本の一方の形が現存系統のいずれにも伝えられていないことを示しさえしている。

結局、この程度の資料からは、文保本の複数の親本の姿を推考することはできそうにない。それら親本は現存系統のいずれとも異なるが、敢えて言えば、一つは龍門本・根津本に、もう一つは宝徳本・流布本に近い記述をごく一部に持つものだったのではないかとするにとどまろうか（それも、親本が二本であるとの仮定に立てばの話である）。

以上は、龍門本が対校できる部位についての考察から得られた結果である。龍門本が利用できない文保本前半部

に存在する書き入れについても一応考察する。校合であることが明白な、もしくは校合である蓋然性が高い書き入れを掲出すれば、次のようになろうか。

① □ラソイカチタランモアシカリナン。《故無益ナリ》トテ（影4―1）（94―8）

宝―論申ても無益也（影447―4）（275―11）

根―相当記述なし

流―父の前にて兄と先を論せん事あしかりなん（361上10）

② ヒ《ムナイタ》 キアワセ（影10―7）（97―12）

宝―引合（影449―3）（276―11）

根―引合（38―7）

流―胸板押付（362上8）

③ クケイ ノ 板 ヲ ヌイサ マニシタ《弓手ノ草摺ヌイサマニコソトヲリタレ》、カニコソ仕レ（影20―1）（102―6）

宝―障子の板を縫さまにした丶かにそ射止たる（影463―4）（283―8）

根―しやうじの板をぬひさまにした丶かに射付たり（41―12）

流―弓手の草摺をぬいさまにそ射切たる（363上17）

④ 責寄テ《後ニ立テ》（影32―3）（108―6）

他本相当記述なし。

⑤ 甲ノ星七八《二三》許（影33―4）（108―13）

宝―甲の星七八（影477―5）（290―15）

根―甲の星七八（46―1）

⑥
流—冑の星を（365上17）
後ナル御堂ノ門ノ扉《ホウタテノ板ニィ》ヲ　ノ　中過テソ射通シタル（影33—5）（108—13）
宝—遥ニ後なる宝庄厳院の門の扉の厚五六寸斗なるか金物く、みニ箆中過てそ立たりける（影477—6）（290—16）
根—後なる宝荘厳院の戸ひらのあつさ六寸あるを金物くはへてつとをる（46—1）
流—法庄厳院の門の方立に箆中せめてそ立たりける（365上17）

⑦
馬《鞍ノ前ツハ》　ノユカミニ取付テ（影33—6）（108—14）
宝—鞍の前輪を強くおさえ（影478—1）（291—3）
根—前輪にかゝり（46—3）
流—相当記述なし

⑧
後三年ノ軍ニ鳥　海《カナサワノ城セメラレシニ》　ノ　タ　チ落サセ給ケル時(16)（影35—1）（109—11）
宝—後三年の御合戦ニ鳥の海の城を落されし時（影480—3）（292—4）
流—後三年の合戦に出羽国金沢の城を責給し時（365下9）

⑨
根—相当記述なし
鐙《力革》ノミツヲ皮馬ノ折骨二ヲイキテ（影37—9）（110—14）
宝—鐙の水の緒革加て馬の折骨五六枚さつと射切て（影482—8）（293—8）
根—鐙のミづをかねかけて馬のをり骨四五枚射きりて（47—4）
流—力革懸てふつと射きり馬の太腹かけすとをれは（365下20）

⑩
アナタヘトヲテ《矢ハクケテ門ノ柱ニソタチニケル》。カフラハ《カリマタハスナコニサトタチニケリ》　サト破テノクコナタニクタケテチル（影37—10）（111—1）

宝―矢ハあなたへつつと通りて大地ニつはと立鏑ハ此方へこけてさつと散る（影482―9）（293―9）

根―射きりて矢ハつとぬけて土につはとたちたり（47―5）

流―とをれはかふらはくたけてちりにけり（366上1）

⑪　イツカタトモナク落行ヌ院モ左府モ北ヲサシテ落サセ給ケルヲ敵責懸ケレハ

ケルカ射残シタル鏑矢ヲ白河殿ノ惣門ニ射立テ末代ノ者ニミセントテ門ノホウ立ノ板ニ射止テ置テ通ニケリ

（影50―9）（117―8）

宝―その中ニ八郎為朝たゝ一騎ひきのこりて（略）取て返して走来て表矢の鏑の一筋のこりたりけるを末代の者に見せんとて宝荘厳院の門の柱ニ射止てそかへりける（影506―1）（304―14）

根・流―相当記述なし

⑫　ツイニ馬ヨリ落サセ給ヌ（影51―4）（117―13）

シタテマツリ

宝―頽落させたまひけり（影516―7）（305―16）

根―軈は落させ給ひけり（52―14）

流―真倒に落給へは（368上15）

⑬　忠正カハセ通ケルニ君ノカク成セ給ヌルソヤト盛憲詞ヲ懸ケレハ馬ヨリ下テ。蔵人経憲モ参テ

タキアケ奉テ御馬ニノセ奉ラントスレトモイカニ

モカナハセ給ハネハ地ニフセタテマツル

イタキ奉テ泣居タリ少監物信頼ト云物松カ崎ノ方ヘハセ通ケルカ是ヲミテ馬ヨリヲリ御馬ニカキノセ

マイラセントシケレトモスコシモハタラカセ給ハネハ経憲トフタリシテ近キ程ナル小家ニカキ入マイラセテ（影51―9）（118―2）

宝―御先ニ打ける家弘これを奉見なを先ニありける平馬助か松か崎の方へおちけるを呼返してかくと告たりけれハ忠正あな心う世ハいまハかうとこそとていそき取て返して馬ニかきのせ奉らんとしけれとも乗たまらせたまふへしとも見えさりけれハ近辺なるところニかき入奉り（影517―4）（306―5）

根―左衛門太夫家弘これを見たてまつりてさきに行ける平馬助忠正をよひ返してこハいかにし奉るへきや（といひけれハ忠正あなあさましの御ありさまや―底本なし。京都大学附属図書館蔵本で補う）とて御馬にかきのせ奉らんとすれともかなはねハとある小屋にかき入奉りて（52―16）

流―蔵人太夫経憲も馳来て抱付奉けれ共かひもなし延頼は松か崎の方へ落行けるか是を見奉て甲冑をぬきすて経憲と共に小家の有けるにかき入まいらせて（368上17）

⑭　或小家ニ《下シ》カキ入奉ル（影53―5）（119―1）

宝―あたりなる小屋におろし奉て（影518―9）（306―16）

根―ある小屋にかき入奉りて（53―6）

流―あれたる坊に入奉て（368下9）

⑮　藤《頭イ》中将公親（影58―2）（121―8）

他本相当記述なし。ただし諸本他所には頭中将とある。

これらについて、書き入れ・本行本文の各々に符合もしくは類似する系統をまとめると、

①　書き入れ―宝徳本、本行―流布本

②　書き入れ―流布本、本行―宝徳本・根津本

③　書き入れ―流布本、本行―なし

④　書き入れ―なし、本行―なし

⑤　書き入れ―なし、本行―宝徳本・根津本

⑥　書き入れ―流布本、本行―宝徳本・根津本

⑦　書き入れ―宝徳本・根津本、本行―なし

⑧　書き入れ―流布本、本行―宝徳本
⑨　書き入れ―流布本、本行―宝徳本・根津本
⑩　書き入れ―根津本（左書き入れに近い）、本行―流布本、混在―宝徳本（左書き入れと本行）
⑪　書き入れ―宝徳本、本行―根津本・流布本
⑫　書き入れ―なし、本行―宝徳本・根津本
⑬　書き入れ―宝徳本・根津本、本行―流布本
⑭　書き入れ―宝徳本、本行―根津本
⑮　書き入れ―宝徳本・根津本・流布本、本行―なし

となる。この場合もまた書き入れ・本行本文の各々と他系統との間に一貫した法則性は見いだされない。ただ、宝徳本・根津本と流布本とが相対している場合が比較的目に付く。④は、文保本の親本の姿のいずれもが、③⑤⑦⑫⑮は、それらの一方の姿が現存系統のいずれにも伝えられていないことを示している。龍門本が利用できるなら、おそらく結果は異なっていただろうが、それも想像の域を出るものではない。

結局、龍門本の如きとは異なる親本については、現存する特定の系統と緊密なかかわりを有するものではないが、かといって現存諸系統とまったく交渉のないものでもない、それらの多くと接点を持つ伝本だったらしいというにとどまるほかない。なお、鎌倉本は中巻を欠くため利用できない。

以上は、中巻の考察から得られる見通しであるが、下巻については文保本そのものが存在しないので、文保本を「原型」として成立したとされる半井本を以て間接的に考えざるをえない。ただ、下巻の場合も文保本の形成事情は中巻とほぼ同様だったことは間違いないと思われるので、「二　半井本下巻と龍門本」で半井本に異種本文混合の痕跡が認められると判断した箇所を、他系統に窺うと、次頁の如くになる。

事項　＼　系統	相当記述が存在する系統	相当記述が存在しない系統
信西謀計（①の傍線部）	鎌・宝・流	龍・根
重仁出家の一部〔②の（イ）〕	宝・流	龍・根（鎌は欠巻部）
為義降参の一部〔③の（イ）（ウ）〕	根・流	龍（鎌は欠巻部、宝は大異）
花山院威嚇事件の一部〔④の（イ）〕	宝	龍・鎌・流（根は記事なし）
為義、忠正に倣って降人となる〔⑤の傍線部（ア）〕	宝	龍・根・流（鎌は欠巻部）

これらの場合、すべてにおいて相当記述が龍門本には存在していない。龍門本は古態を計る尺度として不安定ではあるが、下巻の場合も、大局において文保本の親本の一本は、現存系統中では龍門本に最も近い形態だったと推測できるから、文保本は、各部位をそれに主拠し、それにない記述を別の親本から拾補したとみなすことは一応可能である。そうした立場から右表を見ると、龍門本に近い形態ではない別の親本は、宝徳本に類似していたかとも推測されるが、それも確としたものではない。

以上、中・下巻を通して龍門本に近い形態ではない別の親本に依拠したであろうと思われる文保本（半井本）の本文を点検したが、結果としてこれらの本文群が現存する特定の系統と一貫して符合する現象は見られなかった（鎌倉本については多くが欠巻部に属するため不明が多い）。程度の差はあれ宝徳本・根津本・流布本の各々に似通う記述が見いだされる一方で現存のいずれの系統とも符合しない記述もまた存在している。とすれば、文保本の親本となった、龍門本の如きではない別の伝本を想定するにしても、それは現存のいずれの系統とも異なるが一面何らかの接点を持つ、しいていえば比較的宝徳本との類似が目につく伝本であったかとの臆測を繰り返す以外にない。ただし、その場合でも、親本の数が二本でかつ一本が龍門本の如き形態であったならばという仮説の上に立つ。もっとも、異なった内容を持つ複数の伝本の本文を適宜混合して文脈に撞着が生じないように新たな異本を作りだす作業には多大の労苦が必要であろう。現実問題として、多数の伝本の本文を自在に取捨して組み合わせ、矛盾のない本文を構築することは不可能に近い。常識的に考えて二本多くても三本が限度ではないか（その場合でも主として用いるのは二本で残りの一本は参照する程度ではなかろうか）。もちろん、こうした常識論で処理してよいかは疑問だが（例えば『参考保元物語』の如き詳細な校本を作成した上での作業なら、複雑な本文混合も可能である）。

実状がこうである限り、個々の事象を遂一検討しその結果を集積する方法は一見堅実なように見えて、拠って立つ基盤が脆弱でありかつ資料も乏しいため、期待するような成果は得られない。むしろ大雑把であっても一つの目安をたてる方が得策かもしれない。そしてその目安については下巻から示唆が得られよう。

下巻（特に後半部）においては、半井本と龍門本の間に本文面で特に緊密な類似は認められないが、記事項目の有無では近い関係にある。半井・龍門本と鎌倉・宝徳本が各々グループをなしており、半井・龍門本は相似した作品世界をもって鎌倉・宝徳本に相対している。現存半井本が「文保本の行間書き入れをも含めて本文としてたどった伝本を祖本とする、混態の本文を備え」る伝本である以上、文保本と半井本の築く作品世界に大差はない。半井本が龍門本に似るということは文保本もまた龍門本に似るものであったことになる。文保本は龍門本に近い形態を持つ伝本を含む複数の親本の本文を混合してなった本文を持ち、かつ下巻後半については龍門本の如きではない別の親本に多く依拠した節がある。そのような事情を経て成立した筈の文保本が結局は龍門本のそれと大差のないものであるということは、文保本の親本の中、龍門本の如き形態ではなかった伝本もまた文詞については措くとしても記事項目の有無という点においては龍門本とははなはだしい差異を持つものではなかったということになるのではあるまいか。『原保元物語』の成立がいつであったかは分からないが、「『保元物語』のすべての現存諸本」は『六代勝事記』が成立した「貞応年間を溯り得ない」とする弓削繁氏の見解[17]が認められている。文保本が形成された文保二年は貞応三年より九十四年後にあたる。『普通唱導集』（永仁五年（一二九七）の序）の周知の一節によれば、『保元物語』は十三世紀末までには琵琶の曲節にのって語られるまでに成熟していた。となれば、文保本以前に異本の分岐・派生はかなり進んでいたと考えてよかろう。しかしこれまでの考察に依る限り『保元物語』には文保本形成の時点ではなお現在見るような鎌倉本・宝徳本・流布本の各々を特徴づけるような増補記事の出現はなかったのではないかと思われる。より正確な言い方をすれば、既に存在していたかもしれないが少なくとも文保本がその形成に際して用いた複数の親本は記事項目の点では相互にさ程大きな相違を持つものではなく、現在の鎌倉本・宝徳本・流布本の各々を特徴づけている固有記事を持つものではなかったと考えるのが穏当ではないか（ただし、家貞諫言記事などは既に生まれていたかもしれない）。

本節に述べきたったところをまとめる。文保本が複数の親本を有し、それらの本文を適宜混合することによって形成された伝本であること、その複数の親本の一つが現存系統中では龍門本に近い形態であったことを確認し、それを踏まえた上で別の親本の形姿をさぐる可能性を検討し、一つの見通しを得ることを試みた。本節の目的は、文保本の形成事情のより具体的な解明と、できうれば文保本の形成に利用された古態本文を明らめることだが、結果的には歯切れの悪いものとなった。文保本が中巻のみの零本であること、龍門本が後半部しか利用できないこと、その龍門本も古態を探る試金石として揺るぎない位置を占めているとはいいがたいこと（もっとも、程度の差はあれ、現存するすべての伝本が混合本であり、古態性で絶対的に優位に立つ伝本など存在しないことは現在では自明である）、鎌倉本が中巻を欠いていることなどが大きな障碍となっているためである。しかし、見方を変えるなら、鎌倉末期書写の文保本、その形成に係わったであろう親本の一つの形をいくばくかでも伝えている龍門本が現存していることは、他軍記に比して幸運であるのかもしれない[18]。

注

（1）「保元物語の文学史的意義—文保・半井本および金刀比羅本をめぐって—」（『中世文学の世界』岩波書店　昭和三十五年）、後に『中世文学の成立』（岩波書店　昭和三十八年）に補訂再録。以下、本節における同氏の論は当該書に依る。

（2）「『保元物語』に於ける基礎的一、二の問題—諸本先後問題の再検討—」（「国語と国文学」37—4　昭和三十五年四月）、後に『軍記物語形成史序説—転換期の歴史意識と文学—』（岩波書店　平成十四年）に収録。

（3）「『保元物語』の形成と発展—「語りもの」の形成に関する一試論—」（「国文論叢」8　昭和三十五年五月）、後に日本文学研究資料叢書『戦記文学』（有精堂出版　昭和四十九年）に採録。

（4）「文保・半井本系統『保元物語』本文考—文保本の本文消去および行間書き入れをめぐって—」（上）（下）（「国語国文」38—2・3　昭和四十四年二、三月）。以下、本節における同氏の論は当該論文に依る。

（5）古典研究会叢書『保元物語』下巻（汲古書院　昭和四十九年）の解題。

（6）半井本・流布本と鎌倉本・宝徳本との間には微妙な相違がある。半井本・流布本の場合、信西による寛刑布告は院方の廷臣達に対する施策であったように読みとられるが、鎌倉本・宝徳本においては廷臣のみならず将士も対象となっている。そのため布告を信じて降った将士達が悉く斬刑に処せられる点信西の謀略色が濃い。

（7）文保本における該当箇所は左掲の通りである。

式部大夫盛憲ト成隆ト落合マイラセテ左府ヲカ、ヘマイラセテ泣居タリ忠正カハセ通ケルニ君ノカク成セ給ヌ
タキアケ奉テ御馬ニノセ奉ラントスレトモイカニモカナハセ給ハネハ地ニフセタテマツル
ルソヤト盛憲詞ヲ懸ケレハ馬ヨリ下テ　。蔵　人　経　憲　モ　参　テ　イ　タ　キ　奉　テ　泣　居　タ　リ少監物信
頼ト云物松カ崎ノ方ヘハセ通ケルカ是ヲミテ馬ヨリヲリ御馬ニカキノセマイラセントシケレトモスコシモハタラ
カセ給ハネハ（影51—8）（118—1）

忠正による頼長介抱記事は右の如く書き入れであり、本行本文が依ったとは別の伝本の本文を取ったと推測されるが、本書き入れには主語がない。意味を通すためには、少なくとも、傍線部の「忠正カ」まで本行本文を遡らねばならない。ということは、例えば本行本文は親本Aに、書き入れは親本Bに依ったという風に画然と区分けすることはできず、本行中で異種本文が融合していると考えられる。

（8）『保元物語』の成立と展開―崇徳院讃岐遷幸関係記事をめぐって―」（「語文論叢」7　昭和五十四年九月）、後に『軍記物語形成史序説―転換期の歴史意識と文学―』（岩波書店　平成十四年）に修訂収録。

（9）この断罪記事に見られる混乱を、野中哲照氏は物語が段階的に成立したとの観点から説明する。野中説については注（18）を参照されたい。

（10）上巻については文保本も存在せず龍門本も利用できない。従って、文保本形成の実態を闡明することは不可能に近い。ただ、上巻もやはり中・下巻と同様な成立事情だったのではないか。そう考える根拠を一例示す。

中ニモ美福門院ノ御歎類少クコソ承シカ（ア）玉ノスタレヲカ、ケテカケテ龍顔ニ向奉リ（イ）金ノ床ヲ払ツテ玉体ヲ並ヒ奉リ給フ（ウ）床ノ上ニハ旧キ御衾空残リ（エ）御枕ノ下ニハ昔ヲコウル御涙ノツモリ（オ）今ハ燈ノ下ニハ影トモナウ御事モマシマサネハタ、籬ニスタク虫ノ音モソ、ロニ恨メシ（カ）南庭ニ花ヲ見シトモ袖ヲツラネシ薫ニモアラス北園ニ虫ヲキケ共枕ヲ並ヘシ音ニモアラス只夜モナカウ日モ永クソ思食ケル（10―1）

鳥羽院に先立たれた美福門院の嘆きを綴る半井本の部分である。未刊国文資料本・新日本古典文学大系本・角川ソフィア文庫本すべて、傍線部（イ）から（ウ）にかけて「並ヒ奉リ給フ床ノ上ニハ」とし、一連の文と見る。しかし、「金ノ床ヲ払ツテ……床ノ上ニハ」と、「床」の重複が見られ、（イ）と（ウ）の続き具合はなだらかではない。（イ）「金ノ床ヲ払ツテ玉体ヲ並ヒ奉リ給フ」は（ア）「玉ノスタレヲカ、ケテカケテ龍顔ニ向奉リ」と対句をなし、（ウ）「床ノ上ニハ旧キ御衾空残リ」は（エ）「御枕ノ下ニハ昔ヲコウル御涙ノツモリ」とやはり対句になっている。要するに、（ア）と（イ）、（ウ）と（エ）は対句関係にあるため、（イ）「金ノ床ヲ払ツテ玉体ヲ並ヒ奉リ給フ」は末尾に句点を打つのがよい。ただし、このように把握すると、（ア）（イ）から（ウ）（エ）への展開が如何にもまずい。そのことが、未刊国文資料本等の処置を引き出したと思われる。また傍線部（オ）「今ハ燈ノ下ニハ……」以降の記述は鳥羽院没後のことを現在形で述べているのだから、これに先立つ記述（ア）（イ）（ウ）（エ）は、昔すなわち鳥羽院在世中のことが記されていなければならない。確かに（ア）（イ）は鳥羽在世中のことだが（ウ）（エ）はそうではない。であれば、（ウ）（エ）は（ア）（イ）（オ）の文脈には乗らない。さらに、（オ）の「籬ニスタク虫ノ音モ」は（カ）の「北園ニ虫ヲキケ共」と同事象を扱い重複的である。とすれば（オ）と（カ）ももとは同一本の本文ではなかった蓋然性がある。すなわち、（ア）（イ）（オ）と（ウ）（エ）（カ）は各々グループをなして対峙している趣がある。これら二グループはもとは別の伝本の本文であったものが半井本において混合されたとは考えられないか。他系統に目を向けると鎌倉本は、

中にも女院の御歎こそ類なくハ聞えしか床の上にハ古き衾空く残御枕下にハ昔を恋る御泪尽せす南庭に花を御覧すれ共袖を列し勾（ママ）にハ非北園に虫を聞召とも扮（ママ）を双し卿《響》に異なり夜も長日も永そ覚召（影743―2）（15―12）（根津本同趣）

としており、半井本の（ウ）（エ）（カ）と同型である。このことは（ウ）（エ）（カ）のみで表現がこと足りることを示している。この鎌倉本（根津本）の存在が前述の仮説を裏付けてはいないか。半井本の時点では（ア）（イ）（オ）と（ウ）（エ）（カ）とは同じ本行本文として存在しているがその「原型」である文保本の段階ではいずれか一方が書き入れであったかもしれない。一例ではあるが半井本上巻もまた中巻と同様な形成事情ではなかったかとの推測を可能にさせる部分ではある。

(11)　目に付く矛盾は、為義に従い合戦に加わった子息の数を、ある箇所では六人、他箇所では七人としている程度である。

(12)　未刊国文資料『保元物語（半井本）と研究』（未刊国文資料刊行会　昭和三十四年）

(13)　日本古典文学大系『保元物語　平治物語』解説。

(14)　「延慶本『平家物語』と鎌倉本『保元物語』―崇徳院説話をめぐって―」（「名古屋大学国語国文学」27　昭和四十五年十二月）、後に『語り物文学叢説―聞く語り・読む語り―』（三弥井書店　平成十三年）に収録。

(15)　龍門本の欠脱を文保本（半井本）の本文を以て補正し得る事例を示す。

①（頼長を―原水補足）あやしの小いゐにかき入たてまつりて御せんなんとすゝめたてまつるもかなしくて御まくらによりてけんけんかまいりて候君ハしらせ候かと御みゝにあてゝたからかに申けれは

龍門本の傍線部「すゝめたてまつるもかなしくて」は文意が明瞭でない。相当部、文保本は、「ヲモユナト勧奉レトモ露許モ御喉ヘ入サセ給ハス玄顕見奉ニ悲テ」（影70―3）（128―3）としており、これが本来の姿と思わ

れる。龍門本は「奉」の目移りによって傍点部を欠落させたのだろう。

② さふうせたまひてしきしへんくハんもミちくれていけつせんとうも世をあけてをしミ奉りけれとも

傍線部「ていけつせんとうも世をあけて」は文章としてよくない。当該箇所、半井本は、

左府失セサセ給テ職事弁官モ道暗ク帝闕仙洞モ捨レナント世コソテヲシミ奉シカ共（86―8）

とする。「職事弁官モ道暗ク」と「帝闕仙洞モ捨レナン」が対句形式を取る半井本の形が本来であり、龍門本は傍点部を欠落させたと考えられる。当該部については、根津本・流布本も半井本に近い文を持つ。

③ あきもやう〳〵ふけゆくまゝにいとゝものかなしくてまつをはらふ風のこゑもよハリ行

傍線部「まつをはらふ風のこゑもよハり行」は文章としてよくない。半井本には、「松ヲ払風ノ音モハケ敷テ、叢毎ニ鳴虫ノ音モ弱リ」（131―4）とあるところより、龍門本は傍点部を欠落させたと思われる。

(16) 当該書き入れが、本行本文の欠脱を補うものか校合であるかは議論の分かれるところだが、新日本古典文学大系本・角川ソフィア文庫本脚注が指摘するように、金沢の柵攻略と鳥海の館攻略とは同一の合戦において併存しえないことより、校合と判断してよいと思う。第五章第三節を参照されたい。

(17) 「六代勝事記と保元物語」（「山口大学教養部紀要」15　昭和五十六年十月）、後に『六代勝事記の成立と展開』（風間書房　平成十五年）に収録。ただ、厳密に言えば、弓削氏説は「『保元物語』のすべての現存諸本」が「『勝事記』成立の貞応年間を溯り得ないこと」を証しはしても、『保元物語』の成立が貞応年間を溯り得ないことを証するものではない。左は『六代勝事記』が『保元物語』現存諸本のすべてに先行することを示す最も顕著な事例として弓削氏が掲出する部位である。

同八日、御出家。大軍かこみてとりだにもたゝねば、錦の帳をへだてざりし三千のたぐひも、この世の御姿を見たてまつらず。玉のみぎりに侍りし臣妾も、にうわの御こゑをきくなし。（略）中にも修明門院のありさまこそ、あはれつきせぬ。第七の遺恩わすれぬ草の露ばかりをむすびて、茨山の叡問をきく風ふきたえぬれば、(1)ふるきまくら、ふるきふすまむなしくのこり、心をまどはし、ひねもすにかたらひ、日たけておきたまひし御なごり、たましひをなやます。(2)春洞に花をみれば、袖をつらねし匂にあらず。秋園に虫をきけば、まくらをならべしひゞ

きにことなり。

半井本・鎌倉本・宝徳本に『六代勝事記』との類似句が存在する事実（傍線部が該当）をもって弓削氏は、『保元物語』現存諸本のすべてが『六代勝事記』の後流に位置することの論拠とした。その判断は穏当と思われる。ただ、半井本の相当本文に少々問題のあることは注（10）に記した。すなわち、半井本における（ア）（イ）（オ）と（ウ）（エ）（カ）は、元来は同一本の本文ではなく、各々別種の親本の本文を伝える蓋然性を述べたのだが、『六代勝事記』の傍線部（1）は半井本の（ウ）と（エ）の一部、傍線部（2）は（カ）に相当しており、『六代勝事記』には（ウ）（エ）（カ）に相当する本文のみ存在し、（ア）（イ）（オ）に相当する本文がない。この事実より、文保本の形成に係わった親本の一つは『六代勝事記』の影響下にあるものだったが、別の親本（一本とは限らないが）はそれとは係わりのない本文を有していたかとも考えられる。そうであれば、文保本形成の時点では『六代勝事記』の影響下にない異本の存在していた可能性が考えられる。こうした憶測はそのまま『保元物語』の成立が『六代勝事記』以前であることを証するものとはならないが、『六代勝事記』と『保元物語』との関係は根源的なものではなくかなり相対的となろう。『保元物語』が、『六代勝事記』を参照・利用したのは、『保元物語』が最初の形をなした時点ではなかったと考える余地は残されている。

(18)　本節は、文保本・半井本に見られる不整合や混乱の原因を、それらが異種伝本の本文を混合したことに求める立場を取っている。しかし、近時、これとは全く異なる立場からの解釈が野中哲照氏（『保元物語の成立』汲古書院　平成二十八年）により提出された。氏は、物語（文保・半井本系統を対象とする）が大きく見て五段階にわたって段階的に成立したとの観点から不整合・混乱の問題を捉える。この重層的な形成という観点の導入は、本文の問題を主として異本の視点から処理しようとする私見の視野の狭さを気付かせるもので、蒙を啓かれた。氏の掲げる事例には確かに後次の増補の故と考えた方が妥当なものがみられるが、その一方でやはり異種伝本の本文混合に起因すると理解した方がよいものもある。異種伝本の本文混合並びに段階的成立二つの視点から該系統の本文性格を検討し直す必要性を感じている。

第二節　文保本と『神明鏡』

『保元物語』は、後出の文芸作品や編史類に摂取・利用されていく。それら諸書の中、文保本との関連において注目されるのが『神明鏡』である。

『神明鏡』は、神武天皇より後花園天皇の永享六年（一四三四）正月十六日に至る歴史を略述した年代記であり、はやく後藤丹治氏により「興味のある書物」であることが喚起されている。(1) その後、鈴木登美恵氏が、『神明鏡』が「保元物語・平治物語・平家物語等と共通する記事を多く含んでをり、記事記述の特徴から考へて、これらの作品から記事を取り入れたと見るのが自然」と述べ、「神明鏡の『第七十七後白河院』『第八十高倉院』等々が平安時代末期及び鎌倉時代初期の戦乱を題材とした軍記物語を典拠としてゐる」(2) 蓋然性を説いた。近年では、佐々木紀一氏が、伝本の整理・系統化を行い、天文九年奥書本（所在不明）が佐竹氏に仕える岡本禅哲なる人物によって書写されたことを明らかにした。(3)

『神明鏡』における後白河天皇記中に見られる保元の乱関係記述を箇条形式で示すと次のようになる。

①保元三年崇徳と後白河の争いあり　②清盛・義朝は後白河方、信頼・為義は崇徳方　③崇徳白河殿に入る　④頼長、為朝に軍次第を尋ねる　⑤為朝の弓箭の形状　⑥為朝武装の様並びに風体　⑦頼長、為朝の献策を退ける　⑧後白河東三条殿に行幸　⑨義朝に軍次第を尋ねる　⑩義朝の武装の様　⑪信西、義朝の献策を承認　⑫義朝昇殿　⑬清盛・義朝、崇徳方を攻撃　⑭義朝、為朝の弓勢を恐れる　⑮重盛駆け出で為朝応じる　⑯崇

徳方敗北・崇徳頼長逃亡　⑰頼長流矢に倒れる　⑱為朝の戦果　⑲崇徳仁和寺に逃れ重成の監視下に入る　⑳義朝、為義を斬首　㉑為朝の肩を抜き伊豆大島に配流　㉒崇徳を鼓岳に配流　㉓崇徳大乗経の入京を拒まれ㉔怨みを抱く　㉕崇徳崩御・埋葬　㉖西行訪墓

立項の仕方に精粗があるが、内容の大体は示し得ていると思う。右の項目を通覧するだけで、『神明鏡』の当該部が『保元物語』をもとに書かれていることは明らかとなる。では、『保元物語』のいかなる系統を利用しているかとなると、その判定は少々厄介である。判定を困難にしている主な原因は、『神明鏡』が『保元物語』の内容を摘記している点や『神明鏡』に誤記・改変が多く見られる点にある。

『神明鏡』における誤記・改変の例をいくつか示す。まず誤記については、「保元三年帝与崇徳院御諍有シニ」(4)（項目①）と、保元の乱を保元三年の出来事とすること、「悪衛門督信頼。六条ノ判官為義丼子トモ為朝ニ至テモ。崇徳院ノ御方ニテ」（項目②）と、崇徳院方に信頼の名を挙げていること、崇徳院讃岐配流を「保元三年七月七日」（項目㉒）とすること、その崩御日を「長寛二年八月廿日」とすること（項目㉕）などが特に目につく。崇徳院の崩御日の誤りは措くとしても、その他の誤りは『神明鏡』の杜撰さをよく表している。

改変・創出と見られる事例を示すと、「東日塞」をはばかる信西に対し、義朝が北に向けての開戦を提言する記述（項目⑪）は、『神明鏡』に固有である。また、重盛の名乗りに為朝が応じる場面（項目⑮）も固有であり、いずれも『神明鏡』の創出と思われる。ただ、前者については、『保元物語』に、東塞がりを忌む義朝が、一度南下して東行し、戦場を北方に見なした上で攻撃を開始したとの記事が見られ（宝徳本・根津本に依る。半井本・流布本では清盛の行為とする）、後者についても、『保元物語』諸本、はやる重盛が部下達によって制止される場面がある。このように、『神明鏡』固有の記事についても、その発想の種となったであろう記述を『保元物語』に求めることができる。以上の諸事実は、「記述の態度も（略）蕪雑であり、書中に拡張の言があり妄説と思われるところが少

なくない。」との『群書解題』の解説を裏付けている。

『神明鏡』から、上述のような誤記や固有部分を除外した上で、改めてその本文を眺めた場合、いかなる系統との近似が見えてくるだろうか。この場合、綿密な校合よりは、やや大ざっぱな比較が有効と思われる。というのは、『神明鏡』における『保元物語』摂取姿勢はさほど厳密ではないからだ。大局から眺めた場合、『神明鏡』は半井本に最も近いと言えそうだ。そう判断される主な根拠として、記事配列に両者の符合が見られることを挙げえる。『神明鏡』は、東三条殿への行幸（項目⑧）を後白河方軍議（項目⑨〜⑫）の前に置くが、『保元物語』の場合、半井本と流布本が『神明鏡』と同構成を取り、他系統はその順序が逆になっている。また、義朝献策（項目⑪）、義朝昇殿（項目⑫）の記載順序も『神明鏡』は半井本と流布本に一致し、他の系統とは逆になっている。このように、記事配列において『神明鏡』は半井本・流布本に近いことが知られるが、記述面でも両者の近さがある程度言える。一例を示すと、義朝昇殿（項目⑫）についての『神明鏡』の記述、

義朝昇殿由シ推テ級階へ上ル。信西狼籍也ト申セシカト。主上御入興ノ上ハ是非ナシ。(5)

は、半井本の、

（義朝は―原水補足）押テ階ヲノホリタリケレハ少納言入道コハイカニ狼籍也ト申ケレハ主上ハアサハラワセ給ケリ御輿ニ入ラセ給ケリ（39―2）（流布本もほぼ同文）

に近く、宝徳本の、

（義朝は―原水補足）階下ニ近くすゝみよる信西是こそ難儀の次第なれ（略）忽昇殿ゆるされん事いかゝあるへかる覧と奏けれハ乱世にハ武を以て静へしといふ本文あり（略）と云宣旨下けるうへは子細に不及すなハち其姿を改めす兵杖を帯なから鴈歯を半斗挙のほる昇殿の儀式まことに珎かにしてみえし（影429―2）（263―12）（鎌倉本・根津本同趣）

とは大異している。これらのことより、『神明鏡』は半井本・流布本に近い形を有していることが分かる。ただし、流布本には⑱の記事がなく、⑤の矢の説明や「浜千鳥跡ハ都ニ通ヘトモ」云々の歌詠状況（項目㉓中）が『神明鏡』と異なる。結局、『神明鏡』が利用した『保元物語』を現存系統中に求めるなら、半井本が最も近いといえそうだ。ただし、現在の半井本を基にしたとは思われない。そう考えさせる一つの事実がある。それは、為朝の戦果についての記述（項目⑱）に係わる。当該部を『神明鏡』は次のように記す。

為朝ハ廿四指タル矢一腰。十六指箭一腰。九指野矢一腰射タリケルカ。義朝冑ニ射係タリシ矢。大庭平太カ膝節射タル矢。白河殿惣門ニ射留タル矢三筋計ソ空矢ナル

『保元物語』では、半井本・宝徳本・根津本・龍門本に相当記述が見られる。各々の本文を次に示す。

為朝其夜ノ軍ニ矢三腰ヲ射タリケル廿四指タル矢一腰十六指タル矢一腰九指タル野矢一腰其内ニムナ矢トテハ下野守ノ甲ノ鉢射削門ノ方立ニ射立タル矢ト大庭平太カ膝ノ節射切テ馬射殺シタル矢ト是二筋コソアタ矢ナレ（半井本）（71—3）

其日鎮西八郎かいける矢数ハ廿四さしたる矢二腰十八さしたる矢一腰九さしたる矢一腰以上七十五筋の矢の内二はむな矢也一ハ下野守の甲の星射けつり宝荘厳院の戸ひら射とほしたる矢一ハ大庭の平太かひさの口射きりたる矢是なり（根津本）（52—5）

抑八郎為朝此軍ニ廿四差たる矢二腰十八さしたる矢三腰九差たる箭一腰射たりけるか義朝の甲の星射削たると大庭平太膝の節射切たる箭二筋ならてハあた矢一もなかりけり（宝徳本）（影515—1）（305—3）（龍門本同趣）

『神明鏡』における為朝の射た矢数が半井本とのみ一致していることが分かる。ここまではよい。看過できないのは、『神明鏡』の傍線部に相当する記述が半井本を含むすべての『保元物語』に見られない事実である。ところが、半井本の祖本と考えられている文保本には、

為朝其《夜》。軍ニ矢三腰ソ射タリケル廿四指タル矢一腰十六差タル矢一腰九サシタル野矢一腰其内ニムナ矢トテハ下野守ノ甲ノ鉢イケツテ門ノホウタテノ板ニ射タテタル矢ト大庭平太カ膝ノ節射切テ馬射殺シタル矢ト。是《惣門ニ》三《射止タル矢ト》。コソアタ矢ナレ《筋》（影50―2）（117―3）

とあり、行間書き入れではあるが、該本にのみ『神明鏡』と同趣の句が存在している（「第一節　一　文保本の本文形成と龍門本」（二七頁）を参照されたい）。このことより、『神明鏡』は文保本との係わりで捉えるべきものと思われる。文保・半井両本の関係については、繰り返し述べるように、「現存の半井本は、文保本の行間細字をも本文として含めて辿った一本を祖とする」ことが犬井氏により明らかにされている。

『神明鏡』が、全体として文保本（半井本）に近いことは間違いないが、一部に符合しない記述も存在する。例えば、為朝の矢束を十五束とすること（項目⑤）（半井本は十八束。十五束とするのは鎌倉・宝徳・根津本。文保本は欠巻）、讃岐の鼓岳に崇徳院の御所を構えたとすること（項目㉒）（半井本には明記なし。宝徳・根津本には相当記述が見える。文保本は欠巻）、為朝が「甲ヲハ雑色ニ持セテ」軍議の場に登場したと記すこと（項目⑦）（半井本には相当記述がない。流布本にのみ類似の記述がみられる。文保本は欠巻）などである。また、『神明鏡』は重盛の武装装束を記す（項目⑮）が、文保本（半井本）にはない。宝徳本・根津本・流布本は持つが、記載内容は『神明鏡』と異なる（鎌倉本は欠巻）。こうした事実を『神明鏡』の創出に帰すか、『神明鏡』が今はない『保元物語』に依ったためとみるか、その判断は難しい（多くの場合において文保本が欠巻である事実も判断を一層困難にしている）が、後者の場合であるなら、その伝本は文保本と異なる部位も少なくなかったことになる（前掲した、義朝が北に向けての開戦を提案する『神明鏡』の記述が『保元物語』から発想されたものであるなら、それは宝徳本・根津本との関係で捉えられることになる。ただし文保本は当該箇所も欠巻）。文保本に近い伝本以外に別の伝本をも利用したと考えられなくもない。疑問は多いが、蓋然性としては、『神明鏡』が主拠した『保元物語』は、現存本でいえば文保本に近い形のものだったとは言えよう。[6]

『神明鏡』の成立時期はいつか。内容上では、永享六年（一四三四）正月十六日の記事を最後とするが、年号記載は永禄十三年（一五七〇）に及ぶ。が、後円融天皇（在位一三七一～八二）を「今上」と称していることを根拠に、最初の成立を「後円融院の御代」とする平田俊春氏の説[7]が大体において通行しているようだ。[8]

『神明鏡』の形成に文保本に近い伝本が使用されたのはまず間違いないところだろうから、十四世紀後半には文保本もしくはそれに近い伝本はある程度の普及を見ていたと考えられる。

注

（1）岩波講座日本文学「日本文学書目解説（四）室町時代」（岩波書店　昭和七年）

（2）「太平記成立年代の考察―神明鏡の検討から―」（「中世文学」21　昭和五十一年十月）

（3）「『神明鏡』伝本の整理と成立について」（上）（下）（「国語国文」69―1・2　平成十二年一、二月）

（4）本文引用は続群書類従本に依るが、国会図書館蔵本・無窮会図書館蔵本など写本十三本を参照し、諸本間で大きな相違のない記事・記述のみを掲出する。

（5）続群書類従本は「御入輿」とするが、写本類に従い「御入輿」に改めた。

（6）この他、注目すべきは、『神明鏡』が龍門本とも一部類似する事実である。崇徳院の崩御・埋葬（項目㉕）についての『神明鏡』の記述「志度ト云山寺ニテ崩御成シヲ。白峯ト云所ニ納奉リキ。」は、龍門本の「しと、いふ山寺にてつゐにうせさせ給ひけりしろミねと申ところにそおさめ奉りける」と類似している。また、『神明鏡』が、為朝は伊豆流罪の際に「肩抜レタ」ものの、矢束が「十五束」から「十七束に成」ったと記す点（項目㉑）は、龍門本の「むかしのやつかに今二そくひきのひたりけり」に似通う。他系統は二伏または三伏伸びたとするかあるいは記事そのものがない。「二そく」伸びたと記すのは『保元物語』では龍門本のみである。些細な現象なので、両者の符合は単なる偶然かもしれないが、『神明鏡』の利用した伝本が龍門本にもつながるものであったと考えることも可能である。龍門本が文保本の形成に与った一親本の形態を部分的ながらかなり濃厚に伝えている形跡があることは前に述べた。この事実を積極的に評価するなら、『神明鏡』は文保本よりなお古態の伝本に依ったとの推測も可能とは思うが、例証が僅少なため断定するには躊躇がある。

（7）「太平記の成立」（『吉野時代の研究』山一書房　昭和十八年）

（8）注（2）の鈴木氏論文。なお、『群書解題』は、「南北朝末期には成立していたものであろう」とする。

第三節　半井本に窺われる古態性

半井本と宝徳本の関係については、永積・栃木・森井氏により宝徳本（金刀本）→半井本の流れを想定することはほぼ否定されたと言えるが、そのことが半井本→宝徳本（金刀本）を証することにならないことは章頭に述べた。ただ、宝徳本に比して、半井本に古態の残存度が高いことは間違いないように思われる。本節では、素材となったであろう史・資料に対する物語の対処法を検討することで、半井本に古態が残されていることを述べる。

明治中期、星野恒氏により、「此書事実ヲ主トシテ編ヲ成ス事栄花物語ノ類ニ同ジト雖、措語仍ホ華縟ニ流レ、叙事更ニ敷衍ニ失シ、実録諸書ニ参照スレバ、許多ノ紕謬アリ[1]」と断じられて以降、『保元物語』の史料性に高い信頼がおけないことは定説化して今日に至る。しかし、『保元物語』が保元の乱という歴史事実を素材としている限り、遂には史実から自由でありえないこともまた確かである。物語は保元の乱にかかわる多くの史・資料を背景に形成されている。半井本の時日表記のあり方を綿密に検討した栃木氏の「半井本『保元物語』の作者が、一一五六年七、八月にかけての乱にかかわるあれこれの諸事象をかなりな事項にわたってほとんど日付まで知悉していることは、やはりこの乱にかかわる何らかの史料を備えていたとしか思われない。[2]」との発言は、半井本にとどまらず、『保元物語』という作品の形成に根源的にかかわる認識としてうなずかれる。

つまり、物語は、手広い史・資料の収集の上に立脚していると考えられるが、その場合、素材とした史・資料類といかに対峙し、そしてそれらをいかなる形で己の血肉として取りこんでいるのだろうか。この問題については、永積氏・栃木氏をはじめとする先学の言及があるが、なお検討すべき多くの問題が残されている。本節では上記の課題を遥かの射程に見定めつつ、とりあえずは、半井本を対象に取り、物語の意志におおわれていない記事を抽出し、その意味を考える。

院モ左府モ御鎧ヲ奉ル教長申サレケルハアルマシウ候ラン御物具被召候事アシカリナント申サレケレハ院ハ御鎧ヲヌカセ給ヒケル左府ハナヲタテマツリタリ白綿ノ狩衣ニ糸火威ノ鎧ヲソメシタリケル（29—13）

崇徳院方が臨戦態勢に入る場面を叙した半井本の一節である。その記すところ、崇徳院・左大臣頼長ともに擐甲したが、教長の「アルマシウ候ラン」との制止の言に、崇徳院は一旦は身に帯びた鎧を脱いだ。しかし、頼長は教長の諫止をいれず、なお武装のままであった。相当箇所を宝徳本に求める。

新院左府御きせ長をめされたり教長見進て太上天皇の御身として忽甲冑をよろハせ賜ふ事先例未承及ハすその上是程あつき比ニて候さらすともわたらせたまひなんと諫申けれハけにもとや思食されけん院も左府もぬかせたまふ（影400—9）（250—2）

両者を比較すると、宝徳本における頼長は半井本とは異なり、教長の言に従ってその武装を解いている。「太上天皇の御身として忽甲冑をよろハせ賜ふ事先例未承及ハす」との教長の諫言は疑いなく崇徳院に向けてのものだが、頼長もまた鎧を脱いでいる。あるいは続く教長の言「是程あつき比ニて候さらすともわたらせたまひなん」に同意したことに依るか。

半井本の場合、教長の言「アルマシウ候ラン御物具被召候事アシカリナン」は、尊貴の身に鎧を帯びることの穏当でないことを説いたものと受け取られるが、それが崇徳院のみに向けてのものか、頼長をも対象としているのか定かではない。が、ともかくも、頼長は崇徳院に倣うことなく「糸火威ノ鎧」を「ナヲ」着用し続けたのである。他系統を見るに、鎌倉本・根津本は宝徳本と同じ〔ただし、教長の言は「勢《熱》」（「勢」の上に〇）き折節にて候其儀なく共候なん」（鎌倉本に依る）（影779―5）（33―1）と簡略）。流布本は相当記事を持たない。

頼長の行為にかかわる半井本の如上の記述を如何に解すべきかが当面の関心事となる。半井本に限ったことではないが、物語は、自恃の思いにあふれた頼長の姿を一貫してうちだす。保元の乱を頼長という一人の男の僭上に帰結させて把握しようとする物語にとって、それは当然と言える。そうした物語の意志を勘案すれば、教長の諫言をはねつけてなお武装を続ける頼長の姿は、偏狭なまでに己を頼むその「ヨロヅニキハドキ」（『愚管抄』）性格を巧みに描出した場面として読みとられるのではないか。半井本の当該箇所からは、作者のそうした計算が窺える。そのことは宝徳本等他系統の相当箇所と対比する時、より鮮明となる。

頼長武装の一節を、私はかなり長い間、以上のように理解していたように思う。しかし、今はそうした見方がうがちすぎではないかと考えている。半井本の記載は、作意によるものではなく、事実の単純な記載、より正確に言えば、素材とした史・資料の記述をそのまま取りこんだものにすぎないのではないか。頼長が武装して合戦に臨んだか否かを知る確かな史料は現在のところ見当たらない。わずかに『愚管抄』に「左大臣ハ、シタハラマキトカヤキテヲチラレケルヲ」と見えるにとどまる。それも、当時に伝わる言い伝えを記したものであって、保元の乱当時僅か二歳だった慈円の目撃証言であるはずもない。また、武装の様も「シタハラマキトカヤキテ」とあり、「シタハラマキ」を着用していたと断言してはいない。下腹巻については、本来は装束の上に着用すべき腹巻を下に着込めにする、すなわち着用法を指すとみる立場と、上腹巻とは別に構造の異なる下腹巻なる装具が存在したとみる立場と、二様の理解が存在している。[3] 近時は前者の理解が有力なようだが、いずれにしても、半井本の「糸火威ノ鎧」が『愚管抄』の伝える「シタハラマキ」をより具体的に明記したものかどうかも判然としない。しかし、少なくとも、頼長が鎧を帯して戦場にあったというのは半井本のみの記すところではないわけで、真偽はともかく、そうした伝が存在していたことだけは確かである。とすれば、頼長擐甲を半井本の虚構とみなすことはできず、何らかの根拠に基づく記載であったということになる。そして、その場合、宝徳本などの方にこそ虚構があることになろう。(4) これは、物語の作為の如く見える事象が、実のところおそらくは、物語が、素材とした史・資料の記述をそのまま取りこんだ結果にすぎないことを示す好例と思われるが、深読みの陥穽に陥る危険性を孕んだ部分であると言えようか。

次に示す例もまた同様である。

今夜関白殿下大宮大納言伊通卿以下公卿参内シテ種々ノ儀定アリケリ謀反ノ輩有ト聞エケレハ皆召取テ流罪セラルヘキ由被宣下ケリ其上春宮太夫宗能卿鳥羽殿ニ候ケルヲ被召ケレハ風気トテ不被参内（16―6）

右は、崇徳院・頼長一派を封じこめるべく朝廷派によって催された七月五日の僉議のくだりである。半井本の記すところに依れば、春宮大夫宗能は「風気」と称して召集に応じなかった。この宗能不参の記述は、物語中いわくありげに読み解かれる可能性を持つ。宗能は七月五日の時点ではいずれに荷担するか、なおその進退を決めかねていたかに見え、物語は、以後の宗能の動静を見せ場の一つとして供するかとの予想を抱かせる。しかし、そうした予想は見当はずれに終わる。これより三日後の七月八日条には、

同八日関白殿下大宮大納言伊通卿春宮太夫宗能卿参内シテ儀定アリ来十一日左大臣頼長肥前国へ流シタテマツルヘキ由被定申ケリ謀反事既ニ顕ル故ナリ（18―5）

とあって、頼長配流を決議したこの度の僉議には宗能は参加している。しかも、これ以降物語は宗能の去就について遂に触れることはなく、わずかに乱終結後の僉議の座にいく人かの公卿と共にその名を記しとどめるのみである。

結局、宗能は物語において名のみ記され、形象化されずに終わる人物の一人にすぎない。とすれば、七月五日宗能僉議不参の記述に物語作者の意図を見ようとするのは見当はずれな捉え方であるに違いない。物語に宗能を特別(5)に描こうとする意志はない。結局、この記事もまた頼長擐甲の記事同様、おそらくは物語がその形成に際して素材

としたであろう記録等の一節がそのまま利用された箇所と考えてよいと思う。そのことを確かめるために、公卿界における宗能の立場を見る。

宗能の父中御門宗忠は、藤原忠実に臣従し、その庇護によって右大臣に昇進した男である。当然、忠実への忠誠心・依存度は強かった。宗忠は保延七年（一一四一）に死去しているが、弟の宗輔（宗能の叔父）もまた忠実並びにその息頼長に親炙していたことは『台記』『兵範記』等当時の記録類の伝えるところである。[6] 蜂飼大臣の異名で知られるこの男、相当な奇人で政治向きや荘園経営にはまったく関心を示さなかった[7]（『今鏡』藤波の下第六　唐人の遊び）とされるが、忠実・頼長父子には極めて忠順だった。もっとも、頼長との親交には、その背後に忠実を見据えていた節があるが、少なくとも頼長の方は宗輔の忠義ぶりに好感を抱いていた。久寿二年（一一五五）頼長は宗輔に大臣職を譲るとの名目で左大臣を上表している（『台記』五月二日条）が、これなどは、頼長の本音はともかく、宗輔に譲渡するための大臣辞任が奇異と見られない程に、二人の親交が世に知られていたことを示すものだろう。ただし、この宗輔、保元の乱においてはほとんど動かなかったようだ。当時既に八十歳であったためか局外に置かれ、乱後の右大臣昇進をもって懐柔されたか。

さて当の宗能だが、彼の方は叔父の宗輔とは異なり、忠通との親交を重んじていた。特に、忠通・頼長兄弟の対立が尖鋭化して以降は、頼長の私的な催しにはあまり参加せず、忠通に一層の接近をはかる。とりわけ、久寿二年の近衛帝死没の後、新帝選出の議に加わり（『兵範記』八月五日、二十日条等）、同年九月の守仁立太子においては春宮大夫の官を獲得（『兵範記』九月二十三日条）、美福門院得子・忠通を核とした新体勢の中に確実な地歩を占めていた。如上、宗能の立場を考えれば、後白河帝・忠通の側につくのが当然と考えられる。もっとも、政治に容喙したがる故に「わきの関白」（『今鏡』藤波の下第六　唐人の遊び）と嘲られ、また鳥羽院没後に生じるであろう混乱を恐れ事前の対策を院に進言する[8]（『愚管抄』）程の慎重派であってみれば、崇徳院・頼長か後白河帝・忠通かの選択をつきつけられた時、風病と称して（事実、風病だったとしても、鳥羽殿に伺候していたことから軽症と思われ、多分に口実の色合いが濃い）しばし中立を持し、情況把握の時を稼いだことは十分考えられる。七月五日宗能僉議不参の記述に物語的意図が見出されないとすれば、おそらくは素材の記載をそのまま採りこんだ部分とみなすべきだろう。

以上、頼長擐甲、宗能の去就に関する半井本の記述二箇条を検討した結果、それらが一見各々の人物造型にかかわる物語の作為であるかに見えて、実のところは物語が材とした史・資料の姿をとどめるに過ぎないと思われる旨を述べた。これらは、いわば物語作者の構想の網目をすりぬけた箇所であり、素材の生の露呈とも言える。この観点より物語を眺める時、同様な事例がなおいくつか見出される。以下そうした部位をさらに見てゆきたい。

① 平馬助忠正多田蔵人大夫源頼憲謀反ノ衆ト聞エケレハヤカテ治部太輔雅頼ニ仰テメサレケリ雅頼承テ太夫史師住（「経」とあるべきか）ニ仰付テ召レケレ共兎角申延テ不参（19—10）

② 今日初七日ニ成ケレハ御仏事可被行トテ大夫史師経ニ仰テ鳥羽田中殿ニテ御仏事被行ケルニ（19—14）

③ 同十日大夫史師経宣旨ヲ官使ニモタセテ宇治左大臣殿へ奉ル（21—6）

右掲の記事中、実務官吏としてたち働いている大夫史師経とは、小槻宿禰政重の子で、保元々年当時、修理左宮城判官兼主計頭左大史算博士能登権介（『兵範記』十月十三日条）であった。小槻氏は代々官務の家であり、師経もまたその家職である大史の役にあって「大政官文書悉知《クル》レ之《ヲ》。枢要之重職也。」（『職原鈔』）という存在であった。右掲①②③の事項の実否を現存の記録類によって確認することはできないが、『兵範記』によれば、保元の乱関係の種々の宣旨類は師経の手を経て発給されている。鳥羽院の遺詔による素服・挙哀を停止すべき旨、宴飲作楽着美服を禁ずべき旨、義朝に対し父為義の身柄をさしだすべき旨、その他知行・没官にかかわる宣旨すべてそうである。また、藤氏長者復任の宣旨を忠通のもとに持参したのも師経である。宣旨発給その他の実務に師経は大いに働いている。また、①②③の記述を例えば『兵範記』中の次の一節、

次召右少弁資長、仰依遺詔可止素服挙哀由、資長於床子座仰大夫史師経、即成宣旨、次召同弁、仰三国固開可付国司由、資長又仰師経、次警固召仰如例（同年七月十一日条）

などと比べる時、表記の相違にとらわれなければ、両者の文質が同じであることがわかる。

保元の乱における師経の働きぶり、そして文の等質性など併せ考えれば、半井本の①②③の記述は、現在、他の史料から傍証を得られないにしても、おそらくは事実を記したものと思われ、それは『兵範記』のごとき当時の記録からの転載である蓋然性が高いといえそうだ。なお、物語中における師経は右掲の記述にみられる如く、ほとんど名のみの登場であり、形象化されることはない。彼もまた物語的ふくらみをもって描かれることのなかった人物の一人である。当該記事を他系統に求めると、①については同趣文が鎌倉・宝徳・根津本にも見出されるが、「又平右馬助忠正散位頼兼謀反同意ときこえしかハ雅頼を以てめさるといへともとかく陳申て不参」〔宝徳本に依る（影382―5）（239―7）〕とあるように、そこに師経の名は見えない。②の場合も同様である。③については、相当記述そのものが存在しない。ただし、流布本はすべて半井本に等しい。諸系統中、半井本には素材となった資料の面影が最も濃く残存していると言えそうだ。

同じ観点より、次には乱前における公卿の動向を叙した箇所を拾い出してみよう。趣意を摘記する。

① 五日夜、関白忠通・大宮大納言伊通以下の公卿参内して議定、謀反人流罪の由を宣下。また春宮大夫宗能を召すが風気とて不参。
② 八日、関白忠通・大宮大納言伊通・春宮大夫宗能参内して議定、来たる十一日左大臣頼長の配流を決定。
③ 崇徳院の近習教長、徳大寺内大臣実能を訪ね、院の異心を告げる。
④ 鳥羽殿より右大将公教・藤宰相光頼を美福門院の御所に派遣、右少弁惟方をもって鳥羽院の遺誡を披露。
⑤ 鳥羽殿に故鳥羽院の旧臣達、左大将公教・藤宰相光頼・左少弁顕時など参集、世を憂う。

右掲の記事の各々についても現存史料によってその実否を検証することはできない。その意味ではこれらは物語のみの持つ記述であるが、こうした無表情な人名記載にも貴族界の複雑な様相の一端が垣間見られるのではないか。①②の場合、「関白殿下、大宮大納言伊通卿以下」「関白殿、大宮大納言伊通卿、春宮大夫宗能卿」などと、僉議の座に列した公卿の名を明記しているが、それは、僉議参加者の中から上席の者を適当に記したというものではない。崇徳院・頼長を謀反人と断じその処断を決議したこれら重大な僉議が、関白忠通、大納言伊通の主導でなされたことを語る。

乱直前の公卿界の構成は左掲のようになっていた。

関白忠通、太政大臣実行、左大臣頼長、内大臣実能、大納言宗輔・伊通、権大納言宗能・成通・公教、中納言重通・公能、権中納言季成・兼長・師長・忠雅・基実・経宗

権中納言以上十七名、その中から当事者である頼長・兼長・師長父子、忠通・基実父子を除けば十二名、その内訳は閑院流五名（実行・実能・公教・公能・季成）、伊通一族三名（伊通・成通・重通）、中御門流二名（宗輔・宗能）、そして花山院忠雅と経実の息経宗となる。宗輔・宗能については既に触れた。閑院流に関しては後に言及する。伊通について言えば、頼長の多子入内に対抗すべく、忠通が久安六年（一一五〇）に伊通の女呈子を養女として近衛帝に入内させてより以降、伊通一派は「完全に忠通と手を結び、反頼長派の有力分子とさえなった」(9)という。

七月二日に鳥羽院が没した。そして『兵範記』七月五日条にはじめて「上皇左府同心発軍、欲奉傾国家」との「風聞」が明記され、当日検非違使等に命じて「京中武士」を「停止」せしめている。七月五日、朝廷方ではじめて世上の不穏を収拾するべく具体的な対策が打たれたことはほぼ疑いなく、それは物語の①の記述を裏付けるものだろう。宗能は七月五日の時点ではなお旗幟を明らかにすることを避けたようだが、八日には忠通与同の腹をくくったと思われる。また、物語の記す五日、八日の僉議参加者中に内大臣実能の名が見えないことも書き落としで

はあるまい。実際、列席しなかったのだろう。七月八日は鳥羽院の初七日でもあり、鳥羽殿において法要が営まれている。列席の公卿は、実能・公教・重通・公能・忠雅・経宗・雅通等で、そこに忠通・伊通の名はない。忠通は七月二日の鳥羽院の葬儀にも列座しておらず、その理由が七月三日より修せられた忠通の母の長日仏事にあったのか、政略的な意味あいに帰せられるのか分からないが、『兵範記』に依る限り、忠通は鳥羽院の葬送・法要には関与しておらず、それら諸行事は実能一族及び鳥羽院近臣によって進められている。従って、七月五日、八日にわたって催されたであろう僉議に実能の加わっていない公算は大きく、僉議は鳥羽院の葬儀に係わらなかった忠通・伊通の主導でなされたと思われる。とすれば、物語①②に見られる「今夜関白殿下大宮大納言伊通卿以下公卿参内シテ種々ノ儀定アリケリ」「同八日関白殿下大宮大納言伊通卿春宮太夫宗能卿参内シテ儀定アリ」という記載は、無表情ながら実録的要素の濃さ故に、期せずして当時の政界の構図を鮮やかに示しているといえよう。

もちろん、この間、実能に対し忠通側からの懐誘が続けられたであろうことは疑いない。実能の一族、閑院流は、曾祖父の公成以来、白河・鳥羽・崇徳三帝の外戚となった家柄である。実能自身、崇徳・後白河の母である待賢門院璋子の同母兄であり、その女幸子は頼長の正室、また孫の多子は頼長の養女として故近衛院の后であった。血脈からすれば、実能の立場としては、崇徳・後白河いずれへの荷担もありえる。が、彼が次代の天皇たるべき春宮守仁の傅（この役は頼長が切望しながら鳥羽院に峻拒されたもの）であり、かつ、その孫女を後白河帝に入内させていること（『兵範記』久寿二年十月二十日条）及び崇徳院・頼長が孤立化している情況より、後白河帝・忠通への与同を決心したのだろう。が、その去就もにわかには決めかねたようだ。物語③によれば、七月八日、崇徳院の近習教長が実能を訪れ、崇徳院に反心あることを告げ、指示を仰いでいる。こうした事実が実際にあったか否かは定かでないが、摂関家に対抗し得る存在であり、かつ崇徳院の伯父にあたる実能が、この時点に至ってなおその進退を明らかにしていなかったとすれば、可能性のあることだろう。そうした場合、教長の意図はもちろん物語が記すような今更ながらの崇徳院の反心の報告であるはずもなく、中立を装う実能に、院の苦境を弁じ最後の調停を託すものであったろう。しかし、教長の努力も徒労におわった。

合戦当日の七月十一日未明、義朝・清盛・義康等崇徳院攻めの第一波が出撃した後、高松殿から東三条殿に遷幸がなされた。『兵範記』に依ると、その時点で参仕した公卿は忠通とその息基実のみで「他公卿幷近将不参」というありさまであった。そして東三条殿に遷幸後ようやく実能の合流があった。実能は土壇場まで態度を保留し続けた。となると、崇徳院・頼長の追討というこの事件も公卿全員の合意ではなく、当事者の後白河帝と忠通加えて美福門院得子の専行により、わずかに閑院流を抱きこんでの決行であった色合いが濃い。伊通や宗能も内諾はしていたであろうが当日は積極的に参加することもなかった。多くの廷臣達がほとんど対応も決しかねる情況下、事は一気に結着に向かったというのが真相だろう。物語には、後白河帝の東三条殿への遷幸の様が次のように記されている。

保元々年七月十一日卯剋ニ東三条殿ヘ俄ニ行幸成ル主上御ヒキナヲシニテ腰輿ニメサレケリ神𦊆山（「璽」の誤りか）宝剣ヲ執テ御輿ニ進給マウ御共ノ人々ニハ関白忠通ノ御事内大臣実能公左衛門督公能頭中将公親左中将実定少納言入道信西春宮学士俊憲刑部少輔貞憲中務権太甫季家大舎人頭家行上総守重家越後守信俊越中守正俊蔵人治部大甫雅頼大外記師業此人々供奉仕ル上下ノ武士トモハ注スニヲヨハス（36—11）

こうした人名揃えは一見群臣悉く遷幸に供奉したかの如き印象を与えるが、記された顔触れの中、公卿は忠通の他実能、公能、公親、実定のみにすぎない。それも、公能・公親が実能の子、実定が公能の子であると知る時、すべて実能一族であることに気付く。その他の供奉者と言えば、信西父子以外は実務官吏や受領等何らの発言権もない従属者の群にすぎない。この供奉の貧弱さは『兵範記』の前掲記述「他公卿幷近将不参」に相応しており、物語の記述が事実にかなり忠実であることを示している。

その一方、物語は別の箇所で次のようにも記す。

関白殿ヲ始奉テ右大臣大中納言宰相三位四位五位ノ殿上人ニ至マテ一人モ不残皆内裏へ参コモリテ世間検儀評定アリ（27―12）

崇徳院・頼長に反心ありと聞いた廷臣達の対応を記す一節である。この場面、急を聞き諸臣悉く内裏に馳せ参じたような印象を与えるが、当時右大臣は欠員だったという詮索をするまでもなく、それが事実に反することは既に『兵範記』を用いて述べた通りである。廷臣達の反応はそれほどには敏速でなかった。危急の報に接し諸臣参内する場面を点じたのはまさに物語の虚構である。しかし、その虚構を支えるために素材を綿密に加工するまでの熱意は物語にはない。東三条殿遷幸の場面では、素材とした史料の記載をおそらくそのまま取りこんだ。従ってそこに記された供奉の臣の顔触れはおよそ「関白殿ヲ始奉テ……一人モ不残皆内裏へ参コモリテ」という記述にはそぐわない貧弱さを露呈することになった。物語化と、素材とした史料への忠実さとの間に生じたひずみといえる。

以上、廷臣の動向に触れた無表情な記述からも、はからずも当時の情況の一端が読みとられる場合のあることを示した。④⑤の公教・光頼等の動向に関する記述については、いま考証の手立てを欠くが、彼ら鳥羽院の側近達がその遺命を受けて後白河体制支持の立場を取った記事として捉えられるのではないか。④は直接鳥羽院側近にかかわるものではないが、武士達に対し美福門院への伺候を命じた鳥羽院の遺詔が存したことは『愚管抄』（巻第四）、『今鏡』（すべらぎの下第三　虫の音）などの記すところである。

なお、①～⑤に相当する記述を半井本以外の他系統に求めると、①③④⑤は諸系統同趣だが、②の場合、半井本の「関白殿下大宮大納言伊通卿春宮太夫宗能卿参内シテ儀定アリ」が、鎌倉本・宝徳本・根津本では「公卿僉儀ありて」（宝徳本に依る（影380―3）（238―3））とあり、固有名詞が消失している。

『保元物語』が素材として利用した史・資料の姿が、物語の意志とは必ずしもかかわらずにとどめられている場合のあることを、半井本を用いて眺めてきた。しかも、そうした素材の生の姿が、物語の意図しなかった当時の情況を垣間見させてくれる場合のあることにも触れた。もっとも、『保元物語』という作品にとって、如何なる類の記述を夾雑・余剰とみなすかその基準は自明ではない。崇徳院・頼長の破滅及び源氏凋落をモチーフと捉え、その枠からはみだす記事を夾雑物と判定するような方法が、物語の本質を把握する上で意味のないことは言うまでもない。そうしたことを承知の上で敢えて言えば、作者の虚構意識の網目にかからずに作品中にこぼれ落ちた素材生地の残存度が半井本に最も濃いことは確かであろう。そして、この事実は、半井本形成の実状を示唆的に語っているのではないか。

特に上巻部の場合、日並記的な実録性を骨格としながら、その周囲に挿話の肉付けを行うという形での形成のされ方が推測される。例として為義の崇徳院方参候のくだりを示す。そこには、参戦をしぶり続ける為義を教長が強勧して遂に動員するその経緯が尽されている。そして、これら一連の記述は次の如く結ばれる。

（為義は―原水補足）六人ノ子共引具シテ白河殿へ参タリ美濃国青柳庄ト近江国伊庭庄ト二ケ所給ハル其上為義ハ判官代ニ補セラレテ上北面ニ候ヘシ子息頼賢ハ可為蔵人ト被仰下ケリ家弘カ子息安弘モ同被召仰当時北面ニハ家長師光頼助ナリ（24―11）

為義参候の経緯を記す文脈において、傍線部の叙述は余剰文の印象がある。該箇所における半井本本文の形成の実情を推測するなら、おそらくは、

崇徳院方の戦力として為義・家弘一族が召集され、北面伺候を命じられた。当時、北面には家長・師光・頼助がいた。

との事実認識が物語展開の骨組みとしてあり、その中の為義参候のいきさつが物語的ふくらみを見せたものと思われる。その結果最初の核の一部があたかも余剰文の如き観を呈することになったのではないか。そして、それらは

物語が後に源氏凋落のモチーフをより鮮明化する過程で切り捨てられてゆく運命にあった（半井本の複雑な本文形成の実状からみて、傍線部の記述が後補のものである蓋然性も否定できないのだが）。

以上、半井本の場合、素材とした史・資料が物語の構想に沿うように十分に加工されず、素材のままに露呈している部分が見られることを指摘した。第一節で見たように、半井本形成の実状は極めて複雑だったと推測されるので、簡単に断言はできないが、本節に掲げた現象はやはり半井本に残る古態と判断してよいのではないか。そして、そうした部位が宝徳本の如き形に移行する過程で刈り取られていったと考えることは許されるのではないだろうか。

注

（1）「保元平治物語考」（「史学会雑誌」3　明治二十三年二月）

（2）「半井本『保元物語』の性格と方法―あるいは軍記物語における構想力の検討のために―」（『中世文学の研究』東京大学出版会　昭和四十七年）、後に『軍記物語形成史序説―転換期の歴史意識と文学―』（岩波書店　平成十四年）に再録。

（3）『本朝軍器考』（新井白石）、『軍用記』（伊勢貞丈）などは、着用法の相違と見るが、『訂正日本甲冑の新研究』（山上八郎　飯倉書店　昭和十七年）は、これに異を唱え、下腹巻なる装具の存在を言う。鈴木敬三氏「腹巻の名称と構造」（「国学院雑誌」63―10・11　昭和三十七年十一月）に従うなら、前者を是とすべきか。

（4）当該記事に関しては砂川博氏の指摘がある。氏は、合戦の故実に拘泥した人物として描かれた宝徳本の頼長とすれば、先例を楯にした教長の諫言には従わざるを得なかったと説く。宝徳本の虚構性を、作者の立つ規範意識の面から捉えた論として注目される。「金刀比羅本保元物語の規範意識」（「北九州大学文学部紀要」開学四十周年記念号　昭和六十二年二月）、後に『軍記物語の研究』（桜楓社　平成二年）に収録。

（5）該当部、他系統では流布本が半井本に同じ。鎌倉本・宝徳本・根津本は七月五日の日付で「春宮大夫宗能卿鳥羽殿に参て召に遣と雖参られす」（鎌倉本に依る（影757―6）（22―4）。他系統同趣。ただし宝徳本は家能・いえさと、などと誤る」とする以外、彼に触れるところはない。その存在感は半井本以上に希薄である。

（6）例えば、頼長の氏長者獲得に際し早々の賀をなしている（『台記』久安六年九月二十七日条）。また、頼長の息隆長の元服に宗輔が参じたことを、頼長は「(宗輔が―原水補足) 兼二民部卿一之後未レ奏レ慶、而猶来臨、芳意之至也、」と喜んでいる（『台記別記』仁平元年二月十六日条）。その他、『台記』久安六年十月三日、仁平三年九月十七日、『兵範記』仁平二年九月二日、同三年正月十三日、同四年八月八日条等参照。

（7）宗輔の政治への無関心ぶりは、『今鏡』の「ことごとの世の用事など、いと申し給ふ事なかりけり。」の一文より導きだされるものだが、畠山本では傍線部「いと申し給ふとなりけり」とある旨で、そうであれば文意が全く反対になる。日本古典全書本・講談社学術文庫本は前者、河北騰氏『今鏡全注釈』は後者の立場で理解している。従って、『今鏡全注釈』は「政治家としても剛の者」という正反対の捉え方をする。海野泰男氏『今鏡全釈』も後者の本文を取るが、この場合は「ことごとの世の用事」を「世間的な用事」と解する。

（8）日本古典文学大系『愚管抄』（二一七頁頭注一九）に依れば、当該人物、諸本で「憲能」「実能」など異同があるが、宗能の誤記かとみる。

（9）橋本義彦氏『人物叢書　藤原頼長』（吉川弘文館　昭和三十九年）

第二章　鎌倉本

第一節　諸本体系中における位置と性格

これまで諸先学により提示されてきた諸本体系中における鎌倉本の位置は様々であるが、そのいくつかにおいて、該本は古態性の面で注目されてきた。土橋寛氏[1]は、半井本と並んで最も原本的性格の濃い伝本と認識し、永積安明氏も「全体としては半井本より後の伝本と認められる」ものの「年代記的な正確性をもふくめて、まま半井本の原形的な部分をさえ保持しているかと思われ、数ある本文資料のなかでも、古本のおもかげをとどめる点で特に貴重な孤本である[2]」と説く。

鎌倉本に古態性を見る主要な論拠は、該本が他系統に比し年代記的な正確度の高いこと、記載内容に矛盾・撞着の少ないこと、構成に不自然さの少ないことなどである。本節では、他系統に比した場合、実際に鎌倉本は史実への忠実度が高いのかという点並びに史実・事実に対する鎌倉本のかかわり方の実態を検討することで、その性格の一端を明らめる。

『保元物語』各系統の史実との符合度を計る一つの手掛りとして、事件・事項に付されている日付を表にすると次頁のようになる。

事項＼系統	半	鎌	宝	根	流	龍	史実
1鳥羽立太子	○	康和5・8・16（16—補入）	○	○	康和5・8・16	○	康和5・8・17
2堀河崩御	○	／	嘉承2・7・9	嘉承2・7・9	○	嘉承2・7・9	嘉承2・7・19
3鳥羽践祚・即位	○ 嘉承2・7・19 践祚	嘉承2・11 即位	○ 嘉承2・7・19 そなはる	○ 嘉承2・7・19 つく	○ 嘉承2・7・19 践祚	○ 嘉承2・7・19 そなわる	嘉承2・7・19 践祚、12・1 即位
4鳥羽譲位	○	保安4・1	○	○	○	保安4・2・28	保安4・1・28
5近衛践祚・即位	○ 永治1・12・7 即位	○ 永治1・12・7 即く	○ 永治1・12・7 そなはる	○ 永治1・12・7 即位	○ 永治1・12・7 即位	○ 永治1・12・7 そなわる	永治1・12・7 践祚、12・27 即位
6鳥羽出家	永治1・7・10	○	永治1・7・10	永治1・7・10	永治1・7・10	永治1・7・10	永治1・3・10
7近衛崩御	○	久寿2・8・16	久寿2・8・16	久寿2・8・26	○	久寿2・8・16	久寿2・7・23
8改元	／	久寿3・4	久寿3	久寿3	○	久寿3	久寿3・4・27
9得子剃髪	○	保元1・6・11	○	保元1・6・11	保元1・6・13	○	保元1・6・12
10頼長任氏長者	○	久安6・9・29	○	○	○	○	久安6・9・26
11頼長内覧宣旨	久安7・1・19	○	○	○	久安7・1・19	○	久安7・1・10
12崇徳白河殿へ	保元1・7・10	○	○	○	保元1・7・11	○	保元1・7・9
13為朝の濫行をとどむべき宣旨	／	／	／	／	久寿1・11・26	／	久寿2・4・3
14為義解官					久寿2・4・3		久寿1・11・26

15平安京に遷都	延暦13・10・21	延暦13・10・21	延暦13	延暦13・10・21	延暦13・10・21	延暦13	延暦13・10・22
16斬刑	保元1・7・25	保元1・7・25	保元1・7・17	保元1・7・17か	保元1・7・19	保元1・7・25	保元1・7・28 同30
17頼長死骸実検	○		保元1・7・25	保元1・7・20	○		保元1・7・21
18頼長の子息配流	保元1・8・2	保元1・8・2	保元1・7・30	保元1・7・26	○	保元1・8・2	保元1・8・3
19為朝陣渡し	保元1・8・26	○			保元1・9・2以降		保元1・8・27
20平治の乱	○	○	／	／	○	平治1・11・9	平治1・12・9
21崇徳崩御	長寛1・8・26	○	○	長寛1・8・26	○	長寛2・8・22	長寛2・8・26
22清盛クーデター		治承3・11・15	／	／	○	○	治承3・11・14
23清盛死去	／	○	／	／	／	／	治承5閏2・4
24平氏滅亡	／	元暦1・3・24	／	／	／	／	元暦2・3・24
25崇徳追号	／	治承比	治承比		治承1・6・29		治承1・7・29
26二条践祚	／	／	／	／	保元3・8・23	／	保元3・8・11

（龍門本は取り合わせ本のため、1～15は宝徳本系統の本文）

- 右表は左記の要領で作成した。

一、系統間で異同が見られ、かつ正誤の判断が可能な事項のみを掲げた。
二、調査範囲を鎌倉本が現存する部位に限った。
三、系統内で異同が見られる場合は最多の記述を示した。
四、元号・年・月・日の順で示した。史実に符合する場合は○、時日記載がない場合は空白、該当記事が存在しない場合は／で示した。
五、3、5に関しては、践祚・即位いずれかに合致していれば正記と見なし、使用法の厳密さを問わない。系統内で異同がある場合、それぞれの代表とされる伝本の記述を示した。

以上掲げた事項以外にも彗星出現、西行讃岐下向など採るべきかと思われるものがあるが、時日の認定に疑問のあるものは採らなかった。なお、半井本は斬刑に関し七月二十五日の他同十一日をも記す（第一章第一節に既述）が、いずれにせよ史実とは符合しない。

前表を整理すると次のようになる。

	ⓐ史実との符合数	ⓐ＋ⓒ	ⓑ史実との相違数	ⓒ詳細を欠く数
半	10	10	8	0
鎌	8	12	9	4
宝	9	12	6	3
根	7	8	9	1
流	12	12	12	0
龍	8	10	8	2

〔ⓒは、月日もしくは日を欠くもの。元号（年次）も記さないものは対象外とした〕

計数の仕方である程度の誤差が生じるが、少なくともこれを見る限り、諸系統中、鎌倉本が特に優れて史実に忠実である事実は見いだされない。

もちろん、鎌倉本のみが史実と符合する現象は存在する。「6鳥羽出家」と、「19為朝陣渡し」の二項である。[3]「6鳥羽出家」の日付に関しては、鎌倉本に見られる史実との符合を、該本の古態を示す証と見るか、あるいは本来『保元物語』には七月十日とあったものを鎌倉本が他の文献を参看することにより是正したと見るか、二様の解釈が可能である。仮に前者の判断に立つ時、現存諸本の共通祖本の謂いでの原態保元物語は鎌倉本と同じく史実通りの日付を明記していたが、それを他系統は誤写もしくは何らかの意図のもとに史実とは異なる日付に改変したことになる。しかし鎌倉本以外のすべての系統が共通して七月十日と誤る事実は、誤写説を採ることをためらわせる。形態が似通う数字ならともかく、三月を七月にしかも鎌倉本以外のすべてが同じ誤りを犯すことはまず考えられない。

では、鳥羽院出家の時日を三月十日ではなく七月十日に仮構しなければならない構想上の必然性があるかといえば、それもまたありそうもない。鳥羽院出家記事は、鳥羽院の経歴をその誕生から立太子、即位、譲位と、永積氏の言を借りるなら「大鏡などがしばしば用いた帝紀の書きはじめの形式と、ほとんど同様[4]」のスタイルをもって列記した物語冒頭部の一節である。こうした略歴部においては、鳥羽院出家が三月十日であろうと七月十日であろうとそれは物語にとって重要なことではない。史実としての三月十日を七月十日に仮構しなければならない必然性は見あたらない。

鳥羽院出家の時日にかかわる上述現象を他系統における誤写・意改に帰すことができないとすれば、それを鎌倉本の古態性を示す証と見ることはできないことになる。本来『保元物語』には他系統が記すように七月十日とあったが、それが誤りであることに気付いた鎌倉本作者が他文献に従って三月十日に是正したと理解すべきだろう。

「19為朝陣渡し」については、各系統の記す時日は八月二十六日、二十七日、九月二日以降、不明記と区々である。以下に一つの推測を述べるなら、鎌倉本に見られる如き史実通りの時日記載が『保元物語』本来の姿であったと仮定した場合、他系統は過誤でなければ故意に日付を改変もしくは省いたと見なければならない。しかし、この場合もまた各系統に改変もしくは省略すべき必然性があるとは思われない。物語はその後半部、敗者達の悲境を多彩に描いてゆくが、それらのできごとは時間的にほぼ並行して生じている。これら並起するできごとを時間列に沿って列記した場合、場面があちこちに飛び、雑然とした様相を呈することになる。それを避けるため物語は関連事件を整理・集約して記載してゆく。もちろんその一方で日並記としての構成をも維持しなければならない。この二方針を両立させる方策として意図的な時日改変が行われる。もっとも、種々の事件が並起・継起するのも七月いっぱいぐらいまでである。為朝の捕縛・陣渡しがあったのは八月二十六・二十七日、合戦より既に四十日以上経ており、乱後処理も一応のめどを見た頃である。為朝捕縛は時間的に他の内乱関係のできごととは隔たっている。同時に記すべき事件・事項が継起してはいない情況で、八月二十七日になされた陣渡しを二十六日もしくは九月二日以降になされた如く時日を仮構したり削除しなければならない理由は見あたらない。

また本来史実通りの日付が付されていたなら、現存系統間にこれほどの異同が生じることはないだろう。もともと物語の時日記載が不明朗であったために後出の本文の記述が区々になったと考えるべきではないか。為朝陣渡しの日付が本来どうだったか明らかではないが、史実通り八月二十七日と記されていた蓋然性は低い。この場合もまた史実と符合する鎌倉本の姿を『保元物語』本来と見るよりは、後に他文献を参看することによって八月二十七日の日付を採択したとみるのが穏当と思われる。

以上、系統中鎌倉本のみが史実に符合する二つの事例を検討した結果、これらを鎌倉本が古態を有していることの証拠とすることは難しく、むしろ鎌倉本が後に他資料を用いて改正したと見る方が穏当であるとの結論を得た。このことから、鎌倉本作者はその本文形成にあたって、先行伝本の史料性に疑問を抱き、史・資料によって史的事実を検証し、誤まりと判断したものを訂正する姿勢で臨んだことがわかる。

鎌倉本が史・資料を用いて改変を行ったと考えられる事例としては、「3鳥羽践祚・即位」の時日に関わる現象も挙げられる。他系統は嘉承二年七月十九日で一致しているが、鎌倉本のみ同年十一月即位と記す。十二月一日即位が正しく鎌倉本は誤ってはいるが、『一代要記』『歴代皇紀』『神皇正統録』及び『皇代略記』の異本など、ある種の編史が十一月即位を記すことより、鎌倉本がこうした類の編史に従って改変したのではないかとも考えられる。

右の事実とも関連するが、鎌倉本における改変姿勢はさほど厳密でもなくまた徹底したものでもない。一方において鎌倉本にのみ史実との齟齬が見られる事例が存在している。(5)「9得子剃髪」を保元元年六月十一日（半井本・宝徳本は史実通り六月十二日、流布本は六月十三日、根津本は鎌倉本と同じく六月十一日）、「10頼長任氏長者」を久安六年（一一五〇）九月二十九日（他系統は史実通り九月二十六日、ただ、根津本系統の中には鎌倉本と同じく二十九日とする伝本もある）としていることがあげられる。ただし（　）内に示した如く、根津本（もしくはその系統内のいくつかの伝本）は鎌倉本と同じ時日を伝えており、厳密には鎌倉本固有の現象ではない。しかし、第四章第一節に述べるように、根津本は鎌倉本の如き伝本を親本の一つとして成立したと考えられるので、この点はさほど問題にはならないと思われる。

鎌倉本が史実との齟齬を生じた原因については、蓋然性として二様の場合が考えられる。一つは、現存本に至る転写の過程で十二日を十一日に、二十六日を二十九日に各々誤写したと見る解釈であり、一つは本来物語には十二日並びに二十六日と史実通り記載されていたが、鎌倉本が誤った資料に依って改めたために、是正したつもりが結果として改竄になったとみる考え方である。そのいずれであるかは判断できないが、信頼性の低い資料を用いたことに依る誤りであるなら、鎌倉本の史実への回帰姿勢が問われなければならない。

この問題を検討するための恰好の材料が鳥羽院熊野参詣の記事であろう。鳥羽院が熊野参詣の折、熊野権現により翌年の死と死後に起こる内乱を予告される内容を持つが、そのできごとがあった年次を鎌倉本は仁平三年（一一五三）、他系統は久寿二年（一一五五）としており、鎌倉本と他系統では年次が相違している。このことについては既に諸先学の指摘によって明らかなように、鳥羽院による熊野参詣は仁平三年をもって終わり、久寿二年に行われた形跡はない。鳥羽院熊野参詣の年次に関しては、鎌倉本以外の記す久寿二年は虚構であり、鎌倉本の記す仁平三年が正しいということになる。この事実を、鎌倉本が古い形を残したものとする見解があるがそれには一概に従うことはできない。

確かに仁平三年には熊野参詣が行われており、久寿二年にその事実はない。その限りにおいて仁平三年熊野参詣を記す鎌倉本の記述は正しい。が、さらに言えば、熊野権現の託宣という不思議なできごとがあったのが果して鎌倉本の記す如く仁平三年の熊野参詣の折であったかと言えば、その確証はない。

この問題を論じるにあたり『参考保元物語』以来常に引き合いにだされるのが『愚管抄』巻四の一節である。その記すところは、院の熊野参籠の際、神殿の下より「メデタキ手」が顕れ、「二三ドバカリウチカヘシ〳〵シテヒキ入」という不可思議な事が起こった。不審に思った院が巫女に問うたところ「世ノスヱニハ手ノウラヲカヘスヤウニノミアランズルコトヲ、ミセマイラセツルゾカシ」との神託がくだったというものである。細部に異同はあるものの、『愚管抄』のこの記事は神殿の御簾の下より手の現れる神変現象、そして巫女の口を借りての神託という骨子において『保元物語』と一致する。(6)

従前、当該二書の記事の間に何らかの関連のあることが言われながら、明確な論究がなされなかったが、栃木孝惟氏は『愚管抄』に記される「世ノスヱニハ手ノウラヲカヘスヤウニノミアランズル」との神託が、必ずしも保元の乱勃発を予告したものではなく、単に「末の世におけるさまざまな諸事象の転変・顚倒の様態を末世の一つの徴候として」示したものに過ぎないと判定、神託を保元の乱に結びつける『保元物語』と『愚管抄』の記事が一見近似しているように見えながら、質的にはその間に明確な一線の画されることを説いた。(7)そして半井本は「この『愚管抄』の一文に伝えられるような一人の帝皇のいかほどかの不思議な体験に材をとり、それを一挙に劇化させて、一つの物語的情景を仮構的に創出した」と論じる。

また、鎌倉本が熊野参詣の年次を仁平三年とすることについては、「『久寿二年冬ノ比』に、鳥羽法皇の熊野参詣が行なわれていないことを知った調査好きのこの本の作者が、実際に法皇熊野参詣のことがあった『仁平三年春二月』――それは保元の乱にもっとも近い法皇最後の熊野詣の時であったが――に、このできごとを新たに据え直し」たと解読する。氏の卓説に従うべきであろう。鎌倉本の作者を「調査好き」と捉える点も的確である。

鎌倉本のこの処置法に、該本の史実へのかかわり方が明瞭に看取されるであろう。鎌倉本が厳密な態度で史実回帰をめざすものであるなら、他系統の記す久寿二年鳥羽院熊野参詣における神託事件は明確な史的裏付けのないものとして切り捨てられるべき性格のものであろう。しかし、鎌倉本はそうはせず、久寿二年の年次を実際に鳥羽院による熊野参詣が行われた最後の年次である仁平三年に改めるにとどめた。ここには、史実への回帰と物語性との関係に折り合いを付けた一つの形が示されている。

以上、鎌倉本はその形成に際して史・資料を参看・利用して史実回帰を図っていること、ただしそれは徹底したものではないことを述べた。徹底さを欠くにせよ、鎌倉本には史実回帰が一つの意志としてあったといえるが、その一方で記事群再編への強い欲求もあった。以下、史実への回帰姿勢と時には対立する再編欲求とがいかなる形でかかわりどのように処理されているかを見る。

鎌倉本における記事再編欲求が非常に強いものであったことは、該本の構成が独特であるとの諸先学の指摘(8)により容易に納得される。例えば、下巻について、鎌倉本は崇徳院配流記事から叙述を始めているが、それは、崇徳院讃岐配流並びに関連記事→斬刑並びに関連記事→頼長死骸実検並びにその子息に関する記事と展開している。各々の事件・できごとのあった時日を実録類によって示す。

崇徳院配流　七月二十三日（『兵範記』）

頼長死骸実検　七月二十一～二十二日（『兵範記』）

斬刑　七月二十八日（忠正父子）・同三十日（為義父子・家弘・康弘ら）（『兵範記』）、七月二十九日（為義ら）（『百錬抄』『歴代皇紀』『一代要記』『皇代略記』）、八月二十九日（為義・忠正ら）（『帝王編年記』）、など区々

である。『兵範記』と編史類との間には相違が見られるが、現存資料に依る限り斬刑を七月二十八〜三十日の間と見ることに異論はないであろう。『帝王編年記』の八月二十九日は『参考保元物語』の指摘の如く七月二十九日の誤りと思われる。

鎌倉本がこれら諸事件に冠している時日を見ると、崇徳院配流については配流の前日七月二十二日から起筆して、二十三日払暁の出立に及ぶ。これは記録類の伝えるところと一致している。続く斬刑の項には二十五日の日付が見える。しかし前に示した如く、二十五日斬刑の事実を現存の記録類に見出だすことはできない。異伝（誤伝）もしくは虚構と考えられる。ただし、半井本・龍門本も二十五日斬刑を伝えているので、これを鎌倉本特有の現象と見ることはできない。何らかの先行形態が存在し、それに依拠したと見るべきだろう。この斬刑記事に頼長死骸実検が続くが、この項には日付記載がない。他系統には存在する（半井本・流布本―二十一日、宝徳本―二十五日、根津本―二十日）ことよりこれは鎌倉本の一つの特色と言えよう。

何故鎌倉本は頼長死骸実検に時日の記載をしなかったのか。それは、仮に死骸実検の項に半井本や流布本と同様に七月二十一日（〜二十二日）と史実通りの明記を行った場合、二十三日崇徳院配流・二十五日斬刑の後に本記事を置く鎌倉本では、時日の逆行が露呈し、日並記としての構成に破綻をきたすことになるからだ。それ故に鎌倉本はこの項に時日を記さないことで、表だった時日逆行を回避したのである。

同じく虚構を生みだすにしても、鎌倉本のこういった姿勢は宝徳本のそれとは意識の上でかなりの差異がある。宝徳本は死骸実検を七月二十五日に仮構する。これは宝徳本が該記事を二十三日の日付を付す崇徳院配流記事と二十八日の日付を付す頼長の子息流罪記事との間に置いているため、死骸実検の日を史実通り二十一日（〜二十二日）と記したのでは、鎌倉本の場合と同じく時日の逆行が露呈する。それを避けるために、二十三日と二十八日の中間の二十五日の日付を死骸実検の項に冠したのである。宝徳本のこの処置法には虚構を史実に優先させる意識が認められる。話の筋立てのためには時日における些細な作為など意に介すべきでないといった記録ばなれの姿勢が明確に読みとられる。それに比して、鎌倉本は独自の記事編成への強い欲求を持ちながらも、なお史実に拘泥する。記事の組み替えを行った結果生じる日並記の面での破綻を、宝徳本のように時日を自由に変えることで回避するのではなく、時日不記載という消極法で避けている。鎌倉本は些細な虚構とはいえ、まったく根拠のない時日を記すことに抵抗があるのだ。それは史実回帰を志向する鎌倉本においては当然のことではある。

ただし、既にそれ以前に生み出されている虚構については、それが物語としての効果を高めていると判断した場合は、そのまま受容したようである。その特徴的な例が「7近衛崩御」に見られる。半井本・流布本は近衛院崩御を史実通り久寿二年七月二十三日とするが、鎌倉本・宝徳本は同年八月十六日のこととする。この点に関しては先学の指摘(9)に明らかな如く、鎌倉本・宝徳本が崩日を八月十六日に置くのは、八月十五夜中秋の宴に「虫の音のよハるのミかハ過る秋をおしむ我身そまつ消ぬへき」〔鎌倉本に依る（影739―7）（14―2）〕との辞世歌を残して翌十六日に世を去るという劇的な死をもくろんだ虚構である。

しかし、既に見てきた如く、鎌倉本は虚構を生みだすに大胆ではない。とすれば、近衛院崩御に見られる虚構はおそらくは鎌倉本のなすところではあるまい。それは既に鎌倉本の形成以前に開拓されていたのだろう。八月十六日の近衛院崩御が史実でないことはごく簡単な年代記などで確認しうる。久寿二年に鳥羽院による熊野参詣がなされていないことを調査しえた鎌倉本作者であれば、近衛院崩御が八月十六日でないことは十分承知していたに違いない。が、鎌倉本は敢えて改正してはいない。その虚構の意図を理解し容認したためと思われる。

次には、時日に関して以外の鎌倉本における虚構の実態を見る。源義憲と平家貞点出の問題を取り上げる。義憲について述べると、半井本・根津本・流布本は、崇徳院方に参じた源為義の子息を、四郎頼賢・五郎頼仲・六郎為宗・七郎為成・八郎為朝・九郎為仲の六人とする。しかし、鎌倉本・宝徳本・龍門本はこれに三郎義憲を加える。

史書類には合戦の参加者に義憲の名を見出だすことはできない。また、保元の乱より二十余年後に起こった治承・寿永の内乱に彼が加わっていることを考えれば、保元の合戦には参加しなかったと推定される。保元の乱における敗者の処罰は苛酷を極めたから、義憲が為義に従っていたなら、その中で最年長の彼が処刑を免れることはありえない。義憲が保元の合戦に参加した可能性はない。物語の虚構と考えるべきだろう。

ここで問題とすべきは、義憲の合戦参加が事実か否かの詮索ではなく、この虚構が物語にとって本来的なものであったか否か、つまり義憲の名を記さない半井本などのあり方と彼の名を記す鎌倉本などのあり方のいずれが物語本来の姿であったかという点であろう。この疑問に対する結論を先に言えば、物語はもともと義憲の名を記さず、その後の諸本展開の過程で付されたと思われる。というのも、為義の子息中義憲のみが合戦後の動静について記されることがないからだ。鎌倉本によって見てゆくと、合戦後行われた余党がりで、頼賢はじめ五人の子息達は「あそこの峯こゝの谷に疲れ臥」（影938—10）（58—8）していたところを捕らえられ、船岡山で斬首された。義憲と為朝のみは「北山の奥にて見合たりけれ共飛か如して」（影938—7）（58—7）逃亡したが、遂には為朝も湯治中のところを捕らえられ、伊豆に配流、最後は追討軍を前に自刃する。しかし、義憲は逃亡記事を最後に物語から姿を消してしまう。このような結構は為義の他の子息達の動静がその死に至るまで描かれていることからみて極めて不自然である。義憲参戦を後世の付加と考える所以である。

もっとも、宝徳本に比べれば鎌倉本はまだ首尾が整っている。宝徳本の場合、為義が院方に参候する場面に「三郎先生義憲左衛門尉頼賢掃部助頼仲六郎為家七郎為成八郎為朝九郎為仲已上七人の子共相くして院の御所へそ参ける」（影393—7）（245—7）と義憲の名を記すのみで、以後は一切触れるところがない。従って為義の子息達の追捕場面も「八郎為朝ハ大原の奥ニありけれ共太刀打振て鳥の飛かことくに失ニけり残五人の者共ハ鞍馬木船芹生の里所々ニ疲臥てありけるを推寄推寄搦取」（影593—6）（346—3）とあって、義憲については一言も述べない。また、為朝が為義に東国での再起を進言する場面でも四郎頼賢以下九郎為仲までの名が見られるものの義憲の名はない。崇徳院に与した為義の子息は義憲を加えると七人になるが、「子共六人良等三四人そ残たる」（影559―3）（328―10）、「六人の子共こ、かしこニありけるか」（影562―4）（330―1）、「六人ニ別る、父のおもひ」（影570―7）（334―4）、「八郎御曹司斗こそ落させ給て候へ四郎左衛門殿より始て五人ハ（略）皆〳〵被切させ給侯ぬ」（影601―4）（354―7）といった記述にはすべて義憲が加えられてはいない。宝徳本は院方参侯の段に義憲の名を加えたものの、関連箇所の改変を怠ったためにこの矛盾を生じたのだろう。鎌倉本にはこうした不首尾はなく慎重な姿勢が窺われるが、[10]それはそれとして義憲参戦は後の加筆とみて間違いあるまい。龍門本は取り合わせ本であるが、義憲逃亡を記す点で鎌倉本に近い。ただし、子息の人数については「子共七人より外ハらうとう四人」「御とも六人なから申て候こそ」と、一貫していない。

何故本文変容の過程で義憲が加えられたか。それはおそらくは『平家物語』における義憲像の投影と考えてよかろう。この問題については北川忠彦氏・服部幸造氏の論考に触れるところがあるので、[11]それらに依られたい。『保元物語』の場合、既に見たように義憲についてはほとんど名が記されるのみで具体的な形象化はないので、『平家物語』における記事の検討はここではさほど必要ではない。なお、鎌倉本等における義憲の登場を後の増補と考えるべきことは両氏の論考中に述べられているが、具体的な論証が示されていないため私なりの検討を加えた。

次に家貞の問題に移る。鎌倉本・宝徳本・龍門本には平家貞が清盛を諫める一段が存在している。その内容は以下に記す通りである。保元の乱の折、鎮西にいた家貞は、合戦の勃発を知りにわかに上洛、主人清盛に向かってその非を説く。言わく武士というものは情け深くあるべきだ。然るに自らの手で叔父忠正を斬るとは何事か。義朝がその父為義を処刑したのも清盛の所業に倣ったためではないのか。「加様の御心にてハ朝家の御堅とも成君の御守と成せ給ハなむや」〔鎌倉本に依る（影938―1）（58―2）。宝徳本同趣〕と。これに対し清盛は「誠に理也と思れけれハ口を閉てのかれ」（影938―3）（58―3）たという。

ただし、この一段は半井本・根津本・流布本には存在せず、日本古典文学大系本頭注（一四九頁頭注二一）も指摘するように半井本・流布本では家貞は清盛に従って合戦に加わっている。いずれが史実であるか、又いずれが物語本来の姿であるかはにわかには決しがたいが、やはり家貞諫言のようなことが実際にあったとは考えられず、虚構とすべきだろう。そしてこの虚構には『平家物語』（あるいは『平治物語』も含めるか）の投影が考えられる。

『平家物語』において家貞は清盛の父忠盛の腹心の部下として登場し、豊明の節会の夜忠盛を闇討ちにしようとした貴族達を牽制した人物としてよく知られる。当該記事は『平家物語』諸本に存在しており、そこに描かれる家貞は、主君の危機をわが危機と感じその恥辱を雪ぐためには「殿上までも頓而きりのぼらんずる」（覚一本）程の激しい行動性を持った一徹者としての印象を鮮やかに放っている。屋代本・覚一本等にはこれ以降家貞の登場はないが[12]、延慶本・長門本・『源平盛衰記』等ではその後もいく度か物語に現れる。延慶本を例にとると、殿下乗合事件では資盛の恥を雪ぐため摂政基房に報復を行った主導者として記されており（『源平闘諍録』・長門木も同様）、鹿谷事件の折も清盛から敵の追捕を命じられる（長門本も同じ。『源平闘諍録』・『源平盛衰記』・屋代本・覚一本等は子息の貞能）など、平氏の郎等の代表格として位置づけられている。さらに厳島明神により清盛一代の栄華を予告されたり（四部本は盛国、長門本は貞能）、平氏の都落ちに際しては忠盛・清盛・重盛三代の遺骨を頸にかけて落ち行く（長門本も同じ。四部本・南都本等は貞能が重盛の遺骨を頸に懸け落ちたとする）など、平氏の命運と共に生きる人物として描かれている。ただし、実際の家貞は仁安二年（一一六七）に死去しているので[13]、記事の多くは虚構。

『平治物語』の場合、諸本共通の記事としては、熊野参詣の途次、信頼・義朝の蹶起を知り合戦の準備もない状態で途方にくれる清盛の前に五十組の武具をさしだし、その周到さを讃えられる話がある。また、学習院本は相伝の主義朝と女婿の鎌田正清を騙し討ちにした長田父子が、恩賞に不服を申し立てた時、家貞が「あはれ、きやつを六条河原に磔にして、京中の上下に見せ候はばや。相伝の主と聟をころして、勧賞かうぶらんと申にくさよ。頸をきらせ給へかし」と清盛に進言したことを記している（流布本も同趣、金刀本は重盛の言とする）。

以上、『平家物語』『平治物語』の描く家貞像を見渡したところで、それでは『保元物語』の鎌倉本等に見られる家貞諫言の一段が一体『平家物語』あるいは『平治物語』のいかなる系統の家貞形象の影響下に形成されたのかということになるが、この疑問に対しては明解な判定をくだせそうにない。影響関係はともかく、人物像の類似に注目するなら、叔父を斬った清盛を非難し武士の道を説く『保元物語』の家貞の姿は、恩賞ほしさに相伝の主人と女婿を謀殺した長田を極刑にすべきだと憤る学習院本『平治物語』の家貞に通じる。

『平家物語』の場合、既に見たように覚一本などといわゆる読み本系のいくつかとでは、家貞の登場頻度にかなりの差があり諸本に共通するのは殿上闇討の段のみである。ただし、家貞の登場が多い読み本系の伝本においても殿上闇討以上にその印象を鮮明にうちだしている場面はない。極言すれば対象をどの伝本にとろうが家貞の形姿を最も印象深く描く場面は殿上闇討をおいて他にないと言えよう。そして該段における家貞は主君忠盛の苦悩を自己の苦悩と感じる、信義に厚いしかも自己の信念に従って言行を発する武人のイメージで捉えられるだろう。『保元物語』の場合はどうか。主君清盛に向かい憚るところなくその非を説く家貞、これに対し捗々しい反論もなしえずただ「口を閉てのかれ」る清盛。家貞は平氏の郎等の域を越えて清盛を呑んだ形でたち現れている。このような場面が創出される背景には、清盛の父忠盛の最も信頼した郎等の一人、若き日の忠盛の片腕として平氏上昇期の辛酸を共になめた男、そして信義に厚い人間といった家貞観が存在していなければならない。そしてそれはとりもなおさず殿上闇討における家貞のイメージではないか。

結局、『保元物語』の家貞像に最も似たものを捜せば学習院本『平治物語』などのそれがあげられるが、『保元物語』の家貞諫言の段が学習院本の影響下に成ったと考えるには学習院本の家貞のイメージは弱い。やはり『平家物語』の投影が考えられるのだが、その場合必ずしも家貞記事の多い伝本との関係を考える必要はない。諸本に共通する殿上闇討の段の存在だけで十分と思われる。少なくとも『保元物語』の家貞諫言の段の形成には『平家物語』（あるいは『平治物語』も含めて）の普及が背景としてあったことは認めてよいであろう。なお該段の存在が『保元物語』にとって本来的なものであったか後の増補によるものであるかは明確ではないが、[14]『平家物語』などの反映が認められるとすれば後の増補と考えるべきだろうか。

以上、『保元物語』諸系統中、鎌倉本・宝徳本・龍門本にのみ見られる義憲と家貞に関する記事について検討を加えた結果、これらは虚構と見るべきであり、しかも本来の『保元物語』には存在せず、後の変容の過程において増補されたと見るのが穏当であること（家貞については断定できないが）、そしてその増補の背景には『平家物語』（あるいは『平治物語』も含めて）の普及が推定されることを論じてきた。

それでは、こうした類の、史実に符合しない虚構はいつの時点で生み出されたのか。これらの記事が鎌倉本・宝徳本に共通して存在する事実を、鎌倉本から宝徳本へ展開したとする一般通念に突き合わせるなら、鎌倉本が増補の最初の段階を示すという考え方もありそうだが、これまでの検討結果を見る限り、鎌倉本はこうした類の虚構を積極的に生み出す伝本ではない。それに、現在の鎌倉・宝徳両系統を直接的な影響関係で捉えることはできない。しかも、これら虚構が龍門本にも存在していることを勘案するなら、おそらくは鎌倉本以前に既に生みだされており鎌倉本はそれをそのまま引き継いだと考えるべきだろう。史実に符合しない事象を容認する鎌倉本の姿勢がここにも読み取られるといえそうだ。

これまで述べきたったところを要約する。鎌倉本は一般に考えられているほどには史実に忠実ではない。確かに鎌倉本のみが史実に符合する事例は見いだされるが、それらは鎌倉本の古態性を証するというよりは、むしろ後に改正された蓋然性が高い。鎌倉本は史実と食い違う事柄を史実に還元しようとする姿勢を持っていたと思われる。

ただし、その姿勢も厳密なものでなかったことは既に見た。

次には、鎌倉本のこの姿勢を如何に把握すべきかが問われなければならない。この課題について暫定的な見通しを記すなら、鎌倉本が史書の方向へ進もうとしたと解釈することはできない。なぜなら、鎌倉本は記事再編にも並々ならぬ意欲を示しており、この意図が史実回帰の姿勢と相剋を生じる場合には、史実への忠実性を犠牲にしているからだ。また、鎌倉本以前に既に生み出されていた虚構はそのまま踏襲している。鎌倉本が矛盾の少ない伝本であるとはよく言われ、この事実を以て鎌倉本の古態性を説くむきもある。そうした解釈を全面否定するつもりはないが、鎌倉本における矛盾の少なさは、該本がこまやかな配慮によって本文の整備を図ったことによるところがむしろ大きいのではないか。崇徳院蹶起に到るいきさつを一括した「事の濫觴は」で始まる項目立て、又崇徳院・近衛院の院号使用の厳密さ、[15]さらには作者が乱勃発直前の時点に身を置き、その後は、現在進行形の形式で乱のなりゆきを追う手法、そういった諸現象を生みだしたと同じ意識に根ざしその一翼をになうものとしてこの史実への回帰姿勢も把握されるのではないか。

以上、鎌倉本は他系統に比して特に史実に忠実でもなく、史実との符合現象も必ずしも古態性の証明にはなりえないと考えるものだが、この事実を以て鎌倉本の古態性を否定し、後出性を主張しようとしているのではない。鎌倉本が史実に忠実であり、そのことが鎌倉本の古態性を示すものだとする考え方に根拠がないことを言っているのだ。文飾の面で、鎌倉本が宝徳本に比して古色を帯びていることはほぼ間違いないと思われるから、鎌倉本を宝徳本の後流に据えることはできないだろう。おそらく、両者は共通の母胎から発する関係にあるが、鎌倉本は事実詮索と記事再編に力を注ぐ方向に、宝徳本は、共通母胎に芽生えた抒情性を深化させ、表現の豊かさを求める方向にそれぞれ分岐・展開したのではないかと想像する。

注

（1）「保元平治物語の一研究」（「国語国文」3―6・7・9　昭和八年六、七、九月）

（2）「保元物語の文学史的意義―文保・半井本および金刀比羅本をめぐって―」（『中世文学の世界』岩波書店　昭和三十五年）、後に『中世文学の成立』（岩波書店　昭和三十八年）に補訂再録。

（3）鎌倉本が史実に符合する事項としては、他に「23清盛死去」があるが、鎌倉本のみに見られる事項であるため対象とはしない。

（4）日本古典文学大系『保元物語　平治物語』解説。

（5）鎌倉本が史実と齟齬する事項としては他に「1鳥羽立太子」を康和五年八月十六日（流布本も同じ、他本は史実通り八月十七日）とすること、「22清盛クーデター」を治承三年十一月十五日の日付をもってはじめていること、「24平氏滅亡」を元暦元年三月二十四日《十六日》（正しくは元暦二年）とすることの三点があげられる。この中、「1鳥羽立太子」に関しては該当部「同年の秋八月。皇太子に立」（影731―6）（10―5）とし、十六日は流布本の如き本文を用いての別筆補入と思われ問題にはならない。また、「24平氏滅亡」の年次は現存本に至る過程での誤写もしくは誤った資料に依ったための過誤と考えられる。「22清盛クーデター」記事に関しては、「治承三年十一月十五日数千騎の軍を起し太上法皇を鳥羽殿に押籠まいらせ関白を備前国へ遷し奉り太政大臣以下四十余人の官を止南都を滅し東大寺を焼き」（影997―10）（88―2）の記述中、「治承三年十一月十五日」がいずれの事件に係るのか曖昧である。史実に徴すると、清盛が「数千騎の軍を起し」上洛したのは十一月十四日、太政大臣師長以下の停任は十七日、「太上法皇を鳥羽殿に押籠」たのは二十日、「関白を備前国へ遷し」たのは二十一日夜か二十二日早朝であり、鎌倉本の記す十五日に該当する事件はない。同様な記述は半井本・龍門本・流布本にも見えるが、龍門本・流布本では治承三年十一月十四日となっている。十一月十四日は清盛が事を起こした最初の日すなわち「数千騎の軍を起し」て上洛した日であるから問題はない。鎌倉本の記す十五日は十四日の誤写であるかもしれない。それにしても幾日間かにわたるできごとを一時日のもとに一括するのは鎌倉本らしくない処置である。翌治承四年十二月二十八日の「南都を滅し東大寺を焼」いた事件までも並記している点はまことに無雑作である。史的事実に目くばりする一方で、このような蕪雑さを見せる鎌倉本の姿には違和感を感じる。当該部は後補されたものではないか。

(6) 神託を受けた人物が白河院であるか鳥羽院であるかは議論の別れるところだが、鳥羽院と考えてよいのではないか。

(7) 「半井本『保元物語』の性格と方法―あるいは軍記物語における構想力の検討のために―」(『中世文学の研究』東京大学出版会　昭和四十七年)、後に『軍記物語形成史序説―転換期の歴史意識と文学―』(岩波書店　平成十四年)に収録。

(8) 矢代和夫氏「鎌倉本保元物語について(1)―新院叙述の展開を中心として―」(「古典遺産」17・18　昭和四十二年十二月、四十三年五月)、「鎌倉本保元物語(下巻)について(2)―新院叙述の展開を中心に―」(「軍記と語り物」6　昭和四十三年十二月)、古典研究会本解題、伝承文学資料集第八輯『鎌倉本保元物語』解題(三弥井書店　昭和四十九年)など。

(9) 栃木氏「保元物語に於ける基礎的一、二の問題―諸本先後問題の再検討―」(「国語と国文学」37―4　昭和三十五年四月)、後に『軍記物語形成史序説―転換期の歴史意識と文学―』(岩波書店　平成十四年)に収録。また、日本古典文学大系本補注六など。

(10) 鎌倉本は中巻が欠巻のため断言はできないが、下巻に「判官の子息義憲禎賢《頼歟》以下七人」(影938―5)(58―6)などとあるので、宝徳本のような矛盾はなかっただろう。

(11) 北川氏「軍記物の流れ」(「文学」40―7　昭和四十七年七月)、後に『軍記物論考』(三弥井書店　平成元年)に収録、服部氏「信太三郎先生義憲」(「伝承文学研究」17　昭和五十年三月)、後に『語り物文学叢説―聞く語り・読む語り―』(三弥井書店　平成十三年)に収録。

(12) その理由については尾崎勇氏「『平家物語』の人間像―家貞・貞能を中心にして―」(「防衛大学校紀要」32　昭和五十一年三月)に説がある。後に『愚管抄とその前後』(和泉書院　平成五年)に収録。

(13) 新日本古典文学大系『保元物語　平治物語　承久記』付録「保元物語 平治物語　人物一覧」

(14) 半井本・流布本の記述には矛盾めいたところがある。これら系統は家貞が清盛に属して合戦に加わった旨を記すが、一方為朝捕縛の段には鎮西に逃れんとした為朝が鎮西より上洛する家貞の一行を避けた記事が他系統と同様に存在している。家貞上洛に関しては日付の明記がないためそれが合戦前のことか後のことかさだかではない。ただ、書きぶりからは合戦後のような印象を受ける。そうであるなら、半井本・流布本の記載に矛盾があることになる。

(15) 注（8）の矢代氏論考中に説明がある。

第二節　成立期について

鎌倉本の成立期は不明である。が、崇徳院配流関係記事と頼長死骸実検記事において鎌倉本と延慶本『平家物語』との間に同文的類似の認められる事実が一つの手掛りを与える。少なくとも、当該箇所については、鎌倉本・延慶本間に直接もしくはそれに準じる書承関係のあったことが推測される。この事実をはじめて指摘した土橋氏(1)は、延慶本に対する鎌倉本先行を説いた。以後、この問題は、水原一氏・服部幸造氏・白崎祥一氏の手で検証されることとなり、私も驥尾に付して一文を草した。その後、武久堅氏により詳密な検討がなされ、鎌倉本先行がほぼ確定したのではないかと考える(2)。ただし、延慶本が鎌倉本の如き本文を取りこんだ時点を、服部氏が「旧延慶本が現存の応永書写延慶本へと改変される時」と見るのに対し、武久氏は「延慶本と長門本との共通祖本即ち『旧延慶本』時代に編入されていた可能性が濃厚」と考える。また、この問題は当該二書にとどまらず、『保元物語』諸本並びに『平家物語』の長門本・『源平闘諍録』・『源平盛衰記』さらには『六代勝事記』を巻き込む広い裾野を持つ。あるいは、『保元物語』『平家物語』諸本の間には複数回に亘る接触があったかとも想像され、その交渉の実状をつぶさに闡明することは不可能かもしれない。上掲のごとき不明朗さが残るものの、直接か間接かはともかく、延慶本が鎌倉本の如き本文を取りこんでいる事実は否定できない。鎌倉本が延慶本に直接もしくは間接に影響を与えたと仮定した場合、延慶本が延慶二、三年（一三〇九、一〇）の書写であることより、鎌倉本の成立期はそれ以前となり、下限が設定されることとなる。

ただし、延慶本については近年その認識が改められた。応永二十六、二十七年（一四一九、二〇）に書写された現存延慶本は、親本である延慶年間の写本の忠実な写しであると信じられてきた（一部には疑問視する意見もあった）が、それは櫻井陽子氏により打ち崩された。[3]現存延慶本は、延慶年間書写本を覚一本的本文に依って改訂したものであることが明らかにされたのである。いまここに取り上げている部位が、もし応永書写の際に改訂されたものであるなら、鎌倉本成立の下限は延慶三年から百年以上も降ることになる。となれば、鎌倉本の成立期を探る鍵としてはほとんどその意義を失いかねない。

他に、鎌倉本の成立期を探る上でいくほどかの意味を持つかと思われるものが鎌倉本上・下巻に付された元奥書である。それは「上野介康豊／〔右〕以鎌倉相承院本写之畢」というものであり、これによって鎌倉本の親本は、「上野介康豊」なる人物が「鎌倉相承院」に蔵されていた伝本を写したものであることが知られる。

ここに記される「鎌倉相承院」は、鶴岡八幡宮寺の一つで、はじめ「頓学坊」と称されたが、応永二十二年（一四一五）正月二十五日に相承院の院号を与えられている。[4]とすれば、「頓学坊」ではなく「相承院」とある当該奥書より見て、その書写期は応永二十二年以降となる。ただ、ここまで降ると形成期の究明に実質的な意味はない。

書写者の康豊について付言すると、彰考館文庫には、『平治物語』（下巻のみの残欠本）、『平家物語』にも康豊の奥書を伝える伝本が蔵されており（『平治物語』は、古典研究会から鎌倉本として影印刊行）、前田育徳会尊経閣文庫にも伝康豊筆『平家物語』が蔵されている。康豊については、山田孝雄氏が「如何なる人なるか明らかならず。参考源平盛衰記には之をば『問註所上野介三善康豊』と明かに記載したり。この記載は由ありげに見ゆれど、今據る所を詳にせず[5]」と記して以降進展はないようだ。[6]もっとも、仮にその生存期が明らかにされたとしても「相承院」との改号以降の人物であることは明らかなので、これもまた成立期の考察に寄与するところはほぼない。

注

（1）第一節注（1）の論文。

（2）水原氏「崇徳院説話本文考」（『軍記と語り物』6　昭和四十三年十二月）、「『崇徳院説話本文考』補説—服部幸造氏の反論にこたえて—」（『平家物語の形成』加藤中道館　昭和四十六年）、服部氏「延慶本『平家物語』と鎌倉本『保元物語』—崇徳院説話をめぐって—」（『名古屋大学国語国文学』27　昭和四十五年十二月、後に『語り物文学叢説—聞く語り・読む語り—』（三弥井書店　平成十三年）に収録）、白崎氏「『保元物語』の一考察—讃岐院記事をめぐって—」（『古典遺産』27　昭和五十二年七月）、原水「保元物語と平家物語の一接点—鎌倉本と延慶本の崇徳院・頼長記事について—」（『軍記研究ノート』8　昭和五十四年三月）、武久氏「鎌倉本保元物語と延慶本平家物語の先後関係—『六代勝事記』との共通本文をめぐって—」（『国学院雑誌』82—4　昭和五十六年四月、後に『平家物語成立過程考』（桜楓社　昭和六十一年）に収録）。

（3）「延慶本平家物語（応永書写本）本文再考—「咸陽宮」描写記事より—」（『国文』95　平成十三年八月）をはじめとする一連の論文。後に『『平家物語』本文考』（汲古書院　平成二十五年）に収録。

（4）『鶴岡八幡宮寺供僧次第』（頓学坊　珎譽の項）（鶴岡叢書第四輯『鶴岡八幡宮寺諸職次第』鶴岡八幡宮社務所　平成三年）。院号授与については、小池勝也氏「室町期鶴岡八幡宮寺における別当と供僧」（『史学雑誌』124—10　平成二十七年十月）に考察がある。

（5）『平家物語考（平家物語につきての研究　前編）』（国語調査委員会　明治四十四年）

（6）佐伯真一氏「康豊本『平家物語』の諸問題」（『同志社国文学』41　平成六年十一月）

第三章　宝徳本系統

第一節　諸本体系中における位置と性格

一般に、宝徳本は「格段に詠嘆的な抒情表現に富」み、「先例や典拠等をより多くふまえ、他方では貴族たちの悲運への詠嘆をもりあげる」(1)性格の濃い系統と認識されている。が、厳密に言えばこれらの性格は宝徳本形成の時点で一挙に生み出されたものではなく、段階的に付与されたものである。鎌倉本の存在がそのことを示している。ここで、鎌倉本と宝徳本の位置関係について確認しておきたい。鎌倉本は半井本に次いでその古態性を注目されている伝本である。本文の洗練度並びに記事の有無から見る限り、確かに宝徳本に至る前形態的性格を有すると判断される。しかし、その一方、記事再編の意図並びに検証的性格を強く帯びている伝本でもあることは第二章第一節で述べた。つまり、鎌倉本は、本文の彫琢度では宝徳本の前形態的な様相を呈しているが、構成面ではそうした現象を持たない。では、両本の関係をどう捉えるべきか。となれば、現存本をさほど遡らない時点で一つの共通祖本にたどりつく関係にあると見るのが最も穏当なところだろう。両系統は、その共通祖本を各々の意図のもとに補改する方向で成立したと考えられる。宝徳本の特質とみなされている上記性格は、鎌倉本との共通祖本の段階で既にかなりのところまで進展しており、宝徳本はその路線をさらに自覚的に押し進めたといえる。まずは、以上の事柄を確認しておく。

さて、宝徳本の性格については早く山下宏明氏に示唆的な発言がある。「様式化」の観点から『平治物語』諸本の性格を検討した氏は、「陽本から金本への本文の変遷展開の過程に見られる」と「ほとんど同質の傾向」が、『平家物語』の初期諸本から覚一本へ展開する過程に見られることを指摘、「平治物語（そしておそらく保元物語も）は、平家物語と同じように、鎌倉中期から末期ないしは南北朝期にかけて語り本としての形を整えるに至ったかと思われる。[2]」と述べた。該論で『保元物語』は付足的に扱われているが、金刀本（宝徳本）『平治物語』と同様、覚一本『平家物語』に近似するものと認識されていることは明らかである。事実、氏はその後の論文の中で、金刀本（宝徳本）『保元物語』における武装描写の様式が覚一本に通じることを指摘している。[3]このように宝徳本の世界が覚一本のそれに似通う事実がかなり以前から指摘されているが、このあたり細かく検討してみる必要がありそうだ。

もはや言い古され、それ故に反省されてもいるのだが、「達成」という評価語をもって説かれる覚一本の表現世界の特質についてはさまざまな角度から検討が加えられてきた。覚一本についての先学の諸論を逐一検証し、そこから覚一本を貫く改作原理を導きだし、それを尺度として宝徳本を測る力は私にはない。さしあたりは、それら諸論中印象に残ったいくつかの説を宝徳本に照射してみる。

覚一本の達成現象の一つに、文詞の豊饒さがあげられているが、その点、宝徳本も同様である。いずれも諸系統中最も流麗で優美な詞章を持つ。覚一・宝徳両本は最も文詞の彫琢が進んだところに位置している点、確かに共通性がある。覚一本の本文引用のあり方に係わり、松尾葦江氏は「延慶本は原文をそのまま引き、覚一本は引用文を自家薬籠中のものとして」いる、「延慶本が（略）おおむね典拠からなまの形で引用するのに対し、覚一本はそれらをよく消化して、自らの構想に合せてつくりかえている。[4]」と説くが、それはまた宝徳本にも言える。松尾氏の意図とは多少食い違うかもしれないが、わたくしなりの理解によって宝徳本を見るに、近衛院が歌宴を催す記述の一部「彼秦甸の一千余里漢家の三十六宮おほしめしやらせたまひ御覧しすつへしとも思食さりけれは」（影336—5）（215—12）や、蓮誉が讃岐に崇徳院を訪ねる記事の一部「幽思不窮巷無人処愁腸欲断閑窓有月時月の出しほの浪の音孤客の棹のいつくをそことハしらねとも浦吹風ニたくひ来て心細さハかきりもなし」（影677—3）（394—12）などは、宝徳本が、覚一本の如く典拠を「よく消化して、自らの構想に合せてつくりかえている」好例にあげられるのではないか。これらは『和漢朗詠集』所収の詩句を下敷きとしているが、それぞれを鎌倉本の相当記述「秦甸の一千余里凛々兮凍鋪漢家三十六宮畳々兮粉餝ゆへある夜半の景気御覧し捨かたかりけれハ」（影738—10）（13—11）、「幽思不窮深巷無人之処愁腸欲断閑窓有月之時とかや如何様にせましとさすらひけるに」（影974—6）（77—1）に対比する時、鎌倉本が『和漢朗詠集』の詩句をそのまま引き写しているのに対し、宝徳本が、本句取りの手法でその情趣を背景に取りこみ、周囲の文との融合を図り、流麗に仕立てあげていることがしられる。同様な手法を覚一本に求めるなら、「三五夜中の新月白くさえ、涼風颯々たりし」（巻七「青山之沙汰」）、「彼離山宮の秋の夕の契も、遂には心を摧くはしとなり、甘泉殿の生前の恩もおはりなきにしもあらず。」（巻十「維盛入水」）、「蒼波路遠し、思を西海千里の雲によせ、白屋苔ふかくして涙東山一庭の月に落つ。」（灌頂巻「女院出家」）のごとき事例を見いだすことができる。これらの箇所が『白氏文集』『和漢朗詠集』を典拠とすることは既に注釈類の明らかにするところであるが、その摂取法は宝徳本と極めて近い。その際、注目すべきは、同じく語り本系に属する伝本としてしばしば覚一本と対比される屋代本には相当記述が存在していない事実である。

その他、両者の共通点としては、宝徳本・覚一本ともに落涙描写が増加していることも目につく。宝徳本の場合、父為義助命の方策を失った義朝は「ともかくも物もいハす涙をはら〳〵と流」（影580—7）（339—10）すし、崇徳院に諫言を退けられた教長は、「重て申ニ及ハすなく〳〵退出」（影386—8）（241—11）する。また、落ち武者狩りで頼長を捕らえようとした僧たちは、釈迦堂本尊の由来を説かれて「頭を低れ耳をすましなみたを流」（影545—1）（320—10）す。覚一本においても、「判官もよにあはれげに思ひ、涙をはら〳〵と流いて」（巻十一「副将被斬」）、「関の清水を見給ひて、なく〳〵かうぞ詠じ給ひける。」（巻十一「腰越」）、「涙をしのごひ、さらぬていにもてないて」（巻十一「大臣殿被斬」）、「武士ども、さすが岩木ならねば、おの〳〵涙をながしつゝ」（巻十一「重衡被斬」）など、こうした表現は枚挙にいとまない。そしてやはり、屋代本には相当記述が見られない。

以上、ささやかな検討ながら、宝徳本には覚一本と似通う性格が確かに認められるようだ。それでは、叙述方法や姿勢がまったく同じかといえば、必ずしもそうとは言えない。以下、この点を述べる。

屋代・覚一両本において、「抒情的場面を対象として、語り手の感情的側面に密着した表現」となっている評語のありかたを調査した志立正知氏は、表現主体の発する評の中、「登場人物に同情し、それに寄り添うような視点」を持つ「かなし」が屋代本に、「対象と一定の距離を保ち、あくまでも外側から」把握する「あはれ」が覚一本に多いことに着目し、この事実に「語りの場の確立を試みた」覚一本の基本的なあり方を見る(5)。志立氏の示すこの観点を『保元物語』に持ち込んだ場合、いかなる現象が見えてくるだろうか。

近衛・鳥羽に先立たれた得子の失意を記す宝徳本の本文である。同場面を根津本は左のように叙す。

> た丶夜も長く日もなかくそおほしめされける去歳の秋近衛院の御かくれありしをこそ又なき御かなしミとおほしめされしニ此なけきさへうちそハせたまふそ哀なる（影353—2）（224—10）

> されは夜もなかく日もなかく思召ける御こころのうちこそかなしけれ去年近衛院の御かくれこそ天下の御歎成しに又此御事うちそへていと丶せむかたなくそ思召（8—9）

得子の歎きについて、宝徳本は「哀」、根津本は「かなし」と評している（他系統には評語なし）。この事例は、宝徳本の姿勢が覚一本に通じることを示すかに見える。しかし、全体を通した場合、それは一貫したものとはなっていない。

為朝合手の負ハなけれ共御方の運ニひかれつ、落ゆきけるこそかなしけれ（影515—6）（305—7）

右は、武運つたなく敗れた為朝についての宝徳本の評言だが、「かなしけれ」の語は宝徳本のみに見られ、他系統に主情的な評語は存在しない（鎌倉本は欠巻）。

「あはれ」「かなし」について各系統における数を調べる時、次の結果を得る。

語彙＼系統	半	鎌	宝	根	流
あはれ	7（5）	10	10（8）	6（5）	17（13）
かなし	2（1）	2	6（2）	2（2）	1（1）

〔鎌倉本は中巻を欠くため、他系統については、鎌倉本の現存巻相当部に存在する数を（ ）内に示した。なお、語り手による評か否か判定が困難な事例もあるので、得られた数値にはある程度の揺れが生じる〕

右表を見る限り、宝徳本が他本に比して「かなし」ではなく「あはれ」を多用している事実は認められない（むしろ、それは流布本に顕著である。これは、該系統が保元の乱を後世への鑑戒として記す姿勢と係わるかと思われる）。

ところで、宝徳本に特徴的な評語としては「むざん」「あさまし」がある。表化すれば次頁の如くになる。

語彙＼系統	半	鎌	宝	根	流
むざん	(2) 3	6	(6) 7	(2) 4	(0) 1
あさまし	(3) 4	2	(7) 12	(2) 2	(4) 4

右表により、宝徳本においては、「むざん」「あさまし」が多用されていることが分かる。もっとも、「むざん」の場合は、宝徳本・鎌倉本に共通しているから、それらの共通祖本の段階における性格と判断すべきだろう。しかし、「あさまし」は宝徳本独自の特徴と言えそうだ。該語は、対象を突き放した表現ではあるが、表現主体が登場人物に同化する感動語ではなく、第三者的立場からの感慨であるという点では「かなし」より「あはれ」に近い。こう考えるなら、「あさまし」を多用する宝徳本は、対象と一定の距離を保つ点で、屋代本よりは覚一本の立脚法に近いとはいえる。

「鱸」など四句について、覚一本と屋代本の本文の異同を点検した山下氏は、覚一本の本文の特質を十五点にわたって示し、それを三項にまとめている。[6]その中には、「王朝内への志向」「文章としての整序性」「世評を取り入れ、これを媒介とすることで、語りの拡がりを進め」る点など、宝徳本に通じる要素も確かにあるが、一方では符合しないものもある。また、慣用句・常套表現に関して言えば、志立氏[7]や小林美和氏[8]等が覚一本における語りの常套語として掲げる語句類が宝徳本には顕著でないといった現象もある。その他、武士・武勇の認識の仕方においても、宝徳本は半井本よりは武士に寄り添う姿勢を持つものの、やはり覚一本のそれとは大きく異なっている。[9]

以上、宝徳本と覚一本の表現世界の類似性並びに相違の一端を眺めてきた。覚一本は、一方流の証本たる権威に支えられたものではあるが、いかなる経緯をたどり、いかなる協力者を得て、この本文にたどりついたか、その実状は明らかにされていない。語りの介在がその成長を助けたとの捉え方が通行する時期が続いてきたが、現在そうした認識は否定される方向にある。その文体は机上の創出による「擬似語り」[10]であり、「語りの表現効果を知悉した著作家の手によって成り、語りの名手明石覚一の名によって権威を与えられた正本」[11]と考えられるようになっている。ただし、たとえ純粋に机上の作業によって作られたものであるにしても、それが、「為備後証」の証本として作成されたことには違いないので、覚一本の形成に語りの場からの強い要請が与ったことは否定できない。

さて、宝徳本の場合、語りとの係わりをいかに考えるべきか。『保元物語』及び『平治物語』の語りについては、日下力氏の把握がある。[12]氏の展望と重なるが、簡単に述べると、『保元物語』の語りに触れたものとしては現在『普通唱導集』のやや抽象的な一節が知られるのみである。ただ、『花園院宸記』元亨元年（一三二一）四月十六日条には平治の語られたことが記されているので、この頃保元の語りも行われていたと推測してもあながち不当ではない。しかしそれ以降、平家の実演記事が多く見られるのに比べ、保元にはそうした記事がまったく見られないことより、保元の語りが極めて低調だったろうこともまた推測される。「『保元物語』『平治物語』の諸本中で、語りのテキストに最もふさわしいのは、両作品とも金刀比羅本系（『保元物語』は宝徳本系統を指す―原水注）の伝本と考えられている」が、両物語が『平家物語』に比し「語りの場における未熟さを、半ば素直に体現している」とも日下氏は述べる。[13]いま、覚一本についての把握並びに村上学氏による金刀本『平治物語』についての認識[14]に導かれて、上記の日下論をわたくしなりに捉え直すなら、覚一による規範本文制定の背景には、平曲の盛行が要因としてあった。世上の需要が本文の詞章をより高い次元に引き上げる必要性を生んだともいえる。覚一本の成立をそういうふうに考えることが許されるなら、実演の機会に恵まれなかった『保元物語』の場合、本文練り上げ要求はさほど強いものではなかったと思われる。少なくとも、『平家物語』ほどに差し迫った必要性はなかったろう。にもかかわらず、宝徳本に見られる如く、覚一本に近似する方向に本文の彫琢がなされたことをどう考えるべきか。憶測ではあるが、覚一本へと練り上げられてゆく『平家物語』再編のうねりに影響され、副次的な産物として生じたのではないか。ただ、仮にこのように考えるにしても、その成立の場を当道との係わりに求めてよいかどうか、それは分からない。『保元物語』が覚一の時代、またそれ以後もなお語りのジャンルに踏みとどまっていたとすれば、その可能性もないではないが、もはや埒の外に出ていたとすれば、覚一本のごとき表現世界の強い影響を受けた知識階級の手によって生み出されたということになるのだろうか。

注

（1）「保元物語の文学史的意義―文保・半井本および金刀比羅本をめぐって―」（『中世文学の世界』岩波書店　昭和三十五年）、後に『中世文学の成立』（岩波書店　昭和三十八年）に補訂再録。
（2）「平治物語に関する覚書―金刀比羅本系本文の意味するもの―」（「中世文芸」33　昭和四十年十一月）、後に『軍記物語と語り物文芸』（塙書房　昭和四十七年）に収録。
（3）「武者所の輩存知すべき条々―軍記物語における様式―」（『名古屋大学国語国文学論集』昭和四十八年四月）、後に『平家物語の生成』（明治書院　昭和五十九年）に「軍記物語の様式性と覚一本『平家物語』」として収録。
（4）「屋代本と覚一本の間―平家物語の漢文学的要素から―」（『軍記と漢文学』汲古書院　平成五年）、後に『軍記物語論究』（若草書房　平成八年）に改訂収録。
（5）『『平家物語』語り本の方法と位相』Ｉ　テキストと〈語り〉第二章　語り本における〈語り〉の方法（汲古書院　平成十六年）
（6）「『平家物語』当道系本文異同の意味―『平家物語』成立論のために―」（「名古屋大学文学部研究論集」34　昭和六十三年三月）、後に『平家物語の成立』（名古屋大学出版会　平成五年）に改訂収録。
（7）注（5）の著書。

（8）「語り本の類型表現―合戦叙述をめぐって」（「国文学解釈と教材の研究」40―5　平成七年四月）、後に『平家物語の成立』（和泉書院　平成十二年）に収録。

（9）原水「『保元物語』の一側面―合戦譚の姿勢と為朝形象の吟味から―」（「徳島大学学芸紀要」（人文科学）27　昭和五十二年十一月）

（10）村上学氏「語り本『平家物語』の統辞法の一面―幸若舞曲・『浄瑠璃物語』の表現法を足掛りにして―」（「中世文学」35　平成二年六月）、後に『語り物文学の表現構造』（風間書房　平成十二年）に収録。

（11）松尾氏「屋代本と覚一本の間―平家物語の「成立」と「語り」を考えるために―」（『論集中世の文学　散文篇』明治書院　平成六年）、後に『軍記物語論究』（若草書房　平成八年）に改訂収録。

（12）「『保元・平治物語』の琵琶語り」（「国文学解釈と鑑賞」51―4　昭和六十一年四月）、後に『平治物語の成立と展開』（汲古書院　平成九年）に収録。

（13）渥美かをる氏は、鎌倉本のごときものが語られたと考える。「『保元物語』『平治物語』の『語り』」（鑑賞日本古典文学『保元物語■平治物語』角川書店　昭和五十一年）

（14）村上氏「第四類本『平治物語』の統辞法」（「名古屋工業大学学報」42　平成三年三月）、後に『語り物文学の表現構造』（風間書房　平成十二年）に収録。

第二節　宝徳本を摂取・利用した著作

宝徳本系統の作者についてはなんらの手掛りもないが、その成立年代については、該系統に属する伝本に、宝徳三年（一四五一）の奥書を有する陽明文庫蔵本があることより、下限をこの年次に置くことができる。しかし、上限は定かでない。該系統の形成時期にかかわる考証史を簡明に整理した栃木孝惟氏の言を借りれば、「室町期成立の可能性が残される[1]」状況であり、成立期の考証結果が作者もしくは作者圏の考察に寄与するところにまでたどり着いていない。

本節では、宝徳本の本文を摂取・利用して成立したと思われる著作を検討することで間接的に該系統の成立年代について考える。具体的には、『白峯寺縁起』『蔗軒日録』『細川大心院記』を取り上げる。

まずは『白峯寺縁起』について見る。讃岐の白峯寺は、空海・円珍による草創を称する寺院だが、後年、崇徳院の菩提寺となることで、他と異なる個性を手に入れることになる。応永十三年（一四〇六）に作成された『白峯寺縁起』（以下、『縁起』と略称）では、保元の乱並びに崇徳院に係わる記述が相当の比重を占める。そして、その叙述が『保元物語』に近いことより、『縁起』が『保元物語』を主要な素材としたであろうことが推定される[2]。ただ、『保元物語』のいかなる系統を用いたかとなると、いま一つ定かでない。依拠関係が判然としないことの主な理由は二つあろう。ひとつは、『縁起』が『保元物語』以外の資料をも利用したと考えられること、もうひとつは、『縁起』が、素材とした資料類の記述を比較的自由に改変したと思われることである。

これらの点につき、例をあげながら多少の説明を加える。まず、『縁起』が複数の資料を利用したことは、その奥書「当寺事、代々旧記雖レ有レ之、未レ載二縁起一之間、今度再興之次、以二記録等一奉レ示。」から知られる。『縁起』作者の清原良賢は、将軍家の漢籍師範を勤めた当時の碩学である。その学的環境及び社会的立場から、彼が多くの史・資料を利用できたことは容易に想像される。『縁起』の作成に細川満元の関与があったとすれば(3)、条件はより一層恵まれていただろう。保元の乱関係記事中、『縁起』が『保元物語』以外の資料に依ったと思われる事例をいくつか示す。

① 合戦勃発時を、『縁起』は「保元々年七月十一日卯刻」とするが、『保元物語』の半井・流布本は寅刻とし、他系統は明記しない。『愚管抄』は「ホノ〴〵ニ」、『兵範記』は「鶏鳴」とする。

② 崇徳院の讃岐遷幸に際し、『縁起』は美濃前司保茂が車を手配したとするが、『保元物語』諸系統は、保成・保済・泰成・これなり・やすはる、など区々である。保成が正しい。

③ 崇徳院の讃岐下着を、『縁起』は八月三日とするが、『保元物語』諸系統は同月十日とする。

④ 西行讃岐下向の年を、『縁起』は仁安元年とするが、『保元物語』諸系統は同三年とするか、または年次を記さない。仁安二年もしくは三年が正しいとされる。

『縁起』と『保元物語』諸系統間で記載内容に相違の見られる例を示した。これらの相違は、『縁起』の単純な誤記に因るものもあろうが、寺伝の「代々旧記」を優先したり、他文献に依ったために生じたものもあろう。例えば、『縁起』は近衛院を鳥羽院の第七子と記すが、『保元物語』に相当記述はない。これなどは、他資料をもって補足したものだろう。

次に、『縁起』が、素材とした資料に拘束されていないことを示す事例を掲げる。藤原頼長のひととなりを『縁起』は次のように記す。

和漢の才学、礼儀の軌則昔も今もありかたく、摂籙の器量にてましく〳〵けるか、兄の法性寺殿の、詩歌の秀逸、手跡の名芳わたらせ給ふをも、つねにそしり申され、詩歌は閑居の翫也、王宮の政要にあらす。手跡は遊戯の興なり、賢人の法行にあらす。必しも是に遑をついやすへからすと仰られ、内外に仁義をこと〳〵し、上下に善悪をたゝして免すかたなかりしかは、時人悪左府とそ申侍りし。

左に『保元物語』の相当部を記す。

和漢の礼儀を心得て自他の記録ニくらからす（略）摂録の器量の臣たる事古今をはちたまハすしかる間関白殿の（御手―他本により補う）うつくしくあそハし和漢ニ長したまへるを嫉ミ申さるゝ御詞とおほえて詩歌ハ閑中の翫物也更ニ朝儀の安《（ママ）》事ニあらす手跡ハ又一旦の興なり堅直かならすしも是を先とせすとて我御身ハ専五経をまなひ仁義礼智信を正しくし（略）誠理非明察ニして善悪無二也諸事錐徹ニ御座けれハ悪左の大臣とそ申ける〔宝徳本（影359―9）（228―5）に依るが、他系統も同趣〕

両者を併せ見れば、『縁起』が『保元物語』を母胎としていることは明かである。ただし、字句までの符合は見られない。ここから、素材とした文献の字句にまでは忠実でない『縁起』の姿勢が読み取られる。

上掲は、素材とした文献の本文を『縁起』が自らの文章に仕立て直した例だが、中には話柄そのものを作り変えている場合もある。『縁起』は、

御笛の師参たれとも、御姿の見苦さに御対面なかりけれは、御笛師、
おもひきや木のまろとのをたつねきてあはてむなしくかへるへしとは
御返事に、御指をくひきりたる血にて、帰すへしとはとあそはされて、元の歌を返させ給ひけり。

との逸話を記す。本話の趣旨は、崇徳院の「御笛の師」が讃岐に院を訪ねるが対面叶わず、「おもひきや」云々の詠を献じた。院は自らの血を以て献歌の一句を書き換え、それに応じたというものである。該話は『保元物語』

（龍門本・流布本にはない）をはじめいくつかの書（『発心集』巻第六、『十訓抄』第一、『源平盛衰記』巻第八、長門本『平家物語』巻第四、など）に見える、いわゆる蓮如訪問話を仕立て直したものと推測される。蓮如訪問話とは、在俗時、院に仕えていた蓮如（蓮誉・蓮阿・蓮妙）なる聖が、讃岐に院を訪ね、院と「朝倉や木の丸殿ニ入ながらきみニしられて帰るかなしさ」「朝倉や只いたつらに返すとも釣する海士のねをのミそなく」との詠を詠み交わす話である。『縁起』の筋立てはこれら諸書における話のいずれとも一致しないが、話の眼目及び掲載歌が類似していることより、蓮如譚を母胎としていることはおそらく間違いない（ただし、当該部、『縁起』が『保元物語』のみに依ったかどうかまでは分からない。院がその姿を恥じて対面を拒んだとする『縁起』の記述は、『源平盛衰記』の行文と一致しており、『源平盛衰記』をも参看した蓋然性もある）。

以上のことより、『縁起』は『保元物語』を主要な素材としつつも、小さくは字句大きくは話柄に改変を施していることが知られる。もっとも、そこにこそ『縁起』作者清原良賢の本領があったのだろう。碩学の誉れ高い良賢にしてみれば、当時既に普及していた『保元物語』の文章そのままを『縁起』にとりこむことはできなかったろうし、典拠を凌ぐ達意の文を編むことが期待されたであろうから。ともかく、『縁起』は素材を生の形で取りこんでいないことが明らかになった。とすれば、字句の綿密な比較・検討よりは、むしろ話の骨子・概要に目を向けた方がよいだろう。この観点から検討するに、『縁起』は宝徳本との係わりが考えられるようだ。以下、そう判断される根拠を述べる。

左は、『縁起』が記す西行の院廟訪問話である。

仁安元年神無月の比、西行法師四国修行の時、彼廟院にまふてゝ、負をは庭上の橘の木に寄掛て、法施たてまつりけるに、御廟震動して、御製云、

松山やなみになかれてこしふねのやかてむなしくなりにけるかな

西行涙をなかして、御返事に、

よしや君むかしの玉のゆかとてもかゝらんのちはなにゝかはせん

と申たりけれは、御納受もやありけむ、たひ〳〵鳴動したりけるとなむ。

新日本古典文学大系本の脚注が記すように、該話は『山家集』を原拠とし、『古事談』の形を基として種々様相を変えながら広く普及したと思われ、『保元物語』の他、『平家物語』の延慶本第一末、長門本巻第四、『源平盛衰記』巻第八、『撰集抄』巻第一、『東関紀行』、『沙石集』巻第五末、『観経厭欣鈔』上之本、謡曲『松山天狗』等にも見られる。ただし、院霊と西行との和歌贈答という形式を取るのは、『縁起』と宝徳本、根津本、『沙石集』、『観経厭欣鈔』に限られる。そして、これらは、掲載歌の相違によりさらに二種類に分けられる。一つは、院霊が「松山や……」と詠みかけたのに対し、西行が「よしや君……」と応じ、院の感得を得たとするもので、『縁起』、宝徳本、根津本に見られる。もう一つは、西行が「ヨシヤ君……」と詠みかけ、院霊が「ハマ千鳥アトハミヤコニカヨヘドモ身ハ松山ニネヲノミゾナク」と応じたとするもので、『沙石集』『観経厭欣鈔』に見られる[4]。ただし、後者には難がある。というのは、「ハマ千鳥」云々の詠は、「千鳥」の「アト」すなわち、筆跡が都に届いたことを前提として詠まれるべきもので、そうした状況設定のない『沙石集』などの形は適切でない。その意味で、前者が本来の姿であると思われる。

『縁起』に話をもどすと、これと同構想を持つのは宝徳本と根津本のみである。『縁起』はおそらくはこれらを元にしていると推測される。ただし、次の理由によって、根津本との関係は否定される。『縁起』は、寛遍法務の坊に監禁された院が「おもひきや身をうき雲になしはてゝ……」「うきことのまとろむほとはわすられて……」の二首を詠じたことを記すが、該話は根津本には存在していない。とすれば、『縁起』が依拠した異本は宝徳本（もしくは宝徳本のごとき伝本）であったと考えてよいのではないか。

ただし、『縁起』には、宝徳本と食い違う記述も見られる。『縁起』が近衛院の死を久寿二年七月二十三日としていること（宝徳本は、同年八月十六日とする。『縁起』の記載が正しい）、頼長を忠実の三男とすること（宝徳本の記す次男が正しい。ただし、宝徳本系統中でも、糸魚川市民図書館蔵本・天理図書館蔵残欠本など少数の伝本は「三男」とする）などである。前者は、史実への回帰と考えられるし、後者は、三男とする伝本に依ったか錯誤かのいずれかと思われるので、『縁起』と宝徳本の関係を否定するまでの根拠にはなるまい。

以上のことより、『縁起』が利用した『保元物語』は、現存本でいえば宝徳本のごとき本文であったと考えてよいのではないか。もちろん、複数の系統を利用したとみる可能性もあるが、その場合でも、宝徳本（もしくは宝徳本のごとき伝本）が主体とされたと考えてよかろう。(5)

次には、『蔗軒日録』を取り上げる。東福寺僧、季弘大叔の日記『蔗軒日録』（以下、『日録』と略称）には、保元の乱に係わる記述がいく度か現れる。それらは、文明十七年（一四八五）二月七日、七月十九日、十八年正月十三日、十一月二十五日、三十日等の条々である。いずれも覚え書きの域を出るものではないが、『保元物語』に依って書いたことが知られる。すなわち、文明十八年十一月二十五日条には

宝元ニカイタニ、住吉ノ神主、為義ノ婿也、（略）タメヨシハ院方、ヨシトモハ后白河方、宝元ハヨシトモノ忠深也、毘福門院ノ御里ヲハ、宝元ニカ、ヌ、不知何人之子、久寿二年之冬、クマノヘ鳥羽院参詣、有託宣、宝元々年七月二日崩御、同十日、タメヨシヲ新院崇徳院御タノミアル、ヨシトモノ義ヲ不用也、大将ハタメヨシ十三ヨリ於九州、鎮西ノ八郎此時十八、左夫不用タメトモノ義、院方カタハ左府ハ為関白、為好為将軍、

と比較的まとまった記述が見えているが、ここに記される久寿二年冬の鳥羽院熊野参詣、為朝の前歴、左府頼長が為朝の献策を退けたことなどは『保元物語』のみが伝える事柄である。何よりも、『日録』自体が「宝元ニカイタニ」「宝元ニカ、ヌ」などと、『保元物語』に依ったことを明記しているので、この点疑う余地はない。

大叔が『日録』の当該部位を記した文明十七、十八年の時点では主要系統中、流布本以外は全て成立していたと思われる（文保本は文保二年（一三一八）、宝徳本は宝徳三年（一四五一）、根津本は文明十三年（一四八一）以前の書写本が現存している。鎌倉本もおそらく既に成立していただろう）。大叔が見た『保元物語』はいかなるものだったのか。以下、この点について考える。『日録』の記載する事柄中、『保元物語』諸系統間で明白な相違が見られるものを示すと、次のようになる。

①『日録』（文明十八年十一月三十日条）は、「コンエ、久寿二年八月十六日死」と、近衛院の死を久寿二年八月十六日のこととしている。『日録』の記載と一致する『保元物語』は鎌倉本・宝徳本である。史実は七月二十三日。

②『日録』（文明十八年十一月二十五日条）は鳥羽院の熊野参詣を久寿二年冬のこととする。『保元物語』では、鎌倉本が仁平三年とする以外は『日録』に同じ。

③『日録』（②と同日条）は、「住吉ノ神主」が「為義ノ婿」であることを記すが、『保元物語』では、半井本・宝徳本・流布本にのみ相当記述が見られる。

わずか三例を記すにとどまるが、三例ともに『日録』と一致する『保元物語』は宝徳本だけである。では、『日録』が依ったのは現在の宝徳本系統と断定してよいかとなると、いくほどか躊躇される。その理由を述べると、『日録』は「同（保元々年七月―原水注）十日、タメヨシヲ新院崇徳院御タノミアル」（十八年十一月二十五日条）と、崇徳院の為義召呼の時日を七月十日とする。しかし、宝徳本では、為義が召されたのは九日夜のように読め、その点『日録』とは照応していない。十日夜に召したと明記するのは半井本のみである。さらに、保元の乱当時の為朝の年齢について、『日録』は「鎮西ノ八郎此時十八」（十八年十一月二十五日条）と記すが、宝徳本では地の文に年齢明記はなく、兄義朝の言中に「その冠者（為朝―原水注）今年ハ十七か八かにそ成覧と覚れ」（影466―6）（285―

6）と触れるのみである。その他にも、『日録』は「為友《カタヲキル》、流鎮西」（十七年七月十九日条）と、為朝を鎮西に流した旨を記すが、『保元物語』『兵範記』等に依れば、配所は伊豆である。また、近衛院を鳥羽院の八宮とする点（十八年十一月二十日条）も宝徳本を含むすべての『保元物語』に見えない。このように、『日録』の記述のすべてが宝徳本と一致しているわけではない。ただ、この中、近衛院の年序については、『日録』が他文献をもって補足したと考えられるし、他の場合は、大叔の誤認・不注意によるものではないかとも思える。よって、こうした事実は、『日録』と宝徳本の関係を否定する積極的な根拠にはならない。なお、「宝元四巻・平治六巻・平家六巻・承久、謂之四部之合戦書也」（十七年二月七日条）との記述からすれば、大叔の見た『保元物語』は四巻本である。管見では、四巻仕立ての伝本の存在を知らない。現存するものは、二巻もしくは三巻である（近世になると六巻、九巻も出現）。巻区分を便宜的・流動的なものとみなせば（事実、現存本の場合はそうである）、問題とするほどのことではない。しかし、巻立てを重視するなら、大叔が依った『保元物語』は現存本とは異なっていたと考えられる。疑問は残るが、大叔が依った『保元物語』は現存本でいえば宝徳本のごとき特徴を有する伝本だったとは最小限言えるだろう。

最後に、『細川大心院記』（以下、『大心院記』と略称）について簡単に記す。該作中に、京童が、宇野七郎親治の持節を引き合いに出して佐々木六角四郎の背信を笑う記事が載る。

実ニ保元ノイニシヘノ乱ノ時大和路ノ守護ノ事安芸判官平基盛承リテ法性寺大路ヲ堅メタリケルニ大和国ノ住人宇野七郎親治カ上リケルヲ綸旨ニヨリテ上ルカ院宣ニ随テ上ルカト問ヒシ時イカ、セント思ヒケルカカリニモ武士ノ偽タルハイヘノキス後代ノ名折ト思テ院宣ニ随テ上ルソトマツスクニ名乗テ討死シタリシニハ替リタル者哉トソ京童ヘ笑ケル

宇野七郎親治が、平基盛と法性寺一の橋辺に戦ったことは『保元物語』諸系統の記すところである。該話の出所を『保元物語』と考えてまず間違いはない。ただし、いずれの系統に依ったかははっきりしない。『大心院記』の

本文が『保元物語』の忠実な引用ではないからだ。両書間の大きな相違は、『保元物語』では親治が捕縛されたとするのに対し、『大心院記』では討死したとする点である。また、『大心院記』は、親治が基盛から後白河方か崇徳方かを質されて返答をためらう様を記しているが、このことは『保元物語』では鎌倉本・宝徳本・根津本に見え、半井本・流布本には見えない。『大心院記』は、『群書解題』が記すように、その奥書を信じるなら、下村五郎左衛門入道宗福が、永正五年（一五〇八）「二《正カ》月十日」「一日ノ内ニ如レ形記シ付」けたものという。文字通り一日で書いたかどうかは少々疑わしいが、忽卒の間に書き上げたものではあろう。その折、記主宗福の手元に『保元物語』があり、それを書承的に取りこんだか、あるいは宗福の心覚えを記したものか、はっきりしないが、両書の近似性が低いことよりすれば後者かもしれない。あるいは、京童に託した宗福自身の感懐ではなく、本当に京童が六角四郎の所行を親治の場合と対比して嘲罵した事実があったのかもしれない。もしそうであるなら、当時における『保元物語』の普及の程が伺われる。『大心院記』における親治記事が、傍らに『保元物語』を置いての取りこみでないなら、字句の細かい検討はさほど意味をなすまいが、最小限言えることは、親治の躊躇を記している点で、『大心院記』は鎌倉本・宝徳本・根津本に一致している。

以上、『縁起』『日録』が、宝徳本もしくは宝徳本の如き本文を摂取・利用している点、並びに『大心院記』の記述が鎌倉本・宝徳本・根津本に近いことを見てきた。この事実により、この期における宝徳本系統もしくはそれに近い形態の流布状況の一端がかいま見られる。該系統の成立下限だが、『縁起』との関係から、それを応永十三年（一四〇六）に置いてもよいのではないか。

注

（1）『日本文学新史　中世』第三章　軍記物語の成立（至文堂　昭和六十年十二月）

（2）『縁起』と『保元物語』の関係については、当時の学生であった山崎英志と共同で調査を行い、その結果を山崎が「『白峯寺縁起』考―崇徳院記事に関して―」（徳島大学教育学部「国語科研究会報」6　昭和五十六年三月）と題して発表した。ただ、後に見れば、考証が不足している点があるため、山崎の報告と重複する箇所もあるが、再論する次第である。山崎論文を併せ読んでいただきたい。

（3）落合博志氏「清原良賢伝攷―南北朝末室町初期における一鴻儒の事蹟―」（「能研究と評論」16　昭和六十三年五月）

（4）『沙石集』と『観経厭欣鈔』は文詞も近似している。おそらく、永正三年（一五〇六）成立の『観経厭欣鈔』が『沙石集』に依ったのだろう。

（5）『縁起』と『保元物語』との関係をさらに追究した栃木氏は、崇徳院「讃岐到着以前までの部分」については「その基軸としては、半井本系本文があり、この半井本系本文のありように常宗（良賢を指す―原水注）が疑問を感じた時、部分的に鎌倉本的本文、あるいは、金刀本系本文をもって修訂した可能性が高」く、「讃岐到着よりそれ以後の消息は、『保元物語』伝本に依らず、別個の資料に基づく記述であったことが想定される」と結論づけた（『軍記物語形成史序説―転換期の歴史意識と文学―』第四部Ⅳ二　岩波書店　平成十四年）。

第四章　根津本系統

第一節　諸本体系中における位置

根津本系統の位置については、永積安明氏が「半井本→京図本（根津本—原水注）→金刀本（宝徳本—原水注）といった、単純に直線的な系統で図示できるもの」ではないが、「その項目の異同やその構成のありかたにおいても、半井本から金刀本への過渡的な要素を多分」[1]に有するとし、森井典男氏[2]もまた同見解を取る。第一章第一節に述べたように、半井本→金刀本（宝徳本）との展開が十分に証明されているとは言い難いが、根津本系統の位置づけについては上記の見解が通行・定着しているようである。本節では、過渡本と認識されている該系統の位置について再検討を加える。

まずは根津本全体を通じて見られる傾向を述べる。主要系統中、該系統のみが持たない小項目や小規模な記述が相当数存在している。それらの中から二、三の例を示す。

① 崇徳院讃岐遷幸記事の一部、他系統は、

日数ノ積ルニ付テ都ノ遠サカル事思食知テケリ一宮ノ御事モ覚ツカナク合戦ノ日白川殿ノ煙ノ中ヨリマキレ出シ女房達志賀ノ山越ニ三井寺ノ方ヘトホノカニ御覧セラレシモ何ニ成ケムト覚束ナシ年来候馴シ

事項＼系統	半	鎌	宝	根	流
1鳥羽経歴	1	1	1	1	1
2近衛即位	2		2	2	2
3鳥羽出家	3	3	3	3	3
4近衛不予			4		
5駒引中止			5		
6歌宴			6		
7近衛譲位			7		
8近衛崩御	8		8		8
9近衛崩御の歎きⒶ			9	9	
10後白河即位の内情	10		10	10	10
11鳥羽熊野参詣	11	11	11	11	11
		4		4	
		5		5	
		6		6	
		7			
		8		8	
12近衛崩御の歎きⒷ		12		12	

人々今生ニハ合マシケレハ今ハ偏ニ生ヲ隔テタルトノミソ思食ケル（121―5）（半井本に依る。他系統同趣）

と、皇子重仁や、戦場から逃れた女房達の安否を気遣う崇徳院の心懐を記す。しかし、根津本のみは、

日数のつもるまゝに遠国は近付都ハしたいにとをさかるに付ても一宮重仁親王の御事おほつかなくそ思召（93―7）

と、崇徳院の重仁への思いを記すにとどまり、女房云々の記述を持たない。

② 崇徳院が白河北殿に遷移する部分、他系統は、

新院ハ又斉院の御所より北殿へ入御左符《ママ》御車に参せ給（鎌倉本に依る）（影778―5）（32―8）

と記すが、根津本のみは、

北殿の御所ハ分内広けれはよろしかりなんとて入せ給ひぬ（23―1）

と記し、頼長に触れない。

③ 崇徳院が武装を解く記述に続いて、他系統は、

教長卿成雅朝臣已下上北面ハ水干袴に腹巻を着す武者所の衆甲冑を帯す（鎌倉本に依る）（影779―7）（33―2）

との記述を持つ（ただし流布本はこの辺りの記事なし）が、根津本

13鳥羽発病	13	13	13	13	13
14得子剃髪	14	14	14	14	14
15鳥羽崩御	15	15	15	15	15
16鳥羽崩御の歎きⒶ	16	16	16	16	16
⑫鳥羽崩御の歎きⒷ	⑫		⑫		⑫
17東三条殿追捕	17	17	17	17	17
18謀反の風聞	18	18	18	18	18
		2		2	
		10		10	
19崇徳の憤懣	19	19	19	19	19
20頼長の人柄	20				20
21忠通・頼長対立	21	21	21	21	21
		20	20	20	
22崇徳・頼長提携	22	22	22	22	22

（12と⑫は同趣記述だが、別の場面に使用されている）

は持たない。

このように、根津本は、他系統（①②③の各々について、根津本に最も近い記述を持つ系統の本文を示した）に比して物語の大筋には関係のない規模の記述を多く欠いている。この他、登場人物達の対話が系統中最も簡略な場合がしばしばあり、揃物などにおける人名掲出数が少ないことも目に付く。また、後白河勢揃えには、他系統に見られるごとき高家と党の武士の区別がない。これらの現象は該系統の抄略性を示すものと捉えられ、こうした点に根津本の後出性が窺われるように思う。

以下、便宜上、本文を三部に区分し、順次検討する。該系統は章段区分・章段名を持たないが、和泉書院本に付された章段名に依って示すと、「鳥羽法皇の事」より「白河殿へ義朝夜討ちに寄せらるる事」の段中、頼長と為義の談合までを第一部、「為義降参の事」までを第二部、「忠正・家弘等誅せらるる事」以降を第三部とする。

第一部の検討から始める。当該部、根津本は、近衛院崩御関係記事に不手際を有している。主要系統における構成を図示すると上の如くになる。

右の表に依って根津本が抱える問題点を示すと、「10後白河即位の内情」「11鳥羽熊野参詣」の二箇条をはさんでその前後に、近衛院崩御に係わる記事（9と4～12）が分散しており、かつ、「9近衛崩御の歎きⒶ」の、久寿二年八月に近衛院当顔いまた春の霞におとろへさせたまハされ共らんしつ忽に秋の霧にをかされ給ぬ御歳を思へハ十七歳思ひあへさりし御事也一院と女院の御歎中〳〵中もおろかなり人間ハこれ老少不定さたまれる習とハかねてこれをしろしめせとも禁中ミなくれになり天下悉惘然也（下略）（2―8）

が、発病から崩御に至る記事4568に先行する構成上の破綻を生じている。はやくにこの事実を指摘した土橋寛氏[3]は、これを物語本来の形に改修を加えた結果生じたものと推定した。また、森井氏は、「おのおの（9と4～12―原水注）異った典拠から援用された跡を止めており、従ってこの部分も京図本（根津本―原水注）の過渡的性格を表わしている、と考えることも出来ようが、今のところ断定は下せない」とした。最も詳細にこの現象を検討した永積氏は「鎌倉本に見られるような原形式を、金刀本（宝徳本―原水注）と京図本（根津本―原水注）とが、それぞれの仕方で処置したことを示すものではないだろうか。」と解釈した。永積氏の理解に従うなら、他系統に比べて史実により忠実な鎌倉本は「諸本とちがって、年代の早い熊野参詣の項（11―原水補足）を、第一に置き、次の年次にあたる近衛院崩御の記事（4～12―原水補足）を第二に、鳥羽院崩御の記事（13～16―原水補足）を第三に置いたものと考えられる。鎌倉本はその結果、保元の乱のきっかけを作った鳥羽院崩御事件を近衛院崩御の記事で二分」する結果を招いた。それを金刀本（宝徳本）は「作品構成の上から、鳥羽院崩御を重視するために、史実としての年次を改訂して、近衛院崩御の項をくりあげ、鳥羽院の記事を一ケ所にまとめた」。一方、京図本（根津本）は「逆に、近衛院の記事を鳥羽院崩御の条の前後に分載し、近衛院の崩御を二回重出する不手際を暴露している」とする。すなわち、鎌倉本に見られるような原形式に不適切な処置を加えた結果、根津本の不手際が生じたと見るのが永積氏の理解である。氏の説くように、根津本の不手際が、鎌倉本に見られるような原形式に不適切な処置を加えた結果生じたものであるなら、根津本を操作することにより、鎌倉本の如き形に還元できるはずである。その操作とは、「分載」された近衛院記事をまとめることに他ならないが、今、実際に「8近衛崩御」に「9近衛崩御の歎きⒶ」の付加を試みる時、そこには既に、表現は異なるものの9と同じ役割を持つ記述12が存在している。しかも、8から12への展開は、

8去程に同廿六日の戌刻にハ終にかくれさせ給ぬ　12今の近衛院とハ是也御歳十七歳をしかるへき御事そかし法皇ハさしもいとをしく悲しき御事に思ひまいらせ給ひしかは朝夕ハ千秋万歳とこそいのり申させ給ひしにさこそ惜哉おほしけめまことに有待の御身ハ高下ことなる事なし（7―2）

と、なだらかで文脈に不自然さがなく、その間に9の入り込む余地はない。もちろん、12の後に9を置くこともできない。根津本における9の位置は確かに不適切であるが、9を他の位置に移すことでその矛盾が解消される性格のものではない。根津本の矛盾は、共存できない9と12を共に有したことにその原因があり、鎌倉本に見られるような形態を不手際に処置・分載した結果生じたものでないことは、鎌倉本に9が存在しないことからも明白である。

では、なぜこうした矛盾が生じたのか。以下にその理由を考える。9には「御歳を思へハ十七歳思ひあへさりし御事也」と近衛院の享年を記す。しかし、12にも「御歳十七歳をしかるへき御事そかし」と同趣文が存在しており、9と12で享年記載が重複している。この事実は、根津本における9と12の出拠が異なっていた可能性を示しており、「異った典拠から援用された」との森井氏の推測の妥当性が思われる。9については、根津本以外では宝徳本に同趣の記述が存在している。しかも、宝徳本においては、9は4～8の近衛帝崩御記事を受け、文脈は、

7明十六日御悩をもらせたまふニよつて俄ニ御位をすへらせ御座ときこえしか　8その夜の戌剋につゐにかくれさせたまひニけり　9桃顔いまた春の霞ニ衰させ御座されとも蘭質たちまち秋のきりニをかされて朝の露ときえさせたまひぬ（下略）（影337―8）（216―6）

となだらかなことより、9は、宝徳本における位置が本来と見られる。12の場合、4→5→6→8→12と展開する根津本の構成は鎌倉本と一致している（ただし、鎌倉本が持つ「7近衛譲位」を根津本は持たない）。また、根津・鎌

倉両本は、ともに12を近衛院崩御に際しての鳥羽院の悲嘆描出に用いているが、半井・宝徳・流布本は、鳥羽崩御に際しての得子の嘆きの描出の一部に使用している。

すなわち、根津本における近衛院崩御関係記述は、「10後白河即位の内情」と「11鳥羽熊野参詣」をはさんで存在し、かつ、その前に位置する9は宝徳本と共通し、後に位置する４５６８12は鎌倉本と符合している。こうした形を有する根津本が、４５６９を持たない半井本の如き伝本から生み出されることはあり得ないし、また、近衛院崩御に対する哀傷の条として９12を併せ持ち、しかも根津本に見られる如き混乱を生じていない形態を想定することも不可能である。とすれば、根津本における上記矛盾は、鎌倉本の如き本文と宝徳本の如き本文をともに取りこんだ故に生じたとしか考えられないのではないか。

根津本の近衛院関連記事にはいま一つ院号に係わる不手際が存在する。根津本は、近衛院を悼む条12中に「今の近衛院とハ是也」と院号を記している。しかし、例えば、近衛帝誕生の条に「保延五年五月十八日美福門院の御腹に近衛院御誕生あり」（2―2）と記すなど、12に先行して既に近衛の院号を用いている。従って、崩御の時点で改めて「今の近衛院とハ是也」と記す必要はなく、当該文には存在意味がない。鎌倉本にも「今の近衛院と申也」（影739―11）（14―4）との一文は存在している。しかし、鎌倉本の場合、当該文より前においては「主上」と記し、「近衛院」なる院号を使用してはいない。そして、当該文以降は、「近衛院」との呼称で統一している。即ち、当該文は、鎌倉本においては有効に機能している。であれば、根津本において機能していない当該文は、鎌倉本の如き本文の遺物ではないのか。本文を詳細に検討すると、根津本においても、鎌倉本との近似が見られる４～12の範囲では、「主上」の呼称で統一している。が、それより前では「近衛院」の院号を使用している。このことより、根津本における４～12のあたりとそれより前とでは、根津本の依拠した伝本が別種のものではなかったかとの推定が可能となる。

この観点から、本文を検討したところ、以下の事柄を確認することができた。

（1）根津本の冒頭「鳥羽経歴」より「鳥羽熊野参詣」まで（表の1239 10 11）については、他系統との親疎関係が明確ではないが、いずれかといえば全体的に宝徳本に近いか。厳密に言えば、「10後白河即位の内情」は不明、「11鳥羽熊野参詣」には根津・宝徳本間の類似は少なく、一部、鎌倉本に似る箇所も見出される。以下、当該部における根津・宝徳本における符合・類似の主要なものを掲げる。

①根津本・宝徳本ともに、最初から崇徳の院号を用いている。ただし、流布本も同じ。

②根津本・宝徳本（静嘉堂文庫蔵松井簡治氏旧蔵本は一部欠脱）ともに、堀河院崩御を嘉承二年七月九日[4]と誤る。七月十九日が正しく[5]、半井本・流布本は史実に適う。鎌倉本は相当記事を持たない。

③宝徳本は、「国富民安されは恩光あた、かに照して国土皆豊也徳沢普く潤して人民悉緩也」（影333―1）（213―15）（天理大学附属天理図書館蔵残欠本は一部を欠く）との鳥羽の治世を讃える記述を持つが、日本古典文学大系本補注五は、「国富民安」に続く「されは」以下が、内容的に重複していることを言う。根津本もまた語句に小異があるものの宝徳本と同様である。

（2）「4近衛不予」以降、第一部の大半は、全体的に鎌倉本に近いところが多い。ただし、親疎の度合いは一定しておらず、事項ごとにかなりの振幅を見せる。中で、「4近衛不予」～「22崇徳・頼長提携」は特に緊密な類似を見せる。以下に、根津本・鎌倉本間における主要な符合・類似部位を掲げる。

①歌宴の夜の興趣を描出するのに、『和漢朗詠集』（八月十五夜）所収の「秦甸之一千余里凛々氷鋪漢家之三十六宮澄々粉餝」を転載している点、根津本・鎌倉本ともに同じ。宝徳本は「彼秦甸の一千余里漢家の三十六宮おほしめしやらせたまひ」（影336―5）（215―12）と本句取りの手法で詩中の句を引く。半井本・流布本には相当記述がない。

② 近衛帝の詠歌に感じる主体が根津本・鎌倉本では鳥羽院だが、宝徳本では、歌宴の座に連なった「人々」である。半井本・流布本には相当記述がない。

③ 美福門院剃髪日を、根津本・鎌倉本ともに保元元年六月十一日と誤る。半井本・宝徳本は六月十二日(6)と史実に適う。流布本は六月十三日。

④ 皇室内の対立（表の2 10 19）、摂関家の内紛（表の20 21）記事が他系統では分散しているが、根津本・鎌倉本は、

抑事のらんしやうを尋ぬれは新院と申ハ故法皇の第一の御子なれは御ゆつりをうけさせ給ぬ
（根津本に依る）（9―6）

との書き出しで、一箇所（18の後）にまとめている。そのために、「1鳥羽経歴」より「11鳥羽熊野参詣」までが宝徳本に近似する根津本は、「2近衛即位」と「10後白河即位の内情」記述が重複している。

⑤ 為義が為朝を大将に推挙する条、半井本は、為朝の紹介、勇猛さの説明に続き、濫行の故に筑紫に追放されたこと、筑紫における狼藉、その責を負い為義が解官されたことにまで筆が及び記述が逸脱している。他系統にはこうした現象が見られないが、中で根津本・鎌倉本は同形態である。

⑥ 崇徳院と頼長の帯甲を教長が諫止する場面、その諫言の趣は、宝徳本では、①太上天皇の帯甲は先例なきこと、②炎暑の時節であること、の二点だが、根津本・鎌倉本は②を記すのみ。半井本は相違し、流布本は相当記述を持たない。

⑦ 為朝の弓を、根津本・鎌倉本ともに四人張りとする。半井本は三人張り、流布本は五人張り、宝徳本は不明記。

⑧ 源家重代の鎧、八龍の由来を宝徳本は詳述するが、根津本・鎌倉本ともに「八龍とハ龍を八ツ一の板

にうつて付たる其名也」（根津本に依る）（32―12）と簡略である。半井・流布本には相当記事がない。

⑨

事項＼系統	半	鎌	宝	根	流
実能即位の先例を列挙	×	×	○	×	×
教長、崇徳院の諫止かなわず	×	×	○	×	×
教長、為義の父祖の勲功を語る	☒	×	○	×	☒
崇徳、盛憲と密談	○	○	×	○	×
為義は無勢	○	○	×	○	○
為朝を異朝の英雄に比す	☒	×	○	×	●
為朝献策の一部（太刀引き抜き云々）	×	×	○	×	×
信西主従論	×	×	○	×	×
頼政進撃	○	×	○	×	×
朝廷軍進撃の様	×	×	○	×	×
義朝二条を河原に出る	●	○	×	○	●

（○は記事が存在することを、×は無いことを示す。また●は○、☒は×と同じだが、周辺の構成もしくは文章が、鎌倉本・宝徳本と大きく異なることを示す。）

右表は、鎌倉本・宝徳本二本の中のいずれか一方にのみ存在する記事について、他系統における有無を示したものである。根津本・鎌倉本間で記事の有無が符合していることが確認される。

根津本の近衛院崩御記事における不手際を検討することによって得られた結果、すなわち、根津本は異系統本文を混合することによって成立したのではないかとの推測に立って、（1）（2）の現象を捉えるなら、根津本の冒頭以下の数条は主として宝徳本の如き本文、それより後は概ね鎌倉本の如き本文の影響を最も強く受けて成立したと解釈できるだろう。ただし、こうした認識は類似箇所の多寡を目安としたに過ぎず、本文混合の実態はきわめて複雑であったと想像されるが、根津本の固有性が詳細な実態究明を困難にしている。

次に第二部「白河殿へ義朝夜討ちに寄せらるること」の段中、後白河勢の夜襲から「為義降参の事」までを検討する。これは、鎌倉本の欠失部にあたる。第二部の前半（「新院・左大臣殿落ち給ふ事」まで）と後半では、他系統との親疎にかなりの相違が認められ、後半は第三部の場合に近い。が、第二部に関しては、根津本の本文形成を考える上で重要な意味を持つと思われる鎌倉本が相当部を欠いているため、得られる結論もそうした制約下における不安定なものに留まらざるをえない。そのため、鎌倉本の欠く部位に相当する章段群を便宜上一括して扱う。

第二部の前半を通観した場合、文体等の相違はあるものの、構成や記事の有無の面では、小異を除き、宝徳本とほぼ同じと認識して差し支えない。ただし、例外的に、宝徳本から離れ半井本や流布本と符合する箇所がいくつか存在する(7)。半井本（流布本）との符合例としては、為義の子息達の先陣争いに続けて頼賢奮戦記事を置く点が挙げられる。宝徳本はこれと異なり、頼賢奮戦記事を為朝の奮闘を引き出す契機に用いている。また、宝徳本が為朝と山田維行の詞戦い中に用いている源平優劣論を、根津本・半井本（流布本）は、為朝と伊藤景綱父子との対決中に使用している。要するに、根津本中に半井本・宝徳本（さらには流布本）の各々と共通する構成や記事が存在しているのだが、この事実は既に森井氏の指摘するところである。氏はこれらを根津本の過渡性を示すものと解釈した。上掲部に根津本の過渡性を見る立場は確かに一理ある。ただし、第一部で根津本との深い係わりを見せた鎌倉本が第二部では欠巻のため利用できない事実を無視することはできない。現存しない鎌倉本中巻の実態を知るよしもないが、上・下巻から今はない中巻の姿を推測することはいくほどか可能であり、そうした鎌倉本を想定する時、根津本における上記現象を、半井本から宝徳本への過渡形態と見る以外に理解の仕様がないかと言えば、疑問の余地は残るだろう。

例えば、根津本には、逸った義朝が懸け出ようとして鎌田正清に制止される場面が二度にわたって描かれている。一度は、敵方の弟頼賢の奮戦を目の当たりにした時であり、いま一度は、為朝の鏃を見て戦意を喪失した郎等達を鼓舞する状況においてである。しかし、他系統の場合、逸る義朝を鎌田が制する場面は一度である。半井本・流布本には前者のみ存在し、宝徳本には後者のみ存在している。すなわち、根津本の前者は半井本・流布本と合致し、後者は宝徳本と符合していることになる（ただし、それら各系統との間に本文面での類似は認められない）。この事実を以て根津本の第二部前半にも本文混合の事実が認められると断言するにはなお慎重でなければならないが、少なくともこうした現象が見出される以上、第二部前半を半井本から宝徳本への過渡形態を伝えたものと言い切ることはできないのではないか。

続いて、第二部の後半を見る。当該部においては、根津本の独自性がより濃厚となり、そうしたことも原因してか、ある特定の系統との親近性を見出すことが困難である。当該部における根津本の顕著な特色は、第二部前半の最終章「新院・左大臣殿落ち給ふ事」に「新院御出家の事」の章を、また、崇徳院方の廷臣推問記事に彼等の流罪記事を直結させている、即ち、関連記事を一括・集中化している点にある。この関連記事の集中化という視点からの捉え方は、半井本から金刀本（宝徳本）への流れを説くために永積・森井氏が導入した、当時としては極めて斬新な着想であり、この手法によって、両氏の説は高い説得力を得た。ただ、根津本が取る集中化の手法は、宝徳本のそれとは異なる。宝徳本が年代記的性格と記事の集中性とを共存させるべく配慮しているのに対し、根津本は年代記的性格を犠牲にして記事の集中化を図っている。例えば、「新院・左大臣殿落ち給ふ事」と「新院御出家の事」を一括したために、戦場を逃れた崇徳院が彷徨の末に仁和寺に入るまでの経緯が一気に語られることになり、その後、場面は、合戦終結直後の後白河方の動向に遡行する。また、崇徳院方廷臣の推問記事と配流記事を一括したために、七月十五日の推問[8]にそれよりかなり後の八月三日の配流[9]が直結する形となっている。

結局、第二部の後半は、日並記的性格の犠牲の上に、関連記事の集中化を図っている点にその特色がある。この事実を確認した上で、根津本と他系統との本文関係について考える。その記述を追う時、根津本には時に半井本・宝徳本の各々と相通じる箇所が出現し、一見過渡本かと思われる様相が見られる。しかし、構成面に注目する時、そうした印象は否定されざるを得ない。

事項＼系統	半	龍	宝	根	流
1崇徳出家後仁和寺に				1	1
2義朝等御所を焼き崇徳を追う。法勝寺探索	2	2	2	2	
3義朝・清盛叡感に預かる					3
4為義の宿所を焼く	4				
5崇徳の御所・頼長の宿所を焼く		5	5		⑤
			4		
6忠正等逃亡	6				
7高松殿に還御	⑦		7	7	
		3	3	3	
8勧賞			8		
9宇治橋警護					9

上表は、第二部後半における各系統の記事配列を一部図表化したものである。半井本では分散している「4為義の宿所を焼く」と「5崇徳の御所・頼長の宿所を焼く」の二項を、宝徳本は同種記述として一箇所にまとめている。また、「3義朝・清盛叡感に預かる」「8勧賞」二項を、「7高松殿に還御」の後に一括してまとめている。

これら現象については、もとは半井本の如きであった構成に宝徳本が手を加え、記事の集中化を図ったと解することができるかもしれない。しかし、そう考えた場合、根津本の構成・記事配列は半井本→根津本→宝徳本との流れを想定することを許さない。少なくとも構成面に限っては、根津本の第二部後半に過渡的性格は見いだされない。

10神明の加護	10	10	10	10	10
	1				
11重成、崇徳を監視	11				
12崇徳歎き	12				
13忠実防戦準備	13		13	13	13
	9		9	9	
	5			5	
	3			3	
14重仁花蔵院に入る				14	
15重仁出家				15	
16忠通長者に還補	16	16	16	16	16
17その他の宣下	⑰	17	17		
	8	8		8	8
		14			

（鎌倉本は12のみ存在、他は欠巻部に当たる。○数字は他と異同のあることを示す。）

では、当該部は如何なる性格を持つのか。この疑問を解く一つの手掛りがある。それは、根津本に、「3義朝・清盛叡感に預かる」条が重出している事実である。すなわち、該本では「7高松殿に還御」に続き、

清盛義朝馳参て凶徒等既に退散仕候ぬ世中今ハかう候と申けれハ信西をもつて仰せけるハ違勅の輩を追罰仕候条神妙也勲功においてハ子々孫々につたふへしと被仰けれハ両人庭上にひさまついて宣旨を承てまかり出ぬ（57—2）

との記述が見られるが、「5崇徳の御所・頼長の宿所を焼く」条の後にも、

此両人（義朝と清盛―原水注）に仰られけれハ此程凶徒等おほくたてこもり国をかたむけ世をみたさんと仕条きくハいに思召処に程なく凶徒を追罰してえいりよしつめける所感に思召なり然共くんこうのしやうにおいてハ子々孫々に及へしと仰られけれハ彼等庭上に跪て仰を承て出ぬ（59—8）

との記述があり、内容的に重複している。当該部を他系統に探ると前者は、「7高松殿に還御」に続く点で宝徳本と一致し、後者は、「13忠実防戦準備」「9宇治橋警護」「5崇徳の御所・頼長の宿所を焼く」「3義朝・清盛叡感に

預かる」と展開する点で、半井本と一致している。とすれば、義朝と清盛が叡感に預かる記事の重出現象は、根津本が、半井本の如き構成を有する伝本と、宝徳本の如き構成を有する伝本と両方の影響を受けて形成された故と解釈できるのではないか。

とまれ、根津本第二部後半は、構成・内容両面において独自性をより濃くしているものの、やはり混合本文と捉えてよいのではないか。そして、その形成に関与したと推測される本文を現存系統に求めるなら、半井本と宝徳本ということになろうか。もちろん、ここに得られた推定は、鎌倉本欠巻という条件下のものである。

次に、「忠正・家弘等誅せらるる事」以降末尾までの第三部を考察する。当該部における根津本の構成・記事配列には、第二部後半と同様の性格が見られる。他系統は、日並記形式による展開を原則としている（それは史実に忠実という意味ではない）。為朝の捕縛から遠流までを例に取るなら、これらを時間列に沿って、あるいは崇徳院関係記事に割り込ませる形で、あるいは忠実関係記事に後続させる形で、異種記事の間に分散・挿入している。が、根津本は、為朝捕縛、配流、伊豆における濫行から自決に至る数年にわたる内容をひとまとめにしている。そのため、仁安三年における西行の讃岐下向を記した後、場面は合戦敗北直後の為朝の動静に戻るという、極端な年次の遡行が見られる（為朝関連記事の集中化及び第二部後半に見られる「新院・左大臣殿落ち給ふ事」と「新院御出家の事」との一括は流布本にも見られる）。以上のごとき根津本構成の独自性を考慮に入れた上で他系統との関連性を探る。

第三部前半には系統間で記事の有無に異同が見られるが、それらの記事は、内容から、（A）敗軍の将等の断罪並びに関連記事、（B）頼長の死骸実検並びに関連記事、（C）崇徳院遷幸関連記事、（D）頼長の子息配流並びに関連記事、の四グループに大別される。これら四グループの各系統における配列順は、

半井・龍門・根津・流布本　（A）（B）（C）（D）

鎌倉本　（C）（A）（B）（D）

宝徳本　　（A）（C）（B）（D）

となり、半井・龍門・根津・流布本が一致している。（B）（C）（D）の配列順が半井・根津本間で符合する事実は、既に永積氏等により指摘されているが、それに（A）が加わる。また、（A）（B）（C）（D）各々のグループ内における記事の有無・小配列においても、半井本・根津本に類似が認められる。（A）グループは一致し、他の部位も根津本の抄略傾向を考慮に入れれば、かなり近似している。

崇徳院関連記事を中心とする第三部後半に関しても、根津本の形成に半井本の如き形の伝本が大きく関与したであろうことは疑いない。このあたりについては、諸先学に依って詳細な構成表が作成されており、半井・根津本の関係にも言及がなされているので[11]、それらに依られたい。

これまでの考察により、根津本の第三部は、その独自性もさることながら、大局としては半井本の如き本文の強い影響下にあると見て大過ないと思われる。ただ、量としては少ないが、半井本以外の系統との共通記事もいくつか存在しており、鎌倉本・宝徳本さらには流布本との類似も見出される。中でも、「忠正・家弘等誅せらるる事」「為義最後の事」「義朝幼少の弟悉く失はるる事」の三章で宝徳本との類似が顕著である。

半井本になく根津本に存在する主要な記事を掲げると上表の如くになる。

五項の中の四項までが宝徳本との共通記述であることがまず目を引く。その中、2、4の二項は情調性の濃い美文である。情調性という観点から根津本を見た場合、それは2や4を持つことで、半井本よりはその色合いが濃くなっているが

事項＼系統	鎌	宝	流	龍	根
1乙若・源八惜別	×	×	×	×	○
2師長秘曲伝授	○	○	○	×	○
3崇徳の行宮を鼓の岡に移す	×	○	×	×	○
4覚性宛て崇徳書状	×	○	×	×	○
5追号	○	○	○	○	○

宝徳本には及ばず、両者のほぼ中間的な位置を占めている。従って、外貌としては、半井本から「格段に詠嘆的な抒情表現」に富む宝徳本の方向に踏みだしたかのごとき様相を見せているが、こうした印象を成立の問題に持ち込んでよいかとなると疑問なしとしない。というのも、3の崇徳院の行宮を鼓の岡に移した由を記す根津本に矛盾のあることが土橋氏によりはやくに指摘されているからである。根津本は、院が二の庁官高遠の松山の堂に入ったことを記した後に、

新院嶋の御所をいたミ仰られけれハ国司と在庁がはからひにさぬきの国府に鼓の岡といふ所に御所をつくりすへ奉る（97―8）

との3の記述を持つ。根津本に従えば、松山（現在の香川県坂出市の一部で島ではない）の地が「嶋」ということになる。しかし、宝徳本は、崇徳院が松山の堂に入った由の記事と3の記事の間に、

其後御所は国司秀行か沙汰として当国四度の郡直嶋といふ所ニ造り奉る（影673―3）（392―13）

との記述を持ち、これに依れば崇徳院の行宮は、松山の堂→直嶋→鼓岡と移っている。そのため、「嶋の御所」（宝徳本―嶋の御棲居）は、宝徳本においては讃岐沖の「直嶋」の御所を指すものとして矛盾なく理解できる。この事実を指摘した土橋氏は、第一群第三類（現在の根津本系統に相当）がその成立に際して、第一群第二類（現在の宝徳本系統に相当）[12]の本文を、直島移転の記事を省略する形で受け継いだ故に生じたと考えた。上記推論は、根津本形成の背後に宝徳本の如き形態の伝本の存在を想定して、貴重である。

同様の現象が、崇徳院写経の条にも認められる。

今生ハしそんじぬ来世の御ためにとて五部大乗経を三ケ年にあそはして御室へ申させ給ひける其状に云（略）御室も法性寺殿も様〳〵に申させ給へ共主上聞召も入られす（98―16）

根津本の本文を掲げた。右掲文をたどる限り、「御室」や「法性寺殿」が「様〳〵に申」したにもかかわらず、

「主上」が「聞召も入」れなかったその事柄が何であるのか分からない。結果的には、後出の崇徳院の言「後生菩提のために申事をハゆるされてこそあれ大乗経のしき地をたにもえぬ事ハ今生のミならす後生までのてきこさんなれ」（99—11）から、それが自筆の写経を（都近くに）安置したいとの崇徳院の要請であると解されるが、後文から翻らなければ意味が取れない根津本の叙述は不適切といわざるをえない。この点、宝徳本は「あそはして」と「御室へ申させ給ひける」との間に「かゝる遠嶋ニ置奉る事いたハしけれは鳥羽八幡辺にも可奉納由」（影684—1）（397—17）との記述を有しており（ただし、該系統中松井本系列はその一部を欠く）、根津本の如き不明確さはない（半井・流布本も同趣記述を有するが、御室宛て崇徳院書状を掲げてはいない。鎌倉本は筋自体が異なる）[13]。となると、根津本における不足気味の叙述は、根津本が、宝徳本の如き形態の一部を欠落させた形で受け継いだために生じたと解することも可能である。少なくとも、根津本の背後に宝徳本の如き形態の伝本を想定することは許されよう。

以上に見た事実は、根津本形成の背後に宝徳本の如き形態の伝本の存在したことを推測させる。その一方、半井本の如き本文の大きな影響が認められることは前に述べた。この二つの事実を矛盾なく理解しようとすれば、根津本の第三部もまた混合本文を伝えていると考えざるを得ないのではないか。

詰まるところ、根津本の第三部は半井本の如き本文を主たる基盤としながら、宝徳本の如きに見られる条項や記述を所々に組み込み、かつ全体に独自の改変をも施した一種の混合本文と認識してよいだろう。なお、鎌倉本との関係については言及しなかったが、一部には類似も認められるものの、第一部の場合とは異なり、緊密な関係を見出すことはできない。

本節における考察を整理すると、その独自性もさることながら、根津本はいく種類かの異本本文の取り合わせによって形成された混合本であると考えられる。根津本が依拠したと思われる本文の姿を、現存系統中に求めるなら、半井本・鎌倉本・宝徳本の三系統が挙げられる。他系統との親疎関係等を目安に根津本の本文を便宜上三部に分け、その各々について最も近接すると思われる系統本を示したが、これは類似の多寡を目安とした概括的な把握をでるものではない。その本文混合の実態は想像を越える複雑なものではないか。さらに、根津本の形成に与った伝本が、現在の半井本・鎌倉本・宝徳本系統に属するものであったかどうかも定かでない。これら現存系統の本文と根津本のそれとの間にはかなりの懸隔がある。その原因の一半は、根津本におけるかなり自由な改変にあると思われるが、それだけが原因の全てであるかどうかは分からない。第一章で述べたように、根津本は、文保本の形成に与った古態伝本の姿をいくほどかでも伝えていることが明らかなので、この点を重視するなら、半井本（文保本）の原態的な本文が根津本の成立に与ったかとも考えられる。鎌倉本や宝徳本との関係についてもそうしたことが言えるかもしれない。これら二系統に比して、根津本には文飾や情調性が乏しい。とすれば、それらのより原態的な伝本が元になっているかとも考えられるが、この点はっきりしない。

なお、根津本が現在の形に至るまでにはいく度かの階梯があったかとも想像される。管見によってすら見抜けるいくつかの不手際（それらは、複数の親本から同趣記事を無雑作に取りこんだことに起因する）を有する一方で、抄略・整理化をめざすという、相反する性質を根津本はその内部に併存させているからだ。相容れない二つの編集方針が同時点で作用したかどうか疑問が残る。現在の姿に至るまでに、同趣記事の重複摂取と抄略・整理化という二つの階梯を経たかとも考えられる。

いずれにせよ、現在の根津本は混合本であり、宝徳本への過渡とされている現象も、実は本文混合の結果生じたものであるということだけは間違いなさそうだ。

最後に該系統の成立年代について一言する。学習院大学蔵『忠光卿記』の紙背に、該系統の本文が一部分伝えられている。該本については第二部第三章第五節で述べるが、三条西実隆が保元物語を書写した際に生じた反故の紙背に『忠光卿記』を写し取ったものである。『忠光卿記』には文明十三年（一四八一）六月二十七日付けの奥書があるから、紙背の保元物語はそれ以前に書写されたものである。根津本系統中では、該本が最も書写年代の古いものとなり、該系統成立の下限をそこに置くことができる。実隆が書写していることより、該系統はこの時期貴顕の間にかなり普及していたと考えられる。宝徳本の成立年代についてはかなりの研究史があるものの、確定的な説はない（この点については第三章第二節に既述した）。宝徳本系統中、最も古い伝本が「宝徳三辛未載卯月日　成行書之」の奥書を持つ陽明文庫蔵本であることより、その成立下限は宝徳三年（一四五一）四月となる。[14]両系統とも明らかであるのは下限のみであり、現在の形態が成立した先後関係は分からない。また、鎌倉本の成立期も既に見たように定かでない。

注

（1）「保元物語の文学史的意義―文保・半井本および金刀比羅本をめぐって―」（『中世文学の世界』岩波書店　昭和三十五年）、後に『中世文学の成立』（岩波書店　昭和三十八年）に補訂再録。
（2）「『保元物語』の形成と発展―「語りもの」の形成に関する一試論―」（「国文論叢」8　昭和三十五年五月）、後に日本文学研究資料叢書『戦記文学』（有精堂出版　昭和四十九年）に採録。
（3）「保元平治物語の一研究」（「国語国文」3―6・7・9　昭和八年六、七、九月）
（4）但し、根津本系統中でも、京都大学附属図書館蔵本・早稲田大学図書館蔵枡型本は堀河院崩御記事を持たない。また、学習院図書館蔵斑山文庫旧蔵慶長十二年奥書本はこの辺り欠脱があり、同蔵慶長十六年奥書本には欠損があるか。
（5）「嘉承二年丁亥七月十九日崩。年廿九。」（『百錬抄』堀河天皇条）
（6）「早旦参鳥羽殿、或人云、女院今夕可有御遁世、雖御素懐殊被秘蔵、又臨夜陰可有其儀云々、」（『兵範記』保元元年六月十二日条）
（7）流布本との一致箇所は、山田小三郎の名乗り中に、源義親追討における祖父の高名が述べられている点である。半井・宝徳本では名乗りの内容が異なる。

（8）「今夕教長入道被問注之、（略）成隆入道以志兼成、又被召出於西内膳辺、俊成兼成如前推問云々、」（『兵範記』保元元年七月十五日条）

（9）『兵範記』保元元年八月三日条に「謀叛輩被行流罪」として流人の名を記す。

（10）西行の四国行脚の年次には仁安二年と三年説がある。

（11）矢代和夫氏「鎌倉本保元物語（下巻）について(2)—新院叙述の展開を中心に—」（「軍記と語り物」6　昭和四十三年十二月）、服部幸造氏「延慶本『平家物語』と鎌倉本『保元物語』—崇徳院説話をめぐって—」（「名古屋大学国語国文学」27　昭和四十五年十二月）、後に『語り物文学叢説—聞く語り・読む語り—』（三弥井書店　平成十三年）に収録。

（12）土橋氏の諸本体系における第一群第二類と第三類は各々宝徳本系統と根津本系統に相当する。第二類は内閣本・京師本・杉原本・保元記の四本から構成される。この中、京師・杉原本は取り合わせ本もしくは混合本であるから、事実上内閣本と保元記の二本となるが、これらは宝徳本系統に属する。また、第三類には京都大学附属図書館蔵本と京都大学国史研究室蔵本が所属させられているが、現行分類ではいずれも根津本系統に属する。

（13）『源平闘諍録』・延慶本・長門本は半井本と同形式、『源平盛衰記』は宝徳本と同形式。

（14）『白峯寺縁起』が宝徳本系統を利用したことが確実なら、応永十三年（一四〇六）に繰り上げられる。

第二節　性　格

本節では、文学作品としての面から根津本の性格を考える。該系統についての認識は、やはり永積・森井氏の見解を出発点とすべきだろう。その見解を要約するなら、半井本や宝徳本に比して独自性が希薄であり、かつ構想は平板で説明的、文体は平俗ということになる。このように、文学性の面からは高い評価を与えられていない根津本だが、該系統に属する写本の数は流布本・宝徳本に次いで多い。また、取り合わせ本が取りこんでいるいわゆる為朝説話のほとんどは該系統の本文である。このことより、該系統は少なくともある時期相当な普及をみたと思われ、一時代の好尚を反映したものとして文学史的にも興味ある問題を投げかけている。

私見によれば、根津本の性格として次の四点をあげることができるのではないか。

一、史実性が希薄であり、日並記としての構成意識が薄い。

二、場面場面への思い入れが少なく、筋本位の傾向を持つ。

三、全体的に抄略が見られるが、幼君を失った傅達の悲嘆に限っては大幅な増補を施している。

四、他系統に比し唱導色が見られる。

右の各項について順に見てゆく。まずは、一の史実性の面から考察する。およそ軍記文学の範疇に属する作品は物語と記録のあわいに醸成される宿命を持つ。物語性を志向しながらも、歴史的事件を素材とする限りその正しい伝達を担う使命をも一方に持つ。史実と虚構の微妙なかねあいの上に軍記文学作品は成立している。以下、根津本の史実への係わり方の実態を、年次と人名の二点から検討する。

まず、年次記載のあり方を見る。該系統が日並記の面でのくずれを見せていることは第一節に述べた。崇徳院崩御関連記事から為朝記事へと展開する部位を例として示す。

新院其後長寛元年八月廿六日御歳四十六にてさぬきの国鼓の岡といふ所にてつひにかくれさせ給けり（略）御追号あるへしとて大炊御門河原にて崇徳院とそ申ける其比西行法師四国修行しけるにしらミねの御はかにまゐて（略）さてもことしハくれぬ長寛も二年に成にける（ア）義朝清盛両人何もせうれつあるへくなけれ共清盛か一門おほくたせいなりしかハ自今以後も君の御大事にあひきぬへし義朝ハ父よりはしめて兄弟うせぬれハ（イ）いまハ独身者になる間世のきこえもなくそ見へける鎮西八郎ハ大原山にてさん〳〵にうちやふりておち行けるか

（99—16）

右の文章をそのままにたどるなら、傍線部（ア）「義朝清盛両人」以降の記述は長寛二年（一一六四）当時のことを記しているかのごとく読める。そう理解した場合、長寛二年当時義朝が生存していたことになる。しかし、義朝は長寛二年より五年前の平治の乱で敗死しているので、そうした読み方はできない。「義朝ハ父よりはしめて兄弟うせぬれハいまハ独身者になる間世のきこえもなくそ見へける」と記している点や、保元の乱直後の為朝の動向描写が後続していることより、傍線部（イ）「いま」は保元の乱をいくばくも経ない時点を指すと考えられる。「さてもことしハくれぬ長寛も二年に成にける」との一文は〔根津本は、崇徳院崩御に続けて、追号、西行讃岐下向と展開しているが、前者は安元三年（一一七七）、後者は仁安三年（一一六八）もしくは二年の出来事であり、年次の流れを無視したものとなっている。ただ、年次表記がないため表立った混乱はない〕、一つの場面を閉じる結文としての意味を持つにとどまる。「長寛二年」の年次表記はこれに先立つ長寛元年を受けて編年的な展開を予想させながら、物語の実際の舞台は保元の乱終結直後に一気に遡行している。そうした強引な物語展開が、傍線部（ア）「義朝清盛両人」

云々の文を長寛二年当時の世相を記したものと読み誤らせる恐れを孕む。このことは、根津本が年次表記にさほど重要な意味を置いていないことを語っている。

年次表記に係わる根津本の姿勢を示す事例をもう一箇所掲げる。近衛院の崩御を根津本は久寿二年（一一五五）八月二十六日のこととする。他系統では、半井本・流布本が七月二十三日、鎌倉本・宝徳本が八月十六日とする。半井本・流布本の記す七月二十三日が史実に適うが、鎌倉本・宝徳本がそれを八月十六日に改めた理由については栃木氏に論がある。[1] すなわち八月十五夜の歌宴において近衛院は死を予知した和歌を詠み、その予告通りに翌日に崩じる虚構を仕組んだものである。半井本・流布本は史実そのままに、鎌倉本・宝徳本は近衛院の崩御を劇的に演出したということになる。それに比べて根津本の記す八月二十六日崩御は史実に適うでもなく、虚構に根ざすでもない中途半端なものになっている。おそらくは鎌倉本・宝徳本の記す八月十六日を八月二十六日と誤ったことが現象としての動きだろうが、そのような間延びを許すところに根津本の時日記載に対する無頓着さが現れている。[2]

時日記載に対するこうした無頓着さは日並記としての構成意識の希薄さに依るものである。第一節で述べたように、根津本には近衛院崩御記事の重出が見られるが、そのために、記される時日は、久寿二年八月（近衛院崩御）→久寿二年冬（鳥羽院熊野参詣）→久寿二年八月（近衛院崩御）→保元々年（改元）と、一部に遡行を生じている。また、中・下巻の一部は、①頼長の逃亡から死→②為義らを追捕する後白河軍の動向と崇徳方廷臣達の推問・流罪→③為義降参から処刑、という順序で展開しているが、①は七月十三日の日付に始まり十五日に終る、②も七月十三日より始まり十五日に終る、③は十二日より始まる、という具合に、各関連記事ごとに時日の逆行がくりかえされている。これは他本が子細に見れば撞着を免れないものの、それなりの工夫をしながら日並記としてのスタイルを保持しようとしているのと異なる。もちろん、根津本としても年次が甚だしく前後する恐れのある場合にはその露呈を避ける配慮を見せている。前述した部位だが、崇徳院崩御→追号→西行讃岐下向→為朝追捕、との展開は、崇徳院の崩御に長寛元年（一一六三）の年次を付す以外、追号（一一七七）、西行讃岐下向（一一六八）共に年次を記さず、また為朝捕縛以後も一切時日を明記しない。これは時日を朧化することで、年次逆行が表面化することを避けたためだろう。このように根津本にもそれなりの配慮は窺えるものの、他本に比す時、時日記載への関心、日並記たろうとする意識が希薄であることは否定できない。

そうした性格は人物表記にも窺われる。根津本の記載する人名には誤りが少なくないが、ここではそうした不注意に起因すると見られる現象は問題とせず、作者の意図に由来するかとみられる現象を示す。その一例、崇徳院に讃岐配流を伝える勅使の名を他系統は右少弁資長（宝徳本系統中には「重長」と誤る伝本もある）とし、史実に適う(3)が、根津本のみ左少弁成頼としている。根津本の記す成頼は保元々年当時、正五位下勘解由次官であり、弁官となるのは三年後の平治元年の任右少弁が最初である。この資長と成頼の相違を根津本の単純な過誤とみなすことはまずできまい。本来、史実通り資長とあったものをわざわざ成頼に改変する、そこには当然根津本の意図が読みとられねばならない。以下成頼について少し説明すると、彼は『平治物語』で印象的な登場をする光頼の弟でその養子となった人物である。平治元年右少弁に任じ、以後右中弁、左中弁、蔵人頭、修理大夫等を歴任、承安四年（一一七四）参議正三位をもって三十九歳で出家、高野宰相入道と呼ばれ、建仁二年（一二〇二）の死去まで遁世者として過ごした。『平家物語』においては摂家将軍の到来を予言する人物として登場し、その他『十訓抄』『撰集抄』等の説話集にも道心者としての姿が伝えられている。「花洛ヲ捨テ深山ニ籠シ後ハ、偏ニ往生極楽ノ営ノ外ハ世ノ事ニ汚ベキニハ無レドモ、元ヨリ心潔人ニテ善政ヲ聞テハ悦、悪事ヲ聞テハ歎」（『源平盛衰記』巻十七　源中納言夢）く人として後世捉えられていた。根津本が資長を成頼に置き替えたのはほぼ同時代の弁官経験者として成頼が資長よりは伝承面での知名度が遥かに高かったことにその理由があると考えられる。この点に史実に拘泥しない根津本の性格が端的に示されている。

その他の例としては、崇徳院が鳥羽田中殿から「前斎院白河の御所」に移る際の供奉者中、他系統が山城前司頼輔（宝徳本系統陽明本系列陽グループに属する伝本は「頼房（よりふさ）」とする）とするところ、根津本のみ山城前司重綱とする事実がある。官職は一致（あるいは類似）するが姓名が異なる点、成頼の場合と同じである。この場合は、頼輔・重綱共に山城守の経歴があり、いずれも山城前司と呼ばれえる。いずれが崇徳院の御幸に供奉したかを確認できる史料はないが、以下のように推測することは可能である。物語は「前斎院白河の御所」に遷移した崇徳院と合流するため頼長が上洛したことを記す。その上洛にあたり、頼長は菅原登宣と山城前司重綱を自分の身替りとして牛車に乗せ敵陣の前を通過させる。この陽動作戦に利用された登宣・重綱二名の人物については諸系統異同のないことから物語にとって本来的であったと考えてよい。そして根津本はこの場面の山城前司重綱の連想から、崇徳院に供奉した山城前司頼輔を重綱に改めたのではあるまいか。ただし、この操作は結果的に改悪となっている。すなわち、根津本の記述に従うなら、一度崇徳院に従って入京した重綱が、そのすぐ後に今度は頼長の身替りとして再度入京している。呼称が同じという理由で頼輔を重綱に改めたことは根津本の早計と言わざるをえない。

後白河帝の東三条殿行幸の供奉者中、中務権大輔季家（宝徳本系統は「権少輔」と誤る。また「すえさね」とする伝本もある）を重盛に改め、清盛勢から中務少輔重盛の名を削っている（ただし、根津本系統中、根津本系列・史研本系列はこの辺り欠脱）のも、処置の仕方は異なるものの、頼輔を重綱に置き替えたのと同じ意図（中務〔権〕大〔少〕輔という官職名に引きずられた）のなせる業であるだろう。

以上の例の示す如く、根津本はその登場人物を官職の連想から伝承面で著名な人物に置き替えたり、あるいは同一（類似）官職を持つ複数の人物を一人にまとめようとしている。それは、史実の牽制から解き放たれた姿と言えるかもしれない。

前に述べた時日記載のありかたといい、又人名記述のありかたといい、根津本は明らかに記録としての要素を捨てる方向に踏みだした系統といえそうだ。そしておそらくはこの姿勢と呼応する現象であろうが、根津本には登場する脇役・端役の紹介が時として諸本中最も詳しい場合がある。例えば、上巻部、鳥羽院に熊野権現の神託を告げる巫について根津本は「本ハ美作国の者成けるか八十有余なる庄のいたとてゆ丶しきかんなき有」（4—9）とその生国、年齢、名前を記している。これを他系統と比較すると、半井本は生国と名前、鎌倉本は名前と年齢、宝徳本は名前、流布本は「山中無双の巫」（346下18）と記すのみであり、根津本の記述が最も念がいっている。また、入水自殺した為義の妻についても諸系統中、根津本のみがその年齢を記し、彼女に殉じた乳母子（乳母とする伝本もある）についても「三条殿とて廿一なる女房」（89—6）と、その通称と年齢を記している。その他に、大庭平太景能、三郎景親の年齢を記してもいる。他系統では半井本のみが景親の年齢を記すにすぎない。

　ささやかな現象ではあるが、諸系統中、登場人物について根津本の説明が最も詳しい場合がいくつか確認できた。では、この現象は前に述べた、根津本に史実性が希薄である事実とどう係わるのか。巫に関しては、根津本の記述は、詳しいが独自性はないので考慮の外に置くが、為義の妻の年齢、乳母子の女房の名と年齢、景能の年齢記載は、現存系統中では根津本に独自である。ただし、これらの記述が何らかの信頼すべき史料に依っているかといえば、かなり疑わしい。第一節の考察からすれば、根津本に古い要素が全くないとは言えないが、為義の妻の名さえも明らかではないのに、一場面に点出されるに過ぎない乳母子の通称や年齢までを根津本のみが知り得たとは考えにくい。根源的な史料が人知れず後世まで伝わっていた可能性は低く、仮にそうしたことがあったにしても、埋もれた史料類を発掘して事実を闡明しようとする情熱から根津本は遠いところにある。根津本に固有のこれら記述は虚構の産物と見てよいだろう。根津本に史実性が希薄であることと軌を一にする現象としてこの事実を捉えるべきではないか。

　根津本の性格として、次には、「二、場面場面への思い入れが少なく筋本位の傾向を持つ」点について述べる。

白河北殿における戦闘が激しさを増す中、関次郎・塩見五郎・同六郎(4)らが為朝に戦いを挑む場面を宝徳本は次のように描く。

常陸国住人関次郎甲斐国住人志保見五郎同六郎轡をならへてかけ出たり為朝例のさき細指番て真前ニ進たる志保見五郎か頸骨を射切覧と差当て放たり志保見きつと見て矢ニ違ハんと打振たりけれ共なしかハはつるへき矢坪こそ少上たり甲の鉢付の板を左より右へ栫ニつつと射ぬかれたり真逆ニをちけれハ手取の余二おち合て頸かいきり矢をもぬかすして頸と甲をは矢ニて荷なうて打かつきてそ出来たりける八郎うち返〳〵見て我弓勢の程をそ愛ける関次郎是を見てした、か者也けれハ馬よりゆらりと下馬を押倒て馬の腹の射られたるそやとて這々逃てそのきにける（影493―4）（298―11）

為朝は「真前ニ進たる志保見五郎」を射落す。手取の余二がすかさずその首を取り、「頸と甲をは矢ニて荷なうて打かつきて」帰ってくる。これを目の当たりにした関次郎は戦意を失い、自ら馬を押し倒し「馬の腹の射られたるそや」と偽って「這々」戦場を離脱する。誇張を交えたこうした合戦描写は宝徳本の得意とするところである。

当該場面を根津本は左のように描く。

常陸国住人関次郎甲斐国住人塩見五郎同六郎くつはミをならへて懸出たり為朝ハ例のさきほそをうちくはせてひやうとはなつしほ見の五郎かくひの骨を心さしてはなつ矢がすこしあかりてはちつけの板をつと射ぬかれてさかさまに落ぬ手取余次落合て首をとる関次郎ハ是をミて二矢にあたらしとて馬の頭をなをしてかた〳〵へ立のきてけり（50―2）

両者を比較すると、宝徳本の記す志保見（塩見）五郎（半井本は「シホ見ノ六郎」）が為朝の矢をかわしきれなかったことや、手取余次が為朝の矢の強靭さを誇示する姿を根津本は描かない。中でも注目すべきは、宝徳本においては馬を射られたように演出し、「這々」戦場から逃げだしている関次郎が、根津本では「馬の頭をなをしてかたく〳〵へ立の」いている点である。

相当部を半井本は、

甲斐国住人シヲ見ノ五郎同六郎クツハミヲ幷テ寄ルニ筑紫ノ御曹司ノハナツ矢ニシホ見ノ六郎頸ノ骨ヲ後ノシコロ加ヘテ射抜レテノケニ落又是ヲ見テ関次郎二ノ矢ニ射レナンストヤ思ケンシタ、カ者ニテ有ケレハ我乗タル馬ヲ引倒シテ馬腹ヲ被射タルソヤトテ岐々ノキニケリ（68―3）

と記す。志保見五郎・手取余次に係わる宝徳本の前掲の記載については、これを該系統固有の記事と捉えてよいだろうが、関次郎に係わる記述はそうではない。彼が「我乗タル馬ヲ引倒シテ馬腹ヲ被射タルソヤトテ岐々」遁走する姿は、宝徳本と同様半井本にも描かれている(5)。本来、半井本や宝徳本の如き形であったであろう関次郎の行為を、根津本は平板で類型的な叙述に書き改めているのである。

同様な現象は、為朝と山田惟行の対決場面にも見られる。宝徳本と根津本の記述を左に並記する。

（為朝は弓を―原水補足）馬の頸ニ押当てはなたれたりなにかはたまるへき鞍の前輪をはたと射破て草摺のたゝなハりめを後へつつと射貫き尻つわよりあなたへ矢崎長にそ射出したる惟行二の矢を番てひかん〳〵としけるか心神忽ニくれ正念次第ニ失しかは弓矢をはからりと捨て馬よりさかさまニおちかゝりたれとも矢ニ被荷てしハらくハおちす馬驚てあなたこなたへ走けれはかなくり落にそをちにける（宝徳本）（影464―2）（283―15）

（為朝は弓を―原水補足）馬の頭にあてゝひやうとはなつ鞍のまへつわはたと射わりてしたゝかに射付たり惟行二の矢をはつかひてひかんとしけるか次第に心も遠く成けるやらん弓をはからりとなけ捨てさかさまにをちぬ（根津本）（41―16）

両者を比較すると、為朝の放った矢が惟行の身体をしばらくの間支えていた旨の記述を根津本は持たない。同趣の記述が半井本や流布本にも見えることより考えて、この場合も、根津本は相当部を削除したと考えられる。

こうした事例より、根津本には、もともと存在していた誇張表現を修正する姿勢が窺われる。そして、このことはまた、各々の合戦描写がその個性を希薄にし、常套表現を多用していることとも係わる。金子家忠と高間兄弟の戦いにおいて、高間三郎が四郎に加勢する場面を、宝徳本が「兄の高間の三郎馬より飛て下後よりつつとより金子か甲の手へんニ手を入引あをのけんとする」（影489―6）（296―15）（半井本・流布本―同趣）と、高間三郎の行動を具体的に記すのに対し、根津本は「馬よりとんており金子をうたんとしける」（49―4）と抽象表現に変えている。この部位に限らず、根津本は全体的に、「馬のかしらを引なをし矢筈をとつて」（45―16）、「馬のかしらを引なをし弓手になして打あけてひかんとすれハ」（46―9）、「馬のかしらを引なをし弓手になしてうちあけてするりと引けるに」（47―1）、「馬の頭をなをしてかた〱へ立のきてけり」（50―6）などの慣用句や常套表現に置き換えている場合が多い。

右掲の事実とあいまつ現象として、根津本は、武士の活躍を描くことに熱心ではなく、為朝の形象化においてもそれは例外ではない。例えば、為朝が戦場を落ち行く際、射残した鏑矢を「末代の者にみせん」ために、宝荘厳院の門柱に射とどめた逸話を半井本と宝徳本は持つが、根津本は持たない（流布本も持たない）。また、為朝が生け捕られる経緯を、鎌倉本や宝徳本に比べごく簡単にすませている。加えて、その配流については、

為朝か左のかひなをぬいて出しこしをした丶かにつくりて是にのせて人夫あまたしてか丶せて東国へ下されけり（102―7）

と記すのみである。半井本の、

義朝カ給テ左右ノカイナヲ抜ク（略）馬ニハ乗テ楼ノ様ナル物ヲ指テ是ニ入テ宿々次第ニ是ヲソ送ル其時為朝申ケルハ輿ニ被入タリカキナ抜レタリケレハ何事カシ出スヘキトソヲノレラハアナツリ思カ是見ヨトテ身ヲヨリケレハ指モシタ、カニ指タル輿ノ免《ママ》ニ是ヲモフミ破テ何クヘモ行ヘケレ共王地ニ住身ナレハカクテハ被下

ソト云ケル伊豆ニ下リ付テ流人ノ尻懸ル石ニ腰懸ト云ハ懸タラハ何カニ懸スハ何カニト云テ終ニ懸ス（130—5）

との記述、さらには、宝徳本の、

義朝ニ被仰付左右の肘を鑿にて打放てそ抜たりけるしかる間肩の継目放れて手縄を取ニ及はさりけれは籠の如ニ四方を打つけたる輿を造てのせ四方ニ轅をわたして廿余人して舁て五十余騎の兵士を副て宿次々にそ送けるみちすからも輿舁ともにあふて腹立して怒る事なのめならす（略）すこし動くやうにしけれはさしもきひしくうち付たる籠こしのむすめきひりめきてくたけ破なとしける間こしかきとも恐惶きて迯去る時もありある時はえいやと云て輿を押居けれはちともはたらかぬ折もありえいやと云て身を打振ハ廿余人のこしかき共一度ニ振倒さるゝ時もあり又云けるハかいな被抜たれはとて為朝ちとも損あるまし弓こそすこしよハくなるとも矢束ハなを長くひかんすれハ物をとをらん事はいと、つよくこそあらむすらめとて散々に過言述懐してそ下ける伊豆に下着しても凡物を物ともせす人を人ともせすおもふ程ニ振舞けれは預ハ伊豆国大介狩野工藤茂光なりけるかもちあつかうていかゝハせんとそ思ける（影668—3）（390—9）

との記述と比較する時、為朝の形象化にいかに熱意を示していないかが明白となる。

以上のように、根津本は合戦を高揚感をもって描こうとはしないし、武人英雄の形象化にも熱意を示さない。というよりも、既に得られている成果を切り捨てる方向で仕立て直している。結局、根津本は継起する事件の各々に深く立ち入り、場面をより印象的に描出しようとする意図を持たず、筋本位の物語へと変貌していると言えるだろう。

右の把握が肯定されるなら、根津本が部分的に古態要素を持っているとしても、総体としてこれを捉える時は、物語の展開と変容の過程においては後出と考えるか、もしくは文学的昇華の軌道から外れた系統として位置づけるべきではないかと考える。

次には三の根津本における増補記述を見る。根津本が抄出本としての性格を有していることは第一節に述べた。従って、該系統には当然ながら注目すべき独自の増補はまずない。そうした中で、森井氏の指摘になる、幼君天王を失った内紀平太の長々とした独白は異色である。

天王殿かめのと内記平太ひたゝれのひもをときおしくつろけて天王殿のむくろをふところの中にかきいたきてさすかに御内に人こそあまた有しか共付られ奉てちの中にわたらせ給ひしをとりあけまゐらせてわか年のつもる事をはかへりミすたゝ人となり給ひし事のミうれしくて七年か間風にもあて奉らしと思ひておふし奉りけるハかゝるうきめを見んするかはしめにて有けるかや身にもさしてとかともおほえぬ時頭殿よりはなをつきつねハおひこめられまゐらせし時ハ世間のあぢきなきまゝには物もおほえさせ給ハぬをさあき人にむかひまゐらせていつを〳〵とてかうでも候へきたゝいとま申て出家をも仕て念仏申後生をもたすかり候ハんなとゝ申しかバあさましげなる御けしきにて我を捨ていつくへ行へきぞいつくへもゆけ我をぐしてゆけよおとなしくなりたらむ時ハいとおしくせうずるぞなど、頸に取付ひげをなでさかしく仰られし物をながらへさせ給ハざりける物ゆへによしなき事を申てをさな心にも物を思はせまゐらせける事のくやしさよ今ハいかなる世にか様の御言葉をも承へき御成人にて合戦の道に出させ給ハん時ハいのちを奉らんする事も同事只今参り候そ天王殿とて腹かき切てそふしにける（84—11）

宝徳本は相当個所を次のように記している。

天王殿のめのと内記平太ひもとき懐ニ押入て養君の膚を我はたへニ合せつゝなく〳〵とき云けるハ今歳七年の間ハ片時も不奉離今より後誰かハひさのうへニ居ん誰かハ頸おもいたかんする何か所知しりてなんちニあつけんと宣しありさまもいつれの時にか忘へき又幼き御心ニ四出の山路をハいかなる者ニともなひていかにと

してか越たまハんしハらく待せたまへよおくれたてまつらしとて腹かき切て打重りてそ臥てける（影617―6）（362―12）

宝徳本に比し、根津本における内記平太の述懐はいかにもくどくどしい。森井氏はその印象を「当世風の表現を借りていえば、浪花節的な面白さ」と評した。その評言の適否はともかく、宝徳本における内記平太の述懐が簡潔であるのに対し、根津本では「ちの中にわたらせ給ひしをとりあけまゐらせて……」との表現や、遁世への思いを天王への愛着故に断念したとの懐旧談を長々と披露している点に、内紀平太の天王への断ち切りがたい思いが凝集している。

この事実に加え、乙若とその傅である源八との惜別描写が根津本のみに存在していることも注目される。

（乙若は―原水補足）我めのとこ（他本「めのと」とあるに従うべきか）源八をちかくよひいかに源八此年月なに事の思ひ出もなかりつる事こそまうねんにもなりぬへけれおとなしくもなりたらハ世にあらんとこそおもひつらめそれまてこそなからめうきめを見する事よとて源八か手をとらへて涙をなかしけれは源八涙をおさへて申けるハ此十三年の間ハたかき山ふかきうみとも君を見あけまゐらせて今ハか様に心うき御有様に見なしまゐらせていか斗のたのしミか候へきた丶さいこの御供仕るへしとて乙若殿のひさに面をあててなきゐたり（84―1）

右の記述は根津本のみに見られる。他系統の場合、乙若が母を恋い、遺髪を波多野に託す旨を記すが、根津本は、乙若の母への思慕の表出を大幅にきりつめ、「母御前のなけき給ハんするをもあひかまへてなくさめ奉れ」（83―16）との乙若の言を記すにとどめている。その代替として、前掲の乙若と源八の惜別の様を投入したと考えられる。その結果、根津本は、後に波多野が、乙若達の母に遺髪を手渡す場面を他系統と同様に持ちながら、それに呼応すべき、乙若が遺髪を波多野に託す記事を欠く不首尾を生じている。

上掲のこれら現象を如何に解すべきか。骨肉の情より主従の情誼を優先しているという風には考えにくい。なぜなら、この後、子供達の刑死を知った母が桂川に身を投じる過程を筆を尽くして記しているからである。根津本の描く内記平太や源八の思いは、主従の義というよりは骨肉の情に近い。それは、例えば『平家物語』において、今井四郎兼平が木曾義仲に見せた一種爽快な信頼感とは異質のものであり、子供達をすべて処刑された為義の妻の狂おしい慟哭に通う。

物語の後半部は、敗北者の断罪とその関連記事で埋められている。崇徳院の讃岐配流と配所でのわびずまい、頼長の死と父忠実の嘆き、頼長の子息の流罪、重仁の出家、敗将達の断罪とそれに係わる数々の悲劇等々。そうした中、根津本は、崇徳院の傷心の日々や頼長の子息の配流といった、抒情に傾斜しがちな記事には積極的に取り組まず、年少者の死をめぐる近親の狂おしいまでの情念を描出することに力を注ぐ。

最後に、四の唱導色について見る。

　為義ハ是よりひえいさんへのほりてくろ谷の月輪房竪者坊へ尋行て出家してけり其夜竪者坊に廿五三昧をおこなひけり為義人道聴聞してたつとく覚えて入道を過去帳に入させ給へといひけれハ竪者坊過去帳には死たる人をこそ入候へ生たる人をハ入すといへは為義入道おりふしかうそ思ひ出ける

　　あつさ弓つひにはづれぬ物ならハ兼て我身ぞ入へかりける

ひしりあハれにおほえてすミそめの袖をしほりけり（67—1）

出家した為義が悲嘆に沈む場面である。過去帳をめぐる詠歌説話は、延慶本『平家物語』『太平記』『三国伝記』『類聚名物考』『小夜嵐』『法華経直談鈔』などにも見られ、広く巷間に流布していたことが知られる[(6)]。『保元物語』では、根津本の他には宝徳本が載せている。宝徳本は次のように記す。

　法師ニ成たりける宿坊ニ過去帳のありけるを見て我法名を自筆書入その下ニ一首の歌をそ書付たる

　あつさ弓はつるへしともおもハねハなき人数ニかねて入哉（影561―9）（329―15）

過去帳をめぐる詠歌説話は「何か人を勧進するような者が管理した」(7)と考えられているようだが、宝徳本に見えるそれは唱導臭を感じさせず情調に傾斜している。その記述姿勢は、『太平記』（巻第二十五　山名時氏住吉合戦の事）に見られる、楠正行以下の武士が「今度の軍難儀ならば、一人も生きて帰り参らじ」との覚悟のもと、如意輪堂の壁に「返らじと兼て思へばあづさ弓なきかずに入名をぞ留る」との詠を付したとする話に近い。

　対するに、根津本の場合は、廿五三昧を聴聞しての発心→過去帳への記名を願う→拒まれての詠歌→聖の同情、と展開しており、発心の動機に起筆し、目撃者としての聖の共感で筆を結ぶという完結性を持った発心説話の形を取る点で、『三国伝記』（巻第七）所載の説話に近い。該話（「武州入間川ノ官首道心ノ事」）は、洪水によりすべての眷属を失って発心した市井の聖が「洛陽一条ノ皮堂ノ辺ニ草庵ヲ結」んで有縁無縁の者を弔っていた時、一人の女が「銭貨ヲ一連布施」して過去帳への記名を願った。聖が「過去帳ニハ去ニシ人コソ奉レ入レ。現ニ在ス人ヲバ如何」と難色を示したところ、女は硯を乞うて名を書きつけた後、「梓弓ハヅルベシトハ思ハネバ無き《（ママ）》人数ニカネテ入カナ」との詠を過去帳裏に記した。これをみた聖はいよいよ道心深く行ないすまし往生を遂げたとの筋を持つ。根津本が為義の側に視点を置くのに対して、『三国伝記』は聖の立場から描いている点に相違が見られるが、姿勢自体は同質と考えてよい。

　要するに、根津本の為義詠歌説話はそれ自体一個の発心説話としての独立性を見せている。その意味において、宝徳本所載のそれよりは唱導色が濃厚であるといえる。

　この現象と係わるものとして注目されるのが、かつて崇徳院に仕えた人物が出家して讃岐の配所に院を訪れるいわゆる蓮如（蓮阿弥陀仏）説話である。この話は『保元物語』では、根津本の他、半井本・鎌倉本・宝徳本に見え、また長門本『平家物語』『源平盛衰記』『発心集』『十訓抄』などにも見えている。訪問者の俗名は区々であり、明記のないものもあるが、法名を蓮如とする点で大略一致する中、根津本の記す蓮阿弥陀仏は特異である。この事実を指摘した永積氏の「これは、あるいは京図本（根津本―原水注）の作者圏や享受者圏の範囲を期せずして示すものかもしれない。」との発言は示唆的である。[8]

阿弥陀仏号は浄土系の遁世者の法名であり、鎌倉末期以降は時衆の専用となったという。一遍を開祖とする時衆は中世において庶民の間に熱狂的に迎えいれられ隆盛を誇った教団であった。根津本が、崇徳院を讃岐に訪ねた人物名を蓮如から蓮阿弥陀仏に改変したその背景に時衆の興隆を想定することは短絡的かもしれないが、「道長出家の後ハ蓮阿弥陀仏とそいひける蓮阿兵士にちかつきて」（97―13）と、蓮阿が蓮阿弥陀仏の略称として用いられている事実が注目される。阿弥陀仏号と阿号の関係については、金井清光氏[9]に依れば、一遍門下の初期時衆教団の法名には阿弥陀仏号のみが存在しているが、時代がくだると、正式法名の阿弥陀仏号に比してやや軽視された意味で阿号が登場し、やがては阿弥陀仏号の略称として使用されるようになったとの由である。根津本における蓮阿弥陀仏＝蓮阿の現象をこの趨勢の中に捉える時、その形成期の推定に一つの示唆が得られるかもしれない。

根津本以外の蓮如が、崇徳院を慕って讃岐に下向し、和歌の贈答を果たした後帰洛するのに対し、根津本の蓮阿弥陀仏は「諸国を修行しける」（97―10）僧として登場し、讃岐での院との和歌贈答の後も帰洛することなく「すミそめの袖をしほりつ、それより他国へ渡」[10]（98―5）っている。他本の蓮如が、院を配所に訪ねることを四国への旅の唯一の目的としているのに対し、根津本の蓮阿弥陀仏は、諸国修行の際、思い立って院の配所を訪ねた趣がある。この点、根津本の蓮阿弥陀仏の姿には、遊行聖的性格が見られるといえそうだ。根津本の蓮阿弥陀仏に、廻国賦算をして民衆の教化に従った時衆の姿を想起することができるのではないか。そして、この蓮阿弥陀仏の遊行聖的性格の明確化は、前述の為義詠歌話にみられる唱導色と軌を一にする現象として捉えられるのではないか。

以上、根津本の特色として、年少者の死をめぐる近親者の狂おしいまでの情念の描出に力を注いでいること、ある種の唱導性を有していることの二点を指摘したが、この二性格は各々無縁ではなく、統一的に把握できるように思われる。

いわゆる室町軍記には編年的・実録的なものと物語性を持つものとの二種類があるとされ、物語性を持つ作品としては、室町軍記の始発とされる『明徳記』をはじめとして、『結城戦場物語』『大塔物語』『国府台戦記』などが挙げられている。これらの作品は「いずれも合戦敗北者の落城や敗死をめぐる哀話を中心に構成され[11]」ていること、その形成や管理に時衆が関わったことが指摘されている。既に相当の研究史を持つ作品もあるが、ここでは個々の作品には言及しない[12]。ひとつ、『結城戦場物語』を例に取るなら、該作には、足利持氏の遺児、春王・安王らの捕縛からその断罪までのいきさつ、死刑執行人漆崎小次郎らの苦悩、乳母の女房の悲惨な死にざまなどが筆を尽くして描かれている。加美宏氏によれば、このような「由緒ある武門の出で、すぐれた資質と将来性とを持った年少の者が、老少不定の理の通りに、運つたなく非業の死をとげねばならぬこと、そして念仏を唱えたりしながら、けなげで哀れ深い死にざまをみせること、といった物語は、時宗の徒や廻国聖たちの最も得意とする物語であり、唱導のための最良の話材であった[13]」ということであり、南北朝・室町期の軍記もの・語りものの中にみられる時衆のかかわった物語には、年少者の非業の死とそれをめぐる縁者の悲しみを描いたものが多いという[14]。

そうであるなら、根津本の特色として述べきたった為義の幼少の子供達の斬刑に関する特有の増補、そして一種の唱導性などは、そうした作品群と通じるところがありそうだ。ただ、根津本に窺われる時衆圏の影は、『明徳記』『結城戦場物語』といった作品に比して隠微であることもまた確かである。ある種の室町軍記が時衆的な世界の中に胎動し生みだされたのに対し、根津本はそれまでに既に形をなしていたものに手を加えたからだろう。蓮阿弥陀仏なる時衆とおぼしき遊行聖が登場しながら、彼をめぐる話自体には濃い唱導色が見られない。長門本『平家物語』の場合、遁世者の名は蓮如のままだが、話自体がきわめて唱導的な色彩を帯びていることを砂川博氏が指摘している[15]。讃岐に下向した蓮如は「崇徳院に現世に執着することのはかなさを説き、一刻も早く極楽浄土に回生することを勧める。」。そして院は「蓮如が申ける事肝に思召されて」後生菩提のために五部大乗経書写を発念する。しかし、根津本には長門本に見られるような積極的な改変姿勢はない。蓮如という法名を、おそらくは当時遁世者の号として一般的であった阿弥陀仏号に改めたことと、蓮阿弥陀仏の遊行聖としての性格を明確にしたにとどまるといえるかもしれない。

根津本形成の背景に時衆文化を想定することはさほど的はずれではないと思うが、根津本の側からの主体的な受容というよりは、当時の文芸嗜好が反映したものではなかったか。作品としての興趣には乏しいが、時代の風潮・好尚に敏感に反応して改作された故に、世上に受け入れられ、相当程度の普及をみたのかもしれない。

以上、四点から根津本の性格・特質を眺めた。中で、記録的性格を希薄にしている点と、類型的な詞句を多用し、かつ筋本位の方向に進んでいる点なども、大局としては室町軍記を含む後期軍記の趨勢と合致していると思われるので、根津本は室町軍記に触発されその影響を受けて、装いを改めた『保元物語』の一系統として捉えられる。

付言するに、根津本には語句や表現に独自性が見られる。例えば、獄から出て王位に即いた人物の例として他系統が漢の孝宣（「孝哀」「孝陽」など区々）を掲げるところを、根津本のみは周文王としている。また、他系統が「鷲ナント一羽ニ二千里ニスキテハ飛サム也」（半井本に依る）（137—5）と記す「鷲」を「金翅鳥」としている点など些細ではあるが固有である。

表現に関しては、伊藤五（もしくは父の景綱）が為朝に矢を射かける場面で、半井本は、その矢が「御曹司ノネリツハノ太刀ノ股寄ニ」（48—1）射立ったとするが、根津本は「誠に伊勢国にてやはいだ（ママ）りけん日向様へそれて行」（38—4）と記す〔流布本は「能引ていたれとも為朝是を事ともせす」（362上2）と異なり、宝徳本は相当記述を持たない〕。「誠に伊勢国にてやはいだ（ママ）りけん」は伊藤景綱が伊勢の住人であることをもっての揶揄だが、さらに「伊勢や日向」をも踏まえていると思われる。「伊勢や日向」は、日向の男の身体に、同時に死んだ伊勢の男の魂を入れて蘇らせたとする、鎌倉時代成立の伊勢物語注釈書に発する諺とされ、「話の前後つじつまが合わないこと。互いの言動がくいちがっていること。また、物事の秩序、序列がよく分からないこと」の意味に使われ、謡曲『雲林院』『歌占』や『国性爺後日合戦』『西鶴名残の友』にも見えるという。(16) 根津本の表現は、例えば「的のあたりにだにちかくよらず。無辺世界をいたまへる」(『大鏡』第五巻　太政大臣道長上)と同様、矢がとんでもない方向に逸れたことを例えたものと解されるが、用法としては「見当違い」(麻生磯次・冨士昭雄『西鶴俗つれぐ・西鶴名残の友』明治書院　昭和五十二年)に近い。とにかく軍記文学では一般に見られない表現と言える。

こうしたことなども、あるいは成立圏をさぐる一つの手掛りを示唆しているのかもしれないが具体的に詮索する手だてを知らない。

注

(1) 「保元物語に於ける基礎的一、二の問題—諸本先後問題の再検討—」(「国語と国文学」37—4　昭和三十五年四月)、後に『軍記物語形成史序説—転換期の歴史意識と文学—』岩波書店　平成十四年)に収録。

(2) この捉え方に対しては野中哲照氏の異見がある。「『保元物語』テクストの変容—諸本の動態的展開と京図本の位置—」(軍記文学研究叢書3『保元物語の形成』汲古書院　平成九年)

(3) 「今夕、入道《ママ》、太上天皇、被奉移讃岐国、兼日公家有御沙汰、当日五位蔵人資長、依勅定、参向仁和寺御在所奉出之」(『兵範記』保元元年七月二十三日条)。なお、半井本は「資長」を「貞長」と誤る。

(4) 人名表記については系統間で異同があるが、便宜上、根津本に依る。

(5) 流布本はこのあたりかなりの異同がある。相当個所についても「甲斐国住人塩見五郎も射ころされ奉りければ」(367上4)と記すのみで、関次郎の行為については触れない。

(6) 簗瀬一雄氏「梓弓の歌の伝承」(「沃野」昭和二十四年一、二月)、後に『説話文学研究』(三弥井書店　昭和四十九年)に収録、中嶋馨氏『増補新版日本文学史中世』後期第八章　説話(至文堂　昭和五十二年)、池見澄隆氏「『梓弓』説話の形成—仏教とシャーマニズム」(『中世の精神世界死と救済』人文書院　昭和六十年)など。

(7) 日本古典文学大系『太平記』巻二十六　補注七。

(8) 宝徳本は蓮誉とする(「れんきよ」とする伝本もある)。また、宮内庁書陵部蔵片仮名本『十訓抄』は蓮妙とする由である(泉基博氏『校本十訓抄』右文書院　平成八年)。

(9) 「時衆の阿弥陀仏号と阿号」(上)(下)(「時衆研究」40・41　昭和四十五年二、四月)、後に『時衆と中世文学』(東京美術　昭和五十年)に補訂収録。

(10) 宝徳本も、蓮誉を「諸国一見のひしり」(影675—1)(393—13)(大東急記念文庫蔵屋代弘賢旧蔵本は相当部を欠く)としているが、「泣々都へ上けり」と結ぶ点に不徹底さがある。

(11) 『日本文学新史　中世』第十一章　軍記の展開—『太平記』と後期軍記—(加美宏氏)(至文堂　昭和六十年十二月)

(12) これについては松林靖明氏「後期軍記研究史と課題」(軍記文学研究叢書10『承久記・後期軍記の世界』汲古書院　平成十一年)や、「軍記と語り物」所載「研究展望」を参照されたい。

(13) 「『大塔物語』小論—室町軍記研究の手がかり—」(「文学」38—8　昭和四十五年八月)

(14) 『明徳記』『結城戦場物語』については、時衆との関わりについての発言が特に活発である。

(15) 「長門本平家物語の崇徳院説話」(「西播国語」昭和四十七年十一月)

(16) 『日本国語大辞典』第二版、菊池仁氏「伊勢や日向のこと」(「言語」24—4　平成七年四月)

第五章　流布本系統

第一節　性格と作者圏

流布本の性格や特質については、永積安明氏の解説にほぼ尽くされているように思われる。氏は「政治道徳的な、あるいは儒教的な評論文が多く、（略）官符や書簡の写しのような故実的な項目が目だって多いことも、またその特徴の一つで、第九類本（流布本―原水注）が、内外を問わず故実や典拠に強い関心を持つ編者によるものであることを示している。また源家伝来の重宝、『鵜の丸』・『源太が産衣』・『膝丸』等の由来説話の挿入なども（略）その説話自体が物語の展開を切断し、独立した関心の中心となるものである」[1]と述べる。上掲の永積氏の把握を参考に、わたくしなりの認識を示すなら、流布本の性格を次のように捉えることができようか。

一、政道論の増加　　二、故事・来歴記事の増加　　三、記録的様相の増大　　四、筋本位の記述

この中一、二については永積氏による過不足のない説明があるので、三、四についていささかの説明を加える。

まず、三、記録的様相の増大、の具体例としては、（a）公文書及び書簡本文の掲載、（b）事柄のより詳細な記載、（c）人物の世系等に係わる説明の付加、などがあげられる。（a）の場合、勝尊宛て頼長書簡・崇徳と後白河との往復書簡・為朝の狼藉禁遏の宣旨・頼長の子息らの配流を宣する太政官符などを掲載していること、があげられる。

逐一の考証は省くが、これら文書や書簡はすべて作者の創出と判断してよいと思う。『平家物語』の場合、延慶本に多くの文書類が収載されており、その真贋についての研究が行われているが、流布本『保元物語』の場合は、一般に考えられている成立年代からみて、新たな文書が発掘され採録されたと考えることはまず無理で、作者の創出とみなされる。ただ、官符などは正則の書式に則って作られているので、作者は、範とすべき文書類を参照できる環境にあったと考えられる。また、（b）事柄のより詳細な記載、としては、崇徳院御所・頼長邸を焼き払った人物を季実・助経とすること、尊意を将門調伏の功により権僧正に任じたこと、大臣誅戮の先例として円から恵美押勝まで八人の具体名を記していること、などがあげられる。これらの中には何らかの資料によったかと思われるものもあるが、根拠の見いだせないものも多い。（c）人物の世系等に係わる説明の付加、については、誤りも見られるが、全体として正確な場合が多い。（b）（c）を通して言えることは、年代記や系図類で確認できる事柄については適正なものが多いが、保元の乱当時の同時代史料でしか確認できないような詳細事については疑わしいものが多い。以上より、三の現象は、流布本が事実の検証に意を注いだというよりは、史実らしさを装う擬装史書とでもいうべきものであることを示すと思われる。

次いで、四、筋本位の記述、について述べる。流布本は場面を詳細に描くことに熱心ではなく、人物造型にもさほどの熱意を示さない。当然、登場人物の心情に身を寄せることが少なく、心のひだに深く立ち入ることがない。実例をあげれば、為朝に果敢に挑んで敗れ去った山田伊行について、宝徳本などは彼が為朝と対決せざるをえなくなる状況をよく写し出しているが、流布本は詳細を省いたため、窮状に追い込まれてゆく伊行の心の揺れを描けていない。また、下人との情誼も切り捨てている(2)。その他、院方か内裏方かを質された宇野七郎の躊躇の様も記さないし（半井本も同）、為朝の矢におびえる義朝の姿も描かない。為義の幼少の子息達が処刑を前に取り乱す様も簡略である。また、業病を受けた鳥羽院の姿を、「権現御詑宣の事なれは御祈もなく御癈（ママ）治もなし只一向御菩提の御つとめのミなり」(347下10)と、はなはだ潔く描いてもいる〔他系統では、「大法秘法モシルシナシ医家術道モ及カタシ」(半井本に依る)(9―3)と療治に意を砕く鳥羽院の様を描く〕。これらの現象は、白崎祥一氏の指摘する「侍の世界への興味の質」の「変化」[3]や、為義北の方入水の運筆における「ある種の淡白さ」[4]に通じる。要するに、流布本は、登場人物の懊悩や心の葛藤に係わる描写、人間の多様な描写を切り捨てている。かの作者は、人間を描くことに関心を示さない。

以上の事柄より推測される作者の資質や環境はどういうものだろう。まず、その縁辺に少なくとも年代記・系図・補任の類が備えられていただろうことは疑いない。歴史事実や人物について流布本が新たに付した説明が、なにほどかの誤りを含みつつも、大体において当を得たものであることからそれは確かめられる。先述の大臣誅戮の先例記載にしても、他系統が「円大臣ヨリ恵美大臣ニ至マテ既ニ八人也」(半井本に依る)(85―13)と記すのに対し、流布本は具体的に八人の名を示している。それらの中に一、二疑念のあることははやく『参考保元物語』の指摘するところだが、誤りを含むにせよ、具体名を列記するためには、ある程度詳細な年代記のごときものが手元になくては叶うまい。将門の乱や応天門炎上事件について流布本の説明が最も詳しいことも作者が身を置いた環境を示すものである。

さらに作者像に絡めての現象を言うなら、序その他に儒教的な政道論がいく度か開陳されることより、作者の儒教思想・素養が、はやく藤岡作太郎氏に指摘されている。[5]しかし、そうした記述のほぼすべてが『壒嚢抄』に依ったことが明らかにされている現在[6]〔序に関しては、今のところその出典が明らかにされていないようだが、何らかの類書に依ったものであろう〕、儒教的な評言が見える事実をもって、そうした方面から作者を手繰り寄せようとすることにどれほどの有効性があるか疑わしい。仏教思想についても同じことが言える。為朝の述懐中に地蔵信仰の見えることが早くから指摘されているが[7]、こうした事実を作者圏推定の手掛りにできるかどうかはこころもとない。また、

「故実や典拠に強い関心を持つ」ことが指摘されているが、現在、出拠が明らかでないのは鵺丸及び膝丸の由来のみであり(8)、頼長信西亀卜論、無塩君の故事等はやはり『壒嚢抄』に依ったことが明らかになっている(9)。とすれば、流布本は、その背後に浩瀚な文献を擁し、それらから好適な故事類を自在に採取・利用したということでもなさそうだ。その採取範囲は思いの外狭い。

流布本が、『太平記』の影響下に成ったであろうことは、はやく釜田喜三郎氏の説く(10)ところである。本章第二節に述べるように、流布本の成立時期は室町後期から戦国期の間とみてよいと思われるが、この時期盛んに作られていた後期軍記との接点はあるのだろうか。後期軍記と総称される膨大な数の室町・戦国軍記は種々の様態を有しており、その性格を概括的に捉えることは中々に困難である。ただ、加美宏氏は、戦国軍記に見られる「総体的な傾向」として「文芸的意識がほとんど認められず、記録的性格が一層強まっている(11)」ことを指摘する。流布本に見られる擬装史書的な形態は、あるいはこうした傾向と係わりがあるのかもしれない。文書類を数多く収載するのも、後期軍記に見られる典型的な特徴の一つであり、人物の心情に深く立ち入ることなく筋本位の記述に終始しがちであるのもまた後期軍記一般に見られる性格である。時代の投影と見るべきか、流布本には後期軍記と相似る一面が確かにあるようだ。それでは、そうした後期軍記の作者群中に流布本作者を据えることができるのだろうか。今は明確なことは言えない。ほとんどの後期軍記は実録性が強く、物語としての膨らみに乏しい。それらの作者は素養的に古典への親炙とは一見無縁のように思われる。しかし、必ずしも、記録一辺倒の作品ばかりではない。後期軍記には「主流」である「『記』系統」以外に、「抒情性豊かな」「『物語』系統軍記(12)」もまた存在しており、かつ、『保元物語』や『平家物語』などの先行軍記の記事のみならず、より広く故事を引用・掲載する類の作品も少なくない(13)。従って、一概に後期軍記の作者といっても、その出自や階層または素養などを単純に絞りきることはできないようだ。参戦の経験を持つ人間が文学的素養に乏しいとも言えない。第七章に扱う岡崎本の場合、「手書」（『参考保元物語』凡例）者岡崎内記の父である安休が僧の身ながら軍略に優れ本願寺顕如に重用され、後には家康に召されて軍談を語っていることなどは、伝統的軍記の一異本が生み出される戦国末近世初期の土壌を暗示しているようであり、ひいては、流布本の成立圏を考える手掛りを潜めているかとも思われる。後期軍記の各々の作者考証の深化が、流布本『保元物語』作者圏解明に思わぬ風穴をあける日が来るかもしれないとの期待はある。

なお、近時、阿部亮太氏が新たな作者説を提出している。[14]古活字版（流布本）が「『塵嚢抄』編纂の実情を知悉していたこと」などを根拠として、その編者に、『塵嚢抄』を編纂した「行誉本人、あるいは彼から直接の教示を受けうる周辺の人物」を想定する。特定の個人を作者（編者）に同定することは難しい。より確実な証拠の提出が期待される。

注

（1）「保元物語の文学史的意義―文保・半井本および金刀比羅本をめぐって―」（『中世文学の世界』岩波書店　昭和三十五年）、後に『中世文学の成立』（岩波書店　昭和三十八年）に補訂再録。なお、松尾葦江氏は「流布本保元物語の世界」（『保元物語の形成』（汲古書院　平成九年）、後に『軍記物語原論』（笠間書院　平成二十年）に採録）において、為朝像と独自記事の二視点から流布本の性格を検討し、「史書らしい史書に仕上げる作業」であったこと、「源平盛衰記と共通する面を持」つが、「一定の節度を保ち、むしろ年月に洗い晒されたかのような相貌を見せ」ていると述べる。

（2）この事実は既に白崎祥一氏「軍記物の一視点―「保元物語」における〝侍の物語〟―」（「日本文学」30―11　昭和五十六年十一月）に指摘されている。

（3）注（2）の論文。

（4）「保元物語『為義北方入水事』の構成と展開―北の方像の消失と哀話の完成―」（「軍記と語り物」17　昭和五十六年

三月）

（5）『鎌倉室町時代文学史』（大倉書店　大正四年）

（6）釜田喜三郎氏「更に流布本保元平治物語の成立に就いて補説す」（「神戸商船大学紀要」1　昭和二十八年三月）、高橋貞一氏「壒嚢抄と流布本保元平治物語の成立」（「国語国文」22―6　昭和二十八年六月）

（7）釜田氏「流布本保元平治物語の成立」（「語文」7　昭和二十七年十一月）

（8）鵜丸については、鵜飼と源氏の関係を伝承面から考察する二本松泰子氏「『保元物語』鵜丸譚の叙述基盤―鵜飼伝承圏と関わって―」（「立命館文学」552　平成十年一月）がある。また直接関わるものではないが、鈴木彰氏に依る刀剣伝書についての一連の論考（『平家物語の展開と中世社会』（汲古書院　平成十八年）所収）も参考になる。

（9）注（6）の論文。

（10）「流布本保元平治物語の成立を論じて太平記の成立に及ぶ」（「国文学」10（関西大学）昭和二十七年十二月）

（11）『日本文学新史　中世』第十一章　軍記の展開―『太平記』と後期軍記―（至文堂　昭和六十年十二月）

（12）注（11）の論文。

（13）北川忠彦氏は、戦国末期、地方の「武士団の中で『平家物語』や『太平記』が味読されていたこと」を指摘している。「戦国軍記『清良記』にみる『平家物語』『太平記』の受容」（「女子大国文」115　平成六年六月）

（14）「古活字本『保元物語』編者考―『壒嚢抄』を用いた評論群を中心に―」（「文学・語学」207　平成二十五年十一月）

第二節　流布本を摂取・利用した著作

本節では、その一部に流布本の本文を取りこんだと考えられる著作『神皇正統録』『今川記』『北条記』について、取りこみの実態を考察する。

『神皇正統録』（以下『正統録』と略称）は、天神七代にはじまり、建久九年（一一九八）十二月の源頼朝落馬病悩に至る事跡を記した年代記である。その中、保元の乱に関する記述は主として『保元物語』に依ると思われる。文保本に近い伝本を利用したかと思われる『神明鏡』が、武士達の武装の様や為朝の戦果あるいは西行の崇徳院陵参詣など、物語的な話材に興味を示すのに対し、該書は、継起する事柄を均等の比重で扱い、編者自身の好尚を抑えた記録的な叙述に終始している。

該書は、いかなる系統の『保元物語』を利用しているのか、その判定は比較的容易である。というのも、記述内容・構成並びに日付表記の面で、流布本にほぼ一致しているからだ。記載内容が符合する特徴的な事例として、

① 後白河方の軍勢は一千七百余騎
② 斎藤実盛奮戦し、悪七別当を討つ
③ 七月十九日、院方の武士七十余人を斬罪
④ 為義は比叡山西塔北谷黒谷で、忠正は浄土谷で出家

などを挙げることができる。これらは、『正統録』と流布本のみに共通する記述である。逐一の説明は省くが、『保

元物語』の他系統では記述そのものがないか、あっても内容が異なる。

次に、日付面での両者の一致例を挙げると、

①　七月十一日夜子刻に武士の勧賞を行う

②　七月十七日為義出家

③　九月二日為朝捕縛

④　嘉応二年四月為朝自害

などである。これらもまた『正統録』と流布本にのみ共通しており、『保元物語』の他系統では記事自体が存在しないか、あっても時日が異なる。

以上のことより、『正統録』と流布本の緊密性は否定できない。しかし、その一方で、『正統録』には流布本とは異なるあるいは流布本には見られない記事も僅かながら存在する。以下に示すと、

①　崇徳院が「鳥羽院御所」（白河殿）に移った時日を、『正統録』は「十日夜」(1)とするが、流布本は「十一日の如法夜深て」（353上2）とする。

②　『正統録』が多田頼章と記す人物を、流布本は多田頼憲（379下3）とする。

③　為義の妻について、『正統録』は「于時年三十七歳。是美乃国住人内記平太夫行遠之女。青墓長者大炊之妹也。」との説明を持つが、流布本にはない。

④　常陸に配流された人物を、『正統録』は「隆長」とするが、流布本は「教長」（392下2）とする。

⑤　『正統録』は、為朝が合戦敗北後「百済寺辺」に「隠居」たとするが、流布本は寺名を記さない。

⑥　為朝陣渡しの日を、『正統録』は「九月八日」とするが、流布本は時日を明記しない。

⑦　『正統録』は、為朝の「肩ヲ抜」いた人物を義朝とするが、流布本は「かひなをぬきて」（396上10）と記すの

みで、義朝の名を記さない。

⑧『正統録』は、為朝に依る鬼が島制圧を仁安二年（一一六七）とするが、流布本は永万元年（一一六五）とする

以上が、『正統録』と流布本の間にみられる相違である。各項について簡単に見てゆくと、まず、崇徳院が「鳥羽院御所」（白河殿）に移った時日を、『正統録』が「十日夜」とし、流布本が「十一日の如法夜深て」とする①の場合、合戦が十一日に行われていることより、流布本の表現は十一日未明を意味すると思われる。それは『正統録』が記す「十日（深）夜」とも言い換えられる時刻であり、結局は同じ時日を指している。②の「頼章」と「頼憲」の異同については、『保元物語』諸系統は「頼憲」「頼兼」「頼信」（各々仮名表記もあり）と区々だが、「頼章」とするものはない。頼憲が是と考えられているが、『尊卑分脈』には「頼章」とする異本もある由である。人名については、この他にも、「山田惟行」が流布本では「山田伊行」、「源重定」が流布本では「源重貞」と、『正統録』との間に相違が見られる。前者については、宝徳本・根津本系統中のいくつかの伝本に『正統録』と同表記が見られる。後者については、流布本系統内で「重貞」「重定」二様の形が見られる。③の場合、根津本も『正統録』と同様、為義の妻の享年を記す（「廿七」とする伝本もある）。その世系については、『吾妻鏡』（建久元年十月二十九日条）に、

故六条廷尉禅門〈為義―原水注〉最後妾〈乙若以下四人幼息母。大炊姉。―割書〉内記平太政遠〈割書略〉。平三真遠〈割書略〉。大炊〈割書略〉。此四人皆連枝也。内記大夫行遠子息等云々。

と、『正統録』に近い記述が存在する（為義の妻を「大炊姉」とする点、並びに行遠の通称が異なる）が、『保元物語』のいずれの系統にも相当記述はない。ただ、『参考保元物語』に「岡崎本云、此内記平太マサトヲト申ハ、美濃国住人内記大夫ユキトヲカ子、青墓大炊弟也、云々、」「岡崎本云、母上三十七歳、乳母女房二十一歳、」と見える。

参考本の注記より、岡崎本には、為義の妻の享年と共に、彼女の一族の世系が記されていたことが知られる。参考本所引の岡崎本の本文からは為義の妻が内記行遠の女であることまでは分からないが、『正統録』と岡崎本との間になんらかの係わりのある可能性が考えられる。④も『正統録』と岡崎本との係わりを示す事実である。参考本に「正三位藤原朝臣教長　常陸国〈岡崎本、教長作二隆長一―割書〉」と見えているので、岡崎本は、常陸に配された人物を、『正統録』と同じく「隆長」としていたことがわかる。「教長」「隆長」の是非について、参考本は一旦は「蓋岡崎本近レ是」としながらも、なお「未レ知二孰是一」と不審をもらし、いずれが妥当かの結論を保留している。この現象については第七章第三節で述べるが、結論のみを記すと、岡崎本の形は流布本の形を改竄した結果生じたと判断される。⑤の場合、「百済寺辺」とするのは『正統録』のみで、『保元物語』諸系統には見えない。⑥の場合、『保元物語』諸系統は異なる日付を持つかあるいは日付を記さない。なお、『尊卑分脈』は『正統録』と同じ時日を記す。⑦について、『正統録』と同様に義朝の名を記すのは半井・鎌倉・宝徳本である。『尊卑分脈』もまたこれに同じ。⑧については、為朝の鬼が島渡島時期について流布本に矛盾のあることを参考本が指摘している。すなわち、渡島記事のはじめには、永万元年（一一六五）三月のことと記すが、巻末には「（為朝は―原水補足）十八歳にて都へのほり保元の合戦に名をあらはし廿九歳にて鬼か嶋へわたり」（399下14）と記している。巻末記述に従うなら、久寿二年（一一五五）〔「去年より在京したりし」（356下14）を根拠とする〕に「十八歳にて都へのほ」っているので、「鬼か嶋へわた」った二十九歳は仁安元年（一一六六）となり、先行記述の永万元年（一一六五）と一年のズレを見せている。『正統録』の記す仁安二年はそのいずれとも合致しないが、鬼か嶋渡島年を記すのは流布本のみなので、流布本の記述を誤ったものだろうか。

以上、『正統録』と流布本との間に見られる記述の相違を眺めた。結果として、『正統録』が『保元物語』以外の文献をも参照・利用したことが推測される。

本節の主旨には直接かかわらないため、具体的な考証は省くが、『正統録』の後半部は、『吾妻鏡』の記述を摘記しつつ、副次的に『源平盛衰記』を利用し、他に『尊卑分脈』『元亨釈書』などをも援用して作られたと思われる。従って、『正統録』に『吾妻鏡』や『尊卑分脈』と符合する記事が見られることは当然と言える。ただ、疑問であるのは③④における岡崎本との一致あるいは類似現象である。③の場合、根津本も、岡崎本と同じく為義の妻の年齢を記すが、根津本が『正統録』と一致するのはこの部分だけであることより、『正統録』が根津本を利用したとは考えられない。岡崎本は、流布本の本文を主要な母胎として生み出された伝本であるので、全体として流布本に非常に近い本文を持つ。であれば、『正統録』の利用した『保元物語』は流布本ではなく岡崎本であったかもしれない。断定はできないが蓋然性はある。

次いで、『今川記』と流布本『保元物語』との関係を述べる。該書（第一）は、為朝について左のように記す。

為朝は。高名の合戦廿五度。人をころすこと数不知。されとも一人として非儀の敵をうたす。古今無双の強弓にてあれとも。漁猟のあそひをこのます。慈悲を先として。父母に孝有て。礼儀を専とし。一心に地蔵を奉念。

該記述は、次に示す流布本『保元物語』の記述と近しい。

為朝合戦する事廿余度人の命をたつ事数をしらすされとも分の敵を討て非分の物をうたすかせきをころさす鱗をすなとらす一心に地蔵菩薩を念し奉る事廿余年也（398下12）

両者の間に直接の書承関係があったと断言するには多少の勇気がいるが、流布本『保元物語』が何らかのかたちで『今川記』の当該部に影響を与えたと考えることは許されよう。ただ、『今川記』の成立年代は明らかではない。[2]

最後に、『北条記』と流布本『保元物語』との関係であるが、『北条記』巻第一「太田道灌事」における、

弥鎮へに学窓に籠り。仁義礼智信を専として。和漢の記録を鑑みて賞罰勲功を別ち。是非明察して慈悲を専

とし給へは。諸将。是をもてなしける。謀は張良にも不劣。敵陣を破事。呉子。孫子か秘する処を得たり。との道灌評は、流布本『保元物語』の「和漢ともに人にすくれ」（348下8）、「鎮に学窓に籠て仁義礼智信をたゝしくし賞罰勲功をわかち給」（348下13）、「是非明察に善悪無二におハします」（349上4）といった頼長評並びに、「謀は張良にもおとらすされは堅陣をやふる事呉子孫子かかたしとする所を得」（357上2）との為朝についての説明を利用している。また、巻第三「古河公方晴氏公御逝去付御台所御歌の事」における足利晴氏の死去に際しての妻の嘆きの描写、

御台所の御歎。中も中々疎か也。玉簾の内には空き影も残らせたまはす。金台の枕の本に古を恋る涙のみそ積ける。古き御衣御褥なとそ。中々御心を砕く種となり。御面影は常に御身に立添て。忘れ給へる事そなき。有待の御身は。貴も賤も高きも卑きも異なる事なく。無常の道そ哀なる。

は、流布本の鳥羽院に先立たれた美福門院得子の悲嘆叙述、

女院の御歎中も中〳〵をろかなり玉簾の中に龍顔に向ひ奉り金台の上に玉体にならひ給ひしに今は燈のもとには伴ふ影もおハしまさす枕の下にはいにしへを恋る御涙のミそ積りける古き御ふすまハむなしき床に残て御心をくたく種と成いにしへのおも影は常に御身に立そひて忘給へる御事そなき有待の御身は貴賤も高卑も異なる事なく無常の境界は刹利も須陀もかはらねハ（347下19）

を同じく利用している。[3]前者については、『北条記』の類書である『関東合戦記』（「太田入道の事」）、『永享記』（「太田道灌之事」ただし、後補とみなされている部分）にも、また後者については『相州兵乱記』（巻第四「公方御他界之事付御台所御歌ノ事」）にもほぼ同文が存在している。前者に関し補足すれば、『関東合戦記』が本文的に『保元物語』にもっとも近く、『北条記』『永享記』の順で離れる。『北条記』をはじめとしてこれら類書については、『群書解題』や『室町軍記総覧』（明治書院）などにまとまった解説が見られるが、成立年次や相互の関係についての綿

密な究明はなされていない。従って、いつ頃どの作品の段階で流布本『保元物語』の本文が取りこまれたかは今のところ定め難い(4)。

以上、『神皇正統録』『今川記』『北条記』における、流布本『保元物語』の本文摂取の実態を見た。これらの中に、流布本の成立期を考える上で貢献できるものがあるだろうか。『神皇正統録』について、『群書解題』は、「南北朝時代前後」に成立した可能性を示唆する。これに従うなら、流布本（あるいは岡崎本）の成立は「南北朝時代前後」以前ということになる。しかし、この推測は誤っている。ここに詳しく論じることはしないが、後述する流布本『保元物語』と『壒嚢抄』との関係から考えても『神皇正統録』の成立はもっと降るだろう。ただ、その形成期は不明と言うほかなく、流布本の形成期の考察に寄与するところはない。『今川記』『北条記』についてもそれは同じである。

流布本の成立時期については、その上限を、釜田喜三郎氏は、『壒嚢抄』の成立した文安二年（一四四五）に置き(5)、高橋貞一氏は『壒嚢抄』が流布したとされる天文元年（一五三二）にまで押し下げる(6)。下限については、慶長年間（一五九六～一六一五）版行とされる古活字版が流布本であることより、それ以前となる。近時、その成立下限について、滝澤みか氏により注目すべき見解が提出された(7)。『榻鴫暁筆』中の、霊剣鵜丸並びに崇徳院の詠歌記事の二項が流布本『保元物語』を元にしていること、及び『榻鴫暁筆』の成立時期が「一五五〇年～一五六〇年前後」であることをもって、流布本の成立下限をその時期に設定した。二項中、鵜丸記事については、該話が流布本『保元物語』と『榻鴫暁筆』以外に見られないとすれば、『榻鴫暁筆』が流布本に依ったと判断してほぼ誤りあるまい。『榻鴫暁筆』の成立期については検討の余地が残されているが、仮託書でない限り、大きな誤差はないと思われるので、滝澤説は有力と判断される。これに従えば、流布本の形成期はかなりのところまで絞られる。

注

（1）続群書類従本には「十月夜」とあるが、無窮会図書館蔵本・米沢市立図書館蔵本（国文学研究資料館蔵マイクロ資料に依る）他の写本に従い「十日夜」と改めた。

（2）礎稿では、流布本の本文を利用している部位を天文二十二年以前の成立と考えたが、滝澤みか氏により否定された〔注（7）の論文〕ため、小著では相当部を削除した。

（3）該書には『平治物語』からの本文借用も見られる。巻第一「結城籠域《ママ》事」中に見える結城氏朝の家来の言「当家に累《はカ》代に及て指る名家にあらされ共。代々義士にくみして。一日も曾て不忠の輩に組せす。」は、光頼の惟方に対する教訓を下敷きにしたと思われる。また巻第二「太田道灌最後之事」中、道灌の誅殺についての「彼左納言右太史。朝に受恩。夕賜死と。白居易か書しも理哉。」の評は信頼についての評言を転用したかと思われる。ただし、類書にも同文が見えているので、影響関係の考証にはその点の配慮が欠かせない。

（4）この他、『保元物語』と係わるものとしては、寛文七年（一六六七）以後に作られた『法皇外紀緇門鴻宝』に「賜御室勅書　崇徳帝」と題する書簡文が収められているが、これは『保元物語』ではなく『源平盛衰記』に依ったらしい。また、伴信友著の『中外経緯伝』第三巻には為朝に係わる記事があるが、これは参考本による旨の明記がある。

（5）「更に流布本保元平治物語の成立に就いて補説す」（「神戸商船大学紀要」1　昭和二十八年三月）

（6）「壒嚢抄と流布本保元平治物語の成立」（「国語国文」22—6　昭和二十八年六月）。ただし、松尾氏は、第一節注（1）の論文において、「壒嚢抄との引用関係によって通説化している成立の上限は、検討の余地が全くないわけではない」と述べる。

（7）「流布本『保元物語』『平治物語』の成立期の下限—『榻鴫暁筆』との関係から—」（「国語国文」83—7　平成二十六年七月）

第三節　景正武功話から

八幡殿後三年の合戦に出羽の国金沢の城を攻給ひし時十六歳にして軍の真先かけ鳥海弥三郎に左の眼を甲の鉢付の板に射つけられなから当の矢を射返して其敵をとりし鎌倉権五郎景正か末葉大庭の平太景能同三郎景親（365下9）

『保元物語』において、大庭景能・景親は、後三年の役に勇名を馳せた祖、鎌倉権五郎景正（景政とする文献もあるが、便宜上景正で統一する）の武功を誇らかに呼ばわる。本文引用は流布本系統に属する大東急記念文庫蔵褐色表紙写本に依ったが、他系統では、半井本・宝徳本が同趣記事を有する。ただし、流布本に見られる敵対者「鳥海弥三郎」の名を記さない。根津本は、景正の功名談そのものを持たず、鎌倉本は欠巻部に当たる。『保元物語』主要系統中、景正の敵対者「鳥海弥三郎」の名を明記するのは流布本のみであることより、『保元物語』は、流布本の段階において鳥海弥三郎なる人物名を持ち込んだことが知られる。なお、大東急本は「鳥海弥三郎」とするが、他は「鳥〔の〕海〔の〕三郎」としている。いずれが是か判じがたいが、この点については後述する。

景正が苦闘の末に討ち取った相手が鳥海弥三郎だというのは、江戸時代には自明となっていた。元禄八年（一六九五）の著者自序を持つ『陰徳太平記』（巻第三　上野民部の太輔下二向芸州に一之事）に景正と鳥海弥三郎との対決が見えているし、元禄初期頃の成立かとされる『前太平記』（巻第三十五　金沢柵初度軍事付権五郎景正事）や、元禄四年（一六九一）の跋を持つ『多田五代記』（ただし、鳥海矢三郎）にも両者の応酬の様が脚色して描かれている。また、

『藤葉栄衰記』（多珂。梶原。兒玉最期合戦之事）、『金沢安倍軍記』[1]、謡曲『宇賀神』などもこの逸話を載せ、天保十二年（一八四二）成稿の『新編相模国風土記稿』（巻之百三　鎌倉郡巻之三十五　山之内庄宮ノ前村）の矢竹稲荷の項にも「権五郎景政、鳥海弥三郎に射られし矢を爰に挿せしが、枝葉を生ぜしなりと伝ふ」と見えている。『東海道中膝栗毛』五編下で、弥次郎兵衛が「権五郎ならねど馬士のいつさんにおつかけてゆくかけとりの海」との狂歌をひねっていることからも、江戸中・後期には、景正と鳥海弥三郎の対決が広く知られていたことが分かる。とりわけ、浄瑠璃の世界では鳥海弥（矢）三郎はなかなかの著名人だった。『後三年奥州軍記』（並木宗輔・安田蛙文作、享保十四年（一七二九）初演）、『八幡太郎東海硯』（二二三軒作、寛延四年（一七五一）初演）、『前九年奥州合戦』（浅田一鳥・黒蔵主他作、宝暦七年（一七五七）初演）などでは、彼は景正の敵という枠を越えて、筋そのものに深く係わる重要な役を演じている（国立劇場芸能調査室編『浄瑠璃作品要説』に依る）。

しかし、景正の討ち取った人物が実際に鳥海弥三郎であったかとなると、それを証する確実な史料は現存しない。現在、景正の武功を記した文献中、もっとも根元的な位置にあると見なされる『後三年記』は、

命をすてゝたゝかふ間に、征矢にて右の目をいさせつ。首をいつらぬきて、かぶとのはちつけのいたに、いつけられぬ。矢をおり（ママ）かけて、当の矢を射て敵をいとりつ。

と記すのみで、敵対者の名を記さない。『平家物語』も景正の後胤を称する梶原景時の名乗り中に、

昔、八幡殿後三年の御たゝかひに、出羽国千福金沢の城を攻させ給ひける時、生年十六歳でまッさきかけ、弓手の眼を甲の鉢付の板に射つけられながら、当の矢を射て其敵を射落し、後代に名をあげたりし鎌倉権五郎景正（巻第九　二度之懸）

とするが、やはり敵の名を記していない。便宜上、覚一本の本文を掲げたが、他の異本においてもこの事実は変わらない。[2]

この点、『太平記』も同様で、

昔鎌倉ノ権五郎景政ハ、左ノ眼ヲ射抜レ、三日三夜マデ其矢ヲ抜カデ、当ノ矢ヲ射タリトコソ云伝ヘタレ。（巻第十六　児嶋三郎熊山挙㆑旗事付船坂合戦事）

と記すにとどまる。(3)

結局、『後三年記』をはじめ中世中頃までに成立した軍記の類には、景正の討ち取った人物の名を明記するものはないようである。とすれば、敵を鳥海弥三郎とすることは後世の付会と考えられるが、そうした伝は、何時いかなる経緯をたどって生じたのだろう。この疑問に対し明快な答えを準備することは難しい。大体、鳥海弥三郎は通称であって正式な姓名ではない。一体いかなる人物に比定されるのか。この点については諸先学に見解がある。すなわち、

（安倍）家任鳥海弥三郎。鳥海城主。剃髪而号宦照。（『藤崎系図』）

（安倍）宗任鳥海弥三郎
（安倍）家任鳥海弥三郎（『安藤系図』）

鳥ノ海ノ三郎宗任（『今昔物語集』巻第三十一　陸奥国安倍頼時、行胡国空返語第十一）

鳥海三郎宗任（『吾妻鏡』文治五年九月二十七日条・『藩翰譜』秋田）

鳥海弥三郎鳥海城主宗任（『甲子夜話』続篇巻三十）

宗任、称㆓鳥海三郎㆒（略）家任、称㆓鳥海弥三郎㆒（『大日本史』巻二二八　列伝五）

といった資料により、普通、鳥海弥三郎は安倍宗任もしくはその弟家任の通称と知られる。(4)宗任の場合、鳥海三郎・鳥海弥三郎、二様の通称が混在している。いずれが是か定めがたいが、『今昔物語集』や『吾妻鏡』など古い資料が鳥海三郎としていることを重視すればこちらが本来的なのだろうか。宗任・家任は、兄貞任と共に、前九年

の役において、源頼義・清原武則連合軍に抗した人物である。しかし、『後三年記』によれば、権五郎景正の活躍は、前九年の役終結より二十一年後に起こった後三年の役での、しかも彼が十六歳の折りのことという。『後三年記』を信じる限り、年代から考えて、景正の前九年の役参戦はありえない。このことは、はやく井沢蟠竜『公益俗説弁』（巻十一、士庶　鎌倉権五郎景正、鳥海弥三郎に眼を射られ、答の矢を射返す説）の指摘するところだが、鳥海弥三郎を宗任（または家任）に同定する限り、当然生じる不審である。では、どうして景正の敵を鳥海弥三郎とする付会が生じたのだろう。以下に推測を述べる。(5)

上述の付会が生まれる前提として前九年の役・後三年の役の混同が想定される。両戦役はともに源家にとっては武家の棟梁としての威容を世に喧伝する意味合いを持つ事件であった。前九年の役における源義家は、「驍勇絶倫騎射如神」とその勇猛ぶりを鮮やかな印象をもって『陸奥話記』に描き込まれた。しかし、義家が如何に活躍したにせよ、大将軍として一軍を指揮・統率したのは父の頼義であった。歴史的認識として、前九年の役は頼義による安倍氏討滅として捉えられる。その意味で、

頼義、貞任を打ちし（『富家語』保元三年）

頼義ガ貞任ヲセムル十二年ノタヽカイ（『愚管抄』巻第四）

といった記述は実状に即した認識といえ、『古今著聞集』（巻第九　源義家衣川にて安倍貞任と連歌の事）、『梅松論』、『武田勝頼滅亡記』、『太平記秘伝理尽鈔』（巻第九、十など）などはこの認識を引き継いでいる。しかし、一方においては、

八幡太郎義家。安部の貞任宗任を御追罰あつて（謡曲『烏帽子折』）

源氏の御大将。八幡殿申せしが。奥へ下らせ給ひ。さたたうむねたうやすたうを。たいらげ（幸若舞曲『くらま出』）

といった記述も往々見られる。この場合、前九年の役を、頼義ではなく義家による安倍氏討伐と捉える書きぶりである。同じ認識が、謡曲『影山』『旅宿問答』『宇都宮大明神代々奇瑞之事』『餘目氏旧記』などにも見えている。

後者の認識はいかなる経緯で生じたのか。以下、そのことを考える。後世、義家は父頼義を凌ぐ伝説的武人英雄として人口に膾炙したこと、義家主導の戦役である後三年の役を描く『後三年記』よりも、前九年の役を描く『陸奥話記』の方が、義家の勇姿を遥かに印象強く打ち出していること、貞任・宗任の方が清原武衡・家衡よりも謀反人としての印象が鮮烈であることなどがその理由として挙げられるかと思う。

以上のことより、前九年の役と後三年の役との混同が生じたかと憶測されるが、こうした混同あるいは錯誤は意外に早い時期から生じていたようだ。嘉慶年間（一三八七～八九）に著されたと見られる『源威集』は、前九年の役の経緯を記す中、「将軍（頼義—原水注）戦士ヲ招、殊ニハ秩父武綱・三浦為継・鎌倉景政等ニ仰テ云、合戦ハ今日ヲ限リ可レ成、十二年ノ先途唯今ニアリ」と述べ、該役に景政（景正）が頼義に属して参戦したとする。景正と併記される三浦為継は、『後三年記』で、景正の顔に足を懸けて矢を抜いてやろうとし、景正の怒りを買った「三浦の平太郎為次」を指すと思われる。前に述べたように、後三年の役の際彼が十六歳だったとの『後三年記』の記述に従うなら、前九年の役は彼の出生前の出来事となるから、該役に景正が参戦した可能性はない。『源威集』の記述は異伝と言うよりは錯誤とすべきものだろう。『源平闘諍録』にも同様な現象が見られることは講談社学術文庫本の指摘するところである。該書は、「八幡殿の後三年の闘ひに、出羽国金沢の城を責めし時、生年十六歳、敵に右の眼を射させ、其の矢を抜かずして、答の矢を射て名を上げ、今は御霊の社と云はれたる、鎌倉の権五郎景政」（八之下　二、一の谷・生田の森合戦の事）と後三年の役における景正の功名を記しながら、別の箇所では「景将権五郎、貞任を迫めし時の高兵七人の内、後陣の大将軍為り。」（一之上　一、桓武天皇より平家の一胤の事）と、貞任攻め（前九年の役）において、彼が後陣の大将であったとも記し、内部に混乱を生じている。後者の記事はさらに

「八幡殿、貞任を迫めさせたまひし時、秩父の冠者重綱、先陣の大将軍と為て」「八幡殿、奥州合戦の時、秩父の冠者重綱を以つて先陣の大将軍と為、鎌倉の権五郎景将を以つて後陣の大将軍と為たり。」（五　四、頼朝、大勢を聳かし、富士河の軍に向かふ事）とも係わる。

前九年の役と後三年の役の混同は『保元物語』にも見られる。半井本における大庭兄弟の名乗りの中、

昔八幡（他本に従い「殿」を補うべきか）ノ後三年ノ軍ニ金沢ノ城責ラレシニ鳥海ノ館落サセ給ケル時生年十六歳ニテ軍ノ前ニ立テ左ノ眼ヲ射ラレ乍（62―7）

における傍線部の「鳥海ノ館落サセ給ケル時」について、新日本古典文学大系本脚注八は「鳥海の館は後三年の役の金沢の柵攻略のさいの該当対象とは合致」せず、「あるいは、前九年の役の折の鳥海の柵の攻略との混合あるか」と記している。この推測はおそらく正しい[6]。というのも、当該部を、半井本の祖本の位置にある文保本で見ると、それには「昔八幡殿ノ後三年ノ軍ニ鳥海ノタ《カナサワノ城セメラレシニ》チ落サセ給ケル時」（影35―1）とあり、「カナサワノ城セメラレシニ」の部分が細字による行間書き入れとなっている。金沢の柵攻略と鳥海の館攻略とは、同一の合戦において併存しえないとの新大系脚注の指摘、並びに文保本の形成のあり方から見て、当該書き入れは校合の可能性が高い。となれば、『保元物語』には、文保本の形成された文保二年（一三一八）の時点において、景正の武功を「カナサワノ城セメラレシ」時のこと（後三年の役）とする伝本と、「鳥海ノタチ落サセ給ケル時」のこと（前九年の役）とする伝本と、二様の異本が存在していたこととなり、十四世紀初期には、景正の武功を前九年の役でのこととする異伝が既に生み出されていたと推定される。とすれば、『源平闘諍録』や『源威集』に同様の混乱が見られることも納得される。文保本の時点では景正の敵対者鳥海弥三郎の名はまだ現れていないが、「鳥海ノ館」からの連想の延長線上に鳥海弥三郎の付会を想定することは十分に可能である。

そして、『義経記』に至り、景正の敵を鳥海弥三郎とする道筋がほぼ見えてくるのではないか。

　嫡子厨川次郎貞任、次男鳥海三郎宗任、家任、盛任、重任とて（略）安倍権守死去の後は、宣旨を背き、（略）源頼義勅宣を承つて、十一万騎の軍兵を率して、安倍を追討の為に、陸奥へ下り給ふ。（略）鎌倉権五郎景政、三浦平大夫為継、大蔵大夫光任、これらが命を棄てて攻めけるほどに、金沢の城をも追落されて、白木山にかかりて、衣川の城に籠る。為継、景政重ねて攻めければ、厨川ぬかふの城へ移る。

（巻第一　吉次が奥州物語の事）

　右は、前九年の役の経緯を叙した部分だが、日本古典文学全集本頭注の指摘する如く、ここにも後三年の役との混同が見られる。該作の場合、「鳥海三郎（宗任）」（7）「鎌倉権五郎景政」の名が同一合戦（前九年の役）中に現れ、しかも両者が敵対関係にある。ここまでくれば、景正の功名の相手を鳥海（弥）三郎とする設定までいま一歩と言える。前九年の役と後三年の役との混同、鳥海（弥）三郎が宗任（または家任）の通称であることを契機として、景正が鳥海弥三郎を討つという設定が生み出されたのではないかと想像できる。

　景正・鳥海弥三郎対決の構図は、古浄瑠璃に至って定着する。『八幡太郎義家』（『古浄瑠璃正本集』解題は、寛文頃の刊行と推定）、『八まん太郎琴之縁』（同解題に依れば延宝五年の刊記ある由）では、「かげまさ」と「とりのうみの弥三郎」との対決が見せ場となっている。これらの場合、貞任攻めの際（前九年の役）のこととし、かつ、「とりのうみの弥三郎」を兄の「くりや川の次郎」と共に、貞任・宗任兄弟の家臣と設定する。本来、鳥海（弥）三郎は宗任（または家任）の通称、厨河次郎は貞任の通称であるから、これを別人とすることで一層歴史離れが進んでいる。

　なおまた、『かけ正いかづちもんだう』には、「さだとうせめの其時は、君の御ちゝよりよし公の、やおもてに立、とりのうみに、此まなこをいつぶされ、あやうき命を、たすけまいらせし、此かけ正」との、かけ正の述懐が見られ、土佐浄瑠璃の『源平兵者揃』『登八嶋』などにも当該逸話への言及がある。おそらくは、浄瑠璃による普及が大きな推進力となって、前に述べたような江戸中・後期の広汎な定着を結果したと思われる。

以上、景正の功名の相手に鳥海弥三郎が付会されるその経緯並びに普及の様態を推測したが、景正の敵対者に鳥海弥三郎を付会した最初の文献はなにか。その解答を得ることは容易ではない。ただ、流布本『保元物語』が最初ではおそらくあるまい。管見では、舞曲『八嶋』にそうした記載が見えるのが早いところではないか。

かまくらの権五郎景正は、〔廚河の城にて〕とりのうみの弥三郎に〔左手の眼を〕ゐられ、其（の）矢をぬかておりかけ、三日もちてまはり、たうの矢をいおほせてこそ、いまかまくらの御りやうの宮といは丶れ給ふとはうけ玉はれ。

本文は、『幸若舞曲研究』（第九巻）所収の、浅野日出男氏の注釈本文に依った。同注釈付載の校異に依れば伝本間でいくほどかの異同があり、中でも顕著なのは「廚河の城にて」と「左手の眼を」の語句の有無のようだ。(8)ただし、敵対者「とりのうみの弥三郎」については、表記に小異はあるものの、諸伝本共通していることから、その登場は該曲にとってかなり本来的であったと考えてよい。(9)

舞曲『八嶋』が、幸若家にとって由縁ある曲だったことは、笹野堅氏『幸若舞曲集序説』（第一書房　昭和十八年）に翻刻・収録された幸若家の系図類や由緒書をもとに、諸先学の指摘するところである。さらに『鹿苑日録』明応七年（一四九八）二月二十九日条に「多田満仲幷奥州佐藤兄弟事」の上演記事が見えることはつとに知られているが、今日の理解では、該文中の「奥州佐藤兄弟事」は『八嶋』であるとされている。とすれば、『八嶋』は明応七年以前に既に作成・上演されていたことになる。もっとも、現存本文が往時の詞章をどの程度忠実に伝えているかは定かでないということだから、景正の敵を鳥海弥三郎とする記述が明応七年の「奥州佐藤兄弟事」に既にあったかどうかは不明である。結局、書写年次の明記を持つ現存揃物中もっとも古いものが文禄二年（一五九三）五月から八月（「入鹿」のみ同三年の由）にかけて書写された文禄本ということだから、景正の敵を鳥海弥三郎とする結構は文禄までにはできあがっていたと見るのが確実に言える限界であろう。

さて、景正武功話の展開中に流布本『保元物語』はどう位置づけられるだろう。状況的には、中世末期の舞曲『八嶋』のごときからの照射といったことが想定されるのではないか。[10] ただ、調査の限りでは、文禄本『八嶋』（一五九三）が鳥海弥三郎を点じた最も古いものであるため、流布本成立の下限を「一五五〇～一五六〇年前後」とする滝澤みか氏説[11]に従うなら、鳥海弥三郎の問題を、流布本『保元物語』の成立年代の推定に寄与させることはできない。

最後に、「鳥海弥三郎」か「鳥海三郎」かの問題だが、結局は安倍宗任あたりを発想源とする付会・仮構の人物ゆえその当否を定めがたいが、景正の敵対者としてはほぼ全ての書、鳥海弥三郎（内閣文庫蔵『藤葉栄衰記』では、弥三郎・三郎が混在）で一貫・統一している。流布本『保元物語』には、伝本により「鳥海弥三郎」「鳥海三郎」両様のあることを先に述べたが、上記の事実を勘案するなら、流布本が取りこんだ最初の形は、大東急記念文庫蔵褐色表紙写本の記す「鳥海弥三郎」であったかと思われる。

注

（1）『金沢安倍軍記』の成立事情や性格については、志立正知氏『〈歴史〉を創った秋田藩』（笠間書院　平成二十一年）に詳しい。

（2）調査対象は、延慶本・四部本・『源平闘諍録』・南都本・長門本・『源平盛衰記』・覚一本・京師本・百二十句本・鎌倉本・平松家本・両足院本・八坂本・中院本・小城鍋島文庫本・竹柏園本・岡山大学小野文庫本・真字熱田本にとどまる。なお、延慶本では、相当部の景時の名乗りは、「相模国住人、鎌倉権五郎景政ガ末葉、梶原平三景時、一人当千ノ者ゾヤ。誰カ面ヲ向ベキ」（第五本　廿　源氏三草山幷一谷追落事）と簡略で、景正の故事は大庭景親の言中（第二末　十三　石橋山合戦事）に見られる。長門本も同じ。『源平盛衰記』では景時・景親両方の名乗り中に見られる。

（3）本文は慶長八年古活字版を底本とする日本古典文学大系本に依る。長坂成行氏「児島高徳と『太平記』」（『軍記物語の生成と表現』和泉書院　平成七年）に依れば、当該記述を含む高徳に係わる一連の記事は、玄玖本・西源院本・南都本・吉川家本・学習院本・流布本等に見られる増補である由。

（4）宝賀寿男氏『古代氏族系譜集成』（昭和六十一年）には、

宗任鳥海弥三郎―実任鳥海三郎―国任鳥海弥三郎

と見え、宗任及びその子・孫にも同様な呼称が付されている。

（5）『藤葉栄衰記』がこの立場に立つか。ただし、「栗屋川次郎。安部貞任。鳥海三郎。同兄弟謀叛」（続群書類従）と、本文にいくほどかの難点がある。内閣文庫蔵本（一五五一―四〇九）には、「栗屋河次郎安部貞任海三郎国宗任兄弟謀叛」とあり、ここにも誤脱があるようだが（「任」と「海」の間に「鳥」を脱し、「国」を「同」と誤るか）、両者を併せ見ることで、本来の姿は「栗屋河次郎安部貞任鳥海三郎同宗任兄弟謀叛」であったかと推測される。

（6）ただし、野中哲照氏は「鳥海の館」は、前九年の役に見える鳥海の柵ではなく、「金沢柵内における鳥海弥三郎の館」と見、半井本の記述を矛盾としない（『後三年記詳注』汲古書院　平成二十七年）。

（7）赤木文庫本『義経物語』（角川書店　昭和四十九年）付載の校訂付記に依れば赤木文庫本「弥三郎」、龍門文庫本・岩瀬文庫本「や三郎」、田中本・橘本・天理図書館本「三郎」と、異本間で異同がある。弥（や）三郎・三郎の異同は『義経記』の諸本系列を越えた現象のようであり、『義経記』にとっていずれが本来であるかは即断しがたい。

（8）該曲では、これをいつの合戦の時のこととは記さないが、関大本・大江本・秋月本・寛永刊本・明暦刊本などは「厨河の城」（「くりやがわのじやう」「くりやかわのしやう」）でのこととする由である。厨河の柵は、前九年の役における貞任軍最後の砦であるので、これに従えば、前九年の役の際ということになる。

（9）なお、該曲には、景正が眼に射立った「矢をぬかておりかけ、三日もちてまはり、たうの矢をい」たとの誇張が加わる。直接か間接か定かでないが、これは前掲の『太平記』（巻第十六　児嶋三郎熊山挙レ旗事付船坂合戦事）「左ノ眼ヲ射抜レ、三日三夜マデ其矢ヲ抜カデ、当ノ矢ヲ射タリ」との係わりで捉えられる。そして、浄瑠璃『八幡太郎義家』『源平兵者揃』『登八嶋』や、前掲の『陰徳太平記』『藤葉栄衰記』『金沢安倍軍記』等に引き継がれていく。

（10）『平治物語』の場合も、舞曲等との交渉が指摘されている。例えば、杉原本には、義朝を討てば恩賞を与えるとの内意が平氏より長田忠致にあった旨の独自記述があり、それが舞曲『鎌田』にも見えることが須田悦生氏（『幸若舞曲研究』第二巻注釈編「鎌田」三弥井書店　昭和五十六年）により注記されている。また、「古浄瑠璃・舞曲・説経などとその成立において関係を持つ」長谷川端氏蔵平治物語異本（零本）の存在（「軍記と語り物」12の【資料翻刻・紹介】　昭和五十年十月）によっても『平治物語』の末流本が舞曲等の芸能と交渉のあったことが認められる。

（11）「流布本『保元物語』『平治物語』の成立期の下限―『榻鴫暁筆』との関係から―」（「国語国文」83―7　平成二十六年七月）

第六章　その他の系統

第一節　杉原本系統

元禄六年（一六九三）に上梓された『参考保元物語』において杉原本との呼称をもって世に紹介された一異本が、彰考館文庫に蔵されている。該本は、流布本に至る前形態と考えられていた時期もあったが[1]、永積氏による金刀本（宝徳本）・流布本・京図本（根津本）三系統混合説[2]を経て現在、犬井氏の「現存本で言えば、大東急記念文庫蔵屋代弘賢自筆書入本のごとき本を底本とし、そこに、版行本（流布本─原水注）系統本文を少々変えながら、諸所に増補し、もしくは、底本と差し換えて行くという操作によって成った[3]」とする認識にたどり着いている。犬井氏の所論は極めて説得的であり、この認識は今後とも大きく変わることはないと思われる。現在、この系統に属する伝本としては、他に専修大学図書館蔵蜂須賀家旧蔵本・ソウル大学蔵本の二本の存在が確認されている。該系統の本文形成の実態については上記のようにほぼ解明されており、諸本体系中の位置もまた自ずから明らかであり、これらの点に関して新たに付加することはない。

ただ、流布本系統のいかなる版種もしくは写本が杉原本の形成に利用されたかは解明されていない。この点については、犬井氏が述べるように、杉原本が流布本の本文を「少々変えながら」取りこんだらしいことも原因してか、特定の伝本との緊密な関係を見いだすことが難しい。しかし、傾向としては、版本類ではなく、大東急記念文庫蔵褐色表紙本・蓬左文庫蔵朱色地絵表紙片仮名交じり本・福島県三春町歴史民俗資料館蔵本・東京国立博物館蔵和学講談所旧蔵本など、流布本の中でも古態を伝える写本群との類似が目につく。[4] このことより、杉原本の依った流布本が相対的に古態を残すものだったことが分かる。

注

（1）高橋貞一氏『平家物語諸本の研究』（冨山房　昭和十八年）

（2）日本古典文学大系『保元物語　平治物語』解説。

（3）「杉原本『保元物語』本文考―三系統本文混合の実態―」（「国文学言語と文芸」82　昭和五十一年七月）

（4）杉原本の本文が古態写本類と符合する例をあげると、杉原本が「いかにも御がくもん有へきよし」（影1294―2）、「書にハ哲婦をいましめたり」（影1435―9）、「社稷さだまらす」（影1439―7）、「女楽をとをさけ」（影1441―2）、「国家ミたる丶なり」（影1441―7）とする箇所、古態写本類は杉原本に同じだが、版本は、傍点相当部を各々、なし、「いさ（勇）めたり」、「静（しつ）まらし」、「さけ」、「国」とする。なお、これらの中『壒囊抄』を典拠とすることが明らかにされている部位については、杉原本並びに古態写本の形が『壒囊抄』と符合することからも、より本来の姿を伝えていると判断できる。

第二節　東大国文本系統

東京大学文学部国文学研究室蔵本（以下、東国と略称）は、昭和五十四年八月、久保田淳氏[1]によりその存在を世に紹介されたが、その後、特に言及されることもなかった。しかるに、平成九年十月、早稲田大学大学院文学研究科日本文学専攻中世散文研究室生諸氏により、翻刻を付して詳細な調査報告がなされ[2]、この結果、東国は、全二巻の下巻が欠失した上巻のみの零本ながら、既知の系統のいずれにも属さない独自の本文を伝える孤本であることが明らかにされた。が、これと同系の本文を伝える伝本として架蔵伝松室種盛筆本（以下、松と略称）が新たに加わる。該本は上・下二巻から成り、上巻が東国と同系の本文、下巻が根津本系統史研本系列の本文を伝える。その書誌・伝来については、第二部第六章第二節に記すが、該本の出現により、東国（上巻のみ存）・松（上巻のみ該当）の二本を以て、東大国文本系統とも称すべき系統を新たに立てることが可能となる。該系統の本文性格並びに諸本体系中に占める位置については、前述の如く、早大中世散文研究室生諸氏により丁寧な考究がなされ、それら考究を踏まえ日下氏が次のようにまとめている。

まず京図本（京都大学附属図書館蔵本）を踏まえつつ、鎌倉本をも参照しているらしいこと、京図本系（根津本系統―原水注）の中ではより善本と目される史研本（京都大学国史研究室蔵本）や根津本（筑波大学附属図書館蔵本）に近似していること、為朝の登場するあたりから独自の構成や文面が見られ、半井本に依拠する比率が高まっていくこと、等々である。金刀比羅本（宝徳本系統―原水注）や流布本とのみ一致する文例も報告され、どのようにして本文が作成されたかを正確に把握するのは、なかなか難しい。それほど多くのテキストを収集できたとは考え難い点を重視すれば、それらは依拠した京図本系・半井本系の各本文に含まれていた要素と判断してよいのかも知れない。いずれにしろ、少くとも二ないし三本の『保元物語』を基として、このテキストは作成されたと目されるに至ったのである。

右の日下氏の把握を概ね妥当として支持したい。以下、早大中世散文研究室の成果の追認並びに補足を行う。

まずは本文批判の立場から述べる。冒頭から崇徳方門堅めあたりまでの前半部は、京図本〔根津本〕系統の筑波大学附属図書館蔵根津文庫旧蔵本（以下、根と略称）や京都大学国史研究室蔵本（以下、史と略称）に近い形の本文をほぼそのままの形で利用していることが明らかにされている。根津本系統と相違する箇所もいくほどか見いだされるが、それらは東大国文本系統における改変と判断され、根津本系統以外の本文が混入した結果とは考えにくい。極言すれば、当該部において根津本系統以外との係わりが明白であるのは、鳥羽院熊野参詣の年次を仁平三年とする点（ただし松は二年）〔鎌倉本と合致。他系統は久寿二年。ただし、東大国文本系統は年次を調整していないため、それに続く年次に混乱をきたしている。鈴木彰氏指摘〕のみと言えるかもしれない。根津本系統のいずれの伝本と関係が深いかとなると、学習院図書館蔵斑山文庫旧蔵慶長十二年奥書本（以下、斑と略称）との類似が目に付く。両者の類似中、最も注目されるのは、かなりの規模の欠脱が一箇所共通に見いだされる点である。

同年八月十七日皇太子にたゝせ給ふ嘉承二年七月九日堀川天皇かくれさせ給ひしかハ同十九日御子五歳にして位につかせ給ふ（1—5）

根の本文を示したが、東大国文本系統と斑は共に傍線部を欠く〔根津本系統京図本系列も二重傍線部を欠く。ただし、学習院図書館蔵慶長十六年奥書本（以下、院と略称）はこのあたり欠損〕。これは「給ふ」の目移りによって生じた欠脱と考えられるので、あるいは偶然の一致であることも考えられる。ただ、両者の間には他にも小字句のレベルでの符合がいくほどか見られる。それらのいくつかを左に示す。本文引用は東国に依る。

①　おんひかりあたゝかにして（7—9）
傍線部、斑は東大国文本系統と同じ。史も同じ。根津本系統の他本は「重（しけく）して」「てらして」。

②　御前の河かせ（7—16）
傍線部、斑は東大国文本系統と同じ。他本は「河（かわ・川）波（なみ・浪）」（院並びに早稲田大学図書館蔵枡型本はこのあたり長脱）。

③　おやにさきたち子にをくる、おや（10—7）
傍線部、斑は東大国文本系統と同じ。他本は「先立子（さきたつこ）」。

④　いま（13—7）
斑は東大国文本系統と同じ。他本には、この前に「然（しかる）に」とある（史は「いま」なし）。

⑤　このほと心にかゝるむさうをみることは家につたへて候月かす（20—7）
傍線部、斑は東大国文本系統と同じ。史も同じ。他本は「見て候子細は」（根に依る。他本も同趣だが京図本系列には「子細は」がない）。

⑥　此しようにをきてハへつのしさひ候へからす（20—12）
傍線部、斑は東大国文本系統と同じ。史も同じ。他本は「別の子細有へからす候」「御心やすかるへし（く候）」。

⑦　仙侗《ママ》へまいらせ給とてやかて六はらのまへをやりとをす（21—6）
傍線部、斑は「てやかて」と、東大国文本系統に近いが、他本は「給ふ体にて」（京都国立博物館蔵天正二十年奥書本は「たまひていかて」）。

⑧　左中弁惟方（21—16）

傍線部、斑は東大国文本系統と同じ。史も同じ。他本は「左大弁」「左中将」。

⑨　去六月比より（21—18）

斑は東大国文本系統と同じだが、他本には、この前に「殊更（ことさら）義朝ハ」とある。

極めて微細ではあるが、以上掲出したように、東大国文本系統と斑との間にはいくほどかの符合が見いだされ、両者の間には何らかの関係が想像される。ただし、現在の斑は「脱文が多(3)」く、全体に杜撰な本文を有しており、また、東大国文本系統とは符合箇所を上回る数の相違が存在しているため、現在の斑と東大国文本系統との間に交渉があったとは考えにくい。なお、①⑤⑥⑧の各項で触れたように、史が、東大国文本系統・斑と符合する事例がいくつか見いだされたが、この現象については、第二部第三章第三節で述べるように、固有の意改・加筆と思われる箇所を取り除いた後の史は諸本中最も斑に近い姿を有するものとなることに由来すると考えられる。

引き続いて、後半部の本文について述べる。当該部についても既に明らかにされているように、崇徳方門堅めあたりから、それまでの根津本主拠の姿勢が崩れ、以降は、記事配列・本文ともに半井本を基盤としながら、時に根津本の本文をも取りこみ、さらには部分的に宝徳本や流布本に近似する本文をも見せるようになる。西島三千代氏の言を借りれば、「基本的に半井本との関係性が指摘できる」が、「それは相対的なものであって、実状は」「他本の本文がモザイク状に入り組んだような形態」ということか。また、記事の取捨選択や組み替え・本文改変などもかなり大胆に行われるようになる。その具体相については、早大中世散文研究室生諸氏の既述するところである。

さて、根津本・半井本との関係については、該系統との類似が広範囲にわたることより、東大国文本系統作者が本文を作成するに当たって、これら系統に属する写本を机辺において親しく利用したであろうことはまず疑いないところだが、宝徳本・流布本・鎌倉本各系統との関係については微妙である。宝徳本や流布本の場合、東大国文本系統との類似規模は字句単位か長い場合でもせいぜい一文程度にとどまる。この事実は、宝徳本・流布本が、東大国文本系統の形成に直接係わったかを疑わせるもので、東大国文本系統とこれら系統との類似は、東大国文本系統が「依拠した京図本（根津本—原水注）系・半井本系の各本文に含まれていた要素と判断してよいのかも知れない」との日下氏の推測の穏当なることを思わせる。氏の言をより平たくいえば、東大国文本系統が主拠した根津本並びに半井本の伝本には、宝徳本や流布本との校異が行間に書き込まれていたか、あるいは、それら伝本自体が本行本文の一部に宝徳本本文・流布本本文を取りこんだものだったのではないか、ということになろうか。ただ、流布本系統に関しては、その類似が、字句や文の段階にとどまらず、一部の記事構成にまで及ぶ事実がある（渡辺匡一氏・藤巻和宏氏指摘）。また、鎌倉本の場合、東大国文本系統との明確な符合は、鳥羽院熊野参詣年次を仁平三年（松は二年）とする点のみだが、鎌倉本は東大国文本系統の後半に相当する部分の多くを欠いているため、両者を比較・対校し得る部分が限定され、その関係について正確な判断を下すことはできない。このように、流布本・鎌倉本との関係については不明・不審が多く、特に流布本との関係についてはさらなる究明が必要であろう。

次には、東大国文本系統の性格を考察する。その際、次の三点より考える。

一、略述性
二、考証性と来歴記事の付加
三、本文改変・改作性

まず、一、略述性、について述べる。該性格は、根津本に主拠する前半部ではさほど目立たないが、後半部になると複数系統（少なくとも半井本と根津本）の記事を取捨・混合していることも原因してか、かなり顕著となる。半井本に比した場合、為朝に怯える鎌田を波多野が揶揄する場面や、大庭景能を射はずした為朝の述懐がみえないこと、また、負傷した景能と弟景親とのやりとり、忠実の防戦準備に対する評言、為朝の矢についての説明などが簡略であること、などを具体例として挙げることができる。略述に際しては、その周辺の行文に配慮したようで、多くの場合、目に立つ不都合は見いだされない。が、中には不手際も認められる。左はその一例である。

大庭平太同三郎山内須藤形部（ママ）丞海名老（ママ）源八季定波多野小八郎大夫景重これらハ八人おもてにすゝんてかく御さうしこれハ為朝かとくふんにせんとて征矢ハものにとをることあまりにねんなきにとて大てきうちつかひてはんとうにさるもの、あるとき、をよひたり此門へむかつて候ハさためて矢一はのそミあるらん（39—14）

為朝が大庭景能を射る場面の初端部だが、傍線部「はんとうにさるもの、あるとき、をよひたり」との為朝の言が、誰のいかなる言に対してなされたものか東大国文本系統では明確でない。この点、根津本を含めた諸系統では、この前に大庭兄弟の名乗りがあるので、為朝の言が大庭の名乗りへの応答であることが明白である。しかし、東大国文本系統は、大庭の名乗りを省略したため、傍線部が対応する記述を失い、不安定な存在となったと思われる。

次いで、二、考証性・来歴記事の付加、について記す。まず、武士名に関して、他系統が通称のみを記すのに対し、東大国文本系統が実名をも併記する事例がいくつか見いだされる。玉井四郎助重、猪俣小平六範綱、岡部六野太忠澄、庄太郎家仲、同三郎忠家、同五郎弘方、しふ見（渋見—松）五郎景時、等である。これら東大国文本系統のみの記す実名が正確であるのか判定の困難なものもあるが、玉井四郎助重、猪俣小平六範綱、岡部六野太忠澄、庄三郎忠家、庄五郎弘方の名は、『源平盛衰記』『吾妻鏡』などにも見いだされ、また、庄太郎家仲についても「庄太郎家長」なる近似の姓名が見られる。よって、東大国文本系統における実名表記は、その信憑性については措くとしても、まったくの創作ではなく拠るところがあったと思われる。重盛が平家相伝の名甲唐皮を着用したとの固有記載も、平治の乱において重盛が唐皮を着用したとの『平治物語』の記事から案出されたものだろうし、法勝寺と円覚寺の由来記載（宮原タケ氏指摘）もまた他文献を援用した増補である。「こかんの光ふハわうまう王らうをうちくらゐをおしとりすいのやうきハ唐たいそうにほろほされきせんせうこれおほし」（29—10）も東大国文本系統のみに見いだされる記述だが、光武帝・唐太宗の故事は『平家物語』等にしばしば引かれる類であり、他文献を参看・利用して内容の増幅を図る東大国文本系統の性格が読み取られる。

次いで、三、本文改変・改作性、について述べる。東大国文本系統には部分的な本文改変、筋立ての小規模な改変がいくほどか見られる。この点に係わっても、平基盛の鎧下装束を「ひた、れ」に（相沢浩通氏指摘）、為朝の装束文様を「師子にほたんのぬいもの」に（渡辺匡一氏指摘）改めている事実などが報告されており、かつ、これら改変は東大国文本系統の後出性を示す現象として捉えられている。従うべき見解かと思われる。その他、為朝の形姿に「ようかんもひれいなりとはみゆれとも」（23—7）の句を付加する事実なども同質の現象として捉えられよう。『保元物語』は、その原初より、為朝については、「如何ナル行役神ナリトモ眼ヲ合スヘキ様ナ」（半井本）（31—14）き、また「鬼神はけ物なといふもか様にこそあるら」（宝徳本）（影665—9）（389—5）ん風貌を描き継いできた。が、東大国文本系統に至って、容貌の美という属性を新たに付与した。わずかな句の添加ではあるが、そこには、例えば中世小説に似た形象化の投影が窺われるように思う。

この他、東大国文本系統に特徴的な改変を一例示すなら、諸本中、鎌倉本・宝徳本・根津本三系統には、昇殿を許された義朝が車に鞭を綴じつける、いわゆる竪鞭話が存在する。東大国文本系統も該話を採用しているが、その話柄は他系統とは異なり、昇殿を許された義朝が牛車に乗り、「ちんとうをりやう三へんとを」（28—15）し、出仕の真似事をするという悠長なもので、出撃直前の緊迫した状況にはそぐわない。東大国文本の増補・改変には、その効果について疑問を抱かせるものが少なくない。

以上、東大国文本系統の性格について考えた。これらを踏まえ、該系統の諸本体系における位置について述べる。

複数系統本文の混合・考証性・来歴記事の増補、といった特徴に着目する時、類似の性格を持つ伝本として思い浮かぶのが第七章にとりあげる岡崎本である。現在その所在は不明だが、『参考保元物語』に記しとどめられた校異をもとに推定し得る岡崎本の姿は、編集本的性格・検証性・史資料を用いての増補という点で東大国文本系統に似ている。編集・増補の規模は岡崎本の方が大きいが、同じ志向を有するものと認識できるのでないか。従って、東大国文本系統も、岡崎本と同様に、本文流動が一応終息した後に編纂・考証的意図をもって再生産された系統として捉えられるのではないかと思う。

終わりに、ひとつの疑問を記す。小著では、松を、上巻が東大国文本系統、下巻が根津本系統史研本系列の本文を持つ取り合わせ本と見た。ただし、この把握にまったく疑いの余地がないわけではない。松の上巻（すなわち東大国文本系統）が依拠した根津本系統は斑さらには史に近い伝本であり、下巻は史研本系列の本文である（該系列は史・松に依って構成されるから、実質的には史に近似する）。すなわち、松は、上・下巻ともに史に近い本文を有している。この事実を、東国が上巻のみの存在である事実と突き合わせる時、もともと東大国文本系統は上巻しか作成されなかったのではないかとの疑念を抱く。東大国文本系統作者は、あらたな異本の作成を企てたが、その作業は上巻のみにとどまり、下巻は主拠本（すなわち史に近い本文を持つ伝本）のままとしたのではないか。そして、松はその姿を伝えているのではないか。そうであれば、松が上・下巻共に根津本系統の史に似た本文を伝えている事実は偶然ではないことになる。取り合わせ本にありがちな記事の重複や行文上の矛盾が松には見いだされない事実、松の巻立が、根津本系統の史・龍・博などと共通する事実は、上記の憶測にいくほどかの力を添えるものかもしれない。ただ、厳密に見れば、松の下巻が史に近いのに対し、上巻は史よりもなお斑に近い。従って、この捉え方にも反論の余地がある。よって小著では暫定的に松を取り合わせ本と見ておく。

注

（1）「『武者の世』と『みやび』」（「国文学解釈と教材の研究」24—10）

（2）「東京大学文学部国文学研究室蔵『保元物語』―翻刻と研究―」（私家版　平成九年）

（3）犬井氏「京図本系統『保元物語』本文考―二系列分類とその本文の吟味―」（下）（「国文学言語と文芸」63　昭和四十四年三月）

第三節　宮内庁書陵部蔵保元記

永積氏の諸本体系において、「第十類　その他の諸本」として、一本を以て一類を立てられた伝本である。氏は、該本を「おそらく第四類本（宝徳本系統―原水注）を中心に、こまかい表現を無視し、大意を取りながら諸本を混合したものか[1]」と判断した。その後、犬井氏が、「宝徳本系統本文を大幅に省略した本文に根津本系統根津本系列の為朝説話を、改行した上で、こちらは省略もなく、『新院御経沈めの事』の前に増補している本である。[2]」とした。最も近くは、藤田哲子氏が、宝徳本系統依拠部が陽明本系列の如き本文であることをはじめとして、いくつかの新たな指摘や問題点を示している。[3] この他、徳島県立光慶図書館阿波国文庫に、屋代弘賢旧蔵保元記なる写本が蔵されていたが、同館の火災によって湮滅したらしい。該本を「甲類諸本に改訂増補を施したと認むべき」乙類（半井本系統・鎌倉本・根津本系統・杉原本系統にほぼ相当―原水注）に属せしめた高橋貞一氏は、

不忍文庫旧蔵、美濃判袋綴、縦二七糎、横二〇糎、十行平仮名交り草書、巻下の末に、

文化十三年八月七日一校了　源弘賢（以上朱書）

とあつて、屋代弘賢が流布印本を以て校合したものである。

とし、その本文について、巻上では、「多少の誤脱がある丈で」甲類と「大差なく」、巻中では、「為義献策の最初の記事」を脱している他は「全く甲類の本の中巻に等しく巻下では、為朝被捕の後に、鬼嶋渡り幷に最後の記事が補入されて、崇徳院の御遷幸の記事の前に入れられ、蓮誉の記事は簡単にされてゐる以外は、甲類の本と異る所は

ない。本書の為朝の『鬼嶋渡り幷に最後』は、京師本・杉原本と同系統のものである。」と解説している。[4]同氏の後年の著書中[5]には、氏が模写した該本の巻頭一面の写真が掲載されているが、この写真と高橋氏の解説を併せ見ることで、この本が、宮内庁書陵部蔵保元記と同系に属するものであったろうとの見当がつく（阿波国文庫本は書陵部本より仮名が多い伝本だったらしい。また、書陵部本の表記が片仮名交じりであるのに対し、阿波国文庫本は平仮名交じり）。なお、この伝本は、大東急記念文庫蔵屋代弘賢旧蔵本に「記」の符号をもって校合されている。

注

（1）『中世文学の成立』（岩波書店　昭和三十八年）
（2）「杉原本『保元物語』本文考―三系統本文混合の実態―」（「国文学言語と文芸」82　昭和五十一年七月）
（3）「宮内庁書陵部蔵『保元記』について」（「軍記・語り物研究会　第三七六回例会　発表資料」平成二十年一月）
（4）『平家物語諸本の研究』（冨山房　昭和十八年）
（5）『金刀比羅宮蔵保元平治物語とその流伝』（和泉書院　平成七年）

第四節　久曾神昇氏蔵断簡

久曾神昇氏『物語古筆断簡集成』（汲古書院　平成十四年）に、伝北条時頼筆の一紙が収められている。僅かな量なので全文を転載する。

賞ヲオコナハルヘシトキコユ世ノ人申ケルハコレコソ真実ノ二ノマイナレトソワラヒケル新院三条烏丸ノ御所周防判官季実馳向テヤキハラフ并《ニ》左府《ノ》五条壬生御宿所源判官資能《スケ》馳向《テ》ヤキハラフ所トナル清盛義朝已下《ノ》官軍内裏ヘカヘリ参テ見参ニ入其気色皆ユ、シケナリ凶徒多クタテコモル命《ヲ》ヲシマス各フセキタ、カフ由《ヨシ》キコシメシツルニイクハクノホトヲヘス責《メ》ヲトス感思食旨《カンシヲホシメスムネ》蔵人右少弁資長ヲ以仰クタサル申尅《ニ》宇治橋ヲ守護《ノ》為《ニ》季実ヲサシツカハス

記載内容は、①忠実南都にて防戦準備の末尾、②崇徳院の御所並びに頼長の宿所を焼く、③清盛・義朝以下叡感にあずかる、④季実宇治橋警護、である。各部位を他系統と見合わせると、①は、諸系統、忠実に対する世評や説明がかなり詳しい（半井本を例に取ると、新日本古典文学大系本にしてほぼ十行）が、断簡は簡略である。②については、崇徳院の御所を季実が、頼長の宿所を資能が焼いたとする点が流布本と一致している（ただし、資能が助経）。半井本・根津本・龍門本は義朝・清盛、東大国文本は資信の所業とし、宝徳本は明記しないが、文脈からは義朝・清盛と読めるか。③については、叡感の伝達者を右少弁資長とする点が流布本と一致している。半井本・宝徳本・龍門本・根津本は信西（根津本では叡感が二箇所にわたって記され、その一つに見える）。④に関しては「申尅」と記

す点が流布本・東大国文本と一致している。

以上より、断簡の記述内容は流布本に近いことが知られるが、本文の緊密な類似は認められない。また、記事配列に注目した場合、

半井本・根津本　①→④→②→③

宝徳本　②→還御→③→勧賞→神明の加護を謝す→①→④

流布本　③→②→④→神明の加護を謝す→①

龍門本　②→③（①④なし）

東大国文本　①→②→④→③

と展開しており、断簡と同じ配列を持つ系統はない。

結局、該断簡は、記載内容に流布本と合致する点が見いだされるが、本文に顕著な類似は見られず、また記事配列も独自であることより、現存系統のいずれにも属するものではないといえる。北条時頼筆との伝にどの程度の信憑性があるのか見当もつかないが、仮にそれを信じた場合、文保本（一三一八年書写）を遡る現存最古本文ということになり、全く闇に包まれている鎌倉時代中期の姿を伝えていることになる。がやはりその可能性は低いのではないか。確証はないが、流布本との合致が見いだされることよりその書写時はかなり降るのではあるまいか。どの時期の姿を伝えるかはまったく不明ではあるが、現存系統の調査からではその全容を推し量ることのできない伝本が存在していたことは間違いない。

第七章　岡崎本（所在不明）

第一節　伝　来

『保元物語』の異本の一つに岡崎本がある。ただし、現在その所在は知れない。該本は、『参考保元物語』が版本校讎の資に用いた五部の異本の一つである。従って参考本には流布本との異同の大要が記しとどめられており、それによって岡崎本の大体の姿が知られる。

岡崎本に関しては、従来の研究史において既にある程度の理解が得られてはいるが、まとまった見解はいまだ示されていないことでもあり、参考本の掲げる校異に依るという間接的な方法ながら、該本の性格を少々詳しく検討する。参考本は国書刊行会本を使用するが、不審のある箇所については元禄六年刊整版本を参照する。

まず、岡崎本の伝来を述べる。参考本凡例「凡称㆓岡崎本㆒者、故岡崎内記所㆓手書㆒、今三木別所高之所㆑蔵也、」（7下7）より、該本は「岡崎内記」の「手書」に依ることが知られる。「手書」者とされる「岡崎内記」は、『水府系纂』[1]（第一巻）によれば、浅井下野守久政の孫で、江州朽木広済寺の住持安休の長子。名は利忠。生・没年は不明だが〔父の安休は天文十二年（一五四三）の生まれ〕、慶長九年（一六〇四）伏見において水戸家の祖徳川頼房に三百石にて仕えた。その後、頼房に従って駿府次いで水戸に住し、元和年中に「有故テ暇ヲ請テ退」いている。

ところで、「岡崎内記所二手書一」とある「手書」なる語だが、「凡称二鎌倉本一者、問注所上野介三善康豊手書、」(7下2)(参考本凡例)や「鎌倉本者。問註所上野介三善康豊所二自書一者。」(『参考源平盛衰記』凡例)などと見えることから、それはまた「自書」とも記され、この場合、康豊筆の謂で使われていることが知られる。従って、岡崎本の場合、鎌倉本のように筆者名を記す奥書があったか否かは不明ながら、岡崎内記筆が確認される何らかの徴証があったものと思われる。要するに「手書」なる語は、文字通り「書く」行為そのものを示し、それが単なる書写であるのかあるいは著作(改作)なのか、そうした領域区分までをも意識した語ではないことより、岡崎内記利忠が該本の単なる書写者に過ぎないのか、それとも作成にまでかかわったものかは分からない。ただ、岡崎本成立の下限を岡崎内記の致仕期である元和あたりに置くことは許されるのではないか。

また、前掲の参考本凡例により、岡崎本は参考本編纂当時(元禄六年刊行)には、三木別所高之の所有になっていたことが知られる。三木高之は、三木仁兵衛之次(一五七五〜一六四六)の養子。『水府系纂』(第一巻)に依れば、之次は、岡崎安休の女を娶り二女を儲けたが、男子に恵まれず、外孫(次女の子)の高之を養子として家督を譲った。岡崎内記が高之の母方のおじ(実際の血脈は大おじ)であること、及び岡崎内記の家系がその嗣子外記某の寛永年中の死去により絶えたことより、岡崎本が三木高之の所有になった経緯が推測される。三木之次・高之父子についてさらに少しく述べるなら、高之は寛文九年(一六六九)大番頭を辞し延宝二年(一六七四)の致仕まで光圀に勤仕した。光圀が之次の亭で生まれたこと(『水府系纂』『西山遺事』『常山詠草』他)もあって、光圀の之次・高之父子への親愛感は強く、『水戸義公全集』には光圀の作になる「三木之次をいためる詞」(『常山詠草』巻之四)や「賀二三木別所七十初度一」の七言律詩(『常山文集』巻之六)などが収載されている。また、高之が所持していた「蓮大士筆蹟」を光圀が乞い受けたこと(『常山文集補遺』)なども見える。高之は元禄七年(一六九四)閏五月二十四日、七十六才で死去するが、光圀は小盞を懐中してその病床を訪い、手ずから酒を酌み与えた(『水府系纂』)。こうした主従関係から、三木高之所持の岡崎本が参考本編纂の資料に供せられたことは自然のことと思われる。ただし、大正七年に出版された『彰考館図書目録』に岡崎本の名は見えない。早い時期に散佚したのだろうか。しかし、参考本の編纂に利用された『保元物語』の他の伝本がすべて現存しているのに、岡崎本のみが見えないこと（僚巻の『平治物語』も同様）はやはり不審である。あるいは次のように考えられないか。岡崎本は他の異本とは異なり、光圀の側近である三木高之の所有だったため、史館は借写の労を省いて岡崎本そのものを直接借覧し、用済みとなった時点で三木家に返却したと。もし、そうであれば、史館は最初から岡崎本の転写本を作成しなかったことになる。岡崎本のみの行方が早々と分からなくなったのは、あるいはそうした事情だったからかもしれない。

注

（1）名越時正氏より、『水府系纂』に岡崎内記の世系が載る由の御示教と共に資料をいただいた。

（2）該本は、今日康豊本と呼ばれている伝本で、いわゆる鎌倉本とは別本。

第二節　岡崎本が依拠した系統・伝本

参考本凡例には、「此本篇次悉與二印本一同、章句間異者、他本所レ無、而多與二実録一符合、足二以徴一也、」（7下8）と、岡崎本本文の性格が簡潔に説かれている。記すところ、篇次は印本（版本）と悉く同一であり、独自章句の多くは実録に符合するという。

諸本体系中の位置については、「流布本がもとにして、岡崎本はこれに東鑑などによつて所々攙入したるにあらずや[1]」との藤岡作太郎氏の発言が早くにある。その後、高木武・土橋寛氏[2]にも同趣の指摘が見られ、これらを受けた高橋貞一氏は「本書の後出であることは、藤岡博士・高木武博士の所論によつても明白である。本書は史実上の改訂が多く、台記・東鑑・源平盛衰記等の史籍によつて増補したと思はれる所が多い[3]」と述べた。

如上、該本が流布本に改訂増補を施した伝本であるとする見解は藤岡氏以来諸先学一致するところである。藤岡氏による異本群に対する流布本先出説の提示以降今日に至るまで、諸本の先後関係についての論は二転三転したが、岡崎本の位置づけに関しては異議の唱えられたことがない。つまりはそれだけ岡崎本の後出性が瞭然としているということだろう。とすれば、以下の考察は、従来の説の追認並びに補説となろう。

まずは、岡崎本が基盤とした系統本の認定からはじめたい。参考本は、流布本と異本との校異を、大きい異同については改行の上〇印を付して（整版本はこの形で統一しているが、国書刊行会本は必ずしも改行形式にしていない）、小さい異同については、流布本本文中に割書で、「……本云」の形で掲出する。いま、一つの目安として、規模の

大きい校異すなわち○印を冠した形式の校異数を項目ごとに示すと、

「半井本云（載）」—33、「鎌倉本云」—10、「杉原本云」—1、「京師本云」—2、「岡崎本云」—6、「鎌倉本、半井本竝云」—1、「京師本、杉原本竝云」—24、「京師本、鎌倉本竝云」—1、「京師本、杉原本、鎌倉本竝云」—23、「京師本、杉原本、半井本竝云」—11、「京師本、杉原本、鎌倉本、半井本竝云」—17

となる。これを見ると、半井本の三十三はともかく鎌倉本の十、杉原本の一、京師本の二に比べて、岡崎本の六は特に少ない数値とはいえない。が、実はそうではない。例えば、杉原本の場合、「杉原本云」という単独での掲出は一つに過ぎないが、該本はそのほか「京師本、杉原本竝云」「京師本、杉原本、鎌倉本竝云」「京師本、杉原本、半井本竝云」「京師本、杉原本、鎌倉本、半井本竝云」の形でも掲出されているので、実際に掲出されている流布本と杉原本の校異数はこれらを合わせた七十六となる。同様に考えれば、京師本は七十八、鎌倉本は五十二、半井本は六十二となって、岡崎本の六はそれらに比べ極端に少ないことが分かる。岡崎本と流布本間の校異数が、他系統に比して極端に少ない事実は、岡崎本と流布本の本文が極めて近しい関係にあったことを示している。このように数値化するまでもなく、流布本と岡崎本の異同のほとんどが割書形式でことたりる程度の小規模のものであることは一見して明らかであるし、さらに言えば、流布本と岡崎本の異同として掲出されているかなりのものが実のところは、流布本対岡崎本の次元ではなく、流布本系統内部の異同に解消されるとなれば、両者が如何に緊密な関係にあるかが了解される。

以上のことから、岡崎本は流布本系統に則ったものだとする先学の説の妥当性が確認できるのだが、さらに進めて、岡崎本が依った流布本系統を特定することはできるのか、以下、この問題を考える。照合に使用する伝本は次の通りである。

（**古活字版**）

第一種　宮内庁書陵部蔵本（一）・第二種　大東急記念文庫蔵本（二）・第三種　東洋文庫蔵本（三）・第五種　静嘉堂文庫蔵本（五）・第六種　東北大学附属図書館蔵本（六）・第七種　九州大学文学部蔵本（七）・第八種　京都大学附属図書館谷村文庫蔵本（下巻欠）（八）・第十一種　前田育徳会尊経閣文庫蔵本（十一）

（整版本）

寛永元年片仮名交じり版（寛元版）・寛永三年平仮名交じり絵入り版（寛三版）

（写本）

大東急記念文庫蔵褐色表紙本（急）・蓬左文庫蔵片仮名交じり本（蓬）・東京国立博物館蔵和学講談所旧蔵本（博）・福島県三春町歴史民俗資料館蔵本（春）　〔伝本名末（　）内は略称〕

岡崎本の成立下限を元和あたりに置くことができると思われるので、整版本は寛三版までを対象とした。また、写本は、版本の直接もしくは間接の写しと判断されるものは除き、古態を残すと判断される四伝本に限った。

次頁の表は、参考本が底本とした版本（第三部第一章における考察より、それは寛永元年片仮名交じり整版本と思われる）と岡崎本の相違箇所中、流布本系統内で異同があるものを示した。上欄は岡崎本の記載、中欄は岡崎本と同記載の伝本・版種、下欄がその他における傍線相当部の記載である。四写本すべて一致している場合は、各々の名を示さず、写とのみ記した。本文末（　）内に、国書刊行会本における当該本文の所在位置を示した。

1を例にとって説明すると、参考本は、

馬上十騎許直兜ニテ物具シタル兵〈岡崎本有二二十余人字一〉上下二〈岡崎本作レ三〉十余人、都へ打テソ上リケル、　　（〈　〉内は割書だが、便宜上一行書きとした。以下同処置）

と記す。右掲参考本の注記によれば、参考本の底本である版本に「物具シタル兵上下二十余人」とあるところ岡崎本では「物具シタル兵二十余人上下三十余人」とある由である。これを流布本系統諸本に見ると、古活字版第一種

岡崎本	岡崎本と同記載の伝本・版種	他本における傍線部の記載
1物具シタル兵二十余人上下三十余人（18下2）	一、写	上下二十余人
2ワナ、イテソ下タリケル（32上13）	一～八、写	居
3ハシリヤ源太（37上3）	一、二、三、五、六、八、博、春、蓬	とめ矢、こし矢、赵矢
4吉田兵衛太郎（37上3）	一、写	ナシ
5藁科十郎（47下17）	春	高階、たかしな、高ハし、たかはし
6庄太郎同次郎（48下13）	一、写	ナシ
7三河尻三郎大夫（104上5）	一、写	ナシ
8クリコ山（105上3）	二、三、十一、写（博には、「粟粉山」が混在）	栗子山、粟粉山、栗栖山、くるす山、くりす山
9打破テ何地トモナク失ニケリ（128下4）	一、写	ナシ
10夜ニ入テ（147下15）	一～七、写	ナシ
11東宮ニモ立（148上4）	一、二、写	宮
12件範長坐事（154下4）	一、写	ナシ
13修理左宮城使（154下7）	一、写	ナシ
14タタミツ（172上1）	一、二、春、蓬（他部では忠重）	忠重、た、しげ

並びに写本が「物のくしたる兵廿余人上下卅余人」（350下7）（第一種に依る。以下同）とし、岡崎本と一致している。

また、2の場合、参考本は、

ワナ、イテソ下タリケル、〈下、旧作レ居、今従二岡崎本一〉

と記す。割書に依れば、参考本の底本である版本は「居」とするが、岡崎本が「下」とすることを妥当とし、本文を改めたことが知られる。3以下については具体的な説明を省略するが、同じ要領で記した。伝本間で、漢字と仮名、片仮名と平仮名、漢字の相違など表記の異同がある（特に、3の「ハシリヤ」については「趍矢」、7の「クリコ山」については、「栗子山」「栗粉山」）が、この点は無視した。

前頁の表を見る限りでは、岡崎本が母胎とした流布本は第一種や写本の蓬・春に近い伝本だったかと思われる。(5)ただし、岡崎本には、第一種や写本のいずれとも異なる現象が一方では存在している。次のごとき事例である。

（内記平太は―原水補足）腹搔切テ失ニケル、恪勤ノ二人アリケルモ、（略）指違テ二人ナカラ死ニケリ、此等六人カ志、類ナシトソ申ケル、〈按、上載二三人自殺一、此云六人、蓋漏二余三人自殺一、京師、杉原、半井本云、内記平太腹ヲ切、残三人ノ乳母トモ皆自害ス、天王殿恪勤一人、乙若殿恪勤一人腹ヲ切、云々、〉（138上8）

参考本の記すところに依れば、参考本が底本とした版本は「此等六人カ志、類ナシ」と六人殉死の如く記してはいるが、内記平太及び恪勤二人計三人の自害記事しか載せず、殉死者の数が整合していない。しかし、京師・杉原・半井三本は、他に傅三人の自害にも言及しており、矛盾がない由である。版本（流布本）に不整合が見られるとの参考本の指摘はその通りである。ただし、この現象は流布本全般にわたるものではない。第一種並びに四写本は「残りのめのと共（三人―原水注）是をみて我おとらしと皆腹きてそ失にける」（384上17）との一文を持ち、京師・杉原・半井三系統と同様、殉死者の数に矛盾はない。この箇所、参考本は京師・杉原・半井本の名を挙げるが、岡崎本は挙げていない。参考本の誤認でないとすれば、岡崎本は当該部については参考本の底本と同じく欠脱を生じた本文を伝えていたことになる。

① 大夫史師経〈小槻政重子、〉聽テ忠正頼憲カ許ニ行向テ（24上1）

②　大庭平太カ左ノ膝ヲ、片手切ニフツト射切（74上8）

③　大乗経ノ奥ニ御誓状ヲ遊ハシテ（162下9）

④　隠簑隠笠浮履剱（173上12）

などの箇所についても同様なことがいえる。当該部、参考本に注記はないが、第一種並びに四写本と他種との間に異同がある。即ち、①については、第一種並びに四写本では、「師経」と「聴テ」との間に「に仰つけらる師経」が、②については、「片手切ニ」と「フツト」との間に「力革懸て」（博は「力」なし）の語が入る。他も同様で、③については、前に「御身の血をいたして」を、④については、「浮履」と「剱」との間に「しつミくつ」の語を第一種並びに四写本は有する。従って、これらの場合においても、岡崎本が第一種並びに四写本と同形であったなら、参考本は「岡崎本云」として注記したはずである。そうした注記がないということは、これらの箇所においてもまた岡崎本は第二種以降の版本と同じ本文を伝えていたということになろう。

ここで問題となるのは、参考本の示す校異がどの程度厳密かという点である。印象としては、岡崎本との異同は特に丹念に採っているように見える。が、一方、以下に記す事実よりその厳密性にいくほどかの疑念も生じる。

①　右少将実宣〈諸本作二実定一、為レ是、（下略）〉（43下6）

右の記述に依れば、版本が「実宣」とするのを、諸本は「実定」としていることになる。参考本に言う「諸本」とは、半井本、鎌倉本、京師本、杉原本、岡崎本の五本である。しかし、実際は、他三本は「実定」だが、京師本は「さねさだ」と平仮名書きであり、厳密には「諸本作二実定一」ではない。

②　千葉介経胤〈諸本作二常胤一、是レ為、（下略）〉（49上3）

①と同様の事例である。すなわち、版本は「経胤」とするが、諸本は「常胤」とする由である。この場合も他三本は「常胤」だが、京師本は「つねたね」と仮名表記であり、やはり厳密には「諸本作二常胤一」ではない。

③　光弘〈光弘、旧誤作二家弘一今従二京師、杉原、半井三本一〉モ髻切テケリ、〈諸本云、家弘モ出家セントシケレハ、仰コトアリケレハ、暫ハ止リケリ、云々、下略〉（91下1）

参考本の記すところ、版本は「家弘」とするが、「京師、杉原、半井三本」に従い、「光弘」に改めた由である。岡崎本の名が見えないことよりすれば、岡崎本は、版本と同じく「家弘」と記していたことになる。しかし、それに続いて参考本は、版本以外の「諸本」には、家弘が出家しようとして崇徳院に制止された記述があるとする。「諸本」とあるから岡崎本にもあったことになる。そう考えた場合、岡崎本は、家弘出家記事に続けて、家弘が崇徳院に出家を制止された記述を有していたことになる。いくら杜撰でもそうしたことがあったとは思われない。おそらく、ここに言う「諸本」には岡崎本は入っておらず、当該部、岡崎本は版本と同文であったのではないか。

些細ではあるが、こうした事実が存在する以上、参考本の記す校異を鵜呑みにすることはできない。ということは、岡崎本への言及が参考本にないからといって、その部分が版本と同じだったとは必ずしも断定できないということになる。こうした疑念があるものの、流布本系統中、第一種並びに四写本と他版（参考本が底本に用いた版を含む）との間に相違が見られる部位について、参考本に注記がない箇所が十箇所以上存在していることを重視するなら、岡崎本が依った流布本は、純良性で第二種以降よりは優れているが、第一種や古態四写本よりはやや劣る本文を有するものであったと考えるべきかもしれない。いくぶんの不安も残るが、参考本の校異を尊重・信用するなら、一応そうした結論に落ちつくのではないか。

以上、岡崎本は現存本で言えば古活字版第一種並びに古態写本の蓬・春に近似するが、純良性の面でそれらよりは劣る本文を有する伝本に依拠したのではないかとの結論を得た。ただ、それ以外の異本をまったく利用していないかといえば、そうでもなさそうだ。局部ながら、他系統の本文を取りこんだとしか理解できない現象が存在している。既述の如く、参考本に従えば、流布本と岡崎本の間には規模の大きい相違が六箇所ある。その中の五箇所までは、岡崎本が年代記等の資料を取りこんだものと判断されるが、一箇所のみそれらとは性格の異なるものがある。それは、乙若が後藤次らの傅達と別れを惜しむくだりであり、「岡崎本云」として掲げる三百字弱の本文は根津本系統とのみ共通しており、他系統には見られない〔根津本系統の中でも特に蓬左文庫蔵平仮名交じり本に近似している。ただし、根津本は乙若の傅を源八とするが、岡崎本は流布本と同じく〔原〕後藤次とする。すなわち、養君と傅の対応関係は流布本と一致している〕。さらに、該記事の周辺に限り他にもいくつか岡崎本と根津本の近似が確認される。

ホカヒヲ持セテ参タリ、〈岡崎本云、首共次第ニ入置、一所アケテ爰ニ我首ヲケトテ、云々、〉手ツカラ此首共ノ血ノ著タルヲ押拭、（135上13）

と参考本が記す部分、現存系統では、

頸共次第に入ておきて一所をはあけて爰に我頸をおけとその給ひける
（根津本系統。本文引用は蓬左文庫蔵平仮名交じり本に依る。以下同）（83—13）

三人の頸を次第に並置て所一をあけて此にハ吾頸をおけよと云置けることそ悲けれ
（鎌倉本）（影947—8）（63—1）

の如く、根津本・鎌倉本に岡崎本との同趣文が見えている。

また、「為義北方入水事」の段には、「岡崎本云、母上三十七歳、乳母女房二十一歳」（142下15）と見え、岡崎本には為義の妻及び乳母の享年が記される由だが、これもまた「御歳を思へハ卅七」（「廿七」とする伝本もあり）（89—9）、「乳母子に三条殿とて廿一になる女房」（「乳母」とする伝本もあり）（89—6）との根津本の記述とのみ符合していることを知る。

以上のことから、「義朝幼少弟悉被㆑誅事」「為義北方入水事」の二章段に限っては、根津本に酷似する本文を一部に伝えていることがわかる。この現象を如何に理解すべきか。蓋然性としては二様の解釈がありえよう。一つは、岡崎本が例えば根津本から流布本に至る過渡形態を伝えるとする見方、もう一つは、岡崎本が、流布本を主要な母胎としつつ、一部に根津本系統の本文を取りこんだとする見方である。しかし、これまでの論述によるなら前者の捉え方は成り立ちがたく後者、すなわち部分的に根津本の本文を取りこんだと考えてまず間違いない。もっとも、なぜ上述の二章段に限って根津本の本文を取りこんだのかその理由はわからないが、参考本も明記し、高橋氏も指摘するように、岡崎本は、讃岐における崇徳院記事や頼長贈官位記事の一部に『源平盛衰記』の本文を取りこんでいる。これなどと同質の現象ではある。根津本以外の系統についても断片的にその本文を取りこんだかと思われる節もあるが、明徴として確認するまでには到らなかった。

注

（1）『鎌倉室町時代文学史』（大倉書店　大正四年）
（2）高木氏「保元平治物語の書史学的一考察」（「国語と国文学」30　大正十五年十月）、後に『日本精神と日本文学』（冨山房　昭和十三年）に収録、土橋氏「保元平治物語の一研究」（上）（「国語国文」3―6　昭和八年六月）
（3）『平家物語諸本の研究』（冨山房　昭和十八年）
（4）鎌倉本は中巻欠巻であり、完本として存在していればより高い数値となる。しかし、論旨には係わらないので特に問題としない。
（5）5に着目するなら春に最も近いものだったように思われるが、春は一部に宝徳本系統の本文を取りこんでいるので（宝徳本も「藁科」とする）、判断は微妙である。

第三節　性　格

該本の性格として、次の二点を挙げたい。

①　史・資料を用いての増補が見られる

②　検証・是正姿勢が認められる

まずは、①史・資料を用いての増補が見られる点について述べる。参考本に示された校異を通覧する時、岡崎本はかなり大がかりな増補を施した伝本であるような印象を受ける。が、実のところはさほどでもない。増補は人物の経歴等に限られており、保元の乱の経緯そのものについてのものはない。しかも、増補記事の多くについて、利用した史・資料がほぼ推測される点特徴的である。鳥羽院の経歴記事に実例を求める。本文の掲出は控えるが、参考本の校異に依れば、岡崎本は他本に比し、親王宣下の時日・践祚の儀の御所名、さらには即位・大嘗会・元服に関する叙述にかなりの増補を施している。それは、崇徳・近衛・後白河についても同様である。そして、これも容易に心づくことだが、こうした増補部分が年代記の形式そのものであることから、年代記の記述をそのまま持ち込んだであろうことが推測される。ただし、今のところ岡崎本が利用した資料は特定できていない(1)。

この他、目につく増補記事としては、鳥羽院の出生にまつわる奇瑞談があるが、これは既に参考本がつきとめているように、『台記』康治元年五月十六日条の記事を取りこんでいることはまず間違いない。その他、為義の経歴・内記平太の世系にかかわる増補については、前者は系図類、後者は『吾妻鏡』などに依ったと推測される。

要するに、岡崎本における増補の多くは人物の系譜・経歴の類であり、保元の乱の経緯やその詳細にかかわるものではない。その意味では、これら増補は外在的な領域にとどまるといえる。

次いで、②検証・是正姿勢が認められる点について述べる。これは、①の現象、岡崎本が史・資料を援用していることと密接に係わると思われるが、岡崎本には人名や年次記載等において、流布本とは異なった独自性が見られる。以下に数例を示す。

① 興福寺上座信実の弟加賀冠者の名を流布本（371上9）・宝徳本（313—9）は「頼憲（よりのり）」「らいけん」「よしのり」など、半井本は「頼範」（80—4）とするが、岡崎本は「頼兼」とし、『尊卑分脈』『系図纂要』に合致する。

② 多田蔵人頼憲を流布本は「美濃前司家憲（いへのり、家のり）か子」（352上12）とするが、岡崎本は「佐渡前司行国子」とし、『尊卑分脈』『系図纂要』に合致する。

③ 重仁を花蔵院僧正のもとに護送した武士で、流布本が「右衛門大史（夫）章盛（あきもり）」（387下4）とする人物を、岡崎本は「右衛門大夫ノリモリ」とする。根津本は「実盛（さねもり）」（60—6）、半井本は「憲盛」（90—5）、龍門本は「のりもり」としており、岡崎本は龍門本さらには半井本に通じる。いずれが正しいか定めがたいが、新日本古典文学大系本は該人を『兵範記』仁平四年二月二日条に見える「憲盛、右衛門大夫」に同定しようとする。

④ 師長の、源惟守（名は、諸本区々）への秘曲伝授に添えた和歌が、岡崎本は、流布本ではなく『千載集』『今鏡』と一致する由である。

⑤ 西行の讃岐下向年次を、流布本は仁安三年（395上6）とするが、岡崎本は仁安二年とする。

⑥ 崇徳院追号の年次を、流布本は治承元年六月二十九日（395上10）と誤るが、岡崎本は、同年七月二十九日と

し、史実と合致している。

⑦　為朝の伊豆における舅三郎大夫の実名を、岡崎本は「タタミツ」とするが、古活字版第一、二種並びに春・蓬は、

　　嶋の代官三郎大夫忠重①といふ者のむこに成てけり茂光ハ上臈聟取て我をわれ共せすと忠光②をうらミけれはかくして運送をなすを為朝き、付て舅忠光③をよひよせて（第一種に依る）（396上18）

と、舅の名に「忠重」「忠光」の混在が見られる（第二種には②の記載なし）。他本は①③共に「忠重（たゝしげ）」で一貫している（②の記載はなし）。他系統では、根津本が「俊定（としさだ）」（102—9）とするが、鎌倉本・半井本・龍門本は「嶋ノ三郎大夫」とのみ記し、実名を記さない。

以上の諸例は、母胎とした流布本の記載を、岡崎本が他系統並びに他資料に依っておそらくは改変したものと考えられる。⑤については、仁安二年、仁安三年のいずれが正しいか現在も明確ではないようだが、『源平盛衰記』などは仁安二年とする。岡崎本が『源平盛衰記』の本文を取りこんでいることは早くに明らかにされているので、ここもまたそう捉えて問題はあるまい。

岡崎本の処置が妥当だったかどうか今日に残る資料から判定できない場合もあるが、作者の意識としては、流布本の記載を不都合と見、他系統あるいは他資料によって是正しようとしたと判断される。⑦の例は、流布本が極めて早い段階から抱えていた「忠重」「忠光」混在の矛盾を、岡崎本が「タタミツ」に統一することで解消しようとしたと解釈できるのではないか（もちろん、矛盾を生じる以前の流布本の古態を岡崎本が伝えている蓋然性も捨てきれない）(2)。

以上、岡崎本には特に人名・時日等に関して独自の記載が見られるのだが、これらの現象は該本の検証性として認識してよいだろう。ただし、そうした岡崎本の処置が常に妥当であったとは限らない。結果として改竄となった場合もある。その原因の多くは、利用した資料の信憑性にあろうが、岡崎本作者の安易な姿勢にも求められよう。

次に示すのは岡崎本のさかしらがあらわになっている例である。

太政官符　　左京職

応追位記事

正二位藤原朝臣兼長　　出雲国

従二位藤原朝臣師長　　土佐国

正三位藤原朝臣教長　　常陸国

右正二位行権中納言兼左兵衛督藤原朝臣忠雅宣奉　勅件等人坐事配流件国々（略）

太政官府（ママ）

応令還俗大法師範長事

右正三位行権中納言左兵衛督藤原朝臣忠雅宣奉　勅件範長坐事配流安芸国（略）（392上18）

右は配流の処断を太政官符の形式をもって示した流布本（第一種に依る）の一節である。当該官符中にその名を記される兼長・師長・教長・範長の中、教長を除く三人はいずれも頼長の子息である。また、該官符を含む周辺はすべて頼長の子息の配流に係わる記事群である。そうした中にあってひとり血縁関係にない教長の点出は周囲となじまない。しかも、教長の配流については該記述以前に「人々遠流のよし宣下せらる左京大夫入道（教長—原水注）は常陸国」（391下11）との記載が既に見られる。この二つの理由により、該官符中に教長の名があることは適切とはいえない。参考本によれば、岡崎本では「教長」が「隆長」になっているという。隆長は頼長の三男で、やはりこの時伊豆に流されている。しかし、流布本は隆長については記し漏らしている。従って、官符中に見える「教長」が「隆長」であるなら、流布本における上記の違和感は解消されることとなる。このように考えるなら、該箇所は「教長」ではなく岡崎本の如く「隆長」とあるのが本来で、流布本の記す「教長」は改竄に依って生じたかとも思われ、もしそうなら、岡崎本は流布本より純良な姿を伝えている可能性があるようにも思われる。しかし、やはりそうした捉え方は無理なようだ。というのは、岡崎本の記す「正三位藤原朝臣隆長　常陸国」の場合、今度は「正三位」「常陸国」に問題が生じる。つまり、正三位という位階、常陸国配流という事実は共に教長に属するものであって隆長のそれではない。位階・配所より見る限り、ここはやはり教長でなければならない。とすれば、岡崎本は流布本における違和を錯誤にまで進めていることになる。はやくこの矛盾に気付いた参考本編者は、上述の問題点を述べた上で、岡崎本・流布本の記載の当否について「未レ知二孰是一」と判断を保留している。

いま、この現象を岡崎本の形成状況より臆測するなら、「教長」とする流布本の記載に違和感を抱いた岡崎本の作者がその解消を図るべく「隆長」に改変した。しかし、位階・配所については、隆長に即して改めることを怠り教長に属するものをそのまま残したために、岡崎本は新たな矛盾を引き起こしてしまったのではないか。

以上、述べきたったところを要約する。参考本に記し留められた校異を手掛りとする限り、岡崎本は古活字版第一種や蓬・春などの古態写本に近いが、それよりは純良度の点で劣る伝本を主要な母胎として形成されたのではないかと推測される。ただし、ごく一部に根津本や『源平盛衰記』の本文を取りこんでおり、さらに、『台記』『吾妻鏡』の類の記録や年代記・系図類等によって増補・改変を加えてもいる。諸本体系中の位置づけとしては『保元物語』の一異本として認識すべきとは思うが、本文流動期の所産ではなく、諸本研究には資するところ少ない伝本といえる。作成年代は明確にはしがたいが、元和あたりを下限とすべきもののようで、流布本成立後に考証的な好事性に依り諸資料を援用して生み出されたと考えてよかろう。

はじめに記したように、該本は、岡崎利忠の「手書」になるが、利忠が著作に係わったかどうかは分からない。『水府系纂』の記すところによれば、利忠の父安休は浅井久政の妾腹の子だが、母が久政の元を退いた後に生まれた。本願寺顕如の乳母だった母が広済寺大道（富樫氏）に嫁したことより大道の嗣子となり、広済寺住持となった。

長じて「聡敏ニシテ頗ル兵術ニ通」じていたため、一時は織田信長のために働くが、後に離反した。徳川秀忠夫人崇源院（江）の叔父にあたり、また「兵機ニ熟」していたことより、家康から度々召されて「軍談」をし、「懇遇」を得て、岡崎姓を賜った。こうした安休の閲歴を見ると、軍記とは無縁ではないようだ。該本の作者は、当時としては多くの資料を利用できる相当に恵まれた環境にあったと推測されるが、安休もしくはその子利忠が岡崎本の作者に比定できるかどうかはなんともいえない。

注

（1）岡崎本は、鳥羽の即位を嘉承二年十一月一日、近衛の受禅を永治元年十二月二十七日と誤るが、前者は『皇代略記』異本（続群書類従）に、後者も『皇代略記』に同じ誤りが見られる。

（2）以上掲げた流布本と岡崎本との異同の諸例は、岡崎本の記載に一応の理由づけが可能な場合だが、そうでない場合もいくつかある。

①平忠政（忠正）・多田頼憲勢を流布本が「二百余騎」（355下16）とするのに対し、岡崎本は「三百余騎」とする。他系統は「百騎」（鎌倉本・根津本（当該部を欠く伝本もある））、「百騎ニハスキス」（半井本28—6）とし、管見では岡崎本と符合する異本を見いだせない。

②源頼賢らの首実検をした官人を、流布本は「信忠（のふたゝ）」（381上11）とするが、岡崎本は「信兼」とする。他系統は流布本に同じ（ただし龍門本・根津本は記事なし）で、岡崎本と一致するものはない。信忠・信兼の当否については不明だが、「信忠」について、参考本は備中守源信宗の子に、また『保元物語注解』・新日本古典文学大系本は『兵範記』保元元年五月十九日条に見える「右衛門権少尉平信忠」に同定し、角川ソフィア文庫本も未詳としつつも同人かとする。

これらは、岡崎本独自の記載例である。もちろん、岡崎本が他資料によって改変した蓋然性も捨てきれないが、①は「二」を「三」と、②は「忠」を「兼」と誤認したことから生じた異同ではないだろうか。

第二部　『保元物語』伝本考

第一章　文保・半井本系統の諸本

第一節　文保本の伝来補説

文保・半井本系統に属する伝本は現在左掲の四本が確認されている。各伝本の末尾（　）内は本章で使用する略称である。

彰考館文庫蔵文保本〈中巻のみ存〉
国立公文書館内閣文庫蔵半井本（内）
彰考館文庫蔵半井本（彰）
慶応義塾大学附属研究所斯道文庫蔵本（斯）

これら伝本の書誌や伝来については、斯は古典研究会叢書『保元物語』解題等に、他本は、高橋貞一氏『平家物語諸本の研究』ほかに説明があるが、本節では文保本について少々補記する。

彰考館文庫には、保元物語の伝本がいく部か収蔵されている。それらは、徳川光圀の命を受けた水戸史臣たちが、修史（後に『大日本史』として結実）の助となるべき史料を求めて、各地に精力的な採訪を行った遺産の片鱗であるが、諸本研究には欠くことのできない存在となっている。中でも文保本は中巻のみの残欠本ながら文保二年（一三一八）の奥書を持つ、鎌倉末期の姿を今に伝える貴重な伝本である。該本が彰考館に収まった経緯については、京都大学文学部蔵『大日本史編纂記録』（以下『記録』と略称）をもとに、はやく相田二郎氏の触れるところであり[1]、後に久保田収氏[2]、高橋伸幸氏[3]の言及もある。ただ、いずれも極めて簡単な記述なので、その間の事情を少々詳しく眺めてみたい。

延宝八年（一六八〇）、水戸史臣佐々介三郎は、南都採訪において、興福寺一乗院門主真敬法親王の知遇を得た。かの門主の命を受けて佐々に協力し、南都寺院に仲介の労をとったのが坊官の二条寺主（『又続南行雑録』によれば、名は憲乗）である。その際、彼は、長禄四年（一四六〇）書写の奥書を持つ『劔之巻』と共に家蔵の文保本を佐々に贈与した。『記録』第二三二冊、該年八月朔日付史館衆中宛て佐々書簡に、

右之寺主古本保元物語中巻計一冊所持申候文保二年写之と奥書有之候板本とハ少ツ、異処有之候是又拙子ニくれ申候修補仕候ハ、指上可申候事

と見えている。それは「修補」された後、江戸史館に送られ（第二二七冊、八月二十一日付書簡）、光圀を喜ばせた（第三冊、閏八月三日付佐々・鵜飼金平宛て中村新八・吉弘左助書簡）。

佐々に文保本を与えた憲乗の家、すなわち二条寺主家は一乗院代々の坊官で、多くの記録を所持しており（第二三三冊、十一月七日付史館衆中宛て佐々書簡）、憲乗は自らの文庫も開放するなど、非常に協力的で、文保本以外にもいくつかの史・資料がいく年かにわたって採集された。例えば、『二中歴』（『求書権輿目録』に依る）、松永久秀書状（『南行雑録』に採録）、『二条寺主家記』（『続南行雑録』に採録）、『随要抄』、『維摩講師研学竪義次第裏書』、『二条寺主家日帳』（『又続南行雑録』に採録）などが佐々や大串元善らにより抄写されている。憲乗が多くの記録を所持していたのは、家職が一乗院の坊官であったことに因ると思われるが、彼自身又かなりの愛書家だったようだ。興福寺には、憲乗の書写になる『簡要類聚鈔第一』『部類抜書〈神事　法会　御教書〉之部』などが現蔵されている

が、『簡要類聚鈔第二』の奥には、

此記者法眼行賢以筆跡先祖／憲乗写之依及古書今又新／上座法印写之置者也／元禄十五壬午年六月　日／上座法印憲乗（花押）

とあり、さらに、該本を「一乗院御門跡御庫蔵」に「奉納」する旨が記されている。家職に係わる記録ではあるが、憲乗は典籍の保存に熱心な人物だったことが分かる。延宝以後も、彼はしばしば佐々の依頼を受けて南都における水戸史臣の捜書に協力している。そのまま二条寺主家に伝えられていれば、明治初期の混乱であるいは湮滅する恐れのあった文保本が今に残っていることは、ひとえに佐々と憲乗の功績と言えよう。

注

（1）「江戸時代に於ける古文書の採訪と編纂」（『本邦史学史論叢』下巻　冨山房　昭和十四年）
（2）『近世史学史論考』（皇学館大学出版部　昭和四十三年）
（3）「平家物語テクストの位相　南都本」（「国文学解釈と教材の研究」31―7　昭和六十一年六月）

第二節　諸本

文保本と半井本の関係については、文保本が半井本の「原型」、すなわち「現存半井本の祖本は文保本を書写することによって成ったものであり、その校合をも含めて本文とした」「一種の混態」本であることが犬井善壽氏により明らかにされている。(1) 本節では、内・彰・斯三本の関係について述べる。なお、該系統については、坂詰力治氏他編『半井本保元物語本文・校異・訓釈編』（笠間書院　平成二十二年）に伝本間の校異が詳細に採られており、それを追うことで、各伝本の性格が浮かび上がってくる。該本を以て各伝本の実態を探る時、内・彰・斯三本中では、内と彰が極めて近い関係にあることが知られる。内・彰の純良度について、犬井氏は、「内閣文庫蔵本（半本）の方がよりその親本ひいては半井本祖本に近い姿である」とし、松本隆信・長谷川端氏も「全体的にいって内閣文庫蔵本の方が書写においてやや忠実であると考えられる」(2) と説く。新日本古典文学大系本・『半井本保元物語本文・校異・訓釈編』・角川ソフィア文庫本のいずれもが内を底本としていることも、上掲把握が適切であることをものがたると思われる。ただし、内にも少なくない誤字・脱字が存在しており、彰に比して格段に優れた本文を有するものでないことは確認しておかねばならない。規模の大きい欠脱が見いだされない点を重視すれば、(3) 内がやや優位にあるという程度である。

斯は内・彰の二本とはいくぶん離れた位置にある。上掲の松本・長谷川氏の解説が記すように、下巻巻首に大規模な落丁（内にして二二丁余）を持ち、為朝の自害を含む記事の一部（内にして一丁余）をも欠いている。その他に

も大小に亘る相当数の欠脱が見いだされるし、(4)省略もあるようだ。さらに小さな字句改変も認められようか。(5)

要するに、斯は、内・彰二本に比し総体としてかなり劣る本文を有すると判断される。ただし、その一方で、微細な字句のレベルにおいて看過できない現象を見せている。内・彰の誤りを斯に依って是正しえる場合が少なからず存在するのである。そうした事例のいくつかを示す。斯の本文を示すが、参考として、新日本古典文学大系本における頁・行とともに、『半井本保元物語本文・校異・訓釈編』における頁・行を（校）の表示のもと同様に示す。

① 徳沢にうるほひて（5―3）（校14―8）
② 先院の御晏駕（15―7）（校29―3）
③ 下総権守親弘（17―6）（校31―11）
④ 大和国宇智郡（17―6）（校31―12）
⑤ 故院の御遺言に任て清盛内裏を守護し申せと御使ありけれハ（27―9）（校46―7）
⑥ 左衛門督基実右衛門督公能（37―2）（校60―7）
⑦ 海老名の源太季定（41―14）（校67―9）
⑧ 忠清手負て候（48―10）（校77―9）
⑨ 郎等共申けるハ東門はこの門近く候へは門（ママ）人か固めたるらむと申す其とき安芸守宣けるハ（49―10）（校79―5）
⑩ 返て又其日の軍にハ合にけり（65―2）（校102―1）
⑪ 高間三郎同四郎とて兄弟有か（66―3）（校103―8）
⑫ 千騎万騎か中にもかゝる兵は有難し（67―7）（校105―10）
⑬ 合戦破ぬる事王事不危（76―6）（校118―12）

⑭　皆くせは人も無し一人二人八人少しと思ひて（112―12）（校175―11）

上掲⑤⑥⑦⑨⑪⑬⑭の各項において内・彰は傍線部を欠く（⑤は、内「に」あり。彰は、⑦⑨の傍線部を行間書き入れとし、⑨については「イ」と明記）。いずれについても傍線部は必要であり、内・彰に比して斯は欠脱のない姿を伝えていると考えられる。その他については、①徳源、②宴霞、③治弘、④宇野ノ郡、⑧景綱（彰は「忠清」と傍書）、⑩通（彰は「帰」と傍書）、⑫百（彰は「万」と傍書）、と内・彰は誤記しており、斯の形が妥当である。このように、小字句の段階においては内・彰に比して斯の本文が妥当である場合が少なからず認められる。中でも⑧〜⑬は、中巻のみ現存する文保本と斯が同形であること（ただし、⑩は文保本「返テ」が行間書き入れ）より、斯の如き形が本来的だった蓋然性が高い。この他、当否は定かではないが、斯の本文が文保本とのみ一致する事例として次の如きが加えられる。

①　兄に争ひかちたらむ（44―9）（校71―10）
②　七八十人か大将軍の前後左右に立圍て（46―3）（校73―11）
③　武則神の変化とそ申ける（49―2）（校78―7）
④　現世の名聞（52―11）（校83―12）
⑤　尾髪極てたくましきに（53―7）（校84―12）

斯の本文を示したが、文保本も同形である。しかし、内・彰は、傍線部、①ケ、②ミナ、③なし、④名誉、⑤タクサンナ（内は「ケ」）ル、と異なる。これらは、三本中では斯のみが文保本と符合する事例である。

以上の現象を併せ考えるなら、斯は全体としては落丁や欠脱の目立つ伝本ではあるが、その一方、微細な字句の段階においては、内・彰を遡る半井本系統のより本来的な形姿を残す部分を持つと判断される。該系統に限らず、全ての系統に言えることだが、絶対的に卓越した本文を持つ伝本は存在しないようで、個々の部位について現存本の全てを突き合わせることでしか、系統のより本来的な形姿を推考することはできないようだ。なお、文保本・内については、語法・仮名遣いに関する坂詰力治氏の論、訓読副詞に関する池原陽斉氏の論がある。(6)

注

（1）「文保・半井本系統『保元物語』本文考―文保本の本文消去および行間書き入れをめぐって―」（上）（下）（「国語国文」38―2・3　昭和四十四年二、三月）

（2）古典研究会叢書『保元物語』解題（汲古書院　昭和四十九年）

（3）内の欠脱は字句のレベルに止まるが、彰には左掲の如き規模のものが存在する。

①雑色兵衛義永ト云人アリ国マテ御伴セント歎ミ申ハ讃岐国司季行朝臣（119―12）（校185―11）

②鎧ヲタニモ二重モ三重モ射通ニマシテ楫船ノ腹争カタマルヘキナレハ左右ノ腹ヲ射通テ海ニソ矢ハ沈ケル（140―9）（校213―4）

内の本文に依ったが、各々について彰は傍線部を欠く。

（4）斯における二十音節以上の欠脱は次の通りである。

①十万騎ノ勢ヲ指向ヘラルトモ彼等カ箭前ニハ不可叶金ヲ延テ楯ノ面ニ伏タリ共向へ難カルヘシ（38―5）（校62―5）

②御供ニハ女房三人ソ参リ給ケル御車ニ奉テ後女房達音ヲ立テ、ヲメキ叫ヒ給ヒケル（119―1）（校184―10）

③別行悲残留ル歎何モ由ヲロカナラシ中ニモ宇治禅閤ノ思コソ哀レナレ（127―5）（校195―6）

本文引用は内に依る。各々について斯は傍線部を欠く。

（5）斯の書き換えが推測される箇所としては左掲の如きがある。

①一院御昇霞の間より謀反の聞あり（11―7）（校23―9）

傍線部、彰は「御不予」（内「御不預」）とする。語彙としては「御昇霞」「御不予」いずれでもよいが、時間的な観点からは「御不予」の方が無理がない。同趣文を持つ流布本も「御不預（ママ）」（348上15）とする。「御昇霞」

は斯に依る書き換えか。

② 指前より血をなかし（110―11）（校172―12）

内・彰は、傍線部「アヤシ」とする。同趣文を持つ鎌倉本も「あやし」（影947―11）（63―2）とする。

③ 七子と九子との中を押のけてそあハひに西を三度伏をかミ（110―13）（校173―2）

内・彰は、傍線部「ヰナヲリ」とする。他系統は、このあたり宝徳本「なつかしけニかき分〳〵その中ニつゐ居て」（影616―8）（362―5）、根津本「ふしたりける中にわけ入て」（84―8）、流布本「死骸の中へ分入て」（383下20）とする。

②③については、内・彰と斯のいずれが本来かは分からないが、他系統を参看すれば内・彰がより本来的なような気もする。

（6） 坂詰氏「中世の語法より見た半井本『保元物語』」（『築島裕博士傘寿記念国語学論集』汲古書院　平成十七年）、「仮名遣いより見た『保元物語』―内閣文庫（国立公文書館）本と文保本との比較を通して―」（『文学論叢』83　平成二十一年二月）、池原氏「半井本『保元物語』の文体研究―訓読副詞の使用を中心に―」（同上）

第二章　宝徳本系統の諸本

第一節　系列分類について

宝徳本系統に属する諸本は、昭和五十二年、犬井善壽氏により、最終的に宝徳本系列・陽明本系列・松井本系列・金刀本系列の四系列に細分・整理され[1]、今日に至る。ただ、その後も該系統に属すると判断される伝本の出現が続いている。本章においては、犬井氏の分類・整理した伝本に、その後存在が確認された伝本を加えて、再整理を行う。結果としては、犬井氏の四系列細分の穏当であることを確認し、それにいくほどかの知見を加えるものとなろう。

調査の及んだ限りでは、全文もしくは本文の大半が宝徳本系統に属すると見なされる伝本は左掲の通りである。各伝本の末尾（　）内は本章で使用する略称である。＊を冠した伝本は犬井論文では扱われていない。

（**宝徳本系列**）

今治市河野美術館蔵斑山文庫旧蔵本（河）
学習院図書館蔵九条家旧蔵本（学）
＊九州大学附属図書館支子文庫蔵本（支）

＊中京大学図書館蔵本（中）

東京大学国語研究室蔵『保元記』（東）

前田育徳会尊経閣文庫蔵伝積善院尊雅筆本（前）

陽明文庫蔵宝徳三年奥書本（宝）

今治市河野美術館蔵大型本〈京師本系統—永積分類〉（今）

彰考館文庫蔵京師本〈京師本系統—永積分類〉（彰）

静嘉堂文庫蔵旧本〈京師本系統—永積分類〉（静）

前田育徳会尊経閣文庫蔵大型本〈京師本系統—永積分類〉（尊）

＊東海大学附属図書館桃園文庫蔵一本（二、五丁分のみ）（桃）

（陽明本系列）

＊糸魚川市民図書館蔵本（糸）

京都大学国文研究室蔵『保元記』（国）

＊佐賀県立図書館蔵本（佐）

大東急記念文庫蔵屋代弘賢旧蔵本（大）

＊天理大学附属天理図書館蔵残欠本（全三巻中、中巻欠）（天）

＊仁和寺蔵本（上巻頭より東三条殿行幸記事まで該当）（仁）

＊原水蔵彩色絵入本零葉（零）

＊広島大学図書館中央図書館蔵米子市立米子図書館旧蔵本（広）

陽明文庫蔵三巻本（陽）

正木信一氏蔵本〈正木本系統―永積分類〉（正）（未見）

宮内庁書陵部蔵平仮名交じり本〈正木本系統―永積分類〉（宮）

＊国文学研究資料館蔵宝玲文庫旧蔵本（資）

（**松井本系列**）

九州大学国文研究室蔵本（九）

＊京都府立総合資料館蔵高橋貞一氏影写安田文庫蔵本（上巻と中・下巻の一部）（安）

＊国学院大学蔵本（院）

＊実践女子大学図書館蔵常磐松文庫蔵本（実）

静嘉堂文庫蔵玄圃斎旧蔵本（玄）

静嘉堂文庫蔵松井簡治氏旧蔵本（松）

天理大学附属天理図書館蔵昭和十五年印記本（昭）

龍門文庫蔵本（上巻頭より中巻の法勝寺焼き討ち不許の記事まで該当）（龍）

＊早稲田大学図書館九曜文庫蔵残欠本（全三巻中、下巻のみ存）（早）

＊早稲田大学図書館蔵津田葛根識語本（津）

蓬左文庫蔵平仮名交じり本（上巻頭より後白河勢出撃記事まで該当）（蓬）

神宮文庫蔵賢木園文庫旧蔵本（上巻頭より後白河勢出撃記事まで該当）（神）

＊原水蔵本（全二巻中、上巻のみ存。上巻頭より後白河勢出撃記事まで該当）（原）

（**金刀本系列**）

学習院大学日本語日本文学研究室蔵本（全三巻中、上巻欠）（習）

金刀比羅宮図書館蔵本（金）
彰考館文庫蔵鎌倉等覚院本（全三巻中、中巻のみ）（等）
天理大学附属天理図書館蔵粘葉本（理）
*東京国立博物館蔵平仮名交じり本（博）
内閣文庫蔵袋綴本（全三巻中、上巻欠）（内）
*早稲田大学図書館九曜文庫蔵文久二年本（文）
（永積分類に言う京師本系統・正木本系統並びに前・資・佐・大・院には、根津本系統もしくは流布本系統の為朝説話が追補されているが、当該部は考察の対象外となる）

注

（1）「宝徳本系統『保元物語』本文考―四系列細分と為朝説話追加の問題―」（『和歌と中世文学』東京教育大学中世文学談話会　昭和五十二年）

第二節　宝徳本系列の諸本

現在、本文のすべてもしくはその大部分が宝徳本系列に属すると判断される伝本は河・学・支・中・東・前・宝・今・彰・静・尊・桃の十二本である。[1]それらは、その親疎関係からさらに宝・東・彰・中（今・静・尊の三本は彰を祖本とすることが犬井氏により報告されているので彰をもって代表させる）[2]のグループと河・学・支・前のグループに分かつことが可能である。この二グループ（宝グループ・河グループと称する）間に見られる比較的規模の大きい異同を次に示す。本文引用は、宝グループは宝、河グループは河に依る。

① 人間ハ老少不定のさたまれるならひとかねて是をは知食とも禁中みなくれニけり（影338—4）（216—11）

宝の本文を示す。以下同。河グループは、傍線部「といひなから」と簡略である。他系列は河グループと同じ〔ただし、陽明本系列の宮・陽・資・糸・天は「と云なから未つほめる花の御質たるを無明の嵐にちりはて給へハ」（陽に依る。以下同）（影10—8）と独自〕。他系統では、根津本系統が宝グループに近い。文章としては宝グループ・河グループいずれの形でも問題はない。

② 手負の兵かすを不知（影378—1）（236—9）

河グループでは、この後に「基盛もあやうかりけれは進退きハまれり」の一文が続く。他系列は河グループと同じ〔ただし、陽明本系列の宮・陽・資・糸・天は「両陣入乱たる合戦なれハ何勝負あるへしとも見えさりけり」（影42—4）と独自〕。前掲文があれば基盛勢の劣勢が強調されるが、なくても文脈上の不都合はない。いずれの形が本来であるかは定めがたい[3]。

③ 汝不知哉朝威を軽する者ハ朝敵也朝敵と成る者ハ天の攻を蒙者也（影433―7）（265―17）

河グループは「汝しらすやてうてきとなりぬるものハ天のせめをかうふるものなり是朝威をかろんするゆへ也」と文の順序が異なる。他系列は河グループと同じ。いずれの形でも支障はないが、他系統では、鎌倉本に宝グループと同じ形が見られる。

④ 先祖相伝而三代ニ罷成惟行も三度まて事にあふ（影455―1）（279―8）

河グループは「相伝而」と「三代ニ」との間に「既に惟行まてハ」の字句が入る。他系列は河グループと同じ（ただし、陽明本系列は「惟行まてハ此冑三代まて軍にあふ」（宮は異同あり）（影117―5））。いずれの形でも文脈的に問題はない。

⑤ 奴ハ一定今度ハ助も置す射落してんすと思ハれけれハ（影479―7）（291―15）

河グループは傍線部を欠く。他系列も同じ。傍線部を持つ形持たない形のいずれが本来かは決しがたい。

⑥ 為朝弥怒をなしてあの勢ニかけ入此勢ニかけ合馳廻り（影498―3）（300―15）

河グループは「かけ合」と「馳廻り」との間に「きつてハおとし切てハすてをめきさけひて」の詞句が入る。他系列も同じ。必要不可欠の詞句ではないため、持つ形持たない形のいずれが本来かは決しがたい。

⑦ 可然人々も不被候只女坊ニ三人斗そ候けるかきくらす御涙の内なれは御意の澄としもハなけれとも（影556―5）（326―10）

河グループは傍線部を欠く。他系列も同じ（陽明本系列は小異あり）。この場合も、傍線部を持つ形持たない形のいずれが本来かは判定しがたい。

⑧ 我等か身の上ハさてをきぬ只御事の心くるしさにこそ候へともかくも御身のたすからせたまハん事こそ能候

ハめ只御意ニこそと申ければ（影567―4）（332―8）

河グループは傍線部を欠く〔学は、傍線部を含む周辺「只御事をこそ心くるしく存候へた、御意にこそ」（影260―1）と異なる〕。他系列の場合、陽明本系列・金刀本系列は「只御事の心くるしさをこそ存候へとも角も御身助らせ給ハん事こそよからめ只御意にこそ」（陽に依る）（影206―1）とし、宝グループに似るが、松井本系列は「た、御事の心くるしさをこそおもひわきかたく候へともかくも御心にこそまかせられ候ハめ」（松に依る）と異なる。傍線部を欠く形は不安定である。

⑨　中にも和殿ハ入道殿の御跡懐にておほし立られ進せて御好深き人そかし争やミ〳〵として奉討覧とハしたまふそ奉助まてまて《ママ》こそなくとも（影585―7）（342―2）

河グループは実線部を欠く（前はこれに加え破線部も欠く）。他系列では松井本系列が河グループに、陽明本系列（国は一部を欠く）・金刀本系列が宝グループに一致している。傍線部がないと文脈に飛躍が生じるため、これを持たない形は欠脱と考えられ、宝グループの形が本来と思われる。

⑩　（女房は―原水補足）声を調ておめき叫ひたまひけり見る者袖をそしほりける新院も今ハのきわに成たまへは只あきれたる御気色なり女房たちのなきかなしむありさまを御覧するにいと、きえ入心ちそしたまふ（影632―4）（370―5）

河グループは傍線部を欠く。他系列も同じ。持つ形・持たない形のいずれが本来であるかは決しがたい。

⑪　光弘法師とう参れといへなと被仰此光弘法師と申は去十七日の夜被切たりけるをも不被知食して御言付のありけるこそ哀なれ（影636―2）（372―2）

河グループは傍線部を欠く。院を除く松井本系列は河グループと同形だが、他は宝グループと同じ。河グループなどの形は「光弘法師」の目移りに因る欠脱と判断されるため、宝グループなどの形が本来と言える。

宝グループと河グループの間に見られる比較的規模の大きい異同を選び、簡単な検討を加えた。この中、⑨⑪（⑧も加えるか）については、宝グループに本来の姿が伝えられていると思われるが、他については定かでない。ただ、①③においては鎌倉本や根津本系統に宝グループと近い形姿が見られることや、河グループの先行性を示唆する事例が見いだせないことを併せ考えるなら、宝グループの方により本来的な姿が残されている蓋然性が高いとすべきか。

単語レベルに注目した場合、二グループ間の異同は少なくないが、いずれの形でも支障のないものが多い。また、宝・河二グループのいずれにも誤りが存在するが、数量としては河グループにいくぶん多い。

宝・河二グループの関係を確認した上で、個々の伝本の検討に移る。宝グループから見てゆく。該グループに属する四伝本（宝・東・彰・中）では、宝と東、彰と中が各々近い関係にある。まずは、宝・東に近似が見られる事例を示す。本文引用は宝に依る。

① 御辺院へ参られ候ハん事何のくるしミか候へき蹤《縦カ》子息を進れ候ともあひくして参られてこそ交替あるへきに（影390―2）（243―12）

宝・東以外の伝本では「候へき」と「蹤」との間に「今度はみなおやハ親子ハ子にてこそ候へ」（河に依る）、「今度ハ皆親子にて各別の忠戦有へけれ共」（陽（影53―3）に依る）との一文が入る。いずれの形でも問題はないが、鎌倉本・根津本系統にも宝・東以外の伝本との同趣文が見えている。

② 汝か家ニ於てハ不吉の宰史なに〻かハせんと申ける（影561―2）（329―8）

宝・東以外の伝本では「宰史」（「宰使」「さいしよ」「れい」とする伝本あり）と「なに〻かハせん」との間に「なりとて御許容なかりしかハ判官陸奥の外ハ給ても」（河に依る）との文が入る。「汝か家ニ於てハ不吉」と陸奥守任官を許されなかった為義が「陸奥の外ハ」不要として他国を望まなかった旨の記述である。他本の形が本来で、宝・東は欠脱を生じた形だろう（「申ける」の主語は本来為義だが、東は「人々申ける」と改めることで、欠脱に因る矛盾を回避しようとしている）。

③　判官殿君の御敵と成らせたまひて候間頭殿の御承にて政清か太刀取ニて被打させたまひ候ぬ
（影601—2）（354—5）

宝・東以外の伝本では「太刀取ニて」と「被打させたまひ候ぬ」との間に「昨日のあかつき七条の西の朱雀にて」（河に依る）との句が入る。いずれの形でも行文上の問題はない。

④　手を合せ父ハいつくニわたらせたまふそ只今参そや待せたまや（ママ）とてこゑ〳〵ニ念仏たからかにとなへけれは
（影611—1）（359—7）

宝・東・陽明本系列（資を除く）以外の伝本では「手を合せ」と「父ハ」との間に「ねんふつを申せよとをしへけれは三人のおさなひものとも又めをふさきにしにむかひ手をあハせ」（河に依る。玄は一部を欠く）との文が入る。乙若が三人の弟たちに念仏を勧め、弟たちがそれに従う場面であり、他本の形が本来で、宝・東並びに資を除く陽明本系列の形は「手を合せ」「手をあハせ」の目移りにより欠脱を生じたものと推測される（「手を合せ」を、東は「手をあわすれは」、陽明本系列の大は「てをあハせよといへハ」とする[4]。また、陽明本系列の国は独自の本文を持つが、この点については第三節で述べる）。

宝徳本系列中、宝・東に共通する現象のいくつかを掲げた。これらの事実から、宝・東二本が系列中、より近い関係にあることが知られる。

以下、宝・東各本の性格について述べる。まず東については、大曾根章介氏・栃木孝惟氏による先行研究がある[5]。栃木氏は、該本が「安定化する以前の四類本（宝徳本系統—原水注）の原態的態様を宝徳本とともにうつしだすかとみられる」ことを確認した上で、「いくほどかの脱文、誤りを抱えた本文である」一方、部分的には、宝の先行形態を伝える部位を持つことを指摘、「東大本『保元記』の持つ問題性、あるいは、宝徳本、東大本、金刀比羅本の関係をめぐる問題、ひいては四類本の代表本文を決定する課題は、なお多くの問題を残している」とその位置づけの難しさを述べる。

大曾根氏は、該本が、日本古典文学大系本（金を底本とする）と比較して「脱文の多いこと」「独自の異文が少なくない」ことを指摘するが、その認識は概ね正しい。私の計数によれば、東には、二十音節以上の固有欠脱（もしくは省略）が二十三箇所数えられる。これらの多くは大曾根氏の掲出項と一致していることでもあり、紙幅の都合もあって具体的な掲出を控える。ただ、その中、元性服喪に関する記述に、「大系本で約百九十字に及」ぶ大規模な欠落が見られることに留意しておくべきだろう。

また、大曾根氏は、大系本との比較から、東「独自の異文」の「主要なもの」十七項を掲げる。しかし、この中のいくつかについては東以外の伝本にも同趣文が見えているので、正確にはその中の六項が東に固有である。

①　門々を分てかためらる此由をミて京童部とも申けるハをろかなる平城の御かまへかなとあさむき申さぬハなかりけり（影58―9）（249―9）

②　鏑《はけ》たる矢をはつす義朝の運のほとこそつよかりけれ（影128―1）（290―10）

③　つかハしけり是うんのきわめなりとハ後こそおもひしられけれ（影199―7）（332―13）

④　諸卿一同に尤然へき由申されけれは公家を初まいらせてミな此儀にそ定りける（中巻終）かゝりける処に少納言入道信西（影206―5）（337―1）

⑤　重祚とハ二度位につき給事也（影273―7）（374―17）

⑥　丗八の御歳わかふかきつみにおこなハれ（影313―6）（400―17）

各項、傍線部が東の固有本文だが、こうした類は他にも多く見いだし得る。顕著なものを追加するなら、

⑦　都合五十余騎にハ過さりきゆ、しき上洛とそ聞えしさる程に鳥羽殿にハ（影72—6）（258—7）

⑧　月卿雲客一人も候はされはさひしきに（影299—4）（392—5）（傍線部、他本は「候ハれす」「こうせす」「なく」など）

等がある。

①②③⑦⑧は、作者（現今では語り手というのだろうか）の、もしくは世人に託しての評言であり、④⑤⑥は説明もしくは補足である。これらに共通する点は、いずれも行文上必要不可欠のものではないことである。その意味では後補の蓋然性が高いかもしれない。単語レベルにおいても東には説明的なものが多い。次のような事例が見いだされる。

①　彦波涂武鸕鷀草葺不合尊（影47—6）（240—10）

②　斎院の御所白河殿（影54—9）（246—2）

③　興福寺の牒使信実（影68—3）（255—10）

④　多田の満中（影164—4）（311—7）

⑤　禅定院の僧都信範（正しくは尋範。他本は傍線部「法印」）（影168—1）（315—2）

各項において傍線部が東に固有である。②③⑤については他部に同記述が見えており（②は（影49—4）、③は（影168—2）、⑤は（影168—1））、それらとの統一を図ったと考えられる。これらは、名称あるいは説明語の類である。この他、東には年号に干支を付す場合がある。大曾根氏はこの現象を、東が「年代記的性格を残」したためと見るが、そうではなく、上掲例と同じく後補説明と理解すべきだろう。掲出事例以外にも東には全体にわたって独自表現が相当数見られ、かつ小規模な誤りや欠脱も少なくない。こうした事実を総合するなら、部分的にはともかくも、総体としては、宝徳本系列中では、欠脱（もしくは省略）が格段に多い一方、固有本文も見いだされることよりして、改変性の濃いかなり個性的な伝本と認識すべきかと思う。

次に宝について述べると、該本には二十音節以上の固有欠脱（もしくは省略）は見いだされない。もっとも、前掲の如く東と共通する比較的規模の大きい欠脱があり、さらに微細な誤写・誤字の類も少なくない。しかし、固有の長脱がなく、独自本文もごく僅かであることを考えれば、他本に比した場合、全体的に純良な姿を伝える度合いが高いかと思われる。

次に、中・彰について述べる。当該二本に「多くの共通点がある」ことは、既に大島龍彦氏の指摘するところである。(6) 彰は宝徳本系統本文に為朝説話を追補した、永積分類に言う京師本系統の伝本だが、宝徳本系統本文部においては、中との間に符合・一致が多数見いだされ、緊密度が高い。些細ではあるが、両者間における符合・近似の事例をいくほどか掲げる。本文引用は彰に依る。

①　寒暑境《かんうんをり》をあやまたす（影394―1）（213―9）
「寒暑《かんうん》」を、中は「かんうむ」と平仮名表記し、彰の誤った振り仮名と一致する。

②　左馬寮《さまのすけ》の使《つかい》（影396―7）（215―2）
「左馬寮《さまのすけ》」を、中は「左馬助」とし、彰の誤った振り仮名と一致する。

③　御うらみつくして（影402―5）（218―10）
傍線部は、他本の如く「深（ふか）く」とあるべきところ。中・彰共に同じ誤りを生じている。

④　ふけゆくまゝにあつまれハ（影403―1）（219―2）
傍線部、他本は「しつまれは」「しつかなれは」などと妥当。中・彰の記す「あつまれハ」は誤り。

⑤　かふとまいらせよとてさふらひをめして馬のあし立なをし（影430―11）（235―6）
傍線部、他本は「緒をしめ」とする。中・彰の形は「緒」を「侍」と誤読したことから生じたか。

⑥　ていたこのミ《きやつ》《ヒヒ〻》の言はかな（影513—8）（286—4）
傍線部は、彰がミセケチ訂正する如く「ていたきやつ」とあるべき。中は「ていたこのミ」とし、彰の誤った本行本文と一致する。

⑦　たすけすて《ヒヒ》給へ（影528—9）（294—17）
東の如き形「助はて給へ」（影136—3）の「は」を「す」と誤ったものだろう。彰は「すて」をミセケチとし衍字とみなすが、中は「たすけすて給へ」と誤った形を残す。

⑧　こうやくよりこのかた（影609—7）（339—2）
傍線部、「劫初」が正しいが、中・彰共に同じ誤りを生じている。

⑨　わがごせをもねかハはやと千なミおもひけれ共（影635—10）（358—6）
傍線部、中も「ちなミ」とするが、他本の如く「千度」「ちたひ」とあるべきところ。中・彰共に同じ誤りを生じている。

⑩　とかううけ申て（影657—11）（371—14）
傍線部、他本は「辞」「いなミ」もしくは相当語を持たない。中は「請」とする。彰の「うけ」は「請（こひ）」を「うけ」と誤記したものだろう。

このように、中・彰両本間には偶然の一致とは思われない共通の誤りが少なからず見いだされ、さらに、両本にのみ共通する欠脱（もしくは省略）もいくつか存在する。顕著なものは次の如きである。

①　是等を始として一人当千の兵十七騎都合五十余騎にハ過さりけり（影418—5）（258—6）

②　汝ハ内裏へ参れ我ハ院へ参覧主上軍ニ勝給は汝をたのミて我ハ参らん院軍ニ勝せ給ハヽ我をたのミて汝ハ参れ（影476—3）（290—5）

③　左衛門大夫家弘子息左衛門尉盛弘右衛門尉衛門《ヒ》光弘文章生安弘（影576―9）（337―9）

宝の本文を示したが、①②③の各々において、中・彰ともに傍線部を欠く。③は不注意に因る欠脱と思われるが、①②については省筆も考えられる。

以上より、中・彰両本は極めて親しい関係にあることが知られる。ただ、いずれか一方が他本に対して絶対的に優位な位置にある事実は認められず、両者を親子関係もしくはそれに準じる直接的な書承関係で捉えることはできない。中は、現存本をさほど遡らない時点で彰（京師本系統）の親本となったであろう宝徳本系統の一本と祖本を同じくする関係にあろうと推測される。

当該二本の本文面での優劣については明確な判定が困難だが、二十音節以上の固有欠脱（もしくは省略）数を計数すると、彰が三箇所、中が一箇所となる。彰は次の如くである。

①　将門純友ニも貞任宗任にも勝たり上代にもためしなく（影407―1）（252―15）

②　院の御事をハたれかハ見とゝけ進せへきとおもひけれハよろほひ〳〵つかまつる院も合戦のまきれなれハ供御もまいらすして（影537―2）（316―11）

③　我も参覧人も参覧と申しかは様〳〵ニすかしおかせたまひてけさ我等かねたりつる間ニ（影613―9）（360―13）

宝の本文を示したが、各項について彰は傍線部を欠く（ただし、②は別筆にて行間書き入れ）。①②は不注意に因る欠脱だろうが、③は省筆かもしれない。

一方、中の場合は、

加之推古天皇の御宇上宮太子世ニ出て守屋か邪見を平て（影421―6）（260―1）

の傍線部を欠くのみである。

この限りでいえば、中の方がより純良な本文を備えるかに見える。しかし、二十音節以上という条件を外した場合、十九音節の欠脱が一箇所見られることをはじめとして、欠脱（もしくは省略）数はむしろ中に多い。誤字もまた中の方が多い。固有字句については両者共に少数かつ細微であり、しかも、それらは運筆のはずみで生じた類のようで、自覚的な改変意図は見いだされない。共に親本に忠実たろうとする姿勢が濃い伝本と認められるが、忠実度は、いずれかといえば彰の方がいくぶん高いか。

以上、宝グループに属する四伝本の概略を確認した。次に河グループ四本の検討に移る。河・学・支・前四伝本の中では、河・学がより近い関係にある。両本に見られる比較的規模の大きい符合例をいくつか示す。本文引用は河に依る。

①　権現託してあからせ給ひぬ（221—6）
傍線部、他本は「やかて」（影347—5）（宝に依る。以下同）とする（ただし、東は傍線部を持たず、金刀本系列は河・学に同じ）。

②　かたなをぬかせすしけれハ（237—4）
傍線部、他本は「腹をもきらせ《さ》すりけれハ」（影378—9）とする（ただし、金刀本系列の文・理は河・学に同じ）。

③　真にゆゝしく候（253—11）
傍線部、他本は「ゆゝしき兵ニて候けり」（影408—8）とする（ただし、金刀本系列は河・学に同じ）。

④　くろかねをのへたるたてなりとも（265—2）
他本は「鉄を延て楯ニつくとも（といふとも）」（影431—9）とする（ただし、金刀本系列は河・学に同じ）。

⑤　今すこしあかりたらましかはあぶなかりし事ぞかし（283—9）
他本では「ましかは」と「あぶなかりし」との間に「頸の骨なにかはあらまし（たまるへき—陽明本系列）」（影463—5）との句が入る。

⑥　如来すこふるゑミをふくミてのち入涅槃の。事すてにちかし（319―2）

他本では「ふくミて」と「のち」との間に「曰吾ハよな八十年の化縁つきて」（影541―8）の文が入る。行文上必要な句であり、河・学に共通する欠脱である（東も「如来頗ゑミを含て覧事すてにちかし」（影176―8）とほぼ同様な箇所に欠脱を持つが、河・学とは無関係に生じたものだろう）。

⑦　御書を公家へそたてまつらせ給ける朝家の御ため野心をさしハさませ（ママ）（384―1）

他本では「給ける」と「朝家」との間に「其御書ニハ起請の詞を被載たりけるとかや」（影656―4）の一文が入る（金刀本系列の博・習も河・学に近い形を持つが、傍線部を「給ひけるとかや」とする）。

これらは、河・学の近似を示唆する現象と見てよいだろう。両者の間には親子関係もしくはそれに準じる直線的な書承関係は考えられないので、現存本をいくほども遡らない時点で共通祖本にたどり着く関係にあると思われる。

学の場合、二十音節以上の固有欠脱（もしくは省略）は次の二箇所である。

①　褐の直垂ニ師子丸を三二縫たるに黒き唐綾を太くたゝミて威たる大荒目の鎧の師子丸の裙金物（影405―7）（252―5）

②　為朝戦しかつてひかへたれ共近付者もなき上馬疲ニけれハ（影498―6）（300―17）

宝の本文を示したが、学は①の傍線部を欠き、②の傍線部を「そのうへ」とする。①は「師子丸」の目移りに起因する欠脱と推測されるが、②は省筆とも考えられる。

なお、系列内でのみ固有との条件を付けるなら、次の箇所も加わる。

此功力をもつて欲赦彼科莫太行業を併三悪道ニ投籠其力を以て日本国之大魔縁となり（影689―2）（401―1）

についても学は傍線部を欠く。ただし、陽明本系列の広・佐も同部を欠く。「力をもつて」「力を以て」の目移りに起因する欠脱と考えられるので、学と広・佐の符合は偶然かもしれない。

この他、学には十音節以上二十音節未満の固有欠脱（もしくは省略）が数箇所見いだされるものの、全体的に欠脱数は少なく、その点では相対的に純良な本文を保つと言えよう。他には、些細な固有字句が比較的目につく。以下にいくつかを例示する。上に学、下の〔　〕または（　）内に他本の本文を示す。他本の本文は宝に依り小異は無視するが、異同が大きい場合はいくつかを併記する。

① 大功難有候〔「錬せさる者にて候」。ただし、陽明本系列は学とほぼ同じ（天は「大功」が「たいせつ」）〕（影88―9）（250―13）

② 為朝召に応して参候す（相当文なし。ただし、陽明本系列の宮・陽・資・糸・天は学と同じ）（影89―3）（250―16）

③ 弘法大師（弘法高祖）（影109―1）（260―8）

④ 矢風はかりをおハせて（矢風斗をひかせ奉て）（影173―9）（290―13）

⑤ さん〳〵に射ける（傍線部なし。ただし、陽明本系列は異文）（影197―1）（301―3）

⑥ かうをこひても助らるへき〔「降を乞ハんになとか助進せさるへき」。ただし、陽明本系列は異文〕（影212―8）（308―12）

⑦ 或ハ（「党者共をは」。「党」を「賞（しやう）」「堂」と誤る伝本もある）（影257―7）（331―8）

⑧ 涙にむせひ（「涙をなかし」。ただし、陽明本系列は相当部なし）（影311―6）（358―2）

⑨ 胸うちふさかりて（むね打騒て）（影323―1）（364―1）

⑩ はしり川へそ入にける（傍線部「つゝきて」「これも」もしくは相当部なし）（影333―3）（368―12）

といった事例が掲げられる。

②⑤は補足、その他は言い換えである。①②は、宝徳本系列中では学が独自だが、陽明本系列の全本もしくはそ

の一部と合致していることより、該系列との関わりが考えられる。

要するに、学は、欠脱・省略は比較的少ないが、小さな本文改変が全体を通して見られる伝本と捉えられよう。

次いで河の場合、二十音節以上の固有欠脱（もしくは省略）は二箇所見いだされる。

①　国司官人等か斗として志度の道場の辺鼓の岡といふ所ニ御所しつらふて（影679—6）（395—17）

②　世澆季ニ及と云へとも万乗の余薫ハなをのこらせたまひけるにや（影696—7）（404—14）

宝の本文を示したが、河は①②ともに傍線部を欠く。②は単純な欠脱と思われるが、①は省筆かもしれない。

加えて、

その人なくてしも難治の次第なるへけれハ力及さる事とそみえたり信西宣旨を奉て下野守を召されけり（影427—2）（262—11）

について も、河は傍線部を「なり」とし、簡略である。ただ、金刀本系列の金・博・理も同形を取っている。また、

今を限とおもひけれは子共立帰て父を喚返す子共思切て行けれハ父又子ともをよひ返す（影570—5）（334—2）

についても河は傍線部を欠くが、松井本系列の実や院と欠脱が一部重なる。ただし、実と院は欠く部位を異にする。

他には、全体を通して小さな誤りがいくほどか見いだされる。[7] また、固有本文も微細なものが僅かに見いだされるにすぎず、[8] 積極的な改変意図が働いた様子はない。これらのことより、学に比す時、河は親本（祖本）の本文をより忠実に伝えるかと推定される。

次いで、支について述べる。該本については笠栄治氏の解題がある。[9] それに依れば、C系列（宝徳本系列・陽明本系列を一括した前称）に属するとの由である。追調査によっても、支は宝徳本系列中、河・学・前と一つのグループをなすことが確認されたので、氏の判定には概ね賛意を表したい。支が学に「最も近接した本文を有する」

との判断は、笠氏が対校した伝本の範囲内においては妥当である。

支における二十音節以上の固有欠脱（もしくは省略）は四箇所ある。

①　文詩を献し。歌《和》を奏す奏するところの詩歌いつれも〳〵祝言ニあらさる事なしされともその中ニ下されける一首の御製（影336—9）（215—15）

②　御願書を座主の宮ニ奉せたまひけれハ則神殿に奉籠心府肝膽を摧て（影528—9）（312—5）

③　御留守ニ留て仏を恋たてまつり毘首羯摩天ニ誂赤栴檀をもつて（影541—1）（318—11）

④　心つよくも見さりしか左府はいかはかりかハうらめしと思つらむかゝるへしと思ハ世に恐人ニはゝかりても（影549—1）（322—10）

宝の本文を示したが、支は各々について傍線部を欠く。③は単純な欠脱だろうが、①②④については省筆も考えられる。

系列内でのみ固有との条件下では、次の事項が加わる。

平氏の郎等源氏を不討源氏の郎等平家を不討は合戦候へしや平氏の郎徒の射矢源氏の御身ニ立やたゝすや（影462—2）（282—15）

についても、支は傍線部を欠く。ただし、宮を除く陽明本系列も相当部を欠いている。また、松井本系列の実・九とも欠く部位が一部重なる。

この他に、全体を通して小さな誤りが散見する。固有本文については、ごく微細なものが僅かに見いだされるにすぎず[10]、積極的な改変の痕は見えない。規模の大きい欠脱（もしくは省略）がやや多いが、この伝本もまた、親本の本文を比較的忠実に伝えると判断される。

最後に前であるが、二十音節以上の欠脱（もしくは省略）は五箇所見いだされる[11]。

①　御気色を伺奏聞せらるへしと宣けれは急帰参て此由を奏しけれは新院仰やりたる方もなくて（影386―3）（241―6）

②　あきまかそへの悪七別当討手の城八手取の。与次《余二》三郎高間三郎（影418―2）（258―4）

③　押圍て索り求ニ寺中広博ニしてたつね出しかたかりけれハ内裏へ使者を進て（影525―1）（310―5）

④　我朝円融院の御宇天元年中ニ東大寺沓然《ママ》上人（影542―9）（319―10）

⑤　御形見とて被御覧つる御孫の公達ハ皆散々に成たまふ（影651―6）（381―8）

宝の本文を示したが、前は各々において傍線部を欠く（④については「沓然《ママ》」が「ねん禅」（「禅」の上に「、、」））。③④は省略も考えられるが、他は不注意に因る欠脱とみて差し支えなかろう。

これに加えて、

かいな被抜たれはとて為朝ちとも損あるまし弓こそすこしよハくなるとも（影671―1）（391―13）

についても、前は傍線部を欠くが、松井本系列も「為朝ちとも損あるまし」を欠く。

小さな誤写・誤記も比較的目立つ。それらの多くは不注意に因る単純な誤写だが、意味を解さないままに書写したと思われる部位が相当数見いだされることより、書写者の判読力・識見の程度が窺われる。[12]固有本文には特筆するほどのものはない。[13]

この他、小さな字句を欠く場合がいくほどか見られるが、そこには省筆意図が働いているようだ。例えば、「大勢の中へかけいりてうちへ（「う」「へ」の上に「、、」）くもて十もんしに一もミもうて」と記す箇所、相当部を他本に求めると、「大勢の中へかけ入て内へかけ外へかけ蜘手十文字に一もミもふて」（河に依る）（300―5）とあり、前には存在しない傍線部がある。この事実から前の運筆を推し量るなら、「うちへ」まで書写した時点で傍線部の省筆に思い及び、「うちへ」をミセケチとして処理したとの推測が可能ではないか。この捉え方が許されるなら、前が小字句を欠く理由の一半を該本の省筆意図に帰すことができるかもしれない。

前の性格を要約するなら、欠脱（もしくは省略）を比較的多く有し、また、不注意もしくは知識不足に因る誤写・誤記の類が目立ち、かつ、行文に支障のない程度に小字句を省略している伝本と捉えられよう。

なお、該本については、尊雅筆とする古筆家による極めが上巻表紙に貼付されている。確かに筆跡は尊雅のそれに似る。ただ、尊雅筆と考えた場合、書写者の識見の低さに由来する誤記が散見する事実となじまないように思われる。もっとも、親本もしくは祖本の段階で既にそうした誤りを生じており、該本がそれを忠実に書写したと考えるなら、上記の不審も一応解消されるかとも思うが、筆写者の同定については慎重な検討が求められよう。

以上、宝徳本系列に属する八伝本（十一伝本）の親疎関係並びに各本の大まかな性格を通観した。

結果として、以下のことが確認できた。

一、宝徳本系列の諸本は、本文の親疎関係より、さらに宝グループと河グループに分けることができる。

二、両グループでは、宝グループに本来の形が留められている度合いが高いか。

三、宝グループ中では、宝と東、中と彰に各々近似が認められる。東は個性の強い本文をもち、宝は総体として祖本への忠実度が高いか。また彰・中については彰の方がやや優れているか。

四、河グループでは、河・学に緊密な関係が認められるが、親本への忠実度という点では河が優れているか。前は欠脱（もしくは省略）が比較的多くまた誤字も目立つ伝本である。文は、忠実度の点で河・学と前の中間に位置する。

五、卓越して優れた本文を持つ伝本は存在しないが、しいていえば、宝次いで彰が、系列のより本来的な姿を比較的忠実に伝えているかと思われる。宝自体は固有欠脱（もしくは省略）が少ないが、東との共通祖本の段階で生じた少々目立つ欠脱を引き継いでいる。また、彰も、その親本（現存本をさほど遡らない段階で中と祖本を同じくする）は、微細ながら少なくない改変字句を持つ伝本だったらしく、それを彰は継承しているようだ。
以上のことより、宝徳本系列諸本中では、相対の域を出るものではないが、宝がより信頼できる本文を持つ度合いが濃いと考えられ、犬井論が穏当であることを証するものとなった。なお、本節で得た結果は、本文の類似の多寡を目安とした概括的な把握を出るものではなく、伝本相互における全ての現象が右の結論を支持しているわけではないこと言うまでもない。

注

（1）桃は、池田亀鑑氏が、大島雅太郎氏蔵本の上・下各巻の首を一丁分、尾を半丁分写し取ったもの。該本の親本である大島雅太郎氏蔵本は、中京大学図書館現蔵本と思われるため、論証では触れない。整理番号「桃一五　五」、外題は、表紙左題簽に「保元物語首尾大島氏蔵本」。薄茶色無地厚紙表紙。一冊。墨付紙数七丁。袋綴。寸法二六・八×二五・八糎。一面一一行。平仮名交じり。
（2）「宝徳本系統『保元物語』本文考―四系列細分と為朝説話追加の問題―」（『和歌と中世文学』東京教育大学中世文学談話会　昭和五十二年）
（3）該部については、栃木孝惟氏に詳察がある。東京大学国語研究室資料叢書『保元記　平治物語』解題（汲古書院　昭和六十一年）。
（4）東は「手を合せ」を「手をあわすれは」と改めることで行文の是正を図っているが、処置として不十分である。その点、大は「てをあハせよといへハ」と改めることで、文脈の飛躍を埋めている。
（5）複刻日本古典文学館『保元物語　東京大学本』大曾根氏解題（ほるぷ出版　昭和五十三年）、東京大学国語研究室資料叢書『保元記　平治物語』栃木氏解題（汲古書院　昭和六十一年）
（6）『中京大学図書館蔵国書善本解題』（平成七年）
（7）河の誤りとしては次の如きがあげられる。（　）内が適正と思われる記載である。

①下戚《げしゃく》（外戚）（226―5）、②かんきをかそふる（傍線部「蒙」）（229―1）、③配任《はいにん》（拝任）（244―2）、④惑《まとい》しあへり（感しあへり）（287―17）、⑤したしミたまひつれハ（まのあたり見給つれハ）（294―16）、⑥しげひら（重病）（388―4）、⑦秀里《ひでさと》（季実）（388―12）、⑧うんかく（雲霞）（388―15）

⑤の「したしミ」は親本（祖本）に「親」とあるのを読み誤ったものと思われる。また、①③などは、親本（祖本）が平仮名表記だったことを思わせる現象である。

（8）河の固有本文としては次のごときがある。（　）内は他本の本文である。陽明本系列は異なる。

①まことに別《へつ》して（「真先かけて」「まつさきして」など）（287―17）、③の、しりく（「這々」「つぶやく〳〵」「遥に」「方々へ」など）（275―9）、②よせて（「御方」「味方」など）（299―5）、④相見《あいミ》てまし（「をしミてまし」「みはてまし」「おしまて」など）（365―13）、⑤このをくりによて（「此道ニ依て」「此道にこそ」など）（382―4）

（9）在九州国文資料影印叢書『保元物語』解題（昭和五十四年）

①③⑤はおそらくは親本の誤読・誤解から生じたものだろう。

（10）支に固有の本文をいくつか示す。（　）内は他本の本文である。

①かたなをぬか《せ》。すはらをもきらせすかさなれハ（「刀をもぬかせす腹をもきらせさりけれハ」「刀をぬかせすしけれは」「刀をもぬかせねハ腹をも切えす」など）（影35―18）（237―4）、②馬の上事からかふとのきやう（「馬居事柄群ニぬけて」「馬居事から諸軍勢にぬけて」など）（影110―15）（289―13）、③かなしきかなや（「怨哉」「あたなるかなや」など）（影155―1）（323―14）、④いたはしくや（怖くや）（影182―15）（345―7）、⑤いまたけかうもなきやらんさためてけかうし給ぬらん（傍線部なし）（影204―12）（360―15）、⑥かはらのいしハよみつくすとも（傍線部「つくる」「崩」など。松井本系列は相当部なし）（影212―1）（366―11）

（11）前には、行間に校合・是正・書き入れ等が見られ、二十音節以上の書き入れは三箇所存在する。判断が難しいが、もし、これらが後人による補入であるなら、当該部位も欠脱（もしくは省略）に加えられる。それらは次の如くである。

①　おそれをの、。新院の御心のうちしりかたしされハにや禁中も物きける程にかゝる御なけきの中にも。さハかしく（225—3）
②　せんてい。してほうしぬこれ天のうけさるところあきらけししやくねんに。よつてこのときにしけひとの親王（226—8）
③　判官と。めしとはれけれハ関白殿と左大臣殿と御きやうしなりにおほせて。たいの御中（239—2）

(12)　書写者の識見不足を思わせる事例を示す。（　）内は宝などが記す適正と思われる本文。
①へせひのせむてい（平城の先帝）（261—4）、②きんなか（禁中）（262—6）、③無道《ふたう》（武道）（265—8）、④わうせん（黄鉞）（267—12）、⑤へすかせんしま（俘囚か千嶋）（323—8）、⑥こと〳〵く大事《たいじ》（後徳大寺）（324—9）、⑦まさとう（正統。宝は「正縁」と誤る）（336—1）、⑧こつせう（劫初）（339—2）、⑨血をあやしミ（血をあやし）（397—16）

(13)　目立つ固有本文としては、例えば「清盛まことにことハくわしくなりとお。《も》そ《は》れけれハ」（351—13）の傍線部があげられるが、おそらくは「理也」（宝に依る）（影596—9）の如き形を仮名表記した伝本を誤読することより生じたと思われる。また、「淀川しりにみち〳〵に人を置けれハ」（386—9）も、「淀河尻にみち〳〵けれハ」（河に依る）の如き形を誤ったか。

第三節　陽明本系列の諸本

陽明本系列に属すると判断される伝本は、零本・零葉を含め、糸・国・佐・大・天・仁・零・広・陽・正・宮・資の十二本である。

該系列に特徴的な共通異文として犬井氏は左の四箇所を掲出する。(1)　本文引用は陽に依る。

① 左大臣殿為朝をめされて仰けるハ敵すてに指よせたり八郎罷出て防へしとて則蔵人の官を行はれけれは（影108—8）（275—4）

② 此詞を不用して罷出なハ兄の恨死後迠も残へしと思けれハけにも御理也他人ハ誰か扶申へきさらハよ所へつれ参候へきとて又舁負て出にける京白河原（「原」の左右に「：」）も合戦の最中に置たてまつるへき所もなけれは山科の辺にとある在家へつれ行て預りをきて則走帰て其夜の軍に合けるをほめぬ人こそなかりけれ（影144—3）（295—1）

③ 守護させ申へし角申為朝ハ入道殿に着そひ申東八ヶ国の家人を催守護し申さんに西国の勢何十万騎寄来共何程の事か候へき然ハ鎌倉に都を立入道殿をハ法親王と仰奉り八ケ国の家人等中に然へき（影203—6）（331—4）

④ 汝か父為義を我したくに隠をく由聞召急討てまいらせよと仰下されけれは義朝畏て尤勅定の趣遁かたく候間誅伐仕へく候へ共正しき父子の儀ためしすくなき事にて候へハ（影215—4）（338—6）

①～④の各々について、他系列がいかなる形であるかは犬井氏の論文に依られたい②については、資は傍線部が

他の陽明本系列と大異し、他系列と一致している。この事実については資の性格を考察する際に検討する）。陽明本系列の共通異文はこれ以外にも多数見いだされるが、上掲四例をもってその共通性は示されていると思われるので、新たな事例を加えることはしない。ただ、これらは三巻本でいえばすべて中巻に属しているため、中巻を欠くか中巻（もしくは相当部）が異系統本文である天・仁・零については、判定の目安を得られない。その不備を補うために、全本が対校可能な部位に存在する陽明本系列の共通異文を付け加える。

⑤　人間ハ是生死無常の習電光朝露の境なれハ（影20―9）（223―6）

傍線部を、他本は「芭蕉泡沫」（宝に依る）（影350―6）とする。

⑥　誠忠節たるへく候に（影53―5）（243―13）

相当部を、他本は「交替あるへきに」（宝に依る。（影390―4）「交替」を「けうさん」「うけこたひ」とする伝本もある」とする。

①～④に比して規模はきわめて小さいが、この二例を陽明本系列の共通異文に加える。

上掲項目①～④が中巻に位置することからも推測されるように、陽明本系列に特徴的な異文は、三巻本でいえば、上巻後半から中巻に集中している。規模・数量ともに中巻に最も顕著であり、次に下巻が続き、上巻が最も少ない。その濃度には偏向がある。

該系列に属する十二伝本は、その内部でさらに宮・陽・資・糸・天と国・広・佐・大・仁・零の二グループに分かたれる[2]（正は未見だが、宮と正が「微細な点にいたるまで、完全な同類同種本である」ことが永積氏により指摘されている[3]）。前者を陽グループ、後者を広グループと称する。まずは、陽グループにおける顕著な共通現象を示す。本文引用は陽に依る。

①　老少不定と云なから未つほめる花の御質たるを無明の嵐にちりはて給へハ禁中皆暮行て天下悉忙然たり

第二節（二五三頁）に既述したように、傍線部は陽グループに固有の記述である。

②　非生の草木に至迠恋慕愁歎の色を顕しにことならすまして近召仕れし公卿殿上人馴ましく思召月卿雲客いかはかりの悲涙にか沈たまふらん（影21—5）（223—11）

相当部、広グループ（零は長脱）並びに他系列は「非情草木山野獣江河の鱗ニいたるまて物をおもへるすかた也娑羅林ニ風やんてその色忽ニすゝしく跋提河の水咽て又そのなかれも濁れり万木千草皆以悲涙の相をしめしき彼二月の中の五日の御入滅ニハ五十二類かなしミの色をあらハし此ふ月の始の二日の崩御ニハ九重上下心なきたくひまても猶愁の色をや含む覧ましてちかくめし仕なれ〳〵しくおほしめされし人々いかはかりの事をかおもハれけん」（宝に依る）（影351—2）とする。陽グループには大幅な省筆があるか（資は行間に「山野のけた物かうかのうろくつ」を書き入れ、「草木」と「に」の間に補入する指示をする）。

③　又此のちもいかなる事かあらんすらんと皆人つゝしミあへりさるほとにかゝる御なけきの中なれとも新院御位を奪させ給ひてをしこめられさせ給ひたる御有様にて渡らせ給へハ御心中にもいかなる事をか思召企させ給ハんすらんと禁中も物さハかしく（影23—6）（225—2）

傍線部、広グループ並びに他系列は「まことに深淵ニ臨て薄氷を踏かことし恐惶きける程ニ御なけきの中にも新院の御心の中しりかたしされはにや」（宝に依る）（影354—4）とする（ただし、宝徳本系列の前は「新院の御心……禁中も物」が行間書き入れ）。

④　手負者数をしらす両陣入乱たる合戦なれハ何勝負あるへしとも見えさりけり（影42—3）（236—9）

第二節（二五三頁）に既述したように傍線部は陽グループにのみ存在する。

⑤　教長此条惣して心得候ハす世間に定相のなき物ハ夢幻に譬たり（影54—10）（244—12）

傍線部は陽グループにのみ存在する（天は「世間に」を欠く）。

以上、陽グループにのみ共通する本文のいくつかを示した。これら全てが三巻本でいえば、上巻に存在していることより、陽グループは上巻に重点的な改変を加えた伝本群であると知られる。

一方、広グループに属する諸本の場合、共通欠脱（もしくは省略）は見いだされるが、(4) 顕著な共通異文は存在しない。このことより、陽グループに比して広グループには積極的な本文改変の意図は見られないといえそうだ。

陽・広各グループの性格を確認した上で、個々の伝本について検討を加える。

広グループに属する伝本（国・広・佐・大・仁・零）から見る。まず、国の場合、二十音節以上の固有欠脱（もしくは省略）が十箇所存在する。以下にその部位を掲げる。

① 国母女院も御姿を見進させ給ふへからす中にも女院の御歎類少かりし御事也（影21―9）（224―4）（傍点部、国「によくハん」）

② 上を下に返してさはきあへり哀為朝ハ能申けるものをとて万人申あへり（影108―7）（275―1）

③ 景政か四代の末葉大庭の庄司景房か子相模の国住人大庭の平太景能（影139―5）（292―7）

④ 馬の折骨《をりふし》五六枚さつと切て矢ハ後へとをりて大地にたち鏑ハわれて此方へさつとちる（影141―5）（293―9）

（松井本系列の昭は、傍線部「いきつてやハあなたへつといとをしてかぶらハ大ぢにさつと」と固有）

⑤ 四郎左衛門頼堅掃部助頼仲三十騎斗を相くして義朝か大勢の中へ切て入（影152―10）（300―3）

⑥ 今ハ何事か候へきと様々申されけれハ諸卿一同に尤然へきよし申されけるを信西御後見として（影213―2）（336―17）（傍点部、国「よし」）

⑦ 輿の中よりこほれ落させ給ひて形見の髪を胸にあてもたへこかれ悲ミ給ひていかに義通（影262―7）（364―5）

⑧ 夢ならハ覚ての後ハいかならんうたてしの世中や情なの下野殿や願ハくハ我をも（影262―10）（364―7）

⑨　重貞に告たりけれハあはれ是ハ鎮西八郎よとおもひて見しりたる雑色の有けるを遣し（影295―2）（387―1）

⑩　重科に行へしと云共其庭をのかれ来たり今まて有上ハ自然の天運と可謂今更死罪に及かたきか（影299―3）（389―13）

陽の本文を示したが、各項について、国は傍線部を欠く（⑧は陽明本系列の共通異文）。この中、④⑩については、傍線部がなければ文脈に飛躍が生じるので、これらは国における不注意に因る欠脱と判断される。その他についても、目移りに因る欠脱が推測される場合が多いが、②⑧など省略かと思われるものもある。

顕著な固有欠脱（もしくは省略）を掲げたが、もう少し柔軟に見るなら、さらに左の五項が加わるか。

⑪　敵ハ僅の小勢御方ハ大勢也頸をとりては詮もなし生捕こそ大切なれ（影42―8）（236―13）（傍点部、国「こせい也」）

⑫　わたらせ給ひける急告申たりけれハ大騒給ひて御所へ入進せん事叶へからす（影182―2）（317―11）（傍点部、国「たまへは」）

⑬　涙闌干として神飛揚す前途程遠後会其期を失へり（影209―4）（334―10）（傍点部、国「をくたく」）

⑭　和殿ハ入道殿の御跡ふところにてそたてられ進せて御いとをしミふかき人そかしいかてかやミ〳〵とハ討奉らんとし給ふそや（影221―8）（342―2）

⑮　父ハ討れ給ひぬ頼たてまつるへき兄達ハ皆きられ給ひぬ助へき下野殿ハ角情なくおハします（影249―6）（356―4）

⑪については松井本系列の院が、⑫については金刀本系列の習が、各々国と同じ部位を欠いている。⑬については、欠く部分が広・佐と一部重なる。また、金刀本系列諸本は傍線部を含むより広範囲を欠く。⑭については宝徳本系列の河グループと松井本系列が「御いとをしミ……やミ〳〵とハ」（前は、さらに「し給ふそや」まで）を、⑮

については、広・佐も「兄達ハ……助へき」を欠く。⑪⑫の場合、国と院・習との間に何らかの関係があるのか偶然の一致であるのかは分からない。⑬⑭⑮については、欠く部位が一致していないので、国と各伝本との間に関連性はないと思われる。

以上、規模はさほど大きくないが、国には全体を通して欠脱（もしくは省略）が比較的多く見られる。内容把握に影響のない程度の小語句が国のみに存在しない現象が全体を通して見いだされることもまた、該本の省略性を示していようか。加えて、微細な字句の誤りも多い。

一方、僅かながら、固有の小詞句や表現が見いだされもする。そうした中から目に付くものを示す。

①　御心にまかせぬ御事なれはいわんやまつたいにをゐてをやこんゐのゐんはにんわう七十六たいにあたり給へる御かとよまつせにおよひ（217—13）

他本は実線部を欠き、替わりに「我太子」（陽に依る）（影12—8）の語を入れる。近衛院は鳥羽院にとって「我太子」となるので、国・他本いずれの形でも支障はない。ただ、国では同趣の記述（破線部）が後続しており重複感はある。

②　はんくハんたいめんしてためよしいやしくもゆミやのいゑにむまれ（242—7）

広グループの他本は傍線部を欠く。その他は傍線部を「出向て色代して申けるハ為義」（陽に依る）（影51—1）とする。推測するに、当該部、他本の如きが本来の形だったが、広グループの早い段階で不注意もしくは意図的に傍線部が失われた。それを表現不足と感じた国が、独自に「たいめんしてためよし」を補ったのではないか。

③　三郎よしのりさへもんよりかたかもんのすけよりなかをさきとしてい上七人のことも（245—7）

大を除く広グループの他本は傍線部を欠くが、この形では「よしのり」「よりかた」「よりなか」三名を以て

「い上七人」とする矛盾がある（佐は「い上」を「以下」とする）。当該部、大を含む他本は「三郎先生義憲左衛門尉頼賢掃部助頼仲六郎為家七郎為成八郎為朝九郎為仲已上七人の子共」（陽に依る）（影56—4）とし、矛盾がない。おそらくはこの形が本来であり、広グループのある段階で「六郎為家」以下の四名が欠落したのだろう。広・仁はその形を受け継いだが、国と佐は各々の方法で矛盾の回避を図ったと思われる。すなわち、国は「よりなか」の後に「をさきとして」を加えることで文意を通し、佐は「い上」（以上）を「以下」に改めた。

④　いかにこひしく思ふとも見ぬ事もあるへけれハ（352—17）

他本は、傍線部「いそくとおもふとも」「又ミんと思ふとも」「きつと見んとおもふ共」など区々だが、国と同じ表現はない。

⑤　てをあわせち丶はいつくにわたらせ給ふそた丶いままいるそやまたせたまへとてこゑ〳〵にねんふつたからかに申へしといへはおと丶ともてをあはせねんふつたからかにとなへけれは（359—7）

第二節で宝・東が近似する事例④（二五七頁）として掲げた部位でもある。傍線部が国に固有。乙若が弟たちに念仏を勧め弟たちが従う場面だが、陽明本系列の多くは傍線部を欠く。そのため、弟たちに念仏を勧める乙若の言が途絶し、弟たちが念仏を唱える場面に飛ぶ。これに対して国の形は文脈に不審がない。そうであれば、国は陽明本系列本来の適正な姿を残しているかのように見える。しかし、ことはさほどに単純でないかもしれない。というのも、既に述べたことだが、宝徳本系列の宝・東もまた、陽明本系列の多くと同じ欠脱を生じているからだ。ただし、宝・東を除く宝徳本系列の諸本は「手をあはせねんふつを申せよとをしへけれは三人のおさなひものとも又めをふさきにしにむかひ手をあハせ父いつくにわたらせたまふそまいるとやまたせたまふとてこゑ〳〵にねんふつたからかにとなへけれハ」（河に依る）と矛盾がなく、陽明本系列の資並びに松井本系列（玄は一部を欠く）・金刀本系列の諸本もまた同じ形を伝えている（資については後述する）。おそらくはこれが本来の形であり、陽明本系列はある段階で傍線部を欠落させたのではないか（宝・東との関わりについては不明）。そして、その欠脱を、国は独自の方法で補正したのだろう。大の処理法については第二節の注（4）（二七〇頁）に述べた。

⑥ 九のへのくわらくをいて、（382―17）

相当部、他本は「礼儀郷を辞して」（陽に依る）（影289―6）とする（伝本間の小異は無視）。「九のへのくわらく」（九重の花洛）は、諸本、忠実宛て師長書状中（379―11）にも見える用語である。国は統一したか。

⑦ くひねちきらんに何のしさいかあるへき入たうとの、けうやうにたむけたてまつり（386―4）

傍線部、他本は「ねち切て」（陽に依る）（影293―9）とする。

以上、国に見られる固有表現のいくつかを掲げた。中で、②③⑤については、欠脱の結果飛躍を生じていたであろう元の形を、独自の方法で是正した形跡が窺われる。

なお、固有語で注目されるものには次の如きがある。各項、上が国の本文、下の（ ）内が他本の本文（陽に依る）である（表記の異同は無視）。

① はんせうのそんい（九五尊位）（影16―2）（219―17）

② うんなんはんりのくもち（「胡塞万里の雲路」）（影268―6）（367―10）

③ 綴喜（「稲八妻」）（影284―10）（378―13）

①の「はんせうのそんい（ゐ）」は崇徳院の対頼長の言中（229―17）に、②の「うんなんはんり」は崇徳院の遷幸場面（370―1）にも諸本使用しており、前掲の⑥と同様の事例である。③の「綴喜」は「稲八妻」とは別地だが、稲八間のある相楽郡に北接する地。

以上まとめるなら、国は、陽明本系列の中ではすぐれて純良な本文を持つとは言えず、欠脱並びに省筆を有する

一方、小規模な加筆並びに微細な固有字句を持つ点で、比較的個性の強い伝本と捉えられるだろう。(5)

次いで大について述べる。該本については、川瀬一馬氏『古写古版物語文学書解説』（昭和四十九年）、『大東急記念文庫貴重書解題』第三巻　国書之部（昭和五十六年）に解題がある。その中に、「ところどころ朱筆にて京師本・杉原本・鎌倉本・半井本等による屋代弘賢の校異が見られる」(6)ことが記されている。

まずは、欠脱（もしくは省略）について見る。該本には二十音節以上のものが六箇所存在している。

①　配流の後ハ讃岐院とそ申ける大治四年七月七日白川院崩御ならせ給ひて後天下の事をしろしめす忠ある者をハ賞し給ふ（影6―2）（213―11）

②　此禅門諸道をけんらんして才文武を兼たり治龍二の政に故実を存せし故に其人なくても難治の次第成へけれハ（影83―2）（262―10）

③　縦百万騎の兵を以指向候とも無左右難防かるへし縦鉄を延て楯につくといふ共（影87―5）（264―17）

④　馬より逆様に落けるか矢に荷われてしハらく落す馬おとろきて（影125―7）（284―4）

⑤　拳にて打のけけれ共次第に力つかれけれハ心ハたけくおもへ共おめ〳〵と生取られける（影297―3）（388―8）

⑥　ならハぬひなの御住居只押斗るへし秋も漸深行ハいと、物こそかなしけれ（影309―1）（396―10）

陽の本文を示したが、大は、②の傍線部を「しあひだ」とし、③～⑥については傍線部を欠く（⑤⑥については、後に屋代弘賢が「長」と注記する写本を用いて傍線部相当記述を行間に書き入れている）。④は、傍線部がなければ文意が通じないので欠脱と判断される。また、②は省略を伴う改変、③⑥は省略であろうか。⑤は「共」の目移りに起因する欠脱かもしくは省略だろう。①は傍線部がなく、「御ざいゐすでに十八かねん」の文が入る。これについては後述する。

系列内でのみ固有との条件を付ければ、次の事項も加わる。

非常の断ハ人主守すと云本文有今度のむほん希代の勝事也（影213—5）（337—2）

系列中では大のみが傍線部を欠くが、系統中では松井本系列が同形である。

上掲以外にも小規模な欠脱もしくは省略が相当数見いだされ、また、小さな誤りも存在する。該本については、さらに小規模かつ少数ではあるが、考証性を伴った加筆や改変が存在するようだ。以下にそうした事例を示す。

①　御はいるののちハさぬきのゐんとぞ申ける御ざいゐすでに十八かねんてんかの事をしろしめすちうあるものをはしやうし給ふ（213—11）

前に顕著な欠脱（もしくは省略）の①として掲げた部位。傍線部が他本にはなく大に固有である。「十八かねん」は崇徳院の在位期間と一致するため、傍線部は崇徳院についての加筆説明ということになる。他本は「申ける」と「てんかの事」との間に、大にはない「大治四年七月七日白川院崩御ならせ給ひて後」（陽に依る）（影6—2）との一文を有する。当該部は鳥羽院に関する一連の記事中にあるから、「てんかの事をしろしめす」云々も当然主語は鳥羽院である。それが、大では傍線部を加える一方で白河院崩御記事を欠くため、「てんかの事をしろしめす」云々が崇徳院についての説明の如く読み取られる曖昧さを生んでいる。

②　にんミやうハさがのくわうゐんなりしかどもへいぜいしゆんわのみこたちをこえてほうそをつぎ給ふ（229—14）

傍線部、他本は「淳和の孫達」（陽に依る）（影30—10）（日本古典文学大系本六十六頁頭注二の記すように「孫達」は「御子達」とあるべきか）とする。皇位は五十一代平城、五十二代嵯峨、五十三代淳和、五十四代仁明と継承されるので、嵯峨の皇子仁明が淳和の後を襲って即位したことを記す他本の形はこれでよい。大の場合はこれに平城が加わるが、薬子の変により平城の皇子高岳親王が嵯峨の皇太子を廃された事実を踏まえたものか。

③　ゐんりやく十三ねん十月廿一日にながおかのきやうより此へいあんじやうにうつされて（261—3）

平安京遷都の月日まで記す伝本は、宝徳本系統中では大のみである（蓬は「十月廿日イ」と傍記）。ただ、他系統は大と同じ年月日を記しており、それは『濫觴抄』や『賀茂皇太神宮記』等の記す遷都日と一致している。

④八まん太郎よしいゑさだたうをせめご三ねんのたゝかひのとき（266―8）
傍線部が大に固有だが、そのため文脈に不整合を生じている。「さだたう」（貞任）は、前九年の役に係わる人物だから、傍線部が「ご三ねんのたゝかひ」に懸かるものなら誤りである。事実誤認に基づく加筆か。

⑤むまのときにをよんでしゆしやうはたかまつ殿へくわんかうなる（310―12）
傍線部、陽明本系列の他本は「本院は」「東院は」と誤る（資は「東院」を消して「主上」と傍書）。後白河を指す「しゆしやう」（主上）と記す大が正しい。他系列は傍線部を持たないが、なくても行文上の支障はない。

⑥う大しやうかねながとて十九さいちうなごんのちうじやうもろなが十八さい（377―3）
傍線部、他本は「とて大将殿の御同年」（陽に依る（影282―7）。松井本系列は「大将殿の」なし）とする。この記載が正しく大のみ誤る。大は誤った資料に依ったか。

以上の如く、結果として不当な物も含むが、大には考証を基にした加筆・是正意識が働いているようだ。この他、考証性に由来しない加筆や書き換えもいくほどか見られる。

①しきぶのたゆふもりのりを御つかひにて御かうハ一ぢやうかみてまいれとてまいらせらるしんゐんもりのりを御前にめされてぢきにごへんたうありけりもりのりいそぎかへりまいりて御かうハ一ぢやうにて候と申けれハさ大じん殿さらばとていそぎまいらせ給ふ（246―3）
他本は「式部大夫盛憲を使者として（崇徳院の白河殿への御幸があったか否かの―原水補足）実否を聞見定すまして帰とてつかハされ盛憲急帰参して此よしを申けれハさらはとて急参せ給ふ」（陽に依る）（影57―1）とする。小異はあるが系統内諸本ほぼ同文である。この形でも行文に問題はないが、大は、より詳述することで要

件を明確にし文脈を分かりやすくしたのではないか。他系統では、根津本系統が大に近似する。大が根津本系統など他系統の本文を取りこんだ蓋然性も考えられるが定かではない。

②　きうせんのすがたにててんじやうのミふだになをのこしける（264—7）
　傍線部、他本は「今日初て」（陽に依る）（影86—4）とする。

③　よゑんさだめてのがるへからずいかゞつかまつらん（302—12）
　傍線部を他本は欠く。

④　さ大じん殿の御ありさまくハしくかたり申けれはてんが御なみだながさせ給ひてわが身のさやうになるにつけても（322—5）
　傍線部を他本は欠く。

⑤　まさきようけたまハつてちよくぢやうにはおやのくびをきると申事ハふるきことばにて候（338—13）
　傍線部、他本は「かしこき者にて」（影216—3）（陽に依る。松井本系列はなし）とする。

⑥　きたのかた《母こせん》き、給ひてげに〳〵わが身をすてたりとも（368—7）
　傍線部、他本は「女房打うなつきて」（影269—8）（陽に依る。松井本系列は「女房」が「母御前」）とする。

③④は、行文をより丁寧にしたものといえる。⑤は、鎌田正清が経典を根拠として義朝に父為義の斬首を勧める場面だが、その正清を「かしこき者」と記すことを不都合と感じたことによる改変であるかもしれない。

以上、大による本文付加並びに書き換えの事例を掲げた。この他に注目すべきは、陽明本系列中、該本の本文のみが宝徳本系列と一致する事例が僅かだが見られる点である。その最も顕著な事例を示す。

くぎやうのちよくしをたて、おほせられたりしかどもつゐにかなハせましまさずしらかハのゐんハほりかハの（朱雀院は—原水補足）てんりやくのみかどにくらゐをゆづりたてまつり給ひしか御こうくわいありていせへ

てんわうにゆつりたてまつらせ給ひしがくわんちやくの御こゝろにや（375―3）

と記す部位、陽明本系列では大のみが傍線部を有する。文脈上傍線部は必要であり、他系列の全てに相当文が存在することを併せ考えるなら、陽明本系列中では、大のみが本来の姿を留めており、これを持たない系列内他本は欠脱を生じたものと推測される。次に掲げる例も又同様かと思われる。

さきやうの大夫にうだうのりながひたちのくに四ゐのせうなごんにうだうなりずミあハのくにしきぶのたゆふもりのり入道さどのくにくらんどのたゆふつねのりにうだうおきのくにあふミ《の》ちうじやうにうだうなりまさゐちごのくにとぞきこえける（382―15）

右掲文中、傍線部は陽明本系列中では大のみに存在しており、かつ他系列の全てに相当文が存在する。このことより、ここもまた陽明本系列中では大のみが本来の姿を留めているかと推測される。ただし、他系列では、傍線部の存在位置が「ひたちのくに」と「四ゐのせうなごん」との間である点が大と相違する。これについては、傍線部相当文がないことに気付いた大が、他本を用いてそれを付加したと考えられなくもない。陽明本系列中、大のみが宝徳本系列などの他系列と一致する事例はこれ以外にも見られるが、他は微細である。

以上のことより、大は陽明本系列のより本来的な姿を一部に留めている蓋然性があるとは考えられそうだ。

該本の性格をまとめるなら、ごく一部に古態を残すと思われる一方、全体にわたって欠脱・省略が相当数あり、さらに小規模ではあるが、考証を伴った改変・加筆が存在する伝本ということになろう。崇徳院・頼長は言うまでもないが、為義・義朝・清盛・為朝や乙若等にも敬語を多用することも特徴の一つに数えられる。

次いで広・佐について述べる。佐は、総体としては宝徳本系統陽明本系列本文に流布本系統のいわゆる為朝説話を採りこんだ伝本である。宝徳本系統に他系統の為朝説話を付加する点では、今・彰・静・尊・正・宮（永積分類に言う京師本系統・正木本系統）や院と同じだが、これらが宝徳本系統本文の後に根津本系統の為朝説話を付加するのに対し、佐は、宝徳本系統の為朝配流記事と崇徳院崩御記事との間に流布本系統の為朝説話を挿入している点が相違している。本節では、佐については宝徳本系統本文部のみを対象とする。

広と佐は極めて近しい関係にある。それを示す顕著な事例を掲げる。本文引用は広に依る。

①　すてにほんくうせうしやうてんのうちよりひたりの御手とおほしきかうつくしけなるをさしいたさせ給ひて（219—1）

広・佐以外では「せうしやうてん」と「のうち」との間に「の御前に御通夜有て現当二世の御祈誓あり（略）人定てのち證城殿の御簾の」（陽に依る）（影14—6）との百音節を越える本文が存在する。この形が本来で、広・佐は同じ欠脱を生じている。

②　忠実宛て師長書簡（379—9）を、「一日乍押別涙罷出御所之後」と漢文体で書き起こすが、中断し改めて「一日へつるいをおさへなから御所をまかり出るの後」と訓読体ではじめている。そのため、冒頭部が重出している。

③　(ア)けんそうくわうていハしよく━(イ)うらやましくそおほえける（略—ほぼ一丁分）都へのほり━(ウ)さんにうつされき（略—ほぼ二丁分）おきのかもめのともなふこゑ━(エ)けり（392—7）（文中の横棒は私意で付した）

上掲文には錯簡が見られる。正しくは、（ア）→（ウ）→（イ）→（エ）と続くべきところである。

上掲以外にも、広・佐の間には共通の欠脱や誤りが数多く見いだされる。両本の近似は各丁における配行・配字にも歴然としており、上巻では、一面の配字がほぼ一致している（中巻第二十二丁あたりから両本の字詰めに差異が生じはじめ、以後、佐に詰まりが見られる）。

以上の事実より、広・佐両本はきわめて近い関係にあることが了解されるが、本文の不備を補い合う事実が見られることより、親子関係にはなく、兄弟もしくはそれに準じる関係にあると推測される。両者間の異同は、用字に関するものがその大半を占めるが、他に微細な字句の異同が百箇所弱見いだされる。二十音節以上の固有欠脱（もしくは省略）数を数えると、広には二箇所存在するが[7]、佐にはそうした規模のものはない。この事実から判断する限りでは、佐の純良度がより高いように思われる。しかし、微細な字句のレベルでは広の方に本来の姿が残されている場合が多い[8]。となれば、顕著な規模の欠脱（もしくは省略）がないという点では佐が優れているが、細部については広の方が良いということになりそうだ。

結局のところ、広・佐の両本はかなり規模の大きい共通欠脱を持ち、かつ錯簡をも生じた伝本として捉えられる。しかし、大・国等に比べれば、固有字句は遥かに少ない。また、大・国両本に見られる固有字句には意改と思われるものがあるのに対し、広・佐の場合、誤解・誤写が原因で生じたと思われる類が多い。このことは、書写に際して、大・国に比し広・佐が私意を加えること少なく、親本により忠実であったことをものがたっていよう。その意味では、広・佐は該系列の本来性を探る一つの手掛りを提供する伝本といえそうだ。

次いで、仁について述べる。該本は、前半が宝徳本系統陽明本系列、後半が根津本系統根津本系列の本文からなる取り合わせ本である。冒頭より第五十三丁表東三条殿行幸記事までの宝徳本系統本文が本節における考察の対象となる。

まず、本文の純良性の面から述べると、二十音節以上の欠脱は次の一ケ所にとどまる。

隼の御社の前を過て先館の泉の鰭に壇を立て行僧有（影44―9）（238―9）

陽の本文を示したが、仁は傍線部を欠く。不注意に因る欠脱と判断される。この他には小規模な欠脱が数箇所見いだされる程度である。

仁の場合、宝徳本系統本文部が全体のほぼ三分の一であることを考慮しても、他本に比して欠脱数が少なく、規模も小さい。もっとも、誤写かと推測される字句は比較的多い。他本との親疎関係については、国と共通する部分が最も多く[9]、次いで広・佐に近い。仁と国・（広・佐）は現存本をいく段階か遡る時点で共通祖本にたどり着く関係にあろう。

結局、仁には国や広・佐のかなり大規模な欠脱（もしくは省略）を補える利点があり、目に付くほどの固有本文もない点からみて、国・広・佐三本より本文的には優れているのではないかと思われる。宝徳本系統本文部が全体の三分の一程度であることが惜しまれる。

最後に零について述べる。該葉の残存部は、上巻頭より教長による源為義召致の途中までの三十八葉（中、絵二面）、並びに為朝献策の段二葉、及び挿絵六面である。全文のほぼ二割程度の残存状態となろうか。本文は、広グループに属し、中で広・佐に近いようだ。文字は流麗だが、欠脱についてはほぼ一葉分に相当する規模のものが二箇所[10]、十音節を越えるものが数箇所見いだされ、また、誤字も少なくないことから、本文的には優れたものとはいえない。付言すれば、該零葉はいわゆる奈良絵本と呼ばれるものだが、私が見及んだ他の奈良絵本はすべて流布本系統の本文を伝えており、その点、宝徳本系統本文を有する該葉は稀覯というべきか。

広グループに属する伝本の性格についての調査を終え、陽グループ諸本（宮・陽・資・糸・天）の考察に移る。

陽グループ中、糸・天の両本はとりわけ緊密な関係にある。両者ともに同じ錯簡を有するほか[11]、二本にのみ共通する字句や欠脱（もしくは省略）が多数見いだされる事実がそれを端的に示している[12]。本文の純良性から両者を比較すると、二十音節以上の欠脱（もしくは省略）が、糸では二箇所であるのに対し、天には七箇所見いだされる。天が中巻を欠く上・下二巻の残欠本であることを考えれば、その純良度の差は明らかである。

糸における二十音節以上の固有欠脱は左の通りである。

①（為朝は―原水補足）仙洞にしこうして彼者ハ合戦の道におひてハさか〳〵しき者にて候か彼輩を引具して（影87―3）（264―15）

②　内太臣実能公左衛門督基実右衛門督公能蔵人少将忠近（影96―4）（270―3）

陽の本文を示したが、糸は傍線部を欠く。各々「彼」「能」の目移りに起因する欠脱と思われる。

次に天における二十音節以上の固有欠脱（もしくは省略）は左掲の通りである。

①　国富民安しされハ恩光あたゝかに照して国土皆豊饒なり（影6―6）（213―15）

②　碧玉の床の上にハ古御衾空残珊瑚の枕の下にハ昔をこふる御泪いたつらにつもれる（影21―10）（224―5）

③　当関白忠通公と申ハのちにハ法性寺の大殿とも申き（影25―10）（226―15）

④　六波羅の前をゆき通兵共是を見て左大臣殿御通のよし内裏へつけ申て車を押留たり（影57―7）（246―9）

⑤　わき〱の小門をハ次〱の兵共各是を承て思々に固たり（影61―10）（249―14）

⑥　思ひける心の中こそ悲しけれ又乙若殿波多野に云けるハさても我ハ（影256―6）（360―9）

⑦　格勤（ママ）二人候けるかめのと四人腹切を見て我等もいさや御とも仕り冥途の御道しるへ申さんとて同指違て死にけり（影261―2）（363―4）

陽の本文を示した（⑦は陽明本系列の共通異文）が、各々において天は傍線部を欠く。②④は各々「の」、「通」の目移りに因る欠脱かと思われ、③についても傍線部がないと意味が通じないため、やはり欠脱と考えられる。また⑤も欠脱であろう。ただし、①⑥⑦については省略も考えられる。

これに加えて、

承平に将門純友東西に乱逆をいたし天喜に貞任宗任謀叛を企て或ハ八ケ国を討取て八ケ年責戦或五十四郡を虜掠十二年防しかとも（影81―1）（261―6）

についても、天は傍線部を欠く。当該部、津を除く松井本系列はこの辺りを大きく欠いており、天に固有の欠脱ではないが、欠く範囲が異なるので、両者の間に関係はないと思われる。天の場合、「或ハ」「或」の目移りに因る欠脱と思われる。

こう見てくると、天の欠く記述の多くは不注意に因る欠脱と判断されるが、中には省略も含まれているようだ。固有字句については両者ともに顕著なものは認められないが、いずれかといえば、天の方に比較的多くを見いだすことができるので、いくほどか天の方に改変意図が見られるようだ。そうであれば、糸の方により本来性が残されていることとなる。もちろん、糸の誤りや不備を天によって補正しえる部位があるので、天に対する糸の優位性は相対の域を出るものではない。両者は直接の書承関係にはなく、現存本をいくほども遡らない時点で共通の祖本にたどり着く関係にあると考えられる。

次いで、宮について述べる。該本は、宝徳本系統陽明本系列本文の後に根津本系統の為朝説話を付加した取り合わせ本である。永積分類では正木本系統に属する。本節においては宝徳本系統本文部が対象となる。

まず、本文の純良性の面から述べる。対象部位には二十音節以上の固有欠脱が三箇所見いだされる。以下に示す。

① 清盛宣旨を承て此陣に罷向て候とたからかに名乗けれハ八郎是を聞て取あへす申けるハ院宣を承て此陣をかためたる鎮西蔵人為朝也（影110—3）（275—15）

② 義通入道殿の御使に参たりと申けれハ我も〳〵と走出たり義通申けるハ入道殿ハ舟岡山に籠給て候か（影243—7）（352—14）

③ 欲去万里之雲路奉親厳何日乎自非暗夢者更不知其期倩思此事（影285—10）（380—13）

陽の本文を示したが、右掲の①～③において、宮は傍線部を欠く。①は、宮の形では、「承て」が清盛に対する為朝の敬意を示すものとなり適切ではない。宮の欠脱と判断される。②は「入道殿」の目移りに因る欠脱と思われる。③の場合、傍線部を欠く宮の文「万里の雲をさらんとほつす其期をつら〳〵おもふに」は文意が通じない。これもまた不注意に因る欠脱と思われる。

これに加えて、

或時ハゑいやと云て輿を推居けれハちともはたらかぬ時もあり或時ハゑいやといひて身を打ふれハ（影302—2）（391—10）

についても宮は実線部を欠く。松井本系列もまた実線部に加えて破線部も欠き、欠脱（もしくは省略）部がほぼ重なるが、宮の場合は「ゑいやと云て」「ゑいやといひて」の目移りに因る欠脱と推測され、松井本系列の場合は省略も考えられる。

この他には、十音節を越える欠脱が数箇所見いだされる。また、文節規模あるいはそれを少々上回る程度の誤りが点在しているが、総体としては比較的誤りの少ない伝本といえる。

固有性に関しては、顕著なものは見いだされない。目に付くものとしては、

其よりして新院左大臣殿の御謀叛一定也けりと披露しけり（陽に依る）（影46—1）（239—6）

との一文の存在位置が他本と異なっている点が指摘できる。該文を、他本は、朝家呪詛の嫌疑で三井寺僧勝尊が捕縛された記事の結びとして用いるが、宮は、教長の崇徳院説得が不首尾に終わった記事の結びとしている。宮の位置でも大きな難点はないと思われるが、この現象が、宮の作為であるか、書写時の物理的な因に因るものかは分からない。なお、宮は、傍線部の「披露しけり」を欠いている。省略と見ることは可能だが、おさまりは悪い。

この他に微細な固有字句が少々見いだされるがとりたてて記すほどのものはない。

むしろ、該本で注目すべきは、陽明本系列諸本中、宮のみが系列内の他本と異なり、宝徳本系列などの他系列と合致する現象をいくつか有している点であろう。以下にそうした例を示す。

① 平氏のらうとう源氏をうち源氏のらうとうへいしをうたすんは合戦候へきや平氏のらうとうのい候やの源氏の御身にた丶ぬやうや候（282—15）

② 血もなかれす疵もなし心すこしあんとしてさりけなくもてなし八郎ハき、しにもにさる矢かな（291―4）

③ 袖をしほりけるところに黒ミたるすいかんうちかけたる人月にさそハれけるにや御所の中よりたち出たり（394―17）

④ 禅衆もなけれはかいかねのをともせす後夜晨朝に念仏する僧侶もなけれは三磬のひ、きもきこえす（402―10）（大は「後夜晨朝」以下を別筆で行間に書き入れている）

⑤ みか、れし玉のうてなを露ふかき野辺にうつして見るそかなしきかやうにかきつけおもひつ、けてなミたをのこい時うつるまてつく〳〵と候けるか又なく〳〵くときけるハ（403―9）

宮の本文を示したが、①～⑤において、宮を除く陽明本系列諸本は傍線部を欠く。しかし、宮のみは他系列と同様に傍線部を有している（ただし、①については、宝徳本系列の支も同部を欠き、松井本系列の九・実も、欠く部位が、宮を除く陽明本系列諸本と一部重なる）。③については問題があるが、他の場合は傍線部がなくても行文上の支障はない。従って、傍線部を持つ形、持たない形のいずれが本来であるかは決しがたい。ただ、①は「らうとう」、②は「なし」、④は「なければ」の目移りに因り傍線部を欠落させた蓋然性が高い。そして、陽明本系列が宝徳本系列の後流に立つとの犬井説に立脚するなら、宮並びに宝徳本系列を含む他系列の姿が本来で、傍線部を持たない陽明本系列の大多数の伝本の形は後出と位置づけられる。陽明本系列中、宮のみが他系列と合致する現象は小規模なものまで含めると上掲以外に十数箇所見いだされる。となれば、宮には、宝徳本系列の如き伝本（宝徳本系列諸本中には、他系列に対して絶対的に優位に立つ伝本は存在しない）から陽明本系列が派生する過渡の姿が残されていると考えられるのではないか。

次に資について述べる。該本は、宝徳本系統陽明本系列の本文に根津本系統の為朝説話を追補した、宮と同形態の取り合わせ本である。本節においては宝徳本系統本文部が対象となる。

まず、本文の純良性に係わっては、対象部位に二十音節以上の固有欠脱（もしくは省略）が五箇所見いだされる。

① せめて廿年の御宝算をたにも持給ハす纔に十七年の春秋を送かねて（影11―7）（217―3）

② 実否を聞見定すまして帰とてつかハされ盛憲急帰参して此よしを申けれハさらはとて急参せ給ふ（影57―2）（246―3）

③ 御先打しける家弘是をみ奉猶先に有ける平馬助か松崎のかたへ落けるを呼返して（影163―2）（306―5）

④ 御意の通する事世にかくれなしもし御使なんとを指遣ハさるゝ事もやとの御用意にてそ有らん（影177―6）（314―12）

⑤ 波多野二郎ハ未此事能も心得すして鎌田か袖をひかへて云様や殿是ハいかなる御事そ此事惣して心得すさてハ失たてまつるにこそあらんなれ（影220―4）（341―6）

陽の本文を示したが、右掲の①～⑤において、資は傍線部を欠く（②については、松井本系列の龍が「さらはとて急参せ給ふ」を欠く。また、⑤については、松井本系列も傍線部の一部を欠く）。①は「年の」、②は「とて」、③は「ける」、④は「事」、⑤は「心得す」の目移りに因る欠脱かと推測される。この他、

弓矢取ものハ親に過たる方人なし彼等四人生をきたらハよき郎等百人にハかへましき也（影224―10）（343―12）

についても、資は傍線部を欠く。津を除く松井本系列もこの辺りを大きく欠いているが、欠く部位が一致してはいないので、両者の間に関係はあるまい。資の場合は省略も考えられる。この他にも、資には字句レベルでの誤りや欠脱が全体に亘って見られる。

次に固有性に関して述べるなら、小字句のレベルでは相当数見いだされるが大規模のものはない。

注意を払うべきは、貼り紙一紙をはじめ多く存在する書き入れだろう。それらは、補正・校合・欠脱の補入など

種々の性格のものが混在しているようだ。たとえば、

①　入道殿ハ舟岡山ニ籠給《。又都ニ軍有と聞めす軍の習いそく》て候か。とおもふとも見ぬ事も有へけれハ（352―16）（書き入れ「軍」の左に「合戦」とさらに傍書）

②　兄の殿ハらをこそ。《君もきれとハ仰候らんおさなけれハ我等をハ》何のゆへにか失たまふへき（355―1）

③　けうとけなる者のふとも近付参て御《車を仕か夢のやうに覚るそやとてなき》。悲給ふまことにことハりとそ覚し（370―11）

等は、行間書き入れを含まないと文脈に飛躍を生じるので、本行本文の欠脱を補ったものと見てよいだろう。(13) しかし、次の場合はどうか。

①　非生の草木。《山野のけた物かうかのうろくつ》に　至　迄　恋慕愁歎の色をあらハせしにことならす（223―11）

②　必一方ハ勝ならひなれハ。《かねてせうふをしりかたし》た　ヽ　果　報浅深により（231―7）

これらの場合、文脈をたどる上で行間書き入れはなくてならぬものではなく、本行本文のみでも支障はない。そして、資が属する陽グループの他本には書き入れに相当する記述がない。この事実は、既に書き入れ相当本文が失われており、現存本はそれを受け継いだとも解しえる。そして、そう考えるなら、資に存在する行間書き入れは書写の際の不注意に因る欠脱を補ったものではなく、親本とは別の伝本を用いて書き入れられたものとみなされる。次に示す貼り紙をもっての補記も同質である。資は、

上よりも給らさる。上九国の輩大略付随て上る下へき由申ける（257―6）

との文章が載る丁面に貼り紙をもって「。九国のそうついふくとかうしてちんせいをハりおこないらうせきはうに過けれハ（略）にわかに上落(マヽ)しけれハ。」との長文を記し、本行本文の。部への補入を指示している。補記の部分は、為朝の濫行により父為義が解官され、その陳弁のために為朝が上洛する内容を持ち、当該部がないと文脈に大きな飛躍を生じる。行文上必要な記述であり、資の本行本文の形はおそらくは「九国」の目移りにより、貼り紙相

当部を欠落させたものだろう。ただ、当該欠脱は資に固有ではなく、資が属する陽グループにも見えている〔陽グループの他、宝徳本系列の河・学、並びに文を除く金刀本系列も同部を欠いている。この点については、注(16)(三〇四頁)で考察〕。であれば、当該部についても、貼り紙相当部の記述は陽グループの祖本の段階で既に欠落しており、グループ他本はそのままを受け継いだが、資は、別本により当該部を補塡したと考えられるのではないか。本紙が漢字の多い本文であるのに対し、貼り紙部が仮名表記の目立つ本文であることも、本紙本文と貼り紙本文が依った伝本が同一本ではなかったことを示唆している。

また、資固有の書き入れと思われるものもいくほどか存在している。

① さはなくして。我馬《馬をとうとふさせ》の腹を射させたるそや（299―4）
② さりとてハ。《哀ミ給ハさらんや》仁和寺の五の宮へ潜幸成へし（317―6）
③ 下野殿親父。判《出家入道してかうさんせらる、》官殿を切たてまつられ候事（351―9）

①については、書き入れに相当する字句が同系列の他本には存在しない。他系列では「馬を押倒て」などとある。②③は宝徳本系統はもちろん他系統にも同記述もしくは相当記述が見いだされない。これら書き入れが資の創作であることも考えられる。

書き入れを考える上で、まず問題となるのが、すべてが同筆かあるいは異筆も混じるのか、さらに本行本文と同筆か否かという点であろう。しかし、これを見極めることは中々の難事である。資の場合は、中に異筆も混じるようだが、素人目には、その多くが一筆でかつ本行本文とも同筆であるような印象を受ける。ただ、原本を仔細に点検したわけではないので自信はない。

該本においてもう一点注目すべきは、前述の宮と同様、陽明本系列諸本中、資のみが宝徳本系列などの他系列と合致する現象がいくつか見いだされる事実である。以下にそうした例を示す。

①　兄弟の中不快也ける間いまこそ落合処よと思けれハ殿ハ景親をハさせるとかもなけれとも不忠の者とて常ハ不審し給へともまことの時ハ景親こそか丶るせんとにも合奉れ他人ハ誰かたすけたてまつるへき明暮小目みせ給ひたる事ハいかにこり給ひぬやといひけれハ景能をめ〱と成てよしや殿日来ハともあれかくもあれ今より以後ハわ殿ニ過たる奉公の人やハあるへき何事成とものの給ハん事に随ハめといひけれハさらは余所へつれ参候へきとて又昇負て出にける（295―1）

資の本文を示したが、陽明本系列の他本は、傍線部が「此詞を不用して罷出なハ兄の恨死後迠も残へしと思けれハけにも御理也他人ハ誰か扶申へき」（陽に依る）（影144―3）と簡略である。他系列は小異はあるが資と同形。

②　（乙若は三人の弟たちに―原水補足）めをふさき手を合念仏申せとをしへけれハ三人の者とも又目をふさきにしに向て父ハいつくにわたらせ給ふそ只今まいるそや（359―7）

第二節で宝・東に近似が見られる部位の④（二五七頁）、並びに本節で国の固有記述を示す部位の⑤（二七九頁）で言及したが、資を除く陽明本系列諸本には傍線部がない。この形では、弟たちに対する乙若の言が途絶し、弟たちの行動に場面が飛ぶ不手際が生じる（国・大が、各々の方法で矛盾を回避していることは既述）。他系列では、宝徳本系列の宝・東が同じく傍線部を欠くが、それ以外は資とほぼ同形である（他本は「にしに向て」の下に「手を合せ」とする。なお、松井本系列の玄は「三人の者とも又目をふさきにしに向て」を欠く）。

これら部位についてもやはり資並びに他系列の姿が本来で、陽明本系列の多くに見られる傍線部を持たない形は、欠脱を生じた後出の形と判断できるだろう。とすれば、該本もまた宮と同様に、部分的ではあるが、宝徳本系列の如きから陽明本系列が派生する過渡の姿を伝えていると考えられるのではないか。

僧坊のありけるに入進せたりけれハやかてひれふさせ御座す家弘とかくしてをもゆいとなみ出してまいらせ

上けれハ（316―16）

資の本文を示したが、陽明本系列中では宮が資と同形で、他は実線部を欠く（大は欠く部分が相違し、国は実線部及び破線部を「くふ《こ》しいたして」とする）。他系列は資・宮と同形である。

右の事例もまた、資が宮と共に陽明本系列のより古い姿を一部に残す現象と認識できるのではあるまいか。(14)

最後に陽について見る。該本の場合、二十音節以上の固有欠脱は二箇所存在する。

①　なかゐのさいとうへつたうおなしく三郎たんちなりきよはんさハ六鬼王（ママ）にハしやうの太郎おなしく三郎ち、ぶのむしや（268―8）

②　あに、むかつて弓をひくへきやうやあるミやうかのつきむするハいかに八郎あさわらひてためともかあに、むかつて弓をひくかミやうかつき候ハ、いかにきてんハけんさいのち、にむかつて（289―7）

広の本文を示したが、陽は傍線部を欠く（ただし、②については「へきやうやあるミやう」相当部が書き入れ）が、①②ともに「三郎」「ひく」の目移りに因る単純な欠脱かと推測される。

この他に、

しゆしやういくさにかたせ給ハ、なんちをたのむてわれハまいらんゐんいくさにかち給ハ、我をたのミてなんちハまいれ（290―5）

も挙げてよいか。陽は傍線部を欠く（「しゆしやう」（主上）は行間書き入れ。宝徳本系列の彰・中と欠く部位が一部重なる）が、この場合も、「かたせ給ハ、」「かち給ハ、」の目移りに因る欠脱かと思われる。

その他、小さな誤りがいくほどか見いだされることは他本と変わりがない。なお、注目するほどの固有本文は見あたらない。

以上の考察結果をまとめれば次のようになろうか。

一、陽明本系列を特徴づける共通異文は、三巻本でいえば、上巻後半から中巻に集中している。
二、陽明本系列の諸本は、本文の親疎関係より、さらに陽グループと広グループに分けることができる。
三、陽グループは上巻に重点的な改変を施すが、広グループは積極的な改変意図を持たない。
四、広グループ中、国は比較的個性の強い伝本である。大も同様な性格を持つが、ごく一部に系列のより初期的な形を留めるか。広・佐両本は緊密な関係にあり、規模の大きい欠脱や錯簡を共有しているが、本文改変の意図は少ない。仁は宝徳本本文部が総量の三分の一程度という限界を持つが、本文は比較的純良である。零は欠脱が多く良い本文とは言えない。
五、陽グループ中、糸・天が緊密な関係にあり、本文的には糸が優れている。宮は比較的誤りが少なく、資は欠脱が目立つが、ともに系列のより初期の姿を比較的多く伝えている蓋然性がある。陽は系列中では固有の誤りが最も少ない。

『保元物語』系統細分にあたりはじめて系列の概念を持ち込んだ犬井氏は「善本もしくは古い写本を以って[15]」各系列の名称とした。とすれば、陽明本系列との命名は系列伝本中、陽を善本と認めたことに因ると判断される（陽に書写年次の明記はない）。この度の追調査においても、陽は、同系列の他本に比して、誤りの規模も小さく数量も少ない、また、固有の改変もほとんどないことが確認された。氏の判断をほぼ妥当と結論づけてよいと思われる。ただし、問題がないわけではない。該系列がさらに陽・広の二グループに分かたれることは前に述べた。陽グループが為朝の経歴紹介部に大きな欠脱を生じていることも前述した〔注（16）においても言及〕。当該欠脱は宝徳本系列の一部や金刀本系列にも見られ、陽グループに固有ではないが、広グループに比して看過できない大きな欠陥である。また、陽グループが広グループよりもさらに改変の進んだグループであることも明らかになった。一体、系統や系列における信頼できる善本とは何なのか。それはいかに規定されるのか。要件の一つとして欠脱や過誤が少ないことがあげられよう。しかし、それのみでは不十分である。系統もしくは系列内諸本中、固有性が少なく、最大公約数的な要素を最も濃厚に有することが大きな要件となるのではないか。換言すれば、系統もしくは系列中最も個性の希薄な伝本ということになろう。こう規定することが許されるなら、改変意図がより濃い陽グループに属する陽を代表伝本に据えることにいくほどかの躊躇を覚える。この点については今後の課題としたい。

さて、宝徳本系統の古態が宝徳本系列に最も濃厚に残存しているとの前提に立つならば、系列分派のごく粗い捉え方としては、現存本で言えば宝徳本系列に近い形から、上巻後半・中巻に重点的に独自の増補並びに書き換えを施した陽明本系列の祖本が派生した。それは、欠脱を増加させた河グループへと降る一方で、さらに上巻に重点的な改変を施した陽グループへと分岐したと捉えることができようか(16)。

注

（1）①②は「杉原本『保元物語』本文考―三系統本文混合の実態―」（「国文学言語と文芸」82　昭和五十一年七月）、③④は「宝徳本系統『保元物語』本文考―四系列細分と為朝説話追加の問題―」（『和歌と中世文学』東京教育大学中世文学談話会　昭和五十二年）に掲出。

（2）陽・広の二グループ区分も、最大公約数の観点からの処理法を出るものではない。従って、細部についてはこの区分法に適合しない箇所も少なくない。次に挙げる部位はそうした中で最も顕著なものである。

鳥羽の禅定法皇とそ申す天照大神四拾六世の御末神武天皇より七十四代ニ当りたまへる御門なり　（影331―2）（213―2）

宝の本文を示したが、宮・陽・大・糸・天・零は傍線部を欠く。宮・陽・糸・天は陽グループに、大・零は広グループに属するため、該箇所は上記のグループ分けに抵触する。

（3）『中世文学の成立』（岩波書店　昭和三十八年）

（4）広グループにおける主な共通欠脱（もしくは省略）は次の通りである。

①御たい状を書て職弁《ママ》官にたふ恐をなして給ハ、さり《ママ》ければ（影29―2）（228―13）

②宇治路をハあきの判官もとより淀《ママ》路をハ周防判官季実（影35―6）（232―9）（零は「もとより淀路ヲハ周防判官」を欠く。また大は傍線部を別筆にて行間に書き入れている）

③判官出向て色代して申けるハ為義いやしくも弓矢の家に生れ（影51―1）（242―7）（国は傍線部「たいめんしてためよし」）

④居なから御返事を申され子息ハかりを進られ候ハん事いかゝあるへく候ハん（影53―5）（243―14）

陽の本文を示したが、上掲四項目において広グループは傍線部を欠く（グループ内で異同がある場合は適宜各項に示した）。①②は欠脱と見られるが、③④は省略も考えられる。

（5）①御車にハ菅給料登宣（影57―5）（246―7）

②遠ハ異朝を訪に昌邑皇賀ハ胡国に帰され玄宗皇帝ハ（影303―4）（392―7）

陽の本文を示したが、各項について国は傍線部を空白としている。親本もしくはそれを遡る段階で何らかの原因によって不読となった部位を空白で残したものと考えられるが、こうした点はある意味での国の厳密性を示すと言える。

（6）下巻末の識語「文政三年　至十二月十二日朝一校了」より、これら校異の施された時期が分かる。時に弘賢六十三歳。江戸時代後期の代表的な考証家で、膨大な蔵書量を誇る不忍文庫の庫主であった弘賢〔彼の伝については大塚祐子氏『屋代弘賢略年譜』（私家版　平成十四年）が詳しい〕は、所蔵する保元物語写本に、いかなる異本を対校したのか。以下に、その具体を探る。

該本には、例えば「ふしのけうミやう《けミやう長》」のように、校異と見られる行間書き入れの下に「長」の他「カマクラ」「杉」「半井鎌倉」「京杉鎌」「三考」「記」「イ」「キ」「活」「印」といった文字が付されている事例が往々見いだされる〔該本と同様、不忍文庫、阿波国文庫、宝玲文庫を経て大東急記念文庫に現蔵される『平治物語』にも、弘賢の手により校異が施されているが、それら対校本文については、笠栄治氏「屋代弘賢旧蔵（現大東急記念文庫蔵）平治物語について」（「かがみ」14　昭和四十五年三月）に考察がある〕が、これらは、校合に利用された伝本の符号と考えられる。「カマクラ」「鎌倉」「鎌」が鎌倉本、「京」が京師本、「半井」が半井本、「杉」が杉原本を指すことは論を俟つまい（ただ、杉と符号される書き入れ中に、『参考保元物語』所引の杉原本、さらに杉原本そのものとも一致しないものがある点不審）。また「三考」は『参考保元物語』を指そう。なお、半井本・鎌倉本・京師本・杉原本については、『参考保元物語』に依ったと思われ、弘賢はおそらく原本を実見してはいまい。となれば、実際に本文を突き合わせて校異を採った伝本は「長」「記」「イ」「キ」「活」「印」ということになる。「活」「印」は各々古活字版と整版本を指すと思われるので、弘賢が実際に対校に用いた写本は「長」「記」「イ」「キ」の四本に絞られる。校異の取り方が、網羅的・統一的ではない（伝本を明示しない校合も少なからずある）ために、それら四本の姿を精確に捉えることは困難だが、「長」「記」についてはある程度の推測が可能である。まず、「長」と符号される伝本だが、大にはこの伝本との異同が最も多く採られており、それは現行の諸本体系でいえば、宝徳本系統松井本系列に属する本文を有するものであったかと思われる。松井本系列に属する伝本は十二本（その中四本は前半部のみ該当、一本は下巻のみ現存）確認されるが、「長」の符号を有する行間書き入れの全てと合致する本文を持つ伝本は、その中にはない。ただ、実との符合例が最も多いことより、これに近い伝本だったと推定される。次に「記」の符号で示される伝本だが、この場合も「記」の符号を有する書き入れのすべてと一致する本文を持つ伝本を現存本中に見いだすことはできないが、大局としては、宮内庁書陵部蔵『保元記』に近い本文を持つものであったと思われる（該本については、第一部第七章第三節に既述）。残りの二本「キ」「イ」についてはそれが現存伝本のいずれに近い形を持つものだったか明らかにしがたい。「キ」は「記」と同じ伝本を指すのかもしれない。「イ」は「異本」の意味だろうか。そうであった場合、その異本が、「キ」や「長」とは別本なのか（「くわんむてんわう十三代のこういん」の「三」の右脇に「二記イ」との校異が存在することより、「記」とは別本と分かる）、あるいは何本かを含めた総称としての符号なのかは分からない。ただ、例えば、「三井でらまでり《せキ》んがうなるへし」「や《はイ》う〳〵山をは出にけり」等の校合に着目する時、これら章句自体が『保元物語』諸本中、宝徳本系統にしか存在しないことより、「イ」「キ」も、大局的には宝徳本系統に属する、あるいは酷似する部分を持つ伝本だったといえそうだ。以上をまとめるなら、弘賢が大との対校に直接用いた写本は「長」「記」「キ」「イ」と符号されるものであり、かつ、それらは、宝徳本系統もしくはそれに近いか、それから派生した伝本であることが明らかとなった。

（7）広における二十音節以上の欠脱（もしくは省略）部位は次の通り。

① いかならん軍功勧賞にも申替て父一人か命をハなとかハ助さるへき我たにも助なは（影205―6）（332―3）

② 御車を引向させて何とか申させ給ひけん御涙にむせハせ給ふとハかりこそ御車のよそへハ聞けれ（影274―6）（371―10）

陽の本文を示したが、各々において広は傍線部を欠く。①②は各々「にも」「せ」の目移りに因る欠脱だろう。また、上掲以外に左の事例も加えてよいだろう。

指違て死にけりかゝりけれハ舟岡山にて主従十八人ハ失にけり波多野次郎頸共持て（影261―4）（363―5）

松井本系列も当該部を含む周辺を大きく欠くが、広との間に関連性はないだろう。広の場合、「にけり」の目移りに因る欠脱か省略かは判然としない。

（8）その事例をいくほどか例示する。

①ゑいりをおとろかさせ―ゑいりよをおとろかさせ（220―11）、②はんきならん―はんきないらん（227―5）、③なにと聞わけたる事なれ共―なにと聞わけたる事なけれ共（231―13）、④よりちかになかつかさのせうよりちか、まこ―よりちかに五代なかつかさのせうよりちかかまこ（234―9）、⑤かううのちん―かうのちん（246―14）、⑥しやうくん太子―しやうくう太子（260―2）、⑦さしものにてハ―さしもののにてハ（276―6）、⑧かなしけれ御なみたにむせはせたまふ―かなしけれやとて御なミたにむせはせ給ふ（323―9）、⑨いづの国をも給ハるへかりし―いつれの国をも給ハるへかりし（329―4）、⑩六十六人まうけ六十六かこくに一人づゝ―六十六人まうけ十六かこくに一人つゝ（344―4）、⑪今ハかうにてこそあれ―今ハかうにてあれにてこそあれ（小学館本には相当文なし）、⑫くらゐにのほりかゝるためしも―くらゐにのほりたりかゝるためしも（378―6）

―を挟んで上が佐、下が広の本文。①〜⑫中、⑤⑩⑪の場合は佐の本文がよく、①②③④⑥⑦⑧⑨⑫の場合は広の本文がよい。

（9）仁・国における顕著な符合例を示す。

①　照日光如来ハ御寿命十年住無住如来ハ僅に一日一夜也月西如来ハ唯一日也朝に出て夕に入給ひしかハ（影12―4）（217―9）

②　狼籍法にすきければ九国挙て訴けれハ或ハ為朝ニ宛て（影416―6）（257―7）（傍点部を国は「ためよし」と誤る）

③　下野国にハ八田四郎常陸国にハ中郡三郎関次郎甲斐国にハ志保見五郎（影93―10）（268―14）

陽の本文を示した（ただし②は宝に依る）が、①②③において仁・国は共に傍線部を欠く（②を含む前後を、宝徳本系列の河・学、陽グループ（資は貼り紙をもって補記）、金刀本系列の金・理・博は大きく欠く）。①は「如来ハ」、③は「にハ」の目移りに因る欠脱かと推測される。②は省略か。こうした仁と国との符合に比して、仁と広・佐との符合は単語レベルの微細なものにとどまる。仁が国から離れ広や佐などと近似する部位は、国に独自の改変が推定される部分である。

(10)　「しやらさうしゆのもとにして・なかりし御事なり」「たうしのせけんをあん・ちんりのうれへをいたける」の二箇所。・印は私に加えたものだが、・印の部分、小学館本にして各々、223―10～224―5、229―7～230―2に相当する記述を欠く。

(11)　上巻の「みるよしきこえける」（糸に依る。傍線部、天「な」）から「あふミの国かうか」までの部分（225―9～242―11）は「高松殿をうかゝい」と「山にたてこもりて」（242―11）の間に入るべきものである。なお、糸にはもう一箇所錯簡がある。中巻の「渡し奉り」から「以嗽意」までの部分（306―14～327―9）は「嵯峨の方へ」と「乱入之条はなハたいはれなし」（327―9）の間に入るべきものである。後者については天は欠巻。

(12)　糸・天のみに共通する二十音節以上の欠脱は次の通りである。

①　御寿命一百廿七歳なり其後の帝王百十四年或一百廿余年なと也（影11―10）（217―6）

②　一天の君の宣旨にこそしたかひたまハめおりゐの帝の院宣にしたかひ給ふへき（影40―4）（235―8）

③　波多野小次郎安房国にハ安西金鞠沼平太丸太郎上総国にハ介八郎（影93―2）（268―5）

陽の本文を示したが、糸・天は傍線部を欠く。すべて不注意に起因する欠脱と判断され、両者の共通祖本の段階で既にこれら欠脱が生じていたことが分かる。

(13)　行間書き入れについては、本行本文と同筆か否かが問題となる。異筆なら、これらもまた資固有の欠脱に加えるべき性格のものである（二十音節以上のものはこの三箇所）。同筆のような印象を受けるが確信はない。

(14)　宮と資並びに院（・正）の関係について記す。宮と資は宝徳本系統本文の後に根津本系統本文をもって為朝大島渡し以後の記事（いわゆる為朝説話）を追加した取り合わせ本である。同じ形態をとる伝本に正・院がある。この中、正と宮は永積分類において正木本系統として立統されている。院・資も正・宮と同形態であるため、これら四本を同類本として一括し得るかとなれば、それはできない。以下にその理由を記す。正は未見のためこれを保留し、宮・資・院の三本について記す。これら三伝本の宝徳本系統本文部については、院は松井本系列、宮・資は陽明本系列と、各々異なる系列の本文を伝えている。追加されている為朝説話もまた各本で素性が異なる。三本ともに根津本系統根津本系列の本文を有する点では一致しているが、子細に見るなら、宮は龍谷大学図書館蔵本・京都国立博物館蔵天正二十年奥書本・仁和寺蔵本により近く、資・院は筑波大学附属図書館蔵根津文庫旧蔵本・蓬左文庫蔵平仮名交じり本により近い。要するに、当該三本は形態は同じだが、それは結果的現象に過ぎず、それぞれに成り立ちの経緯を異にしている。従って現存本を遡る時点で（少なくとも院と宮・資は）単一の共通祖本にたどり着く関係にはない。よって、これらを同類本と見ることはできない。ただし、正は未見のため、宮・資・院三本と正との関係については分からない。正と宮が「完全な同類同種本である」との永積氏の指摘が厳密であるなら、正と宮は同類本としてまとめられるが、これに資を加えるべきかについては微妙である。

(15)　「宝徳本系統『保元物語』本文考―四系列細分と為朝説話追加の問題―」（『和歌と中世文学』東京教育大学中世文学談話会　昭和五十二年）

(16)　ただし、多様を極める伝本間の本文異同の中には、本節での捉え方に抵触する現象も存在する。この点一言しておきたい。

残所なく打随へて上よりも給らさる九国の輩大略付随て上へきよし申けるを（影75―1）

為朝の経歴を縷述する部位である。陽の本文を示したが、陽グループの文脈に大きな飛躍が見られることは資の性

格を考察する中で指摘した。当該部、他本は

のこるところなくうち随て上よりもたまハらさる九国の惣追輔夫《補使カ》と号して鎮西を張行ひ狼籍法にすきけれは（略―この間、小学館本にして約六行分）参て陳申さんとて俄ニ上路しけれハ九国の輩大略ともすへき申《よし》けるを

（宝に依る）（影416―4）（257―6）

とする。これと比較する時、陽グループはおそらくは「九国の」の目移りに因り他本の如き形の傍線部を欠落させたものと考えられ、陽グループの形が生じた経緯は容易に推測される。広グループは欠脱を生じていないので、陽グループの早い段階で欠脱を生じ、グループ五本がこれを継承したと見られる。ただ、そうした捉え方をした場合ある不審が生じる。宝徳本系列の河・学（文を除く金刀本系列も同じ）もまた相当部を欠いているからだ。この事実をどう解釈すべきか。陽明本系列が宝徳本系列の如きから派生したとの前提に立つ時、陽明本系列の共通祖本の位置にある伝本が既に河・学の如く欠脱を生じていたと考えた場合、広グループに欠脱を生じていないことの説明がつかない。また、陽明本系列の祖本の時点では欠脱がなく、陽グループの祖本の時点で欠脱が生じたと仮定した場合は、宝徳本系列の河・学に同じ欠脱が見いだされることに不審が残る。もっとも、当該欠脱は目移りという単純な原因により生じたと考えられるので、河・学と陽グループに同じ欠脱が見られることを偶然と解釈することは可能である。宝徳本系列に近い形態を持つ伝本中の、欠脱を生じていない一本から陽明本系列が派生し、その後の流動の過程で陽グループが欠脱を生じ、それが河・学と偶然一致したと考えるなら一応の辻褄あわせはできそうである。不審は残るが、今はこのように理解しておきたい。同様な現象がもう一箇所存在する。

四方の門をとちて（「たたけ」脱か）とも人もなし兎角捜求るに角振隼の御社の前を過て

（陽に依る）（影44―8）

の部分である。右の陽グループの文章でも行文上支障はない。ただし、他本では

四方の門を閇て叩とも答す東西の小門を打破て入て見れとも人もなしとかく索り求るに角振隼の御社を過て

（宝に依る）（影380―7）（238―7）

とあり、これと比較すると陽グループは実線部を欠いている。この場合も宝徳本系列の河・学（文を除く金刀本系列

も同じ）が同様に実線部を欠いている。当該部についても、実線部を持たない原因がおそらくは「とも」の目移りに求められようから、前掲事例と同じく、陽グループと宝徳本系列の河・学との符合を偶然と見ることは可能である。ただ、この場合は一層込み入っており、広グループは「見れとも」を「見るに」とし、かつ破線部を欠いている。宝徳本系列の如き本文を引き継ぐに際し、陽グループは実線部を欠落させ、広グループは破線部を省略あるいは欠落させたと考えるべきか。

第四節　松井本系列の諸本

松井本系列に属する伝本としては、九・院・実・玄・松・安・昭・早・蓬・神・原・龍・津の十三本が該当する。ただし、早は全三巻中、下巻のみの残欠本であり、安は上巻並びに中・下巻のごく一部を伝えるにすぎない。また、蓬・神・原並びに龍は取り合わせ本で、各々、上巻頭より後白河勢出撃記事までと、上巻頭より中巻の法勝寺焼き討ち不許記事までが考察の対象となる。院については巻末の為朝説話は対象外となる。

該系列の共通現象として次の八項を掲げたい。

① 高祖父大和守たりしよりをくの郡ニ居住して未武略の名をおとさす（影377―1）（236―1）

② 射はつしたる事未一度もなきものを此馬の矢のあたりやうをみるに主ハよも死せしこれ等ハすひ分目恥かしき者共ニてあるものを人にかたらむ事のはつかしさよ口惜き事哉とそつふやきける（影484―1）（294―1）

③ 嵯々として行方をしらす眇々として遥のみちニ出ニけり蒼梧の煙のなひく方ニたくひ白楊の霧いつくをさしてかたつぬへき（影571―1）（334―7）

④ 皆涙をそ流ける其中ニ波多野次郎赤威の鎧の袖なる(ママ)ゝ涙にすゝかれて洗革とや成ぬ覧又乙若殿云けるハあの少者共の髪の顔ニかゝりたる熱けさよ推上けてゆへかしと云けれハ乙若殿にハ源八（影606―1）（356―13）

⑤ 皆腹をそ切てける天王殿の恪動(ママ)一人自害す乙若殿恪動《勤歟》一人自害すかゝりけれは船岡山にても主従十人ハ失ニけり（影618―7）（363―4）

⑥　はかなきためし余所の哀とき、置しハ船岡山の事也けり嵯峨うつまさにまいりてさまをかえんとおもへとも（略）川の中へそ入れてける（影624―2）（366―3）

⑦　浮世ニつれなくなからへは子ともの年をかそへても今年ハそれはいくつ〳〵子ともに似たる人を見てもあらましかハとこひしくハ切りけん者のうらめしさよ被切子とものいたわしさよ思つゝけて一時も世ニあるへし共不覚（影625―5）（366―14）

⑧　仏経を修読するをハ皆被許てこそありしか後世の為にとて奉書たる大乗経の敷地をたにも被惜にはさては後世までのなけきこさんなれ（影686―8）（399―14）

宝の本文を示したが、松井本系列は、①②④⑤について傍線部を欠き、③は「行方しらすそなりにける」（松に依る。以下同）、⑥は、宝にして七行弱にわたる相当部が「はかなきためしとき、おきしハいま身のうへのことハりも也」と、⑧は「経典を書写し安置したてまつらんにをゐてをや」と、各々簡略である。⑦については相当記述を持たない（残欠本・取り合わせ本である早・蓬・神・原・龍・安については一部が適合）。

犬井氏は松井本系列を特徴づける本文を十九箇所摘出するが、[1]本節では上掲の八項をもって該系列認定の目安としたい。その根拠を述べる。上掲十三伝本中、津・院の二本は、犬井氏提示の分類基準では属すべき系列がない。ただ、松井本系列認定の指標十八箇所中（十九箇所中、一箇所は該当しないのでこれを除外する）、院は十六箇所、津は十二箇所が適合しており、このことよりこれら二本は松井本系列に最も近い位置にある伝本と認識される。津・院が属すべき系列がない現状への方策としては、系列を新たに設けることも考えられるが、当該二本が松井本系列に近い位置にあることは疑いないので、松井本系列の範疇をより広げる（具体的には、現在の松井本系列判定の指標から、当該二本が該当しない項を除外する）ことで、当該二本を松井本系列中に組み入れる処置が伝本派生の実情にもよりそぐうものではないかと考える。松井本系列認定の目安を八箇所に絞るもう一つの理由は、管見に入った伝本の範囲においては、上掲八箇所を満たすことが、松井本系列と判定し得る必要十分条件になると考えるためである。これら八箇所は犬井氏の掲げる箇所とは多少の出入りがあるが、松井本系列の欠く部位が多数にのぼることにその原因がある。

上掲八箇所を選んだ基準は規模の大きさである。しかし、①は規模が小さい。にもかかわらず、①を採択した理由は以下の通りである。該系列の伝本中、安はほぼ上巻のみの影写本、蓬・神・原・龍は取り合わせ本であるため、これらについては前三分の一もしくは前半のみが考察の対象となる。しかるに、松井本系列を特徴づける現象は後半に顕著である。規模の大小を基準として松井本系列の共通事象を選んだ場合、それは後半に集中することになり、ほぼ前半のみが考察対象となる前掲諸本については判別の指標が得られない。これを考慮して、規模は小さいが上巻においては最も顕著な現象である①を加えた。

「この松井本系列には、誤脱も生じてはいる。が、必ずしも誤脱とは言えず、あるいは故意の省略かとも思える欠文が、かなりの数に上って」おり、「これが、この松井系列の本文の特徴と言ってよい」との犬井氏の見解が妥当であることは、上掲八箇所において該系列の欠く部位が修辞的な美文であること、あるいは簡略化されたために生じたと思われるものであることより納得される。

該系列の場合、津・院を加えたために、他系列のような画然たるグループ分けは難しいが、しいていえば、所属の十三伝本はその親疎関係によってさらに松・九・蓬・神・原・実・安と玄・昭・早・龍のグループ及び院と津に区分することが可能である。各々のグループについては松グループ、玄グループと称する（神・原は蓬の写しであるため、蓬を以て代表させる）。

まずは、松グループ（松・九・蓬・実・安）について述べる。該グループに共通する現象を次に掲げる。

①　御ミす二三けんはかりあけられて雲井の月をゐいらんありけるになをえたる月なれハへきらうきんは三五の

夕といひなから（215―9）

② ミやうねんの秋のころかならすほうきよなるへしその、ち世の中てのうらをかへすかことくなるへし（220―7）

③ しよゐのくわん人ひやうちやうをたいし四部六部のけんひいしらかつちうをよろひきうせんをたいしちんとうに候けり（249―2）

④ はるかにみたしてゐミさせ給てためともすてにまいりて候まことにゆ、しきつわ物にて候けり（253―10）

⑤ しかるにいま廿六代の御門をのこしたてまつりてたうきんの御門に王法のつきなん事こそくちをしけれ（259―11）

⑥ 日をのふるならハ人はともにつかれてかせんよハかるへししからハこの御しよをハきよもりなとにしゆこせさせられ候へ（265―3）

⑦ せいほうらいけきのいをふるひていさミす、ミてうち出しすかたことからあハれ大しやうくんやとそみえし（267―12）

玄の本文を示したが、松グループは④の傍線部を「ハるかにみハたせハ」（松に依る）とし、他については傍線部を欠く（②の場合、松グループは「うら」を「うち（内）」とする。また、蓬は「ミやうねんの」の「の」を欠く一方、「手（て）の」を有するなど小異がある。安は白紙部分）。この中、①②③⑥は目移りなど不注意に因る欠脱かと推測されるが、④⑤⑦は省略かもしれない。なお、③については津、⑤⑥については院、④については津・院が松グループと同じく傍線部を欠いているので、これらは松グループのみに共通の現象ではない。

玄グループ（玄・昭・早・龍）について、これらが近い関係にあることは次の事例から確認される。

① 人王七十六代にあたりたまへるみかと代まつせにおよひくらゐハ如来におとり給へるうたひの御身おもちな

から（217―14）

② 御めのくれさせ給ひけるにこそとをの〱袖をそしほりけるミつやあるのまむとおほせありけれハ（307―13）

③ 六良とのとかいの人々をあひそへて山道をさしふさき七郎とのと九郎殿をハしなの、せいをあひそへてほくろくたうにさしむけ（331―2）

④ きりたてまつらんとハしたまふそたすけたてまつるまてこそなくともせめてハかくと申てさいこの御ねんふつをもすゝめたてまつりたまへかしといひけれハかまたことハりとやおもひけんさらハわとのそのやうを申たまへといふあひたよしみちくるまのなかへにとりつきてなく〱申けるハ（342―4）

⑤ さのミ野山にふさん事も物うく覚てあるかた山寺にたちより（385―11）

松の本文を示したが、④を除く各々において、玄グループは傍線部を欠く（ただし、龍は前半部のみが宝徳本系統本文であるため①②のみが、早は下巻だけが現存するので⑤のみが該当）。④については、玄は傍線部を欠くが、昭は、このあたり「きりたてまつらんとハし給ふそたもとにとりつきてなく〱申けれはかまだこれをきゝ」としている。この点については後述する。これらはすべて不注意に因って生じた欠脱と考えられる（①は省略かもしれない）。上記共通現象を以てこれら四本が近い関係にあることが確認される。

以上、津・院を除く松井本系列所属の伝本が松・玄の二グループに細分されることを述べたが、松グループの場合、七項中、不注意に因る欠脱と見られるものが①②③⑥、省略の蓋然性が考えられるものが④⑤⑦となる。一方、玄グループでは、五項のほとんどが不注意に因る欠脱である。この事実を見る限り、玄グループには不注意に因る欠脱が多いのに対して、松グループには省略の度合いがいくほどか濃いといえるだろうか。小字句に着目した場合も、きわだった差異は認められないが、いずれかといえば松グループに省略が目立ち、玄グループに誤写が多い。

以下、各本の本文性格を見る。まずは、松グループに属する松・九・蓬・実・安について述べる。本文の純良性を探る目安として、各本が固有に欠く二十音節以上の部位を計数すると、松八、九一、蓬〇、実七、安五となる。

右の数値が示す限りにおいては、大規模な欠脱（もしくは省略）がないという点で、蓬が最も信頼すべき本文を備えているようだ。該本にはごく小さな欠脱や誤字がいくほどか見られるが、目に付くほどの固有字句は存在しない。この点で蓬は善本と判断される。ただし、先に記したように、該本は取り合わせ本であり、宝徳本系統を伝える部分が全体のほぼ三分の一という限界を持つ。また、松井本系列に属する伝本の多くは平仮名を多用するが、その中にあって蓬は漢字表記の目立つ伝本である。そして、その中には不適切な漢字使用が少なくない。いくつかを例示すると、

①下（自他）（228―5）、②漢朝（閑中）（228―10）、③宣旨（せん事）（229―8）、④黒鍔（黒つ羽）（234―4）、⑤床（瑜伽）（260―8）、⑥僉議（先規）（262―6）、⑦光悦（黄鉞）（267―12）

等が挙げられる。各項、上が蓬、下の（　）内が適正な本文である。①は、自他→した→下、②は、閑中→かんてう→漢朝、③は、せん事→せんじ→宣旨、④は、黒つ羽→くろつは→黒鍔、⑤は、瑜伽→ゆか→床、⑥は、先規→せんき→僉議、⑦は、黄鉞→くわうゑつ→光悦、と蓬の誤りに至る過程が推測され、いずれも、蓬の前段階に仮名表記本文が想定される。人名表記についても、政廉（将門）、則長（教長）など、同様の現象が認められる。この事実は、元は平仮名表記であったもの（仮名表記の多い伝本は少なからず現存する）に蓬（もしくは蓬をいくほども遡らない祖本）が、独自の判断で漢字を当てたことを示しており、蓬はこの点に関しては本来の姿から離れていると考えるべきだろう。

松グループ中では、実・九が近い関係にある。

①　かやうに候ハんにハいかなるよろひをきてこのもんへハむかひ候ハんするそ（277―2）

② ゆミやとらせ給ふ人につきつかへ申もの、か、ることにあふへしとハかねてそんちしたる候との、うたれさせ給ひ候ハ、（281―4）（実は傍点部「み」）

③ へいけてういをそむけハけんし（これ―他本により補う）をたいらくへいしのらうとうけんしをいすけんしのらうとうへいけをいすハかつせんあるへしや（282―14）

松の本文を示したが、各項について、実・九はともに傍線部を欠く。そのすべてがおそらくは目移りに因る欠脱と推測される。この他、実・九両者の間には小字句のレベルでの合致が認められることからも、両者の親近性が確認できる。

本文の純良性の面から注目すべきは九であろう。該本の場合、二十音節以上の欠脱は左の一箇所のみである。

なんそかううかやつとならんといひけれハかうういかりをなしてきしんおころせりといへり（略）たいりへまいるへきふしのけミやうお御執筆にしるしをかせ給ふよしともよしやすよりまさのふかすさねとし以下五人なり（247―5）

松の本文を示したが、九は傍線部を欠いており、頼長入洛の途中から、崇徳院と後白河帝との書簡のやりとりを経て、鳥羽院の遺命披露の途中までが存在しない。そのため文意が通じなくなっている。欠脱規模がほぼ一丁分に当たることより考えて、書写の際、二丁を一度にめくったことに欠脱の原因があるのではないか。いずれにせよ不注意に起因している。

大規模欠脱はこの一箇所のみであり、これ以外には全体的にごく小さな字句の誤りが見られる程度で、総体として善本と判断される。上述の大規模な欠脱がその本文的価値を低めていることが惜しまれる。

次いで実に移る。二十音節以上の固有欠脱（もしくは省略）は左掲の七箇所である。

① そのきしきとし〳〵かわることハなけれともことしハ御なうによりてと、めらる（215―4）

②　所々につけられたりけるあいた八りうとそなつけたる八りやうのよろい（の―他本により補う）中にことにひさうのてうほうなり（266―10）

③　あなをひた丶しのい勢やとていきつきゐたりしもつけのかみ八郎とおもひておくしてそさはおほえつらん（288―11）

④　あはのつほねかもとへとおほせありけれハ二てう大ミやへ仕てたつねけるに門をとちてた丶けともをともせすさらハ左京の大夫かもとへとおほせられけれハ（略）さらハせうないしかもとへとおほせありけれともそれにも人もなかりけり（315―11）

⑤　御なミたにむせはせたまひけりかのそふかこ国に没せしつゐにかんていのれうかんをはいす（323―10）

⑥　朝家の御かためとなり君の御まほりともならせ給ハんや（と―他本により補う）かきくときなみたをなかしけれハ（351―11）

⑦　らうせきをしつむへきよし被仰下けれハ両人ともにあとかたなきよし陳し申す（374―9）

松の本文を示したが、①～⑦の各々において実は傍線部を欠く。④の場合、実の欠脱規模は松で数えて四行強に及ぶ。九・津もまたその中の二重傍線部を欠くが、この場合おそらくは「おほせ」の目移りに起因するものだろう。実の場合も「おほせありけれ」の目移りに因る欠脱と思われるが、九・津とは無関係に生じたものだろう。

該本には、この他にも欠脱や誤字が相当数見られる。このことより、本文面では総体として九よりいくぶん劣る位置にあるかと思われる。

安は、安田文庫蔵本を高橋貞一氏が昭和十年に影写したものである。親本の安田文庫蔵本については、高橋氏『平家物語諸本の研究』「附録第一章　保元物語諸本の研究」に、「美濃判袋綴、十行仮名交り草書、徳川初期写。目録章段を有する。」と紹介されているが、現在所在不明。なお、高橋影写本は、上巻全部と中巻目録並びに巻頭一丁と巻末四行、下巻目録並びに巻頭一丁と師長配流記事中の一丁、巻末四丁を伝えるのみで、完本ではない。該本の大きな特徴は目録を有し、小見出しを付して章段区分をしている点にあるが、この形は、管見では、宝徳本系統では該本のみに見られる。目録・章段区分を持つ系統としては、流布本系統のいくつかの古活字版と整版本並びに杉原本系統が知られているが、これらとの間に章段名の類似は認められない（上掲高橋氏の紹介中に、目録が転載されている）ことより、該本独自の処置と思われる。

二十音節以上の欠脱は左掲の五箇所である。

① しゅしゅんてんわうハきんめい第十二のみこおほくの御あにをこゑてせんそありきまちかくハへいせいのてんしさかのてんわうに御くらゐをこされ（240—11）

② むほんをハおこさせたまハす一の宮の御事おふつしんにもいのり申させたまハんことわさもありなむ（241—1）

③ 時こくあひのふへしよしともハさしもかつせんに心得たるものにてある物をそれも人に上手うたれんとハよも思ハし（256—3）

④ みなしさゐにおこなふへしとハからひ申さるれハたれとてもそのなんのかるへしともおほえす（259—3）

⑤ いま此わさわゐにあひなかくそのおもひをたへす（略）人間にいのちのなかきをこそ悦とすれと春日大明神ねかハくハ我いのちをとらせ給へや（380—1）

松の本文を示したが、各々について安は傍線部を欠く。いずれも不注意による欠脱である。⑤の場合、小学館本にして十八行程度を欠落させている（この他、鳥羽熊野参詣の段に白紙一丁の空白を持つが、これは高橋氏書写の時点でのものか）。

以上のように全体の三分の一程度の残存部においてもこれだけの欠脱が認められることより、本文的には優れた伝本とはいいがたい。目録・章段区分を有していることもその後出性を示唆している。全体を通じて字句の改変も認められる。章頭に「扨」「去ほとに」といった語を加える点も改変の一例である。他には、「のたまふ」（他本「おほせらる」）（219—9）、「しやくそん」（他本「しやか如来」）（223—9）、「日もくれかたく」（他本「日もなかく」）（224—10）、「されはにやさふもかやうの例をおほしめし出されけるかや」（他本「さふもこのれいをおほしめしいたされけるにや」）（247—7）、「くし奉行にハあらさらん物を」（他本「くしのふきやうにハにぬ物を」）（256—8）、罷上（他本「参」）（257—15）、「讒言をかうふりてハ然るへからす」（他本「さんけんおかうふりてせんなし」）（257—17）、「垂仁天皇」（他本「すいこてんわう」）（260—1）、「たすかるへきものをたすくるハいふにをよはす」（他本「たすくへきものはたすけ」）（351—5）等が改変例として示し得る（他本については松の本文を示した）。その中、「垂仁天皇」は、他本の「すいこてんわう」が正しいが、安と同グループに属する実・蓬・九に「すいむ《こ》てんわう」「すいむ」（「む」の上に「ヒ」）天皇」とあることより、「垂仁」へと変化する経緯が推察される。こうした小さな改変の他に、誤字もいくほどか目立つ伝本である。

松は上述の蓬・九・実・安の四本とは少し離れた位置にある。該本の場合、二十音節以上の固有欠脱（もしくは省略）は八箇所を数える。

① かうわ五ねん正月十六日御たんしやう同とし八月十七日くわうたいしにたゝせ給ふかせう二ねん七月九日ほりかわのゐんかくれさせ給ふ（213—5）

② くふの人々にハくわんはく殿ない大しんさねよし公さゐもんのかミもとさね（270—2）

③ 身をかくしをきてにうたうかならん様にこそきゝはて給ハめあひかまへて一しよ落へからす（333—10）

④ まとひいてにし女はうたちしかのやまこえ三井寺なとへこそとおほしめされしかとも（373—5）

⑤ 入道殿下御なみたをなかさせたまひて左府うせ給ひてのちハ（377—12）

⑥　所のぢうミん等にいたるまてもよほしあつめ三百よ人をしよせて四重五ゑにをしかこみ（387—5）

⑦　何事をか申へきとて物もいはすきこゆる為朝ゑひらんあらんとて周防判官秀実うけとりてきたのちんをわたす（388—11）

⑧　御手跡はかり都へ帰入せたまハん事いま〳〵しそのうへいかなる御ぐわんのむねありてかおほつかなし（399—3）

玄の本文を示したが、各項において松は傍線部を欠く。③については省略も考えられるが、他の場合は傍線部がないと文脈に飛躍を生じるため、目移りなど不注意に因る欠脱と推測される。この他に次の箇所も加えてよかろう。

当世のしゆくらうにてわたらせ給へハ君もしんもはぢたてまつてこそわたらせましますに（314—1）

右についても松は傍線部を欠くが、これも「わたらせ」の目移りに因る欠脱と判断される。当該部、宝徳本系列の東が傍線部を含む周辺をより広範囲に欠くが、松との間に関連性はないだろう。上記の如く、グループ中、松は大きな欠脱数が最も多い。その他にも小さな誤りが散見し、本文的に優れているとは言い難い。ただし、改変性は希薄であり、その意味では、松井本系列の最大公約数的な姿を伝えていると言えようか。

いずれにせよ、これら五伝本は各々難点を持ち、いずれか一本が卓越して純良な本文を有する事実はない。

次いで、玄グループに属する玄・昭・早・龍について述べる。まず、各本が固有に欠く二十音節以上の部位を計数すると、玄一、昭五、早一、龍三となる。

昭の場合、二十音節以上の固有欠脱（もしくは省略）五箇所は左の如くである。

①　やまとのかミよりちかに五代中つかさの小輔よりちかかまこしもつけのかミよりひろかちやくし（234—9）

②　かねこかかふとのてへんにてをかけてひきあをのけんとするところにかねこぬいてもちたるかたなゝれは（296—16）

③　しんゐん御かつせんにうちまけさせたまひてゆくかたしらすおちさせたまひぬときこえけれハ富家禅定殿下左府きんたちひきくしたてまつり（313―5）

④　かきくとき身つから髪をきりあまたにゆひわけ仏神三ほうにたむけたてまつり河の中へそ入てける（366―7）

⑤　命をうしなひ給ふことハなし皆さまをかへすかたをこそやつし給ふなれ（367―15）

松の本文を示したが、各々において昭は傍線部を欠く（④に関しては、昭は「かハのなかへ。そ入てける《いりなんとの給ひけるイ》」と、行間に校異を記す）。①②④は欠脱と思われるが、③⑤については省略の蓋然性もある。

この他、系列内でのみ固有との条件下では、以下の三箇所が加わる。

⑥　しん院と申ハ御あにたいりと申ハ御おと、なりくわんはくとのハ御あにさ大しん殿ハ御おと、なり（231―3）

⑦　八まんとのを主とたのまぬものやハありしそのこにてましませは入道とのも我らかしうそのこにてましませハこそ頭殿も主なれ（341―17）

⑧　追号ありて崇徳ゐんとそ申ける一ミやしけひと親王をハ御出家後けさう院のほうゐんけんしやうと申き（401―13）

右のいずれにおいても、系列内では昭のみが傍線部を欠くが、系統全体を見渡した場合、⑥については宝徳本系列の東が、⑦については陽明本系列の大・国が同じ部位を欠いている。⑧については東が当該部を含む周辺を大きく欠く。いずれの場合も不注意に因る欠脱と思われる。⑧の場合、昭と東との関連は考えられないが、⑥⑦の場合は、昭と各伝本との間に関連があるか否かは分からない。

昭には上掲以外にも十音節を越える欠脱（もしくは省略）がいくつか見いだされる。また、全体を通して固有の小字句も比較的目に付く。そうしたもののいくらかを左に示す。

①　まつゐのちをすて丶ちうをはけまさん（274―8）
他本は「まつゐのちをすて丶さうあるなり」（松）、もしくは「まづいのちをすつへきなり」（大）といった記述を持ち、傍線部表現は昭特有である。

②　やハあなたへつといとをしてかぶらハ大ぢにさつとちる（293―9）
他本は「矢ハあなたへつといとをして大地にたつかふらハこなたへこけてさつとちる」（松に依る。以下同）の如き形を持つ（国はこのあたり欠脱）。昭は他本の如き形の傍線部を抜き出して組み替え、抄略を図ったか。

③　のとのかたへさかさまにこそいたてけれふしきなりし事ともなり（306―11）
他本は「のとのかたへさかさまにたつたりた丶事ともおほえす神箭なとにやあるらんとそあやしミあへる」とする（ただし、玄・龍は「のんどのかたへさかさまにとそあやしみあへる」（玄に依る）と簡略だが、これはおそらくは前掲文の傍線部を欠落させたものだろう）。昭は独自の行文を持つ。

④　しんゐんおほせなりけるハいまハこのミの事ハおの〳〵しるへからす（308―2）
他本は傍線部を持たない。傍線部はなくてならないものではないが、あれば懇切とはいえる。

⑤　すけながあそんを御つかひとしてにんわじへせんげなりけるハ（369―9）
傍線部、他本は「進せられて」「被参て」などとしており、昭のみ固有の表現を取る。
些細ではあるが、時に昭にはこうした独自表現が見いだされる。また、次に示す事例も該本の固有性を端的にものがたるものではないか。

とうごくのともがらおほくつきたてまつるといふもひとへにためよしの御かけぞかししかるにまさしきち丶のくびをバいかてかきらせ給ふへき

玄を除く他本は、相当部、

東国のともからおほくつきたてまつるといふも入道との丶御さうそく也さこそちよくめいおもしといふともまさしきち丶のくひをハいかてかきらせたまふへき（松に依る）（341—11）

と記す。両者ともに文脈に問題はないが、昭はいささか趣を異にしている。当該文は、為義を闇討ちにと謀る鎌田を制止する波多野の言の一部だが、昭の場合、波多野が主人を「ためよし」（他本では「入道との」）と呼び捨てている点に不自然さがある。一体、昭の形はいかなる経緯で生まれたのだろうか。それを探る鍵が玄にある。相当部を玄に求めると、「とうごくのともからおほくつきたてまつるといふともまさしきち丶のくひをハいかてかきらせ給ふへき」と、他本の傍線部を欠く形と一致する。この場合、他本の形が本来で、玄は、おそらくは「といふも」「といふとも」の目移りにより傍線部を欠落させたのだろう。この事実を以て憶測するなら、玄と同グループに属する昭においても、その親本（もしくはそれをいくほども遡らない祖本）の時点で既に玄と同じ欠脱を生じていたのではないか。そして、この不備に気付いた昭（もしくはそれをいくほども遡らない祖本）の筆者が、独自の行文をもって文脈の飛躍を埋めた。そのゆえに、昭は当該部において固有本文を持つことになった。このように考えることはできまいか。

次に掲げる現象もまた同種のものとして捉えられる。

（為義を—原水補足）きりたてまつらんとハし給ふそとたもとにとりつきてなく〳〵申けれはかまだこれをき丶（為義に向かって—原水補足）いまたしらせ給ひ候ハすや

同じく、為義を闇討ちにしようとする鎌田を波多野が制する昭の一節である。玄を除く他本は、相当部、

きりたてまつらんとハしたまふそたすけたてまつるまてこそなくともせめてハかくと申てさいこの御ねんふつをもす丶めたてまつりたまへかしといひけれハかまたことハりとやおもひけんさらハわとののそのやうを申た

まへといふあひたよしみちくるまのなかへにとりつきてなく〳〵（為義に—原水補足）申けるハいまたしらせたまひ候ハすや（松に依る）（342—4）

とする。他本に比べ昭は簡略だが、両者ともに文脈に問題はない。ただ、為義への報告者が他本では波多野であるのに対し、昭では鎌田になっており、さらに、波多野が「とりつ」いたのが他本では「くるまのなかへ」であるのに対し、昭では鎌田の「たもと」になっている。相当部を玄に求めると、該本では「きりたてまつらんとハし給ふそたすけとりつきてなく〳〵申けるハいまたしらせ給ひ候はすや」とあり、他本の傍線部を欠いた形と一致している。傍線部がなければ文脈に飛躍が生じるので玄は欠脱を生じていると判断される。そして、この場合も、昭の親本（もしくはそれをいくほども遡らない祖本）が既に玄と同じ欠脱を生じていたが、昭（もしくはそれをいくほども遡らない祖本）の書写者が、独自に本文を補足して現在の形に整えた。それが昭の本文が固有であることの理由ではないか。

上記の推測が認められるなら、昭は、文意の通じない箇所については、私意を以て本文の補足を行っている伝本ということになろう。とすれば、該本は系列中ではいささか個性の見られる伝本といえそうだ。付言すれば、昭には、ごく一部に他系列と符合する事実が見いだされるが[2]、他系列との間に接触があったか否かは判然としない。

次いで玄の場合、二十音節以上の固有欠脱（もしくは省略）は左の一箇所である。

結句左府流箭にあたり給ひ新院配所へをもむかせおハしまし凶徒皆誅せられ（384—12）

松の本文を示したが、玄は傍線部を欠く。省略か不注意に因る欠脱であるかは分からない。これ以外に次の二箇所も欠脱（もしくは省略）に加えてよいのではないか。

① 東国のともからおほくつきたてまつるといふも入道との〵御さうそく也さこそちよくめいおもしといふとも

まさしきち丶のくひをハいかてかきらせたまふへき（341—11）

②　手を合念仏お申せとおしへけれハ三人のおさあひ者とも又めをふさきにしにむかひ手を合父ハいつくにわたらせたまふそとて（359—6）

①は、前に昭の固有性を論じる際、とりあげた部位である。玄の場合「といふも」「といふとも」の目移りに因る欠脱と推測される。ただし、昭にも玄に近い形が見えているため、厳密には玄に固有の二十音節以上の欠脱ではない。②も、第二節で宝・東の近似例の④（二五七頁）に掲げた箇所である。この場合、資以外の陽明本系列並びに宝徳本系列の宝・東は傍線部全てを欠き、玄は二重傍線部のみを欠いている。ただ、これらと玄との間に関連性はなかろう。

玄には特別の改変性は認められないので、親本に忠実たることを目指した伝本と考えられる。ただ、小さな字句の誤りが全体にわたって比較的多く見られ、多少杜撰な面がある。

早の場合、二十音節以上の固有欠脱は左の一箇所である。

関白殿へ被仰遣関白殿かしこまりてうけたまハり候ぬ但ち丶を配所へつかわしてその子摂禄として朝務にあひましハり候ハんこと忠臣の礼にあらすしからは忠通か関白辞表をめしをかるへきか（383—6）

松の本文を示したが、早は傍線部を欠き、文脈に飛躍を生じている。顕著な欠脱は右の一箇所にとどまるが、下巻のみの残欠本であるため、この事実をもって純良性の指標とすることはできない。ただ、下巻に三箇所の固有欠脱（もしくは省略）を持つ昭に比べれば、それよりは信頼し得る本文を有するといえるか。なお、該本には僅かながら微細な固有記述も見いだされる。(3)

次いで龍の場合、二十音節以上の固有欠脱（もしくは省略）は左の三箇所である。

①　くわんハくお左ふにつけらる丶かしからすハ又内覧氏のちやうしやをた丶みちにつけらる丶かこのりやうて

うよろしくてんさいあるへきにとしきりにうたへ申させ給けれハ（227―16）

②　とをからむものおハさしおよひちかゝらむやつをハかたてうちにきつておとしなきおとしはらいおとしちかつかんものおハかいつかんて（254―6）

③　きやうふの少輔（さた―他本により補う）のりとねりのかミ家行中つかさのこんのせうすゑいゑ（270―5）

松の本文を示したが、各項において龍は傍線部を欠く。①③は不注意に因る欠脱と判断されるが、②については省略も考えられる。

この他に次の事例も加えるべきか。

しつふをきとみまいらせてまいれとてつかハさるもりのりいそき帰参して此よしを申けれは左大臣殿さらハとていそきまいらせ給ふたゝし我御身ハあやしけなるハりこしにやつれたまいて（246―3）

同じく龍は傍線部を欠く。当該部については、第三節（二九三頁）で述べたように、資が「つかハさる」から「さらハとて」までを欠いており、厳密には龍における二十音節以上の固有欠脱（もしくは省略）とはいえないが、資との間に関連性はないと思われる。なお、この場合、不注意に因る欠脱か省略かは分からない。

該本の場合、全三巻中、上巻頭より中巻半ばまでが対象となるが、前述したように、その中に二十音節以上の固有欠脱（もしくは省略）が三箇所見いだされ、また小さな字句の誤りも比較的多く目に付く。純良性の点からはさほど重視される伝本ではないといえそうだ。なお、玄との間に比較的顕著な共通欠脱（もしくは省略）が存在することより、玄に最も近い位置にあると見られる[4]。この他に松井本系列の諸本とは異なり、陽明本系列の陽グループと符合する欠脱が一箇所見られるが[5]、他の部位には該グループとの交渉を思わせる節が見いだされない。偶然の一致ではないか。

最後に院・津について述べる。本節のはじめに記したように、当該二本は犬井氏提示の分類基準では属すべき系列がないが、松井本系列の範疇を拡げることで、該系列に属させた。従って、従来の松井本系列には収まりきらない現象を含んでいる。院は宝徳本系統本文の後に、改面して「是ヨリイ本」の注記のもと、根津本系統根津本系列の為朝説話を付加した伝本であり、本節では、宝徳本系統本文部が考察の対象となる。同系列の他本に共通する欠脱が該本には生じていない場合がいくつか認められる。それらを左に示す。

① 馬よりさかさまに落かゝりたれとも矢にになハれて暫は落す馬おとろきてあなたこなたへはしりけれハかなくり落にそ落にけるあまりに武者のかうなるもかへつておこかましくそおほゆる（284―4）

② 心ほそく思しめせとて光弘法師とくまいれといへと仰らる光弘法師と申ハ去十七日の夜きられたるをもしろしめされすして御ことつてのありけるこそ哀なれ（372―2）

③ 人間に命のなかきをこそよろこひとすれと我一人ハなかきを愁とす春日大明神ねかハくハ我いのちをとらせ給へ（381―15）

院の本文を示したが、各項、院以外の松井本系列諸本は傍線部を欠く。文脈上いずれも必要な詞句と判断されるので、これを欠く形は欠脱を生じたものと思われる。他系列は相当詞句を有しており（ただし、②は宝徳本系列の一部の伝本にもない）、これらの箇所について、院は、同系列の他本とは異なり、欠脱のない本文を備えていることになる。

また、松井本系列中、松グループ・玄グループの各々が欠く部位を、院に突き合わせた場合、松グループが共通に欠く七箇所中、④⑤⑥を同様に欠くが、①②③⑦については、欠脱（もしくは省略）が認められない。従って、①②③⑦において院は松グループに比してより整った姿を有しているということになろう。また、玄グループが共通に欠く五箇所についてはすべて欠脱（もしくは省略）のない姿を伝えている。これらのことより、院は、松グループ、玄グループのいずれよりも整った姿を少なくとも部分的に伝える伝本であるということになる。さて、院に見られる上記現象をいかに把握するかが問題となる。これについては、蓋然性として二様の捉え方があり得る。

一つは、従来の松井本系列に属する一本（その本が現存本中にあるか否かは問わない）を根幹とし、他系列の本文を以て補塡・整備を行ったとする見方、いま一つは、松井本系列のより初期の姿（宝徳本系列の如きから松井本系列に移行する過渡形態と言い換えてもよい）を部分的に伝える伝本とする見方である。このいずれが正しいか判断は難しいが、後者の把握が無理がないように思われる。

院が、総体として宝徳本系統松井本系列に属すること（為朝説話を除く）は動かないが、該本は、また、宝徳本系統以外の他系統と同趣の詞句をも一部に伝えている。顕著な事例を左に示す。本文引用は院に依る。

① 此御なけきほとの御事むかしも承及ハす一院女院の御歎中〳〵申もおろか也（216—15）院を除く宝徳本系統諸本は傍線部を欠く。しかし、半井本・根津本・流布本などの系統は傍線部と同趣文を有し、中でも根津本系統は「一院と女院の御歎中〳〵申もおろかなり」（2—10）（筑波大学附属図書館蔵根津文庫旧蔵本に依る。以下同）と、院と同文を持つ。両者、その存在位置は異なるが、根津本系統の位置が妥当である。

② 人々心をしつめめいかなるへき事やらんとめをすましてさふらひけるほとに未のかたふく程になりて権現既におりさせ給ぬとおほしくて（219—10）院を除く宝徳本系統諸本「人々こゝろをしつめたひ〳〵さんけいのとも からにいたるまてめをすまして候けるほとへてのち」（松に依る。以下同）と、院と異なる。当該部、根津本系統は「法皇をはじめ奉て供奉の人々如何成へき御事やらんとて目をすまし心をしつめておハしける未のかたふく程に成て」（4—12）と、院の傍線部に相当する詞句を有する。他系統については、院に似通うものもあるが、近似性において根津本系統に及ぶものはない。なお、院の「いかなる」は、最初「度々」と書いたのを摺り消し、書き改めたような痕跡がある。

③　御詫宣有けれハ法皇を始奉て公卿殿上人供奉の人々皆心さハきして色をうしなひ（220—8）

院を除く宝徳本系統諸本「御たくせんありくきやうてんしやう人ミな心さはきして色をうしなひ」と、院と異なる。当該部、根津本系統は「御託宣ありけれは法皇をはしめ奉りて供奉の人々色をうしなひ」（5—6）と院の傍線部に相当する詞句を有する。また、流布本系統も類似本文を持つ。

右掲の現象は、院と根津本系統の関連性を示唆するものだが、この観点から院を見直すなら、単語の次元においても両者には少なからぬ符合がみいだされる。それらの中から特徴的な数例を掲げる。

①　義朝に捕縛された東三条殿の留守を院・根津本系統ともに「藤原光定」（根津本系統は表記が区々）とする。宝徳本系統の他本は「光員」（影355—2）（225—11）（表記は区々。「ミかす」「かず」等と誤る伝本もある）とする。また、半井本「藤原光真」（11—6）、鎌倉本「光定」（影744—6）（16—7）、流布本「藤原光貞」（348上14）（表記は区々だが、「藤原光定」とするものはない）とする。

②　院は、義朝勢中に「足助の冠者」の名を記すが、根津本系統も「あすけのくわしや」〔学習院大学図書館蔵斑山文庫旧蔵慶長十二年奥書本（以下、斑と略称）に依る。ただし、他本は「足利冠者」（33—10）（表記は区々）〕の名を記す。院を除く宝徳本系統の諸本並びに他系統は相当人物名を記さない。

③　東三条殿への行幸の供奉者中にともに「頭中将公親左中将光忠」（根津本系統中、名古屋市鶴舞中央図書館蔵佐々木輝子氏寄贈本は「公親」を「まんちか」と誤る。また、斑は欠脱）の名を記す。院を除く宝徳本系統諸本・鎌倉本には相当人物名がない。流布本（359上2）にはあり、半井本（37—2）にも近似形が見いだされる。

④　桑原の安藤次が悪七別当に射られた部位を「鎧の引あハせ」（表記は区々）とする。院を除く宝徳本系統諸本は「くつけい」（くつけひ・くつけ・屈頸《ほそくひ》などとも）（影495—9）（299—14）。他系統には相当記述なし。

以上、単語の次元で院と根津本系統諸本との間に符合の見られる事実をいくつか示した。こうした事実については、院が根津本系統本文を部分的に取りこんだためと理解してよいのではないか。なお、根津本系統本文の関与を考える上でいささか注意されるのが、院の行間に付された校合本文である。それは十四箇所にわたってみられる。
①其比《中イ》（213―2）、②御観法《願イ》（219―3）、③頼輔《重綱イ》（241―14）、④親久《弘イ》（247―12）、⑤常胤《高イ》（268―6）、⑥河内守《淡路イ》（269―4）、⑦貞　憲《のりもとイ》（270―5）、⑧所領《願イ》（280―14）、⑨二三年《後イ》（329―7）、⑩四鳥《七イ》（334―9）、⑪よしひろ《のりイ》（337―11）、⑫爰に《殊イ》（374―14）、⑬現世せい《りせいイ》（404―3）、⑭茂光《武イ》

今のところ、これら校合のすべてと符合する本文を持つ伝本を見いだしていない。そもそも、校合に与った伝本が一本だったのか、複数本だったのか、それすら明らかでない。ただ、③④⑥については、校合が根津本に一致する[6]（より正確に言えば、⑥については、当該部、根津本系統伝本の多くが欠いており、また、半井本系統・流布本系統も校合に一致）。原本を実見していないので明言しがたいが、これら校合が院の筆者自身の書き込みであるなら、院の本行本文といくつかの校合の両方に亘って根津本系統との合致が見いだされる事実は、校合に利用した異本本文を時に本行本文として取りこむこともあったのではないかとも思わせる。[7]

結局、該本は、松井本系列の初期形態を少なくとも部分的に伝える伝本を主たる母胎とし、根津本系統本文をも一部に取りこむ形で成立した伝本と捉えてよいのではないか。ただ固有の欠脱や省筆は少なくない。二十音節以上の固有欠脱（もしくは省略）は四箇所あるが、[8]他にも小さな欠脱が比較的多く、加えて小規模な固有本文や書き換えも認められる。古態性を評価するにしても慎重さが求められる。

次いで津について述べる。まず、松グループ・玄グループの各々が欠く部位を津に突き合わせると、松グループが共通に欠く七箇所中③④を同様に欠くが、他は欠脱（もしくは省略）を生じていない。また、玄グループが共通に欠く五箇所については、すべて欠脱（もしくは省略）のない姿を伝えている。この事実は、該本が、松グループ、玄グループのいずれよりも整った本文を伝える部位が院よりも多いことを示している。さらに、同系列の他本が共通に欠く部位を津のみが有する事例や、他系列と一致する詞句を持つ事例が院よりも多く見いだされる。それらの中から顕著なものを左に掲げる。

①　そののちていわう廿五代星霜ハ三百余回也（略）禁中を守り給ふ蘋蘩礼をこたらすふんゆのかげさかりなり（261―5）

津以外の松井本系列が傍線部、小学館本にして約十行に及ぶ大きな欠脱を持つことは、既に犬井氏の指摘するところである（ただし、蓬並びにその転写本には、行間書き入れの形で存在）。他系列は津と同様欠脱を生じていない。

②　わざとしきだい申候ぬまた御よろいハ八りうとハ見へ候二の矢におゐてハなにヽても候へ申うけんする候（291―9）

津以外の松井本系列諸本は傍線部を欠く。宝徳本系列・金刀本系列が津に近く、陽明本系列は少々異なる。

③　他人ハたれかたすけ奉るべきあけくれこめ見せ給ひつる事はいかにこり給ひぬやといひければ（295―5）

津以外の松井本系列諸本は傍線部を欠く。宝徳本系列・金刀本系列が津と同趣、陽明本系列はこのあたり大異。

④　物のぐにめをかけてぬす人やうちふせすらんと思ひ又兄がよろいもぢうだひなりわかきたるもさうでんのよろゐなりいのちにかへておしく思ひければ兄にぬげといはんも心え《ママ》なくて兄も弟もよろいきながら（295―12）

津以外の松井本系列は、実線部「いかなる事かあらん」（松に依る。以下同）と異なり、また破線部もない。宝徳本系列・金刀本系列が津と同趣。陽明本系列は大異。

⑤　たとひ卿相の位に昇といふ共誰かあへて過分の寵職と申べき凡朝敵をたいらくるものは（311―11）

津以外の松井本系列は、傍線部、各々「かたふけはんへるへき」「ほろほす」。陽明本系列が津に同じ。

⑥　玄題御まくらちかく参りて（ア）玄題こそ参りて候へ御らんじしらせたまへりやと申せば（略）やがて（イ）事きれはてきへいらせ給ふ（略）つゐにはかなくうせたまふ御いたハしさ申も中〳〵をろかなり（321―13）

津以外の松井本系列は、実線部、各々「玄題こそまいりて候へ得業まいりて候へ」「めつにいらせさせたまふ」（昭は「たえいらせ給ふ」）と異なり、また破線部もない。（ア）については、宝徳本系列の東・学が津に同じだが、（イ）並びに破線部は陽明本系列が同じ。

⑦　天のせめをやかうむりけん（328―6）

津以外の松井本系列は、この下に「うんめいやつきたりけむ」との文を持つ。陽明本系列・金刀本系列が津に同じ。

⑧　世の中のならいからず（ママ）一じゆんならずたかき所を行時もありひきゝ所を行時も有べし（330―4）

津以外の松井本系列は傍線部を欠く。宝徳本系列・金刀本系列が津に同じ、陽明本系列は大異。

⑨　あしくハ家人ともおもふべし弓矢とるものはしたしきに過たるかたうどなしかれら四人おひたちたらばよきらうどう百人にはかへまじきなりよく〳〵義朝にいふべしとて又なミだにむせび給ふ（343―12）

津以外の松井本系列は傍線部を欠く。他系列は津に同じ。

⑩　まして人間に命にすきておしきたから何かあるべきひとり身なるぼんくわ人のおもひをく事なきだにも（略）子共おほかりける（343―17）

津以外の松井本系列は「ましてにんけんにをひてをや」とし、傍線部を欠く。宝徳本系列・金刀本系列が津に近く、陽明本系列は小異。

⑪　こうくわいもしたまハんずる物をいちこのうちもおぼつかなし子孫はんぢやう不実なりたゞしかういふてもいまはむやくなり命をおしむににたり（346―10）

津以外の松井本系列は傍線部を欠く。宝徳本系列・金刀本系列が津に近い。

⑫　よくいひけりと思ひあハせ給ハんずるぞとをくハ七ねんちかくハ三年の中をはすぎじたしかに申べし（361―15）

津以外の松井本系列は傍線部を欠く。他系列は大略津に同じ。

⑬　いまハ又ひきかへてともへきりたる小舟のめしすへやかた舟にうつもれさせたまひつゝ南海へう〳〵たる旅泊に（373―13）

津以外の松井本系列は傍線部「ひきかへたる御ありさま」とする。他系列は津に同じ。

⑭　しんいんほうぎよの事みやこへきこえしかば入道ほつしんわうより（401―16）

津以外の松井本系列は傍線部を欠く。他系列は津に同じ（但し、東はこのあたり長脱）。

以上、津の本文が、同系列の他本と異なり他系列に一致あるいは類似する顕著な事例の半数ほどを示した。なお、各伝本間には微細な字句の相違が認められるが、煩瑣を避けてこれを無視した。

右掲の項を通して、津の記述が他の三系列のいずれかと一貫して一致する現象は認められない。

該本における欠脱や誤りについて述べると、二十音節以上の固有欠脱は三箇所存在する。

①　新院のたうしの御所ハとはのたなか殿なりこゐん此御所にてほうきよなりしうへ（231―10）

②　今度の大将におきてハなんちにたまはるちうこうをぬきんてハ日来のしよまうのせうてんお不日にゆるさるへきなり（263―1）

③　あふミの国にハ佐々木のけんさうやしまのくわんしやミのゝ国にハよしのゝ大郎（267―15）

松の本文を示したが、各々について津は傍線部を欠く。①は「院」「ゐん」、③は「ミの」の目移りに因る欠脱と思われ、②もまた不注意に因る欠脱だろう。この他にも、誤字や小欠脱が見いだされるが、全体的には誤脱・意改の少ない本文を伝えている。「上宮太子」を「聖徳たいし」（260—2）とする（宝徳本系列の東・前も同）など、微細な固有語も見られるが、とりたてて論じるほどのものではない。

こうした事実より、津は松井本系列中ではよく整備された本文を有することが確認される。従って、この場合も、上掲現象を如何に捉えるべきか、院の場合と同じ課題がしかもより大きく立ち現れてくる。すなわち、津を、従来の松井本系列に属する一本を根幹として、他系列の伝本を以て本文の補塡ならびに置き換え操作を行った伝本と見るか、あるいは、宝徳本系列の如きから松井本系列が派生するその過渡形態を院以上に濃厚に残す伝本と見るかということである。この場合についても断定は困難だが、前述したように、津が系列内の他本と相違する箇所において、ある特定の系列との一貫した関連が認められない事実を勘案するなら、津が松井本系列の初期形態を残しているると見る方が穏当かと思われる。

本節における考察の要点を整理すると以下のようになろうか。

一、松井本系列の諸本は、本文の親疎関係より、さらに松グループと玄グループと院と津に分けることができる。

二、松グループは玄グループより省略が進んでいる。

三、松グループでは、蓬が比較的純良であるが、取り合わせ本という限界を持つ。実・九の二本は近い関係にあり、本文的には九の方が優れている。安は欠脱が比較的目立ち、また後出性の認められる伝本である。松は不注意に因る欠脱や誤りが目立つが、固有性・改変性は希薄である。

四、玄グループでは、昭が固有性のやや目立つ伝本である。玄は小さな字句の誤りが少々目に付くが、改変性は少ない。龍は玄に近いが、純良性を探る上で重要な位置にはない。早も下巻のみの残欠本のため、本文批判に資する点は多くない。

五、院は比較的欠脱が目立ち、また、根津本系統の本文を取りこんでもいるが、部分的に松井本系列の古い形を伝えている蓋然性がある。津は、欠脱が比較的少なく、系列の古い形を伝えている蓋然性は院よりも高い。以上で、松井本系列についての考察を終える。犬井氏が該系列に松井本系列との呼称を与えたのは、系列諸本中、松が最も純良であるとの判断に依ると考えられるが、本節における考察の結果からはそうした事実は明確化できなかった。依って、いずれの伝本を以て該系列の代表伝本とすべきかとの課題については今は保留としたい。

注

（1）「金刀比羅本系『保元物語』の三系列—原金刀本追求のノート—」（『軍記と語り物』5　昭和四十二年十二月）の五七〜五九頁、及び「宝徳本系統『保元物語』本文考—四系列細分と為朝説話追加の問題—」（『和歌と中世文学』東京教育大学中世文学談話会　昭和五十二年）の三二五〜三二六頁。なお、犬井氏は松井本系列が共通に欠く部位を十九箇所掲出するが、その中の一箇所（「軍記と語り物」5所載論文五七頁に掲出されている（11））は該当しない。

（2）昭が他系列の伝本と符合する顕著な事例としては、昭における二十音節以上の固有欠脱（もしくは省略）中につけ加えた⑥⑦が主要なものである。

（3）早における固有記述のいくつかを示す。

①　三人の弟子ともあにのをしへにしたかひてねをなきやミなミたをそなかしけるにしにむかひ手を合（356—11）

傍線部は早にのみ存在する。ただしミセケチ。

②　行平の中納言いかなるつミのむくひにやもしほたれつゝとなかめけん所にこそとおほしけれはいとゝあハれそまさりける（372—13）

傍線部は早にのみ存在する。

③　ろうのことくに四はうを《に》なかへをわたしてくきつけのこしをつくり廿よ人してかき（390—11）

宝徳本系統の他本は「籠の如ニ四方を打つけたる輿を造てのせ四方ニ轅をわたして廿余人して舁て」（宝に依る）（影668—6）としており、早は独自表現をとる。院も「籠の輿四方を打つけ作りてのせ四方になかへをわたして廿四人してかき」と独自。

（4）龍・玄における符合の顕著なものとしては、他本「のとのかたへさかさまにたつたりた、事ともおほえす神箭なとにやあるらんとそあやしミあへる」（松に依る）（306―11）と記す傍線部を、両者ともに欠く事実があげられる（龍は、傍点部「こ」）。

（5）龍が陽明本系列の陽グループと符合する顕著な事例としては、他本「判官かさねて申けるは凡よろつものくさく候事ハ為義年来将軍の宣旨をのそミ申候しかとも」（宝に依る）（影390―6）（243―15）と記す傍線部を、両者ともに欠く事実があげられる。

（6）他の校合について一言する。②⑧⑫⑬は宝徳本系統内部の異同に解消されるものである。②⑧⑬については、宝徳本系統内部に、本行本文に符合する伝本、校合に符合する伝本の両様が存在しており、また⑧⑫⑬は宝徳本系統の固有部にある。⑤⑦⑩については、本行本文と符合する伝本は存在するが、校合と符合する伝本は見いだされない。逆に、①⑨⑪については、校合と符合する伝本は見いだされるが、本行本文と符合する伝本は見あたらない。ただ、⑨の本行本文「二三年」は「こ（後）三年」の「こ」を数字の「二」と誤ったことより生じたと推測されるし、⑫「爰」「殊」の相違なども、「こと」を「ここ」と誤読したためと思われ、ともに誤読・誤写に起因する異同のようだ。最後に⑭は、「是ヨリイ本」として巻末に付された為朝説話中にあり、根津本系統本文を伝える部分であるから、①～⑬とは同列に扱えない。当該部、根津本系統には、本行本文に符合する伝本、校合に符合する伝本両様が存在しているので、⑭は根津本系統内部の異同として捉えられるか（宝徳本系統の大多数の伝本は「茂光」とするが、糸のように「武光」とする伝本もある）。なお、「イ本」の本文中に、「茂《武イ》光」と、さらなる校異が見いだされる事実は、校合に利用した伝本が複数であったことを語るか。

（7）院が、宝徳本系統以外の他系統と同趣の詞句を伝える事例②で、「度々」を消して「いかなる」と改めた痕跡が窺えることが、この考えを補強するか。

（8）院における二十音節以上の固有欠脱（もしくは省略）は次の通りである。

①　まいるましきていに返事を申けれはのりなかをもてかのしゆく所へつかわされてめされけれはうくわんいて

むかひて（242—5）

② そのかすおほしといふとも思にさこそ候らめためよしこのせいをもてなとかふせかても候へきもしかなひかたくして（273—5）

③ 入道なく〳〵のたまひけるハこんとの大しやうくんをうけたまハりしもわか身ハおひのすゑなれハたとひおもひてありとも（333—5）

④ 河をわたらんとしけるまきれにこしのうちよりはい出て人にもしらせすいしをふところにひろひ入て（364—15）

松の本文を示したが、各箇所において院は傍線部を欠く。①②は不注意に因る欠脱の蓋然性が高く、③④は省筆の確率が高いか。この他に左の三箇所も加えようか。

⑤ てきハわつかのこせいなりみかたハ大せいなりくひを取てハむねんなりいけとりもつともたいせつなり（236—13）

⑥ 子とも立帰りてち丶をよひ返す子ともおもひきりてゆきけれはち丶又子ともをよひかへす（334—2）

⑦ おなしみちにこそとおほしめすともめいとへをもむきぬる人二度あふ事なし六道四生まち〳〵にわかれて（367—16）

各箇所、院は傍線部を欠く。いずれについても省筆か不注意に因る欠脱かは分からない。松井本系列中では院のみが欠いているが、系統全体では、⑤は陽明本系列の国も同部を欠いており、⑥は宝徳本系列の河と欠く部位が一部重なる（陽明本系列は異文）。また、⑦は陽明本系列も同部を欠いている。⑤⑦に見られる符合が偶然の一致か、院とそれぞれの系列もしくは伝本との関連を示すものであるかは分からない。この他、院には「。抑左大臣るいようせつろくの家に生れ万機内覧の宣旨を下され」（324—1）と、二十音節を越える行間書き入れがある。原本は未見だが、当該書き入れは本行と同筆のように思われるので、欠脱としては扱わない。なお、下巻第八丁表最終行と裏第一行に破損があるか。「ひたいの髪をきりて我かともに四につ丶ミゆ　書付　に申さんするやうハ」。

第五節　金刀本系列の諸本

金刀本系列に属する伝本は、習（上巻欠）・金・等（中巻のみ該当）・理・博・内（上巻欠）・文の七本である。該系列については、「長文に渉る独自異文がほとんどな」く、「本文の特色がその欠脱にある」ことが犬井氏により説かれている。(1)

該系列の顕著な共通欠脱としては次の五箇所を掲げたい。

① 太刀引ぬきのけ甲ニ成てをめいてかくれハ義朝是を見てよしなしとや思けん引そらして河原を下りニ引退く（影498―1）（300―13）

② 征東将軍義家か子息也昨日は御所方謀反の大将軍今日ハ出家の身なれとも（影590―6）（344―10）

③ 左様ニ思食立なんにハ何ニ依てか孝《ママ》の命一日片時もなからへ候へき大臣ハ此世にても（影646―8）（377―13）

④ 御所のあたりを立舞々しけれ共あれハとたにも云人もなし僅ニ音する物とてハ岸うつ浪（影676―6）（394―7）

⑤ 仏経を修読するをハ皆被許てこそありしか後世の為にとて奉書たる大乗経の敷地をたにも被惜には（影686―8）（399―14）

宝の本文を示したが、各々において金刀本系列諸本は傍線部を欠く（ただし、等は中巻のみのため、①②が該当。また、③については、傍点部の「へき」を金は「べし」とし、系列内他本は欠く。⑤については松井本系列は異文）が、すべて不注意に因る欠脱と判断される。犬井氏は該系列の主要な欠脱を十箇所にわたって掲げるが、中に他系列と共通のものが含まれており、金刀本系列のみの二十音節以上の欠脱という条件下ではその中の三箇所が該当する。右掲の①②③である。この三箇所に④⑤を加えた五箇所を以て金刀本系列を特徴づける共通欠脱としたい。

金刀本系列に属するこれら七伝本は、より微細な親疎度により、さらに、内・文のグループと金・博・習・等のグループ及び理に分かつことが可能である。各グループについては、前者を内グループ、後者を金グループと称する。以下、各々について見る。まず、内グループの場合、内と文の間には、両本のみに共通する欠脱や誤りが目立ち、また字句の符合も少なくない。それらの中から比較的顕著な事例をいくつか示す。

① 共に朝家の御まほり也しかる間源氏世を乱れバ平氏是をしづめ平家朝を背けば源氏是を平ぐ（282―13）

② 八郎是をミて怒をなして何共思ひたてまつらぬ兄の殿原に前をせられつる（300―11）

③ 円覚寺のかたへ向まぎれに蔵人大夫経憲が車をとりよせのせたてまつり嵯峨のかたへわたしたてまつる（306―13）（陽明本系列の国も「のせたてまつり」を欠く）

④ 源平の中にもしかるべき者ハ一人もうたれたり共きかぬに（322―14）

⑤ 申されけれバ入道先泪をながしてあはれ人間の宝にハ子に過たる物こそなかりけれ（340―8）

金の本文を示したが、各々において内・文両本ともに傍線部を欠く。①は不注意に因る欠脱だろうが、他については省略も考えられる。

字句の符合例としては次の如きがあげられる。

①ひろミつ（光弘）（317―2）、②さへもんのかミ（左馬頭）（334―12）、③とかすくなきもの（可罰者）（351―5）、④やかて（只今）（355―7）、⑤そのときハ（当時ハ）（378―9）、⑥あまのけふりなミのてうばう（「海上煙波の眺望」、松井本系列は「煙波」なし）（393―8）

各々、上が内・文の本文（内に依る）、下の（　）内が適正もしくは他本の本文である。上掲以外にも、内・文両本にはこうした類の符合が多数見られ、このことより両本の近似が確かめられる。

本文の純良度については如何か。二十音節以上の固有欠脱（もしくは省略）数を計数すると、文には四箇所見いだされる。それらは次の通りである。

① さげきりにきつておとしきつてハすて（ア）或ハくびねぢきりかいなを引ぬきひきさきなどして（イ）はせめぐらバ行疫神ハいさしらず誰かハ面をむくべきまして又清盛などがへろ〳〵矢ハもの、かずにてや候べきその時定て行幸他所へなり候ハんずらん御こしに矢をまいらすべし（254—8）

② 手薄加七郎村山にハ金子十郎山口六郎仙波七郎西にハ日次悪次（268—11）

③ 頼しくこそ思ひつらめ少き心共にさこそ便なく思ふらめ軈而追付て（359—17）

金の本文を示したが、各々において文は実線部を欠く（また、①の破線部「きつてはおとし〳〵て」、②の傍点部「ひ《に》（「ひ」の上に「ヒ」）し」）。①の（イ）及び②③は欠脱かと思われるが、①の（ア）は省略かもしれない。

これ以外に次の二箇所も加えてよいかと思う。

④ 相模阿闍梨勝尊といふものなり内裡よりめすすミやかにまいられよと仰ふくめけれ共音もせず（238—10）

⑤ 式部大夫盛憲入道佐渡国蔵人大夫経憲入道隠岐国とぞ聞ける（382—16）

各々において文は傍線部を欠くが、いずれも不注意に因る欠脱と思われる。ただし、④については、宝徳本系列の東も「相模阿闍梨勝尊といふものなり内裡よりめす」を欠き、⑤については、陽明本系列の国も「盛憲入道佐渡国蔵人大夫」を欠く。従って、厳密には文における二十音節以上の固有欠脱とは言えないが、文と東・国との欠脱に関連性は考えられない。

一方、内にはこうした規模の欠脱（もしくは省略）は見いだされない。この事実は、内が文よりも優れた本文を持つことを思わせる（ただ、内は上巻を欠くので、中・下巻に限れば、文の欠脱（もしくは省略）は③⑤の二箇所である）。これに加えて、文には二十音節を越える本文重出が見いだされ、(2) さらに複雑な錯簡も生じている。(3) また、明確な数値化は困難だが、微細な字句のレベルにおいても文の方が内よりは誤りが多い。

結局、文は、時代の下る文久二年（一八六二）の書写本であることからも、度重なる転写を経たことが推測され、その分、誤脱や字句の省略が多いようだ。

それでは、文を過誤の目立つ末流本として退けてよいかとなれば、そうともいえない。内は上巻を欠く難点を持つ。完本である文の存在によって、内・文の共通祖本の姿をより明瞭に推定することが可能となる。これのみならず、文にはさらに無視できない現象が見いだされる。それは、金刀本系列諸本中、文がより本来的な姿を伝えているかと思われる部位が存在することである。

①　四方の門をとちてたゝけともこたへすとうさいの小門を（別字を「を」と訂正）うちやふつて見れ共人もなし（238―7）

第三節の注（16）（三〇五頁）に取りあげた部位である。文以外の金刀本系列、宝徳本系列の河と学、陽明本系列の陽グループが傍線部を欠いていること、傍線部を持つ形が本来で、持たない形は「とも」「共」の目移りに因り欠脱を生じたものと推測されることはその際に述べた。

②　のこるところなくうちしたかへてうへよりも給ハらさる九国のそうつゐほしとかうすさてちんせいをちやうきやうすらうせきほうにすきけれハ（略―この間、為朝の濫行により為義が解官された経緯を記す。小学館本にして約六行分）まいりてちんじ申さんとてにハかにしやうらくしけれハ九国のともから大りやくともすへきよし申けるを（257―6）

前項と同様、第三節の注（16）（三〇五頁）に取りあげた部位である。傍線部の有無の状況が前項と同じであること並びに傍線部を持つ形が本来であることは既に述べた。

③　しんせいせんしをうけ給つてしもつけのかミをめされけりよしともハあかちのにしきのひた丶れには（ママ）いたてこくそくはかりにてたちはいたり（262―13）

文を除く金刀本系列諸本は傍線部を欠く。傍線部がなくても文脈に大きな支障はないが、系統中のほぼ全ての伝本（宝徳本系列の河を除く）に相当記述が見られることより、傍線部を持つ姿を本来とすべきだろう。

上掲三項は、金刀本系列中、文が最も本来的な姿を伝えるかと目される部位である。ただし、これらはすべて上巻に属しているため、上巻を欠く内・等・習がいかなる形だったかは分からない。従って、文の形が金刀本系列中、特異であったのかどうかは定めがたい。

以上をまとめるなら、文は総体としては欠脱並びに字句の誤りが比較的多く、また複雑な錯簡を有するなど、内に比して純良とは認めがたいが、一方において金刀本系列中ではより本来的な姿を伝えるかと思われる部位を有する伝本といえる。このことは、宝徳本系列の如き本文から金刀本系列が派生する過渡性を文が一部に残しているとの考え方を可能にする。ただし、金刀本系列が本来的に欠落させていた①〜③の傍線部を、文が他系列の本文を以て補ったとの考え方も蓋然性としてはありえる。

次いで金グループについて述べる。まずは、金・博・習・等が小さなまとまりを見せている事実について述べると、当該四伝本には左掲の如き共通性が見いだされる。本文引用は金に依る。

①　金覆輪の鞍にぞ乗たりける桓武天皇十二代の後胤（278―8）

博・習・等は金に同じ。同系列の他本は「桓武」の前に「なのりけるハ」（内に依る。なお、伝本間の小異には原則として言及しないが、必要に応じて注記する。以下同）と記す。他系列では、陽明本系列が「重盛名乗けるハ」（陽に依る）（影115―7）、宝徳・松井本系列が「名乗けるハ」（宝に依る）（影453―2）（学・河「称けるハ」）

とする。

②　河原をうちわたして（288―17）

博・習・等は金に同じ。同系列の他本並びに他系列は「河原を」の下に「東へ」と記す。

③　あ《ッ》はれ射よげなる（289―16）

博・習・等は金に同じ。同系列の他本並びに他系列はこの下に「物かな」と記す。

④　景能が腰骨を射きり候ハんと（293―3）

傍線部、博・習・等は金に同じ（博「射きり候ハん」）。同系列の他本並びに他系列は「射切らん」と記す。

⑤　兄も弟も大炊御門より山科まで行けるに（295―15）

博・習・等は金に同じ。同系列の他本並びに宝徳・松井本系列は「弟も」の下に「鎧きなから」（「き」を「さ」と誤る伝本もある）と記す。陽明本系列は相当記述を持たない。

⑥　為義の振舞凡夫面を合べしともみえざりしかども（312―8）

傍線部、博・習・等は金に同じ（等は「義」の右脇に「朝」と傍書訂正）。同系列の他本並びに他系列は「為朝」と正記する。

⑦　うちうなづかせ給やうなれども（321―15）

傍線部、博・習・等は金に同じ。同系列の他本は「給ふやうにせさせ給（候）へとも」と記す。他系列は「たまふやうにせ（見え）させたまへとも」と記す。

各項についての逐一の説明は省くが、本文の妥当性という観点から眺める時、①②③については、他本の形がより懇切で安定度も高い。④⑥の場合、金グループの形は明らかな誤りである。④は大庭景能に対する為朝の行為であるから、謙譲語の使用は不適である。また⑥は当然「為朝」とあるべきところである。⑤は大庭兄弟が重代の鎧を惜しむ先行記述より「鎧きながら」は必要である。金グループにおける欠脱と見られる。

結果的に、金グループに共通する不備・誤謬の類を掲出することとなったが、共通の不備が多くみられること自体、当該四本の緊密性を明示しているとはいえるだろう。

これら金グループに属する金・博・習・等四伝本の中では、博・習のさらなる近似が確かめられる。両者の親近性を示す顕著な事例のいくつかを掲げる。まずは、博・習がともに本文を欠く事例である。

① 寛暁のもとへ渡し奉て聽而剃たてまつるべしと仰下さる（326―1）

② 十五か六かにこそなるらんとおぼゆれバ弓の本末をもしらじましてや武略の道前後不覚の者なれば八郎是をあひぐして（333―13）

③ 今生一世の契り今を限りと思ひけれバ（334―2）

④ 御書を公家へぞ奉らせ給ひける其御書には起請の詞を載られたりけるとかや（384―1）

⑤ 療治をくハへける処にをり合たる甲乙人等是をミて（386―13）

⑥ 輿舁共恐惶て逃去時もあり或時ハゐいやと云て輿を推居けれバ（391―9）

金の本文を示したが、各々において博・習はともに傍線部を欠く（①については、習は傍点部「ハたし」、②については、博は傍点部「バ」が補記、また①②ともに陽明本系列は異文）。①⑥は不注意に因る欠脱、他は不注意に因る欠脱もしくは省略が考えられる。④については、宝徳本系列の学・河二本もほぼ同じ部分を欠く。ただし、学・河は傍点部「とかや」も欠いているので、この場合は省略が考えられるが、傍点部を残す博・習については「ける」の目移りに因る欠脱かとも考え得る。そうであるなら、博・習と学・河の一致は偶然ということになる。

次に博・習に共通する字句の誤りの事例を示す。

①上《かミ》かと〈習―「かミかと」〉（三ケ度）（274―17）、②僧上止（僧正）（312―15）、③くたされ（以下）（313―9）、④好《こう》

子《し》（八虐）（336―13）、⑤たけくしてせいせとも（たけくもてなせとも）（360―2）、⑥親か敵にまかりなりて〈習―傍線部「ち、かてきに」〉（傍線部「親か様に」）（377―8）、⑦元惶（「惶」の右に墨滅痕、左に別筆で「せイ」）〈習は「けんくわう」と振り仮名〉（元性）（401―15）

上が博・習の本文（博に依るが、習に異同がある場合は〈　〉内に示した）、下の（　）内が他本もしくは適正な本文である。①の場合、博の形は「三」を「上」と誤読したことより生じたと推測される。習の「かミかと」は転訛の進んだ形である。②は、「正」を「上止」と、③は「以下」を「被下」と読み誤ったことから生じたか。④については、他本「八虎」「八こ」「やつこ」「奴」「奴子」などとする。博・習の「好子」は理・等に見える「奴子」をさらに誤ったか。⑤の場合、他本の多くが記す「たけくもてなせとも」が本来と思われるが、博・習の形は「もて」を「して」と誤読したことから生じたか。⑥については、他本の「か様に」を「か敵に」と読み誤ったことに因るか。習の「ち、かてきにまかりなりて」は、誤解がさらに進んだ形か。

微細な字句であるため偶然の一致もあろうが、そのことを考慮してもなお両者の近似性は否定できない。上掲以外にも当該二本のみに共通する字句は多数に上る。

両本の近似を確認した上で、純良度の問題に移る。まず博の場合だが、該本が固有に欠く二十音節以上の部位は左掲の四箇所である。

①　宇治の左大臣頼長公と申しハ是も禅定殿下の二男関白殿の御弟也（226―16）

②　義朝畏てうけ給罷出信西が仰言義朝が返答何も人々耳をすます（266―3）

③　陣頭にかばねをさらさむこと只今也されバ誰かハか丶ることあるとも披露すべき（267―1）

④　蔵人少将忠近蔵人左大弁資長左少将実定少納言入道信西東宮学士俊憲（270―4）

金の本文を示した。各々において博は傍線部を欠くが、すべて不注意に因る欠脱と判断される。①については、

「弟」と書いた上に「兄《あに》」と重ね書き訂正し、それに依って文脈の飛躍を糊塗しているようだ。

なお次の事例も加えてよいか。

⑤　皆辺土異域のさハぎ此京ハしづかなりされバ誰の人か此都をみだり（261—9）

津を除く松井本系列は、当該部を含む前後を大きく欠いている。その意味で博固有の欠脱ではないが、欠脱が生じた事情は異なる。

この他、博には本行本文の欠脱を行間書き入れの形で補足している部位（二十音節以上）が三箇所存在する。断言はできないが、書き入れと本行本文とは同筆のように見えるので、書写者自身が行間に書き入れたものかと一応判断し、欠脱としては扱わない。

対するに習はどうか。該本の場合、二十音節以上の固有欠脱（もしくは省略）は三箇所存在する。

①　為朝誠に弓矢とる者ハかうこそあらまほしけれ平氏が今更心にくうこそおぼゆれ（283—11）

②　少者共是ハ夢かや誠かやとて義通に取付て声々に啼喚く（354—12）

③　右大将兼長出羽国中納言中将師長土佐国左中将高長伊豆国（379—5）

金の本文を示したが、各々において、習は傍線部を欠く。この中、③は不注意に因る欠脱と思われるが、①②については省略も考えられる。

この他に次の二箇所も加えてよいだろう。

④　鳥羽殿へいらせ御座あひだにてわたらせ給ひけるに急告申たりけれバ大にさハがせ給て御所へ入まいらせむこと凡叶まじ（317—10）

⑤　内裏にハ信西が計ひに随ハせおハしまし信西は義朝が計に随ひける（385—2）

各項、習は傍線部を欠くが、④については、陽明本系列の国もまた同部を欠き（ただし、傍点部「給て」を「たまへは」とする）、⑤については、宝徳本系列の東が「信西が計ひに随ハせおハしまし」を欠いている。この場合は、習・東の間に関連はないと思われるが、④については、習・国間に何らかの交渉があったのか、それとも偶然の符合なのか分からない。

結局、二十音節以上を固有に欠く部位は、博が四（もしくは五）箇所、習が三（もしくは五）箇所となり、この数値を見る限りでは、その純良度に明白な差は見いだされない。ただ、そう結論づけることに問題がないわけではない。というのも、博における顕著な欠文のすべてが上巻に属しており、上巻を欠く習が、これらの項についてどうであったかは分からないからだ。博・習の対比が可能な中・下巻で見るなら各本における規模の大きい固有欠脱（もしくは省略）数は博が〇、習が三（もしくは五）となり、習が多い。上巻における博の欠脱（もしくは省略）が博の時点で生じたのではなく、博・習の共通祖本の時点で既に生じており、博はそれを引き継いだに過ぎないのではないかとの考え方もあり得る。習が上巻を欠く以上憶測の域を出るものではないが、根拠がないわけでもない。というのも、博・習の本文を比較した場合、習は仮名表記の目立つ本文を有し、かつ、博に比して遥かに多くの誤りを有している。字句レベルに関しては、博が習より優位にあることが確かめられるからだ。

それでは、両本は一体いかなる関係にあるのか。以下、この点を考える。

① 他本が「乙若殿」（金に依る。以下同。松井本系列はなし）（356—15）と記す部分、博は「殿」をミセケチとし、「こ」と傍書している。習は「おとわかこ」と、博の傍書と符合する。

② 習の「りやうろん」（374—7）は、他本の多くが記す「諍論（じやうろん）」を誤ったものである。博は「諍《りやう》論」とし、博の誤った振り仮名と習が一致している。

③ 習の「ふんき」（376—13）は、他本が記す「墳墓」を誤ったものである。博は「墳墓《ふんき》」とし、博の誤った振り仮名と習が一致している。ただ、東「墳基《ふんむ》」、資「墳基《ふんほ》」、糸「墳基《墓カ》」など、他本にも誤りが見られる。

④　習の「けいそく」（404―7）は、他本が記す「荊棘」を誤ったものである。博は「荊棘《けいそく》」とし、博の誤った振り仮名と習が一致している。

これらは、博・習が極めて近く、かつ、習が博の誤りを引き継いだかに見える箇所である。では、博と習とは直接的な書承関係で捉えられるのか。この問いについては否と言わざるをえない。僅かではあるが、習の本文に依って博の本文を是正しえる箇所（その場合、習が他本と一致する）が見いだされるからだ。結局、習は、（現在、その存在は確認できないが）博に極めて近い伝本をもとに生み出されたと考えるのが穏当といえよう。

以上、金グループ中、緊密な類似を見せる博・習について述べたが、その博・習二本に近い位置にあるのが等である。等は中巻のみの存在である（上・下巻は鎌倉本と称される別系統本）ため、本文批判に資するところはさほどない。該本の場合、二十音節以上の固有欠脱（もしくは省略）は次の四箇所である。

①　報恩経を説せ給とて一夏九旬の間忉利天にまし〳〵しに優塡大王祇園精舎の御留守にと、まりて（影877―9）（318―10）

②　さらバとて雑色花源を使者として義朝にいはむ《ン》ずるやうハ（略）さらバはやとう〳〵といとまを乞けるが（影897―10）（332―11）

③　大炊助度弘《やすひろ》を伊豆左衛門尉信兼六条河原にて是を切る中宮の侍の長広をバ平判官実俊船岡山にて切て《ン》げり（影902―10）（337―11）

④　子を思ならひ何をわけてをろかなるべきにハなけれ共六条堀川の当腹の四人のをさなき者共（影910―10）（343―8）

金の本文を示したが、各々において等は傍線部を欠く。いずれも不注意に因る欠脱と判断される①については別筆で傍線部が補記されている。また、③の「度弘《やすひろ》」は「康弘」。④では当該部に「脱文」との記入が見られるが、これは水戸史臣の手によるものだろう）。②の場合、その欠脱量は金で数えて一丁分を越える。中巻のみにおいてもこれだけの欠脱を有していることより、該本はその純良度について高い評価を得ることはできない。

金グループ中、金は他三本と少し離れた位置にある。該本の属する系統を永積氏が金刀本系統と命名し、また、該本の属する系列を犬井氏が金刀本系列と称することからも推察されるように、同系列の他本に比して欠脱や誤りの少ない伝本で、書写も極めて丁寧である。二十音節以上の固有欠脱（もしくは省略）が見あたらないことも、その純良性を示唆している。該本を以て該系列の代表伝本とする犬井氏の見解に同じたい。ただし、固有の小欠脱や誤字が皆無ではない(4)ので、系列中絶対的な位置を占めるわけではない。

最後に理について述べる。該本は、総体としては、金グループと内・文グループの中間、内・文よりに位置すると思われる。二十音節以上の固有欠脱（もしくは省略）は左の三箇所である。

① 三井寺のかたへおもむかせ御座すべきよし申ける間東門を出させ給て北へ向て（304—5）

② 鵄鳥のはためき候公達をバ義通が承にて唯今是にて失まいらせむずるにて候（354—10）

③ 拳にて胸をつかれてのつけさまに倒て死もあり腰の骨踏折れて這々迯る者もあり（387—14）

金の本文を示したが、各々について理は傍線部を欠く。いずれも不注意に因る欠脱と考えてよい。①については、「おもむかせ給。《へと》て」と、「へと」を補入することで文意を通している。

これらの事例をはじめとして、理には小さな欠脱並びに字句の誤り等が散見する。また、乱丁が一箇所認められる。上巻第二十八丁～第三十七丁は第十七丁と第十八丁の間に入るべきものだが、これは改装の際の単純な誤綴であろう。顕著な固有字句は見いだされない(5)。

以上の考察をまとめれば次のようになろう。

一、金刀本系列諸本は、本文の親疎関係により、さらに内グループと金グループ及び理に分けることができる。

二、金グループ中、博と習は特に近い関係にあり、本文的には博が優れているか。等は誤りの目立つ本文を持ち、金は、系列中で誤りや改変が最も少ない。

三、内・文については、文に少なからぬ誤りが見られ、その点では内に劣るが、一部に系列のより本来的な姿を伝えているかと思われる節がある。

四、理は、金グループと内・文の中間、内・文寄りに位置づけられる。

注

（1）「金刀比羅本系『保元物語』の三系列—原金刀本追求のノート—」（「軍記と語り物」5　昭和四十二年十二月）

（2）二十音節を越える本文重出は次の箇所である。

せいむにのそむかこのときにいたつて世をあらそふ事あにしんりよにものそむかこのときにいたつて世をあらそふ事あにしんりよにもそむき人ばうにもそむかんや（230—6）

傍線部が先行部の重出である。

（3）文における錯簡は次の通りである。

をの〱かうへをちにつけうけ給ハつてまかり出る—①をさすのミやへまいらせ給ひけれハ（略）寺中のあくそうらをもよほしきないの—②其けしきまことにゆゝしくそ見えし（略）しんひつの御ぐわんしよ—③けうとをめしあつめて（中巻三八オ一一～四〇ウ一一）（文中の横棒は私意で付した）

とある箇所は、②→①→③と展開すべきところである。また、

あひかまへて一しよへはしおつる—①二たひかへらす（略）うへもんのせうもりひろさへもんのせう—②大国をあまた給り一そくてうおんにほこり（略）しそんはんじやうふじつなりたゝしかういひ—③ミつひろ文章生やすひろ（略）きよもりさせるちうこうも候ハねとも—④よろこひてしつらふたるところへ入たてまつり（略）しさいをなためられたりしかともしするもの—⑤な一二人ハいかなる事にあふとも（略）たいめんしてなミたをなかし—⑥ても

いまはむやくなり（中巻五九オ六～七一ウ七）

は、⑤→④→①→③→②→⑥と続くべきところである。

（4）金における欠脱の事例としては次の如きがある。

① 位を重仁親皇にさつけ政務にのそまんか（230—6）

② さしつかわさる、事もや（314—12）

③ 源氏左馬頭義朝平氏播磨守清盛（373—17）

博の本文を示したが、各項において金は傍線部を欠く。いずれも細微である。字句の誤りもまた、

① よそとの（「を」の上に「の」を書くか）給ハむ事（「よそに見たまはん事」が本来か）（245—3）

② からでたて《ン》ぎりに（「片手切に」が本来か）（293—8）

③ 「のミならずのミならず」との重出がある（298—9）

などといった微細なものである。

（5）ただ、理には明白な意図的改変と思われる部位が一箇所ある。すなわち、

円融《一条》①（「円融」を墨滅）院の御宇永延②年中に東大寺の奝《(ママ)》然上人仏道修行の為入唐求法の時（略）一条院③御宇永④

延年中に此朝に帰て（319—10）

と理が記す部位、他本は傍線部①を「円融」、②を「天元」（陽明本系列の国は「天長」）とする。他本の形が妥当であり（奝然の入宋時は天元六年八月、ただし、四月に改元されているので、厳密には永観元年）、理は、後続の傍線部③④に影響されての処置と思われる。しかし、①②は奝然の入宋年であり、③④は帰朝年（正しくは寛和二年。寛和三年が永延元年）である。理は、入宋年号と帰朝年号を同じくしており、誤解に基づく改竄だろう。原本に当たっていないので断定はできないが、②は文字を刷り消した上に「永延」と書いているようで、①の傍書「一条」とともに本行本文とは別筆のような印象を受ける。そうであれば後人のさかしらということになる。

第六節　諸本関係の整理

陽明・松井・金刀本三系列の性格及び派生の問題を整理してまとめとしたい。

三系列中では、陽明本系列が最も自覚的な本文改変を施している。合戦場面並びに為義の降伏から断罪、その縁による幼少の子息の斬首と母の自死等の愁嘆場において固有性が顕著である。そうした改変は次の如き意図のもとに行われたと思われる。

一、詳述することで文意をより明確にしている。ただ、饒舌と感じられる場合もあり、その分余韻が失われているか。

以下に事例を掲げてその具体を述べる。

　下野守申されけるハ政清ハ兼而より八郎ハ勢の者と思ハ心臆してそさ様におほえつらん如何様八郎におゐてハ義朝一あて〳〵て見んに何程の事か有へきとて（影133―2）

陽明本系列の本文を陽を以て示した。以下同。相当部を他系列に求めると、

　下野守正清か八郎とおもひて臆してそさは覚つらん八郎か《ニ》をきてハ義朝一あてあてん何斗の事かあるへきとて（影473―2）（288―11）

とある（宝に依る。以下同）。陽明本系列では、傍線部の小字句を補塡することでより丁寧な叙述になっている。その分、文意はより明確になってはいるが、他系列の本文でも行文上の支障はない。

命は儀によつてかろく一度たのまれ進て御先途に臨て屍をさらすへきと思定て候者ともか命にて候へハともかくも君のおハしまさん御行末を見はて進せてこそいかやうにも成へく候に見捨進て何くへか罷退候へきと声々に申けれハ面々か心さし誠に顕弥たのもしくハ候へとも我身は遁ましき事なれは敵のために身を失へきかしからすは縦敵をそひ来ともこゝにて射取事ハよもあらし汝等付そひてハ定て防戦すらんとても勝へき軍ならねハ旁ハいかにも命を全して後栄をおもふへきとなく〳〵仰られけれハ（影167―2）

と陽明本系列が記す部分を、他系列は、

一度進せ上候なん命なしかハ二度思返し候へきともかくもきみのならせたまハん御ゆく末を見終進せてこそちり灰とも成候ハめ見捨進せてハいつくえか罷退き候へきとこゑ〳〵ニ申けれハ志ハ誠ニさる事なれと我身斗こそたとひかたき襲来とも手を合せ降を乞ハんになとか助進せさるへき汝等付副てハ定て防戦すらん中〳〵悪かりぬと覚そと泣〳〵仰けれハ（影521―9）（308―7）

とする。この場合も陽明本系列は全体にわたって異なる表現を用いながら詳述している。ただ、両者の間に質的な相違はない。

詩歌管弦ハ臣家の嗜所也といへとも其道猶以くらし弓馬の道ハ武士の嗜所なれは（影88―1）

との陽明本系列の記述を、他系列の、

詩歌管弦ハ（臣下の―他本により補う）嗜所也そのみち猶以くらし況や武道ニおひてをや（影432―5）（265―7）

と比較すると、陽明本系列が対句形式に整えていることがしられる。こうした事例が陽明本系列には多数見いだされる。

また、大庭兄弟の名乗りの一部を陽明本系列は次のように記す。

侍共の中ニ我と思ハん人々名乗て御出候へ組て勝負を決せん（影139―8）

相当部を、

侍共の中にハさすか各等ニ組へき者こそ覚候ハね（影481―1）（292―9）

と記す他系列と比べると、陽明本系列が常套的・定型的な表現に仕立て直していることが分かる。この場合、他系列は、大庭兄弟の並々ならぬ自負を巧みに言い表しているといえ、表現としてはこの方が優れているのではないか。

次の事例もまた同様である。

さてハ討死するより外ハなし（影119―3）

高言の結果為朝と戦わざるを得なくなった山田惟行の心中描写の一部である。他系列は、相当部が「さてハさこさんなれ」（影457―1）（280―7）と異なる。両者を比較するに、陽明本系列がより直截的な表現を取るのに対し、他系列では絶体絶命の立場に自らを追い込んでしまった惟行の後悔と諦念がたゆとう感じがあり、他系列の方が余韻を残す巧みな表現のように思われる。

要するに、陽明本系列は、時に饒舌と感じられる詳述により、理解しやすい文章になってはいるが、その分ふくらみを失っている。

上記のように陽明本系列は全体的に本文の増幅を行う一方で、逆に切りつめてもいる。操作に一定の法則性があるか否かはよく分からない。

二、為朝の強大化を意図している。

不用意に攻め寄せた門が為朝の固めるところと知った清盛の反応を、他系列は「以外いふせけニて」（影448―2）（276―2）と描くが、陽明本系列は「以外周章して」（影110―9）と狼狽の様を記す。また、為朝に射殺された伊藤六について、陽明本系列のみが「二両の具足」を「重て着」ていたと記し、為朝の弓勢に恐れをなした父景綱は「如何さま鎧を十両も重て着さらん外ハ叶へしともおほえす」（影113―2）（277―3）と述べ立てる。他系列には、伊藤六が鎧二両を重ね着ていたとの記述は見えないし、上掲引用文の傍線部「十両」は「二三両」と記されている。

為朝の活躍を叙しても、他系列が「矢種つきぬれはゑひらを負替々射けるにあた矢一もなかりけり」（影499—1）（301—4）と記す部位を「打物とりても究竟の上手なれは近付程の敵切落されぬハなし」（影154—8）と改め、射芸のみならず太刀打ちにも秀でていると説く。また、他系列の「為朝合手の負ハなけれ共」（影515—6）（305—7）との記述を「為朝のふるまひ鬼神のことくなれとも」（影161—7）と誇大化する。為朝が射た矢数についても、他本の「廿四差たる矢二腰十八さしたる矢三腰九差たる箭一腰」（影515—1）（305—3）に対し、「廿四指たる矢二腰十八指たる矢三腰十六指たる矢三腰」（影161—3）と水増ししてもいる。為朝の予想通り後白河勢が奇襲をかける場面で、「八郎も敵の上手をうつと申候つるハこゝにて候と落合へ共甲斐もなし」（影446—4）（275—2）との一文が陽明本系列に存在しない事実は、こうしたうしろごとが為朝のイメージにふさわしくないと判断した陽明本系列の意図的削除ではないか。

ただ、改変の中には必ずしも有効に機能しているとはいえないものもある。開戦にあたり、頼長より蔵人の官を授けられた為朝は「あさ笑て物さハかしき除目かなとつふやく」（影109—1）が、騒々しい授官と笑った為朝が、その名乗りにおいて「鎮西蔵人為朝也」（影110—5）と誇らしく言い立てているのは、金刀本系統本来の為朝の造型理念を損なうものではないか。「鎮西八郎為朝か固たるそかし」（影447—9）（275—17）と名乗る他系列の方が良い。陽明本系列の不用意な改変と言うべきである。

三、**作者**（**語り手と言うべきか**）**に依る評言が付加されている。**

文末に、他系列にはない「ふしきなれ」（影147—2）、「哀也」（影167—2）、「御いたハしさ申も中〳〵おろか也」（影189—3）（松井本系列の津もあり）、「めもあてられぬ次第也」（影224—5）、「浅ましなと中〳〵申もおろかなり」（影229—4）、「あわれなれ」（影276—2）等の評言・感想が付加されている。

四、独自の用語・表現が見られる。

該系列に特徴的な用語・表現として「沈は浮理あり」（影201―10）、「あら名残おしの子共や」（影208―2）、「りうていこかるゝ」（影251―4）、「うたてしの世中や情なの下野殿や」（影262―10）などがあげられる。これらは能や室町物語、幸若等に頻出する言い回しであり、こうした芸能作品との接触が思われるが、このことは前述の三の現象ともかかわるか。

陽明本系列の特徴として以上の事柄があげられる。これらの改変操作が作品の質を高める結果になっているかどうかは議論のあるところだろうが、該系列が明確な自覚をもって本文に手を入れていることは疑いない。

次に松井本系列だが、「故意の省略かとも思える欠文」の多さが該系列の特徴であることを犬井氏が指摘することは既に述べた。全体的に表現・本文を簡潔化する方向に仕立て直した系列と理解してよい。簡略化は、物語後半部、中でも為朝と大庭兄弟の対決、乙若等の斬首とその母の自死、為朝の配流、崇徳院の謫居描写などに顕著である。美文的・修辞的な記述が省かれているほか、全体を通して記述が簡潔で、表現がより直截的で平明である。二、三事例を示す。

みちすからも腹たちいかることなのめならすさま〳〵のあつこうをのミしけり有時ハ為朝十せんの帝王にもてあつかハれ奉て配所にをもむく事まことに面目にあらすやとたハふるゝ時もあり有時ハ又あハれ朝威程おそろしき事ハなしためともほとの者普通奴原にいけとらるゝ事

と松井本系列が記す箇所、他系列は、

みちすからも輿舁ともにあふて腹立して怒る事なのめならすやう〳〵のれ（ママ）うあくをのミしけりある時ハやうれ己等もきけ人のなかさるゝ事は皆歎ニてあれとも為朝ハ悦そ十善帝王ニ持あつかハれ奉て輿に乗り兵士をそえやと〳〵の厨雑事ニて配所へ被遣事まことに面目にあらすや是ニすきたる栄花やあると以外ニ勢快したわふ

る、時もあり或時は又哀れ朝威ハ惶き事哉為朝程の者か普通の凡夫ニ被生取事よ（宝に依る）（影668—9）（390—14）とする。松井本系列には傍線部がないが、文脈を追う上で不要と判断しての削除だろう。

この他にも、「只今平氏ニすへられ終には我身も被失て源氏のたねのたへん事こそ口惜けれ」（影615—8）（361—13）を、「た、いまへゐ氏にほろほされ給ハんことこそ口惜けれ」に、「こしかた行末かきくれさせたまふ御涙にいとし《（ママ）》きあり《（ママ）》暮の天なれハ」（影634—2）（371—2）を「こしかた行末かきくれて御涙にむせひつ、」に、「三磬の響もきこえすおのつから事問参る人も絶たれはみちふミ分たる事もなし」（影692—6）（402—11）を「をのつからみちふみわくるかたもなし」に改めるなど、より簡略により平明な表現にしている。文意は変わらないが、表現がやせたといえるかもしれない。

該系列には顕著な固有異文が見いだされないところより、増補意図はないと考えてよい。ただ、上掲の事例からも推察されるように、細部の字句・表現についてはかなりの改変を施している。書き換えによっていかなる効果をもたらしているのか定かでない場合も多いが、元の本文を自らの語彙観の網にくぐらせる意識があったとは言える。「さかひ南北ニあらされは雁の翅ニ文をかけ思をのふる態もなし」（影682—6）（397—7）とある傍線部を「そふにあらされハ」に改めている点などは蘇武説話を直截に打ち出した自覚的な改変ではあろう。

要するに、松井本系列は簡略化の意図の元に派生した系列とみなされる。中で、津や院はより本来的な姿を残している蓋然性を持つが、多くの伝本は、不注意に依る欠脱がかなり進んだ末流本だろう。

最後に金刀本系列であるが、該系列については、いくほどかの微細な固有字句が見いだされるものの、明確な改変意図は見られず、ほぼ単純に物理的な下降本文を伝える系列と認識してよいだろう。

四系列の関係をまとめる。犬井氏は、金刀本系列・松井本系列が、宝徳本系列の「学本に近い或る一本」「学本につながる或る本」から生み出されたであろうと述べる[1]が、この点ほぼ首肯される。現在の認識に立ってより正確に言うなら、陽明本系列・松井本系列・金刀本系列ともに宝徳本系列の河グループにより近い本文を有している。第二節（二五三〜二五五頁）に掲出した宝・河両グループ間に見られる主要な異同十一箇所の中、①〜⑦⑩の八箇所において、三系列の本文が河グループと符合する事実からもそのことは確認できる（①②については、陽明本系列の陽グループは異文）。ただ、それらの直接の祖本となったであろう伝本を、現存する河グループ中に見いだすことはできない。第三節の注（16）（三〇五頁）に取り上げた現象から考えても、河グループに属する伝本よりは純良な伝本を母胎として形成されたと推測される。

また、三系列が同一本から生み出されたのでないことは、前掲箇所の⑧⑨⑪三箇所において、松井本系列が河グループ、陽明本・金刀本系列が宝グループに類似もしくは符合する事実によっても明らかであり、三系列間における微細な字句の異同もその事実を裏付ける。三系列分岐の具体的実相は依然として定かでないが、金刀本系列の場合、他系列よりはなお河・学に近い伝本を母胎にしているようだ。

本章で得た認識は大ざっぱな把握の域を出るものではない。系列並びにグループ分類については異同の全てがその区分法を支持しているわけではない。所詮ここに示す分類は、符合・類似箇所の多寡を目安にした相対的な域を出るものではない。各々の伝本は系統、系列、グループという枠の中で、自家培養的に変化したのではない。グループや系列にとどまることなく系統の壁をも越え、直接もしくは間接に相互に影響を及ぼし合いながら変貌を遂げたのが現実だろう。本章で示し得たのは、枝葉を無視し幹に注目した場合に見えてくる伝本間の関係であることを断っておきたい。

注

（1）「金刀比羅本系『保元物語』の三系列―原金刀本追求のノート―」（『軍記と語り物』5　昭和四十二年十二月）

第三章　根津本系統の諸本

第一節　系列分類について

根津本系統の諸本も、犬井善壽氏の精査[1]によって、根津本系列・史研本系列・京図本系列の三系列に細分・整理され今日に至るが、本章ではその後存在が確認された伝本を加えて再整理を行う。結果としては、第二章と同様犬井氏の成果に依拠・立脚しつつ、それにいくほどかの知見を加えるものとなろう。

該系統に属する写本は私の知る限りでは現時点で断章を含めて十六本存在し、それは左のように系列分けされる。各伝本の末尾（　）内は本章で使用する略称である。＊を冠した伝本は犬井論文では扱われていない。

（根津本系列）

学習院大学日本語日本文学研究室蔵斑山文庫旧蔵慶長十二年奥書本（斑）

＊京都国立博物館蔵天正二十年奥書本（博）

神宮文庫蔵賢木園文庫旧蔵本（東三条殿への行幸記事以降が該当）（神）

筑波大学附属図書館蔵根津文庫旧蔵本（根）

＊名古屋市鶴舞中央図書館蔵佐々木輝子氏寄贈本（鶴）

＊仁和寺蔵本（頼長・為義談合記事以降が該当）（仁）

＊原水蔵本（東三条殿への行幸記事以降が該当）（原）

蓬左文庫蔵平仮名交じり本（東三条殿への行幸記事以降が該当）（蓬）

＊龍谷大学図書館蔵本（龍）

（史研本系列）

京都大学国史研究室蔵本（史）

＊原水蔵松室本（上・下二巻の中、下巻該当）（松）

（京図本系列）

学習院図書館蔵慶長十六年奥書本（院）

京都大学附属図書館蔵本（京）

＊早稲田大学図書館蔵枡型本（早）

（いずれの系列にも属さない伝本）

＊学習院大学日本語日本文学研究室蔵実隆筆忠光卿記紙背断章（隆）

（所属系列不詳の伝本）

＊東海大学附属図書館桃園文庫蔵二本（園）(2)

根津本系統内部を三系列に細分することについては、断章である隆の扱いを除いて異論はないので、これを前提として以下考察を進める。

注

（1）「京図本系統『保元物語』本文考―二系列分類とその本文の吟味―」（上）（中）（下）（『国文学言語と文芸』60・61・63　昭和四十三年九、十一月、四十四年三月）及び「宝徳本系統『保元物語』本文考―四系列細分と為朝説話追加の問題―」（『和歌と中世文学』東京教育大学中世文学談話会　昭和五十二年三月）

（2）園は、池田亀鑑氏が大島雅太郎氏蔵本の下巻の首尾各一丁分を写し取ったもの。池田氏の識語によれば親本は下巻のみの零本の由。僅かに伝えられた本文からそれが根津本系統に属する伝本と推測されるが、所属系列は不詳。下巻尾には省略があるか。整理番号「桃15―6」、外題は表紙左題簽に「保元物語首尾大島氏蔵本」。薄茶色無地厚紙表紙。一冊。墨付紙数四丁。袋綴。寸法二六・五×一九・二糎。一面一〇行。平仮名交じり。末尾に「このほんいづかたへ／参り候共早速御かへし被下候／沢而御頼申上候／天　　もり嶋氏」と見える。ごく僅かな文のため、本章の考察の対象としない。

第二節　根津本系列の諸本

根津本系列に属する伝本の相互関係を検討する。該系列に属する七部の写本（実際は九部存在するが、神と原は蓬からの転写本なので、煩瑣を避けて言及しない）の中では、根・龍・鶴・博・仁の五本がさらに一つのまとまりをなしている。それを証する主要な事例を以下に掲げる。

① ためよしみかたにさんこうつかまつり候しハかつせんにをいてハちうをいたすへく候（35―4）

② こゑにつきてひきまふけたれはひやうとはなつ（41―11）

③ たれかせんにあひたてまつるこりたまハぬかといへは（48―4）

④ なんちかおと、とものおさなきかあるなるミなおのこ、にてあるなれはのこしおきてハあしかるへし（78―13）

⑤ ひころのミゆきにハくきやうてんしやう人こそ御くるまそへにハまいりたまひしにあやしけなるもの共御くるまそへにまいりけれは（91―7）

⑥ これハおそろしきつわものなれはいのちをいけん事いか、あるへききるへきものかとせんきありけるか（102―3）

斑の本文を示したが、各々において、該系統中、根・龍・鶴・博・仁の五本は傍線部を欠く（蓬は⑤の傍線部行間書き入れ）。傍線部を持つ形と欠く形のいずれが系統本来の姿であるか決しがたいものもある。ただ、⑥については、傍線部がなくては文意が通じないから、これを持たない当該五本の形は欠脱を生じた結果と判断される。おそらくは、「つわもの」の「もの」から「きるへきもの」の「もの」への目移りに因って生じた欠脱だろう。⑤についても、傍線部を欠く五本の形は「まいり」の目移りに起因する欠脱の結果とみてよいだろう。②③④については、傍線部相当語句もしくはそれに近い文詞が他系統である半井本・鎌倉本・宝徳本のすべてあるいは一部に見られること（⑤についても同様）から、有する形を本来とみなしてよいのではないか。残る①は判断が難しいが、全体として傍線部を欠く当該五本の姿は、根津本系統本来のものではなく、転写の過程で生じた欠脱もしくは省略によって生じた場合が多いようだ。

⑦　御幸を東国へなし参せてあしからはこねをきりふさき東国の住人とうをもよおしてなとかしはらくさゝへて候へき（35―5）

博の本文を示したが、根・龍・鶴・仁四本共に博に同じ。しかし、系統内の他本はすべて傍線部を「南都（なんと）」とする。戦の手だてを頼長に問われた為義の返答の一部であり、後続の「あしからはこねをきりふさき」との照応より、「南都」ではなく「東国」とあるべきである。半井本・鎌倉本・宝徳本などでは、為義の進言は、南都への退却、叶わぬ時は東国への退去と展開している。これが物語本来の姿で、南都への退却に触れず一気に東国への退去を為義が進言する根津本系統の形は他系統の如き本文を抄出した結果生じたと思われる。ただ、その抄出のありかたが「南都」へ逃れて「あしからはこねをきりふさ」ぐという辻褄の合わないものだったため、後の段階で「南都」を「東国」に改めることでその不手際を解消したと思われる。従って、根津本系統本来の姿は「南都」であり、それを「東国」と改めた博以下五本の姿は根津本系統中では後出と推測される。

⑧　さるほとに新院ハはるかにのひさせ給ふ（52―11）

博の本文を示したが、根・龍・鶴・仁四本も博に同じ。他はすべて傍線部を欠く。「さるほとに」を持つ形、欠く形のいずれが系統本来であるかは分からない。

以上、根津本系列七（九）伝本の中では、根・龍・鶴・博・仁五伝本の近接する事実が明らかになったと思う。この相近接する五伝本をさらに詳細に見ると、龍・鶴・博・仁四本がより近しい関係にあり、根はそれらから少々隔たっていることが知られる。以下、その証となる事例を示す。

① 軈は落させ給ひけり成すみくつれ落てかゝへ奉る（52―14）

② いつしかはや心かハりしてんけるよ情なきもの共のありさまかなとて御涙をなかさせ給ひけり（55―11）

③ たゝとく〳〵下らせ給へとそ申ける入道のたまひけるハいさとよわかくさかんなりし時たにも陸奥守にもなされす（68―11）

④ 我等ハ所領の一所もなきやうにてこつしきつたなき様をして（81―10）

⑤ 懐よりくろ〳〵としたるかミのち付たるをとり出して奉る母うへ是ハいかなる事そや人間のならひ程心うかりける事あらし此程しやうじけつさいして八幡へ参りつるハたれためそや（86―13）

根の本文を示したが、その各々において、系統中、龍・鶴・博・仁四本は傍線部を欠く（ただし、③については、鶴は傍線部「ためよしのたまひけるハ」とする）。また、⑤については、当該四本は「母うえ」と「是ハ」との間に「たゝあきれて是ハ夢かや」との共通句を持つ。①③④については、傍線相当部が宝徳本にも見いだされることより、存在する形が本来と推定され、龍以下四本の姿は、省略もしくは欠脱の結果生じたと推測される。特に③は文脈上からも欠脱と判断される。この場合、前述したように、四本中鶴のみ「ためよしのたまひけるハ」と傍線部の一部に近い句を有する。これは、元々他三本の如きであった形を欠脱と判断した鶴（もしくはその祖本）の筆者が、独自の判断で補足したものか。⑤の「しやうじけつさいして」も、その直前の語「此程」との係わりを考えれば、必要な句である。よって、これを欠く形を欠脱と見なすべきだろう。②及び⑤の「くろ〳〵としたるかミの」については、傍線部を持つ形、欠く形のいずれが系統本来の姿であるかは定めがたい。

次に、①〜⑤とは逆、すなわち、系統中、龍・鶴・博・仁四本のみが共通字句を持つ事例を示す。

⑥　入道殿にゆめはかりしらせたてまつらて（74―11）

⑦　きめいわたくしなしとてこしをかゝせて六条堀川のしゆくしよへゆきむかひて（79―4）

⑧　くひをのへてそきられたまふしよ人なミたをなかし袖をしほらぬハなかりけり（84―9）

博の本文を示したが、右の⑥〜⑧については、系統中、龍・鶴・博・仁四本のみ傍線部を有する。これに、前掲⑤に指摘した、当該四本にのみ「たゝあきれて是ハ夢かや」との共通句が存在する現象を加えうる。いずれについても当該部の有無が文脈理解に大きな影響を及ぼすことはない。他系統が相当語句を欠く事実を考えれば、これらを龍・鶴・博・仁四本の段階における増補と判断してよいだろうか。

次いで、系統中、龍・鶴・博・仁四本の間にのみ本文の符合が認められる事例を示す。本文引用は博に依る。

⑨　それかしよろいの袖にうらかいて候そや（38―12）

傍線部、龍・鶴・仁も「それかし〔か〕」と博に同じだが、系統内の他本は、「伊東（伊藤―京図本系列、いとう―斑）五か」（他本の本文の引用は根に依る。以下、所拠本を明記せず他本として本文を引く場合は同処置を取る）とする。伊藤六の体を貫通した為朝の矢が勢い余って後続の伊藤五の鎧袖をも射抜いたことを、父の伊藤景綱が清盛に報告する場面である。文脈としては、他本の如く「伊東五か」とあるべきで、龍・鶴・博・仁四本の記す「それかし〔か〕」では為朝の矢が伊藤五ではなく伊藤景綱の鎧袖を射抜いたこととなり、前後の記述に齟齬が生じる。当該四本の明らかな誤りである。

⑩　諸寺諸社へおほせいたされて調伏すへきよしを御宝幣なさるしかれとも（57―10）

龍・仁は博と同じ（鶴は破線部欠脱）。文中の「宝幣」は奉幣とあるべきだろうが、それを別にしても本文として整っていない。系統内の他本を見ると、根・斑・史は「しよ寺しよしやへてふふくすへきよしおほせられしかとも」（斑に依る。根は「しかとも」以降欠脱あり）、その他は「諸寺諸社へ仰られて調伏すへき由を仰られしか（のたまひしか—京図本系列）とも」（蓬に依る）と各々異なる。他系統では、半井本「諸寺諸社ニテ是ヲ調伏セシカ共」（76—11）、宝徳本「諸寺諸山ニ仰て調伏せらるといへとも」（影529—8）（312—13）とある。

⑪　このきいはれたりとてミな〳〵しざいにそおこなハれける（72—1）

龍・鶴・仁は博と同じ。系統内の他本は傍線部「みなめされてきられに（なし—史研本系列・斑）けり」とする。他系統では、半井本に「皆被切ニケリ」（97—11）と、他本に近い本文が見える。

⑫　尋出てうしなへとのせんしなれハちからおよハす（78—2）

龍・鶴・仁は博と同じ。系統内の他本は「尋出てきれ（かうへをはねよ—史・松）と仰られけれハ」と異なる。敵対した弟達を追捕せよとの勅命が義朝に下ったことを記す一節なので、当該四本のみが持つ「ちからおよハす」は、物語の記す状況から必要とはいえない。他系統では、半井本が「次第ニ搦テ進セヨト被仰」（104—7）とし、鎌倉本（影938—6）（58—6）も半井本に近い。

⑬　宿所にあらんするをハ舟岡山へつれてゆけ（79—1）

龍・鶴・仁は博と同じ。系統内の他本は傍線部「なかせぬやうにこしらへて舟岡山へ行ケ」とする。いずれの形でも文章上の不都合はない。他系統では、半井本に「スカシテ道ノ程泣セテ船岡山ニテ切レ」（105—12）〔宝徳本（影597—9）（352—8）もほぼ同〕と他本に近い形が見える。

⑭　おさあひもの共見てなきさハき《ヒ》（「き」の上に「ヒ」）かはあしかりなん（82—7）

龍・鶴・仁は博と同じ。系統内の他本は傍線部「事のわつらひにもなる（りぬ—根・蓬以外）へければ」とする。他系統は文詞が異なる。

⑮　か丶るうきめを見る事よ身にもさしてとかともおほえぬにかうの殿よりこめられ参らせつねハおひこめられし時ハ（84―15）

龍・鶴・仁は博と同じ（ただし、仁は「より」が「とり」）。系統内の他本は各実線部「見んするかはしめ（ミんするため―京図本系列・蓬、見まいらせ候へきはしめ―史、見まいらすへきはしめ―松）にて有けるか（そ―京図本系列）や」「はなをつき」と異なる。さらに、京図本系列は破線部を欠く。他系統はこのあたり大異。

⑯　いかなるてんまのしわさにておほくの人のさはきとそ申合ける（94―1）

龍・鶴・仁は博と同じ。系統内の他本は、傍線部「きもをつぶす（つふさす―京図本系列、けす―斑）らむ」とし、本文としてはこの方がよいか。他系統では、半井本に「人ノ肝ヲツフシケルコソ不便ナレ」（122―5）〔宝徳本（影641―4）（374―11）もほぼ同〕と、他本に近い本文が見える。

⑨～⑯は、系統中、四本の間にのみ表現・記述の一致が見出される事例である。各項においていささかの検討を加えた如く、当該四本の本文と一致もしくは近似する本文を他系統中に見出すことはできない。また、四本に特有の記述の中には文章として適切でないものも見られた。このことより、⑨～⑯におけるこれら特有表現の多くは当該四本の共通祖本の段階における改変現象と判断してよいように思われる。

以上の考察より、根・龍・鶴・博・仁五本の内部では、さらに龍・鶴・博・仁四本が一つのまとまりをなし、根がひとり離れていることが了解されたと思う。さらに述べるなら、龍・鶴・博・仁四本中では龍と鶴、博と仁が各々近い関係にある。以下、この点を述べる。

龍と鶴の近似を示す現象としては次の事実が掲げられる。

①　熊皮のしつさや入たり三尺七八寸もあるらんとみえたるをはいてゆるき出たる（25―1）

②　左大臣殿御馬の尻には四位少納言成高まゐりてかゝへ奉る為義三井寺の方へ御のひ有へきよし申けれハ（51―15）

③　家弘光弘父子はかりそ候ける家弘君を谷へ引おろし奉りて御上に柴をきり（54―15）

④　法勝寺に敵こもりたりと聞えけれハ義朝はせむかひ四方をうちかこみて（56―11）

⑤　内記平太ひたゝれのひもをときおしくつろけて天王殿のむくろをふところの中にかきいたきてさすかに御内に人こそあまた有しか共（84―11）

根の本文を示したが、龍・鶴ともに傍線部を欠く。中で②③は不注意に因る欠脱と判断されるが、①④⑤は省略かもしれない。④の場合、龍は傍線部を全て欠くため「法勝寺にをうちかこんで」と欠落の痕跡を明白に残すが、鶴は「ほつしやうしにかたきをうちかこんて」と「かたき」の語があるため、龍のような不手際の露呈はない。いずれにせよ、これらの事実は龍・鶴の親近性を示すものとして捉えられる。

以上の検討より、系列中、龍と鶴が近しい関係にあることが明らかになったが、両者は直接の書承関係にはなく、兄弟もしくはそれに準じる関係にあると見られ、かつ、純良度においては、龍が鶴に勝ると思われる。その根拠としては、二十音節以上の固有欠脱（もしくは省略）が、龍では一箇所にとどまるのに対し、鶴には十七箇所見いだされ、しかも百音節を越える事例が二箇所あることや、二十音節に満たない規模のものも比較的多いことがあげられる。鶴が欠く部位の多くは目移り等の不注意に起因するようだが、中には省筆もあるようだ。こうした省筆は、例えば、「ひさまつき」（庭上にひざまつき―龍）、「はなつ」（よひいてはなつ―龍）、「此上ハとおもひて」（此うへハちからおよハずと思て―龍）、「しのひて居たりけり」（ふかくしのびいたりけり―龍）等の例が示すように、龍に比して鶴には字句を省略する傾向が認められることと軌を一にする現象として捉えられるだろう。この他、鶴には錯簡に起因すると思われる重複記述が、上巻三三丁表から三五丁裏にかけて見いだされる。

（ア）しゆしんてんわうのきようあまつやしろのくにつやし—（イ）よすしかれはこのもとかやのもといつれのところにかわかうすいしやくのきよにあらさる（略）賀茂大明神ほんせいをまもり給ふきもむ—（ウ）ろさためおき給ひしよりこのかたかミわさ事しけくして（略）てんおんこと〳〵くふつしやうに—（エ）よすしかれハ木のもとかやのもといつれの所にか和光すいしやくの居にあらさる（略）賀茂大明神ほんせいをまもり給ふ鬼門—のかたにあたつて（28—12～30—1）（文中の横棒は私意で付した）

右の文章は意味が通じない。これは、（イ）と（ウ）に錯簡を生じているためで、（ア）→（ウ）→（イ）と続けてはじめて意味が通じる。この錯簡に気づいた筆写者が、（イ）を本来有るべき位置に再度写し取ったものが（エ）である。従って、（イ）と（エ）は全くの同文で、（イ）を削除しなかったために、重複を生じる結果になったと解される。なお、錯簡が改丁部と一致していない事実は、この錯簡が鶴書写以前の段階で既に生じていたことをものがたる。また、重複部である（イ）（エ）間で漢字・平仮名表記の異同が認められることより、転写姿勢が表記についてまでは厳密でなかったことを思わせる。

次いで、博・仁の関係について述べる。まず両者の近似を示す現象を掲げる。

① 射落さん事ハやすき事なれ共それも余に無念也（48—14）
② 金子十郎ハ高名しきはめて既うたるへかりしがかたきにおしまれて命をたすかりける（49—15）
③ くんこうのしやうにおいてハ子々孫々に及へしと仰られけれハ彼等庭上に跪て仰を承て出ぬ（59—10）
④ かう〳〵と申たらハ思召事あらハ仰られんつらむ（74—12）
⑤ 事とふ物とてハ松吹風なきさのちとりきしうつなミのこゑはかり（97—12）
⑥ たま〳〵りよしうの白日にともなつて悲涕の愁をけすいかてか旧郷に帰て再ヒ世きをなさん（99—4）
⑦ 御はか三度までゆるきけるこそおそろしけれさてもことしハくれぬ長寛も二年に成にける（100—11）

根の本文を示したが、博・仁二本のみ傍線部を欠く。各々について簡単な検討を加えるなら、③の場合、傍線部を欠く形は、おそらくは「仰」の目移りに因る欠脱の結果生じたと思われるし、④⑤についても、傍線部がない場合、文脈に何らかの支障を生じることより、やはりこれらを欠く博・仁の姿は欠脱を生じた故と解される。⑥⑦についていては、傍線部相当記述もしくはその一部が宝徳本にも見いだされることを重視すれば、これも博・仁における欠脱かと推測される。残りの①②についていては、傍線部を欠く形が系統本来か欠脱もしくは省略の結果であるか見定めがたいが、存在する方が文脈がなだらかであり、さらに、②の場合、文詞の相違はあるものの、半井本（67）や宝徳本（298）にも傍線部と同趣の記述が見られる。よって、①②における博・仁の現象についても、これらをあえて根津本系統の本来性を残したものと見る必要はないだろう。

⑧　下野守馬の三事かうかふとの着やうあつはれ大将軍やとそ見えたる（45―6）

博の本文を示したが、仁も同文。傍線部「馬の三事かう」〔三事には「さんし」（さんじ―仁）と仮名を振る〕は意味不明だが、他本は「馬の上」（上の―京、うへの―院・早）ことから（事から―斑・蓬、ことがら―龍・院・早）」とする。この事実より、博・仁の「馬の三事かう」は、「上」を「三」に、「事から」を「事かう」と読み誤ったことに由来すると推測される。

⑨　さうのよろいの袖をふまへたるあひた高間ハちともおとろかす（49―3）

博の本文を示したが、仁も同文。傍線部「おとろかす」は文脈的に不適切である。相当部、他本は「はたらかす」と妥当。博・仁の姿は、誤写の結果生じたものと推測される。

博・仁二本のみに共通の欠脱・誤り・省略が見られる事実を指摘した。この他にも、小字句の段階で両者の符合が多く認められることより、二本は、兄弟もしくはそれに準じる関係にあると思われる。次いで各々の純良度について述べるなら、二十音節以上の固有欠脱もしくは省略は仁には見いだされないが、博には五箇所存在し、しかもその中の一箇所はかなりの規模に及ぶ。[4]この事実に依れば仁が博よりも純良であると考えられる。ただし、些細な語句の段階においては、仁の方が誤りや省略が多いように感じられる。

以上、根津本系列七（九）伝本中では、まず、根・龍・鶴・博・仁の五伝本が一つのまとまりをなしており、五伝本中では龍・鶴・博・仁の四伝本がさらなる近似を見せ、四伝本中では龍と鶴、博と仁が各々近しい関係にある事実が確認できた。

こうした段階的な類似は、根・龍・鶴・博・仁五本の分岐の各々の階梯を示唆するものと考えられ、五本の相互関係は、その親疎の度合いから以下のように帰結される。当該五本の中ではまず最初に、根（もしくはその祖本）と龍・鶴・博・仁四本の共通祖本の分岐が生じ、次いで、龍・鶴の共通祖本と博・仁の共通祖本が分岐し、最も降って、龍（もしくはその祖本）と鶴（もしくはその祖本）、並びに博（もしくはその祖本）と仁（もしくはその祖本）とが分かれた。よって、系統図の雛形を示せばおよそ次のようになろう。

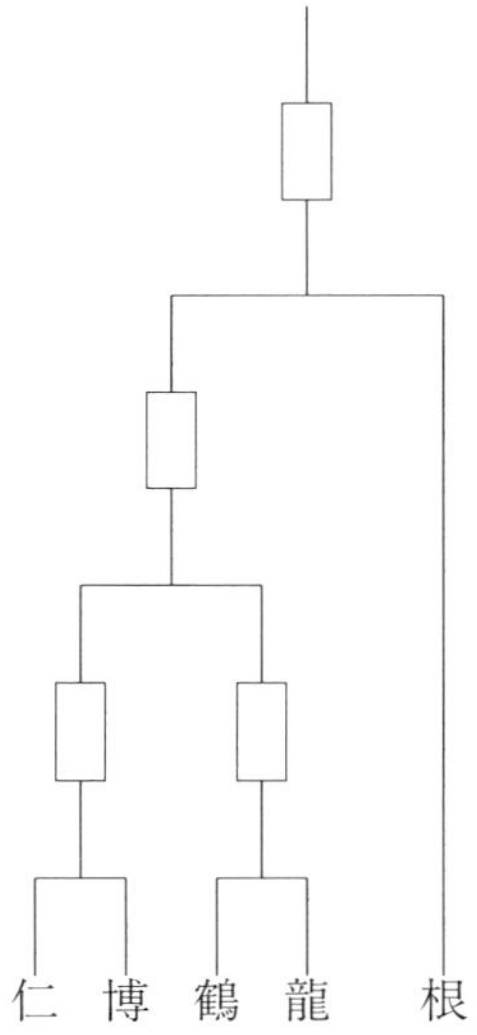

右掲図は、現存五伝本の関係の大枠を示したものに過ぎず、例えば、博と仁が現実に兄弟関係にあると主張するものではない。

以下、各階梯における分岐の実状について考えたい。まず、根・龍・鶴・博・仁五本の共通祖本の成立については、三六〇～三六二頁で八箇所の事例を掲げて検討した如く、本文是正あるいは本文付加の意図もいくほどか見られるものの、その本質は所拠本書写時における本文省略及び不注意に因る欠脱にあると言える。従って、該共通祖本の形成は意図的というよりは、むしろ杜撰な書写に依ってもたらされた結果的現象としての色合いが濃い。

次いで、根（もしくはその祖本）と龍・鶴・博・仁四本の共通祖本との分岐に関して言えば、三六二～三六五頁に掲げた十六箇所の事例の検討結果よりして、四本の共通祖本の形成にはかなり明確な意思が働いたと推定される。不注意に起因すると思われる欠脱も存在するが、小規模ながらも明らかな増補作用が認められ、意図的な本文改変の事実も存在する。龍・鶴・博・仁四本の共通祖本は、所拠本の忠実な書写に終始せず、小規模ながら省略・増補・本文改変の意図を明確に持った伝本だったと言えるだろう。そうした本文へのこだわりは敬語使用にも反映している。物語は、皇族及び上級貴族に対しては一貫して尊敬語を用いるが、一般公家や武士に対しては統一性がない。為義や義朝といった武将を例に取ると、対郎等の場面では彼等の言行に敬語を用いるが、対貴族の場面では使用しない傾向がある（この現象は『保元物語』に限らないが）。そうした傾向の中、当該四本は、敬語の使用頻度が高く、かつ、より状況に即した用い方をしている。具体例を示すと、為朝の対義朝の言の場合、他本には一貫性がないが、四本には謙譲表現で統一しようとする方向性が見出される。こうした姿勢は他の人物についても認められ、このことより四本においては長幼・主従関係等を考慮した敬語表現に改めていることが分かる。また、金子家忠の勝名乗り「さすかに一人してよき敵二人うつ事は承も及す」（根に依る）（49―8）の「承も及す」を「聞（きゝ）もおよハす」と、謙譲表現を除くことで、金子の不敵さをより強く打ち出そうとするなど、当該四本の場合、敬語使用に配慮していることが分かる。もっとも、それも他本に比して配慮の度合いが濃いという程度であり、徹底してはいない。

以上述べた如く、当該四本の共通祖本は、その形成に際して所拠本本文の忠実な書写に終始するものではなかった。達成度に対する今日的評価はともかく、自覚的な分岐だったとは言える。

引き続き、龍・鶴の共通祖本と博・仁の共通祖本の分岐について述べる。博・仁に共通する特徴は、前述の如く相当数にのぼる欠脱にある。このことより、博・仁の共通祖本の分岐は、かなり杜撰な本文書写の結果もたらされたものであり、そこに意志を認めることはできない。それに比せば、龍・鶴の共通祖本の分岐は、本文省略の意図が働いた結果ではないかと考えられる。

要するに、三段階にわたる分岐の中、一度目は比較的物理的な要因で生じ、二度目はかなり自覚的な本文改変であり、三度目は杜撰な書写並びに省略化に起因する度合いが濃いものだったと見ることができる。

根津本系列諸本中、根・龍・鶴・博・仁五本の関係についての整理を終えた。次いで残りの伝本である斑と蓬について述べる。まず、斑だが、該本を犬井氏は以下の如く把握する。一丁分にわたる落丁がなければ、「かなり重視しなければならない」が、「非常に多くの不注意から来た脱文」とともに、「小さな補改が試みられた本文を有する伝本である、と。確かに該本には多数の欠脱が認められる一方、古態性の面で看過しえない面がある。以下、系列内における該本の位置をもう少し明確にしたい。章頭に述べたように、斑は根津本系列に属する一伝本と認識されている。それは大局として誤りではないが、細部に目を遣った場合、該本には、根津本系列から離れ、他系列と一致する部位が往々見られる。以下にそうした事例を示す。[5]

① 神むてんわうハ天下をたもつ七十六ねん御しゆミやう一百廿七さいなりその、ちのていわうもあるひハ百十四年あるひハ一百よねんなんとなりむかしこくわうの御しゆミやうもかくこそのひさせ給ひけるニ（3―1）

② しんせいせんしをうけてよしともハあかちのにしきのひた、れに（略）ていしやうにひさまつきてそ候けるい、い、い、い、い、い、い、い、しんせいいおほせをうけたまハりていわく（30―13）

③ けんけん御まくらにまいりてあまり御心よわけにおほしめして候ものかなけんけんかまいりて候をはしろしめされ候やらん（62―14）

斑の本文を示したが、各々について、根津本系列内の他本すなわち根・龍・鶴・博・仁・蓬は傍線部を欠く。系列内に限れば、傍線部は斑固有の記述と言える。しかし、視野を系統全体に広げた場合、他系列である京図本系列や史研本系列に、斑と同趣の記述が見出される（ただし、蓬・仁・松は、前半部が他系統のため、③のみが対象）。

①の場合、傍線部がなくても文脈に特別の支障はない。しかし、「むかしこくわうの御しゆミやうもかくこそひさせ給ひける」と、古代帝王の長命なることを説く後続文の存在を考えれば、長寿が神武のみに限らないことを記す旨の当該文のある方が本文としてはよい。また、宝徳本系統にも傍線部との同趣文が存在することより、傍線部を持つ斑並びに京図本系列・史の姿が系統本来かと推される。②については、傍線部が後続文「よしともハ……」に直結していない事実、及び、後に同趣句（傍点部）が再出する事実より考えて、傍線部、衍文と見るべきではないか。この場合は、①とは逆に、相当句を持たない他本の形が本文としてよい。③の場合、傍線部をもたない他本の形は、おそらくは「けんけん」の目移りに因る欠脱の結果生じたものであって、相当句を持つ斑及び京図本・史研本両系列の形が本来と判ぜられる。

④　あきのはんくわんもとより（13―6他）

斑の本文を示す。以下同。「もとより」を京図本系列は「基盛（もともり）」、他は「宗盛（むねもり）」（史は「宗院」とも誤記）とする。斑の記す「もとより」（「もとよし」とも）はもちろん誤りだが、それが「宗盛」からではなく、京図本系列の記す「基盛（もともり）」から生じただろうことは間違いあるまい。なお、物語本来の形は「基盛」であり、「宗盛」は後の改変と考えられる。(6)

⑤　まして此しよまふにおきてハへつのしさい候へからす（20―8）

京図本系列と史は斑とほぼ同文。他本は傍線部「御心安かるへし」（く候―博）」。本文としてはいずれでもよいが、他系統を見ると、鎌倉本には「安き事にハ非や」（影773―6）（29―14）、宝徳本には「無下ニ客〈容歟〉易《タヤスキ》事ニ非や」（影392―9）（245―1）と、他本に近い形が見える。

⑥　御くるまをとめてまつりて《た》たつね申に（60―1）は斑とほぼ同文。他本は、傍線部「内裏（大内―鶴）へつけ申けれハいつくへ此由を（蓬は行間に「の由をイ」と記す）尋申て（そ―龍・鶴・博・仁・蓬）」とする。文章としては斑等がよく、他本には混乱がある。半井本には「止進テ内裏へ此由申ケレハ何へ渡セ給ソトテ尋奉レト被仰ケレハ」（90―1）と見えることより、他本の形は、半井本の如き姿がくずれたものかとも思える。

⑦　けんさいのおやぬ《に》（「の」の上に〇）むかひてゆミをひくこれひとへにちよくめいのかたしけなきをまもる成しかるにさきたちてせうてんゆるされぬ（61―4）

京図本系列（おや―父）・史研本系列（おや―父、まもる成―をもんする故也）は斑とほぼ同文。斑を除く根津本系列は「勅命そむきかたしといへ共現在の父にむかひて弓を引ものや候へき然に院宣（いせん―鶴）に昇殿ゆるされぬ」と異なる。いずれの場合も文章として問題はない（ただし、他本の多くが記す「院宣」は誤りで、鶴の「いせん」（以前）が適切か）。半井本には「勅命背キ難ト云ヘ共父ニ向テ弓ヲ引矢ヲ放テハ」（82―6）と、他本に近い形が見える。

⑧　あなむさんやなさりともしはしハあらんすらんとおもひてこそ見さりつるに（63―6）

右の斑の本文は京図本系列とほぼ同文。斑を除く根津本系列は、「むさんやな」の下に「事きれけんこさんなれ」との一文を持つが、当該句を持つ形欠く形のいずれが系統本来であるかは分からない。史研本系列は相当部「あなむさんやしはしよめいもたすかりなんやと思てこそ対面なかりつるに」と異なるものの、「事きれけんこさんなれ」に相当する句を持たない点は斑並びに京図本系列に同じである。

⑨　あんないをもふれすしてそうなくみたれ入のてうふしきなりはうにまかせてついしゆつせよといゝけれはく

わんくんこらへすしてひきしりそく（65―2）

京図本系列・史研本系列は斑とほぼ同文。他本は、傍線部「とて防けれハ（蓬のみあり）清盛か郎等共うち（射―蓬）しらまか（なし―龍・鶴・博・仁）されて」とする。蓬が最も意味がよく通じ、他の場合、本文に不足があるか。

⑩　五い以上の物かうきにあてらる、事せんれいたつねられけるに（66―3）

京図本系列・史研本系列は斑とほぼ同文。他本は、傍線部「先例也されハ例を尋られけるに」とする。根が「也」の右脇に「なし歟」と記し、かつ「元本なしトアリシヲ後人なりと誤テ真書ニ書誤シニヤ」と朱注して、「なし」から「也」への誤記を推測していることから明らかなごとく、公家が拷問されること珍しきをいうのが趣意だから、斑のごとき形が妥当であり、かつ本来の姿であることは、半井本「五位巳上ノ者ノ拷器ニ被寄事先例希也サレ共」（89―6）、宝徳本「五位以上の者拷訊ニよせらる、事先例希也」（影554―4）（325―4）を参照するまでもない。

⑪　御ふねにめさせまいらせてやかたにとうり（ママ）しやうをさしてけり（92―12）

京図本系列（とうり―外より）は斑とほぼ同文。他本は、傍線部「御舟の（根なし）やかたの内へおし入奉て」（根・蓬）、「御舟にめさせ（れ―鶴、せ参らせて―史研本系列）やかたのうちへおし入奉りて」（博に依る。龍・鶴・仁・史研本系列同じ）とある。史研本系列が最も懇切だが、他の形に欠陥があるということでもない。

以上、大局としては根津本系列に属する斑の本文中に、別系列である京図本系列や史研本系列に一致あるいは近似する文詞が見出されることを指摘した。この事実は、斑が根津本系列中では他系列よりの本文を有していることをものがたる。この現象をいかに認識すべきか。蓋然性として次の二つの場合が考えられよう。一つは、斑がその形成に際して根津本系列の特徴を備える伝本に多く依りながらも、他系列に属する伝本をも部分的に参照・利用したとする考え方、いま一つは、根津本系列が分岐して以降、根に依って代表される本文的特徴を備えるに至る前段階の姿を斑が伝えているとする考え方である。前に掲げた十一の事例が、この把握のいずれを支持するかは即断できない。斑が系統本来の姿を伝えていることを示すかと思われる現象は確かに存在するが、そのことが後者の考え方をそのまま保証することにはなるまい。ただ、犬井氏により「より信頼しえる[7]」本文を持つと認定される根にも、後述するように後出性が認められることより、現存諸本のすべては系列祖本からかなり隔たった形を伝えていると言えようから、斑に部分的な古態が見られたとしてもとりたてて奇異とすべきではない。私としては、斑（の祖本）の分岐は、根・龍・鶴・博・仁五伝本の共通祖本形成に先立つ時点で生じたものと見なしたい。

次いで、蓬について一言する。追検証は行わないが、該本の場合、扱いに慎重さが求められる相当数の行間書き入れを持つものの、根とは「近い段階で同一本にさかのぼり得る[8]」伝本であるとの犬井氏の認識が首肯される。現存本中、根に最も近い位置にあるのは龍・鶴・博・仁の四本だから、該本はそれらに次ぐ位置にある。そうした根との近似度を目安にすれば、該本（の祖本）が、根に至る流れから分岐した時点は、根・龍・鶴・博・仁五本の共通祖本形成以前であり、かつ、斑（の祖本）の分岐以降となろう。

注

（1）龍における二十音節以上の欠脱は左掲の一箇所である。
為朝此由をきゝてふしきの事也為朝にこそしたかふへきに（105―6）
根の本文を示したが、龍は傍線部を欠く。「為朝」の目移りに因る欠脱と認められる。

（2）鶴における固有欠脱もしくは省略は十七箇所と多数に上るため、具体的な掲出を控えるが、上巻二ウ、四ウ、六オ、一八オ、中巻一一ウ、一八オ（二箇所）、二一オ、三〇オ、三一ウ、三五ウ、三六ウ、下巻一三ウ、一七オ、一八オ、二一ウ、三八ウにそれらは見いだされる。中でも下巻一三ウ並びに二一ウは百音節を越える規模である。

（3）省筆が考えられる事例を掲げる。根の本文を示すが、鶴は傍線部を欠く。

①権現をおろし奉るに日中すくるまておりさせ給ハす法皇をはしめ奉て供奉の人々如何成へき御事やらんとて目をすまし心をしつめておハしける未のかたふく程に成て権現おりさせ給（4—11）

②一騎か上に五騎十騎落かさなりけれは宇野の七郎心ハ剛なれ共力及ハす無勢なれは生虜れてけり（16—1）

③弓杖にすかりて心ちをなをして甲をしつくろひ弓取なをしてさらぬ体にて（46—4）

④いまハかうそよとて弟共のふしたりける中にわけ入て念仏数度となへて（84—8）

⑤三郎大夫力およはすして一方へ沙汰してハあしかりなんとおもひて両方へ年貢を沙汰しけれハ（105—4）

（4）博における二十音節以上の欠脱は次の通りである。

①人にかくとも仰られす不思議の御事と思食て御先達をめして御心にかけおほしめす事有（4—7）

（該箇所を含む周辺、院・早は長脱）

②万乗の位にいたる然に一旦の寵愛によつて累代の正統をさしおかれて（12—2）

③範仲又帰参て此様を被申けり新院被仰けるハ（18—5）（斑も二重傍線部を欠く）

④和良品十郎奥津四郎蒲原五郎伊豆国には狩野公藤四郎同五郎（33—11）

⑤嫡子長盛次男忠綱道正父子五人伊勢国とうくといふ所にかくれゐたりけるか（略）鎌田申けるハ昔も候けれハこそ（72—4）

根の本文を示したが、各々について博は傍線部を欠く。いずれも不注意に因る欠脱と考えられる。なお、⑤の場合、根にして約半丁分を欠く。

（5）「京図本系統『保元物語』本文考—二系列分類とその本文の吟味—」（上）（中）（下）（「国文学言語と文芸」60・61・63　昭和四十三年九、十一月、四十四年三月）

（6）基盛・宗盛の問題については、日下力氏『平治物語の成立と展開』後篇第二章第二節「『平家物語』における清盛の次男基盛の消去をめぐって」（汲古書院　平成九年六月）に考察がある。

（7）（8）注（5）に同。

第三節　史研本系列の諸本

本節では史研本系列諸本について考える。該系列については、その「やや特異な性格」の故に、史一本を以て史研本系列なる一系列がたてられていたが、(1)下巻のみではあるが、松がこの系列に属することが判明したので、現時点では、史・松二本を以て構成される系列となる。史・松は微細な点まで似通う一方で、各々独自の誤りをも有しているため、両者は直接の書承関係にはなく、兄弟もしくはそれに準じる関係にあると推測される。まずは、史に見られる誤りの事例を示す。本文引用は松に依る。

① 椄（ママ）録にてわたらせ給をさし置まいらせて末の御子左大臣どのをひきたて進せんと（58―12）

傍線部、史「ハ」。史における欠脱である。

② しせつをまほりてむほんをこすへきたくみの有ける事をも（77）

傍線部、史「ほんおうすへき」。松が妥当。なお当該箇所を含む部分は史研本系列の固有部。

③ 乙若殿ハはた野にめをきつと見あはせたりけれハはた野心得たちをひきそはめて（83―2）

史は傍線部を欠く。「はた野」の目移りに起因する欠脱である。

④ 参すハいま一ときも身にもそへてましふなおか山とかやへもつれて行たらハとうたうにも成なまし（87―2）

傍線部、史「そへまして」。松が妥当。

⑤ しらさきあをさき二つれてをきのかたへとひゆきけれは此とりとものとひゆくやうこそふしんなれ（103―2）

史は傍線部を欠く。欠脱である。

⑥ 伯父を切平氏もあり父をころすけんしもあり（107―8）

史は傍線部を欠く。やはり欠脱である。

なお、②を除く項目の全てにおいて、系統内他本は松と同じ。

次いで、松における誤りの事例を示す。

① 顕玄か参て候をはしめされ候哉らん（62―15）

傍線部、史「しろしめされ候やらん」。史が妥当。京図本系列「しろしめされて候やらん」、龍・博・仁「しろしめされ候ハぬやらん」、鶴はこのあたり欠脱。

② すこし心にやくち〳〵にこしとくかけやおそしとすゝめけれは（79―16）

傍線部、史「おさな心にや」。松は「少心」との漢字表記を誤読したか。系統内他本は「おさなき声々」「おさなきまゝに」もしくは相当語なし。

③ むまれなから天くのかたちになせ給そ浅猿敷（99―16）

各傍線部、史「いきなから」「ならせ」。前者については、松は「生なから」を誤読したか。

④ おんこくのくるしみの下にましますことよ（100―6）

傍線部、史「苔《コケ》」。松は「苔」を「苦」と誤写したか。

⑤ かんどりどもまちせしとてしばらくためらひける（103―9）

傍線部、史「あやまちせし」。史が妥当。

⑥　為朝にこそしかるへきに茂光方へねんくさたす成る（105—6）

傍線部、史「したかふ」。史が妥当。

系統内で異同のある①②についてはその旨を明記したが、それ以外については、系統内他本は史に同じ。以上、史・松の各々に見られる誤りのいくつかを掲げた。両者ともに書写上の誤りは少なくないが、松のそれが誤読や字句の誤りの類にとどまるのに対し、史では一行程度の規模の欠脱が三箇所にわたって認められる事実（①③⑤）に留目するなら、松の方が史よりは相対的に純良な姿を保持していると見るべきだろう。とまれ、史研本系列に属する伝本が史のみではなくなったことで、該系列の実態をより明らめやすくなった。例えば、史には小規模な省筆のあることが指摘されているが、松を参看することにより、この性格は該系列が本来的に持つものではなく、松（もしくはその祖本）と分岐して以降、現在の史に至る過程で生じたものであることが分かる。史におけるそれら省筆の一端を掲げる。

①　伯父平馬助を申うけて切てけり（72—7）

②　ふところよりくろ〳〵としたるかみにちのつきたるをとり出てたてまつる（86—13）

③　た丶わらハか心をあはせてやりたるやうにこそ思つらめ（87—6）

④　さてハ行平の中納言のなかされて（93—4）

⑤　しゆくうんしからしむる事をしるといへとも（95—12）

⑥　左のてをひき出て中のゆびを二きりてけり（105—8）

松の本文を示したが、右掲の各記述において、根津本系統諸本中、史のみが傍線部を持たない（より正確に記すなら、①については、博は長脱箇所にあたる。②については、龍・鶴・博・仁「くろ〳〵としたるかみに」がない。⑥については、鶴「ひたりの手のうちゆひを二つ引出してきりてけり」と語順が異なる）。各々について、傍線部はなくてならぬものではない。中には不注意に因る欠脱も含まれようが、そのいくつかは意図的な省筆だろう。そして、根津本系統中、史のみが欠くこれら字句が松には存在していることより、この省筆が史研本系列本来のものではなく、松（もしくはその祖本）と分岐後、現在の史に至る過程でなされたことが明らかとなる。

以上、下巻部について、史と松は兄弟関係もしくはそれに準じる関係にあることが確かめられたかと思う。ただし、上記の把握では説明のつかない現象も存在している。

仏神三宝にゐかうしてやかてそこのみくつとなし給(ア)そこへそ入られける(イ)（87―16）

松の本文を示したが、当該部、史は傍線部（ア）（イ）の中、（ア）に相当する記述のみを有している。逆に、史以外の根津本系統諸本は傍線部（イ）に相当する記述のみを有しており、松のみが（ア）（イ）を併せ持つ。（ア）と（イ）は同じことなので、両者を持つ松は明らかに重複を生じている。もとは（ア）（イ）のいずれかが校合として傍記されており、それが転写過程で本行本文化したものが松の姿かと想像される。松に至る転写過程が必ずしも単純ではなかったことを思わせる現象の一つではある。

史は、犬井氏の初期の系列分類においては根津本系列（当初の名称はA系列）に収められていたが、後に、「乱に敗れた院方の人々にまつわる記事に於て意改・加筆を施した一本の流れをくむ」[2]ものとして、あらたに一本を以て史研本系列として独立させられた。当初、根津本系列に所属させられていたことから明らかなように、該系列は根津本系列に属する伝本をもととしてこれに意改・加筆を施したもので、根幹をなすのは根津本系列の本文であり、根津本系列中で特に近い関係にあるのが斑である〔このことは、第二節において、斑が同系列の他本とは異なる部位として掲げた十一箇所の中九箇所について史研本系列（ただし松は下巻のみが該当）との符合もしくは類似が認められることから分かる〕。系列固有の意改・加筆と思われる箇所を取り除いた後の史研本系列は根津本系列の斑に最も近い姿となる。ただし、史研本系列と斑の関係については、現存本をいく段階か遡る時点に、それらのみの共通祖本を想定し得るかとなると判然としない。史研本系列と斑のみに共通する字句は確かに存在するが、両者間に緊密な関係を想定するには、現象が余りにも些細かつ少数である。今後の検討に待ちたい。

注

（1）「京都大学国史研究室蔵『保元物語』の本文―京図本系統本文考補遺―」（「軍記と語り物」6　昭和四十三年十二月）並びに「宝徳本系統『保元物語』本文考―四系列細分と為朝説話追加の問題―」（『和歌と中世文学』東京教育大学中世文学談話会　昭和五十二年三月）

（2）注（1）の「軍記と語り物」所載論文。

第四節　京図本系列の諸本

本節では、京図本系列に属する三伝本、すなわち、院・京・早の関係について整理する。まず、京と院の関係だが、この点は既に犬井論に尽くされており、院が「京本よりも後出の本文である」(1)との氏の判定は今後とも覆る余地はないだろう。院には京に比して四箇所にわたる顕著な欠脱が認められるほか、小規模な誤脱が散見するが、その逆の事例、すなわち、院の本文が京のそれより優れている事例が見あたらないことがそれを証する。もっとも、ごく微細な点に限れば、例えば、

① 弟のの景親（京）—おと、の景親（院）（47—6）
② あしけなる馬くろくらをきてそ（京）—あしけなる馬にくろくらをきてそ（院）（48—11）
③ 前公のほほたいをも（京）—前公のほたいをも（院）（90—7）

など、院の本文の方が良い場合もいくつか見られるものの、それらは一見して京の誤りが明らかなものばかりで（①③は、改行に起因する重字である）、こうした現象を以て院を京の上流に位置させることはできまい(2)。院は、「B系列（京図本系列の前称—原水注）の中でも更に末流本文である。或いは、京本を直接の祖本とするものであるのかも知れない。」との犬井説を確認したい。

次いで早について述べる。該本は平成二年六月、白崎祥一氏の解題を付して影印刊行された（早稲田大学蔵資料影印叢書『軍記物語集』早稲田大学出版部）ことにより、その存在を広く世に知られた伝本である。その本文の性格について

は、上記の白崎氏の解題において「基本的には京図本（京を指す―原水注）と同系本文であること」が確認されており、新日本古典文学大系本の解説も同見解を取る。この点に関し更なる検討を加えるに、京に比した場合の早の顕著な特色として白崎氏により掲出された四箇所の欠脱は、院にもそのままみいだされる。このことから、早は、京図本系列の中では、京よりも院に近似する伝本と位置づけられる。事実、早と院の間には表記の相違の他は、きわめて微細な字句の異同が認められるに過ぎない。しかも字様も似ていることより、両書は臨模に依る直接もしくはそれに準じる書承関係にあると考えてよいだろう。その場合、両書の先後関係は院先出と判断される。そう判断される根拠を以下に記すと、早は院に比して平仮名表記の顕著な本文を持つ。従って、院における振り仮名付き漢字表記箇所が、早では平仮名表記になっている場合が多い。今、そうした現象の中から留意すべき事例を拾う。

① いまハりきうくはいとのなミをしのぎて准南ふはうあいしやうのこゑをますくわうぜんにあらし松をはらひて（影331―9）（99―3）

覚性宛て崇徳書簡の一節である。傍線を付した「くはいと」「くわうぜんに」を、院は各々「外都《くはいと》」「光然《くわうぜん》に」とする。前者の場合、系統内の漢字表記の伝本はすべて同字を宛てている。後者は、京が院と同様「光《くハう》然《ねん》に」とする以外は、「しかる（然）に」「くわうせんに」と記す。該文は宝徳本系統にも存在する（松井本系列を除く）が、これには「くはいと」に「懐土」の漢字を宛てており、また「くわうぜんに」に相当する字句はない。当該部を、院・早の先後関係判定の視点から検討すると、早先出と仮定した場合、最初は早の如く「くはいと」「くわうぜんに」と平仮名表記だったものに、院が「外都」「光然に」の漢字を宛て、それが偶然に京とも一致したということになる。しかし、「外都」についてはともかく、「光然に」なる宛字が遇合する可能性はきわめて低い。「くわうぜんに」は意味不明の語であり、それが生み出された原因は、行間に記された校合が本行本文化したためと推測されるのだが[3]、このことによっても、早先行の考えは成り立ちがたい。院の記す如き「外都《くはいと》」「光然《くわうぜん》に」を、早が書写するにあたり、振り仮名のみを採って「くはいと」「くわうぜんに」と平仮名表記したとみるのが自然な理解だろう。

右の事実によって、院・早の関係は院先行とみなしてよいと思うが、確度を増すために同種の事例をいくつか加える。

② せんぐハんのいつミ（影55―4）（16―13）

院「千願《せんぐハん》の泉《いつミ》」、京「千願《せんぐハん》の泉《いつミ》」、同系統の他本も漢字表記の場合は「千願の泉」とする。他系統では、半井本（18―11）・鎌倉本（影765―9）（26―4）・流布本（351下12）「千巻の泉」「十巻の泉」、宝徳本系統で漢字表記のものは「先館の泉」（影380―9）（238―9）、杉原本（影1071―7）は「千願《センクハン》のいつミ」（願《クハン》に「タチィ」と傍書）。諸注釈書の記す如く、正しくは「千貫の泉」か。この場合も、早の「せんぐハん」から院の「千願《せんぐハん》」が生じ、その宛字がたまたま京等の記す「千願」に一致したとは考えにくく、院の「千願《せんぐハん》の泉《いつミ》」から早の「せんぐハんのいつミ」へと考える方が理に叶う。

③ せうぞん（影55―6他）（16―14他）

院は「證尊《せうぞん》」とも漢字表記する。同系統の他本、漢字表記の場合は「證尊」「澄尊」とする。他系統では、半井本（18―12他）・鎌倉本（影766―8）（26―10）並びに宝徳本系統で漢字表記のものは「勝尊」（もしくは「證尊」）（影381―2）（238―11）とする〔ただし、蓬は「乗尊」（「乗」に「澄《テウ》イ」と傍書）〕。『兵範記』は「勝尊」。この場合も前項等と同じ理由をもって、院「證尊《せうぞん》」から早「せうぞん」へと考えてよかろう。

④ てんしやこくもんしやを定をき給ひしより（影95―3）（28―12）

傍線部、院は「天社国門社《てんしやこくもんしや》」、京は「天社国門社《てんしやこくもんやしろ》」とする。同系統の他本や他系統の記す「あまつやしろくにつやしろ」「天津社国津社」が本来の姿だろう（斑は「あつやちやしろ」と誤記、また、鶴は錯簡に伴う欠脱あり）。院・京の「門」は、変体仮名の「つ」を漢字と見誤ったか。早の「てんしやこくもんしや」から、院の「天社国門社《てんしやこくもんしや》」が生じたとは考え難く、京「天社国門社《てんしやこくもんやしろ》」↓院「天社国門社《てんしやこくもんしや》」↓早「てんしやこくもんしや」の流れを想定するのが自然だろう。

⑤　けんげむ（ん）（影217―9他）（62―14他）
人名であるが、院は「顕玄《けんげん》」とも漢字表記する。同系統の他本も漢字表記の場合は「顕玄」で一致している。他系統は、漢字表記の場合すべて「玄顕」とする（宝徳本系統中には「其顕」と誤る伝本もある）。これが正しく、「顕玄」は、根津本系統固有の宛字である。従って、この場合もやはり、早「けんげむ」↓院「顕玄《けんげん》」の流れを想定することは困難である。

如上、院・早の表記の相違に着目するに、院から早への流れを想定することが自然な理解と思われる。

結局、京図本系列三本は、直接の書承関係にあるか否かは明らかでないが、その先後については左のごとき関係で捉えてよかろう。

京――院――早

注

（1）「京図本系統『保元物語』本文考―二系列分類とその本文の吟味―」（上）（中）（下）（「国文学言語と文芸」60・61・63　昭和四十三年九、十一月、四十四年三月）

（2）ただ、京には一箇所院に比して明白な欠脱が認められる。それは、大庭景能負傷の場面「兄かよろひも重代なり我かハらより大庭平太をかいおうて」（48―8）の部分であり、一見して欠脱が明らかである。院は、相当部「あにかよろひも重代也わかきたるもさうてんのよろひなり大庭平太をかいおうて」と記し意味が良く通じる。しかし、この点については、おそらく院が京の不備を宝徳本系統の如き本文によって「修正を加えた」ことが犬井氏により説かれている。

（3）　和泉書院本の補注下63を参看されたい。

第五節　学習院大学日本語日本文学研究室蔵実隆筆忠光卿記紙背断章

はじめに書誌その他について記す。外題は「忠光卿御記貞治元年 改元」、また元表紙の外題は「改元記一品忠光卿記貞治」、内題は「永和一品御記于時参議左大弁」。康安から貞治への忠光の改元記で、紙高二十七糎、楮紙十八枚継ぎの巻子である。その書写・伝来の経緯が、奥書・識語より知られる。巻末に、

此一冊借請日野黄門卒尒書写也訛謬定而／繁多歟更不可外見者也／文明十三年六月廿七日　権中納言（花押）

と記し、さらに別筆で、

右永和一品御記以日野中納言量光卿御本／逍遥院実隆公被書写之本也此公末／孫前大納言廷季卿年来予為知己之／間以格別懇望被譲与了于時寛政九八月／件御記最雖流布於世上流布類／本有損失此本最可為善本最／子々孫々永々可秘蔵者也／寛政十三年正月廿六日転冊為巻畢／末孫参議正四位上左大弁藤原均光

と記す。

右の記より、該書は日野黄門量光（忠光より五代の孫、権中納言在任は、文明九年十二月三十日～十六年十二月二十一日及び同十八年七月二十三日～八月七日）の所持本を権中納言（均光の識語によれば三条西実隆）が借り受け、文明十三年（一四八一）六月二十七日に書写したものであり、それより三百十六年後の寛政九年（一七九七）八月、当時の所持者であった三条西廷季（実隆より十代の裔）が柳原均光（忠光より十八代、量光より十四代の裔）に「譲与」

したものであることがわかる。さらに、もとは冊子であったものを均光が巻子に仕立て直したことなども知られる。均光の識語によれば該書は実隆筆の旨である。素人目には、その書体及び署名は、例えば前田育徳会尊経閣文庫蔵自筆実隆公記（文明十三年記）に似ている。また、『弘文荘待賈古書目』第三十号（昭和三十二年十月）によれば、花押は「文明十三年九月の『日課草』稿本のと同じ」との旨であり、まず実隆の筆と認定してよいのではないか。

当該『忠光卿記』は、『保元物語』書写の際に生じた反故の紙背を利用しており、十八紙の中の十三紙に『保元物語』の本文が残されている。それが『忠光卿記』の書写された文明十三年六月二十七日以前の写になることは言うまでもない。漢文体でしかも「卒尓書写」された『忠光卿記』とは異なり、『保元物語』は平仮名主体で、かなり丁寧に書写されているため、両者の書風の印象は異なるが、ゆったりとした流麗な書風はやはり実隆筆と判断してよいのではないか。そうであるなら、『実隆公記』（文明十三年四月二十日条）に「室町殿御双紙保元物語今日立筆」とあることより、あるいはこの書写の際に生じた反故だろうか。

『保元物語』は僅か十三紙分を伝えるのみだが、根津本系統に属する本文を持つ。一面九行、一行二〇～二六字程度の字詰めであり、同系統の龍（一面九行、同程度の字詰め）の紙数が百五十二丁であることより類推すれば、該断章も完本ならば同程度の紙量かと思われる。とすれば、十三丁というのは一割にも満たない残存状況である。しかも各紙、断続・前後しており（二紙連続の箇所もあるが）、ある章段がまとまって残っているのではない。そうした貧しい残存状態ではあるが、該断章はその書写の古さ故に、本文研究上何ほどかの意義を有すると思われる。

文明十三年（一四八一）六月二十七日以前の書写と判断される該断章は、諸伝本中、書写年次が分かるものとしては、文保二年（一三一八）の文保本、陽明文庫蔵宝徳三年（一四五一）奥書本に次いで三番めに古い。もちろん根津本系統諸本中では、天正二十年（一五九二）五月二十七日書写の奥書を持つ博を抜いて最も古い。

一割にも満たない残存状態の故断定的な見解は下しがたいが、犬井氏呈示の三系列分類では捉えきれない要素が該断章にはあり、同系統の特定の系列もしくは特定の伝本との間に緊密な関係を見出すことができない。この事実は残存部の僅少さにのみ起因するのではなく、隆本文の純良性の問題に深く係わるかと思われる。

隆残存部相当記述中、根津本系列は一箇所、京図本系列は三箇所、かなり顕著な欠脱を持つが、それらのいずれについても隆は欠脱のない形を伝えている。以下その箇所を示す。

① 顕玄御枕にまいりてあまり御心よハけにおほしめして候物かな顕玄かまいりて候（62―14）

斑を除く根津本系列は傍線部を欠く。「顕玄」の目移りに因る欠脱と思われる。

② さん〳〵にたゝかひけれは能景か郎等あまたうたれけりなをも武士の郎等ハおそろしき物かなとそ申ける（65―10）

京図本系列は傍線部を欠く。なくても特に不都合はないが、おそらくは欠脱あるいは省筆と思われる。なお他系統では、流布本のみ相当記事を持ち、「散々に戦ひける間能景か兵おほくうたれ疵を蒙て引退く」（379下5）とする。

③ 厳顔にちかつかん事又何の日そや夢にあらすよりハその期をしらす倩此事を思に落涙千行（95―8）

京図本系列は傍線部を欠く。他系列は隆と同様に備えており妥当。ただし、二重傍線部、「よりハとを」（根）、「よりハ期（期《こ》）を」（龍・蓬・松）、「よりハこごを」（斑）、「よりんハこを」（史）、「よりこを」（博・仁）、「よりはこを」（鶴）と諸本区々であり、かつ根・斑・史は意味をなさない。他系統の「自非暗夢者更不知其期」（宝（影649―9）（380―13）に依る。傍点を付した文字は系統間で有無の異同がある[(1)]）を参看することにより、隆の純良性が確認できる。

④ 母これをみて五歳になる女子二歳のおのこゝ二人かきいたきてにけさりぬ（106―12）

京図本系列は傍線部を欠く。文脈上なくても不都合はないが、他系統にも存在する（宝徳本系統は該当章段なし）ことより、やはり欠脱もしくは省筆とみなすべきだろう。なお、根津本系統内の他本が女子の年齢を共通して三歳とするのに対し、隆のみ五歳とする点特異である。他系統は、男女の別・長幼順など区々であり、共通性が見られない〔女子を五歳とする点は半井本・鎌倉本・彰考館文庫蔵京師本（その系譜上にある今・静・尊を含む）と一致している〕。

以上のように、隆は根津・京図本両系列の各々における目に立つ欠脱のいずれをも補う位置にあることが確認される。

本文の妥当性に関してさらに言えば、系列間もしくは各伝本間で異同のある部位においても、隆はより妥当な本文を有している場合が多い。以下、いくつかの例を示す。

① 祖父冨家殿へ奉らせ給ふ（95―4）

傍線部、京図本系列の京・院は「祖母《そふ》」とする。他は隆と同じく「祖父」「そふ」「おうち」とし、正しい。

② しかるに今此殃に逢てなかくそのおもひをたち候畢（95―11）

傍線部、根・龍・鶴・博・仁は「恩《おん》（おん・をん）」、他は隆と同じく「思（おも）ひ」とする。「思（おもひ」が是で、他系統も同じ（宝徳本系統中には、少数だが「堪其恩」とする伝本もある）。

③ 秋ハ秋の宴を専にす（98―10）

傍線部、根・蓬・鶴は「つまひらかにす」、龍は「つまびらかにす」、博・仁は「つまひらかに」とする。他は隆と同じく「専（もつはら）にす」とし、この形が適正である。他系統では、半井本・龍門本・宝徳本は隆などと同じ、鎌倉本は「催し」（影976―5）（78―1）とする。流布本は相当句なし。

以上、数例を示すにとどめたが、根津本系統内で異同があり、かつ、その異同に当否の問題がからむ場合、大体において、隆は妥当な方の本文を伝えている。その逆の場合、すなわち誤謬と判定される本文と一致する例は後述するように極めて僅かである。

さらにいま一つ、隆本文の特徴を掲げるなら、該断章には、同系統の諸本からひとり離れ、半井本・鎌倉本・宝徳本など他系統に近似する本文を伝えている場合が少なくない。以下は、その数例。

① 秋の半に及て(ア)はいと、ところせきやうにみえさせ給へハ何事の御沙汰にもをよハす(イ)（6―5）

傍線部（ア）（イ）について、根津本系列並びに史は各々「及て」「にも不及」（表記の相違・助詞の有無など微細な異同は無視）と、隆と同じ。しかし、京図本系列は各々「成（なり）て」「もなかりけり」とする。隆などの形、京図本系列の形どちらでもよく、この限りにおいていずれが本来か判断することは困難だが、この場合、根津本系統の形成事情を考慮にいれる必要がある。第一部第四章第一節で述べたように、本系統は、総体としては、半井本・鎌倉本・宝徳本の如き本文を混合して成った本文を持つ。そして、近衛院崩御を記すこのくだりは、鎌倉本の如き本文を基盤として成立したことが明らかである。そしていま、鎌倉本の本文が「秋の半に及て弥所せきさまに見えさせ御座しかハ何の沙汰にも及す」（影737―11）（13―6）とあることを知る時、少なくとも本箇所においては、隆などに見られる形が本来であり、京図本系列の形は後の改変と考えてよいと思う。

② 恋慕の心休しかたし（95―10）

傍線部、系統内諸本すべて「きえ（消）かたし」とし、隆のみ異なる。他系統を見るに、「恋暮《ママ》之心難休〔乎〕」（半井本（123―10）・宝徳本(2)（影650―2）（380―15））、「恋慕之心無休乎」（鎌倉本（影962―1）（70―6））、「恋慕之情難休乎」（流布本（392上1））、「恋慕之情難体」（龍門本）とあり、隆は半井本・宝徳本の如き漢文体を訓読した形となっている。

③ しかるに今此殃に逢てなかくそのおもひをたち候畢（95―11）

傍線部、斑・博・仁は「しかるに此（この）とかによつて」、松は「しかるによつて」、他本は「しかるに依二此失二」（根に依る）とし、根津本系統内で隆は特異。他系統を見るに「而今忽過（彰考館本―遇）此殃」（半井本（123―12））、「而今忽逢此殃」（龍門本）、「而逢此殃」（鎌倉本（影962―3）（70―7）・流布本（392上3））、「然而今逢此殃」（宝徳本（影650―5）（380―17））とあり、隆のみ他系統と近似する。

④　悲哉更に紙上につくさすた、賢察をたれしめましますへし（95―13）

傍線部の一文、根津本系統中では隆のみに存在し、他本にはない。なくても支障はないが、他系統にはすべて見られる（宝徳本系統は「賢察」を「高察（かうさつ）」とする）。

⑤　又雲外煙底を去てのち不審なき程に仰給へきよし言上せしめ給へし（95―13）

傍線部、同系統の他本は「雲外遠程まて後（のち）」（京図本系列）、「雲外遠く程去後」（根）、「雲外とをく程さつてのち」（龍）、「うんくわいゐんていまてのち」（斑）、「うんくわとをくほとさつてのち」（博・仁）、「うんくわいほと（程）とをしさてのち」（史研本系列）、「雲外遠く程さて後」（蓬）、「うんくわひとをくほとさつてのち」（鶴）と区々。他系統は、「去雲外煙底後」（半井本（124―1））、「又雲外煙底之後」（龍門本）、「雲外煙底之後」（鎌倉本（影962―5）（70―8））、「而復去雲外煙底之後」（宝徳本（3）（影650―7）（380―18））、「又去雲外淵底之後」（流布本（392上4））とし、隆は同系統よりも他系統の本文の方に似ている。

前掲②～⑤は師長書簡の部分である。該書簡、他系統は漢文体（宝徳本系統は漢文体と訓読体の両方あり）、根津本系統は訓読体である。漢文体が本来で、訓読体は後出だろう。ただし、訓読体に改める過程で意味の通じなくなった箇所が根津本系統には多い。が、右掲例の示すように、隆は同系統内の諸本とは異なり、他系統が共通に伝える本文と酷似する記述を持ち、しかもそれが妥当である場合が多い。この事実と、根津本系統が総体としては半井本・鎌倉本・宝徳本の如き本文の混合本であるという形成事情（もっとも、根津本系統の当該箇所に関してはその形成にどの系統に近い伝本が利用されたかなお定かでないが）を併せ考える時、隆は根津本系統の初期の姿を伝えていると考えてよいのではないか。

次に示す事例も右の解釈を補強する現象であろう。

① 陪従《ヘイシウ》式部大夫惟国（96―3）

傍線部、同系統の他本「平城《へいじやう》」「へいし」「へいしう」「へいじゞう」「へいしやう」「へいしも」「へいしらう」などと、多くが意味の定かでない記載をするのに対し、隆のみ「陪従《ヘイシウ》」と記す点注目される。なお、根には後人の手で行間に「陪従」と傍書されている。他系統では、鎌倉本が「陪従源式部大夫惟成」（影960―10）（69―10）とする。(4)

② 太上天皇の尊号をうけてひさしくふんやうのきよをしめき（98―7）

傍線部、これも同系統の他本は、「教」「を（お）しへ」「けう」などと、すべて意味の明確でない語を記す。該当箇所、他系統の如く「居」とあるのが正しく、隆の「きよ」は本来の読みを残しており、他本はそれぞれにくずれた姿を伝えていると見られる。

如上、根津本系統諸本中における隆本文の純良性について粗述してきた。片手落ちを防ぐために補記すれば、隆の本文にまったく問題がないわけではない。そのことに関し三点述べる。

一、わずかながら、欠脱または本来の姿ではないと思われる箇所がある。

二、隆の改変かと思われる箇所がある。

三、校合かと思われる書き入れが存在する。

まず、一の場合だが、これについては、次の四箇所に気付いた。

① 熊野の巫女の名を「いほりのつた」とする。巫女名については、他系統も含めて区々であるが、「―のいた」とする点で一致。(5) ただし、斑は隆と同じ（東大国文本系統も同）。実際の通称は不明だが、「―のいた」とある

のが本来と思われる。

②　多田蔵人頼信か正親町冨小路を追捕するに（65―9）

同系統の他本は、「冨小路」の下に「の家人」もしくは「の家（いゑ）」とあり、より妥当と思われる。隆の欠脱とみるべきか。

③　次男中納言中将とて大将殿と同年（90―3）

同系統の他本は「中納言中将師長」（表記は区々、根・龍・蓬・博・仁・鶴（中納言―中納言殿）は傍線部なし。斑はこの周辺欠）と、その名前を記す。そうあるべきで、「師長」がないのは隆の欠脱とみなされる。

④　伊豆の領主を「武光《タケミツ》」（京図本系列・斑も同じ。ただし表記は「武光」「たけミつ」などと区々。同一本内でも異同がある）とするが、「茂光」（斑以外の根津本系列諸本と史研本系列。表記は「茂光《しげみつ》」「茂光《もりみつ》」「しけミつ」「もりミつ」などと区々。同一本内でも異同がある）が適正である。隆等の誤りは、誤写に起因すると思われる。

以上の四箇所については、隆に根津本系統の本来的な姿が伝えられていない蓋然性が高いといえる。不都合と思われる隆の記述は目についた限りではこの程度であり、純良性を示す部位に比して僅少であることを確認しておきたい。

次に、二の場合、すなわち隆に改変の蓋然性が考えられる箇所を見る。

此嶋に鬼童部一人あり舟にのせて本の嶋へそわたしける（107―2）

相当部、同系統の他本すべて、「このひま（まきれ―京図本系列、うみ―斑・松）に鬼童部舟にのつてもとのしまへそわたりける」（根に依る）とし、隆のみ特異。隆は鬼童部にはじめて言及するような口吻だが、この鬼童部については、これより前に「此嶋へわたりたるしるしに鬼童一人あひぐしてゆかんとて其中に一人あひぐして帰ぬ」（104―15）と記しており[6]、為朝が鬼の島に渡った「しるし」として、彼を連れ帰ったことが見えている。両記事の照応という点から考えれば、鬼童部にはじめて言及するような表現の隆よりは、既出の人物として扱う他本のほうが適切であり、また本来的でもあろうか。隆の形は、根津本系列や史に見える「ひま」を「しま（嶋）」と誤読することより生じたか。

最後に三の場合、すなわち校合かと思われる書き入れの存在について述べる。隆には、行間書き入れが三箇所に見られる。

① 十四日卯時はかりに［彼小屋にかき入奉りたりけるかあくる日の午の時ハかりに］かくれさせ給ぬさてしもあるへきならねハ（63―1）

② かたう守り奉れ。［一日］二度の供御まいらせむ外ハ（92―9）

③ 私に一見の後努〳〵［早破〳〵　ユメ〳〵　全］外見あるへからす（95―15）

断定できないが、これらの書き入れはおそらくはすべて同筆と思われ、かつ、本行本文と墨色の相違はあるが、やはりそれとも同筆と見てよいように思う。

①②は誤脱の補入と判断してよい。が③についてはいささかの疑問が残る。同じ根津本系統の他本は、該当部「私一見の後さう〳〵またく外見あるへからす」（根に依る）とする。なお、「さう〳〵またく」については、系統内諸本「更々全」「さら〳〵またく」「またく」などとさまざまだが、根が「さう〳〵」の脇に「ィ早破」と傍書するように「更々」「さら〳〵」「さう〳〵」は「早破々々」からの転訛と考えられる。従って、隆の行間書き入れ「早破〳〵全」の中「早破〳〵」は補入と考えてよかろう。しかしその下の「全」は同様には考えられない。これら書き入れのすべてを補入とみなした場合、本文は「早破〳〵全努々」と続くことになろうが、「全努々」という表現には重複感がある。他系統を見ると、「早破々々全」（半井本（124―3）・鎌倉本（影962―7）（70―9））、「早破々々（はやくやふれ）努力々々（努々・努力）」（宝徳本（影650―9）（381―2））とあって、「全」か「努々」かのいずれかを使用しており（龍門本・流布本にはいずれもなし）、管見のかぎりでは「全努々」と併記する伝本はない。

このことより、「全」は本行の「努々」に対する同義異表現の校合とみなすべきではないか。本行と同筆の校合（と思しき傍書）のある事実が、そのままその伝本の後出性・不純性を示す証左にはならないと思うが、隆形成に係わる一現象として記憶にとどめたい。

以上、わずかな残存状態に過ぎないが、隆は何ほどかの問題を孕みながらも、総体としては同系統の他本に比して卓越した本文の純良性を有していることを述べた。根津本系統の共通祖本の形成が何時であるか不明だが、文明十三年六月二十七日より前に写されたこの伝本は現存根津本系統諸本の中では古態を最も濃厚に伝えていると考えてよい。他系統本の本文を混合することによって生みだされた根津本系統の本文が伝写を経るに従い、次第に姿を変えて行く過程についても、該断章を参加させることにより、その軌跡をより明瞭にあとづけることができよう。該断章が、犬井氏の呈示した三系列分類法では把握できない事実は、それが三系列分岐以前の姿を伝えている故と考えられるのではないか。

注

（1）宝徳本系統には多くの伝本があるため、語の異同がある。
（2）宝徳本系統諸本は、「難休乎」を「やミかたし」「やミかたからんか」「雖休」などともするが、「きえがたし」とするものはない。
（3）彰考館文庫蔵京師本などは「しかるにしやうきようんくわいゐんていの後」（影671―11）とする。
（4）宝徳本系統も「在俗の時は陪従にて」（影675―2）（393―14）と記すが、俗名が異なる。
（5）宝徳本系統には「―の坂（さか）」「―のさかり」とする伝本もあるが、「板」の誤読から生じたものだろう。
（6）隆には当該箇所を含む部位は現存していない。しかし、系統内他本のすべて及び他系統にも見られることより、隆（の親本）にも存在していたと考えてよかろう。

第六節　諸本関係の整理

以上の考証結果を総合するなら、これまでに言及した諸本の関係は蓋然的に次のように捉えることができるのではないか。

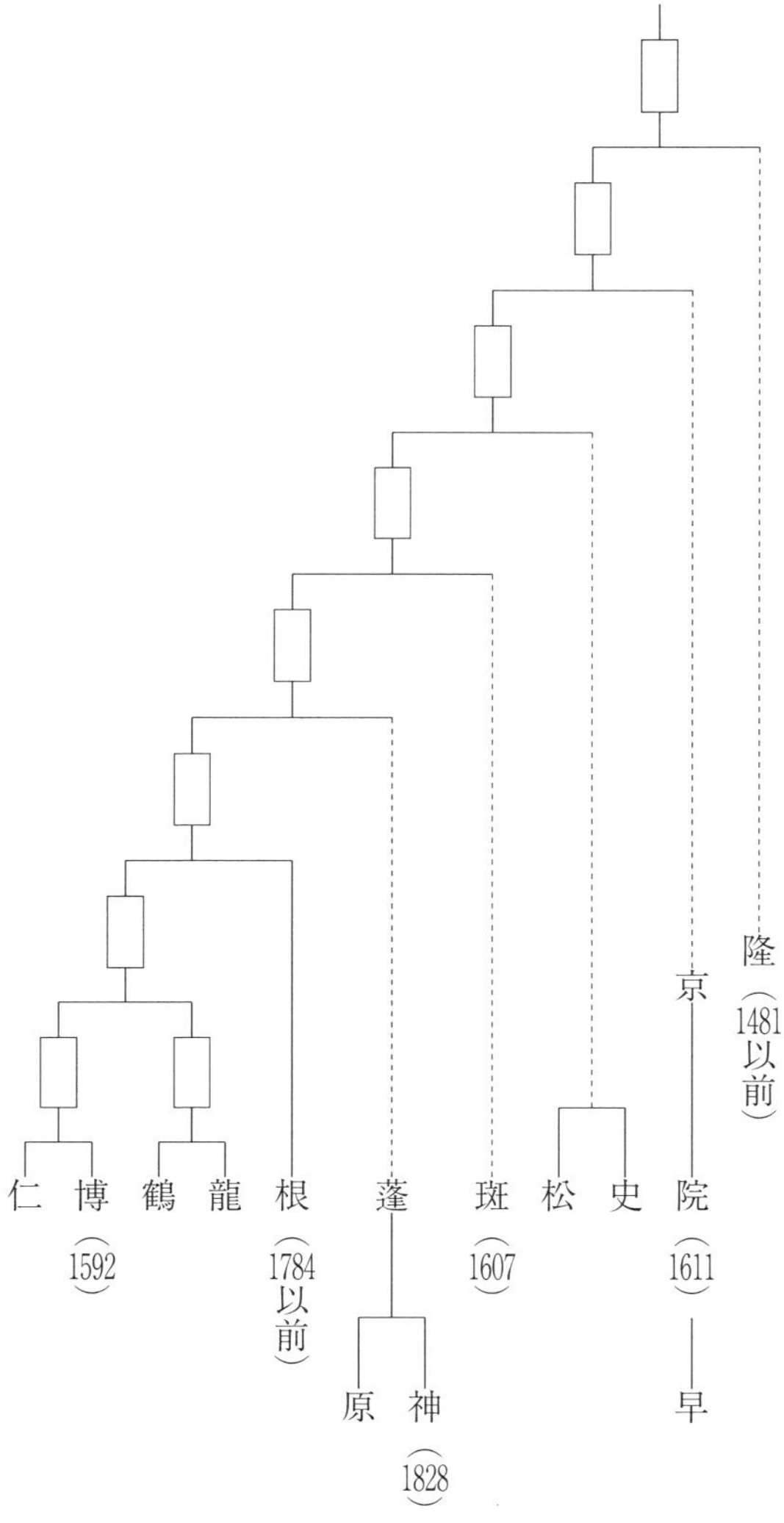

前頁の表は、比較的顕著な本文現象を目安にして諸本関係を図示したものに過ぎない。微細な字句に至る異同のすべてが前頁に示す伝本関係を支持しているわけではない。細部に着目する時、あらゆる伝本間に相互の一致・類似現象が見いだされ、そこに明確な法則性を見ることができないのが実状である。それら微細な一致・類似の中には遇合も少なくないと思われるが、一方では系統（系列）を超えての度重なる相互影響の結果生じたものもあると臆測される。そうした意味で、前頁の表は比較的顕著な本文異同を手懸かりとしての物言いを出るものではない。

奥書その他の根拠により書写年次が明確なもしくは推定される伝本については、その年次を西暦年で（　）内に示した。書写年次の不明な伝本も含めて、隆以外の恐らくすべての伝本が中世最末期以降の書写にかかるものと思われる。完本としては、天正二十年（一五九二）五月二十七日書写の奥書を持つ博が最も古いが、考察の結果、該本はかなり末流の本文を伝えていることが明らかとなった。該系統は十六世紀末の段階では相当に本文のくずれが進んでいたと考えられる。文明十三年（一四八一）六月二十七日からさほど遡らない時点に三条西実隆によって書写され、現存本中では卓越して純良な本文を伝えると目される隆に、既に欠脱並びに校合かと思われる書き入れが見出されることをも考慮に入れれば、該系統の普及・定着期は十五世紀前・中期の頃だったろうか。

該系統中では根が「より信頼できる」本文を備えていることを犬井氏は説くが、この点については如何か、以下に検討する。根津本系列には斑・博・神・根・鶴・仁・原・蓬・龍の九本が属するが、この中、根津本系統と宝徳本系統との取り合わせ本との理由をもって、蓬・神・原・仁が善本の候補から外れる。残りの五本について、一つの目安として、各本における二十音節以上の固有欠脱もしくは省略と判断される部位を数値化すると、龍一、博五、根六、鶴十七、斑三十数箇所となる。（1）厳密性には欠けるが、数値に従えば、まず斑と鶴が退けられ、龍が最も優れているように見える。しかし、そうともいえない。というのも、確かに固有欠脱もしくは省略数は龍が最少だが、その一方、鶴及び博・仁との共通欠脱もしくは省略がかなり見いだされることを前に述べた。これら系列内の一部の本と共通する欠脱・省略を加えた場合、龍の全体としての欠脱・省略数はかなり増加することになる。龍自体の書写は丁寧ではあるが、その祖本が既に少なくない欠脱や省略を有しているため、結果的に龍の純良度は低くなる。博にもまた同じことが言える。博はそれに加えて、第二節の注（4）（三七六頁）に示したように、かなり規模の大きい欠脱を有してもいる。結局のところ、欠脱・省略が比較的少なく、またさほど大きい規模のものもないとの理由から、消去法的に根が相対的に純良ということになる。根は、龍・鶴・博・仁とグループをなしているが、その内部では他四本と距離のあることは前述した。また、他四本の共通現象の多くが後出性を示すものであることも述べた。この事実により、系列内における根の純良性が帰結されることになる。犬井氏は、根・蓬・斑三本の比較から根の純良性を指摘したが、これに博・仁・鶴・龍を加えて検討した結果も犬井説を支持するところとなる。ただし、根の純良性は質ではなくあくまで量の次元である。根には二十音節以上の固有欠脱もしくは省略が六箇所認められ、それは少ない数ではない。さらに、一部にではあるが、後出性を示すと判断される字句もまた存在している。例として「新院御出家の事」の一節をとりあげる。

門をたゝけともこたふる者もなし又左京太夫かもとへと仰られけれハかなたこなたたつねけれ共人もなし少輔の内侍かもとへと仰なりけれは又御輿を仕るこゝにも人なし（55―7）

根の本文を示したが、傍線部相当記述が龍では各々、（ア）こたへずさらハ、（イ）又それまて仕てたづぬれ共他行のよしを申て、（ウ）ナシ、（エ）又こたふるものも、と相違する。他本は龍と同じもしくはそれに酷似している。この事実は、根の形姿がこの部分については本来的なものではなく、独自の改変の結果であることをものがたる。そして、その改変がなされたのは、龍・鶴・博・仁四本の共通祖本と、根（の祖本）が分岐して以降、現在の根に至る過程でのことだったと考えられる。

根の下巻末には左の奥書が見られる。

此保元物語ハ一種ノ異本也往年保元物語印板／シテ世ニ行ハル其后又水戸西山公其臣今井弘／済ニ命シテ考訂アリシ参考保元物語モ印板ヲ／免サレテ世ニ行ハル彼参考ニ引レシハ京師本／杉原本鎌倉本半井本岡崎本ノ五品ナリ先ノ印／本参考本ニ校合スルニ似タル所モアリ同シカ／ラサル所モアリ誠ニ珍書ナル故銀郷安斎ノ蔵／本ヲ乞需テ書写シヌ

その記すところ、銀郷安斎（伊勢貞丈）所蔵本を、『参考保元物語』所載の五部の異本と比校したところ「似タル所モアリ同シカラサル所モアリ誠ニ珍書」であると知り、これを「乞需テ書写シ」たという。参考本は根津本系統本を漏らしているので、「誠ニ珍書」との奥書筆写の判断は、その限りにおいては至当である。該本の書写時は、その親本の所持者である伊勢貞丈〔享保二年（一七一七）〜天明四年（一七八四）〕の生存期間中となり、写本としてはごく新しいものであり、(2) 後付の要素が見出されることは当然と思われる。この点、根の扱いには慎重さが求められる。

注

（1）龍・鶴・博における二十音節以上の固有欠脱（もしくは省略）は第二節の注（1）（2）（4）に記した。根における二十音節以上の固有欠脱（もしくは省略）は次の通りである。

①新院盛教を御前に召れてちきに御問答有けり盛教かへり参りて御幸ハ一定にて候と申けれハ（21―3）

②くらのまへつわはたといはりてよろひのまへうしろのくさすりつとゝをりしつつわにしたゝかにいつけたり（41―16）

③たかまハ三十余の大のおのこのしたゝかものなりかねこハ十九になるむげなるわかき物共何とかしたりけん（49―1）

④こはいかゝしたてまつるへきやといひけれハたゞまさあなあさましの御ありさまやとて御馬にかきのせ奉らむ

とすれとも（53―1）

⑤　つハものとも此仰を承りまことに御身一にならせ給たらハさり共御いのちをハよもうしなひ奉らじ此上ハちからおよハぬ事なれバとて（54―11）

⑥　しばらくいふべき事ありといひけれハミなとゝまりけりけにハいふべき事ハなけれとも（69―4）

龍の本文を示したが、根は、③については傍線部を「けるか」とし、他については傍線部を欠く。①⑥は欠脱、③は省略かと思われるが、他はいずれとも決しがたい。なお、斑については多数のため具体的掲出を控える。

（2）　該本の筆書者は不明だが、「根津文庫」の蔵印が押されていることより、それが森尹祥の旧蔵本だったと知られる。森尹祥（『新訂寛政重修諸家譜』第十九に従えば、元文五年（一七四〇）～寛政十年（一七九八）、『東京掃苔録』『名人忌辰録』に従えば、享保十三年（一七二八）～寛政十年）は幕臣で書家。根の筆蹟が尹祥のものかどうか私には判断できないが、尹祥は根の親本となった写本の所有者伊勢貞丈と生存年代を重ねてはいる。森尹祥については、小松茂美氏『日本書流全史』上巻Ⅷ書流の展開と定着（講談社　昭和四十五年）、鈴木淳氏「幕府書道師範森尹祥の書学」（「書誌学月報」40　平成元年七月）等を参照されたい。

付節一　宝徳本系統に付された根津本系統の為朝説話

配所伊豆における為朝の所業とその自決までを記した、いわゆる為朝説話を宝徳本系統は持たないが、その宝徳本系統に、他系統の為朝説話を付加した伝本がいくつか存在することはよく知られている。それら伝本は、永積分類においては、京師本系統・正木本系統と命名・立統されていたが、犬井氏は、これらを物理的な取り合わせ本とみなして立統しない。小著もまたこの処置に従う。

宝徳本系統本文に為朝説話を付加した伝本は、現在のところ十一本確認されている。それらは、

前田育徳会尊経閣文庫蔵伝積善院尊雅筆本（前）
今治市河野美術館蔵大型本（今）
彰考館文庫蔵京師本（彰）
静嘉堂文庫蔵旧本（静）
前田育徳会尊経閣文庫蔵大型本（尊）
佐賀県立図書館蔵本（佐）
大東急記念文庫蔵屋代弘賢旧蔵本（大）
正木信一氏蔵本（正）
宮内庁書陵部蔵平仮名交じり本（宮）
国文学研究資料館蔵宝玲文庫旧蔵本（資）
国学院大学蔵本（院）

である。佐が流布本系統であるほかは、すべて根津本系統の為朝説話を伝えている。佐を除く十本中、院・資以外の伝本については、犬井氏の考証に依り、今・静・尊が彰を「祖本」とすること、前・正・宮・大に採られた為朝説話が根津本系列、彰（今・静・尊）に採られた為朝説話が京図本系列であることが明らかにされている。(1) 以下、氏の言及していない院と資について簡単に述べると、まず、院の場合、京図本系列が欠く比較的大きな部位二箇所(2)を該本が有していること、並びに、根津本系列の龍・博・鶴・仁との類似が少ないことより、大局としては、根津本系列の一部の伝本や史研本系列に近い本文を伝えるようであり、中で根と近い部位が最も多く見られるようだ。ただ、細部については京図本系列と符合する字句も往々見いだされるので、根津本系列中に収まりきるものではない。あるいは、三系列に分派する以前の形態を伝えている可能性も考えられる。次いで、資の場合は、固有字句がいくぶん目立つことより、微細な書き換えが行われた痕がある。そして、京図本系列が欠く前掲二箇所を有している点と、細部については各系列の各々と合致する部位を持つ点は、前述の院と同じである。該本もまた、元となった本文は三系列分派以前の形を残すものだったのかもしれない。いずれにせよ、校合可能な部位が少量のため明確な物言いができない。

注

（1）「宝徳本系統『保元物語』本文考―四系列細分と為朝説話追加の問題―」（『和歌と中世文学』東京教育大学中世文学談話会　昭和五十二年三月）

（2）京図本系列が欠く二箇所は次の通りである。

① 此嶋にハ船か候ハぬにかなふましき由をいふ為朝さらハ我嶋より船をわたさんといふ（104―13）

② 母これを見て三歳のむすめ二歳のをのこゞをかきいだきて外へさりぬ（106―12）

根の本文を示したが、京図本系列は各々の傍線部を欠く。

付節二　松平文庫蔵『保元物語抜書』

該本（以下『抜書』と略称）は、笠栄治氏に依り解説を付して翻刻されたこと[1]で、その存在が広く知られた。その記載内容が根津本系統とほぼ一致することより、該系統に属する伝本に依ったかと思われるが、以下、根津本系統のいずれの伝本に近いかを見る。『抜書』記載事項中、根津本系統諸本間で異同の見られる箇所のいくつかを掲げる。

①　神武天皇について『抜書』は「天照太神四十六世」との説明を持つが、根津本系列と史が『抜書』に同じ。京図本系列は当該句を持たない。

②　神武天皇の寿命を『抜書』は「一百廿余」とする。根津本系列（斑を除く）が『抜書』に同じで、他は「一百廿七」とする。

③　駒引の馬を『抜書』は「院使」が受け取るとする。根のみが『抜書』と一致し、他は「官使」「くわ（ハ）んし」とする。

④　宇野七郎を捕縛した人物を『抜書』は「宗盛」とする。根津本系列（斑を除く）と史が『抜書』に同じで、他は「基盛」「もとより」とする。

⑤　源氏重代の鎧の掲出順が『抜書』は根津本系列（斑を除く）と史に同じ。

⑥　鎮西における為朝の舅の名を『抜書』は「忠景」とする。根津本系列と史が『抜書』に同じで、京図本系列は「忠宗（たゞむね）」とする。

⑦　朝廷軍の総勢を『抜書』は「二千三百余騎」とする。根津本系列（斑は長脱）と史が『抜書』に同じで、京図本系列は相当記述を持たない。他系統では鎌倉本が『抜書』に同じ。

⑧　鎌田の射た矢が『抜書』は為朝の「左ノホウ」に当たったとする。京図本系列は「左のほうさき」と『抜書』に近いが、他は「左のかほさき」とする。

⑨　三条殿を『抜書』は為義の妻の「乳母子」とする。根津本系列（斑を除く）は『抜書』に同じだが、他は「乳母」とする。「乳母子」が妥当である。

⑩　為義の妻の享年を『抜書』は「三十七」とする。根が「廿七」とする以外は『抜書』に同じ。

掲出した項目のすべてにおいて『抜書』と一致する伝本は現存本には見あたらないが、根津本系列に一致する部位が多い（⑧は該当しない）ので、根津本系列の如き伝本に依っているのではないか。ただし、『抜書』と根津本系統との間にはいくほどかの相違もある。それらを示すと、

①　宇野七郎の父の名を『抜書』は「頼弘」とするが、根津本系統諸本は「親弘（ちかひろ）」（14―8）とする。『尊卑分脈』の「親弘」の項には、「改頼弘」と見え、これを信じるなら、「親弘」「頼弘」いずれも妥当。他系統の多くは「親弘」とするが、半井本系統の一部は「治弘」、宝徳本系統のいくつかは「頼弘（頼広・よりひろ）」とする。

②　弓削道鏡について『抜書』は「河内弓削ノ人也」との説明を付す。根津本を含む諸系統相当記述を持たない。

③　合戦当時の為朝の年齢を『抜書』は「十六」とするが、根津本を含め諸系統一致するものはない。

④　為朝の射た矢数を『抜書』は「七十三」（内アダ矢一）とする。根津本は七十五（内あだ矢二）（52―6）、宝徳本は百十一（内あだ矢二）（百五十、百十八、六十六、四十八とするものもある）（305―3）、半井本は四十九（内あだ矢二）（71―3）、流布本不明記、鎌倉本欠巻、と諸系統異なるが、『抜書』と一致するものはない。

⑤　『抜書』は、西行の献歌に崇徳院霊が返歌したとする。しかし、根津本・宝徳本は院霊の歌に西行が返歌したとし、順序が逆。他系統は、西行の献歌を記すのみである。

⑥　為朝の捕縛に向かった人数を『抜書』は「卅余人」とする。根津本「廿余（四・よ）人」（101―8）、半井本「三十人ハカリ」（129―11）、流布本「卅余騎」（395下19）、鎌倉本「六七十人か程」（73―14）、宝徳本「三百余人」「三百人」（387―5）と区々であり、半井本・流布本が『抜書』に一致。

といった事実が指摘できる。これらを眺めるに、①についてはいくぶんの議論を呼びそうだが、その他は微妙である。②は簡単な知見の付加だが、他は『抜書』の誤認・誤写あるいは大ざっぱな把握の結果と見ることもできるのではないか（事実、『抜書』は、伊豆における為朝の子を「三人」としながら、後文では、一人死んで「残三人」とする杜撰さを見せる）。根津本系統と『抜書』との間に見られる相違を、根津本以外の系統が『抜書』の形成に関与したことに因ると見る必要はないのではないか。笠氏は、『抜書』に「完全に一致する異本」が見当たらない事実をもって、『抜書』を「一、幾つかの諸本から注目すべき事項だけを抽書きした。二、現在確かめ得ないが特異な一本の抽書」のいずれかであろうと考える。上述の「頼弘」「親弘」の問題もあるので、複数の伝本を用いた蓋然性を否定しさることはできないが、『抜書』記事のほとんどが根津本系統に一致していること、及び『抜書』の記述順序が根津本系統の構成と一致していることよりみて、根津本系統根津本系列に近い伝本に主拠したと考えて大過なかろう。

注

（1）「〈資料紹介及び翻刻〉松平文庫蔵『保元物語抜書』」（「軍記と語り物」2　昭和三十九年十二月）

第四章　流布本系統の諸本

第一節　古態の検討

『保元物語』の諸本分類において、流布本（系統）なる呼称を最初に使用したのは藤岡作太郎氏である。[1] 氏は、参考本が校讎に用いた五部の異本に対し、底本とした印本を指し示す称としてこの語を使用した。当該語は、近世期以降版行に依って世に流布した一連の伝本群を指すものとして、当時慣用的に使われていた用語ではある。その後、野村八良氏・高木武氏・土橋寛氏・高橋貞一氏・永積安明氏と展開精密化する諸本論において、流布本なる用語は、その概念にいくぶんかの曖昧さと揺れを見せながらも（狭義には、整版本のみを指し、古活字版をその範疇に入れない）、一つの系統を指し示す用語として定着してゆく。そして、現在では、例えば、日本古典文学大系本の解説が「流布本系統の諸本　（イ）写本群（ロ）古活字本群（ハ）整版本群」とまとめているように、本系統は、近世期に出版された一連の版本群を主体とし、それに同種のいく部かの写本を加えて構成される系統と認識されている。ただし、川瀬一馬氏により、古活字版がいちはやく分類・整理されたこと、[2] その成果を踏まえた高橋氏の「流布本系統の根源のものとしては、まづ古活字印本があげられる。[3]」との認識が定着したことにより、本系統は、古活字版第一種によって代表される版本群の総称として把握される趣があり、写本群はややもすれば等閑視される傾向がある。犬井善壽氏が、流布本系統なる称を退け、版行本系統と呼ぶことを主張するのもそうした認識が背景にあるからだろうか。[4]

現在、流布本系統に属する写本が何本存在するか知らないが、管見に入ったそのほとんどが版本からの直接もしくは間接の写しと判断される。こうした実状からすれば、版本をもって本系統を代表させようとする立場も故ないことではない。しかし、写本の中でも、大東急記念文庫蔵褐色表紙本・東京国立博物館蔵和学講談所旧蔵本・名古屋市蓬左文庫蔵朱色地絵表紙片仮名交じり本・福島県三春町歴史民俗資料館蔵本（以下、各々、急・東博・左・春と略称）の四本は（管見の及んだ版本群と比較する限り）版本の後流に位置づけられるべきものではなく、流布本の古態を探る上で重要な意味を持つと考えられる。本節では、当該四伝本の本文検討を通して流布本の古態を探る。なお、調査の対象を古活字版（第四、九、十種未見）並びに上掲四写本に限り、整版本並びに版本の写しと判断される写本は対象外とする。従って、諸本・他本と記す場合、この範疇に限る。

前に記したように、版本群については、はやく川瀬氏に依り古活字版が十一種に分類・整理されており、整版本では寛永元年片仮名交じり版以下数種の存在が知られている。そして、それら諸版中、古活字版第一種が「流布印本の祖」であり、「後の諸印本の誤脱を訂正し得可きもの」であることが川瀬氏により説かれ、現在も一般に承認されている。[5]上記のように位置づけられている古活字版第一種を、他版と比較するとき、該版には、微細ながらかなりの数の固有字句が存在しており、第一種と他版との間には、本文面で明確な一線が画される。

注目すべきは、諸版中、第一種のみが伝えるこれら字句の多くを上掲四写本が同様に有している事実である（この点については第一部第七章で述べた）。この事実より、当該四本が第一種に極めて近い本文を有していることが知られるのだが、より子細に点検する時、当該四本は第一種との共通字句を有する一方で、四本のみに共通する字句をもまた多く有している。結局、流布本系統中、当該四本は第一種に近似し、それとひとまとまりのグループを構成しているのだが、その内部では更なる一つのまとまりをもって、第一種に対峙しているということになる。

それでは、当該四本は「流布印本の祖」とみなされている第一種と如何なる関係にあるのか。まずはこの点を考える。方法としては、流布本系統中、当該四本のみが共有する字句のいくつかを取り上げて検討する。本文引用は左に依るが、参考として日本古典文学大系本付録古活字版における頁・行を（　）内に示す。

①（頼長は―原水補足）我御身ハ宗ト全経ヲ学ヒ（略）賞罰勲功ヲ分給（348下13）

②親治心ハ武ク思エトモ無レ力（351上15）

③今モ誰人カ此京ヲ滅シ何者カ我君ヲ傾ケ奉ラン（358下12）

④下臈ノ射矢大将ニハ立ツカ立ヌカ御覧セヨ（362上2）

⑤八郎サテハ一家ノ郎党コサンメレ（略）ト宣エハ（363下13）

⑥古キ湯屋ヲ人ニ借テ常ニ下湯ヲソシケル（395下14）

右掲文中、傍線を付した部分は、流布本系統中、四本のみが持つ記述である。②④⑤⑥の場合、傍線部のある方がより懇切ではあるが、なくても行文上の支障はない。①③についても、傍線部のある方が待遇上より適切とはいえるが、なくてならないものではない。傍線部を持つ四本の形が本文としてはより良いとはいえるが、それが流布本系統のより本来的な姿を伝えたものかどうかは分からない。

しかし、次に掲げる諸例はどうだろう。

①御供ノ人々ニハ関白殿（略）右少将実定（359上1）

②義朝ニ相従フ兵多カリケリ（略）村山ニ金子十郎家忠山口ノ六郎仙波七郎（ア）（359下6）
村山党ニ（イ）山口六郎仙波ノ七郎轡並テ懸入ハ（略）紀平次大夫ハ山口ノ六郎（ウ）ニ右ノ肘打落サレテ引返ス（366下17）

③　為朝ヲ勇マセン為ニヤ俄ニ除日（ママ）行ハレテ為朝安弘蔵人タルヘキ由仰ケリ（360下7）
④　経憲カ父頼憲カ墓所ノ住僧ヲ尋レ共无リケレハ（368下8）
⑤　宣帝何事ヲ宣願ハ其由ヲ聞ント（390下8）
⑥　若シ一旦ニ事出来ラハ社稷不定（390下13）
⑦　女楽ヲ遠サケ沈酔ヲ禁シ（391上3）
⑧　婦人ハ政ニ預ル事ナシ（391上17）

①は、後白河の行幸に供奉する廷臣を列記した部分。傍線を付した人物、第一種をはじめとする古活字版「実宣(信)」「さねのぶ」と誤るが、四本の記す「実定」が是。他系統も、半井本・鎌倉本・宝徳本は「左少（中）将実定」と、四本に同じ。[6] ただし、『公卿補任』に従えば、四本の記す右少将は誤りで左少将が正しい。②の義朝の配下、他本は、傍線部（ア）「山口十郎」、傍線部（イ）（ウ）「山口六郎」と記し、内部で齟齬を生じているが、四本は「山口〔ノ〕六郎」で一貫している。他系統も、半井本・根津本・宝徳本は「山口〔ノ〕六郎」とし、四本に同じ。③は他本傍線部を欠く。「為朝ヲ勇マセン為ニ」除目を行ったのだから、傍線部がなくては意味をなさず、四本の如くあるべきところ。④も他本は傍線部を欠く。しかし、他系統は、半井本の「経憲カ親顕範カ墓所ノ住僧ヲ尋ケレ共無リケレハ」（73―3）をはじめ、根津本・宝徳本いずれも四本と同趣句を持つ〔宝徳本は「墓所」が「山粧（ママ）」（山荘）〕。ただし、四本の記す「頼（より）憲」は「顕憲」の誤りである。

以上は、流布本中において四写本の本文が他本よりも妥当な事例である。これらについては、流布本が本来的に抱えていた不備や誤りを四本が是正したと解釈する可能性もないではない。しかし、現存版本を遡る流布本のより本来的な形姿が四本に残されていると見る方が無理がなかろう。他系統の多く、とりわけ流布本に係わりが深いと考えられている半井本が、項目のすべてにおいて四本と同形である事実はこの推測を力づける。

続く⑤～⑧の場合、他本は傍線部の各々を、⑤「ゆへ（故）」、⑥「しつ（静）まらし」、⑦「さけ」、⑧「ましは（交）る」、とし、四本と異なる（ただし、⑧は東博「預ル《マシハ》」）。文章的にはいずれでも良く、この面から当否を決することはできない。が、この場合、本来性を測る基準が存在している。これらは流布本に固有の治世論の一部だが、それが『壒嚢抄』に依ったであろうことが、釜田喜三郎・高橋貞一両氏により明らかにされている。[7]その『壒嚢抄』の記述は⑤～⑧の傍線部の各々について四本に一致している。流布本『保元物語』が『壒嚢抄』に依るとの通説に従う限り、四本が他本よりも『壒嚢抄』の本文に近接する事実は、少なくともこれらの箇所においては、他本より四本の方が流布本本来の姿をより忠実に伝えていることを意味すると判断される。

結局、当該四本は、第一種を含めた現存諸版より本来的な本文を少なくとも一部には伝えていると考えてよい。もちろん、その本来性は、当該四本の次元ではなく、それらの共通祖本の段階でのこととして捉えられる。なお、『壒嚢抄』を典拠とすると考えられている他の箇所についても、四本を個々に見た場合、それぞれに少なからぬ独自の誤りが存在するが、四本共通して『壒嚢抄』と異なる部分は極めて少ない。このことからも、四本の共通祖本の純良性が窺われる。

それでは、諸版よりも本来的な要素を有することが明らかになった当該四本を、第一種を含めた古活字版の先行形態として位置づけることが許されるのだろうか。となると、ことは必ずしも簡単ではないようだ。断言することをためらわせるいくほどかの現象がある。

① 閑院大納言実季卿娘也（345下6）
② （鳥羽院は―原水補足）康和五年癸未正月十六日御誕生（345下6）
③ 殊ニ山門南都其精誠ヲ抽テケリ（370下12）
④ 縦イ下野守殿コソ親子ノ間ナレハ助申サントシ玉フトモ天気ヨモ御免候ハン(ママ)其故ハ新院ハ正ク主上ノ御兄ニ

テ渡ラセ玉ハスヤ左府又関白殿ノ御弟ソカシ豈親キトテ其罪科无ランヤ（376下6）

⑤　年来日来春宮ニモ位ニモ即せ玉ハントコソ待奉ルニ（387下6）

①については、古活字版、傍線部を「御むすめ（娘）」とする。鳥羽の生母、苡子（もしくは「苡子」）に関する記述であるから、待遇的には四本より古活字版の「御むすめ（娘）」の方が良い。②について、年号に干支を付すのは四本のみの特徴で、古活字版にはない。四本の形は後補とみなされる蓋然性が高いか。③の傍線部を、第一種「山門すへて」、その他は「山門（さんもん）」とする。比叡山の法験を称揚する文脈から言えば、四本の記す「山門南都」は適切ではなく、他本が妥当。四本はさかしらに依る改変の蓋然性が高いか。④の傍線部を古活字版「親（おや）」とする。四本の記す「親（したし）キ」（春は「親《チカ》キ」）、古活字版の記す「親（おや）」いずれでも意味は通るが、義朝による父為義助命嘆願の叶いがたいことをいう文脈からすれば、「親（おや）」とあるのが本来で、「親キ」は崩れた形ではないか。⑤の傍線部（春は「春宮ノ」と誤る）を古活字版「（春）宮にも立」とし、本文としては四本よりこの方がよい。

これら諸例は、先の事例とは反対に、古活字版に比して四本の本文の方に問題があるかと思われる箇所である。四本（ひいてはその共通祖本）の後出性を証するとまでは言えないが、その蓋然性を示すものとはいえる。

以上を要約すると、流布本系統諸本中、四写本のみに共通する字句の中には、明らかに現存古活字版以前の古態をとどめると判断されるものが比較的多く見いだされるが、その一方、数は少ないながら、後出を思わせるものもあるということになる。とすれば、四本が純良性の面で古活字版群に対して絶対的に優位に立つとはいえない。結局、四本は古活字版第一種に先行する流布本の形姿を探る上で重要な意義を有するが、その一方で後出を思わせる要素をも含んでいるため、第一種とはあい補う関係にあると考えるのが今の時点では穏当と思われる。

ここまでは四写本の共通点に注目してきたが、当然ながら各本はそれぞれに個性を持つ。以下、この点を述べる。

四本の本文を比較すると、中で東博・左・春三本が近い関係にあり、急はそれらからは少々離れる。このことは、東博・左・春三本が片仮名交じりであるのに対し、急が平仮名交じりであるという表記形態の相違に端的に現れてもいるが、本文面においても、急のみに比較的長い固有句が六箇所にわたって見られるという顕著な特色がある。以下にその部分を掲出する。

① 今は程なく夜も明なんすもし御所に火かゝりなは定て打出なんすしからハ小勢に大勢かかけたてられんも見くるしかりなんとて引退く（362下4）

② （為朝に追われた鎌田正清は―原水補足）敵引返とミてけれハ河をすちかへに馳渡して馬より飛をり正清御曹司に追れ奉りてけうにしてのかれ参て候坂東にて多の軍にあひて候へ共（略）と申けれは（364上8）

③ うるハしき御心はせの上の御学文こそ然へけれいかに博覧大才にても正理にそむく所あらハ更に益あるへからすへては内外の讃仰は只一心の為也（373下15）

④ 三夫の九嬪（ママ）二十七の世婦八十一の女御ありき内職にそなハリ各宮をまもり禄を分てミなつかさとる処に有て君をたすけ奉る（390上11）

⑤ （惟守が師長に―原水補足）武士の許侍らねハ罷帰候御名残おしく候と申せは師長涙をおさへて此道ち付て（ママ）見え来る人多かりしかとも汝情ありて是まて来事こそありかたけれとて（393上2）

⑥ をめひてかけいれとも立あふ者一人もなし則館にうち入て見れハもたねとも弓を引やうに見えなけれとも太刀をもつやうにおほえ眼勢事柄敵の打いらんをさしのそく体にそありける（399下2）

各々、傍線を付した部分が急固有の本文であり、他本にはない（⑥については、傍線相当部が「の」）。②は、為朝の追撃を受けた鎌田正清がほうほうの態で逃げ帰り、義朝にその旨を報告する場面だが、急では、鎌田の報告が、「正清」もしくは「御曹司に」からはじまり、文脈に不自然さはない。対して、傍線部を欠く他本では、「のかれ参て候」からはじまり、唐突感がある。⑥は為朝の居館に攻め入る追討軍の様子を記す一節だが、傍線部を欠く他本にはいささか説明不足の感がある。①③④⑤[8]の場合は、②⑥ほど明白ではないが、急の如く傍線部のある方が分かりやすいことは確かである。ただし、文脈の整っていることが古態の根拠になるとは限らない。原流布本が本来的に抱えていた不備を後出本が補正したり、より分かりやすく補足することもありうる。①などは、合戦のはじまった時点ではやばやと「もし御所に火かゝりなは」と、筋の先取りをしている点、後補の臭いがする。また、⑤については、宝徳本に「中将惟成を近くめして此道ニ依て多の人の意を見しかとも」（影653―3）（382―4）と、傍線部に近い表現が見えることより、該系統との接触の蓋然性も考えられる。こう見てくると、これら急に固有の本文について、それらが流布本の本来性を残すものか後補であるか判別することは必ずしも容易ではない。ただ、少なくとも④の事例は、急が流布本系統の古態を残す事象として把握できる。当該項は、前にも述べたように、『壒嚢抄』を原拠とすると考えられている、流布本固有の増補の一部である。相当部、『壒嚢抄』は「三夫人九嬪二十七世婦八十一女御アリテ内職ニ備リ各官ヲ守リ禄ヲ分テ皆司トル処有テ君ヲ助ケ奉ル」と、急とほぼ同じ本文を持つ。この事実は、『壒嚢抄』の記事を取りこんだ流布本の原初の姿を最も忠実にとどめているのが急であり、他本はその一部に欠脱を生じた形を伝えていることを思わせる。他の場合については、④の如き判断基準が得られないので、判断は難しいが、先に述べた②⑥など、急以外の本文に文脈上の飛躍がある場合は、④と同様に判断することが許されるのではないか。すべてとは言えないが、急の固有本文の少なくともいくつかは流布本の古態を伝えており、他のすべての伝本がそれを欠落させていることはまず間違いないだろう。となれば、古態追究に資する点で急の持つ意味は比較的大きいと言える。

この観点から改めて急を見た場合、該本には流布本中唯一その本来性を指し示すかと見られる事例が散見することを知る。以下、それらのいくつかを例示する。

①　この御企宋廟の御はからひも計かたくぼんりよのをす所しかるへからす（350上3）

傍線部、他本「御企〔ノ〕宗」「御きそう」「御企」などとし、意味不通かもしくは文章が重複的である。これについては、参考本が「御企宗廟ノ〈旧漏₂廟字₁、今依₂異本₁補レ之―割書〉」とすること、及び半井本が「此御企ヤアルヘキ崇廟ノ御計凡下ハ難計事也」（15―7）と記すことなどから推して、他本の場合、「宗廟」の「廟」を欠いていることに不明の原因があると思われる。そして、急の「宋廟」を「宗廟」の誤写と考えるなら、急が唯一意味の通る本文を持つことになる。第八種の「此御くわたての御はからひもはかりかたく」、左の「此御企計モ測リ難ク」は、それなりに意味を通そうとして独自に改めたものか。

②　七月十日大輔史師経平忠正源の頼憲二人召進すへきよしの宣旨を官使にもたせて宇治へ行向て左大臣殿に付奉れは（352下20）

傍線部の「宣旨」を他本「院宣（せん）」とする。「宣旨」なら後白河であるが、「院宣」なら崇徳であり、「宣旨」か「院宣」かで文脈が異なる。これについては、執行者の師経が当今後白河の官吏であること、及び当該記述に先だって師経が後白河の命を奉じて忠正・頼憲を召した由の記述が見えること、並びに半井本に急との同趣文が見えることよりして、急の記す「宣旨」が適正である。

③　頼長の近習、式部大夫盛憲を、他本、「成憲（なりのり）」「なりのぶ」などとも誤記し、内部で齟齬を生じているが、急のみ「盛憲（もりのり）」と統一・正記している。

④　影のことくに付順兵はかり召くしてけり（356下10）

傍線部、他本「かた（形）のことく（如）に」とする。為朝が常に引き連れている手郎等という意味だから、急の「影のことくに」を是とすべきだろう。他系統は、半井本「如影」（29―7）、根津本「影のごとく」（27―10）、鎌倉本「影の形に随か如くなる」（影790―3）（37―12）（宝徳本も同じだが「影のことくにしたかふなる」とする伝本もあり）と、急と同趣である。

⑤　大荒目の鎧に同師子の丸のかな物打たるをきるまゝに（356下18）

他本は傍線部を欠く。これはあるほうがよいし、他系統も急と同じ。

⑥　少監物信頼は松か崎のかたへ落行けるか（368上18）

少監物信頼は、前少監物正六位上宮道朝臣信頼（『兵範記』仁平三年七月二十五日条）が同定される。他本では、東博・左・春が「少監物延頼」、それ以外は「延頼（のふより）」としており、急が最も妥当性が高い。他系統では、半井本が「少監物信頼」（72―6）と急に同じ。

⑦　ふしむ端おほし謝すといへ共余あり（391下16）

忠実宛て師長書状の一節。他本「不審端多雖有余」「ふしんたんたあまり有といへ共」と、すべて「謝（す）」の字を脱する。しかし、半井本の「不審弥多雖謝有余」（123―7）をはじめ、龍門本・鎌倉本・宝徳本（一部の伝本「しやうしかたき事あまりあり」）・根津本などすべての系統が「謝」の字を持つ点、急に同じ。

⑧　絃歌文筆の才芸に携ル事是帝道につかへ奉り忠節を致ん為也（392上2）

⑦と同じく師長書状の一節。他本、傍線部を各々「芸（けい）」「帝辺」とする。半井本をはじめ他系統は「才芸」（根津本は「芸」）「帝道」と急に同じ。

これらの事例についても、もともと他本の如き形だったものを、後に急が他系統を参考にして改変したと考えられなくもないが、これまでの考察からすれば、急が流布本の古態を伝えている場合もあるかと思われる。

以上により、流布本の古態を追究する上で急は看過できない伝本であると考える。ただし、その古態性は絶対的なものではなく（このことは、前掲の固有本文の①⑤からも推測される）、一方において少なからぬ不手際や改変性を有する伝本でもある。以下、この点を述べる。該本は慎重に写し取られた伝本とは言い難い。かなり顕著な欠脱もしくは省略が五箇所程度存在することをはじめとして、脱字・句はかなりの数にのぼる。(9) さらに、微細ではあるが、改変・補足・省略も見られる。

又船岡へ行たりともおなし事にてこそあらむすれ(ア)屋形に帰りたり共おさなき者ともの其見しかたちもあらハこそと思つゝけ(イ)過去せし聖霊たちにもゐかうせむとて猶石塔をくむよしして(ウ)岸より下へ身を投てつゐにはかなく成給ふめのとの女房是をミてつゝいている(エ)石を袂に多くいれ給ける故にや驪而しつミて見え給ハす（386上6）

右は、為義の妻の入水を記す急の記述。他本との異同を示すと、傍線部（ア）～（エ）の各々を、他本は、（ア）あらんすれ童年来観音を頼ミまいらせて毎日普門品三十三巻弥陀の名号一万遍となへ申か今日物詣に未おはらす（第一種に依る。以下同）、（イ）もてあそひ物を見んに付てもこゝにてはとありしかうありしなとおもはんに心みだれて勤もせらるましけれはこゝにて満して、（ウ）くミ給ふかとこそ思ひしに、（エ）河へそ入にける供の者とも是をみてあはてさはきはしり入て尋ぬれ共、としており、急よりかなり詳しい。おそらく、このあたり、急は抄略を伴った改変を行ったものと思われる〔ただ、流布本は他系統と行文が異なっており、（エ）を除いては同趣記述を他系統に見いだしえないので、急の姿を改変と断定しがたい面がある〕。

上例は、その規模の大きさでやや特殊とすべきだが、急には全体を通じ小規模な改変や抄略が比較的多く見られる。

① 誰かおとろくへきにあらねとも（348上7）
他本は傍線部「凡下（ほんけ）の」。他系統では、宝徳本が他本と同じ（「凡夫」とも）だが、それ以外の系統に相当句はない。

② 遠矢を射かちたちなんとハさもある覧（364上13）

他本は傍線部「不知（しらす）」。他系統は語句が異なる。

③　亡父是程の恥にあひ給ふ（386下18）

他本は傍線部「目（め）を見（み）給（たま）ふに」。他系統では、半井本が「親カ、ル目ニ相ヌル」（117―5）と、他本に近い。

この程度の規模の改変は書写において珍しいことではないが、急の場合、流布本の古態追究に大きな意味を持つだけに、その内部に抄略や改変を含んでいるとすれば、取り扱いに慎重さが要求される。

次いで、東博・左・春三伝本の関係について述べる。当該三本は近似する本文を持つが、左と春は特に近い関係にある。両者の間には共通の欠脱や誤りが少なからず見いだされ、両者が共通に欠く顕著なものとして以下の如きがある。

①　十五のとしの十月まで大事の軍をする事廿余度城をおとす事数十ケ所なり城を責るはかり事敵を討手たて人にすくれて（356上16）

②　御方の陣へそ帰りける寄手の兵是をミて弥此門へ向者こそなかりけれ（363下2）

③　是を誅せは忠とやせむ信とやせん若忠なりといはゝ忠臣をハ孝子の門にもとむといへりもし又信といはゝ信をは義にちかくせよといへり（380上6）

急の本文を示したが、各々について、左・春両本はともに傍線部を欠く。上掲以外にも、両本の間には誤りを含めた字句の合致が数多く存在している。[10] 規模の大きい固有欠脱は、左に二箇所、春に一箇所存在しており、[11] 純良性で両者大きな差異はない。互いに本文を補い合うこと並びに両本のみに共通の字句や誤りが見いだされることよりして、両本は兄弟もしくはそれに準じる関係にあると思われる。[12]

なお、春については、ごく一部に宝徳本系統陽明本系列の如き本文の混入が認められる。それは、西行献詠譚の後半と義朝勢列記の一部、その他二箇所に明瞭に看取される。[13] 西行献詠譚については、崇徳院霊と西行の和歌贈答の形を取る宝徳本の劇的な構想に惹かれて、それを採用したかと推測されるが、他部については、宝徳本の本文を採択した意図は定かでない。取りこみが部分的かつ僅少であるのも奇妙ではある。

上記のことより、春の場合、他三本に比してその取り扱いにより慎重さが求められる。

東博の場合、上巻巻末部と下巻巻頭部に記事の重複が見られる。誤脱については、五行分程度の欠脱が一箇所、一〜二行分程度の欠脱が四箇所見られる[14]他、語句・文字のレベルでかなりの欠脱が見いだされ、誤写も散見する。また、些細ではあるが独自の書き換えかと思われる箇所も存在する[15]ので、親本への忠実度は左・春に劣ると考えられる。

以上を総合して一応の系統図を思い描くなら、春・左両本の祖本と東博（の祖本）の分岐の後に、春（の祖本）と左（の祖本）の分岐が生じたと見るべきか。

当該三本は急とともに流布本系統の古態を探る上で極めて意義ある伝本ではあるが、その一方でやはり後出の要素を含んでいる。具体例をいくつか示す。白河院死去、堀河院死去、鳥羽院誕生・譲位、近衛院誕生・即位、保元への改元、平安京遷都、薬子の変の年号の各々に干支を付している点（鳥羽院誕生については急も干支を付すことは四一二頁に既述）、堀河院の享年を記している点、「白川院〈堀川院〔ノ〕御父也〉」（〈　〉内は割書。以下同）、「重仁親王ヲ〈崇徳院一〔ノ〕御子〉」「右（左）大臣豊成〈武智丸子〉」（左・春は「子」を欠く）、「斉明〈皇極重祚〉称徳〈孝謙重祚〉」（左・春は「皇極」を「重極」に、東博は「称徳」を「称念」に誤る）など、割注を付している点などは、後補の蓋然性が高い。そして、これらが諸本中、東博・左・春三本のみに見られることより、共通祖本の段階で既にそうした加筆がなされていたと考えられ、その分、本来性から離れる要素として注意すべきだろう。

以上、四本が、その内部に夾雑物を含みながらも、流布本の古態を考える上で重要な意味を持つことを述べてきた。ここまでの考察から諸本の系統図を描けば次のようになろうか。

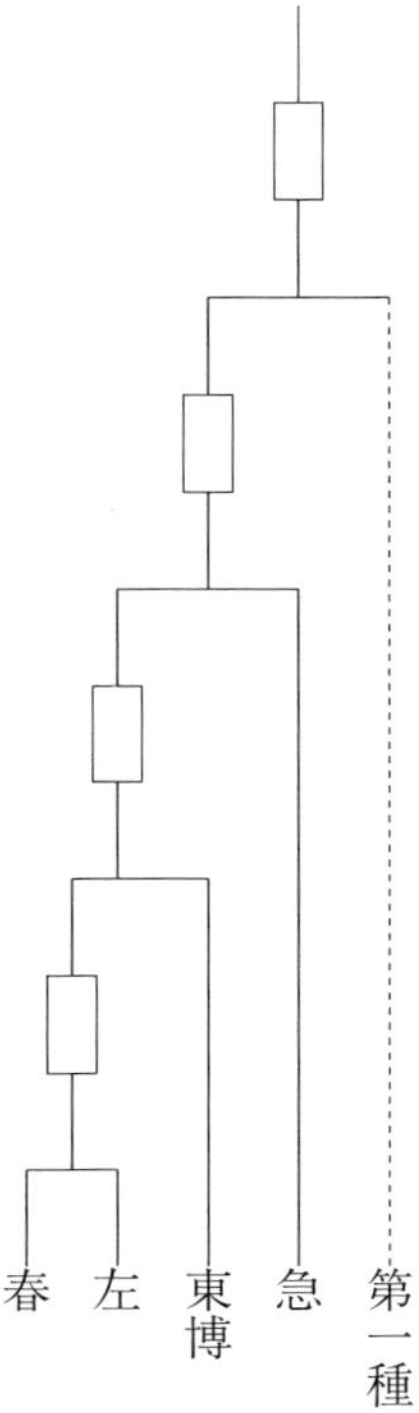

言うまでもないが、右図は一つのひな形にすぎない。例えば、左・春両本が実際に兄弟関係にあると主張するものではもちろんない。が、基本的には流布本系統古態諸本の関係は右掲の形で押さえて大過ないと思う。

さしあたって解決されねばならない疑問がある。それは、四本の共通祖本の表記形態にかかわる。急が平仮名交じり、東博・左・春が片仮名交じりと、その表記に相違があることは既に述べた。その他、序文、勝尊宛て頼長書状、崇徳・後白河の往復書状、為朝禁進の宣旨、忠実宛て師長書状が、東博・左・春は漢文、急は訓読文、といった相違も見られる。それらの場合、祖本の表記形態はどうだったのか。以下、この問題を考える。

巻頭の序文を例に取る。序文は流布本（及び流布本を元にしている杉原本）にのみ存在するが、漢文、訓読文の二様が見られる。左・東博・春と寛永元年整版本が漢文、その他は訓読文である。冒頭部を掲げる。

は・　・　を化成・・　た
夫易にいへらく天文を見て時の変をさつし人文をミて天下のくわをなすといへりこゝをもて政道理にあ　る時は

かて
風雨時にしたがひ国家ぶねうなり

急の本文を本行とし、右に第一種の本文を対校した（漢字・仮名の異同は無視）。諸本間で微細な異同があるが、急と第一種に異同のある部位については、訓読文である本のすべては第一種と一致しており、系統内では急のみ特異である。この事実は次のように解釈できるのではないか。訓読文の伝本中、急がひとり特異であるのは、該本の親本（祖本）が漢文であり、それを急が他の訓読文伝本の影響を受けずに、独自に書き下したためではないか。そして、東博・左・春が「夫易曰観乎天文察時変観乎人文化成天下云是以政道当理時風雨順時国家豊饒也」と漢文であることを勘案するなら、急の祖本（四本の共通祖本）は、東博・左・春のごとき姿を備えるものではなかったか。この観点に立つとき、他の不可解な現象にも説明がつく。例えば、勝尊宛て頼長書状の一節、急の「天かん地おうようしゆく良辰をえらミ」（352上2）はおそらくは、東博・左・春に見える「撰天感地応曜宿良辰」を誤って書き下したものと思われるし、崇徳宛て後白河報状の「ねいしやは国をほろほす利なり」（355上3）も、東博・左・春に見られる「佞者ハ亡国利也」を誤読したものと解される。

以上の例によれば、急と他三写本との間で漢文・訓読文の相違がある場合、それらの祖本の段階では漢文であり、三写本はそれを踏襲したが、急は現存本に至る過程で訓読文に改めた蓋然性が高い。この他にも、急の表記がその親本（祖本）に必ずしも忠実ではなかったろうと推測される例は多い。例えば、古活字版に、「まつりことをおこなひ給（たま）ふ」（345下13）、「左府の公達三人相具し給て南都へおち（落）」（371上7）とする傍線部を、急では「給ひ」「おつ」と、活用語尾が異なる場合がある。これらについても、東博・左・春では相当部が各々「給」「落」とあることから、おそらく四本の共通祖本の段階では東博・左・春の如くあったものを急に至る過程で仮名表記に改めたために生じた現象と推測される。同様に、古活字版に「御契り浅（あさ）からさりし法皇も」（347下6）、「まいるへき由申なからいまた参らす」（353上10）、「おさなかりしかとも乙若か舟岡にてよくいひし物をと」（382下12）、「目にみゆる物なし」（386上5）、「めもくれ心もまよひて」（387下18）、「聖人の礼をなす」（390上4）、「討手のむかふ（向）やらん」（398上13）とある傍線部が、急では各々「浅からさる」「いまた参せす」「いとけなかりしかとも」「ミる」「まとひて」「なす例を」「むく」と異なるのも、やはりおそらくは、東博・左・春のように「不浅」「未参」「稚〔ナ〕カリシカトモ」「見ル」「迷〔イ〕テ」「成礼ヲ」「向」とあった元の形を、急に至る過程で仮名表記に改めたためではないか。[16] 要するに、流布本中で急のみに独自の活用形や訓みが見られるのは、その親本（祖本）の段階では漢字表記だったものを、急に至る過程で仮名表記に改めたことにその原因があると考えてよさそうだ。とすれば、現在の急は、表記の面では親本（祖本）に忠実ではなかったということになる。[17] 片仮名表記を持つ東博・左・春の方が祖本の表記をより忠実に伝えているとすれば、祖本は片仮名交じりだった蓋然性が高いと思われる。急は本文の古態性という面では高い価値を持つが. 表記形態においては祖本への忠実度は他三本に比して低いと判断される。

以上、従来、現存諸版中で、その純良性を評価されてきた古活字版第一種が、おそらくは原流布本とはかなり隔たりがあり、古態を測る上で相対的な位置にあること、及び古態追究に関しては、写本の姿で伝わる急・東博・左・春四本、中でも急が重要な鍵を握っていることを明らかにすることに努めた。結果として原流布本追究の出発点を確認できたとは思うが、今後は、当該四本から想定されるその共通祖本が、流布本体系中、如何なる位置を占めるかを明らかにする必要があろう。第一種は慶長年中の刊行と考えられている。写本群については、現在のところ古い奥書年次を持つ伝本の存在を知らないが、急・左が解題[18]に依ると、共にやはり慶長中の書写とされている。これに従うなら、現存写本の方も慶長あたりに求められるようだ。となると、第一種と当該四本の先後の解明については、今のところ有力な手掛りを得ることはできない。そもそも想定される四本の共通祖本が、印行に先だって存在した、より本来的な姿を残す写本であったのか、あるいは、現在はその存在が確認されていない、第一種よりも本来的な形を持つ古活字版であったのかも分からない。ただ、第一部第五章で紹介した瀧澤みか氏の説[19]並びに国文学作品の活字印行が慶長七・八年頃からはじまったとする通説に従うなら、原流布本は写本だった蓋然性が高いかと思われる。原流布本の形姿に関する推定は想像以上に困難で、なお多くが闇の中にある。とりあえずは古活字版第一種と四写本の本文を綿密につきあわせる方法で進めるほかないようだ。有力伝本の発掘が望まれる。

注

（1）『鎌倉室町時代文学史』（大倉書店　大正四年）
（2）『古活字版之研究』（安田文庫　昭和十二年）
（3）『平家物語諸本の研究』（冨山房　昭和十八年）
（4）『鎌倉本保元物語』解題（三弥井書店　昭和四十九年）など氏の一連の論考。
（5）全体として第一種が他種よりも優れた本文を有していることは間違いない。ただ、第一種が、「流布印本の祖」であるかどうか疑問がないわけではない。第一種が他種に対して絶対的に優位な位置にあるとは言えないからだ。そのことは例えば、注（8）に示す事実が端的に示している。
（6）宝徳本系統中には、「さねさた」「実貞」とする伝本もある。該系統には多数の伝本が所属しているので、この場合のように、いくつかの伝本が宝と異なることもある。しかし、論証上問題がないと判断した場合は、煩瑣を避けて言及しない。
（7）釜田氏「更に流布本保元平治物語に就いて補説す」（「神戸商船大学紀要」1　昭和二十八年三月）、高橋氏「壒嚢抄と流布本保元平治物語の成立」（「国語国文」22—6　昭和二十八年六月）
（8）⑤は、師長と琵琶の弟子惟守の別れの場面の一部だが、第一種は、「御名残おしく候しかとも汝情ありて」と、惟守の言が途絶えて師長の言に飛ぶ不手際を見せる。

（9）急における顕著な欠脱（もしくは省略）は次の通りである。

①保安四年正月廿八日御年廿一にして御位をのかれて第一の宮崇徳院にゆつり奉り給大治四年七月七日白河院かくれさせ給て（345下10）

②はやたのミすくなき御事にてすてに清涼殿のひさしの間にうつし奉るされは御心ほそくやおほしめしけん（346上16）

③御餝をおろさせ給ふ現世後生をたのミまいらさせ給ふ近衛院も先立給ぬ（347下5）

④悪七別当手取の与次高間三郎同四郎吉田太郎已下爰を前途と防きけり片切八郎太夫に手取与次そ懸合ける（365上4）

⑤おめきさけふもことはり也誠に涙と血と相和してなかるゝを見る悲しミなり内記の平太ハ（384上2）

第一種の本文を示した。①④は欠脱と考えてよいが、他は省略も考えられる。

（10）左・春のみに共通する誤りの事例を示す。

①殿下ノ御気力ヲ承テ（359上14）

②下野ハ大炊御門源原ニ（春は「ニ」が「ノ」）前ニ（360下15）

③西坂東（春は「東」が「本」。これが是）下リ松崎ニヲリシカハ（376下17）

④左大臣豊成〈武智丸〉（387上9）（ただし、〈　〉内の割書は春・左・東博にのみ存在）

左の本文を示した。漢字表記の他本は、傍線部を各々「色」「下野守」（第八種は「義朝」）「河（川）」「松」「武智丸子」とし、これが是。

（11）左・春各本における顕著な固有欠脱を示す。左については次の通り。

①是をめされて軍の様をも仰下され候へと申されけるを其様をも参てこそ申上らるへけれ（353下20）

②御所をつくり出されされは当国の在庁散位高季といふ者のつくりたる一宇の堂松山といふ所にあるにそ入まいらせけるされは事にふれて都をこひしく思食けれは（388下14）

第一種の本文を示したが、各々について左は傍線部を欠く。いずれも不注意に因る欠脱と判断される。

春については、

四郎左衛門頼賢と八郎為朝と先陣をあらそひてすでに珍事に及はんとす頼賢思ひけるは今子共の中には我こそ兄なれは今日の先陣をは誰かハかけんといふ（361上3）（第一種に依る）

の傍線部を欠いている。これも不注意に因る欠脱である。

(12)　他本が「爰に鳥羽の禅定法皇」（345下4）（第一種）とする部分を、左は「後鳥羽禅定欠損」と誤り、春は「鳥羽禅定法皇」とする。他本に見られる「爰〔に〕」を「後」と誤記したのが左の形で、その形を不審として「後」の字を削除したのが春の形と見ることが可能ではないか。また、他本が「いつしか同八月十七日」（346上5）とする「いつしか」を、左は「五鹿」とし、春は当該語を欠く。この場合も、「いつしか」に「五鹿」の漢字を当てたのが左の形で、この意味を解せず削除したのが春の形ではないか。この推測が許されるなら、両本の共通祖本は、少なくともこれらの部位については、左と同じだったということになる。

(13)　春が宝徳本系統の本文を取りこんでいることが明白な箇所を示す。

角ク読侍ケル　ミカ、レシ玉ノ台ヲ露深キ野辺ニ遷シテ見ソ悲キ　ト申テ涙ヲ流シケレハ御墓所ノ近隣ニ御声トシテ　松山ノ波ニ流テコシ船ノヤカテ空ク成ニケル哉　西行夢トモナク現トモナク御返歌申ケリ　ヨシヤ君昔ノ玉ノ床トテモカヽラン後チハ何ニカハセン　カヤウニ申タリケレハ御墓所三度迄振動スルソ怖シキ世澆季ニ及フト云ヘ共万乗ノ余薫猶残ラセ玉イケルニヤト思遣コソ恭ナケレ

西行献詠話の後半部だが、当該部は宝徳本と合致している。流布本系統の他本は「かうそよミ侍けるよしや君むかしの玉の床とてもかゝらむ後はなにゝかはせん」（395上7）（第一種に依る）ときわめて簡略である。春は、宝徳本の本文を取りこんで増補したと思われる。

また、「藁科ノ十郎奥津ノ四郎」と記す点も宝徳本（268―2）と同じ。流布本系統の他本は各々「高階十郎」（表記は諸本区々）、「息津（おきつ・いさは）四郎」とする（359下10）。さらに、鎌田正清の追撃を断念した為朝の言「サノミハカ〳〵シキ軍ハシ給ハシ」（流布本系統の他本は「さのみ心にくからす」（364上5））、及び崇徳院遷幸の一節

「サラハ安楽寿院ノ方へ御幸《ママ》ヲヒキ向ケサセテ何トカ申サセ給ケン」（流布本系統の他本は「さらは安楽寿院の方へ御車を向てかけはつすへしと仰けれは則牛をはつし西の方へをしむけ奉れは」（388上4））も宝徳本の表現（287—12）（371—10）に近い。後者の場合、春は、崇徳院の言が途中から地の文になっており、文章として良くない。宝徳本本文の取りこみ方が粗雑だったか。

(14) 東博が固有に欠く顕著な部位は次の通りである。

① 謀反人流罪の宣下並びに宗能不参内記事（急にして五行弱）

② されは堅陣をやふる事呉子孫子かかたしとする所を得弓は養由をも恥されは天をかける鳥地をハしる獣のおそれすと云事なし（357上2）

③ 信西の申されける詞は掌をさすかことし才におこる御心ましませはこそ（373下10）

④ 昨日のあかつき七条朱雀にてうしなひまいらせ候ぬ五人の御曹子達をも昨日の暮ほとに北山船岡と申所にて（384下12）

⑤ かくそ口すさひ給ける　都にはこよひはかりそすミの江のきしみちおりぬいかてつミ見ん（387上19）

第一種の本文を示したが、各々について東博は傍線部を欠く。この中、①はひとまとまりの記述を欠いているので省略も考えられるが、他は不注意に因る欠脱と判断してよい。

(15) 東博の書き換え例としては、「法荘厳院ノ辺」（364上17）（傍線部、他本「西裏（にしうら）」）、「月ト共ニソ輝《カヽヤキ》ケル」（370下7）（傍線部、他本「開（ひらけ・ひらき）」）、「聽テ我身モ失給ンコソ」（382下11）（傍線部、他本「只今（た、いま・た、今）」）、「今朝シモ彼等ニ別ノ最後ノ姿ヲ」（385上3）（傍線部、他本「そはす（不添）して」）などが挙げられる。

(16) 他本でも、片仮名交じり文の第十一種及びその系譜に立つ写本には、東博・左・春と同様の場合もあるが、煩瑣を避けて逐一述べることはしなかった。

(17) 急が「申の尅はかりに六条河条かハらにて是をきる」（377下16）とする傍線部は「六条河原」と書くべきところを誤ったものと思われる。「六条河」とあるところより、最初は漢字で書こうとしたようだが、後には「かハら」と仮名表記している。このことからも、急には表記に関しては親本に忠実たろうとする意志はさほどなかったと思われる。

（18）『名古屋市蓬左文庫善本解題図録　第一集』（昭和五十五年）、『大東急記念文庫貴重書解題　第三巻国書之部』（昭和五十六年）

（19）「流布本『保元物語』『平治物語』の成立期の下限―『榻鴫暁筆』との関係から―」（「国語国文」83―7　平成二十六年七月）

第二節 整版本の展開

刊記の存在する整版本としては、寛永元年片仮名交じり版・寛永三年平仮名交じり絵入り版・明暦三年平仮名交じり絵入り版・貞享二年平仮名交じり絵入り版・元禄十五年平仮名交じり絵入り版がよく知られている（絵本類は除く）。本節では、上掲五種の整版本について、その本文の性格や様態を考察する。論中、諸本・他本と記す場合、これら五版種並びに古活字版（第四・九・十種は未見）及び第一節で古態を伝えると判断した四写本（急・東博・左・春）の範囲とする。

一 寛永元年片仮名交じり版

書誌を簡単に記す。三巻三冊。第一巻二八丁、第二巻三六丁、第三巻三一丁。一面一一行。四周双辺匡郭。花口魚尾。柱刻は、第一巻本文第一、二丁には「保元 上一 一（二）」とあるが、第三丁以降「保元 巻一 三（〜）」（第三巻末まで同）となる。刊記は『保元物語』にはないが、僚巻の『平治物語』第三巻末に「于時寛永元甲子年長月吉辰／洛澁四条権十郎開梓」と見える。

寛永元年片仮名交じり版（以下、寛元版と略称）が、第十一種元和四年古活字版をもとに作られたであろうことは、形態面における両者の酷似から容易に推し量られる。匡郭に単・双の相違はあるが、版心は同じ（ただし、第一巻の目録と本文第一、二丁の柱刻は異なる）、表記形式も同じで字形もよく似ており、後述するように巻頭部を除き、行・字詰めともに一致している。

このように、瞥見では酷似を見せる両版だが、その間にはかなりの相違が認められる。以下、この点について述べる。顕著な相違としては、第十一種にない付訓が寛元版には丹念に施されている点があげられる。他には、第一巻の端作が「保元物語巻第一」（第十一種）、「保元合戦記上」（寛元版）と異なることも目に付く。また、寛元版は巻頭の政道論を序として別立てし、かつ、第十一種の訓読文を漢文に改めている。その結果、巻頭部においては両版の配字は一致せず、そのズレは本文第二丁裏第四行に及び、そこで調整され、以降は各丁頭・行頭すべて一致している。

本文面でも両者の間には相当数にのぼる微細な異同が存在している。それら異同は、Ⓐ表記、Ⓑ送り仮名、Ⓒ字句、に類別される。Ⓐ表記、については、例えば、サラセ給ヘリ（第十一種）―去セ給ヘリ（寛元版）、御カサリ（第十一種）―御餝（寛元版）、カク（第十一種）―角（寛元版）、といった漢字・片仮名の異同が見られる。また、Ⓑ送り仮名、については、聞ヘシ（第十一種）―聞シ（寛元版）、異ル（第十一種）―異ナル（寛元版）、といった相違例をあげることができる。が、これらⒶⒷに属する現象は取り立てて問題とするほどのものではない。検討の対象とすべきは、Ⓒ字句、である。字句の相違で最も多いのは、寛元版が第十一種の誤植・空白等を是正・補塡している場合である。誤植是正の例として、

① ユセカ給―ユカセ給（一6オ8）（348下4）
② 教徳天皇―孝徳《カウトク》天皇（一8オ2）（349下5）
③ 無基事―無ㇾ墓《キハカ》事（一15オ7）（353下12）
④ 兵庫守―兵庫頭《ノカミ》（二13オ1）（367下2）

⑤　権守主—権 寺主《ゴンノジシュ》（二18ウ3）（371上8）
⑥　胡タン—待《マ》タン（二21ウ8）（373上3）
⑦　大炊助度澄—大炊《オホイノ》助度弘《ノリヒロ》（二29ウ10）（377下14）
⑧　御座カマヘサセ給テ—御様ヲカヘサセ給テ（三1ウ3）（381下15）
⑨　散位高香—散位《サンヰ》高季《タカスヱ》（三12ウ4）（388下15）
⑩　聖徳益事—聖徳《セイトク》在事（三15ウ3）（390下4）

などを示し得る。

〔各項、上が第十一種、下が寛元版の本文。参考として、寛元版並びに日本古典文学大系本付録古活字版における所在位置を（　）内に示した。寛元版については、例えば（一1オ1）は第一巻第一丁表第一行に当該本文が存在することを示す。なお、該版は各巻頭に目録一丁を配し、本文部より丁打をはじめている。本節では版心に打たれている丁番号を記す。以下同〕

脱字を補ったものとしては、

①　烏沙魔—烏瑟沙魔《ウスサマ》（一12ウ4）（352上11）
②　六条河—六条堀河《ホリカハ》（一14オ10）（353上11）
③　有難ケレテ—有難ケレトテ《リガタ》（三19ウ5）（393上3）

などがある。また、空白部を補填したものとしては、

①　左衛門尉盛□—左衛門尉盛弘《ノゼウモリヒロ》（一18オ1）（355上13）
②　呉子孫□—呉子孫子《ゴシソン》（二12ウ10）（367上19）
③　御跡□—御跡ヲ《アト》（三7オ7）（385上19）

④　八句□暮年―八句之《ノ》暮年　(三17ウ6)(391下17)
⑤　文筆□芸―文筆《フン》之《ノ》芸《ケイニ》　(三17ウ10)(392上2)
⑥　可□垂賢察御―可《ク》下令《シメ》レ垂《タレ》二賢察《ケンサツヲ》一御《タマフ》上　(三18オ1)(392上4)
⑦　淵底□後―淵底《エンテイニ》二之後《チ》　(三18オ2)(392上5)
⑧　無不審□程―無《キ》二不審《フシン》一之程《ト》　(三18オ2)(392上5)

などを数える。第十一種における空白は、組版作成の折に活字が間に合わず、そのままに放置されたものかと思われる。

以上の如く、寛元版には第十一種本文の不備・不手際を正した箇所が数十箇所にわたってみられる。(1) このことより、寛元版は、第十一種を元とし、それにかなり丁寧な補正を加えたものであると知られる。

上掲の諸例は、第十一種の不注意に因る誤字・脱字等を寛元版が訂正したものである。前後の文脈から正しい字句を推測できるものもあるが、第十一種のみを見ている限りでは適正な形に改められないものもある。誤字の⑦⑨、脱字の②、空白の①など、主として固有名詞の類がこれに該当するが、これらは、第十一種のみを見ている限りでは是正できない。とすれば、寛元版は第十一種以外の本をも参考にしたと考えざるをえない。この推測は、次に示す事実によってほぼ確定的となろう。

①　書巻《ショクワンコトニ》毎《ク》レ聞《カレヲタクス》レ彼諾無《シワスル、コト》二忘事一　(二22ウ10)(373下9)

傍線部の「諾」を第十一種は「路」と誤る。他本(寛元版より後に刊行された版本は対象としない。他版の考察に際しても同じ)は「諾(たく)」「一諾」「たくして」など。「路」は「諾」の草体を読み誤ったものだろう。

②　忠実宛て師長書状中、寛元版が「師長《モロナカタテマツル》上」(三18オ5)(392上8)と記す部分、第十一種には「上」の字がない。寛元版と同じ形を有するのは古活字版第二・七種・急・東博・左。

③範長禅師の還俗・配流を指示した太政官符の中、寛元版に見える「治部省《ノセウ》」（三19オ3）（392下9）の語が第十一種にはない。寛元版以外に該語を持つのは第二種並びに古態四写本。

右の現象は、寛元版が第十一種以外の伝本をも参看・利用した事実を語る。では、参看された伝本は特定できるのか。それを考える一つの手掛りとなるのが寛元版における付訓である。第十一種には振り仮名がないので、寛元版は独自の判断により付訓をなしたと考えられるが、まったくの私意ではなく、参考にしたものがあったようだ。

この観点より注目される振り仮名のいくつかを拾う。

①発《ヒラキ》㆓猛利《マウリヲ》㆒誠《トニシテ》㆑心《ヲ》致《ヲイタサハ》㆓丁寧懇志《テイネイコンシヲ》㆒（一12オ9）（352上5）

寛元版の訓法に従うと、「猛利ヲ発キ心ヲ誠トニシテ丁寧懇志ヲ致サハ」と訓める。当該部、第七種が「まふりをひらきこゝろをまことにしてていねいこんしをいたさは」、第八種が「もうりをはつし誠にもつてていねいこんしをいたさは」、急が「ミやうりのせいしんをひらき丁寧のこんしをいたされんに」と書き下し、春が「発猛《モウ》従㆓利誠心《ヲニス》致㆓丁寧懇志《ヲ》㆒」、東博が「発《ヒラキ》㆓猛利《モウリ》誠心《ゼウヲ》㆒致《ヲ》㆓レン二丁寧《テイネイ》ノ懇志《コンシ》㆒ヲ」と訓点を付す以外は、第十一種と同じく白文である。(2)寛元版の訓みは第七種に一致している。なお、「誠心致」を第十一種は「誠以鈹」とし、寛元版と異なる。当該部、第一・二種・左・東博・春が寛元版に同じ、第三・五・六種は「誠以致」とする。

②可《キノ》㆑有《ル》㆓政道《セイタウ》㆒之処《ニ》（一17オ5）（354下15）

寛元版の訓法に従うと、「政道有ルベキノ処ニ」となる。他本は、第七種が「政道の処にあるへし」、第八種が「せいたう有へきところに」、急が「政道の有へき処に」、東博が「可㆑有㆓政道㆒之処ニ」、春が「可㆑有《ル》㆓政道之処《ニ》㆒」とする以外は白文。寛元版の訓みは第八種・急・東博に近い。

③如《シ》㆓何《ソ》㆒早《クヒルカヘシテ》翻㆓折伏摂取之新義《セツプクセツジユノキヲ》㆒（一17オ7）（354下17）

寛元版の訓法に従うなら、「何ソ早ク折伏摂取ノ新義ヲ翻シテ如シ」と読むのだろうか。不審である。第七種が「なんそはやくひるかへすかことくせつふくせつしゆの新儀を」、急が「はやくせつふく摂取の新儀をひるかへして」と書き下し、東博が「如何早ク翻《ヒルカヘシテ》二折伏《セツフク》摂取《シユ》之新儀一」、春が「如何早翻《ク》二折伏《シテセツ》摂取《セツ》之新儀《ヲ》一」と訓点を付す以外は、第十一種と同じく白文。

④ 早《ク》可《シ》レ令《シム》レ禁《イマシメ》二進《セ》其《ノ》身《ヲ》一依《テ》宣《セン》旨《ジ》執《シツ》達《タツ》如《シク》レ件《ダンノ》（一20オ7）（356下4）

寛元版の訓法に従うと、「早ク其ノ身ヲ禁シメ進セシムベシ依テ宣旨執達件ノ如シ」となる。第七種が「はやく其身をいましめしんせしむへしよつてせんじしつたつ如件」、第八種が「ハやく其身をきんしんせしむへしせんしによつてしうたつくたんのことし」、急が「はやく其身を禁進せしむへし宣旨によつて執達如件」と書き下し、東博が「早可《シ》三令レ禁《イマシメマイラス》　進二其身一依《テ》宣旨執達《ノシユタツ》如レ件」、春が「早可レ令三禁《キンシン》二進其身《ヲ》一依《テ》二宣旨《ニ》執達如件」と訓点を付す以外は、第十一種と同じく白文。寛元版の訓みは第七種・東博に一致する。

⑤ 高階《タカハシ》十郎（一25ウ8）（359下10）

寛元版は「高階」に「タカハシ」と仮名を振る。他本は、第七種が「高ハシ」、第八種・急が「たかしなの」とする以外は漢字表記のみ（ただし、春は「藁科ノ」(3)）。寛元版の読みは第七種に一致する。

⑥ 連《ツヾクノゲンタ》 源太（略）丁《チヨウシツトナフ》 七唱（一26ウ10）（360上12）

寛元版は「ツヾクノゲンタ（略）チヨウシツトナフ」と仮名を振る。他本は、第七種が「つゝくの源太（略）ちやうしつとなふ」、第八種が「連《つらぬ》の源太（略）丁の七唱《となふ》」、急が「つゝくの源太（略）長七唱」、東博が「連《ツヽク》ノ源太（略）丁七唱《トナウ》」とする以外は漢字表記のみ（ただし、春は「丁七唱」を「丁七ト唱」とする）。

⑦ 優《ユヽシ》キニ（二3オ11）（362上4）

寛元版は「ユ、シ」と仮名を振る。第十一種を除く他本すべて仮名表記で、第七種が「ゆ、しきに」とする以外は「やさしきに」「やさしさに」。寛元版の訓みは第七種に一致する。

⑧　金巻《ヤジリマキ》（二10オ3）（365下16）

寛元版は「ヤジリマキ」と仮名を振る。他本は、第七種が「やしり巻」とする以外は「金巻（かなまき）」。寛元版の訓みは第七種に一致する。

⑨　連《ムラジ》ノ源太《ダ》（二13オ1）（367下2）

⑥に掲げたと同一人物であるが、寛元版はここでは「連」に「ムラジ」と仮名を振る。第七種が「むらじ」、第八種が「つらぬ」、急が「つ、く」と仮名表記する以外は漢字表記。寛元版の訓みは第七種に一致する。

⑩　広隆《ヒロタカ》（二24オ8）（374下4）

寛元版は「ヒロタカ」と仮名を振る。第七種が「ひろたか」、第八種が「くハうりう」、急が「うづまさ」と仮名表記、左が「広隆《ウマ》」と仮名を振り、春が空白（「廣」の上半のみを記すか）である以外は漢字表記のみ。寛元版の訓みは第七種に一致する。

⑪　妾《ヲモヒヒト》（二32ウ4）（379上19）

寛元版は「ヲモヒヒト」と仮名を振る。第七種が「おもひ人」とする以外は「おもひもの」「思（ひ）者（もの）」。寛元版の訓みは第七種に一致する。

右に掲げた諸例より、寛元版と第七種との一致が顕著な現象として読み取られる。実際、付訓にとどまらず、本文そのものについても寛元版と第七種との係わりを示唆する事実が認められ、(4)両者の何らかの交渉を推測させる。ただ、第七種そのものを利用したかとなるとはっきりしない。少数だが、寛元版には第七種ではなく第八種や急などと近似する現象も見られるからだ。右掲の事項中②③並びに前掲の寛元版が第十一種以外の本をも参考にしたと思われる事例の③がこれに該当する。

結局のところ、寛元版は第十一種を元に、その訓み並びに本文のごく一部については、第七種のような仮名書き主体の古活字版を参看し、適宜これを採用して本文を作成したと見るべきではないか（流布本系統にとどまらず、他系統の本文を参看したかをも考慮しなければなるまい。しかし、異同が微細で流布本系統内部に収まるものであること、並びに掲出事例のほぼ半数が流布本固有の記事中の字句であることよりみて、他系統が係わった蓋然性は低いと判断される）。結果的に、寛元版は第十一種における過誤の多くを是正しえており、本文吟味の痕が窺われるけれど、その姿勢は徹底したものではない。第十一種の誤りを見過ごしてそのままに受け継いでいる箇所もあり、時には新たな誤りを犯している場合も見られる。新たな誤りで特に目につくのは、近衛院の誕生を「保元五年四月十八日」（一2オ3）（346上4）とする点である。これは、第十一種他が記すように「保延」とあるべきところで、初歩的な過失である。また、「舎弟」（三2オ5）（382上13）も第十一種他が記すように「舎兄」とあるべきところで、これも寛元版の改竄と判断される。

二　寛永三年平仮名交じり絵入り版

三巻三冊。第一巻三八丁、第二巻五二丁、第三巻四四丁。一面一二行。無枠。柱刻は「保元　巻一（～三）　一（～）」。『保元物語』に刊記はないが、僚巻の『平治物語』第三巻末に「于時寛永三丙寅年長月吉辰」と見える。絵は第一巻一一、第二巻一三、第三巻一一、合計三五図。中に、大東急記念文庫蔵本（7／16）・広島大学国文研究室蔵本（大国／877）・早稲田大学図書館蔵横山重氏旧蔵本（中巻欠）（り5／12430）など、彩色が施されているものもある(5)。

以下、本文の検討に入る。該版（以下、寛三版と略称）が寛元版を母胎として形成されていることはほぼ間違いない。ただし、寛三版が平仮名交じり、寛元版が片仮名交じりと、その表記法が異なることに象徴されるように、両者には、第十一種と寛元版の間に見られるような緊密性はない。しかし、寛三版が寛元版に主拠していることは確実であろう。以下、そう判断される根拠のいくつかを列記する。

① 寛元版・寛三版共に、第一巻端作を「保元合戦記」とする。他本は、急が「保元合戦物語」とする以外は「保元物語」とする。

② 共に、巻頭の政道論を序として特立している。第七種も同じだが他本は特立しない。

③ 共に、近衛院の誕生年を「保元五年」（一3オ11）（346上4）と誤る。他本は「保延」（ほうゑん・ほふゑん）五年」と正しい（「一　寛永元年片仮名交じり版」の項（四三五頁）を参照されたい）。

④ 今旧院十日の後は我天下をうハゝむ事（一11ウ4）（349下13）

寛三版の本文を示す。以下同。傍線部、第十一種・寛元版も同じく「十日」と誤る。第一種・左・東博・春の記す「登霞」がよい。他本は「とうか」と仮名表記する。

⑤ うすさまこんがうどうし小天狗《く》とぞ聞えし（一17ウ12）（352上11）

傍線部、第十一種・寛元版も各々「小天狗」「小天狗《セウテング》」と誤る。第一種や古態写本の記す「聖天供」がよい。他本は「小（しやう・せう）天（てん）く」。

⑥ かくハつかまつり候へ共（二12ウ2）（365上20）

傍線部、第十一種・寛元版は寛三版に同じ。他本は「たれ共（とも）」（ただし、東博「タレ」、春「タル共」）と異なる。

⑦ やじりまき（二13オ10）（365下16）

寛元版は「金巻《ヤジリマキ》」。寛三版は寛元版の振り仮名に従ったと思われる〔「一　寛永元年片仮名交じり版」の項（四三四頁）を参照されたい〕。

⑧ あまりにゆゝしけれハ（二14ウ8）（366下2）

傍線部、第十一種「優シ」、寛元版「優《ユヽ》シ」、他本「やさし」。寛三版は寛元版の振り仮名に従ったと思われる。

⑨ 右のひちをうちおとされて（二15ウ8）（366下20）

傍線部、寛元版「腕《ヒチ》」。他本は、第十一種「腕」、左「肘」、春「肘《カイナ》」とする以外は「うて」。寛三版は寛元版の振り仮名に従ったと思われる。

⑩ 御馬をやめ（二21オ4）（368下12）

傍線部、第十一種・寛元版は各々「止テ」「止《ヤメ》テ」、他本「とゝめて」「留て」。寛三版は寛元版の振り仮名に従ったと思われる。

⑪ 皆出家のかたちになりて（二35ウ5）（374下3）

傍線部、第十一種・寛元版は「形」と、寛三版に同じ。他本は「姿（すかた）」。

⑫ 故院の御中陰たるゆへとぞみな人申ける（二52オ3）（381上12）

傍線部、第十一種・寛元版は寛三版に同じ。他本は「なり（也）けり」。

⑬ 御舎弟たちも八郎御ざうしの外ハ（三3オ10）（382上13）

傍線部、寛元版は寛三版に同じ。他本の記す「舎兄」がよい。寛三版は寛元版の誤りをそのまま受け継いだと思われる〔「一　寛永元年片仮名交じり版」の項（四三五頁）を参照されたい〕。

⑭ 太政官府　治部省（三27オ3）（392下9）

寛三版以外に傍線部記述を持つのは第二種・古態写本並びに寛元版〔「一　寛永元年片仮名交じり版」の項（四三二頁）を参照されたい〕。

⑮　亡魂もさこそうれしと思召けめとみな人申あへり（三34オ8）（395下6）

寛三版以外に傍線部記述を持つのは第七・十一種・寛元版。

⑯　さすがによのつねげなり（三35ウ1）（395下17）

傍線部、寛元版は「尋常《ヨノツネ》《ジンジヤウ》気《ケ》也《ナリ》」、東博は「尋常気色ナラス」、他本は「尋常（しんしやう）気（け）也（なり）」。寛三版は寛元版の右の振り仮名に従ったと思われる。

以上、寛元版と寛三版に共通する記述、または寛三版が寛元版に依ったと目される事項のいくつかを示した。両者に共通する記述の中には、第十一種とも一致するものがかなり多く見られた（すなわち④⑤⑥⑪⑫⑮）が、これは、寛元版が第十一種をもとにしていることに由来する。

以上の考察により、寛三版の本文が多く寛元版に依っていることが明らかになったと思う。ただし、寛元版に全面依拠したのではなく、他版をも参考にした節がある。左にそうした事実を窺わせる事例を示す。

①　つミ有ものをもなだめ給ふ（一3オ8）（346上1）

傍線部、寛元版「赦《ユルシ》」、第十一種「赦」、第七種「ゆるし」、他本「なた（宥）め」。寛三版は他本と一致。

②　くんいをかへり見さるににたり（一24ウ4）（354下16）

当該部、寛元版「似《タリ》レ不二顧《ルニコ》存《ソンセ》一」とし、寛三版と異なる。他本は「似不顧存擯」「似不　存　」「存をさるに似たり」など区々であるが、中で「似不省存意」（第二種）が寛三版に近いかもしれない。いずれにせよ寛三版は寛元版と一致していない。

③　あきまかぞへの悪七別当（一30オ3）（356下11）

傍線部、第七種・寛元版は「すきま」、他本は「あきま」。寛三版は寛元版ではなく他本に一致している。他系統では、半井・鎌倉・宝徳・根津本も「あきま（間）」（宝徳本には「闕間」「あさま」、根津本には「あきまかぞへ」を「あき（さ）すへ（え）」とする伝本もある）〔注（4）を参照されたい〕。

④ かちんに色々の糸をもて（一30オ9）（356下16）

傍線部、寛元版「紺地《コンヂ》」、第十一種「紺地」、第七種「こん地」、他本「かち〔ん〕」。色彩としては同系色だが、寛三版は寛元版ではなく他本に一致している。他系統では、鎌倉・宝徳・根津本も「褐」「かち〔ん〕」。

⑤ 信西御前のすのこに候けるか（一36オ7）（359上14）

傍線部、寛元版「床《ユカ》」、第十一種「床」、第七種「ゆか」、他本「簀子（すのこ）」。寛三版は他本と一致。他系統では、半井本も「スノコ」とする。

⑥ 大将をしゆこせさせ（二4オ5）（361下8）

傍線部、寛元版・第七・十一種「大将軍」、他本「大将」。寛三版は他本と一致。

⑦ いむけの袖にうらかひてそたちたりける（二5オ5）（362上8）

傍線部、寛元版「裏返テゾ《ウラカヒシ》」、第十一種「裏返テソ」、他本「うら（裏）かい（ゐ・ひ）てそ」。他本が妥当であり、寛三版は他本に一致。

⑧ 思ふやつほをあやまたす（二12オ8）（365上16）

傍線部、寛元版「不レ誤《スアヤマラ》」、第十一種「不誤」、他本「あやまたす」。寛三版は他本と一致。

⑨ 今度のいくさにうちかちなハためともからうどうにせんずるそ（二15オ11）（366下13）

傍線部、寛元版・第十一種ともに「為義」と誤る。他本は「為朝」と正しい。寛三版も「ためとも」とし、寛元版の誤りを正している。

右に示すように、寛元版と寛三版との異同の多くはごく微細なものである。従って、寛三版が寛元版の本文をよしとせず独自の判断で改めたものがたまたま他本と一致した場合もあろうかとは思う。しかし、そうした可能性を考慮に入れた上でも、なお②③⑤などの現象は、寛元版以外の伝本の介在を指し示すものと認められる。おそらくのところ、なんらかの古活字版を参照したと思われるが、いかなる版を用いたかは明らかでない。

次いで、寛三版本文の特徴を掲げるなら、Ⓐ字句・表現の改変、Ⓑ字句の省略、Ⓒ文字使用における非厳密性、などの事実が数えられる。まず、Ⓐ字句・表現の改変、について述べると、寛三版には微細ながら字句・表現の意図的な改変が相当数見られるようである。以下に、そうした類を掲げる。

① 木のえたにあがて（一8ウ5）（348上12）

傍線部、寛元版を含む他本「居（ゐ）て」「居」。寛三版は、該文に先行して「東三条にこもり居て」とあることを考慮し、同語の繰り返しを避けたか。

② 父子ともにうれひにしつミ給ふ（一11ウ2）（349下11）

傍線部、寛元版を含む他本「しつ（沈）む」。崇徳院の言の一部だが、寛三版はこれを地の文と見誤って敬語を付したか。自敬表現と見た場合でも、他部との統一性を欠く。

③ 此程ハうぢ殿に候とて参られす（一18オ6）（352上16）

傍線部、寛元版を含む他本「参（まい）らす」「不参」。該文の主語は平忠正・源頼憲であるから、寛三版のごとき敬語使用は適切でない。

④ ためとも二矢《のや》はなたんするはかりにて（一31ウ1）（357上19）

傍線部、寛元版を含む他本「矢（や）二〔つ〕三〔つ〕」。意味的には「二矢」「矢二三」いずれでもよいが、「矢二三」の方が適切だろう。寛三版のように改める必要は認められない。

⑤　むさしにハ（略）なりだの太郎長井の斎藤別当さねもり同三郎さねかす（略）玉の井の四郎（一37オ9）（359下14）

寛元版を含む他本は、傍線部「長井の斎藤別当さねもり同三郎さねかす」を「玉の井の四郎」の下に置いており、諸本中、寛三版のみ人名記載順序が異なる。その理由は不明だが、あるいは軍記物語で有名な斎藤別当実盛の序列を上位に、との意識が寛三版には働いたか。

⑥　伊勢の国の住人山田の小三郎これゆき（二7オ4）（363上7）

傍線部、寛元版を含む他本「伊賀（いか）」。「これゆき」の住国については多くに撞着が見られる。諸本、ⓐ後白河勢列記、ⓑ登場、ⓒ名乗り、の三箇所にその住国を記すが、第一種並びに古態写本は「伊賀」で一貫している（左はⓒ欠損）。しかし、他本は、ⓐⓒ「伊賀」（第六種の東北大学附属図書館蔵本はⓒ欠損）、ⓑ「伊勢」と、内部に矛盾を生じている。寛三版はⓒも「伊勢」とすることにより、ⓑⓒ相接する部位での撞着を回避している。ただし、少し離れた位置にあるⓐは「伊賀」のまま放置している。寛三版の調整が全体的な目配りに欠けることを示す現象である。

⑦　矢取てつがひける所に（二12ウ6）（365下3）

傍線部、東博が寛三版と同じである以外は、寛元版を含む他本「つか（番）はれける」と、尊敬表現をとる。主語は為朝。

⑧　天魔のたぶらかしたてまつるかしらざるやしろの御とかめをかうふり給ふかと（二27オ11）（371下1）

傍線部、寛元版「不レ知《スラ》」、他本も「しらす」と文を終止する（ただし、第十一種・左・東博・春は「不知」とし、終止するか下に続くかは不明。急は「しからすハ氏の」と異なる）。他本などの形では「しらす」は上文を受ける。これが本来の形と思われるが、寛三版は「やしろ」に係る語とみなして連体形に改めたか。

⑨ 寛元版を含む他本が、「左府御最後付大相国御歎事」として一括する章段を、寛三版は「左府御さいこ付大相国御なけきの事」「大相国御なけきの事」の二段に分割している。しかし、後段の内容は頼長批判であり、章段名「大相国御なけきの事」とあわない。寛三版の不手際である。なお、上記改変は小見出しにのみ見られる現象で、目録には及んでいない。章段名を持つのは第七・八・十一種並びに整版本。（二29オ1、32ウ1）（371下18）

⑩ いよ〳〵関々もかたくまもる（二39オ3）（375下16）
寛元版を含む他本、傍線部記述を持たない。寛三版のみの付加である。

⑪ 五ぎやくさいの其二を犯すへし（二45オ10）（378上15）
傍線部、寛元版を含む他本「一」「一（ひと）つ」。そうあるべきで、寛三版の誤解に因る改竄か。

⑫ 深《ふか》くの涙の先立んもほいなし（二51オ9）（381上7）
傍線部、寛元版を含む他本「不覚（ふかく）」。寛三版における不覚の改竄である。

⑬ 我らこそさきにと思へども（三5オ8）（383上10）
傍線部、寛元版を含む他本「我（われ）」。文脈上これに従うべきで、寛三版の改竄である。

⑭ いのちなかくとも千年万年ふべきや（三7オ11）（384上13）
傍線部、寛元版を含む他本「いき（生）たらは」。寛三版の改変である。

⑮ 酒をたのしミ女におぼれ（三22ウ2）（390下17）
傍線部、寛元版を含む他本「たしな（嗜）み」「たしみ」。寛三版の改変である。

⑯ わしたに一羽に千里を飛といふ事をきかす（三37ウ3）（396下8）
傍線部、寛元版を含む他本「に」。寛三版の改変である。

⑰　今かやうの悪心をうけ（三41ウ5）（398下15）
傍線部、寛元版を含む他本「悪身」（春「西身」と誤る）。寛三版の改変である。

⑱　たちあふもの、やうに見え侍らねとも太刀をもつやうにおほえ（三43オ11）（399下2）
傍線部、寛元版を含む他本「なけれとも（共）」（東博「ケルカ」、急は異なる）。このあたり、諸本、本文にいくぶんの不手際を有するようだ。急のみ「たちあふもの（立あふ者）」と「やうに」の間に「一人もなし則館にうち入て見れハもたねとも弓を引」との文を有し、もっともよく意味が通る。寛三版は「なけれとも」を「侍らねとも」に改めているが、それで不手際が解消されたわけではない。

以上、寛三版固有の字句のいくほどかを掲げた。これらを通覧するに、結果的には改正より改悪になっている場合の方が多い。より適切な字句に改めようとする志向が寛三版にあったことは否定できないが、その意図が達成されている例は少ない。

次にⒷ字句の省略、について述べる。これについては、

①　古への学ハをのれが為にす（二33ウ11）（373下19）
寛元版、この句の下に「今ノ学ハ人ノ為ニス」とあり、対句形式を取る。他本も寛元版に同じ。寛三版のみ後句を省いている。

②　軍勢にむかつてあいた、かふ（二38オ9）（375下3）
寛元版「むかつて」の下に「散々ニ」とある。他本も寛元版に同じ。寛三版における省略あるいは欠脱と考えられる。

③　ほろほさんとはからふをさとらず（三4オ7）（382下10）
傍線部、寛元版「亡サントソ計フラン」。他本も寛元版に同じ。寛三版は助詞・助動詞の類を省いている。

④　としごろ宮つかへあさゆうになてはだけたてまつて（三5オ3）（383上6）

寛元版「年来」の下に「日来」とある。他本も寛元版に同じ。寛三版にのみ省略が見られる。

⑤　としごろ宮にも立位にもつかせ給ハんと（三15ウ3）（387下6）

④と同じく、寛元版「年来」の下に「日来」とある。他本も寛元版に同じ。

といった例を示すことができる。

最後に、Ⓒ文字使用における非厳密性、について述べる。寛三版には宛字が目だち、また、人名等の固有名詞を別の漢字や平仮名に書き改めている場合も多い。例示すると、

①　通教《みちのり》（二32ウ8、33オ3）（373上16、下2）

寛元版を含む他本「通憲」と正しい（第七種は「みちのり」）。寛三版のみ異なる漢字を宛てる。

②　左京の大夫範長《のりなか》卿（二35ウ6）（374下4）

傍線部、寛元版「教長《ノリナカ》」と正しい。他本は、第七種「のりなか」、古態写本「憲長」とする以外は「教長」。ただし、寛三版も他の箇所では「教長《のりなが》」「孝長」「よしなが」などとも記し統一していない。もっとも、教長にかかわる混乱は寛三版のみではなく流布本系統のすべてに見られる。

③　近江（あふミ）の中将なり正《まさ》（一25オ5、二35ウ6）（355上7、374下4）

「なり正（まさ）」について、第七種が「成政」、第八種が「成雅《なりまさ》」「咸雅《まさ》」、東博が「盛雅」「成雅」とする以外は、寛元版を含む他本「成雅」と正しい。ただし、流罪の条（391下12）では、寛三版（三25オ3）を含め諸本「まさなり」「雅成」「政成」などと混乱を生じている。

④　讃岐《さぬき》の守政守《まさもり》（二44オ5）（377下19）

第七種が「まさもり」とする以外は、寛元版を含む他本「正盛」と正しい。

⑤　中院左大臣政貞《まささだ》入道（二48オ2）（379下8）
　第七種が「これさた」と誤る以外は、寛元版を含む他本「雅定」と正しい。

といった例が目につく。

　以上、要約するなら、寛三版は、寛元版の本文を母胎とし、おそらくはある種の古活字版をも参考にしながらその本文を形成したと考えられる。また、微細ながら私意に依る字句の改変が見られるが、結果的には、改正よりも改悪に終わっている場合が多く、このことより寛三版の配慮の程度が窺われる。また、人名等の固有名詞に宛字や仮名表記が目立つ事実は、史的に正確たろうとする意識が寛元版よりも一層希薄になっていることをものがたる。読者になじみやすい本文の提供を第一義としていることは該版に挿絵が加えられていることにも現れている。

三　明暦三年平仮名交じり絵入り版

　三巻三冊。第一巻三五丁、第二巻四七丁、第三巻四〇丁。一面一三行。四周単辺匡郭。柱刻は、「保元巻一（～三）一（～）」。『保元物語』に刊記はないが、僚巻の『平治物語』第三巻末に「明暦三丁酉年重陽吉辰／洛陽寺町誓願寺前／安田十兵衛板行」と見える。[6] 絵は第一巻一一、第二巻一三、第三巻一一、合計三五図で寛三版に同じ。

　該版（以下、明暦版と略称）の本文は寛三版のそれをほぼそのまま踏襲している。ただ、覆刻ではないので、両者の間には細かな相違が見られ、その相違は、Ⓐ振り仮名、Ⓑ濁音符、Ⓒ送り仮名、Ⓓ表記、Ⓔ字句、の五種類に分けられる。Ⓐ振り仮名Ⓑ濁音符、については、付す箇所に相違がある。これには、寛三版にある振り仮名・濁音符を明暦版が省いている場合と、逆に寛三版にはないが明暦版が付している場合の二様がある。数量的には、振り仮名は前者が多い。濁音符は相半ばするものゝ、印象としてはこれも前者が多いか。Ⓒ送り仮名、の相違する事例はわずかである。Ⓓ表記、については、使用漢字、漢字と仮名、仮名遣いと、三様の相違がある。使用漢字の相違は、「思召」と「思食」、「大夫」と「太夫」、「河」と「川」、漢字と仮名の相違は、「つはもの」と「兵」、「給ふ」と「たまふ」、「いふとも」と「いふ共」、また仮名遣いの相違は、「つくろいて」と「つくろひて」、「おほえ」と「おほへ」、「もよをし」と「もよほし」といった類のもので、とりたてて問題にすべきものはない。Ⓔ字句の相違、について具体的に見てゆく。

① れいミん是にこそうれふ（一2オ10）（345上9）
傍線部、寛三版「是によて」。他本も「依レ之」「これによ〔つ〕て」などと寛三版に同じ。明暦版の「こそ」は「よて」を誤読・誤刻したか。

② 春宮大夫むねとし卿（一15ウ7）（351下6）
傍線部、寛三版「むねよし」。他本も「むねよし（宗能）」と寛三版に同じ。明暦版の誤読・誤刻である。ただし、明暦版も他所（一13オ8）（350下1）では「むねよし」と正記している。

③ 位をこえられ給ふ事今にハしめぬれい也（一17ウ8）（352下11）
傍線部、寛三版「位をこえられ世をとられ」。他本も寛三版に同じ。明暦版の省略と見られる。

④ 上皇のめしにもしたかハすして有しかハ（一19オ5）（353上9）
傍線部、寛三版「有しが」。他本も寛三版に同じ。文章としては「ハ」のない方がよいか。

⑤ いかてかまいらさらん（一20オ9）（353下13）
傍線部、寛三版「まいられさらん」。他本も寛三版に同じ。該文は、教長の為義に対する言の一部。教長の対為義敬語はあってもなくてもよいが、後文に敬語使用が見られることを考えれば、寛三版並びに他本のごとくあるべきか。

⑥　其文に曰（一22ウ9）（354下14）
傍線部、寛三版「御文」。他本も第八種以外は寛三版に同じ。後白河宛て崇徳書状を指すから、寛三版並びに他本のごとくあるべきで、明暦版における欠脱もしくは省略と判断される。

⑦　夜のまほりひるのまほりなしかハおこたり給ふへき（一30ウ9）（358上15）
傍線部、寛三版「なし、かハ」。他本は、第七・十一種並びに寛元版は寛三版に同じだが、他は明暦版に同じ。「なしかハ」がよく、明暦版における是正である。

⑧　後冷泉院の御世にハ（一31オ13）（358下9）
傍線部、寛三版「後冷泉」。他本は、急が明暦版に一致し、第七種が「後れんせん」とする以外は寛三版に同じ。「院」はあってもなくてもよい。

⑨　むさしさかミのはやりもの共（二10オ6）（364下9）
傍線部、寛三版「はやりをのもの」。他本は、東博が「早リ勇ノ物」とする以外は寛三版に同じ。いずれでもよい。

⑩　ゐんぢうのじやうらう女バう（略）まよひあへるまたぶしもこれがあしてまどひにて（二16ウ13）（367下18）
傍線部、寛三版「に」。他本も寛三版に同じ。本文としては「また」「に」いずれでもよいが、女性達の混乱が武士の「あしてまどひ」になったとする文脈からすれば、「に」の方がよいだろう。明暦版は、寛三版の「に」を「また」と誤読・誤刻したか。

⑪　めにも見さらんかたに行といふへしもおほせもはてず（二26ウ13）（372上10）
傍線部、寛三版「と」。他本も寛三版に同じ。明暦版の誤刻。

⑫　じゆ道ににくむともがらもん書にもしる所也（二30ウ12）（373下20）

傍線部、寛三版「そしる」。他本も「貶」「誹ル」「そしる」とし妥当。明暦版は「そ」を「も」と誤読・誤刻したか。

⑬　天下に貴らるゝに名をもつていへり（二31オ2）（374上3）
傍線部、寛三版「もつてすと」。他本も寛三版に同じ。明暦版における欠脱である。

⑭　我袖の涙も更にさるしば取山路のおくを（二38ウ6）（377下2）
傍線部、寛三版「ましば」。他本も「真柴（ましは）」と寛三版に同じ。明暦版は意味不通。憶測するに、寛三版における「ま（万）」文字が通常より上下に長く「さう」と誤読される可能性がある。明暦版の形はこうした誤読に起因するか。

⑮　かうさんせられける（二40オ5）（378上3）
傍線部、寛三版「せられたりける」。他本は、左・春が「セラレケリ」と明暦版とほぼ同じである以外は寛三版に同じ。

⑯　いかゝハすへきと有しかハ（二41オ10）（378上16）
傍線部、寛三版はない。他本も寛三版に同じ。明暦版の補入である。本文的にはいずれでもよいが、明暦版は強調の意をだしたかったか。

⑰　まことに関東御下かうにてハ候ハす（二42ウ1）（378下20）
傍線部、寛三版「まことにハ」。他本も寛三版に同じ。「ハ」はあるべきで、明暦版における欠脱か省略。

⑱　ほいなしと思ひ侍らハ先立申候（二46ウ10）（381上8）
傍線部、寛三版並びに第七種・東博「侍ハ」、他本「侍れは」。文脈上、已然形であるべきところ。明暦版の未然形は寛三版の如き「侍ハ」を読み誤ったもの。

⑲ くせハ皆こそぐせめくせハ一人もぐせし（三5ウ6）（383下4）

傍線部、寛三版「ぐせずハ」。他本も、左が「不見」と誤る以外は「不具ハ」「く（具）せすは」と寛三版に同じ。文脈上、寛三版や他本のごとくあるべきで、明暦版の欠脱か。

⑳ つまのと有てかくてといはれん事もはつかし（三9ウ9）（385下10）

傍線部、寛三版「かく有て」。他本も寛三版に同じ（ただし、急は固有）。明暦版における欠脱か省略。

㉑ おふてまいるべしと申せハ返〳〵此程のなさけこそわすれかたく思食せと御ちやう有ける（三15ウ3）（388上12）

傍線部、寛三版「申せ」。他本も、急が「申候」とする以外は寛三版に同じ。ここは一貫して崇徳院の言だから、「ハ」は有るべきでない。明暦版の誤り。

㉒ うちの大相国とは家殿に帰りすませ給ふ（三26オ2）（393上13）

傍線部、寛三版「とミ家殿《いゑ》」。他本も「冨（とミ）家殿」。明暦版は寛三版の「ミ」を「は」と誤刻したか。

㉓ あらいそなれバ自来る舟ハ波にくだる（三34ウ4）（397上2）

傍線部、寛三版「くだかる」。他本「〔打〕くた（砕）かる」。寛三版並びに他本のごとくあるべきで明暦版は不当。

㉔ けにもこれハ鳥あなおほし（三35オ6）（397上16）

傍線部、寛三版「ミれは」。他本も「見（み）れは」「見ハ」と寛三版に同じ。これも寛三版並びに他本のごとくあるべきで、明暦版は寛三版の「ミ」を「こ」と誤ったものだろう。

㉕ あへて手むかひするものなし（三39ウ3）（399上18）

傍線部、寛三版「ものも」。他本も「者（もの）も」と寛三版に同じ。明暦版の省略か欠脱である。

以上、明暦版と寛三版との間で字句の異なる事例を掲げ、簡単に検討を加えた。結果として、両者に相違の生じた原因を、明暦版におけるⒶ省略あるいは欠脱、Ⓑ是正もしくは改変、Ⓒ誤刻、の三種に分けることができる。各事項をこのいずれに属させるか判断に迷うものもあるが、ひとまず、Ⓐに属するものとしては③⑤⑥⑨⑬⑮⑰⑲⑳㉕、Ⓑは④⑦⑧⑯、Ⓒは①②⑩⑪⑫⑭⑱㉑㉒㉓㉔という風に分けられようか。これによれば、結果的に改正よりも改悪となっている場合が非常に多いといえる。非が明暦版にあることは言うまでもないが、寛三版の版刻文字の不明瞭さに原因の一半があるものも少なくない。以上、寛三版と明暦版の間に見られる字句の相違の過半を示した。ここに掲出しなかったものも、ⒶⒷⒸいずれかの範疇に入る。

ここまでの検討により明らかになったことを約言するなら、明暦版は寛三版をほとんどそのままに引き継ごうとした版であり、本文面で寛三版以外を参照した形跡は見当たらない。また、字句の改変については、緻密な配慮の結果とはいえず、場当たり的な様相が濃い。寛三版における難読箇所についても適当に処理している観がある。挿絵もすべて寛三版と同じである。もちろん、新刻であるから寛三版そのままではない。寛三版では、一図に半丁を充てているが、明暦版では三分の二程度に縮小している。場面・絵柄は寛三版と同じだが、人物の服装や背景などの細部に相違が見られる。

四　貞享二年平仮名交じり絵入り版

三巻三冊。第一巻二〇丁、第二巻二五丁、第三巻二二丁。一面一七行。四周単辺匡郭。柱刻は、「保元　一（〜三）　一（〜）」。絵は第一巻五、第二巻五、第三巻六、合計一六図（各巻、第一図は見開き絵）。『保元物語』に刊記はないが、僚巻の『平治物語』第三巻末に「貞享二乙丑年九月吉辰」とある。版行者については、文台屋治郎兵衛、松樹軒小川新兵衛他数種あるが、第三節で述べる如く、安田十兵衛の開版と思われる。

該版（以下、貞享版と略称）の本文は明暦版をもとに作成されたと判断される。以下にその理由を述べる。明暦版の項で掲出した寛三版と明暦版との相違箇所二十五項中、⑪⑬⑱⑲㉒㉓を除く十九項において、貞享版は明暦版と一致している。一致しない六項の中、㉒は貞享版が新たな誤りを生じたものであり、他の五項は明暦版の誤りを貞享版が是正したものである。

ただ、子細に見れば、両者の間には相当数に上る異同が認められる。それら異同を、Ⓐ省略、Ⓑ補足、Ⓒ改変、の三点から見てゆく。

まず、Ⓐ省略、について述べると、貞享版には元とした明暦版の本文を文意を損なわない程度に簡略化する意図が強く働いているようだ。省略対象は、助詞・助動詞・接頭語・接尾語などの付属語、中でも助詞が多いが、名詞・動詞・副詞など、さらには一文節を越えるものもある。以下に、事例の一部を掲げる。

① かくれさせ給ひて（より）後ハ（一2オ11）（345下12）
② ちり（なと）をはらハんとても精進けつさいして（一14オ5）（354下3）
③ よハれて（も）何かせん（二1ウ9）（360下10）
④ くつはミをならへてかけ（たり）けれハ（一9オ12）（351上7）
⑤ かうの殿の（御）もとへ入せ給ひしを（三1ウ13）（381下15）
⑥ 公卿殿上人てい上におり立（御）ずいしんさうにつらなる（三8ウ10）（387下16）
⑦ 平家に打まけて落（行）けるか（三17ウ1）（394下20）
⑧ きせん（上下）をの〳〵かうへを地に付て（一4ウ9）（347上12）
⑨ 入道のはか（のそば）にそうつミける（三5オ14）（384下4）

⑩（くものうへにハ）ほしの位しつかにさかひの内にハ波風もおさまりたる御代に（一8オ8）（350上4）

⑪我等ハゑはをもとむるたかのことしけうとハ（たかにをそる丶）きじにあらすや（二9ウ9）（367上9）

⑫人に二たひおもてを合へき（ともおほえす）との給へハ（三7ウ17）（386下19）

⑬仰もあへすなき給ふ（こそあハれなれ）（三8オ9）（387上11）

⑭保元元年八月三日（左宮城使正五位下行左大史兼算博士左弁宮《ママ》正五位下藤原朝臣）（三14ウ15）（392下14）

貞享版の本文を示したが、（　）内が貞享版にはなくこれを明暦版で補った。①〜③は助詞、④は助動詞、⑤⑥は接頭語、⑦は動詞、⑧は名詞、⑨〜⑭は文節に及ぶ省略例である。ただし、省略かあるいは不注意に因る欠脱か定め難いものもある。[7]省略（もしくは欠脱）の結果、文脈に不都合が生じている事例はないようだが、⑥の「御」は省略すべきではないし、⑨についても「はか」と「はかのそば」は同じ場所ではない。⑩⑪は意味的には問題ないが、対句形式をくずしている。省略によって文質が劣化している場合もあるようだ。

次にこれとは逆の現象、Ⓑ貞享版が補足を行っている事例を見る。これは、省略に比べるとかなり少ない。また、助詞の類が多く、自立語は僅かである。

①かたきハた丶その勢斗にてつ丶く者もなし（一9オ16）（351上12）

②郎等共あまた手をおふせ（一9ウ5）（351上17）

③おやのやうにわか子ハ思はぬならひなれハ（二23オ15）（379上8）

④ことなる思ひなき人たにもさほとのつミは有なるに（三6オ14）（385下11）

⑤兄弟かせんをいたす事なきにしもあらす（三16ウ1）（394上19）

⑥大かふらにて木に有鳥をいおとし（三19ウ17）（397上17）

傍線部が明暦版になく貞享版に見られるもので、貞享版の段階で新たに付されたものと判断される。煩瑣を避け、他本における有無を逐一述べることはしないが、①②は一部の本が貞享版に同じ（ただし、②の「共」は貞享版のみ）、③以下は貞享版固有である。微細なものなので、貞享版における付加が他本の影響下になされたものかどうかは判然としない。全体的に明暦版などより丁寧な表現になっているとはいえるが、こうした操作が必要ということでもない。

一方では文章を摘み取りながら、他方で字句を付加するあり方は、一見矛盾した操作と映るが、貞享版はそれなりの斉整意識を有し、そうした立場から添削を行ったと認識すべきだろう。

次いで、Ⓒ改変、について見る。

① 父子共にうれへにしつむ（一7ウ15）（349下11）
傍線部、明暦版（寛三版も）「しづミ給ふ」とし、不当。貞享版は「しつむ」と訂正し、結果的に元の形に復している（「二　寛永三年平仮名交じり絵入り版」の項（四四〇頁）を参照されたい）。

② たとひ千きもあれ万きもあれ（一15ウ10）（356上2）
傍線部、明暦版「十き」。第三・五・七・十一種・寛元版・寛三版は明暦版に同じだが、他本は「千騎」。他本に従うべきだろう。第十一種以前の数種の古活字版から明暦版まで受け継がれてきた不手際を貞享版が訂正したもの。

③ 天竺しんだんをハしらす日本吾朝にハ（二16オ9）（372下16）
傍線部、明暦版（寛三版も）「しハらく」、寛元版を含む他本「暫ヲク」とし、これが本来の形。「暫ヲク」（寛元版）→「しハらく」（寛三版・明暦版）→「しらす」（貞享版）と変形してゆく過程が窺われる。

④ 深くの泪先たゝんもほいなしと思ひ侍り（二25オ11）（381上7）
傍線部、明暦版「侍らハ」とし不当。他本の「侍〔れ〕は」がよい。貞享版は明暦版を改めたものだろ

う。

⑤　御舎兄たちも八郎御さうしの外ハ（三2オ9）（382上13）

傍線部、明暦版「御舎弟」とし、不当。寛元版・寛三版も明暦版に同じだが、他本「御舎兄」と妥当。寛元版で生じ明暦版まで受け継がれた誤りを貞享版が改め、他本のごとき形に復したもの〔「二　寛永三年平仮名交じり絵入り版」の項（四三七頁）を参照されたい〕。

⑥　くせハ皆こそくせめ一人もくせし（三4ウ2）（383下4）

傍線部、明暦版「くせハ一人もぐせし」とし不当。明暦版の形は他本に見られる「具せすハ一人もくせし」の「す」を落としたもの。明暦版の不手際を、貞享版は「くせハ」を削る形で修正したか〔「三　明暦三年平仮名交じり絵入り版」の項（四四九頁）を参照されたい〕。

⑦　是ら三人か心さしたくひなしとそ申ける（三5オ11）（384上20）

傍線部、明暦版「六人」。他本も「六人」。為義の子息達の傅や恪勤の殉死についての記述である。第一種・古態写本を除く諸本は、六人の殉死者の中三人の自害記事が欠落しており、これらでは三人の死しか確認できない。第一種・古態写本以外のすべてにおいて数字上の矛盾が見られる。この矛盾は古活字版の早い段階で生じ、明暦版まで引き継がれてきたが、貞享版の時点で「六人」を「三人」に改めることでようやく解消された。

以上のように、貞享版は明暦版の本文を是正したり、疑問のある本文をより意味が通じやすいように改めていることが分かる。しかし、改変がすべて成功しているわけではない。結果的に改悪となっている場合もある。

①　山中ぶさうのかんなきを召出し（一4オ14）（346下18）

傍線部、明暦版「めしいたす」。他本も同じく文を終止する。具体説明は省くが、文脈上終止すべきところ。貞享版の誤りである。

②　君の御心にて思し召る、ハことハりにてさふらひけれとも（一12オ8）（353上13）

傍線部は意味が通じない。もっとも、これは貞享版にのみ責を帰すべきものでもない。「君の心にく、」（寛三版）→「君の心にて」（明暦版）→「君の御心にて」（貞享版）、との流れが読み取られる。

③　されハかたきのぢんをやふる事（一16ウ14）（357上2）

傍線部、明暦版「かたき陣」。他本も「堅〔き〕陣」「けんぢん」「かたきちん」（東博はこのあたり脱文）。貞享版の「かたきのぢん」は、明暦版の「かたき」（堅き）を「敵」と誤解したことから生じたもの。文として不都合ではないが、本来の形から遠のいている。

④　四郎左衛門よりかたと八郎為義とせんちんをあらそひて（二2オ1）（361上3）

傍線部、明暦版「為朝」。他本も同じでこれが正しい。貞享版の過失である。

⑤　さいげい世に聞え給ひしかハいか、有けん（二16ウ8）（373上12）

明暦版には傍線部の「ハ」がない。他本も明暦版に同じ。文脈上逆接であるべきだから、明暦版などの形がよく貞享版の改悪である。

⑥　母ハいたつてしたしけれ共よく至てしたしからす（二24ウ1）（380上10）

傍線部、明暦版「たつとからず」。他本も「不尊」などと明暦版に同じ。明暦版並びに他本のごとくあるべきで貞享版の誤り。

⑦　大男のおそろしけなるかさすかによのつねけなけなり（三18オ16）（395下17）

傍線部、明暦版（寛三版も）「よのつねげ」。他本については、「二一　寛永三年平仮名交じり絵入り版」の項（四三八頁）に既述。「尋常気」（品があるの意）が本来と思われるが、「尋常気《ヨノツネケ》《ジンジヤウゲ》」と二種類の振り仮名を付した寛元版を元とした寛三版は「ヨノツネケ」（普通・一般的の意）の方を取り、明暦版も踏襲したが、貞享版はこれを不審とし、「よのつねけなけ」（普通でないの意）と改めたものだろう。しかし、もとの意味からはより離れてしまった。

このように、貞享版の改竄と見られる箇所も存在している。この他、誤った漢字を宛てている場合もある。

① 兄親とて罪科なからんや（二20ウ9）（376下9）
傍線部、明暦版「あに」と仮名書き。他本のいくつかが記すように「豈」が適正で、「兄」は誤字。

② か丶る礼ハいまたなしとてほめぬ人こそなかりけれ（三5オ13）（384下2）
傍線部、明暦版「れい」と仮名書き。他本に「例」「ためし」「様」とあるのがよい。

③ 后ならんて敵をひとしうするハ国の乱るもとひ也（三10ウ14）（390上6）
傍線部、明暦版「てき」と仮名書き。他本の多くが記すように「嫡」とすべきところ。

この他、改正でも改悪でもない改変が相当数にのぼる。いくつか例示する。

① をしこめられておハせしを（一4オ1）（346下4）
傍線部、明暦版「うちこめられて」。他本も明暦版に同じ。

② 南都の大衆（一18オ1）（357下4）
傍線部、明暦版「衆徒」。他本も明暦版に同じ。

③ でんかハ御かほに御手をあて丶や丶久しくなき給ひけるか（二15ウ13）（372下3）
傍線部、明暦版「御手をかほにをしあて丶」。他本も明暦版に同じ。

④ なと有のま丶に申さぬそ（二23オ11）（379上5）

⑤ 今日十九日七十よ人源平くひをきられける（二23ウ16）（379下6）
傍線部、明暦版「しらせぬそ」。他本も明暦版に同じ。

傍線部、明暦版「源平七十よ人」。他本も明暦版に同じ。

⑥　御すかたを見奉らす誰々も皆こひしくこそ侍れ（三2オ2）（382上5）

各傍線部、明暦版「見たてまつらねハ」「思ひ侍れ」。他本も明暦版に同じ。

⑦　ゆ、しく人に忍ふと見えたり（三18ウ1）（395下18）

傍線部、明暦版「おほえたり」。他本も明暦版に同じ。

貞享版が表現を改めている事例を示した。ただし、貞享版のように書き換えねばならない必要性があったか、貞享版の改変が文質を向上させているか、との判断は、主観に左右されるところだろう。

以上の事柄より、貞享版は、元とした明暦版の本文に一応は自分なりにかなり丁寧に吟味を加え、より良い本文の提供を志したものといえるだろう。結果的に、改善された部位もあるが、他面さかしらによる改竄を生じていることもまた否定できない。先行版に全面依存するのではなく、一応は自らの規範意識に沿って微細な改変を試みた版と認識できる。

五　元禄十五年平仮名交じり絵入り版

三巻三冊。第一巻二二丁、第二巻二七丁、第三巻二五丁。一面一五行。四周単辺匡郭。柱刻は、「保元　一（〜三）　一（〜）」。絵は第一巻五、第二巻五、第三巻六、合計一六図（各巻、第一図は見開き絵）。『保元物語』に刊記はないが、僚巻『平治物語』第三巻末に「右保元平治物語其類本多雖有之文字之／誤或仮名之違文談之相違在之ニ付今又／改之者也／元禄十五壬午年正月吉日　江戸長谷川町　近江屋久兵衛板」と見える。この刊語によれば、該版（以下、元禄版と略称）は、多くの「類本」の間に「文字之誤或仮名之違文談之相違」があることを勘案して、文を改め作ったものという。となれば、元禄版は数種の類本を対校・吟味し、新たに本文を設定したことになる。

本文を検討すると、確かにそうした校訂の痕も認められるが、全般的には貞享版に大きく依存している事実が知られる。というのは、前に示した、明暦版と貞享版の相違四十四項の中、十項（省略例の⑫⑬、補足例の③、改正例の④⑦、改悪例の④⑥、宛字例の②、改変例の④⑤）を除く三十四項において、元禄版は貞享版に一致しているからである。この他にも、元禄版と貞享版のみが符合する事例は多いが、上記の事実により元禄版が貞享版に多く依存していることは明らかであるから、新たに掲出することはしない。本文のみならず絵もまた同様である。描き込まれた人物の数、衣服の文様さらには背景等に相違が見られるものの、元禄版の絵柄は貞享版のそれを踏襲している。ただ、その刊語に述べるように、上梓にあたってはいく種類かの先行版本を参看したことも事実だろう。元禄版が貞享版の誤りを是正したり、貞享版の改変を不当とみなし、元の形に戻している場合があるからだ。以下、例をあげながら見てゆく。

まず、元禄版が貞享版の誤りを是正している例を示す。

① 四郎左衛門よりかたと八郎為朝とせんぢんをあらそひて（二―2オ1）（361上3）
傍線部、貞享版のみ「為義」と誤る。元禄版は「為朝」と旧の形に是正している〔「四　貞享二年平仮名交じり絵入り版」の項（四五五頁）を参照されたい〕。

② 五ぎやくざいのその一をおかすべし（二―24オ10）（378上15）
傍線部、貞享版（寛三版・明暦版も）「二」と誤る。元禄版は「一」と旧に復している〔「三　寛永三年平仮名交じり絵入り版」の項（四四二頁）を参照されたい〕。

③ 時日をめぐらすべき御命ならぬにとりてハ（二―24ウ2）（378下3）
傍線部、貞享版（寛三版・明暦版も）「へからす」。元禄版は旧に復している。

④　しよぶつねんしゆじやうしゆしやうふねん仏（二25オ6）（379上7）
傍線部を貞享版並びに第七種は欠く（急は行間書き入れ）。元禄版は他本の如き形に復している。

⑤　汝情ありて是迄来ることこそ有がたけれ（三15ウ15）（393上3）
傍線部、貞享版「有とて」と不当。これは、明暦版における「ありて」の「り」が「ると」に似ることより生じた誤りか。元禄版は旧に復している。

⑥　たゞしそくさいにてハのちあしかんなん（三20ウ4）（396上10）
傍線部、貞享版「命」、明暦版「いのち」。寛三版の「ハのち」を明暦版が「いのち」と誤読し、それに貞享版が「命」の字をあてたか。元禄版は旧に復している。

⑦　げにも見れバ鳥あな多し（三21ウ15）（397上16）
傍線部、貞享版「是ハ」、明暦版「これハ」。寛三版の「ミれハ」を明暦版が「これハ」と誤刻し、それに貞享版が「是ハ」の字を当てたか。元禄版は旧に復している〔〔三〕明暦三年平仮名交じり絵入り版」の項（四四九頁）を参照されたい〕。

右は、元禄版が貞享版の誤りを是正したものである。これらのほとんどは単純な誤りの是正であり、他本を参看しなくてもその誤りを確認できるものである。ただ、⑦などは貞享版以外の版を参照したことを思わせる。次に示す例は、他本を参照したことを明らかに物語っている。

①　こんがうとし小天狗《せうてんぐ》とそ聞えし（一11ウ4）（352上11）
傍線部、貞享版「に天狗《ぐ》」。第十一種・寛元版・寛三版は元禄版と同じく「小天狗」。

②　じんとくてんかのせいひつにいたさるべし（一14ウ5）（354下17）
傍線部、貞享版（寛三版・明暦版も）にはない。他本は元禄版と同じく「仁徳（にんとく）」。

③　むさしさがミのはやりをの者共（二6ウ15）（364下9）
　傍線部、貞享版（明暦版も）「はやり者（もの）」。他本は元禄版と同じ。

④　いにしへのかくしやハをのれが為にす今の学ハ人の為にすとの給へり（二18ウ11）（373下19）
　傍線部、貞享版（寛三版・明暦版も）にはないが、他本には元禄版と同じく存在する。

⑤　など有のまゝにハしらせぬぞ（二25オ4）（379上5）
　傍線部、貞享版「申さぬそ」。他本は元禄版と同じ。

⑥　源平七十余人くびをきられける（二25ウ7）（379下6）
　傍線部、貞享版「七十よ人源平」。他本は元禄版と同じ。

⑦　人に二たびおもてを合べきともをぼへず（三8オ3）（386下19）
　傍線部、貞享版にはない。他本は元禄版と同じ。

⑧　なき給ふこそあわれなれ（三8オ14）（387上12）
　傍線部、貞享版にはない。他本は元禄版と同じ。

①④については、「二一　寛永三年平仮名交じり絵入り版」の項（四三六・四四三頁）を、③については、「三　明暦三年平仮名交じり絵入り版」の項（四四七頁）を、⑤⑥については、「四　貞享二年平仮名交じり絵入り版」の項（四五六頁）を参照されたい。

以上の諸例は、元禄版の本文が貞享版以外の版と一致するものである。本文的にはいずれでもよいが、少なくとも元禄版には貞享版より他本の方をよしとする意識が働いたのだろう。参考に供された版は定かではないが、寛元版あたりではなかろうか。

また、微細でかつ量的にも少ないが、元禄版固有の省略・補足・改変も認められる。それぞれについての例を示

すと、省略については、

①　こゝに久寿二年の比（一3オ14）（346下13）

傍線部、貞享版「冬の比」。他本も貞享版に同じ。

②　父子の御けいやくにておハしましけれども（一7オ15）（349上18）

貞享版「御けいやくにて」の下に「礼義ふかく」とある。他本も貞享版に同じ。

③　をの〳〵こし共にいそげやいそけとすゝミける（三2オ4）（382上7）

貞享版「こし共に」の下に「むかひつゝ」とある。他本も貞享版に同じ（急はこのあたり相当本文なし）。

④　すでにこし出て（三6オ13）（385上15）

傍線部、貞享版「はしり出て」。他本も貞享版に同じ。

⑤　白ミねの御はかにまいりむかしの御事思ひ出し（三18ウ10）（395上6）

「まいり」の下に、貞享版「見参らせ」、他本「てつく〳〵と見（み）まい（進・参）らせ」とある。他本→貞享版→元禄版、と省略化の過程が窺える。

といった例を示すことができるが、省筆か欠脱か厳密には定めがたい事例も見受けられる。

補足の例は僅かである。

①　法皇は御ふよの事有（一5オ8）（347下1）

②　和漢の才共に人にすぐれ（一6ウ5）（348下8）

③　ミかたハたせいなれバ（一10オ2）（351上12）

④　かくは仕りて候へ共（二7ウ11）（365上20）

各項、傍線部記述が他本にはなく、元禄版に固有である。(8) ただ、その有無が文意に及ぼす影響はほとんどない。

次に元禄版における改変例を見る。

① ぜんかう殿下も大せつに思召けり（一7オ6）（349上5）
傍線部、貞享版を含む諸本「禅定（ぜんぢやう）殿下」。当該部に先立ち、「知足院禅閤殿下」（一6ウ4）（諸本同）とあることより元禄版は統一したか。

② 関白殿の左大臣殿御中和平のよしを（一10ウ7）（351下19）
傍線部、貞享版並びに急「関白殿と左大臣殿」、他本は、東博が「関白殿下左大臣殿ト」とする以外は「関白殿と左大臣殿と〔の〕」。

③ 矢一つ給ふらんうけて見よ（二3オ3）（362上4）
傍線部、貞享版「給らん」、他本「たはん」「給（たまは）らん」「給ン」「タマハン」など。元禄版の本文は不当。貞享版などの「給らん」を「給ふらん」と誤解したか。

④ 兄にむかつて弓をひかん事ミやうがなき（二6ウ13）（364下7）
傍線部、貞享版を含む諸本「か」。「事」「か」いずれでもよいが、元禄版は、当該部に先立ち、「兄に向て弓ひかん事ミやうがなき」（二6ウ12）（他本も同じ）とあることより統一したか。

⑤ 万一かいなきいのちたすかりたらましかバ（二22オ8）（376下3）
貞享版を含む諸本傍線部を欠く。反事実仮想にする必要はなく、元禄版のさかしらによる改変である。

⑥ まことにハことなる事ハなけれ共（二23オ3）（377上12）
貞享版を含む諸本傍線部を欠くかまたは「も」とする。いずれでも可。

⑦ 我ひざの上にすへ給ひて（三4オ9）（384上9）
傍線部、貞享版を含む諸本「居（ゐ）」。文脈上この方が妥当。

⑧　是ら二人が心ざしたぐいなしとぞ申ける（三5ウ2）（384上20）
傍線部、貞享版「三人」、他本「六人」。貞享版は内記平太と恪勤二人について、元禄版は恪勤二人についての評言と理解したもので、各々それはそれでよい（「四　貞享二年平仮名交じり絵入り版」の項（四五四頁）を参照されたい）。

このように、ごく細部に係わるものながら、元禄版は自己の文章観によって改変をなしていることが知られる。中にはさかしらによる改竄もあり、貞享版に比し本文的に優れたものとなっているともいえない。こうした意図的な改変の他、不注意に起因すると思われる過誤（誤刻・欠字・衍字）も比較的目だつ。

①　もとより是ハ何れの国よりいづかたへ参する人ぞととハせけれバ（一9オ11）（350下8）
傍線部、貞享版を含む諸本「もともり（基盛）」、元禄版の誤刻である。

②　一のかう内甲ハをそれも候（二7ウ11）（365下1）
傍線部、貞享版「まつかう」、他本も「真向（まつかう）」（第七種は「まむかう」）。元禄版の誤刻。

③　思ふ矢つほにさかれます野平太か左のすねあてをいきられて（二10オ3）（367上2）
傍線部、貞享版「さかりつゝ平野」、他本も貞享版に同じ。元禄版は意味不通。

④　さんぬる久安の冨家殿の御はからひとして（二15オ14）（371下4）
傍線部、貞享版「久安の比」、他本も貞享版に同じ。

⑤　通教の占深しと申によつて（二18オ11）（373下2）
傍線部、貞享版「易の占」、他本も貞享版に同じ（寛三版は「易の占かた」）。元禄版における脱字。

⑥　我幼少ようせうよりして（二27オ6）（380下19）
元禄版、傍線部重複であり、不当。

⑦　君子の徳をたすくとこゑやハらかなるしよきうの君子の徳をたすくとこへやハらかなるしよきうの河のすに有て（三12オ7）（390上12）

元禄版、同じく傍線部重複であり、不当。

⑧　定て亡心《はうじん》の鬼とぞならんすらん（三17ウ7）（394上8）

傍線部、貞享版を含む諸本「亡郷（ほうきやう）」とし妥当。

要するに、元禄版は貞享版に主拠しつつ、他版をも参照することにより適宜是正を加えると共に、固有の改変をもなしている版といえる。ただし、一方で新たな過謬を生み出してもいる。この杜撰さと係わるものとして次の事実がある。「四　貞享二年平仮名交じり絵入り版」の項に掲げた貞享版の改悪七例中、元禄版が是正しているのは④⑥のみで、他は誤りを引き継いでいる。この事実は、多少念を入れて読まなければ判明しない矛盾の類を元禄版が見落としていることを示しており、元禄版の是正姿勢がさほど精密でなかったことをものがたる。元禄版はその刊語で宣言するほどには本文に吟味を尽くしてはおらず、他版に比し特に周到な校勘を行っているわけではない。

六　まとめ

本節では、江戸時代に出版された『保元物語』の代表的な整版本五種を取り上げ、その本文の性格等を考察した。以下に要約するなら、各版は、各々を遡る最も近い年次に刊行された版（すなわち、寛元版は第十一種、寛三版は寛元版、明暦版は寛三版、貞享版は明暦版、元禄版は貞享版）に主拠してその本文を形成していることが明らかになった。先行版との緊密性並びに校訂の実状については、各々の結びで述べた通りで、繰り返すことはしない。それぞれいくほどかの差はあるが、明暦版以外は、主拠本の他に別の版をも参看し、また独自の判断で微細な改変を施している。校訂の厳密さについては五十歩百歩で、現代から見ると少なからぬ不満があるが、通俗書の商業出版という論理に立てばやむを得ないか。ただ、時代が降ると共に粗悪化をたどるということでもなかったようだ。

注

（1）第十一種に「新院左大臣殿落給事付御出家事」（二13ウ10）（368上2）とある小見出しが、寛元版では「付御出家事」を欠く。これは、その後に「新院御出家事」（二15オ4）（368下10）が続くため、重複に気付いた寛元版が「付」の部分を削除したと判断される。これも、寛元版における是正例の一つである。

（2）第一・二・六種には墨筆による訓点や振り仮名があるが、これらは無視する。また、東博・春にも見られるが、東博の場合そのほぼすべてが、春の場合も多くが後付と判断される。

（3）春は全体としては流布本系統に属するが、ごく一部に宝徳本系統の本文を取りこんでいる。そのことは第一節で述べた。ここはその部分にあたる。

（4）寛元版と第七種のかかわりを示唆する例として次の事項が挙げられる。

①寛元版の「栗栖山《クルス》」（一14ウ7）（353上19）及び（二27オ3）（376上7）は、第十一種の「栗粉山」を改めたものだが、これは、新日本古典文学大系本が注記するように、「栗子山」「栗駒山」「栗居山」などと呼ばれる地。他本は、第七種が「くりす山」、第八種が「くるす山」とする以外は、「栗（粟）粉（子・こ）山」とする。寛元版は第八種に同じで第七種にも近い。

②スキマカゾヘノ悪七《アク》別当《ベツタウ》（一20ウ3）（356下11）

寛元版は第七種とのみ一致。第十一種を含め他本は傍線部「あ」。

③才智ニ誇（二23オ4）（373下14）

傍線部、第七種のみ「ほこり」とし、寛元版に同じ。第十一種は「起」、他本は「驕（おこ・をこ）り」。

④其品有カ如シ（三15オ4）（390上14）

傍線部、第七種並びに古態四写本は「品（しな）」と寛元版に同じ。第十一種を含む他本は「器」。当該部は

『壒嚢抄』が典拠と考えられている箇所で、これに依れば「品」が本来の形。

（5）ただし、急について川瀬一馬氏は、「近来の補筆であって」「所謂『丹緑本』の筆彩ではない」とする（『古写古版物語文学書解説』大東急記念文庫　昭和四十九年）。

（6）「明暦三丁酉年重陽吉辰／文台屋治郎兵衛蔵板」の刊記を持つ『平治物語』が国学院大学に蔵されている（『古典籍体験の会で学ぶ』国学院大学文学部日本文学科　平成十九年）が、該版は安田版を求版したものではないか。

（7）貞享版には明らかに欠脱と見られる箇所がある。①少納言入道を（もて）去ぬる二日一院ほうぎよの後（略）参上すべきよしおほせ下さる（一12ウ7）（350上11）、②又あふへき事ならね（ハ）なこりをおしむもことハり也（二37ウ8）（377上3）、③諸仏念衆生（衆生）不念仏（二42ウ11）（379上7）（「五　元禄十五年平仮名交じり絵入り版」の項、元禄版が貞享版の誤りを是正している例④（四五九頁）を参照されたい）。明暦版の本文を示したが、貞享版のみ（　）内の字句を欠く（③については第七種も欠く。急は行間書き入れ）。これらは不可欠なものなので、貞享版における欠脱と判断される。

（8）④については、古活字版並びに古態写本の多くは「かう（角）は仕たれとも（共）」とする。

第三節　静嘉堂文庫蔵鱗形屋刊記版

『保元物語』の整版本には刊記のないのが一般的である(1)。それは、該書が『平治物語』と一括出版・販売されていたことによると思われる(2)。『保元物語』については、僚巻の『平治物語』第三巻末に記された刊記から、寛元版・寛三版・明暦版・貞享版・元禄版の五版種の存在が知られている。さほど多くの整版本に接したわけではないので断言はできないが、見た限りで言えば、後印・覆刻をも含めたほぼすべての整版本が上掲五版種のいずれかに属すると思われる。そうした中、静嘉堂文庫に蔵される平仮名交じり絵入り版はそれらのいずれにも属さない。本節では、該版の版種特定作業を通して、『保元物語』整版本版行の実状の一端を探る。

まず、該版の書誌を簡単に記す。整理番号 21555/3/515 11　暗青色無地の後補表紙。表紙左の後補題簽に「保元物語古板　壹（～三）」と墨書。三巻三冊（第二巻は巻頭より第十二丁まで欠失）。寸法二七・〇×一八・八糎。単辺匡郭。一面一五～一七行。第三巻末に「保元物語巻之終　鱗形屋板」との刊記がある。刊年（刻年）は刻されていない。静嘉堂蔵印の他、「松井氏／蔵書章」の朱長方印が認められる。

該版は上掲五版種のいずれにも属さないが、貞享版に酷似している。一面十七行あるいは十五行という行詰め(3)のみならず配字も一箇所（貞享版で言えば第二巻第二三丁裏第二行末～第三行頭）を除きすべて一致している。また、字様も酷似しており、瞥見では同一版と見誤りかねない。しかし、子細に点検すると、両版の間には微細な異同が認められる。それら異同はその性格より、Ⓐ濁音符の有無、Ⓑ振り仮名の有無、Ⓒ字句の相違、Ⓓ挿絵の相違、の四種に分けられる。

以下、各々について簡単に述べると、Ⓐ濁音符の有無、については、鱗形屋版は写真、貞享版も後刷本並びに複写物を使用しての調査であるため、判然としない箇所が少なからずあり、厳密な数値化は困難だが、大体を記すと、鱗形屋版のみ濁音符を付す事例は数十箇所に及ぶが、その反対の事例は十指に満たない。このことより、鱗形屋版のみ濁音符を付す場合が圧倒的に多いといえる。Ⓑ振り仮名の有無、についても数え方でいくほどかの揺れが生じるが、私の数え方では、鱗形屋版にあり貞享版にない振り仮名が三十一箇所あるのに対し、その反対の事例は僅か一箇所（第三巻第一〇丁裏第一七行の「宮闈《きうゐ》」）に過ぎない。このことより、鱗形屋版のみ振り仮名を付す事例が圧倒的に多いことが分かる。Ⓒ字句の相違は、私の判断では二十七箇所存在する。それらを内容面から類別すると、①鱗形屋版の本文が妥当な箇所―十二、②貞享版の本文が妥当な箇所―七、③本文の当否に係わらない相違―三、④表記の相違―五（内訳は、漢字の相違二、仮名の相違二、正字・略字の相違一）、となる。Ⓓ挿絵の相違、については、鱗形屋版が貞享版よりも一図（第二巻第二二丁表、崇徳院方武士斬首の図）[4]多い。他の挿絵は、挿入位置・絵柄ともに同じだが、装束の文様や背景の草木等に小異が見られ、かつ鱗形屋版の方が細密である。為義らの軍議の場（第一巻第五図　第一七丁表）に描きこまれた人数が、鱗形屋版で十一人、貞享版で八人と異なる点は中でも顕著な相違である。

如上、鱗形屋版と貞享版の類似並びに相違の大体を記した。両版の関係を如何に捉えるべきかが課題となる。この点については、字様の酷似等より、いずれか一方を他方の覆刻と見るのが穏当な判断ではないか。ただ、覆刻であるとしても、前に記したように、鱗形屋版第二巻第二二丁表の挿絵は貞享版には存在せず、そのためその後の両者の丁付に半丁のずれを生じている。例えば、鱗形屋版第二三丁表の版面は貞享版では第二二丁裏に相当している。従って、いずれが原版であるにしても、原版の摺紙をそのまま覆刻版の版下として使用することはできず、それを透写したものを半丁ずつずらして版下としたと思われる。そのような作成過程を経たとすれば、両版の間に、ある程度の字句の相違が生じることもあろう。鱗形屋版の刊年が不明なため、両版の先後関係は分からないが、精から粗へという覆刻の原則を当てはめるなら、鱗形屋版から貞享版へと捉えるべきだろうか。

鱗形屋版と貞享版の関係を考える上で一つの手掛りとなる版本が存在する。都立中央図書館加賀文庫蔵延宝五年版『平治物語』である。まずは、該本の書誌を簡単に記す。整理番号 加賀文庫8097/1〜2 暗緑色無地表紙。表紙左の後補題簽に「平治物語　初（後）」と墨書。第一・三巻の二巻二冊残存で第二巻は欠。寸法二六・二×一九・○糎。単辺匡郭。一面一五〜一七行。第三巻末に「平治物語巻之終／延宝五丁巳歳初春吉辰　江戸大伝馬町三町目鱗形屋板」の刊記がある。該本（以下、延宝版と略称）は、第二巻欠巻であるが、第一・三巻は、貞享版『平治物語』に酷似している。配行・配字が一致することはもちろん、字様もほとんど同じであり、これも瞥見では同一版と見誤りかねない。両版の関係については、各々の刊記より、延宝版（一六七七）が先で、貞享版（一六八五）がそれを模刻したと判断される。両者間の小異は『保元物語』の場合と同様、Ⓐ濁音符の有無、Ⓑ振り仮名の有無、Ⓒ字句の相違、Ⓓ挿絵の相違、に類別される。Ⓐ濁音符の有無、については、『保元物語』の場合と同じ理由で正確な数値を示しえないが、貞享版にない濁音符が延宝版には百箇所以上存在するのに対し、逆の事例は皆無である。Ⓑ振り仮名の有無、については、延宝版にあり貞享版にない振り仮名は、私の数え方では五十四箇所見いだされるが、逆の事例は皆無である。Ⓒ字句の相違、は四十七箇所を数え、その内訳は、①延宝版の本文が妥当な箇所―二十五、②貞享版の本文が妥当な箇所―五、③本文の当否に係わらない相違（いずれも不当な場合・当否を判じ難い場合を含む）―六、④表記の相違―十一（内訳は、漢字の相違五、仮名の相違五、読みの相違一）、となる。Ⓓ挿絵の相違、については、延宝版が貞享版より一図（第三巻第二丁裏〜三丁表の義朝の首を渡す図）多い[5]。他の挿絵については、同構図だが細部に小異がみられ、延宝版の方がより細密である。なお、一箇所、挿絵（宗清による頼朝捕縛の図）の位置が両版で異なる（延宝版は第三巻第七丁表、貞享版は同巻第六丁裏）が、延宝版の位置が本文に相即している。

以上より判断すると、貞享版は延宝版をもとに、濁音符・振り仮名の多くを省略し、かつ本文の誤りを是正する一方で、それに数倍する誤刻を生じ、挿絵については一図を省いた上、全体的に細部を簡略化した版と認識される。そして断定はしがたいが、両者の関係は臨模ではなく覆刻とみなしてよいのではないか。上述のごとく、貞享版には誤刻がかなり目につく。それらの中、

官かかい―官ほかい（一8ウ2）（408下11）
天文ゑんけんをきハめ―天文しんけんをきハめ（一9ウ15）（410上11）
むしや所のもろきよ―むしつ所のもつきよ（一10オ17）（410下13）
三塔のひじ共―上塔のひじ共（一13ウ15）（413下6）
小所なれ共―小所なれは（三25ウ2）（467上17）

（上段が延宝版、下段が貞享版。丁・行の表示は貞享版）

などの事例は杜撰な覆刻においては生じやすい誤りと思われるが、

ゆるかせにせし―ゆかさるにせし（一4ウ12）（405下4）
当時の有職―当時のり職（一17オ13）（416下12）
神楽をか―神本をか（一17オ15）（416下14）
英雄《えいゆう》にハあらされ共―法雄《ほうゆう》にハあらされ共（一17ウ6）（417上3）

といった類の誤刻の存在は、貞享版が延宝版の覆刻であるなら、延宝版の摺紙そのものではなく、それを透写したものを版下として用いたことを思わせる。

以上眺めてきて、『平治物語』の延宝版と貞享版との関係が、先に述べた『保元物語』における鱗形屋版と貞享版との関係に似ていることに思い至る。ともに一見同一版かと見誤るほど形状が似ているが、子細にみると小異があり、その相違の質もよく似ている。濁音符及び振り仮名については、『平治物語』の両版における落差の方が『保元物語』の両版におけるそれよりも大きく瞭然としているが、貞享版が少ない点では『保元物語』『平治物語』共通している。字句については、『平治物語』の両版に見られる相違が『保元物語』の両版におけるそれよりもかなり多い（鱗形屋版が第二巻前半部欠、延宝版が第二巻欠という現状においてさえそうであるから、両者ともに完本であったなら、実際の数量差はさらに大きいだろう）が、貞享版の方が杜撰である点両物語共通している。

『保元物語』における両版の字句の相違について述べると、

こし矢の源太―とし矢の源太（一16ウ5）（356下12）
あふへき事ならねハ―あふへき事ならね（二21オ5）（377上3）
家ひろ其子ふんしやう〳〵やすひろ―家ひろ之子ふんしやう〳〵やすひろ（二21ウ15）（377下12）
三なんミつひろ―三なんミちひろ（二21ウ16）（377下12）
ふくハいなる上我たゝまさを切たらハ―ふくハいなる上をたゝまさを切たらハ（二22オ10）（378上4）
天子―大子（三10ウ7）（389下17）

（上段が鱗形屋版、下段が貞享版。丁・行の表示は貞享版）

などの、貞享版の誤りは、覆刻版には往々ありえると思われるが、

よしとものもとへ―よしともさてとへ（二21ウ8）（377下5）

といった類の誤りは、やはり、原版の摺紙をそのまま版下に用いる方法での覆刻では生じる可能性の少ないものだろう。さらに、挿絵も貞享版の方が数が少なく、全般に簡略である点で一致している。こう見てくると、『保元物

語』の鱗形屋版・貞享版間に見られる相違の様態が、『平治物語』の延宝版・貞享版のそれとかなり似通っていることが分かる。となると、鱗形屋版『保元物語』は延宝版『平治物語』の僚巻である可能性が考えられる。断定するにはなお綿密な手続きが必要だろうが、延宝版の刊記中に「江戸大伝馬町三町目　鱗形屋板」、鱗形屋版第三巻末に「鱗形屋板」と見え、両版ともに鱗形屋の刊行になることも傍証の一つとなりえるのではないか[6]。

鱗形屋版が延宝五年版ではないかとの上記の憶測は、単に鱗形屋版という一整版本の特定にとどまるものではなく、『保元物語』（『平治物語』も含めて）整版本の版行・普及の実態解明に係わる広がりを持つ。知る範囲での『保元物語』『平治物語』整版本の現存状況から推し、貞享版はおそらくは寛元版と並んで最も広く普及した版種ではなかったかと思われる。それに比して、延宝版の現存状況は極めて限られているようだ。『国書総目録』の『平治物語』の項には、延宝版として日比谷図書館蔵本（都立中央図書館現蔵本）を掲げるのみであり、また、国文学研究資料館に収蔵される整版本のマイクロ資料中にも現時点では同版種は存在しないもようである。『保元物語』についてもそれは同様で、今のところ鱗形屋版との同版が他に存在することを確認できていない。鱗形屋版が延宝版であるとの仮説に立つ場合、『保元物語』『平治物語』ともに、延宝版は、質としては貞享版よりもすぐれ、また懇切な本文を有しているにもかかわらず、さほど普及しなかったらしく、延宝五年より八年後にこれを模刻（覆刻か）した粗悪な貞享版にとって替わられたことになる。貞享版の広汎な流布は原版と推される延宝版を駆逐しその存在をほとんど消し去ったかのごとくである。その理由が、例えば版権の譲渡といったようなことによるのかどうか私には分からない。

さて、延宝版の覆刻かと推される貞享版はいかなる書肆の手により上梓されたか。以下、この点を考えたい。私の知る範囲では、該版については、僚巻である『平治物語』第三巻末に、

①　貞享二乙丑年九月吉辰　安田十兵衛開板

②　貞享二乙丑年九月吉辰　文台屋治郎兵衛蔵板

③　貞享二乙丑年九月吉辰　松樹軒小川新兵衛蔵板

のいずれかの刊記を有するもの、及び小川新兵衛蔵板の求板による後印本、その他に無刊記本が存在する。小川新兵衛蔵版を求板した後印本についてはしばらく措き、「貞享二乙丑年九月吉辰」の年記を持つ安田十兵衛刊記本・文台屋治郎兵衛刊記本・小川新兵衛刊記本の関係について考える。その刊記中にともに貞享二年九月という年月を刻んではいるが、これは安田十兵衛他二書肆が貞享二年九月の時点をもって該版を同時刊行したことを意味してはいまい。三者の中の二者は、他一者の板木を求板して、刊年の部分は元のままに、出版者の部分のみを埋木をもって改め、摺刷・販売に及んだと推測される。これら三者間には、匡郭や文字の欠損に共通するものが見られ、[7]このことより、同一版木による摺刷と認められるからである。同一版木による同時摺刷の場合、それは合板の形式を取るのが普通だろうから、右のような単独書肆掲出の形は、摺刷時期が異なることを示すと解される。

それでは、三者の中のいずれが開板者なのか。結論を先にするなら、それは安田十兵衛ではないか。以下、そう判断した根拠を述べる。

一、「安田十兵衛開板」「文台屋治郎兵衛蔵板」「松樹軒小川新兵衛蔵板」との、各々の刊記を信じるなら、安田十兵衛の開板したものを、文台屋治郎兵衛や小川新兵衛が求版して印行したと考えられる。

二、実見した版本の限りでいえば、安田刊記本の摺刷状態がもっとも鮮明であり、かつ匡郭・文字の欠損も少ない。[8]

三、『増訂慶長以来書賈集覧』『改訂増補近世書林板元総覧』『徳川時代出版者出版物集覧』（正・続）から知られる安田十兵衛の営業期間は、寛永四年（一六二七）～貞享二年（一六八五）である。[9]安田十兵衛の盛時は江戸時代前期であり、『保元物語』『平治物語』を出版した貞享二年はすでに衰退期であったかと憶測される。同じく前掲書で文台屋治郎兵衛・小川新兵衛各々の営業期間を見ると、前者は寛永二十一年[10]（一六四四）～文政元年（一八一八）、後者は貞享二年（一六八五）～寛政十三年（一八〇一）と、安田十兵衛に比べ、かなり降る時期まで確認できる。ただし、小川新兵衛の初見年である貞享二年は、おそらくは『平治物語』の元刊記から導かれたものだから、実際の営業開始期はこれより降る。この場合、営業終見年の寛政十三年を目途にすべきだろう。営業終見年を目途にすべきことは文台屋についても同様である。

以上のことより、貞享版は安田十兵衛によって開版されたと考えてよいのではないか。すなわち、該版は、先行版である江戸鱗形屋版（これまでの考察からすれば延宝五年版の蓋然性が考えられる）をほぼ重版の形で京都の安田十兵衛が版行したものとみなしてよかろう。重版・類版については、書肆間で紛争の絶えなかったことが蒔田稲城氏の労著『京阪書籍商史』（出版タイムス社　昭和三年）以来、諸先学により論じられている。それらによれば、元禄十五年（一七〇二）刊の『元禄太平記』に重版・類版横行の弊害が描かれている。また、「類版と重版を厳しく取締るようになったのは貞享頃からで、仲間を結んで版権の保護にのり出し[11]」た由である。とすれば、貞享版は類版・重版の取り締まりが厳しくなりはじめた時期に出版されたことになる。該版は明らかに先行鱗形屋版の重版とみなされる性格のもので、それが無断の所為なら当然鱗形屋から訴えられるべきものだろう。ただし、安田十兵衛は、貞享版を刊行した貞享二年より二十八年前、鱗形屋が延宝版を刊行した延宝五年より二十年前の明暦三年（一六五七）に、既に平仮名交じり絵入り整版本を刊行しているので、『保元物語』（『平治物語』）出版については安田十兵衛は鱗形屋に先行する実績を持っているといえる。ただ、その明暦三年版も、それに三十一年先だって刊行された寛永三年版（一六二六）の模刻とみなされるべきものである。寛永三年版については、知る限りでは「于時寛永三丙寅年長月吉辰」との刊記を有するのみで、何人の手によって開板されたかは不明である。

なお、『保元物語』『平治物語』の新刻は元禄版をもって終わり、それ以降は前記五版種の後印あるいは覆刻の形での出版が行われたようである。この事実は、重版・類版の規制が厳しさを増してゆく情勢を示すものだろうか。また、重版・類版が困難になった代替であろうか、その後は、『参考保元平治物語』の内容を適当に抜き出し組み替えた読本の『保元平治闘図会』や、ダイジェスト版の『絵本保元平治』など、趣向を変えた形での出版が展開してゆく。

いまだ調査の途次ではあるが、安田十兵衛より後の貞享版の刊行状況について概観したい。安田十兵衛の版木を求版して印行したものが文台屋治郎兵衛刊記本であり、さらにそれを求版して出版したものが小川新兵衛刊記本であったと推測される。小川本の方が文台屋本よりも版面の損傷が増大していることがその根拠である。その後、該版木は小川新兵衛から離れ、他書肆に渡ったようで、「貞享二乙丑年九月吉辰　松樹軒小川新兵衛蔵板」の元刊記を残したまま、岡田屋嘉七・須原屋伊八・山城屋佐兵衛・須原屋茂兵衛（以上、江戸）・勝村治右ヱ門（京都）・秋田屋太右ヱ門（大阪）という三都六書肆の合板(12)、これに、小林新兵衛・英大助・西宮弥兵衛・金花堂佐助（以上、江戸）を加えた三都十書林の合板(13)、あるいは前掲十書林の中、西宮弥兵衛・金花堂佐助・勝村治右ヱ門がなく、和泉屋庄治郎（江戸）・片上屋孫兵衛（備前）・中嶋屋益吉（備前）・太田屋六蔵（備中）・丸屋善兵衛（京都）が加わった十二書肆の合板(14)、他には、河内屋勘助(15)（大阪）や堺屋嘉七(16)などによる出版を今のところ確認している。これらについては、匡郭や文字の欠損状況から判断して、同一版木が求版され続け、繰り返し摺刷されたと思われるが、その出版時期の先後を確認してはいない。

いま、思い至った点のみで、その摺刷・出版時期につき、なにほどかの目安を述べると、文台屋の場合、元禄九年（一六九六）、宝永六年（一七〇九）、正徳五年（一七一五）の『書籍目録大全』（『江戸時代書林出版書籍目録集成』井上書房　昭和三十七〜三十八年）に「前川茂六保元平治《ホウケンヘイジ》／文台や六同假名《カナ》」と見えている。表示のあり方から推して、前者は片仮名交じり本で、後者は平仮名交じり本そしておそらくは貞享版であろうと思われる。「書籍目録に於ける本屋付け」の確実性に疑問を抱く木村三四吾氏の見解[17]に従えば、記載書肆が必ずしも目録出版当時の取り扱い書肆を示すことにはならないようだが、文台屋の刊記のある『保元平治物語』が元禄九年以前に出版されていた事実は動くまい。このことより文台屋刊記本出版の時期がある程度推定される。また、六書肆・十書林・十二書肆の合板についてては、秋田屋太右ヱ門が発行書肆の末尾に記されている事実及び注（12）に示す如く、盛岡市中央公民館蔵本に秋田屋蔵板の広告が付されている事実などより、秋田屋太右ヱ門が主版元であったかと思われるが、合版元の一人である須原屋伊八（初代）が文化元年（一八〇四）に七十二歳で、同じく二代目和泉屋庄次郎（これより庄次郎と名乗る由）が、文政五年（一八二二）五十四歳で没していること（『増訂慶長以来書賈集覧』）よりその出版期が朧気ながら摑めよう。その他、各書肆の営業期や所在地等を手掛りに、それぞれの出版期をある程度まで絞れるかとは思うが、この点未勘である。[18]

以上、静嘉堂文庫蔵平仮名交じり絵入り整版本の特定作業を通し、そこから派生する問題、すなわち、貞享版との関係、貞享版の求版・後印の実態についての見通しを述べた。整版本の一版種に関わる些事ではあるが一応の報告をする。

注

（1）刊記を持つものとしては、「製本発行六角通御幸町西ニ入町　柳枝軒　小川多左衛門」と刻する穂久邇文庫蔵本が目にとまった。

（2）『保元物語』が『平治物語』と一括で出版・販売されていたことは、江戸時代の出版書籍目録類に「保元平治　四匁五分」というように、ひとまとめで記載されていること（『江戸時代書林出版書籍目録集成』井上書房）、また、題簽に「新板保元物語一（〜三）」「新板平治物語四（〜六）」（貞享安田刊記本）、「新板保元物語絵入一（〜三）」「新板平治物語絵入四（〜六）」（元禄版）のように、保元平治で冊番が通しになっていること、元禄版『平治物語』第三巻末の刊語中に「右保元平治物語其類本多」とある事実などから確かめられる。

（3）具体的に示すと、第一巻第一丁裏、二オ、一二、第三巻一ウ、二オ、一三、一四ウが十五行詰、他はすべて十七行詰（目録部は除く）。ただし、鱗形屋版欠失部である第二巻頭〜第一二丁については不明。

（4）挿絵に付された説明「たちとりきる所」「六条かわら」「てうてき五人きらる丶所」により、平忠正父子斬首の場面と推測される。なお、鱗形屋版欠失部については不明だが、丁付から判断して欠失部もまた貞享版と同じ構造だったと推定される。

（5）貞享版は第三巻の挿絵を一図（一丁分）省いたために、延宝版に比し該巻の紙数が一丁減ったが、柱刻の丁付訂正を怠り、延宝版の形のままとしている。しかし、それでは落丁と誤られるので、省いた挿絵の丁の次丁（すなわち第四丁）の柱刻を「平治　三　四ノ五」と、二丁分の丁付けをすることで飛丁を糊塗している。中野三敏氏『書誌学談義江戸の板本』（岩波書店　平成七年）によれば、同種の現象は「江戸中期以降の戯作類」に往々に見られる由である。

（6）鱗形屋版が延宝版なら、明暦版に主拠して作られたのは、貞享版ではなく鱗形屋版（延宝版）ということになる。元禄版については、鱗形屋版・貞享版のいずれにも似るところがあり微妙だが、貞享版に依ったと見てよいのではないか。なお、鱗形屋については、彌吉光長氏『未刊史料による日本出版文化』第四巻第四章「江戸書籍問屋の諸相と動静」（ゆまに書房　平成元年）に説明がある。

（7）三者に共通する特徴的な欠損のいくつかを『平治物語』をもって示すと（『保元物語』には刊記がないので、確実性が保証されている『平治物語』に依る）、匡郭の欠損では、第一巻第二五丁表左辺下部、第二巻第一七丁表左辺、第二一丁表左辺、第二三丁裏下辺、第三巻第一三丁表上辺右、第一八丁表上辺など、また、文字の欠損では、第一巻第三丁裏第一七行「豊楽」の「豊」、第二巻第一七丁裏第一一行「たすけ」の「た」などを挙げることができる。

（8）その具体例を注（7）と同じ理由で『平治物語』に求めるなら、匡郭では、第一巻第二丁表右辺、第二巻第一六丁表右辺、第二三丁表右辺、第二四丁裏上辺、第三巻第一丁表右辺、第二五丁表右辺、文字では、第三巻第一七丁裏第一〇行「申せし」の「し」、第二四丁表第八行「ほうこうしける」の「し」などにおいて文台屋本・小川本では、安田本に見られない欠損が生じている。その他、第一巻第一丁裏の第五〜六行を中心に横に亀裂が見られるが、それが文台屋本・小川本では安田本に比しより増大している事実が認められる。

(9) ただし、貞享四年刊『鼓山為霜和尚示修浄土旨訣』に板元としてその名が見える由である（市古夏生氏『元禄・正徳　板元別出版書総覧』勉誠出版　平成二十六年）

(10) 大正大学蔵『一枚起請抒海』に「寛永十八辛巳歳三月中旬／文台屋治郎兵衛蔵版」の刊記があるが、書肆名は入れ木の由である（『江戸時代初期出版年表』勉誠出版　平成二十三年）

(11) 彌吉光長氏「松会版の探求―江戸初期の絵入本」（「ビブリア」76　昭和五十六年四月）、後に『彌吉光長著作集五　書誌と図書評論』（日外アソシエーツ　昭和五十七年）に収録。

(12) 河野美術館蔵本（254.314　国文研蔵マイクロ資料73-143-5に依る）・無窮会蔵本（3284）・盛岡市中央公民館蔵本（668及び670　国文研蔵マイクロ資料281-348-3並びに281-349-2に依る）・山梨県立図書館蔵本（三一八四徴、三一八五徴）などがこれに該当する。なお、盛岡本は、『保元物語』第一巻末、第三巻頭・巻末、『平治物語』第一巻末、第二巻末、第三巻頭に各々秋田屋太右ヱ門蔵板の広告を掲げる〔京都府立総合資料館蔵本も同。ただし『保元物語』（特922/8）のみ。同館蔵の『平治物語』（特922/9）は本来の僚巻ではない〕。

(13) 東京大学文学部国文学研究室蔵本（L34628）がこれに該当する。

(14) 上田市立図書館蔵本（藤盧文庫　文学309）、長野県立短期大学附属図書館蔵本（913.4 17及び913.4 43　国文研蔵マイクロ資料330-30-1並びに330-33-2に依る）、東北大学蔵本（教養913.210　未見。同大附属図書館の御示教に依る）がこれに該当する。なお、盛岡本や長野短大本・山梨県立図書館本・東大国文研本・河野美術館本（252/298）・内閣文庫本（203/169）などは、『保元物語』第三巻目録中の一章段を「為《ため》朝いけとりをんるにしよせらるゝ事」とする。この「為《ため》朝」の部分は、鱗形屋版以来放置され続けてきた誤り「為朝《ためよし》」を、「朝」に付された振り仮名の「よし」を削除する形で後に是正したもの。刊行の早晏を推測する一つの目安といえる。

(15) 関西大学図書館蔵本（913.44/ /4―1―1～3並びに913.44/ /4―2―1～3）がこれに該当する。『平治物語』第三巻末に「文宝書状鏡」「大字校正庭訓往来」の広告に続けて「大阪書林　心斎橋博労町南へ入ル　河内屋勘助板」と刻す。『改訂増補近世書林板元総覧』によれば、河内屋勘助については、享保十年（一七二五）から明治十七年（一八八四）までの営業が確認される由である。

(16)「中沢書店古書目録」23（平成十五年）に依る。

(17)「西鶴織留諸版考」（「ビブリア」28　昭和三十九年八月）、後に木村三四吾著作集Ⅲ『書物散策―近世版本考』（八木書店　平成十年）に収録。

(18)　例えば、秋田屋太右ヱ門の場合、六書肆本では「大阪心斎橋通壹丁目」、十書林本では「大阪心斎橋通北二丁目」、十二書肆本では「大阪心斎橋通安堂寺町」と、それぞれで店の所在地が異なっている。また、天保元年（一八三〇）の火災で、二代目須原屋伊八が下谷池之端仲町から浅草茅町に移転したとの『増訂慶長以来書賈集覧』の記載に従うなら、「同浅草茅町二丁目　須原屋伊八」との奥付けを有する『平治物語』（『保元物語』）の出版上限を天保元年より後のことと定められるが、茅町移転説には疑義もある由（『改訂増補近世書林板元総覧』）なので確かなところは分からない。

〔付記〕　匡郭・文字の欠損等を確認するために用いた版本は左の通りである。

安田十兵衛刊記本

金城学院大学図書館蔵本（平治第三巻欠）〔913.43/H515/3（1〜2）〕・国会図書館蔵本（857/87）・東京大学総合図書館蔵本（E23/244）

文台屋治郎兵衛刊記本

原水蔵本・河野美術館蔵本（252/312　国文研蔵マイクロ資料73-143-3に依る）・同（252/313　国文研蔵マイクロ資料73-143-4に依る）

小川新兵衛刊記本

愛知教育大学附属図書館蔵本（210.38/W 4　国文研蔵マイクロ資料80-76-3に依る）・河野美術館蔵本（254/315　国文研蔵マイクロ資料73-143-6に依る）・国文研蔵本（タ4-14-4〜6）

金城学院大学図書館蔵本は刊記が存在したと思われる平治第三巻が欠巻のため、確証はないが、題簽の形態その他より安田十兵衛刊記本と判ぜられる。

第四節　奈良絵本

現在、その存在が確認されている彩色絵入り写本（いわゆる奈良絵本・絵巻）を掲げると次のようになる。各伝本の末尾（　）内は本節で使用する略称である。

①　海の見える杜美術館蔵絵巻（海）
②　海の見える杜美術館蔵本
③　玉英堂書店蔵本（玉）
④　二松学舎大学附属図書館蔵本（松）
⑤　彦根城博物館蔵本（彦）
⑥　エジンバラ市図書館蔵本〈残欠本〉
⑦　石川透氏蔵断簡〈絵のみ〉（石）
⑧　国文学研究資料館蔵断簡〈絵のみ〉
⑨　原水蔵横本〈零本〉
⑩　原水蔵列帖装零葉（零）

この中、原本に即いたのは⑤⑧⑨⑩の四点のみだが、翻刻や図録・目録等でその全容もしくは一部を知り得る①②③④⑦を加えて、それらの特質並びに共通性について略述する。

まずは、私がその全容を知り得る完本①④⑤（ただし、①は絵のみ）からはじめる。

①海の見える杜美術館蔵絵巻は、平成十五年十月十八日〜十一月二十四日、香川県歴史博物館で開催された特別展「源平合戦とその時代」に出展された際に一見したにとどまる。展示図録に「古活字版の保元・平治物語六冊分を絵巻化したもの。百一場面の絵をそなえた大作であり、一冊分を二分割して全十二巻に仕立てている。」と解説される。解説中に、詞書が「古活字版」に依る由が見えるが、図録に掲げられた、保元九行、平治十行の本文を見る限りでは、古活字版よりは整版本の本文に近いと思われた。近年、『保元・平治物語絵巻をよむ』（三弥井書店平成二十四年）に挿絵の全てが掲載された。また、山田雄司氏により、その詞書は寛三版と「ほとんど同一であり」、挿絵も同版を「参照した」ことが明らかにされた。[1]

④二松学舎大学附属図書館蔵本は、近時その全容が公開され、[2] また該本を中心に奈良絵本を論じた論文集も刊行されて、[3] 多くの事実が明らかになった。

⑤彦根城博物館蔵本については「第五節　写本解題」に書誌事項を略記しているが、その中で、寛三版の本文を源流としていることを述べている。

上掲三本並びに寛三版に存在する挿絵を一覧にすると次表の如くになる。

場面＼伝本	寛三	彦	海	松
1即位式				1
2廷臣祇候（鳥羽熊野参詣か）	1-1	1-1	1	2
3鳥羽熊野参籠		1-2	2	3
4鳥羽後世を祈念				4
5鳥羽崩御の段（葬送か）	1-2	1-3	3	
6東三条殿検知				5
7洛中騒動	1-3	1-4	4	6
8信西武士に関々警護を命じる				7
9基盛・親治戦闘	1-4	1-5	5	8

10 同右				9
11 親治を捕縛・連行		1-6	6	
12 せうぞん捕縛				10
13 崇徳前斎院の御所に入る	1-5	1-7	7	11
14 為義参院		2-1	8	
15 為義鵯丸を下賜される	1-6	2-2	9	12
16 重綱ら、頼長に偽装して入洛				13
17 武士の著到を記す場面か	1-7	2-3	10	14
18 武士ら参集もしくは軍議	1-8	2-4	11	15
19 崇徳方合戦準備				16
20 為朝献策	1-9	2-5	12	17
21 鳥羽旧臣彗星を仰ぐ				18
22 鳥羽旧臣仏神の加護を期す	1-10		13	19
23 義朝献策				20
24 後白河勢出撃（準備）	1-11	2-6	14	21
25 白河殿における合戦	2-1	3-1	15	22
26 為朝・伊藤対決				23
27 為朝の矢を恐れる後白河勢		3-2	16	24
28 為朝・鎌田対決		3-3	17	
29 為朝・鎌田を追撃			18	25
30 為朝・義朝詞戦		3-4	19	
31 乱戦		3-5	20	26
32 崇徳方敗走	2-2		21	27
33 崇徳・頼長逃走				28
34 頼長負傷	2-3	3-6		
35 崇徳如意山中に潜む				29
36 崇徳出家	2-4	3-7		
37 崇徳方の御所・宿所焼く	2-5	4-1	22	30
38 勧賞	2-6	4-2	23	31
			㉞ 24	
			㊱ 25	
39 忠実家悲嘆	2-7	4-3	26	32
40 頼長信西亀卜論				33
41 崇徳を重成の監視下に置く	2-8	4-4	27	
42 崇徳方廷臣捕縛もしくは推問		4-5	28	34
43 重仁の車を押さえる	2-9		29	35

44為義ら追撃軍と戦闘		4-6	30	
45為義投降	2-10	4-7	31	36
46忠正ら処刑	2-11	4-8	32	
47為義処刑	2-12	4-9	33	37
48頼賢ら処刑	2-13	4-10	34	38
49波多野、為義幼少子息を謀る		5-1	35	39
50幼少子息・乳父歎く				40
51乳父殉死	3-1	5-2	36	
52波多野、母に子息の処刑を報告				41
53母入水	3-2	5-3	37	42
54頼長の死骸実検	3-3	5-4	38	
55頼長の子息、忠実を訪う				43
56崇徳配流のための車を寄せる				44
57崇徳出京		5-5	39	45
58後白河、崇徳の夢の記を見る		5-6	40	46
59無塩君	3-4	5-7	41	47
	(57)3-5			
60師長、忠実に呈状				48
61頼長の子息配流		6-1	42	
62師長秘曲伝授	3-6		43	49
63忠実知足院に移る	3-7	6-2	44	50
64崇徳写経	3-8			51
65西行、崇徳陵に詣でる				52
66崇徳を神と祀る		6-3	45	
67為朝捕縛		6-4	46	
68為朝陣渡し	3-9			53
69旧郎等配所の為朝の元に集まる		6-5	47	
70為朝鬼ヶ島に渡る		6-6	48	54
71為朝追討軍向かう				55
72為朝船を射沈める	3-10	6-7	49	56
73追討軍館に討ち入る	3-11			57
74為朝の首入京			50	

四本のすべてもしくはいずれかに存在する挿絵を通し番号で示した。絵順が他本と異なる場合はその位置に置き、通し番号を丸数字で示した。また、各本における絵順を番号で示した。例えば（1―1）は、その絵が第一巻第一図であることを表す。ただし、海・松については、各々図録・翻刻本に付されている絵番号に従った。海については絵の所在位置が分からないが、原則として『保元・平治物語絵巻をよむ』に記されている説明に従った。挿絵の中には如何なる場面を絵画化したものか必ずしも明らかでないものがあり、２５17 18がこれに該当する。2は鳥羽熊野参詣の段尾に付されていること（ただし、彦（1―1）・松（2）は後白河即位の段尾、鳥羽熊野参詣の段前）からその場面かと一応推測される（小森正明氏は、即位に関わる公卿僉議と見る）[4]。松の場合、鳥羽とおぼしき法体の人物を描き込むことで、熊野参詣の場面であることを明示するか。5は、牛車が往来を行く様を描き、鳥羽崩御の段尾に付されている。彦（1―3）・海（3）は、合掌する往来人を描いて、鳥羽葬送の場面であることを明示するか。17は武士達を前に一人の武士が筆録しており、著到を記す場面かと推測される。ただし、各本で絵の位置が異なる。寛三版（1―7）・松（14）は、崇徳方召集の段尾、彦（2―3）は後白河方召集の段尾であることより、崇徳・後白河方いずれの場面であるかは本により相違するか。18も武士（もしくは廷臣）参集の図だが、寛三版（1―8）・松（15）は後白河軍召集の段尾、彦（2―4）は崇徳方軍議の段尾にあり、各々で描く場面が異なるか。また、45（海31）を『保元・平治物語絵巻をよむ』は忠正投降の場面とする。原本を見ていないので確かなことは言えないが、為義投降の誤りではないか。ここではとりあえず為義投降として扱う。

以上の事柄を踏まえた上で前掲表を眺めるなら、まず、松の絵数が「群を抜いて多」いことが知られる。このことは既に小井土守敏氏の指摘するところである[5]。また、これも既に出口久徳氏の明らかにするところだが[6]、多くの絵が本文に即して描かれているのも松の特徴である。例えば、「64崇徳写経」は寛三版と松のみに存在するが、寛三版（3―8）が、崇徳とおぼしき人物を垂纓姿で描くのに対し、松（51）は本文に即して「長頭巾をま」いた姿を描く。また「39忠実家悲嘆」では、他三本が貴族や女房達の嘆く様を描くのに対し、松（32）は、忠実とおぼしき法体の人物を書き加えることで本文との適合性を高めている。なお、「42崇徳方廷臣捕縛もしくは推問」について、他本は武士達が逮捕者を拘引・拷訊する様を描くが、松（34）のみ水を飲ませて拷問する様を描く。これは本文中に「すいもん」（推問）とあるのを「水問」と理解したことに因るのだろう（第十一種並びに整版本は「水問《すいもん》」「水問」の字をあてる）。誤解ではあるが、松はそれだけ絵と本文の照応に留意した伝本であるといえる〔これに比べ、彦（2―5）は、「20為朝献策」とおぼしき絵を、将軍塚鳴動の段尾に付すなど、絵の位置が適切でない場合が見られる〕。挿絵入り本には如何なる場面を絵画化したか不明な場合が時に見られることを考えれば、これは松の特徴とすべきだろう。出口氏はこれを「逐語訳的に再現していく性格」と表現する。

なお、64 68など、寛三版（明暦版）・松のみに共通する絵が存在する点、59、62などの絵柄が寛三版（明暦版）（3―4、3―6）と松（47、49）で似ている点などより、直接か否かは定かではないが、松が寛三版もしくは明暦版を元絵としていることは間違いない。これについては、松の詞書が明暦版「に基づいて制作され」ているとの山田氏の指摘より、絵についても明暦版が基になったとみてよいだろう。

また、海と彦の挿絵に近似性が見いだされることがこれも山田氏により指摘されているが、前掲表からもこの事実が明瞭に窺い知られる。11 14 28 30 44 61 66 67 69など両本のみに共通する挿絵の存在がそれを証しているが、絵柄自体にも近似が認められる。近似が最も明白であるのは「59無塩君」である。幽王が烽火をあげている場面をはじめとして絵柄が同一である（彦5―7、海41）。他にも、「27為朝の矢を恐れる後白河勢」において、松（24）は、鞍に鏃の射立った馬を鎌田が義朝の前に引き立てていると推測される場面を描くが、彦（3―2）・海（16）は、共に、伊藤五が清盛に為朝の矢を提示していると思われる場面を描く。また、「70為朝鬼ヶ島に渡る」においても、松（54）は、為朝が島民と対峙する場面であるのに対し、彦（6―6）・海（48）は、共に、島民が為朝に貢物を差し出す場面を描いている。彦・海の相違としては、海に存在し彦にない絵は22、29、32、43、62、74の六面で、その中五面が他本にも存在、一面が海固有である。その逆、すなわち彦にはあるが海にない絵の事例はない。このことより、彦には一部絵を省く傾向が認められ、一方、海はほぼ元の形を受け継ぎかつ絵数を増したことが分かる。なお、彦（5―2）は、「51乳父殉死」において、乳父を乳母に描き換えて女性の割腹を描くが、これは誤解か故意か。

次にはその姿の一端を知り得る伝本並びに零本・断簡について述べる。小井土氏に依れば、②海の見える杜美術館蔵本は、平成十一年三月三日～五日、東京都千代田区の如水会館で開催された「世界の古書」展において思文閣より出展されたものと同一本の由である。その時の目録には、平治と併せて六冊本で、「寛文・延宝頃写　金銀泥極彩色画　〈保元〉三十五図　〈平治〉三十七図　竪32.6糎　横23.7糎　箱入」との説明があり、平治中巻「義朝六波羅に寄らるゝ事并頼政心替の事付漢楚戦の事」の見開き一葉が載る。これを見る限りでは、流布本系統整版本の本文を伝えており、絵は寛三版のそれと酷似し、所在位置も同じなので、あるいは寛三版との緊密性がとりわけ高いものかと臆測されたが、山田氏により寛三版をもとに制作されていることが確認された。

③玉英堂蔵本については、「玉英堂稀覯本書目」第二一〇号（平成四年十月）、同二七四号（平成十六年二月）他の解説に依れば、平治とあわせて十二冊仕立てで、「縦二三・五、横一七・二糎。本文鳥の子紙、大和綴。一頁十八行（十行の誤りか―原水注）十九～二十一字詰。緑地に花模様の金襴表紙、料紙にも所々に金泥下絵がある。見返しは金一色、左上に金泥下地の原題簽『保元物語一』完備」とあり、紙数・挿絵数も明記されている。「本文は古活字版とほとんど同じ」由だが、掲載葉を見る限りでは、寛三版以降の整版本を利用しているようだ。掲載している挿絵は、保元が、合戦場面三面と「39忠実家悲嘆」「42崇徳方廷臣捕縛もしくは推問」「57崇徳出京」「59無塩君」の各場面と推測される。合戦場面は様式性が濃いため、類似度の判定が困難である。「39忠実家悲嘆」は、寛三版

を含め他本も相当絵を持つが、各々の類似度は明確でない。僧形二人を描きこむ点では松（32）と共通している。「42崇徳方廷臣捕縛」の場面は海（28）にいくほどか似る。「57崇徳出京」は讃岐に向けての就航を描くが似る本はない。「59無塩君」は、寛三版（3—4）、松（47）と似る。併載されている平治物語の挿絵は、合戦場面三面と、三条殿焼き討ち、二条帝六波羅行幸、長田義朝を饗応、義平斬刑、義平雷化、富士川での平家逃走の各場面かと推測される。三条殿焼き討ちは松（3）に近い絵が見られる。二条帝六波羅行幸は海（14）が多少近い。義平斬刑は寛三版（3—4）、彦（5—3）、海（37）といくぶん似るか。義平雷化は諸本に存在するが絵柄が特に似るものはない。富士川での平家逃走は松（58）並びにチェスター・ビーティー・ライブラリィ蔵本に相当絵が載る。(7)「長田、義朝を饗応」は他本に相当絵を見ない。

以上のことより、挿絵については、玉と濃い類似を持つ伝本は認められないといえそうだ。

⑨原水蔵横本については、書誌・残存状態並びに本文が寛三版の如きに依ることを「第五節　写本解題」に記している。ここでは挿絵について述べる。該本は挿絵を八面有している。乱丁が認められるが、それを補正して物語の展開順に並べると、「近衛歌宴」か、「3鳥羽熊野参籠」「5鳥羽葬送」「崇徳・頼長談合」「7洛中騒動」「9基盛・親治戦闘」「12勝尊捕縛」「13崇徳前斎院の御所に入る」場面かと思われる。「近衛歌宴」「3鳥羽熊野参籠」ともに、殿舎中に廷臣達が祗候する様子を描いており、他本に類似絵がある。ただし、他本の場合もそれが如何なる場面を描くか定かでない。該本に関しては、絵の所在位置から上記のように推測した。「12勝尊捕縛」は他本では松（10）に見えるが、絵柄に類似はない。「崇徳・頼長談合」は該本に固有である。その他の、「5鳥羽葬送」「7洛中騒動」「9基盛・親治戦闘」「13崇徳前斎院の御所に入る」場面は、他本のすべてもしくはその多くに相当絵が存在するが、それらとの類似度ははっきりしない。ただ、見開き絵がなく、絵柄が比較的簡単である点は寛三版に近いと言えるかもしれない。あるいは直接寛三版に依った可能性も考えられるが、そうした場合でも、絵にはそれ

なりの個性を持たせたと思われる。

⑧国文学研究資料館蔵断簡、は保元平治あわせて二十一枚存在する。断簡自体に明記はないが、国文研により保元平治物語奈良絵と判定されている。各断簡を収めた紙製ケースに打たれた番号をもって示すと、二十一枚中、1、6、7、8、9、13、14、15、16の九枚が保元物語絵かと推測される。各々がいかなる場面を描いたものか定かでないものも少なくないが、推測を記す。

1―不明。彦（2―1）、海（8）の為義参院、並びに松（12）の為義鶴丸を下賜される各々の見開き絵の右半分に似るか。寛三版は相当絵なし。

6―不明。あるいは「63忠実知足院に移る」場面か。寛三版（3―7）、彦（6―2）、海（44）、松（50）に類似絵がある。

7―「13崇徳前斎院御所に入る」場面。彦（1―7）に近似絵がある。寛三版（1―5）、海（7）、松（11）も、牛車出向の絵を持つ。

8―不明。あるいは「39忠実家悲嘆」の場面か。寛三版（2―7）、彦（4―3）、海（26）、松（32）にも類似絵があるが、中で最も彦に近い。

9―不明。あるいは「62師長秘曲伝授」の場面か。寛三版（3―6）、海（43）、松（49）に類似絵がある。

13―不明。あるいは「18武士ら参集もしくは軍議」の場面か。彦（2―4）に似る。

14―「7洛中騒動」の場面。寛三版（1―3）、彦（1―4）、海（4）、松（6）に類似絵がある。

15―「15為義鶴丸を下賜される」場面。寛三版（1―6）、彦（2―2）、海（9）、松（12）に類似絵がある。

16―「54頼長の死骸実検」の場面。寛三版（3―3）、彦（5―4）、海（38）にも相当絵があるが、中で最も彦に近い。

となる。

「約半数の図柄は寛永三年刊本（略）や明暦三年刊本の挿絵と近似しており、刊本に挿絵のある場面はそれを基にしているようだが、絵師の私意を交えた点も認められる。」（国文研 第七〇回常設展示「軍記物語の流れ」リーフレット　平成十年七、八月）と説明されるように、寛三版・明暦版に似る絵柄が少なからず見いだされる（明暦版は寛三版をもとに制作された版）が、各絵の説明中に記したように、寛三版・明暦版よりは彦に近似する場合が目立つ。

⑧石川透氏蔵断簡については、原本は未見であり、公刊されている影印に依る。(8) 全十枚中、保元物語絵と判定できるものは、「72為朝船を射沈める」（石川氏解題七一頁右図）、「67為朝捕縛」（同七一頁左図）、「70為朝鬼ケ島に渡る」（同七二頁右上図）、「59無塩君」（同七二頁左下図）の四図である。これらのすべてについて、彦並びに海との間に構図の類似が認められる。

最後に⑩架蔵零葉について述べる。残存部は、保元上巻巻頭より教長による源為義召致の途中までの三十八葉（中、絵二面）、及び挿絵六面である。全体のほぼ二割程度の残存。表紙は欠失しており、列帖装の綴糸が一部残る。本文料紙は斐紙。寸法二三・八×一六・八糎。一面一〇行。字詰め二〇字前後。平仮名交じり表記。内題は「ほうげんものかたり上」。本文は、「第二部第二章　宝徳本系統の諸本」に記したように宝徳本系統陽明本系列に属し、中で広島大学図書館中央図書館蔵米子市立米子図書館旧蔵本や佐賀県立図書館蔵本に近い。しかし部分的には例えば、鳥羽の外祖父を「さねとし」とする点は、背後に「実季」との漢字表記本文が想定され、広大本・佐賀本の記す「さねすゑ」とは繋がらない。書写は丁寧だが、ほぼ一葉分に相当する大きな欠脱が二箇所見出されることも既に述べた。従って、本文の厳密性には問題がある。

挿絵は、八面残存しており、その中七面は絵柄及び裏面に書き込まれた文字から推して、

近衛歌宴（ほ上一）　基盛・親弘戦闘（ほ上二）　為朝献策（ほ上三）　後白河方軍議（ほ上四）

崇徳出京（ほ下二）　為朝捕縛（ほ下四）　蓮誉讃岐下向か（ほ下五）

の場面かと思われる。残り一面は不明だが、平治下巻部のものかと推測され[9]、このことより、平治と併せて全六巻仕立てだったことが分かる。各絵の背面には薄墨による記載があり、それを（　）内に示した。これは絵順を示した作成工程でのメモと思われ[10]、「ほ上一」は、保元上巻第一図の意と解される。これによれば、「為朝献策」は上巻第三図にあたるが、寛三版は第九図、彦・海は寛三版の巻区分で換算すれば第十二図、松は第十七図となる。また、「崇徳出京」は、下巻第二図だが、彦並びに海は三巻本に換算すれば第五図、寛三版も第五図（絵柄は異なる）、松は第七図となる。「為朝捕縛」は、下巻第四図だが、三巻本に換算すれば彦は第十一図、海は第十二図となる。寛三版と松に該当絵はないが、これに近い場面「68陣渡し」が各々第九図と第十五図である。このことより、零の絵数は、完本であった場合、彦・海や寛三版の半分以下ではなかったかと思われる。各絵について他本との類似度を判断することはかなり困難だが、一応示すと、「近衛歌宴」は原水蔵横本も同場面を描くかと思われるが、絵柄は似ない。「基盛・親弘戦闘」も他本に相当絵（9・10）が見られるが、それらのいずれとも明確な類似はない。「為朝献策」は他本（20）に同じような絵柄が見出される。「後白河方軍議」は信西の姿を描出して特異。「崇徳出京」は独自性が濃い。「為朝捕縛」は湯治中の為朝を襲う場面を描く点では彦（6―4）、海（46）、石と同じ。「蓮誉讃岐下向」は絵の位置からそのように推測したが、他本に相当絵はない。零が基にした宝徳本系統には挿絵がないため、作画に際しては独自の判断が働いたろうが、絵入り整版本あるいは流布本に基づいた先行の奈良絵本を参照したかもしれない。絵画化されている場面にある程度の共通性が窺われる事実がその蓋然性を示唆するようにも思われるが、断言できるほどの明徴はない。

以上、九点の奈良絵本に触れた。調査し得た伝本が限られる上、全容を知り得た伝本が少ないため、明確なことが言えないが、零が宝徳本系統、松が明暦版に依る以外は、寛三版を基にしている蓋然性が高い。絵入り整版本としては、寛三版・明暦版の他に貞享版・元禄版（本文・絵ともに貞享版を踏襲）がよく知られているが、寛三版を多く利用している事実（明暦版は寛三版を踏襲しているので、寛三版に依るかと推測されている伝本の中には明暦版に依るものがあるかもしれない）は如何なる理由に依るのだろうか。いま、この疑問に答える用意はない。ただ、現在までに確認できた流布本系統美装写本十七伝本を本文の素性によって分類すると、古活字版に近い本文を有する伝本—四、寛元版に近い本文を有する伝本—二、寛三版に近い本文を有する伝本—九、明暦版に近い本文を有する伝本—二、となり、貞享版・元禄版を利用したとおぼしき本は見あたらない。この事実は、奈良絵本を含めての美装写本の制作方式が、貞享版の出版・普及より前に既に固定していたことを意味しているのだろうか。今後考えてみたい問題である。なお、絵入り整版本の類を元本としている事実は、奈良絵本の作成に当たっては、本文の稀覯性を度外視したことをものがたっている。純良なもしくはより本来的と考えられる本文を提供する意図はなく、美術工芸品としての作成意図のみが働いたことを知る。

伝本間の関係については、彦・海の挿絵に近似性が高いとの山田氏の指摘が確認できた。本文も共に寛三版を源流としているようだ。また、絵のみの比較からではあるが、彦と研との間にもいくほどかの近似が認められた。彦・海・研に何らかの共通性が見いだされる理由については、一つの解釈として、それらが同じ工房で作成されたとの推測が可能かもしれない。しかし、海・研と彦では描法が異なるようであるし、それぞれ絵の出入りもある。寛三版をもとにした粉本が工房に備えられており、それを基にしつつ、絵の加除や細部描き換えに個性を出そうとしたと考えるべきなのだろうか、よく分からない。横の場合は、寛三版そのものとの繋がりが濃いようで、粉本の介在を考える必要はないかもしれない。

直接・間接に調査した伝本のほぼ全てが整版本を基としている中で零のみが宝徳本系統本文を基としている点は異色である。一般的に見て、奈良絵本は筆跡の美しさに反して、書写姿勢の杜撰なことが多い。それはこれらが読み物としてではなく、鑑賞・愛玩のための飾り本として作成されたことによるのだろう。絵入り整版本では、挿絵は本文の添え物的な位置に留まっているが、奈良絵本では、絵が主、本文（詞書）が従と、読むよりは見る方に重点が置かれているように思われる。そうした本文軽視の趨勢において、調達の難しい宝徳本系統を基にした零の存在する事実は何を意味するのだろう。納得できる答えを用意することはできないが、あるいは稀覯性を求める誂え主の意向の反映かもしれない。僅かの伝本を見たのみで明確なことは言えないが、奈良絵本作成の場は想像以上に多様であったと言えそうだ。

注

（1）「奈良絵本・絵巻『保元物語』における崇徳院像」（『源平の時代を視る』思文閣出版　平成二十六年）。以下、同氏の論はすべてこれに依る。
（2）『二松学舎大学附属図書館蔵　奈良絵本『保元物語』『平治物語』』（二松学舎大学東アジア学術総合研究所　平成二十四年）
（3）注（1）の論文集。
（4）「二松本『保元物語』挿絵についての一考察―「後白河院御即位の事」の挿絵を素材として―」〔注（1）の論文集所収〕。
（5）「二松学舎大学附属図書館蔵奈良絵本『保元物語』『平治物語』について」〔注（1）の論文集所収〕。以下、同氏の論はすべてこれに依る。
（6）「描かれた『保元物語』『平治物語』の世界―二松本を中心に―」〔注（1）の論文集所収〕。
（7）『チェスター・ビーティー・ライブラリィ絵巻絵本解題目録』（勉誠出版　平成十四年）
（8）石川透氏「『保元・平治物語』奈良絵　解題・影印」（「三田国文」53　平成二十三年六月）
（9）絵の背面に「へ下」との記載があることより、平治下巻部のものと判断した。

（10）絵は、製本段階で本文料紙に張り付けられるので、貼付後背面は見えなくなるが、後に剝離したためメモが見出された。

（11）何をもって美装と判定するか曖昧性を拭えないが、ここでは、①装幀が列帖装・粘葉装など、②料紙が鳥の子・薄様など、③緞子装や金泥文様表紙、④金紙または装飾のある見返し、等の条件を満たすか、これに準じるものとした。

（12）『思文閣古書資料目録』227（平成二十四年五月）、229（平成二十四年十月）、246（平成二十八年二月）に掲載されている三写本も書影から判断して寛三版もしくは明暦版を元にしていると思われる。

（13）奈良絵本平家物語の場合についても、同様な現象が見られるようだ。櫻井陽子氏「林原美術館蔵『平家物語絵巻』についての考察―詞書の底本の確定と絵巻の成立―」（「富士フェニックス論叢」1　平成五年三月）、後に『平家物語の形成と受容』（汲古書院　平成十三年）に収録、出口久徳氏「絵入り本『平家物語』の挿絵をめぐって―チェスター・ビーティー蔵本を中心に―」（「立教大学大学院日本文学論叢」創刊号　平成十三年三月）などを参照されたい。

第五節　写本解題

古態本

本文の性格については本章第一節で論じたので、本節では簡単な書誌事項を記すに留める。

一、大東急記念文庫蔵褐色表紙本

原本未見。川瀬一馬氏『古写古版物語文学書解説』（昭和四十九年）及び『大東急記念文庫貴重書解題　第三巻国書之部』（昭和五十六年）に書誌解説が載る。整理番号　三二―五―七一

二、東京国立博物館蔵和学講談所旧蔵本

整理番号　021／ヒ10041　外題は、表紙左題簽に「保元記　上（下）」、巻首題は「保元物語　上（下）」。香色表紙に後人に依る青色の落書き風波線。二巻二冊。墨付紙数上巻五〇丁、下巻六〇丁。袋綴。楮斐混漉料紙。寸法二七・二×二一・〇糎。裏打ち・補修あり。一面一〇行。片仮名交じり。別筆による振り仮名及び行間書き入れ、句読を示す朱小圏あり。別筆による貼紙三紙あり。各冊巻首題下に「和学講談所」の朱長印（他にも印あるが不読）。また、「流布本カタカナの流布本で最も古い」との赤鉛筆書きの紙片が夾まれている。

三、名古屋市蓬左文庫蔵朱色地絵表紙片仮名交じり本

整理番号　一〇一―一〇　外題は表紙左に打付書にて「保元物語　上（下）」、巻首題は「保元物語巻上（下）」。表紙は雲母引き朱色地に草本鳥虫を配し、また狩猟の様を描く（絵柄より見て、下巻裏表紙は、僚巻の『平治物語』のそれを誤綴したか）。二巻二冊。上巻遊紙前一墨付五二丁、下巻遊紙前一墨付六二丁。袋綴。本文料紙は上質楮紙。寸法二八・九×二一・三糎。一面九行。片仮名交じり。各冊第一丁表右肩に駿河御譲本を示す「御／本」の朱方印あり。『名古屋市蓬左文庫善本解題図録　第一集』及び『蓬左文庫図録』に解説がある。

四、福島県三春町歴史民俗資料館蔵本

同筆の『平治物語』（三巻三冊）と揃え。上巻表紙中央に題簽一部残存、剝落跡に「保元　上」と墨書、下巻は剝落跡に「保元物語巻第下」と鉛筆書き、巻首題は「保元物語巻第上（下）」。薄香色無地表紙。二巻二冊。墨付紙数上巻五一丁、下巻五八丁。紙釘装。寸法二九・七×二一・九糎。一面九行。片仮名交じり。墨筆振仮名は一部本文と同筆のものもあるようだが、多くは後付か。また、朱筆振り仮名及び行間書き入れが僅かに見られる。朱引並びに句末に朱小圏あり。上巻表紙右肩に「三春文庫／1／第10号」のラベル貼付、各巻最終丁に「参春／文庫」の朱方印、裏見返しに「明徳堂官本」と朱書。

古活字版を源流とする伝本

一、今治市河野美術館蔵下条屋文右衛門旧蔵本

整理番号　二五一　二九四　外題は、上巻は、表紙左題簽剝落跡に打付書にて「保元物語」、中・下巻は後補題

簽に「保元物語中（下）」、巻首題は「保元物語上（〜下）」。暗緑色無地表紙。三巻三冊。墨付紙数上巻四六丁、中巻六一丁、下巻五四丁。袋綴。本文料紙は楮紙。寸法二五・三×一八・九糎。一面九行。平仮名交じり。見返し・巻末等に折々の所有者と思われる複数の氏名が書きこまれており、その一つに「明和元歳巳とし／四月下旬求／下条屋／文右衛門」（上巻末）とある。

目録・章段区分あり。本文は第十一種に一致するところが多いが懸隔もある。第十一種の表記が片仮名交じりであるのに対し、該本が平仮名交じりであるのは中でも大きな相違である。また、下条屋本は第十一種のみならず(1)、他版の誤りをも正し得る(2)。この事実は、下条屋本の親本が、管見版本中では第十一種に最も近い(3)が、それよりは純良な伝本だったろうこと、及び下条屋本そのものもそれなりの配慮をもって仕立てられた伝本であることを思わせる。本文是正に際しては、異種の版本にとどまらず、他系統の伝本をも参照した節がある(4)。大規模な改変はないが、独自の言葉を用いてより妥当と思われる表現に比較的自由に改める傾向もある(5)。全体に相応の配慮をもって作成された伝本だが、やはり誤脱を免れてはいない。一行分程度の脱文が二箇所見られることをはじめ相当数の欠脱が認められる(6)。もっとも、第十一種にあり下条屋本にない字句のすべてを、下条屋本における欠脱と断じてよいかどうかは疑問である。それら字句の多くが必要不可欠ではないこと、並びに下条屋本が改変意図を有する伝本であることを併せ考えれば、下条屋本の省筆であるかもしれない。墨筆による校合が見られるが、多くが宝徳本と一致するところから、対校に用いた系統は宝徳本かと思われる。しかし、中に注（4）に示すように、校合が流布本に一致し、本行本文が宝徳本に一致する現象もあることより、他系統の本文を本行に取りこんでもいることが分かる。校合のすべてが一筆か複数筆が混じるのか、本行本文と同筆のものがあるのか否かの判定が該本の本文形成の実態究明には欠かせないが、この点については未勘である。

注

（1）下条屋本の本文が第十一種のそれよりも適正な例としては、第十一種「御心ノユセカ給」（一6オ8）（348下4）、「為義カ郎等ニセンスルソ」（二11ウ6）（366下14）（寛元版も同）、「何ノ時ヲカ胡タン」（二21ウ8）（373上3）の各傍線部を、下条屋本が「ゆかせ給」（一11ウ1）、「為朝」（二20ウ2）、「またん」（二37ウ3）とすることなどがあげられる。

（2）第一種が「十善の余薫」（一12ウ8）（349下8）とする傍線部、第十一種を含む他版「よ（余）くん（君）」「よてん」とする。しかし、下条屋本（一14ウ5）は第一種と同じく適切な漢字をあてる。また、第一種が「推古天皇の御時上宮太子世に出て」（一36オ8）（358上16）とする箇所、第十一種を含む他版すべて傍線部を欠くが、当該部についても、下条屋本は「推《すい》古天皇御宇上宮太子世に出て」（一40オ4）と、第一種と同様適切な本文を伝える。さらに、第一種が「大庭平太景能同三郎景親」（一56ウ4）（365下12）とする箇所についても、第十一種を含む他版すべて「大庭平太景親」とし、傍線部を脱するが、下条屋本は「大庭平太景能」（二17オ9）と、独自の方法で誤りを回避している。

（3）第十一種に近いということは寛元版にも近いということであり、下条屋本が両者のいずれにより近いかの判断は微妙である。第十一種には欠字空白が目立つが、それら欠字の多くを寛元版は埋めており、かつ下条屋本と一致している。この事実よりすれば下条屋本は寛元版の方に近いといえる。しかし、それら埋め字の多くが他版によっても補塡されうる事実、下条屋本の振り仮名が寛元版のそれと一致しない場合が多い事実、さらに、下条屋本と第十一種との間に共通の誤字が存在する事実等を併せ考えるなら、やはり、下条屋本は寛元版ではなく、古活字版との係わりで捉えるべきかと思われる。下条屋本と第十一種に共通する誤字には次の如きがある。

①寛元版を含む他版が「大炊助度弘（のりひろ）」（377下14）とする人物を、下条屋本（二51ウ2）と第十一種（二29ウ10）は「大炊助度證」と誤る（下条屋本は「のりあき」と振り仮名を付す）。

②寛元版を含む他版が「散位高季（末・すゑ）」（388下15）とする人物を、下条屋本（三22ウ5）と第十一種（三12ウ4）は「散位高香」と誤る（下条屋本は「香」に「か」と振り仮名を付す）。なお、第三・五・六種も「香」

の草体を組むか。

③　寛元版を含む他版が「愁」（うれい・うれへ）」（392上3）とするところを、下条屋本（三31ウ5）と第十一種（三17ウ11）は「恣」と誤る（下条屋本は「愁涙歟」と傍書し、また「恣」を衍字かとも疑う）。

（4）　下条屋本「俊成に仰《承イ》て」（一21オ3）（351下18）の「仰」を諸版「承」とするが、宝徳本などの他系統は下条屋本の本行本文に同じ。同様に下条屋本「孝長卿六条河原の宿所《家イ》ニ行向て」（一25オ1）（353上11）の「宿所」を諸版「家」とするが、宝徳本などの他系統は下条屋本の本行本文に同じ。

（5）　第十一種を含む諸版「被打（をし）籠テヲハセシ」（346下4）と記す箇所、下条屋本が「引こもりておはしまし、」（一5オ9）とすること、同じく「高紐ニ弦ヤセカレケン」（367上2）や「当今御受禅有故ニ」（391下3）の傍線部及び「去ハ兼テ我真先懸テ討捕ラント申セシ兵共」（399下4）を、下条屋本が各々「懸りけん」（一21オ3）、「御即位」（三30オ7）、「去ハ真先かけて我討とらんと兼て申せし兵とも」（三53オ2）とすることなど、枚挙にいとまない。

（6）　その二箇所は次の部位である。

①　定克参テ被申子細有テ中御門東洞院ナル所ヘソ遷シ奉ケル（一25ウ4）（375上12）

②　都ヲ責シカハ烽火ヲ挙レ共兵モ不参シテ幽王討レ給テ周国亡テケリ（三16ウ4）（391上10）

第十一種の本文を示したが、各項について下条屋本は傍線部を欠く。

二、韓国国立中央図書館蔵本

原本未見。国文研蔵データベース書影に依る。請求番号　古5-37-71　小林健二氏の解題[1]に「第一種から第三種の本に近く、おそらくは慶長期の古活字版をもとに書写されたものと思われ」るとあるが、第一種とは離れており、いずれかといえば第二種と最も近い関係にあるか。ただし、諸版中第二種のみに存在する欠脱や誤りが韓国本には見られないことより[2]、第二種との直接関係は考えられない。韓国本と第二種に符合の見られる字句のいくばくかが、第一種や古態写本とも一致している事実[3]を重視すれば、現在なお管見に入らないかなり純良な古活字版を源流とすると考えてよいのではないか。微細な誤りがいくほどか見られるが、[4]全体としては大きな誤りがなく丁寧に写し取られた伝本であり、一部に調整の痕も見られるようだ。[5]平仮名を多用するが、本来の漢字表記を平仮名に改めた節がある。[6]この他、本行本文と同筆かと思われる校合が三箇所存在している。

注

（1）「韓国国立中央図書館所蔵の日本古典籍―善本解題【中世散文】」（『日韓の書誌学と古典籍』勉誠出版　平成二十七年）

（2）一例を示すと、韓国本が「五き七たうもみちせはくて御身をよすへきかけもなくとうさいなんほくふたかりて」（二33オ5）（369下7）と記す傍線部を第二種は欠く。他は韓国本と同形。

（3）韓国本と第二種の本文が第一種や古態写本のそれと一致する事例のいくつかを示す。

①きうあん六ねん九月廿六日うちのちやうしやにふし（一13ウ4）（349上7）

傍線部、第一・二種並びに古態四写本は韓国本と同じく「久安」とし、史実に合致している。他は「久寿」と誤る。

②五人はりのゆミなかさ八しやく五すん（一41オ2）（356下19）

傍線部、第一・二種並びに古態四写本は韓国本と同じ。他は「七尺」もしくは「三尺」。

③よしともはさまのこんのかミになる（二39オ1）（371下6）

第一・二種並びに古態四写本は韓国本と同じ。他は傍線部を欠く。必要な語であり、他は欠脱を生じている。

④へいちくハんねん十二月九日のふよりのきやうにかたらハれて（三44オ5）（394下12）

第一・二種並びに古態四写本は韓国本と同じ。他は傍線部を欠くか、もしくは「二」と誤る。

⑤韓国本と第一・二種、古態写本の蓬・春は、為朝の舅名に「たゝしけ」（忠重）、「たゝミつ」（忠光）の混乱を生じている。他は「忠重」で統一している。

⑥きじんをとつてやつことし（三60ウ7）（399下15）

第一・二種並びに古態四写本は韓国本と同じ。他は傍線部を欠く。

（4）韓国本における最も大きな誤りは左に示す重複記述である。

たいらのいへひろそのこみつひろなとそ候けるその子ミつひろなとそ候ける（一27オ5）（353上5）

傍線部が直前の文と重複している。これ以外はすべて微細な誤字や欠脱にとどまる。

（5）同一人物（藤原教長）を他本は「教長」「孝長」「よしなが」などと記し統一を欠くが、韓国本は「のりなか」で一貫している。

（6）「伊通」「通憲」「伊周」等の人名を、各々「いつう」「つうけん」「いしう」と表記している点、また、「喉結をれ」を「こうけつおれ」と音読している点などに、漢字表記を仮名に改めたことが窺われる。

三、国立公文書館内閣文庫蔵井上頼圀氏旧蔵本

整理番号　特四六　七　外題は、表紙左朱色地草本文様題簽に「保元物語　一」「保元物かたり　二」「保元ものかたり　三」、巻首題は「保元物語巻上（～下）」（上中巻のみ振り仮名を付す）。紺地金泥雲霞草本文様表紙。金銀切箔散らし見返し。三巻三帖。墨付紙数上巻四四葉、中巻五三葉、下巻五二葉。列帖装。本文料紙は鳥の子。寸法二四・八×一七・六糎。一面一〇行。平仮名交じり。各帖第一葉表に「日本／政府／図書」及び「井上／氏」（井上頼圀の蔵印）の朱方印あり（前者印は各巻末にもあり）。

目録・章段区分あり。平仮名表記が極めて多いことを特徴とする。本文は第八種に近似する（下巻については第八種未見のため不明）が、直接的な繋がりはないと判断される。[1] 上・中巻を第八種と比べると、二行分程度の欠脱が一箇所、一行分程度の欠脱が三箇所見られることをはじめとしてかなり多くの脱字・句があり、誤字も散見する。[2] 一部には独自の改変もあるようだ。[3] また、下巻には乱丁がある（第三九～四一葉は第五一葉と第五二葉の間に入るべきもの）。このように、該本にはいくほどかの難点も見られるが、一方で第八種の誤植のかなりを是正することができる。それらの中には内閣本の段階での是正と思われるものもあるが、流布本のより純良な姿を伝えると判断さ

れるものもある。例えば、内閣本が「きよもりすてにはくふをちうすなにくハんたいせしめんをひなをし子のことしといへりはくふあにち、にことならんやすミやかにちうりくすへしもしなをいはいせしめは」（二45ウ3）（378上11）とする箇所、第八種は傍線部を脱している。このことより、内閣本は一部に第八種より本来的な姿を伝えている[4]ことが思われる。総合すると、該本は調査の範囲では第八種に近いが、現在なお管見に入らない古活字版（章段目録を持つこと及び本文性格より、未見の第四種や第十種ではあるまい）を源流とする転写本と把握することが許されようか。なお、墨筆による補入・訂正等が見られるが、本行本文と同筆・異筆の二種類あるようだ。濁音符の多くは後付と思われる。

注

（1）第八種が「実季《さねすへ》」（一1ウ10）（345下6）、「朝家《てうか》」（二36オ4）（376上6）、「皇《くハう》后宮《ごぐう》の侍《じ》長」（二40オ5）（377下15）と記す部位を、内閣本は各々「さねとし」（一2ウ10）、「ともいゑ」（二40オ6）、「くハうごくうのもちなか」（二44ウ5）としている。内閣本の形が第八種からは生じないことより、両本が直接的な関係にないことが知られる。

（2）それら欠脱は次の通りである。

①　くひをかかむとする処にたかまの三郎おちかさなりておとうとをうたせしとかねこかかぶとをひきあふのけて首をかゝんとしけるを（二14ウ11）（366下7）

②　ひおとしのよろひにくわかたうつたる甲をきれんせんあしけなる馬にしろふくりんの鞍をひてそのられたる（二17オ7）（367下5）

③　いのちはかりハたすかりなんとおほせなりけれとも判官をハしめとしてをの〳〵いのちをきミにまいらせぬるうへハ（二20ウ4）（369上4）

④　こくさう院のみなみなるいけのはたへそすてられける是ハこ院の御中いんたるゆへなりけり（二47ウ7）（381上12）

第八種の本文を示したが、各項について内閣本は傍線部を欠く。いずれも目移り等の不注意に因る欠脱と判断される。

（3）　独自の改変かと思われる事例としては、崇徳院が自筆経の都辺への安置を願い出た年次を、諸版平治元年とする（394上12）が、内閣本は「長くわんぐハんねん」（三36オ7）とする点があげられる。ただし、第八種の未見部分であるため内閣本独自の改変かどうか正確には分からない。

（4）　この他、内閣本が第八種より純良である例としては、第八種が「児《こ》正」（一34オ3）（359下16）、「きしんの弁《べん》慶」（二5オ3）（362上17）、「安《あ》七別当《たう》」（二8ウ6）（363下19）などと誤る箇所、内閣本は各々「こたま」（一43オ4）、「きしんのへんけ」（二6オ5）、「あく七べつたう」（二10オ1）と適正な姿を伝えていることなどが挙げられる。

四、神宮文庫蔵村井敬義奉納本

整理番号　七九九　外題は、上巻表紙左題簽に「保元物語　上 共三(朱)」、中・下巻は打付書にて「保元物語巻中（下）」、巻首題は「保元物語巻上（〜下）」。香色型押文様表紙。三巻三冊。墨付紙数上巻五一丁、中巻六八丁、下巻五五丁。袋綴。本文料紙は楮紙。寸法二六・九×二〇・五糎。一面一〇行。平仮名交じり。各冊表に、林崎文庫と墨書し、神宮文庫のラベル貼付。また、巻首題下に、林崎文庫の朱方印並びに朱長印、巻末に、天明四年八月村井敬義奉納の由を記した朱長方印がある。また、為朝の強弓に言及した紙片が一葉はさまれている。

目録・章段区分がないことより第一〜六種との関係が推測される。このうち、第一種と他種は本文面で明確な一線を画するが、神宮本は第一種の特徴を伝えていないから、第二〜六種との係わりが考えられる（第四種は未見）。文辞面で神宮本と特に緊密な関係にある版を特定することは困難だが、表記をも考慮に入れるなら、第二種が最も近い関係にあるようだ。ただ、諸版中第二種のみが持つ欠脱や不備が神宮本には見られない場合があることより（1）、該本は、調査の範囲では第二種に最も近い本文を持つが、現在なお管見に入らない古活字版（未見の第四種の可能性もある）を源流とする転写本と考えられそうだ。次に、書写の様態を述べると、神宮本には一行分程度の欠脱が四箇所あるの[2]をはじめとして小さい脱字・句が相当数に上り、誤字や重複も少なくないので、丁寧な書写とは言いがたい。ただ、本文中に所々見られる空白は親本の形姿をそのままに伝えたもの[3]と考えられるので、丁寧ではないが忠実を基本とした書写と言えるだろう。[4]なお、墨筆（おそらくは本行本文と同筆）による補入・訂正があり、ごく一部に朱筆も見られる。

注

（1）具体例を示すと、韓国国立中央図書館蔵本の項の注（2）に示した第二種における欠脱が、神宮本には生じていないことがあげられる。また、第二種が「秦安」（一28オ2）（354下7）、「貞任か乱によて」（二47ウ8）（376上10）とする箇所を神宮本は各々「秦助安」（一34オ1）、「貞任宗任か乱によつて」（二51ウ10）と、他版と同じ。

（2）それら欠脱は次の通りである。

①　生者必滅のをきてはしめておとろくへきにあらねとも一天くれて月日のひかりをうしなへる（一7ウ7）（347下13）

②　膝丸とは嫡々につたはる事なれは雑色花沢して下野守のもとへそつかはしける（一27オ9）（354上18）

③　たとひ筑紫の八郎殿の矢なりとも伊行かよろひはよもとをらし（二7ウ7）（362下16）

④　天魔のたふらかし奉るかしらすやしろの御とかめをかうふり給ふかと（二33ウ8）（371下1）

第二種の本文を示したが、各項について神宮本は傍線部を欠く。いずれも不注意に因る欠脱と思われる。

（3）例えば、神宮本には「尋事　監（正しくは濫）」（一34ウ10）（355上2）、「絃歌文筆　芸」（三33オ5）（392上2）など空白が存在するが、前者は第二種に、後者は第二・三・五・六・十一種に同じ形が見える。

（4）「いくさ神やまもらせけん」（二22オ5）（366下15）（諸版「軍神にや守られけん」）、「同五月にミやこへのほりければ」（三55オ8）（399下11）（諸版「首をは同五月に都へのほせければ」）などは、神宮本の書き換えだろうか。

五、天理大学附属天理図書館蔵松平家旧蔵国籍類書本

整理番号　〇八一―イ二一　七一〜七三　同形態の『平治物語』（中巻欠）と揃え。外題は、表紙左草本文様地題簽に「保元物語　一（〜三）共三」、巻首題は「保元物語巻第一（〜三）」。栗皮色地雲母散らし表紙。三巻三帖。第一巻遊紙前後各一墨付八十葉、第二巻遊紙後二墨付百三十葉、第三巻墨付七十八葉。列帖装。鳥の子料紙。寸法二二・一×九・〇糎。一面六行。片仮名交じり。各巻末に「寛永三年／寅壬四月廿一日　専念寺」「寛永三年／寅壬四月九日　明宗寺」「寛永三年／寅壬四月廿二日　相岳寺」の奥書あり。天理図書館蔵印の他、目録題下に「松平家／蔵書印」の朱方印あり。表紙並びに裏表紙見返しに整理番号を記したラベル貼付。裏表紙見返しに「共三」と墨書。

目録・章段区分あり。各巻別人の書写になるが、全体に第十一種に酷似しており、第十一種を源流とする忠実な書写本とみて間違いないと思われる。ただし、各巻でその忠実度に差がある。上巻は、いくほどかの誤字・脱字を有する一方で助詞を補うなど少々の補正があるが、全体に几帳面な書写であり、親本の空白部などもそのままに伝え、(1)第十一種に密着する本文を有している。中巻も、誤字・脱字・重複などいくほどかの誤りが認められるが、第十一種の本文を比較的忠実に伝える。ただし、送り仮名や用字に多少の異同があり、かつ、第十一種の誤りを是正するなど、(2)上巻よりは柔軟な書写姿勢を見せる。下巻は、三巻の中では書写姿勢が最も杜撰であり、一行分程度の欠脱を二箇所有することをはじめ、(3)小規模な誤字・脱字・重複の類が相当数にのぼる。以上、各巻の書写姿勢に何ほどかの差異は見られるが、全体として、第十一種を源流とする忠実な書写本と考えてよく、他種並びに他系統の本文を取りこんだ形跡はない。

注

（1）具体例を示すと、「彼併似不　存　猶歎」（一51オ2）（354下16）、「左衛門尉盛　平馬助忠正」（一53オ2）（355上13）

とする箇所が第十一種と同じである（ただし、前者は第三・五種、後者は第三・五・八種も同）。

（2）具体例を示すと、第十一種が「敲既ニ奇来ルニ」（二1オ8）（360下9）、「凡天ノ所為トモ覚ヘ候ハス」（二3ウ7）（362上11）とする各傍線部、天理本は「敵」（二4オ1）、「凡夫」（二12ウ6）と正しい。

（3）それら欠脱は次の通りである。

① 父モ討レ給ヌ誰カ助ケ御座サン兄達モ皆被斬給ヒヌ情ヲモ懸給フヘキ頭殿ハ敵ナレハ（三3オ3）（382下15）

② 春日大明神捨サセ不給ハナトカ憑モナカラント被仰モアヘス泣給コソ哀ナル（三10オ3）（387上10）

第十一種の本文を示したが、各項について天理本は傍線部を欠く。

六、名古屋市鶴舞中央図書館三輪文庫蔵本

整理番号　三輪／1（〜3）／56　外題は、表紙左子持枠題簽に「保元物語巻上（〜下）」、目録題は「保元物語巻上（〜下）目録」。薄香色無地表紙。三巻三冊。墨付紙数上巻三三丁、中巻四一丁、下巻四〇丁。袋綴。楮斐混漉料紙。寸法二八・二×二一・三糎。一面一二行。平仮名交じり。各冊に鶴舞中央図書館の所蔵を示す朱方印並びに青スタンプ、見返しに「三輪／文庫」、第一丁表に「滄杏／園」の朱方印。表紙右肩に「三輪／1(〜3)／56」のラベル貼付。

目録・章段区分あり。本文は第七種に酷似する。特に上巻第一丁表は配行・配字ともに一致。第七種と直接の書承関係にあるかどうかは定かでないが、その流れに立つかなり忠実な書写本と判断される。第七種と比較した場合、二行分程度の欠脱が一箇所、一行分程度の欠脱が二箇所認められることをはじめとして数十箇所の相違が数えられる。[1] それら相違のほとんどは鶴舞本における誤字・脱字・衍字と判断されるが、中には、鶴舞本の是正・改変かと思われるものもいくつか見いだされる。[2] その他、表記・用字や濁音符並びに振り仮名の有無（第七種に付されている濁音符や振り仮名が鶴舞本に見られない場合が多いが、その逆の事例も僅かながら見られる）に相違がある。なお、

墨・朱両方による補入・訂正等が見られるが、両者ともに本文と同筆・異筆の二様あるか。いずれにせよ、全体としては第七種の流れに立つかなり忠実な書写本とみなして大過ない。

注

（1）それら欠脱は次の通りである。

①つねのりかむ所の住僧を尋ぬれともなかりけれはあれたる寺に入奉て（二21オ4）（368下8）

②いかならん所にもふかくかくれて侍へしとく〳〵とて下られけるかかくて心つよくハの給しか共（二40オ4）（377上9）

③いきてかへる事なしあらいそなれはをのつから来る船はなみにくたかる此しまには舟もなけれは乗て帰る事なしじき物なけれはたちまちに命つきぬ（三36オ7）（397上2）

第七種の本文を示したが、各項について鶴舞本は傍線部を欠く。この他、「ざいくハにもおこなハれんすとていそきのほりけれハ国人共も上らくすへきよし申けれ共」（鶴舞本の本文）（一25オ10）（356下8）とする傍線部が朱筆による行間書き入れである。

（2）是正と思われる例としては、「ちめはる」（一15ウ3）（351上5）を「ちかはる」（一14オ6）に改めていることや、為朝の太刀を「二しやく五すむ」（一29オ12）（356下19）から、他版と同じく「三しやく五すむ」（一25ウ11）とすることなどがあげられる。改変は、「かけいれハ」（二16ウ10）（366下18）を「かけ出れハ」（二14オ1）に、「たちむかひたまふか」（三40ウ6）（399上2）を「たちむかひたまひけるか」（三38ウ12）に改める程度である。

七、穂久邇文庫蔵横本

整理番号　八二　44　外題は、表紙中央題簽に「保元物語一（～六）」、巻首題は「保元物語巻第一（～六）」。黒色地金泥草本文様表紙。銀切箔散らし見返し。六巻六冊。墨付紙数巻一（後白河院《こしらかハのゐん》御そくゐの事～新院《しんゐん》御むほんろけん并てうふく附内府《たいふ》いけんの事）二九丁、巻二（新院為義《しんゐんためよし》をめさるゝ事付鵜丸《うのまる》の事～上皇《しやうくハう》三条殿《てうとの》へ御幸《こかう》附官軍勢《くわんくんせい》をそろゆる事）二八丁、巻三（白河殿《しらかはとの》へ義朝《よしとも》夜うちによせらる丶事～新院御出家《しゆつけ》の事）三五丁、巻四（朝敵《てうてき》の宿所《しゆくしよ》やきはらふ事～よしとも弟《おとゝ》をちうせらる丶事）四〇丁、巻五（よしとも幼少《ようせう》の弟《おとうと》みなちうせらる丶事～無塩君《ぶゑんくん》の事）三七丁、巻六（左府《さふ》きんたち付謀叛人各遠流の事～ためともおにかしまへわたる事付さいこの事）三一丁。袋綴。鳥の子料紙。寸法二四・八×三一・二糎。一面一三行。平仮名交じり。

目録・章段区分あり。全巻にわたる調査は行っていないが、調べの及んだ限りで言えば、本文は第八種に近似する（下巻については、第八種未見のため不明）が、両者を比較すると穂久邇本が妥当な本文を持つ場合が圧倒的に多い。穂久邇本は第八種に近似しながらも、それよりは適切な本文を備えているといえるが、この事実を如何に解釈すべきか。一つには、穂久邇本が依った伝本が第八種に近似し、かつそれよりも純良だったことが考えられる。前に扱った内閣本もやはり第八種に近い本文を備えるが、第八種に見られるかなり大きな欠脱が内閣本には見いだされないことより、内閣本が依った伝本は第八種に似るが、それよりは純良なものだったろうと推測した。穂久邇本もまた、当該部、内閣本と同様に適切な本文を有している。ただし、穂久邇本と内閣本の間には直接的な交渉関係を見いだすことができないから、この符合は、穂久邇本と内閣本の依拠した伝本が同種あるいは酷似していたためと考えられる。なお、内閣本が平仮名を多用するのに対し、穂久邇本は漢字を多用している。こうした穂久邇本の姿勢は、例えば勝尊宛て頼長書状や『台記』の引用などの訓読体の箇所や固有名詞の表記に顕著であるが、そうした作業に際しては、他種の伝本を参照する必要があったろう。結局、穂久邇本は第八種に近似するがそれよりは純良な本を基幹とし、その他をも参照しながら、誤脱の補正や漢字表記を意図した伝本と考えられる。書写は丁寧で、誤字も少ないが、一方で、ごく小さな改変も僅かに見られる。(1) なお、参照利用した本が何であったか特定できないが、その一つに寛元版の如きが含まれるのではないか。(2)

注

（1）改変例としては、第八種など諸版「源平両家のしぞく（しぞく・じぞく・氏族）院せんを承て」（371上18）、「院くんかせんとうに入しも」（373上2）とする各傍線部を、穂久邇本は「親族《しぞく》」、「殷君《ゐんくん》」〔正しくは阮君（阮肇）〕とすること、などがある。

（2）穂久邇本の「書巻《しよくハん》かれをきくことに諾《だく》してわする、事なし」（373下9）は第八種「しよくハんことにかのたくを聞てわする、事なし」（二30ウ5）ではなく、寛元版の「書巻《シヨクワン》毎《コトニ》聞《ク》彼《カレヲ》諾《タクス》無《シ》忘《ワスルル》事《コト》」（二22ウ10）の方に合致する（第七種、元禄版も同）。同様に、「十善の余君」（349下8）や「おん給に申かふるとも」（380下4）の傍線部も第八種の「よくん」（一10ウ9）、「おんたまもの」（二46オ6）ではなく、寛元版の「余君《クン》」（一8オ6）、「恩給《キフ》」（二34オ11）（第十一種も同）と合致する。

整版本を源流とする伝本

寛永元年版を源流とする伝本

一、正宗文庫蔵本

同筆の『平治物語』（三巻三冊）と揃え。外題は、表紙中央題簽に「保元物語　第一（〜三）」。第一冊の題簽（破損大）は薄茶色無地、第二、三冊は薄朱色地金泥草本文様で、第一冊とは別筆で後補と思われる。巻首題は「保元物語巻第一（〜三）」。紺地金泥山水草本文様表紙。窠文雷文繋ぎ型押金紙見返し。上巻遊紙前一中二墨付六一葉、中巻遊紙前一後一墨付八〇葉、下巻遊紙前一墨付六八葉。列帖装。鳥の子料紙。寸法二四・二×一八・〇糎。字高二二・〇糎。一面九行。平仮名交じり。各冊見返し右肩に、正宗文庫のラベル貼付、墨付第一葉右下に「正宗文庫」の朱長印、中・下冊末に「敦夫／珍蔵」の朱方印。

目録・章段区分あり。上冊に乱丁が見られる（後十三葉分は第四十葉と第四十一葉の間に入るべきもの）が、これは、綴じ直しの際生じたものだろう。詳しい調査は行っていないが、瞥見の印象で言えば、本文は寛元版に似るか。ただし、寛元版が片仮名交じり表記であるのに対し、正宗本は仮名の目立つ平仮名交じり表記である。これは、寛元版の付訓の方に多く依ったためと思われる。該本は、寛元版を直接書写したものではなく、それを源流とする転写本ではないか。両者の異同の中には、正宗本が寛元版の本文を是正したと判断されるものもある。近衛院誕生時を寛元版は「保元五年四月十八日」（一2オ3）（346上4）とするが、「ほうゑん五年四月十八日」と改めていることなどである（ただし、これは正宗本固有の現象ではない。整版本はすべて寛元版と同じ誤りを有しているが、「保元五年」が誤りであることは一見して明らかなため、整版本を源流とする写本のかなり多くが正宗本と同様に是正している[1]）。また、①「のこる三人のめのと同しうはらをきりにけるイ本」（384上17相当）、②「今度のつミいさゝかもゆるさる《なためらるイ》へからす」（386下12）、③「名を一天にのこし《ひろめイ》」（399下17）など、本行本文と同筆と見られる校合がいくほどか存在するが、校合に用いた伝本の素性は明らかにしがたい。①の場合、校合との同趣記述が、第一種や古態四写本並びに他系統などにも見いだされるが、完全に同一ではない。②③については、逆に校合との同字句が流布本系統諸版に見いだされ、本行本文と一致するものは見あたらない[2]。怱卒の間の調査のため、大体のところを記した。

注

（1）正しくは保延五年五月十八日であり、第一種並びに古態四写本を除く流布本系統の版本・写本の全てが「五月」を「四月」と誤る。

（2）②については、第十一種並びに古態写本の左・春は「不可被宥」とする。正宗本の本行本文は「宥」を「ゆるす」と訓んだことから生じたのかもしれない。

二、早稲田大学図書館九曜文庫蔵三帖本

原本未見。早稲田大学図書館古典籍総合データベースに依る。請求記号　文庫 30 E0133　外題は、表紙中央金泥文様題簽に「保元物語巻第一（～三）」、巻首題は「保元合戦記上」「保元物語巻第二（第三）」。藍色無地表紙。三巻三帖。金紙見返し。第一巻遊紙前一後三墨付五二葉、第二巻遊紙前一後三墨付六六葉、第三巻遊紙前一後二墨付五七葉。列帖装。一面一〇行。平仮名交じり。各帖目録題下に「九曜文庫」の朱長印（以上、データベース書影に依る）。

本文は寛元版を源流とすると見られる。ただし、表記を片仮名交じりから平仮名交じりに改めるほか、漢文を訓読文に改めている（序は漢文を残す）。寛元版に比して、やや目立つ重複が一箇所認められる(1)以外はごく小さな誤脱がいくほどか見られるに過ぎず、書写姿勢は忠実で丁寧である。また、ごく小さな書き替えが僅かに見られ、これも僅かだが寛元版の誤りを是正する部位も見えることより、親本の本文に検討を加えつつ丁寧な書写によって成った伝本と捉えられる。

注

（1）重複は次の通りである。「かへす〳〵此ほとのなさけこそわすれかたくおほしめせ光弘法師いまだあらば事のよしを申てをつてまいるへしと申せかへす〳〵此ほとのなさけこそわすれかたくおほしめせと御ぢやうありける」（三21オ9）（388上11）とする部位、傍線部が重複している。寛元版を含む他本は前者がない。

三、佐賀県立図書館蔵本（為朝説話のみ該当）

原本未見。複写物により調査。外題は、表紙中央題簽に「ほうけん物語　上（～下）」、巻首題は上巻「保元物語」、中・下巻「保元物語中（下）」。各冊表紙右肩に「913.43／H.81／1（～3）」並びに「禁帯出」のラベル貼付〔該番号は、表紙見返し（中・下巻は裏打ちが剝離した表紙裏面）にも書き込まれている〕。また、見返し（中・下巻は遊紙

裏）に「寄贈」及び「★佐賀県立図書館★／昭和／41.10.31／41 1153（～1155）」の楕円印、巻末に縦楕円印（不読）及び「41 1153（～1155）」の番号印。同番号印は、上・下巻墨付第三丁裏、中巻墨付第四丁裏下欄にも押される。三巻三冊。墨付紙数上巻六二丁、中巻七六丁、下巻五九丁。袋綴。一面一〇行。平仮名交じり。

該本は、島津忠夫氏により金刀本（宝徳本）系統の本文を持つことが紹介されているが、[1]正確には、宝徳本系統陽明本系列に流布本系統の為朝説話を挿入した伝本である。その為朝説話が流布本系統のいかなる種類と係わるかの判定は意外に難しい。ただ、為朝鬼が島渡島譚を「さるほどに」で書き起こしている事実に注目するなら、整版本との関係が考えられそうだ（当該部に限らず、話柄を「さるほどに」ではじめるあり方は、流布本系統では、古態本に少なく整版本等の後出本にしばしば見られる）。そして、整版本の中では寛元版との関連が指摘できそうだ。関連性を示唆する具体的事例を以下に記す。「わしたにとはに千里をとふといふ」（三39オ10）（396下8）の、傍線部「とは」は、他本の「一羽（は）」を誤ったものである。「一羽（は）」を「とは」と誤った理由は分からないが、寛元版が「一羽《トハ》」（三25ウ1）とすることより、佐賀本の「とは」は寛元版の振り仮名「トハ」と係わりがあるのではないか。また、「こうしなれハしゞうわかためあしかりなんとや思ひけん」（三39オ2）（396下1）、「けつきのこうしやなしとそ人申ける」（三47ウ1）（399下18）の傍線部の各々は、他本に見られる「勇士」「勇者」を誤ったものである。当該部、寛元版は「勇士《ユウシ》」（三25オ6）、「勇者《ユウシヤ》」（三30ウ2）とする。佐賀本の「こうし」「こうしや」は寛元版の振り仮名「ユウシ」「ユウシヤ」の「ユ」を「コ」と読み誤ったことに原因があるのではないか。「京中のきせんたうそくたんしゆす」（三47オ4）（399下12）の「たんしゆ」もまた同様に寛元版「群集《クンジユ》」（三30オ8）の振り仮名「クンジユ」の誤読に由来する蓋然性が考えられる。こうしたことより、佐賀本には寛元版との関連性が認められるようだ。ただし、全体を通した場合、寛元版との間に特に緊密な関係を見いだすことはできない。寛元版と相違する字句も見いだされるし、為朝の舅の名に「たゝしけ」「たゝミつ」の混乱が見られる点などは古態本と合致している。如上、諸現象の指すところ一点に収斂できるものではないが、一つの推測として、佐賀本が為朝説話に利用した親本は、版本そのものではなく、寛元版を源流としながらも、転写の過程で他伝本の影響をも受けて形成された写本と考えることも可能ではないか。

注

（1）「佐賀藩の文事」（「佐賀大学人文紀要」2　昭和四十一年三月）、後に『島津忠夫著作集』第十巻（和泉書院　平成十八年）に収録。

四、群馬大学附属図書館蔵『保元物語為朝之条下抄録』

原本未見。国文研蔵マイクロ資料77-20-6に依る。整理番号　N913.44／H81　一冊。外題は、表紙左後補題簽に、「保元物語為朝之条下抄録」。墨付紙数一三丁。一面一〇行。片仮名交じり。奥に「保元物語抜抄畢／是時文政三年歳庚辰仲夏念五蓂／岩松三郎拾三齢謄録／右保元記之内字形往々有逕庭者叢台換其労以写矣見者恐焉／叢台道純誌」とある。内容は『保元物語』中のいわゆる為朝説話であり、寛元版の「為朝生捕被処流罪事」「為朝鬼嶋渡事并最後事」の二章段のみを書写したもの。

五、島津久厚氏蔵真名本

未見・未調査。高橋宏幸氏[1]に依り紹介・考察されている。氏は、該本が、寛元版に「近い本文を有する」とするが、掲出されている目録題並びに小見出しを見る限りにおいて妥当と思われる（目録題が漢文であるのは第十一種と寛元版）。また、書中の「鈔伝記」は同氏の推察通り西道智『保元物語大全』からのものである。未調査本ではあるが、高橋論文に依れば、該本は、寛元版の本文を真名表記に変えたうえに、『保元物語大全』の「鈔伝記」を加えたもののようである。

注

（1）「『保元物語』『平治物語』の真名本について―表記を中心に」（『中世説話の世界』笠間書院　昭和五十四年）

寛永三年版を源流とする伝本

一、今治市河野美術館蔵列帖本

整理番号　二五二―二九五　同筆の『平治物語』とあわせて帙入り。外題はないが、表紙中央に題簽剥落痕あり。表紙に金泥文様が施されていたようだが、後に濃紺にて塗りつぶされたか。巻首題は「保元合戦記上」「保元物語巻第二（三）」。三巻三帖。上巻遊紙前後各一墨付五〇葉、中巻遊紙前一後二墨付六七葉、下巻遊紙前一後二墨付五七葉。列帖装。鳥の子料紙。寸法二三・一×一六・九糎。一面一〇行。平仮名交じり。目録・章段区分あり。本文は寛三版に近似するので、寛三版（もしくはその転写本）を基幹として作成された伝本とみられる。両者の間には、振り仮名や濁音符の有無、用字、仮名遣い等に異同があるが、本文自体にはほとんど差異はなく、寛三版に忠実である。書写姿勢も丁寧で、一行分程度の欠脱が一箇所見いだされる他は[1]、小さな字句の誤脱があるにとどまる。ただ、寛三版以外の伝本も参照したらしく、寛三版における仮名書きの固有名詞に適切な漢字を宛てている事実[2]、寛三版の誤りを是正している事実[3]がそのことを示している。参照した伝本の確定は難しいが、寛元版がその一つに数えられそうだ[4]。要するに、河野本は、寛三版（もしくはその転写本）を基幹としながら、寛元版などを参照して作成された伝本と認識される。

注

（1）欠脱部位を示す。寛三版が「左右なく内へ御幸なりぬとそ見たりけるまことにいくほとなくてきよもり公物くるハしく成給ふ」（三34オ1）(395上20) とする箇所、河野本（三44オ9）は傍線部を欠く。おそらくは、「なく」の目移りに因るものだろう。

（2）適切な漢字を宛てた例として、寛三版の「さねすゑ卿」（一2ウ10）(345下6)、「げんけん」（二29ウ10）(372上15)、「かとうじかげかど」（三43ウ6）(399下8) を、河野本が各々「実季《さねすへ》卿」（一3オ5）、「玄顕《げんくゝ》」（二39オ2）、「加藤次景廉《かけかと》」（三56ウ9）とすることなどがあげられる。

（3）寛三版の誤りを是正している例としては、近衛院の誕生を寛三版は保元五年四月十八日（一3オ11）(346上4) と誤る〔正宗文庫蔵本の項（五〇九頁）を参照されたい〕が、河野本は保延五年（一4オ1）に改めている（ただし「四月」の誤りはそのまま）点があげられる。

（4）寛元版を参考にしたと推測される現象を示す。内裏宛て崇徳院書簡の一節、河野本の「顧存《こそん》せざるにたり」（一32ウ5）(354下16) は、おそらくは寛元版の「似《タリ》レ不《ルニ》二顧存《コゾンセ》一」（一17オ6）（第六種も同じ）に依っており、寛三版の「くんいをかへり見さるにたり」（一24ウ4）を意味不明として採らなかったのだろう。同じく、「すきまかそへのかそへ（ママ）のあく七へつたう」（一38ウ7）(356下11) についても、寛三版の「あきまかぞへの悪《あく》七別当《べつたう》」（一30オ3）を採らず、寛元版の「スキマカゾヘノ悪《アク》七別当《ヘツタウ》」（一20ウ3）（第七種も同じ）に従ったのではないか。

二、大阪天満宮蔵本

整理番号　特廿五　同筆の『平治物語』（三巻三帖）とあわせて黒漆箱入り。外題は、表紙中央題簽に「保元物語　上（〜下）」、巻首題は「保元合戦記上」「保元物語巻第二（三）」。緑色地唐草文様緞子表紙。金紙見返し。三巻三帖。上巻遊紙前一後三墨付五六葉、中巻遊紙前一後三墨付七四葉、下巻遊紙前一後四墨付六五葉。粘葉装。鳥の子料紙。寸法二四・〇×一七・九糎。一面一〇行。平仮名交じり。各巻扉並びに巻末に「天満菅廟御文庫奉納／書籍標印不許売買」の朱長方印。各巻表紙に整理番号を記した貼紙二枚、箱蓋裏に、明治二十年四月廿六日鈴木治助奉納の由を墨書した貼紙あり。

目録・章段区分あり。本文は寛三版に酷似するが、直接の書承関係にはなく、(1)寛三版の系譜に立つ転写本と判断される。中巻第三七葉裏に一部、句の転倒・錯乱が見られる(2)以外、大きな不手際はなく、全体に忠実で丁寧な書写である。両者の間には、時に小さな字句の異同が見られるが、それらの多くは、天満本の誤写に由来すると思われる。表記・用字面では、寛三版に比して、平仮名表記が多く、振り仮名・濁音符がない（後に、振り仮名・濁音符を朱書）。また、下巻に錯簡が見られる（第一七〜三四葉と三五〜五二葉の順序が入れ替わっている）が、綴じ直しの際に誤ったものだろう。その他、天満本の特徴としては、行間に墨筆による補入・訂正、朱筆による補入・訂正及び校合がある。墨筆の方はおそらくは本行本文と同筆で、書写の際の誤りを訂正したものと思われる。朱筆は後人に依ると思われるが、一部を除いて(3)校合の多くが寛元版と符合することから、(4)対校本は（それが一本なら）寛元版に近い伝本だったとみるべきか。

注

（1）両者が直接の書承関係にないと判断する根拠は、注（2）に示す天満本の混乱が、寛三版からは直接に生まれないと考えられる点である。

（2）本文の順序に乱れが見られるのは次の部位である。

三しよじしよしやに四おほせた二のむで一よつて仏じんのおうごをて五ミやうかんのまつりごとを《ぞ》。あふがれける（二37ウ7）

は、寛三版に「よつて仏じんのおうごをたのむでしよじしよしやにおほせてミやうかんのまつりことをぞあふかれける」（二25オ11）（370下11）とある形が本来である。なお、天満本は、行間に数字を付して句順を示している。

（3）天満本の校合が寛元版と符合しない例としては、「備前の国の住人なんばの三郎」（一55ウ1）（360上9）、「大賢の孟《イ子》。」（二70ウ10）（380上16）などがある。行間書き入れによれば、天満本が校合に用いた本には各々「備前の住人」「孟子」とある由だが、寛元版は「備前《ビノ》国住人難波《ナンバノ》三郎」（一26ウ7）、「大賢《ケン》ノ孟《モウ》」（二34オ3）とし、天満本の本行本文の方と符合している。

（4）　天満本の校合が寛元版と符合する例としては、天満本「上北面に候べき《イこうす》」（一33オ1）・寛元版「上北面ニ可レ候《キコウス》」（一15ウ10）（354上6）、天満本「あらそひき《イそ》をふ」（一35ウ8）・寛元版「争競《ソヒキソフ》」（一17オ6）（354下16）などがあげられる。

三、名古屋市鶴舞中央図書館蔵九帖本

同筆の『平治物語』（九巻九帖）と揃え。外題は、表紙左題簽に「保元物語第一（〜九）」、巻首題は「保元物語巻第一（〜九）」（初巻のみ「第一記」）。黒色地金泥雲霞草本文様表紙。九巻九帖。墨付紙数第一巻三一葉、第二巻三〇葉、第三巻二八葉、第四巻四二葉、第五巻三六葉、第六巻三九葉、第七巻二九葉、第八巻三〇葉、第九巻三七葉。遊紙なし。列帖装。金泥草本文様下絵鳥の子料紙。寸法二九・七×二一・一糎。一面最多一〇行。平仮名交じり。各帖表紙右肩及び見返し左肩に「9134／2／(別)1（〜9）」のラベル貼付。表紙見返しに「市立／名古屋／図書館／蔵書印」（五糎）の朱方印、裏表紙見返しに「市立名古屋図書館・123938・昭和26年4月18日」の楕円青スタンプ。目録・章段区分あり。本文は寛三版に近似するので、それ（もしくはその転写本）を基幹として作成された伝本とみられる。ごく一部に他版との字句の一致が認められるが、[1] 誤写もしくは是正の故の偶合ではあるまいか。書写は丁寧だが、一行分程度の重複が一箇所及び一行分程度の欠脱が四箇所認められるほか、[2] 小規模の誤写や脱字・句が全体にわたって見いだされる。[3] 寛三版に比して、平仮名表記が多い、振り仮名・濁音符がない、といった特徴を持つ。

注

（1）　九帖本が他版と一致する事例を二、三示す。

①くらゐをこえられ給ふ事今にハしめぬれいなり（二11ウ7）（352下11）
傍線部、寛三版などは「位をこえられ世をとられ給ふ事」（一18ウ12）とする。明暦版・貞享版・元禄版は九帖本と同じ。
②てんちくしむたんをハしらす（五28オ3）（372下16）
傍線部、版本中、貞享・元禄版が九帖本と同じ。寛三版を含む他版は「しハらく」「暫をく」など。
③ことのよしを申ておふてまいるへしと申せハ返々此程のなさけこそわすれかたくおほしめせと御ちやう有ける（八6ウ8）（388上12）
傍線部、版本中、明暦・貞享・元禄版が九帖本と一致。「おほしめせ」まですべて崇徳院の言であるから、「ハ」のある形は誤り。

（2）「かふらやにていハやと思ひて目九つさしたるかふら矢にていはやとおもひてめ九つさしたるかふらのめはしらにハかとをたて」（四29オ9）（365下15）と重複が見られるが、これは「かふら」の目移りにより生じた誤りである。

（3）それら欠脱は次の通りである。
①勅定なれハちからなし母かめのとかいたきて山林ににけかくれたらんハいかゝせん六条ほり河の宿所にある当腹の四人をばすかし出して（三2オ8）（381下6）
②此ぶゐんくんをはいしてきさきとさためしかバ斉国大にやすし是しう女のこう也といへりしかるを今ハたゝがんしよくにふけり（三22ウ11）（391上4）
③入かたしと申せハさらバきよもりかもとへ入まいらせよとおほせけれハにし八条へなし奉るに（三33ウ11）（395上19）
④昔年せつほうをきゝしに過去ゐんをしらんとほつせハそのげんざいのくハをミよみらいのくハをしらんとほつせハ（三41オ8）（398下8）
寛三版の本文を示したが、各項について九帖本は傍線部を欠く。①は省筆も考えられるが、他は不注意に因る欠脱である。

四、原水蔵一帖本

題簽（表紙中央）剥落。巻首題は「保元合戦記上」「保元物語巻第二（三）」。紺地金泥雲霞草本文様表紙。金紙見返し。三巻一帖。綴糸は近年の物。墨付紙数第一巻五五葉、第二巻七一葉、第三巻六四葉、遊紙は前一葉、上・中・下巻の間各七葉、後四葉。列帖装。鳥の子料紙。寸法二三・〇×一七・二糎。一面一〇行。平仮名交じり。第三巻尾題下に「御ゐさうしや／天下一／小泉やまと」の朱壺型印。汚本。

目録・章段区分あり。本文は寛三版に酷似することより、それを基幹として作成されたと判断される。寛三版に比すと平仮名表記が目立ち、また部分的に仮名遣いの相違が見られるものの、書写姿勢はきわめて丁寧で、ごく微細な誤写が数箇所見いだされるにすぎない。[1]一帖本と寛三版との異同で、注目すべきは左掲五項である。

① 門戸をとちてあんとの思ひなし武士の人々ハ兵具をあつめはせめくりけれハ（一17ウ3）（350上1）
② 此御くわたてあるへしやそうへうの御はからひもはかりかたく（一17ウ7）（350上3）
③ すいこ天皇の御宇にしやうとく太子世に出てもりやのぎやくしんをほろぼして（一47ウ2）（358上16）
④ 大庭の平太かけよし同三郎かけちかとそ名のつたり（二18ウ9）（365下12）
⑤ すしゆん天皇はげきしんにをかされ給ひき（三26オ1）（388下11）

各項について簡単に述べると、①については、寛三版「門戸をとち人々ハ兵具をあつめけれハ」（一12オ1）とし、系統内諸本も寛三版に同じ。小規模ながら一帖本固有の増補である（根津本系統に「上下安堵の思ひもなかりける」（13―2）と一部類似本文が見られる）。②の場合、寛三版「此御きそうの御はからひもはかりかたく」（一12オ3）とし、系統内諸本も寛三版とほぼ同じ。中で一帖本の記述が最も明解である。③は、寛三版（一33ウ10）傍線部を欠く。第一種・古態四写本・下条屋本（「今治市河野美術館蔵下条屋文右衛門旧蔵本」の項の注（2）（四九七頁）に既述）並びに他系統は「の御時上宮太子」（第一種に依る。一36オ9）と、一帖本に近い姿を伝える。[2]④は、寛三版（二13オ6）傍線部を欠く。第一種と古態四写本並びに他系統は一帖本と同形。⑤については、傍線部、寛三版「す神」（三17ウ7）とし、また系統内の他本「崇神」「すしん」「そう神」などとするが、一帖本の記す「すしゆん」（崇峻）が正しい。

右掲の諸例は、一帖本と寛三版の間に見られる相違の顕著なものだが、①以外のすべてにおいて一帖本の本文がより妥当であることが確認できる。このことより、一帖本は寛三版を忠実に書写したものだが、ただ機械的に写し取ったのではなく、疑問のある箇所については、吟味を加えてこれを是正したり、また、不足気味の本文を補うなどの処置を施している。本文の吟味を行っている点、美装本としては珍しい。

注

（1）誤写・脱字の事例を二、三示すと、寛三版が「定て御後悔あるへし」（一19オ4）（352下14）、「草すりのはつれをいさせて」（二11ウ11）（365上8）、「少納言入道うけ給はつて」（二17ウ5）（367下13）とする各傍線相当部を、一帖本は「あるある」（一27オ8）、「いはせて」（二16ウ6）、「うけはつて」（二26オ8）と誤る。

（2）なお、宝徳本系統の東・津・前、根津本系統の斑も、一帖本と同じく「上宮太子」を「聖徳太子」（表記の異同は無視）とする。

五、原水蔵彩色絵入り横本（残欠本）

外題（表紙中央に剝落痕あり）・内題共になし。濃紺無地表紙（痛み大）。銀切箔散らし見返し。一冊。墨付紙数三五丁。紙釘装。寸法一六・三×二三・九糎。一面一三行。平仮名交じり。冒頭を欠く「新院御むほんろけんならひに調伏の事付内府いけんの事」までの残欠本で、全体の一割強の残存状況。また、甚だしい乱丁が見られる。具体的に示すと、

①ほうわうほうきよの事（1オ頭）〜いかかせんとそ思しめしける（3ウ末）（347上18〜348上8）、絵（4オ）、②

よつて斉院の行けいとそひろう有ける（4ウ頭）～光ひろなとそさふらひける（4ウ末）（353上3～353上5）、③みな名をこうたいのあざけりにのこす（5オ頭）～三の山の御法へいも是を（11ウ末）（345上13～347上15）、絵（12オ）、④新院御むほんおほしめしたつ事（12ウ頭）～ぜんあく無二におハしますゆ（15ウ末）（348上9～349上4）、⑤をかきりと御心ほそく（16オ頭）～御ありさま也（16オ末）（347上15～347上17）、絵（16ウ）、⑥へ也よも是をもつてなしたてまつり（17オ頭）～前斉院の御所へ御幸なる（35ウ末）（349上5～353上3）

（本文中の○数字は私に付した）

とある本文は本来③⑤①④⑥②と続くべきものである。書写については、小さな脱字・脱語が僅かに見られる程度で、非常に丁寧である。

六、彦根城博物館蔵彩色絵入り本

同筆の『平治物語』（六巻六帖）とともに箱入り。外題は、表紙左白色地金泥文様題簽に「保元物語　一（～六）」、巻首題は「保元物語巻第一（～六）」。紺色菱繋ぎ地牡丹唐草文様緞子表紙。金紙見返し。六巻六帖。紙数第一巻遊紙前後各一中二墨付三一葉、第二巻遊紙前後各一墨付三一葉、第三巻遊紙前後各一墨付三八葉、第四巻遊紙前後各一墨付四四葉、第五巻遊紙前一後二墨付三七葉、第六巻遊紙前一墨付三一葉。列帖装。金泥草本文様地鳥の子料紙。寸法二三・六×一七・〇糎。一面一〇行。平仮名交じり。

箱に貼付されたラベル「井伊家伝来」に従うなら、大名家に伝えられた典型的な嫁入り本ということになる。軍記作品が嫁入り本として作成・持参されたことは、榊原千鶴氏(1)、出口久徳氏(2)等の指摘するところである。

本文は寛三版に酷似していることより、寛三版を源流とすると考えられる。子細に見ると、ほぼ一行分の欠脱が二箇所認められることをはじめとして、文節・単語規模の欠脱(3)（もしくは省略）や改変等が見出される。また、寛三版に比し、平仮名表記が多く、振り仮名・濁音符がない。挿絵は寛三版より九面多く、特に合戦場面が増加している。挿絵もまた寛三版の如きを参照・利用したことはほぼ確実と思われる。

注

（1）「よみものとしての『源平盛衰記』」（『平家物語　研究と批評』有精堂　平成八年）、後に『平家物語　創造と享受』（三弥井書店　平成十年）に再録。

（2）「絵入り本『平家物語』の挿絵をめぐって―チェスタービーティー蔵本を中心に―」（「立教大学大学院日本文学論叢」創刊号　平成十三年三月）

（3）それら欠脱は次の通りである。

①此程のなさけこそわすれかたく思召せと御ちやう有けるこそかたしけなけれ（三16ウ10）（388上12）

②あまつさへ鬼か嶋へわたり鬼神をやつことしてめしつかひ人民おしへたくる（三40オ3）（398上4）

寛三版の本文を示したが、各項について彦は傍線部を欠く。

七、広島大学図書館中央図書館蔵松平家旧蔵本

整理番号　国文／2811／N　同筆の『平治物語』（三巻三帖）とともに箱入り。金泥にて「保元物語／平治物語」と箱書き、またラベルの貼付あり。外題は、表紙左題簽に「保元物語　上（〜下）」、巻首題は「保元合戦記上」「保元物語巻第二（三）」。紺地金泥雲霞松樹文様表紙。金紙見返し。三巻三帖。上巻遊紙前一後三墨付五六葉、中巻遊紙前一後七墨付六六葉、下巻遊紙前一後一墨付六六葉。列帖装。鳥の子料紙。寸法二三・五×一七・〇糎。一面一〇行。平仮名交じり。同筆と思われる墨書補入あり、また、料紙を削りその上に同筆による訂正痕あり。各巻頭の遊紙裏に「広島／大学図／書之印」の朱方印をはじめ、広島大学の所蔵を示す押印・スタンプ三種（第二葉にも別種印）、他に「図書寮」の朱長印、また、第一葉表右肩に「越国／文庫」の朱方印あり。「図書寮」「越国文庫」

ともに福井藩松平家の蔵印。なお、中巻の第二五葉から同巻末までは『平治物語』の本文である。これは『保元物語』の欠失部が対の『平治物語』の方に入っていること、及び『保元物語』の本文が『平治物語』のそれに変わる境目が改葉と一致していることから、綴じ直しの際入れ替わったと考えられる。

目録・章段区分あり。本文は、寛三版を源流とする書写本と判断される。上巻に五行分程度、中巻に一行分程度、(1)下巻第一葉表の章段目録に一項目の欠脱があるのをはじめ、誤字・脱字・衍字が他にもいくつか見られるが、全体に丁寧な書写である。微細な数例を除いて意図的改変はないが、表記・用字の相違はある。寛三版に見られる振り仮名を広大本が時に省略していること（この逆、すなわち広大本の方にのみ振り仮名が見られる例は僅少）、漢字表記を平仮名に多く改めていること（逆の事例は僅少）、仮名遣いに異同があること、濁音符を多く省いていることなどである。

注

（1）それら欠脱は次の通りである。

①うらなひ申せと仰けれハあしたよりこんけんをおろし参らするに午時までおりさせ給ハねハ古老の山ぶし八十よ人はんにやめうでんをどくしゆして（略）かんなき法皇にむかひまいらせて（一5オ5）（346下18）

②なかれやにあたつていのちをうしなふかれをもつて是を思ふに（二30ウ10）（372下13）

寛三版の本文を示したが、各項、広大本は傍線部を欠く。②は僚巻の『平治物語』に誤綴されている部分。①の場合、広大本の欠脱部は寛三版の上巻第五丁表第六行〜十行と一致し、五行分をそっくり欠いていることより、広大本は寛三版を直接の親本としている蓋然性が高いか。

八、福井県立図書館保管松平文庫松平宗紀氏所蔵本

整理番号　仮9／1（〜3）　外題は、表紙左白色地金切箔散らし題簽に「保元物語　壹（〜参）」、巻首題は「保元

合戦記上」「保元物語巻第二（三）」。浅緑色地二葉葵散らし文様縫い取り表紙。三巻三冊。第一巻遊紙前一後一墨付五二丁、第二巻遊紙前一後一墨付六〇丁、第三巻遊紙前一後一墨付五九丁。袋綴。本文料紙は斐紙。寸法二六・七×一八・七糎。一面一〇行。平仮名交じり。第三巻末に「安政二年乙卯年／五月　吉辰日」の奥書あり。目録・章段区分あり。福井本は前項の広島大学蔵松平家旧蔵本の転写本と思われる。そう判断する根拠を記す。

先に述べたように、広大本の中巻後半は『平治物語』の本文にとり替わっているが、この点、福井本も全く同じである。異なるのは、『平治物語』の本文に替わる箇所が広大本では中巻第二五葉頭であるのに対し、福井本では第二三丁表第四行半ばである点である。福井本における『平治物語』本文の混入が丁頭ではなく丁半ばからはじまっている事実は、福井本の親本が既に誤綴に因る混乱を生じており、それを福井本が異なる字詰めで写し取ったためと考えられる。福井本を広大本の書写本と判断する所以である（直接の親子関係にあるとはなお断定できない。が、二本とも福井藩松平家に蔵されていた来歴を考慮するなら、蓋然性は高い）。福井本は、親本を忠実に写しとろうとしており、補正・改変意図は認められない[1]。従って、広大本の誤りをそのままに伝えており、中でも、広大本が誤綴によって引き起こした『平治物語』本文の混入現象を疑問や注記を記すことなくそのまま引き継いでいる事実が、福井本の書写姿勢を端的に示している。規模は小さいが誤脱の類は相当数に上る[2]。特に脱字・重複が目につくことより、緻密な配慮をもって書写しているとはいいがたい。また、表記・用字の異同もある。振り仮名の多くを省いているが、逆に新たに付している場合も時に見られる。濁音符は新たな付加が省略よりも多い。用字は概ね親本に忠実だが、漢字と仮名並びに仮名遣いの異同が数十箇所見いだされる。

注

（1）「はしめのいくさ」（二20ウ9）（365下14）を「はしめてのいくさ」（二19オ5）に、「悪念《あくねん》」（三48ウ6）（394下7）を「悪意《あくい》」（三43ウ5）に、「嶋中」（三55オ7）（396下3）を「嶋の中」（三49ウ1）にすることなどは、運筆の勢いによるものであって、そこに個性を見るほどもなかろう。

（2）規模の大きい欠脱（もしくは省略）としては次の如きがある。

我にうつてのむかふやらんとの給へハあんのことく兵船なりさてはさためて大せいなるらん（三61オ1）（398上13）

と広大本が記す傍線部を福井本は「やう」（三54ウ3）とする。

九、仏教大学図書館蔵本

整理番号　0931／71／1〜3　同筆の『平治物語』（三巻三帖）とともに箱入り。外題は、表紙中央題簽に「保元物語　上（〜下）」、巻首題は「保元合戦記上」「保元物語巻第二（〜三）」。紺地金泥雲霞草本文様表紙。三巻三帖。上巻遊紙前一後三墨付五二葉、中巻遊紙前一後二墨付七五葉、下巻遊紙前一後三墨付六四葉。列帖装。金泥草本下絵鳥の子料紙。寸法二三・七×一七・九糎。一面一〇行。平仮名交じり。同筆による墨書訂正あり。補修あり。表紙に「寄贈｜父兄会卒業記念／昭和五十九年度」及び「0931／71／1（〜3）／仏教大学蔵書／第273095（〜7）号」のラベル、各巻首題下に「仏教大学／図書館」の朱方印、「仏教大学所蔵」の朱長印〔上巻のみ。ただし各巻末にもあり。その下に「273095（〜7）」の番号印〕。

目録・章段区分あり。寛三版に比して平仮名表記が増加しており、また振り仮名のほとんどを省略し、濁音符も少ない（平仮名を漢字に改め、振り仮名を付す逆の事例も僅かに見られる）。書写は丁寧だが、一行分程度の欠脱が五箇所認められること(1)をはじめとして、小さな欠脱・誤写がいくほどか存在する。また、寛三版と異なる字句もいくつか見られる。それらの多くは仏教大本の誤解・誤写に基づくようだが、中に意図的な改正・改変も存在する(2)。それらは、

①　近衛帝誕生を、寛三版が「保元五年」（一3オ11）（346上4）と誤るところを「保延五年」に正している（「正宗文庫蔵本」の項（五〇九頁）を参照されたい）。
②　義朝勧賞の初任を、寛三版が「左馬のかミ」（二27ウ6）（371下6）と誤るところを、「左馬のこんのかみ」と正している。
③　覚性を、寛三版が崇徳・後白河の「兄」（二35オ4）（374上10）と誤るところを「弟」と正している。
④　寛三版に見える「す神天皇」（三17ウ7）（388下11）を「すしゆんてんわう」と正している。
などである。

注

（1）　欠脱五箇所を左に示す。
①　女院の御ためにハともに御ま丶子なれとも美福門院の御心にハ（一4ウ2）（346下6）
②　徳たつとき時ハ天下おさまるみたる時ハねいしや国利をほろほしとる也いかんか筆をのふる所にあらす（一24ウ11）（355上3）
③　同与三郎三町つぶてのき平次大夫大矢の新三郎こし矢の源太（一30オ3）（356下12）
④　行幸他所へならハ御ゆるされをかうふりて御供の者少々いんするほとならハさためて（一31オ8）（357上15）
⑤　ふしんなきのほとおほせ給へきのよしこん上せしめ給ふへし書状らうぜきかうらんにをよふことなかれ（三25ウ11）（392上5）
寛三版の本文を示したが、仏教大本は各々傍線部を欠く。いずれも目移り等の不注意に因ると思われる。
（2）　改正ではないが、意図的な改変としては、「西方極楽」（三4ウ7）（382下20）を「西方安楽国」に、「かたひら」（三35ウ8）（396上3）を「ひた丶れ」に改めている事例などがあげられる。

〔付記〕　本文検討は原本に即かず、仏教大学図書館公開のデジタル書影に依った。ただし、該影には一葉分の欠落が五箇所あるかと思われ、当該部については未検討。

十、穂久邇文庫蔵竹裏館文庫旧蔵本

整理番号　二—4—36　表紙中央に題簽剝落痕あり。巻首題は「保元物語巻第二（三）」。藍色無地表紙。二巻二冊（上巻欠）。墨付紙数中巻五二丁、下巻四四丁。袋綴。本文料紙は上質楮紙。寸法三一・六×二二・八糎。一面一一行。平仮名交じり。目録題下に「竹裏館文庫」の朱長印。

目録・章段区分あり。本文は、寛三版を源流とする書写本と判断されるが、直接の書承関係にはないか。(1) 両者の間には、漢字・平仮名並びに仮名遣い・濁音符の有無の相違があり、また竹裏館本は多く丁寧な振り仮名を付す。いくほどかの欠脱が見られるものの書写姿勢は全体に忠実で丁寧である。補正の意図を含んだ小さな改変が僅かに見られるようだ。(2) なお、竹裏館本の、誤写をも含めた特異本文のいくつかが既掲の大阪天満宮蔵本と一致する。(3) このことより、両者が何らかの関係を有する蓋然性が考えられるが、僅少のため明確にはしがたい。

注

（1）寛三版が「連の源太《むらじ》」（二17オ2）（367下2）、「水問《すいもん》せらる」（二36オ2）（374下10）、「都《すべ》て五嶋《ツしま》をうちしたかへたり」（三36オ10）（396上16）とする傍線部の振り仮名を、竹裏館本は各々「れん」、「ミつとい」、「ミやこ」とすることよりみて、竹裏館本が依った伝本は寛三版そのものではなかったと考えられる。

（2）改変例としては、寛三版が「内記〳〵とよぶ御こゑ」（三7オ9）（384上11）とする傍線部を竹裏館本は「よひ給ふ」（三8オ5）とする（急も「よひ給し」とする）。また、「白川院も其こ丶ろさしまし〳〵て」（三19オ6）（389上20）の傍線部を「御こ丶ろさし」（三20オ8）と（第一・二種並びに古態四写本も同じ）、「われと思ハんつハものハ」（二14ウ6）（366上20）の傍線部を「つはもの共」（二16ウ2）と、「さらにいのちをおしむけしきもなく」（二47オ4）（379上10）の傍線部を「命のおしき」（二47オ5）と、「死さいるけいにおこなハる」（三32ウ12）（395上1）の傍線部を「るざい」（三33オ8）とすること、など。この中、前二者は待遇意識が働いた補正と考えられる。

（3）寛三版など諸版が「清もりがわざんにてそ有らん」（三4オ5）（382下9）とする傍線部、竹裏館本（三4ウ2）・天満本（三5ウ8）ともに「わざ」と誤る（天満本は「わざ《イむ》。」、第七種も「わさ」）。同様に、「大臣公卿ばしやにて内裏へはせまいり給へバ」（三18オ10）（389上4）、「常にめくミほとこしを行ひておします」（三20オ3）（389下18）の傍線部についても、竹裏館本（三19オ8・21オ11）・天満本（三45ウ9・49オ2）は共に「馬（ば）しやう」、「おハします」（急並びに後掲の早大六帖本も同じ）と同じ誤りを犯している。その他にも、誤りではないが、「わか身を平しんわうとがうして」（二25オ7）（370下9）の傍線部を「ハ」とすること、及び注（2）にあげた「るざい」などは、竹裏館本（二26ウ6・三33オ8）・天満本（二37ウ2・三30ウ4）のみに共通する語である。

十一、早稲田大学図書館九曜文庫蔵六帖本

原本未見。早稲田大学図書館古典籍総合データベースに依る。請求記号　文庫 30 E0136　外題は、表紙中央金切箔散らし題簽に「保元物語　一（～六）」、巻首題は「保元物語巻第一（～六）」。蝶散らし文様表紙。六巻六帖。第一巻三六葉、第二巻二四葉、第三巻四五葉、第四巻四九葉、第五巻四三葉、第六巻三七葉（内部の白紙も含む）。列帖装。金泥文様地料紙。一面一〇行。平仮名交じり。各帖目録題下に「九曜文庫」の朱長印（以上、データベース書影に依る）。

本文は寛三版を源流とする。寛三版に比し、平仮名表記が多い、振り仮名が少ない、濁音符がない、といった性格を持つ。顕著な欠脱は五箇所あり、[1] それ以外は小規模な誤脱が存在する程度で、全体的に丁寧な書写である。ただし、第二巻には乱丁を伴うはなはだしい落丁が見られる。[2] 乱丁は第五巻の第四葉～六葉にも存在する。「奈良絵本の絵抜本」とのデータベース付載の説明に依るなら、本文中に含まれる白紙は絵所を示すと解されるが、その位置は前掲の彦根本の絵の位置と一致する場合が比較的多い（落丁の甚だしい第二巻については不詳）。

注

（1）それら欠脱は次の通りである。

①　参るぶしはたれ〳〵ぞまつ下野守よしともむつのくにしん判官よしやす安芸の判官もともり（一13オ2）（350上8）

②　院も都を出させ給ふべきよしをハ内々聞しめしけれ共今日あすとハおぼしめさゞる処にまさしく勅使まいりて（三15オ4）（387上16）

③　仁和寺を出させ給ふ美濃ぜんじやすなりあそんの車をめさるさとの式部の大輔しけなりがらうどう共御車をさしよせて（三15ウ9）（387下12）

④　うなじこへたり腰はおれたるがごとくむねハつき出せるかごとしほうらんのかミハとう徒がつまにすぐれらんるの上のきぬとういがともがらにこえたりせつあつとはなびせに（三21ウ3）（390上19）

⑤　仁和寺の御むろへ申させ給ひしかバ五の宮よりも関白殿へ此よしつたへ申させ給ふ殿下よりよきやうにとり申させ給へ共（三31ウ3）（394上13）

寛三版の本文を示したが、各項について六帖本は傍線部を欠く。いずれも目移りなど不注意に因る欠脱と判断される。

（2）本文の混乱を具体的に記すと、第二葉と第三葉の間に落丁がある。さらに、三と四、五と六、六と七、九と一〇、一四と一五、一七と一八との間に同じく落丁がある。また、乱丁もあり、第一六葉は第五と第六葉の間、一七と二〇は一四と一五の間、一九は三と四の間に入るべきものである（ただし直結はしない）。六帖本第二巻は、絵所を示すと思われる白紙を除くと、ほぼ一九、五葉ほどの文字量である。相当部を寛三版に求めると、絵を除いてほぼ一五丁ほどある。六帖本の一葉の文字量は大体寛三版の半丁程度なので、六帖本第二巻は落丁がなければほぼ三〇葉ほどになると推測される。しかし、一九、五葉程度の分量であることより、落丁が相当数にのぼることが分かる。

明暦三年版を源流とする伝本

一、二松学舎大学附属図書館蔵彩色絵入り本

原本未見。該本については、「二松学舎大学附属図書館　奈良絵本『保元物語』『平治物語』」（二松学舎大学東アジア学術総合研究所　平成二十四年三月）並びに小井土守敏氏「二松学舎大学附属図書館蔵奈良絵本『保元物語』『平治物語』について」（『源平の時代を視る』思文閣出版　平成二十六年）に書誌事項が記されている。また、該本が明暦版を源流とすることは山田雄司氏が明らかにするところである。(1) 本文の書写姿勢について述べれば、顕著な欠脱としては小井土氏（前掲論文）の指摘する一行弱のものが「義朝幼少の弟悉うしなハるゝ事」に一箇所見いだされる以外は、文字や単語レベルでの欠脱・誤写がいくほどか認められる程度であることより、この種の本にしては全体的に丁寧な書写と思われる。

注

（1）「奈良絵本・絵巻『保元物語』における崇徳院像」（『源平の時代を視る』思文閣出版　平成二十六年）

二、原水蔵三帖本

同筆の『平治物語』（三巻三帖）と揃え。外題は、表紙中央淡黄色地金切箔散らし題簽に「保元物語　一（～三）」、巻首題は「保元合戦記上」「保元物語巻第二（三）」。黒色地金泥草本文様表紙。金紙見返し。三巻三帖。第一巻遊紙前後各一墨付五〇葉、第二巻遊紙前一後三墨付六二葉、第三巻遊紙前一後三墨付五〇葉。列帖装。鳥の子料紙。寸法二三・二×一七・〇糎。一面一〇行。平仮名交じり。

目録・章段区分あり。本文は、明暦版を写したものと判断される。明暦版に比して、一行分程度を欠く部位が四

箇所見いだされることをはじめとして、(1)小規模な脱字・句及び誤写が散見し、かつ、漢字・仮名の表記の相違がいくほどか認められるが、全体的に書写姿勢は忠実であり、明暦版以外の本文を参照・利用した形跡は認められない。

注

（1）それら欠脱は次の通りである。

① ふしぎのずいさう有ごんげんをくハんじやうし奉らはやとおほしめしまさしきかんなきや有と仰けれバ（一5オ1）（346下16）

② かづさに八介の八郎しもつさに八千葉介常たね上野にハせしもの太郎物いの五郎（一34オ10）（359下18）

③ うんめいあらハはからさるほかの事も有なんかんのかうせん皇帝ハきんごくせられしかとも（三12ウ11）（387上7）

④ 左京の大夫入道ハひたちの国あふミの中将まさなりハゐちこの国もりのり入道ハさとの国（三22ウ2）（391下11）

明暦版の本文を示したが、各項について三帖本は傍線部を欠く。①は省筆も考えられるが、他は不注意に因る欠脱と思われる。

三、早稲田大学図書館蔵『謡文句見聞録』

原本未見。早稲田大学図書館古典籍総合データベースに依る。請求記号　チ 12 03643　外題なし。内題「謡文句見聞録」（元表紙か）。藍色無地楮紙表紙（後装）。一冊。内題下に「満壽／集之」と墨書。また「喜撰」の印、他に朱印一顆。表紙右下にラベル貼付。（以上、データベース書影に依る）。一部に『保元物語』の本文を収める。具体的に記すと、忠通・頼長の対立（348下6〜349上19）、鳥羽批判（391下1〜9）、師長ら流罪（392上11〜12、20〜下2、19〜393上6）、忠実宛て師長書簡（391下13〜392上10）の部分である。明暦版もしくはその転写本からの抜き書きではないか。

寛永三年版並びに貞享二年版を源流とする伝本

一、茨城大学附属図書館菅文庫蔵本

整理番号　菅文庫五1六九　同筆の『平治物語』（二巻二冊）と揃え。外題は表紙中央題簽に「保元物語　上（下）」、下巻扉に「保元物語　下」（別筆）、目録題は「保元物語巻第一目録」「保元物語第二目録」。灰汁色無地表紙。二巻二冊。上巻は「後白河の院御そく位の事」～「為義かうさんの事」、下巻は「重仁親王の事」～「ためとも鬼《おに》がしまに渡《わた》る事幷最後《さいご》の事」。上巻墨付五九丁、下巻遊紙後一墨付四一丁。赤、青、黄色地に具引きの楮斐混漉料紙。袋綴。寸法二七・五×一九・二糎。一面一二行。平仮名交じり。僚巻の『平治物語』上巻に「元禄五年壬申九月日（花押）」、下巻に「元禄五年壬申九月日／娘於岩によませんかために是を書写し畢／市川尚賢（上巻と同じ花押）」の奥書。扉裏に昭和四十九年三月三十日茨城大学附属図書館編入の旨を刻したスタンプ印、他に題簽・目録題下に朱印二顆（陽・陰）。人物・官職・元号等に朱引き。

目録・章段区分あり。上巻と下巻では、その親本並びに書写姿勢が相違する。上巻本文は貞享版のそれと酷似する（貞享版は三巻仕立てなので、その上巻頭から中巻前半部までが相当）が、誤字・脱字がいくほどか見られる。また、表記や仮名遣いに異同があり、振り仮名の多くを茨大本は省いている。下巻は、寛三版に近似する本文を持つ（寛三版も三巻仕立てなので、中巻後半から下巻末までが相当）。ただ、類似度は上巻における貞享版との関係に比べればかなり希薄である。具体的に述べると、寛三版には平仮名表記が多いが、固有名詞や難解な語を含めた平仮名の多くに茨大本は適切な漢字をあてている。(1) このことは、茨大本が寛三版以外の伝本をも参照したことを推測させる。さらに、下巻には寛三版に比して一行分程度本文を欠く部位が三箇所存在することをはじめとして、(2) 誤字・脱字もまま見られ、省筆(3)や書き換え(4)もある。ただし、加筆については巻末に「伊豆の国大嶋に為朝大明神とそあかめけ

る」の一文以外に顕著なものはない。

以上をまとめると、上巻は貞享版（もしくはその転写本）をかなり忠実に書写したものだが、下巻は、寛三版（もしくはその転写本）に依りつつ、比較的自由に書き換えや省筆を行っている。書写の途中で、所拠本を取り替えたり書写姿勢を変えるのは珍しいことではないが、上・下巻で画然たる差がある点特異といえる。その理由が、書写者市川尚賢の意図に求められるのか、あるいは異なる状況で形成された上・下巻がある時点で取り合わせられたことにあるのかは明らかではない。

注

（1）「義綱《よしつな》」（三3オ5）（376上3）、「基衡《もとひら》」（三3ウ5）（376上13）、「花沢《はなさわ》」（三5ウ12）（377下5）、「緩怠《くはんたい》」（三7オ4）（378上11）、「佞臣《ねいしん》」（三27オ1）（390下16）、「南楼《なんろう》」（三32オ10）（394上5）などは、適切な漢字を宛てた例である。しかし、中には、「秋時《あきとき》」（三9ウ3）（379下9）（寛三版は「あき時」。「顕時」が是）、「忠政《たゝまさ》」（三29ウ6）（392下3）（寛三版は「たゝまさ」。「忠雅」が是）のように漢字の宛て誤りも見られ、徹底した考証姿勢を有しているわけではない。

（2）茨大本が欠く部位は次の通りである。

①　父もうたれ給ひぬたれかたすけおハしまさんあにたちもみなきられ給ひぬ（三4オ12）（382下15）

②　婦人よりなるといへり長舌とハいふ事おほくしてわさハひをなす也（三23オ11）（391上14）

③　婦人ハまつりことにまじハる事なしまつりごとにましハれハらんこれよりなるといへり（三23ウ3）（391上17）

寛三版の本文を示したが、各項について茨大本は傍線部を欠く。

（3）省筆例としては、寛三版が「勅定なれバにや御舟にめされて後御やかたの戸にハ外よりしやうをさしてげり」（三16ウ11）（388上14）（他版も同趣）と記す箇所を、茨大本は「御船のや形の戸にハ外より鏁をさしてけり」（三22ウ10）とする。また、同じく「ちやく〳〵をさしをきおハしますはこゐんの御あやまりにや」（三23ウ12）（391下4）（他版も同趣）とする箇所を、「是故院御誤りにや」（三27ウ12）とする点などがあげられる。なお、注（2）に掲げた事例も、傍線部がなくても行文に支障がないことより、欠脱ではなく省筆であるかもしれない。

（4）　書き換えの具体例としては、寛三版の「かうさんせんとの給ひてすてに山より出給へハ」（二41オ10）（376下16）を「かうさんせんと宣まへハ力およばす」（三4ウ7）とすること、「我袖の涙も更にましば取」（二42ウ4）（377下2）を「我袖のかハくひまもなし」（三5ウ8）とすること、「都のとをざかり行ほとも思召しられて一の宮の御行ゑもいか、有らんとおぼつかなく」（三17ウ1）（388下6）を「都のとをく成に付て一の宮は何とかならせ給ひけん」（三23オ9）とすること、「心に鬼をつくりて」（三43オ8）（399上19）を「おそろしく」（三40オ12）とすることなどがあげられる。

第五章　杉原本系統の諸本

第一節　諸　本

該系統については、彰考館文庫に孤本が存在するのみとながく思われてきたが、専修大学図書館蔵本[1]・ソウル大学蔵本もまたこの系統に属する。この他、該系統の本文を伝えると思われるものに塩釜神社蔵『絵詞保元』がある。以下、これらの関係や性格について述べる。ただし、ソウル大学蔵本・塩釜神社蔵『絵詞保元』は原本未見であり、国文研蔵マイクロ資料に依る。

まずは、彰考館文庫蔵本（略称―彰）・専修大学図書館蔵本（略称―専）・ソウル大学蔵本（略称―ソウル）三伝本の関係を考える。当該三本は、①表記形態、②章段名・章段区分、から、彰と専・ソウルの二種に細分される。①表記形態、については、振り仮名が、彰は片仮名、専・ソウルは平仮名である。②章段名・章段区分、については、上巻、彰が「法性寺合戦《ホウシヤウシカセン》の事」とする段を、専・ソウルは「方々の関所をかたむる事」「法性寺合戦の事[2]」の二段に分割する。また、中巻、彰が「将門調伏《マサカトテウブク》の事」とする段名を、専・ソウルは「新院の御所むほん人の宿所に火をかくる事幷勲功の賞をおこなハる、事付将門調伏の事」とする。両者を比べた場合、専・ソウルが内容により即した命名・区分となっている。ただし、いずれが系統本来の形かといえば彰であろう。そう判断する根拠は二点ある。一点は、大東急記念文庫蔵屋代弘賢旧蔵本（略称―大）の章段名・章段区分が、各々「ほうしやうじかつせんの事」「まさかどてうぶくの事」と、彰に一致する事実である。第一部第六章第一節（二〇五頁）で述べたように、杉原本が大のごとき伝本を底本としたであろうことは犬井氏により既に明らかにされている。従って、大の章段名・章段区分が、彰と一致する事実は、彰の形が杉原本本来のものであるとの考え方を許すだろう。専・ソウルの形は、より実状にあわせるべく後に手を加えたものと思われる。

彰の形姿を杉原本系統本来と判断するもう一つの根拠、それは字詰めにかかわる。ごく僅かの例外を除いて、彰と専は、配行・配字がほぼ一致している。一面十行（ただし、目録の部分のみ彰九行）、字詰めは行により十四～二十字と振幅はあるが、十六～十八字を平均とし二十字に及ぶことは少ない。ところが、専の中巻第四十八葉表に限っては、十行の中六行が二十字以上で、かつ一行あたりの平均字詰めが十九、九字と、他面より詰まっている。その理由は次のように推測される。当該面の前面、すなわち第四十七葉裏は、前に問題とした段名の相違がある面である。段名記載に際して、彰は一行を用いて「将門調伏《マサカトテウブク》の事」と記すが、専は「新院の御所むほん人の宿所に火をかくる事并勲功の賞をおこなハる、事付将門調伏の事」と二行を割いている。段名が長くなり字数が増えた専は当該面に規定の字数を収めきれず、残余の一行分を次面に送り込むことになる。結果として、次面すなわち第四十八葉表において、十一行分の字数を規定の十行中に解消させたのである。第四十八葉表の字詰めが通常より密になっているのはこうした理由に因ると思われる。段名周辺の字詰めが通常より密になっている専の形は、段名が後の段階で改変・増補されたことを意味しており、彰の形が本来であったことがわかる。

同様の現象が上巻の「法性《ホウシヤウシ》寺合戦《カセン》の事」にも見られる。本来は彰の如く一括して「法性《ホウシヤウシ》寺合戦《カセン》の事」でまとめていた記事内容を、専が「方々の関所をかたむる事」「法性寺合戦の事」に分割・命名したため、本文中に新たな小見出しが加わることになり、結果として、当該小見出しの前一行が二十三字、後二行が十九字、二十字と、字詰めが通常よりいくぶん密になっている点は中巻の場合と同じである。

以上の考察より、彰と専・ソウルの間に見られる章段名・章段区分の異同については、彰の形が本来であったことがわかる。

次に、彰・専両者の関係を考える。彰が専より本来的な姿を伝えていることは本文からも確認できる。一例を示すと、彰・専には補入・校合・勘注・訂正等相当数の行間書き入れが共通に存在している。専では、これらの書き入れがすべて本行本文と同筆かと判断されるが、彰には、本行本文とは別筆と判断されるものが少なからず含まれているようだ。彰における行間書き入れの類は、同時点で付されたものではなく、数次の段階を経て今見る形になったものと思われる。従って、これら書き入れを一筆で記入している専が彰より後出であることはまず間違いなかろう。

さらに、両本の関係について述べるなら、上述のように、両本はそのごく一部に相違を有するものの、全体に酷似しており、配字もほとんど一致し、字体も似通っている。当然、両本の異同は極めて微細である。具体的には、振り仮名及び濁音符の有無、振り仮名における仮名遣いの相違などがあげられる。行間に補入・校合・勘注等の書き入れや本文訂正が多くみられることはさきに述べた。計数の仕方である程度の誤差が生じようが、私の数え方では、彰は、書き入れ八十三、本文訂正三十となる。(3) 専はその中から書き入れ七十七、本文訂正二十八を採用している。専が採らなかった書き入れ六項の中三項は彰では朱筆であることより、後に加えられたものと思われ、残りの三項は表記や活用にかかわるもので、その採否には専筆者の判断が働いたと思われる。同じく、専が採らなかった本文訂正の二項については、一つは専の見落としてである。

結局、専は、彰のごとき伝本をその書き入れに至るまで精写したものと判断される。(4) 二本が直接の書承関係にあるとの確証はないが、彰を源流とする極めて忠実な書写本として専を捉えることは許されよう。

次に、ソウルについて述べる。前述したように、該本は章段名・章段区分及び振り仮名表記より、専と同種と判定される。これも、またかなり丁寧に書写された伝本で、大きな誤脱は見られないが、書写の精度は専に劣る。ソウルを専並びに彰と対校するに、その間には、漢字・仮名に係わる表記（全体にソウルの方が仮名が多い）、仮名遣い並びに濁音符・振り仮名の有無に係わる相違が見られるほか、数十箇所に亘り小字句の相違がある。字句の相違については、そのほとんどすべてがソウルの誤解・誤写に由来する。(5) このように、ソウルは純良度で専に劣る。ただし、専とソウルは直接的な書承関係にはない。そう判断される根拠を二、三示すと、専が「内裏《だいり》へ参らんと心さして」（一30オ4）と「参らんと」を行間書き入れとしている。彰（影1063―4）はソウルと同じである。いま、仮に彰→専→ソウルという書承関係を想定した場合、この立場から右の現象を説明することは難しい。すなわち、彰で行間書き入れだった「参らんと」が専の段階で本行に組み入れられたであろうことは説明できても、それがソウルの段階で再び行間書き入れになっていることが説明できない。ソウルと彰の符合を偶然と見る可能性もないではないが、ソウルが彰の形を受け継いだとみるのが自然であり、その間に専を介在させて考えることはできまい。彰「おほせを下さる」（影1116―1）・専「おほせ下さる」（一56ウ1）・ソウル「おほせを下さる」（一56ウ1）の事例や、彰「狩《カノ、》野・介工藤《クトウ》茂光《モチミツ》」（影1486―9）・専「狩野介《かの、》工藤《くどう》茂光《もちミつ》」（三60ウ9）・ソウル「狩野工藤茂光《かの、くとうもちミつ》」（三60ウ9）の事例などもまた、ソウルが専を介在させることなく、彰の影響下にあると判断することを穏当と思わせる現象である。(6)

以上の考察を総合すれば、なお、定かではないものの、三本の位置関係は蓋然的には左図のようになろうか。(7) 上述した、専・ソウルに共通して見られる章段区分・章段名の改変は、専・ソウルの共通祖本の段階で生じたものと考えられる。

彰

専

ソウル

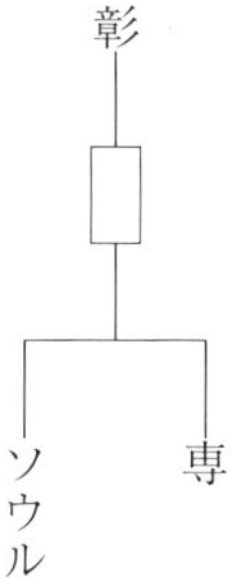

注

（1）『専修大学図書館蔵　蜂須賀家旧蔵本目録』中の保元物語・平治物語の解題に依る。

（2）専とソウルの間には濁音符の有無や振り仮名の相違があるが、論旨には係わらないため、専の本文に依る。また、段名が目録と小見出しとで相違する場合は、小見出しに従う。以下同様。

（3）書き入れ中、「了」「此下除」「其上除却」など、『参考保元物語』作成作業の一環として書き込まれたと判断されるものは、これを考慮の外に置いた。

（4）専は、誤写も少なく「下総国」（影1319—9）、「平馬助」（影1330—5）、「玉体ゆふえん」（影1508—3）を各々「下総国」（二七九オ9）、「平馬助」（二八四ウ5）、「玉体ゆふもん」（三七一ウ3）とするごとき誤りがいくほどか見られる程度である。

（5）行間書き入れについても、彰に存在する八十三項中、専が七十七項を採っているのに比し、ソウルは六十一項と少ない。ソウルの省略が多いことが分かる。

（6）他にも、専とソウルが直接関係にないことを思わせる事例が散見する。

①　彰「きずのくちの②（の）の上に「、」ひろくいころさむ」（影1216—2）、専「きずのくちひろくいころさむ」（二27ウ2）、ソウル「きすのくちのひろくいころさん」（二27ウ2）。

②　彰「西風はけしく吹て・御所中にをしおほふ」（影1240—4）、専「西風はけしく吹て余煙御所中にをしおほふ」（二39ウ4）、ソウル「西風はけしく吹て御所中にをしおほふ」（二39ウ4）。

③　彰「義朝に父にきらせられし事」（影1357—9）のミセケチ訂正部を、専は「の」（二98オ9）、ソウル（二98オ

9）は「を」とする。

④　彰「せり《れ》うの里」（影1362—5）、専「せりうの里」（二100ウ5）、ソウル「せれうの里」（二100ウ5）。

などの諸例である。

（7）　彰「身にかへてたす。へき」（影1342—9）の傍線部を、専（二90ウ9）・ソウル（二90ウ9）は「たすく」とする。

また、彰「工藤介《コクトウノ》」（影1488—3）を、専「工藤《くとうの》介」（三62オ3）、ソウル「工藤《くとうの》介」（三62オ3）とする。これらは、専・ソウルが彰よりも妥当である珍しい例だが、このわずかな事例をもって彰の先行を否定することはできないだろう。専・ソウルにおける是正とみなしてよいのではないか。

第二節　塩釜神社蔵『絵詞保元』

本節では塩釜神社蔵『絵詞保元』について述べる。該本は『絵詞平治』とあわせた二冊本で、笠栄治氏により広く世に紹介された。[1]笠氏は、『絵詞平治』の性格を詳察しているが、そこで得られた結論の多くは『絵詞保元』にも適用できると思われるので、氏の説を援用しつつ、以下『絵詞保元』について述べる。笠氏は、『絵詞平治』の本文が杉原本『平治物語』のそれに近似する事実を指摘しているが、それは『絵詞保元』にもそのまま当てはまるようだ。『絵詞保元』（略称—絵詞）は上巻二十六、中巻四十一、下巻三十七、合計百四項にわたる絵の説明を持つ。その項目内容をわたくしに要約すると以下のようになる。

（上巻）

①近衛帝即位　②鳥羽院出家　③近衛帝歌会を催す　④後白河帝即位　⑤鳥羽院熊野参詣　⑥鳥羽院熊野より還幸　⑦美福門院剃髪　⑧鳥羽院崩御　⑨崇徳院・頼長謀反の謀議　⑩洛中騒動　⑪信西検非違使に警備を命じる　⑫基盛・ちかはる戦闘　⑬基盛、ちかはるを捕縛、叡覧あり　⑭勝尊を拘引　⑮のり長、崇徳院に諫奏　⑯為義父子参院、うの丸を下賜される　⑰為義鎧を分配　⑱崇徳院、頼長に内裏よりの書状を示す。しけつな・のりのふ、車から落ちる（後者は消去されているか）　⑲清盛等の武士内裏を警護　⑳崇徳院斎院の御所に移る　㉑崇徳院方門々警護、為朝献策　㉒為朝御前を退く　㉓公教・光頼等世を憂う　㉔義朝進言　㉕義朝たてぶち　㉖後白河帝東三条殿に行幸

（中巻）

①為義進言　②為朝、伊藤六を射殺　③重盛はやり兵に制止される　④山田小太郎、為朝に挑む　⑤為朝、かまたを追撃　⑥義朝・為朝対峙　⑦大庭景義負傷　⑧かけちか、景義を救出　⑨かねこ功名　⑩乱戦　⑪頼賢・頼仲奮戦　⑫忠正・頼憲防戦　⑬崇徳院・頼長逃亡　⑭為朝名残の矢をとどめる　⑮頼長負傷　⑯崇徳院山中をさまよう　⑰崇徳院に伺候の兵落ちる　⑱崇徳院山中に潜伏　⑲高松殿に還御後、義朝・清盛らに勧賞　⑳忠実防戦準備　㉑崇徳院剃髪　㉒崇徳院仁和寺に入り、しけなりの監視下にいる　㉓盛のり妨害の僧徒をなだめる　㉔頼長小舟にて南下　㉕頼長死亡　㉖つねのり、忠実に頼長の最期を報告　㉗崇徳方廷臣を水問　㉘重仁出家　㉙清盛勢大衆と紛争　㉚為義逃避行　㉛為義出家　㉜子息ら為義を訪ねる　㉝為義投降　㉞義朝、為義を迎えいたわる　㉟評議にて信西意見を述べる　㊱義朝、かまたに為義の処置を相談　㊲義朝、為義を欺く　㊳為義を討たんとするかまたを波多野とどめる　㊴為義斬首　㊵為朝逃亡　㊶義朝の弟ら斬首

（下巻）

①家貞、清盛を諫める　②波多野、乙若らを欺誘　③乙若らを斬首　④傅ら殉死　⑤波多野母に報告　⑥母嘆く　⑦母入水　⑧母らを葬る　⑨崇徳院に配流の旨を奏す　⑩崇徳院出京　⑪崇徳院乗船　⑫洛中騒動　⑬後白河帝、崇徳院の夢の記を見る　⑭頼長の死骸を実検　⑮頼長の子息、忠実を訪う　⑯頼長の子息配流　⑰忠実、師長の書状を見て嘆く　⑱師長秘曲伝授　⑲忠通、基実を遣わして忠実を説得　⑳為朝潜伏　㉑為朝捕縛　㉒為朝抵抗　㉓為朝大路を渡される　㉔為朝配流　㉕為朝伊豆にて島発見　㉖為朝島民を服従させる　㉗為朝追討船を射沈める　㉘為朝自害　㉙為朝の首を渡す　㉚配所における崇徳院　㉛蓮誉訪問　㉜蓮誉歌を献じる　㉝崇徳院写経　㉞信西経の入京を拒む　㉟やすより下向　㊱一宮服喪　㊲西行訪陵

以上、絵詞の内容を記載順に掲げた。数字は、各絵詞に冠された番号である。簡要を旨としたので内容の詳細は

示し得ないが、概略は知られよう。

『保元物語』諸本中記事配列が絵詞と一致するのは杉原本のみである。為朝の捕縛から自害までを崇徳院の配所記事の前に置くのは、杉原本の大きな特徴であるが、絵詞も同構成を有している（下巻で⑳〜㉙が㉚〜㊲の前にある点）。また、絵詞の記事がすべて『保元物語』の諸本に共通して存在しているわけではない。例えば、宝徳本は、上巻⑯中の「うの丸」と⑰、下巻の⑲㉕〜㉙に相当する記事を持たず、流布本は、上巻③㉕中巻⑧⑭㉓下巻①㉛㉜㊱を持たない。絵詞の記事項目すべてを満たす系統は杉原本のみである。絵詞中に見える「二巻頭鳥羽院崩御之事」「三巻頭法性寺合戦の事」「四巻頭高祖の臣下紀信か事」「五巻頭霊仏霊社皇城鎮守の事」の項目名も、杉原本とのみ一致している。結局、記事項目の配列・有無の点で、現存系統中では杉原本が絵詞と最も緊密であることが知られる。具体例を示すことはしないが、本文の検討からも同じ結果が得られる。このことより、『絵詞保元』についても、『絵詞平治』の場合と同様、笠氏の杉原本母胎説が確認できる。

ただし、本文に関してより正確に言うなら、絵詞の本文は杉原本のそれと酷似してはいない。記載内容は符合しているが、本文自体は必ずしも密着してはいない。その主な理由は、絵詞が、物語の記述をそのまま掲出したものではなく、要点を抽出したことに求められるのだろうが、その点を考慮しても、なお、絵詞には、杉原本にはない文や語句が多く見られ、字句の相違も散見する。絵詞のみに存在する文・語句で顕著なものは、「御殿をとうちやうにかまゆはた柱ニリうツ、かけ御前ニ仏ぐしそくさすかいの師御くし落てい也御ミすの内ニ女はうたちなく所也」（上②）、「新院母屋のミす上御らんゆミやなと取出しよろひきなとする所」（上⑱）、「為朝ハてきの方にむきしらぬてい也」（中⑨）、「光弘しそくもつ御まへにかうろ仏ぐつくえにあり家弘有さひたる寺也ともし火あり」（中㉑）といった、絵の内容説明と思われる記述である。これらはおそらくは、絵詞としての性格上付加されたもので、杉原本に同趣文が見られないことを問題とする必要はないと考える。こうした説明文の類を除外する時、絵詞特有の文や語句はさほど多くない。具体例を示すと、「四宮後白川也御年廿九十月廿六日御そく位也」（上④）の記述、うのちか春を後白河院が「はき上のまとより御らん」（上⑬）じた記述、家貞の清盛諌言の日を「七月廿日」（下①）とすること、為朝を伊豆に配流する際「廿人兵具もちかこミて」（下㉔）下ったとすること、などがあげられよう。

次に、絵詞・杉原本間で相違する字句を見ると、人名については例えば、「頼時」（絵詞上㉓）・「顕時《アキトキ》」（杉原本）（影1128—1）（彰に依るが、専・ソウルともに同じ。以下同）、「山田小太郎」（絵詞中④）・「山田小三郎」（杉原本）（影1183—1他）、「実堯」（絵詞中㉘）・「寛　堯《クハンギヨウ》」（杉原本）（影1305—6）、「澄長」（絵詞下⑮）・「隆長《タカナガ》」（杉原本）（影1447—9）、といった相違がみられる。この他の相違としては、絵詞が、頼長の死を七月「十五日」（中㉕）〔杉原本「十四日」（影1287—6）〕とすること、「しらさきの二つふふ（ママ）方へ舟をこき行」（下㉕）〔傍線部、杉原本は「白鷺青鷺《シラサキアヲサキ》」（影1481—2）〕と記すこと、崇徳院の墓を「松山」（下㊲）〔杉原本「白峯《シロミネ》」（影1517—6）〕とすること、などがあげられる。

以上のように、絵詞には、杉原本には見られない、あるいは杉原本とは異なる記述・語句もみられる。ただ、それら記述・語句は、杉原本のみならず、『保元物語』の現存系統のすべてにも見いだせない、絵詞固有のものである（ただし、頼長の死を十五日とする点のみは根津本系統に同じ）。この事実は、絵詞のこれら記述・語句が、杉原本以外の他伝本から持ち込まれたものではなく、おそらくは、絵詞自体の改変あるいは加筆に由来することを示すと思われる（誤写など物理的な要因も含む）。

その他、絵詞は、同一人物についても「うの、ちかはる」「うのちか春」、「景義」「かけ義」、「かもんの介よりなか」「掃部助頼仲」といったように、表記に統一性を欠く場合がある。この事実をも併せ考えれば、絵詞は微細な点までは留意することなく、大様に作成されたものかと思われる。また、絵詞の依った伝本が、現存する杉原本系統のいずれよりも本文面で劣っていたかとも考えられる。(2)

最後に、絵詞の性格について考えたい。笠氏は「絵詞もなにもない絵巻物を杉原本の如きをもって読み取ったと考えるべきものと思う」と述べる。あるいはそうかもしれない。ただ、詞の中に「いろをめすへし」（上⑨）、「ミすのへりくろかるへし」（上⑩）、「とものさふらひあるへし」（上㉒）、「かゝりたくへし」（中②）、「ぐそくぬくへし」（中⑱）、「あはれにかくへし」（下⑧）、などといった文が存在している。これらが指示であるなら、該絵詞は、絵を作成するための構想メモと考えられないだろうか。すなわち、杉原本をもとにしてこれを絵画化しようとするそのための制作ノートではないかとも思う。

注

（1）「『絵詞平治』（塩釜神社蔵本）について」（『福田良輔教授退官記念論文集』九州大学文学部国語国文学研究室福田良輔教授退官記念事業会　昭和四十四年）

（2）該絵詞には、「朱書之分ハ世上に有判本ッ以見る」「朱ハ世上に判之本」との注記が見られる。写真のみでの調査なので朱・墨の判別は困難だが、おそらく、項目間及び行間にやや細字で書き入れられている部分が朱書に当たるのだろう。当該部、詳しい調査はしていないが、何らかの版本に依ったのだろう。

第三節　杉原盛安について

本節では、杉原本系統現存諸本の源流と判断される彰の旧蔵者である杉原盛安について述べる。杉原本なる呼称は『参考保元物語』の凡例「凡称二杉原本一者、九条殿家司杉原出雲守平盛安家蔵也、因称レ之」に由来する。彰考館文庫に現蔵される該本には上・中・下各冊の墨付第一丁表右下に「盛安」の朱円印、巻末に「平杉原／出雲守」の朱陽陰混合長方印が見えるので、転写本ではなく「平盛安家蔵」本そのものであると知られる。水戸史館が杉原盛安からその家蔵本を譲り受けたのである。

旧蔵者である杉原盛安については、上掲参考本の凡例に「九条殿家司」とあることより、その世系等を探る手掛りはあるが、今のところその方面の調べは進んでいない。水戸史館との関わりで言えば、杉原本『保元物語』『平治物語』以外にも、いく部かの文献が、杉原盛安の許から写しとられたり入館している。例えば、彰考館文庫蔵『釈家官班記』には巻末に「右釈家官班記一巻以杉原出雲守盛安／本写之／延宝九年辛酉秋七月」との貼紙があり、盛安家蔵本を写したものであることが知られる。他にも現存はしないようだが、『彰考館図書目録』（九一頁）中に「応仁記　杉原本　一　二三　刊」と見えている。刊本との表示からすれば、盛安架蔵本を譲り受けたものだろうか。また、『重続群書類従』の収録書解題中に「含英集抜萃局本彰考館本（略）末ニ杉原出雲守蔵ノ遊行略伝ヲ添タリ」（1）とあることより、彰考館文庫に「杉原出雲守蔵ノ遊行略伝」を添えた「含英集抜萃」が存在していたことが知られる。わずかな例ながら、これらのことより、盛安家蔵の文献あるいはその転写本がいく部か水戸史館に入ったことが確認されるが、杉原本『保元物語』はそうしたものの一つだった。

杉原盛安は、かなりの蔵書家であり、また愛書家でもあったようだ。例えば、東京国立博物館蔵『名劔秘伝書』には「此一巻雖為秘伝数年御執／心之上我可伝依無子孫令相／伝者也／寛永七庚午暦九月十一日／高橋新五左衛門尉／右相伝之一巻令書写者也／明暦元乙未九月廿八日／平盛安（朱円印）／進上」との奥書がある。全巻一筆と判断されるので、寛永七年の年記の部分は元奥書と考えられる。従って、該本は、寛永七年（一六三〇）に高橋新五左衛門尉から「相伝」したものを、ある人物に「進上」するために、若き日の盛安が明暦元年（一六五五）に書写したものと知られる。

また、山口県立図書館蔵『日本書紀目録』には「右之目録者令披見以次手処々略書／出者也定而可有失錯者也／于時寛文元辛丑年立冬之日杉原出雲平盛安」との奥書が見えている（原本未見。国文研蔵マイクロ資料に依る）。神宮文庫蔵村井古巌奉納の同書にも同じ奥書が見えていること（ただし、細字の「杉原出雲」の部分なし）より、これら両書は、盛安が「処々略書出」した寛文元年（一六六一）奥書写本を根元としていることが知られる。

きわめて断片的ながら、盛安が、古典籍の書写や収集に相当な執着を示した人物だったことが窺われ、その故に水戸史臣たちの捜書欲求に応じることができたのだろう(2)。

杉原本『保元物語』に論を戻す。該本の形成期は不明である。しかし、大のごときを基盤として、そこに古態流布本の本文を適宜取り入れて成立したことが判明しているから、『保元物語』の主要系統が出揃った後に生み出された一種の編集本と思われる。従って、さほど古い成立ではない。杉原本系統現存諸本の源流と考えられる彰は、盛安筆とみなされる『名劔秘伝書』とは筆跡が異なるから、盛安は、杉原本系統の形成にはもちろん、彰の書写にも係わってはおらず、ある時期における所蔵者の一人に過ぎない。彰は最終的には水戸史館に入り、今も彰考館文庫に蔵されている。水戸史臣が彰を収集したのは、いうまでもなく『参考保元物語』作成、究極には『大日本史』

編纂の資料として利用するためである。盛安架蔵本を延宝九年（一六八一）に書写した『釈家官班記』が彰考館文庫に現蔵されていることより、杉原本もほぼこの頃の入館ではないか。水戸史臣大串平五郎が盛安の主家九条輔実への謁見を許されたのが貞享五年（一六八八）九月。これを機に九条家の典籍がいく部か水戸史館に贈与・書写されたが、その窓口となったのは石井右衛門尉・芝雅楽助といった九条家重代の諸大夫である。(3) 盛安と水戸史臣との交流はこれに先立つものだったか。

注

（1）『塙保己一論纂』上巻（錦正社　昭和六十一年）
（2）初出論文発表後、盛安については、恋田知子氏「偽経・説話・物語草子―岩瀬文庫蔵『釈迦幷観音縁起』絵巻をめぐって―」（「国語国文」74―5　平成十七年五月）によりその文化活動が考究されている。
（3）彰考館文庫蔵『館本出所考』並びに「水戸義公公卿御書留」（『水戸義公全集』角川書店　昭和四十五年）に依る。

第六章　東大国文本系統の諸本

第一節　諸　本

該系統は、東京大学文学部国文学研究室蔵本（略称―東国）と原水蔵伝松室種盛筆本（略称―松）の二本により構成される。ただし、東国は上・下二巻中、上巻のみの残欠本、松は下巻が根津本系統史研本系列に属する取り合わせ本である〔この把握に多少の疑念のあることは第一部第六章第二節（二一四頁）に述べた〕ため、現在のところ、上巻の存在が確認されるのみである。両本は各々が固有の誤りを有していることより、直接的な書承関係にはなく、兄弟もしくはそれに準じる関係にあると推測される。以下、両本間の異同のいくつかを示して、その径庭の具体を探る。本文引用は東国に依り、参考として本文末（　）内に早大翻刻冊子における所載頁・行を記す。

まずは、東国における誤りの事例を示す。

① とう三条のとまり守少監物藤原光定以下武士両三人（12―12）
松は傍線部を「留守」とし、妥当である。

② をよそはんふつうく候事は（20―3）
松は「凡万物憂候事は」とするが、これは「およそよろづものうくさふらふことは」と読むと思われるので、

東国は、松の如き漢字表記を読み誤ったか。

③　をさなきよりしんるいをもおしのけて（31―13）
松は傍線部を「兄弟しんるい」とする。文脈上、松の如くあるべきか。

④　大てきうちつかひて（39―16）
松は傍線部を「大鏑」とし、妥当である。

⑤　とを矢にいすゝみたりけるか（44―16）
松は傍線部を「い進」とするが、これは「いまゐらせ」と読むと思われるので、東国は、松の如き漢字表記を読み誤ったか。

⑥　いつかたへつかまつるへしと申せは女房あわのつほねかもとへちか付てたゝけとも（47―6）
松は傍線部を「もとへとおほせられ」とする。早大翻刻冊子は「この辺り脱文あるか。」と注記する。確かに東国には明らかな飛躍があり、脱文想定については従うべきかと思う。松の形も十分とは言えないが意味は通じる。

次いで、松における誤りの事例を示す。

①　これによつて一院としんゐんとたかひに御心よからすならせ給ふ（7―12）
松は傍線部を欠く。東国の如くあるべきである。

②　くふの人〳〵色をうしなひて（8―16）
松は傍線部を欠く。東国が妥当である。

③　為義はゆみやのみやうかつきぬるとそんし候ときにいつかたへも不参とこそ存候へと申けれは（20―9）
松は傍線部を欠く。松の形でも行文に支障はないが、根津本系統諸本が東国とほぼ同文であることを考えれ

ば、松は「そんし候」「存候」の目移りに起因する欠脱を生じているか。

④　大事《の》いくさに三度あひて一度もふかくつかまつらす（35—9）
　松は傍線部を「おほへつかまつらす」とする。東国が妥当である。

⑤　上にのりゐてよろひの左右の袖をつよくふまへて（40—16）
　松は傍線部を「あふみ」とする。東国が妥当である。

⑥　義朝法勝寺をはやかす為義かしゆくしよ円覚寺に火をかけ（46—17）
　松は傍線部を欠く。東国が妥当である。

上掲例から明らかなように、東国・松両本間における異同は微細であり、かつ、互いに補正し合う関係にある。このことより、両本は、直接の書承関係にはないが、現存本をさほど遡らない時点で共通祖本にたどり着く関係にあると推測される。従って、両本を併せ見ることでその祖本の姿を推定できる場合がある。前に示した、東国における誤りの事例②⑤などがこれに該当し、これらについては、共通祖本の段階では漢字表記であったかと推定される。共通祖本の形姿を推定させる事例としては、他に左のごときがある。

①　法皇御むさうさめさせ給ひて（8—3）
　松は傍線部を「おほえさせ」とし、意味が明快でない。共通祖本の段階では「覚させ」とあったか。

②　いそきじやうをあそはして（14—9）
　傍線部、松も同じ。早大翻刻冊子の注記するように「怠状」の誤記だろうが、「怠」を「急」と誤読した共通祖本の形をともに引き継いだのではないか。

③　為義かしゆくしよへつかはして（19—7）
　松は傍線部を「やりて」とする。共通祖本の段階では「遣て」と漢字表記だったか。

④　きたおもては春日主計《かすへ》（22―9）
松も傍線部「春日主計」。早大翻刻冊子の注記するように「春日か末」の誤記と思われる。これも共通祖本の誤りを共に引き継いだものだろう。

⑤　ほねふとくたくましき目媚《か》之すみにきれたりさいみぬの、ひたたれに（22―16）
松は各傍線部を「目媚《こひ》三すミに」「いみ布の《さいミぬの》」とする。両箇所ともに意味不明で、これもまた共通祖本における誤りを共に引き継いだものか。なお、前者は流布本の「目角二つ切れたる」[1]と係わるか。

⑥　てんへんちゆう（25―12）
松は「天変《へん》地友《ゆう》」とする。「天変地妖」とあるべきだが、共通祖本の時点で「ちえう」を「ちゆう」と誤ったか。

⑦　くわんちんこれをしらすして（45―3）
松は傍線部を「官陣」とする。「官軍」とあるべきで、やはり共通祖本からの誤りか。

以上の事例のいくつかより判断して、両者の共通祖本の時点で既に小規模な誤りが少なからず生じていたようだ。

注

（1）「目角二つ切れたる」については、橋本元二郎氏「ある解釈―保元物語の一節―」（「梅花女子大学文学部紀要」2 昭和四十一年十二月）に考察がある。

第二節　松室種盛について

本節では、松の筆書者と目される松室種盛について述べる。まずは、松の書誌を記す。表紙は香色雷文繋ぎ（型押）の後表紙（下巻は原表紙の外側に後補表紙）。外題は上巻にはなく、下巻原表紙中央に「保元物語」と別筆うちつけ書き、また、原表紙左に「保元物語」とのうちつけ書きの痕跡あり。巻首題は、上巻にのみ「保元物語　上」。二巻二冊。墨付紙数上巻六四丁、下巻六七丁。袋綴。楮紙。寸法二八・二×二一・三糎。一面一〇行。平仮名交じり。各冊第一丁表上欄右に「松室本家」と墨書、喉中央に「師／範」の墨方印（一・二糎）、さらに、下巻原表紙見返しに「種盛君御筆跡／松室本家／先代之御手跡大切ニ可致事」他の書き込みがあり、「松室本／□□印」の墨長方印（三・〇×二・四糎）が押捺される。また、下巻原裏表紙に「種生修補」、見返しに「祇園詠歌／我宿の千本のさくら花咲は／うへをくひとの身もさかへなん」と書き込む。上巻第二四丁が第二七丁と第二八丁の間に入っている他、末部は、第五四丁から第五九丁へ、第六二丁から第五七丁へ、第五八丁から第五五丁へ、第五六丁から第六三丁へと、文章が前後し、甚だしい乱丁を生じているが、これは後装の際の誤綴と判断され、落丁はない。

以上が書誌の概要だが、上掲書き込みは、当該写本が松室本家に伝えられていたこと、その筆写者が種盛なる人物であること、子孫の種生が修補を加えたこと、などを伝えている。種盛の筆であることを記した書き込みは、下巻原裏表紙に記された「種生修補」のそれと同筆と判断されることより種生の筆と解される。種生は種盛の玄孫に当たる人物だが、種生が記すように当該写本が種盛の書写になるものか確かなところは分からない。ただ、種盛筆を否定する積極的な根拠もないので、さしあたり、当該写本の筆者を種盛とする種生の記載に従う。

松の書写者とされる種盛は、京都市西京区にある松尾月読社の第四十八世祢宜職の松室種盛に同定されよう。月読社の由来については京都の地誌類に説明があり、今、それらの要を採ると、顕宗天皇三年、阿閇臣事代が任那において月読神の神託を得て、帰朝後、山城葛野歌荒洲田の地に月読神と高皇彦霊神を配祀し、壱岐より忍見宿禰を招いて奉仕させたことを始源とする。なお、月読社の祢宜職松室氏については、羽倉敬尚氏「洛西松尾月読宮譜代祢宜職松室氏系譜要綱并考證」(1)に詳しい。

種盛の生涯を略述すると、月読社第四十七世祢宜職重種の長子として承応二年（一六五三）九月に誕生。母は、元幕臣木村藤右衛門久家の女呂久子。幼名は熊丸、十五歳冬に元服して大蔵と称し、元禄四年（一六九一）七月より式部と称した。実名は、貞享年間に種麻《ヲ》、後に種盛と改めている（『種盛日記』元禄五年七月二十日条）。宝永元年（一七〇四）十二月二十六日に従四位下に叙せられ（同記宝永二年正月四日条）、享保十八年（一七三三）八月四日、八十一歳の生涯を終えた（『種愷日記』該日条）。種盛の後嗣で、第四十九世祢宜職を襲った種愷は、白話小説と中国語の研究で知られる稗官五大家の一人松室松峡である。松峡の事跡は、宗政五十緒氏(2)が詳しい年譜を付して明らかにしている。

また、松の修補者である種生（寛延三年（一七五〇）～文政五年（一八二二））は、種盛の玄孫（実際の血筋は曾孫）で、月読社第五十三世祢宜であり、「月読宮の興隆及び松室家名顕揚に著功」のあった人物と伝えられる。羽倉氏前掲論文に依れば、月読社は、応仁の乱後疲弊し、多くの社領地を売却した。その責に依り、重俊・重治父子は祢宜職を罷免され、替わって松尾社神主相豊の二男重清の経営するところとなる。以後、月読社は松尾社の摂社待遇に甘んじることとなるが、これを独立した一社として回復させ、また、社殿造替その他月読社顕揚に力を尽くした人物が種生であったという。社運の回復に尽力した種生であれば、先祖の書き伝えた写本の湮滅することを憂えて修補を加え、「先代之御手跡大切ニ可致事」との一文を記し添えることはありうべきことと思われる。松の筆者を種盛とみることについては、筆跡の点からいくほどかの疑問なしとしないが、その日記に依れば、種盛は書物に強い関心を持ち、多数の書物を筆写・校合しているので、状況的には彼を松の筆写者と見なすことに不都合はない。

以下、種盛の書物との係わりを知るために、『種盛日記』より、書物に係わる記述を拾う。それら記述は内容的には、書物観、読書記録、書写・校合の作業記録、書評、著者評あるいは考証の類である。日記中に見いだされる書名を、粗見した範囲から拾い出し、わたくしに分類するとおよそ次のようになろうか。

（経史等） 四書、十四経、小学、易経伝義、易学啓蒙、前漢書、春秋大全、近思録

（系譜・官職・公事・故実） 職原抄（集註）、江家次第、禁秘抄、公事根源抄、西宮抄、桃華蘂葉、女官飾抄、歴名土代、武家補任、公卿補任、将軍家譜、大系図、年号難陳、名目鈔、新撰姓氏録、院号定部類記

（法制） 令義解、令集解、法曹至要抄、延喜式、祥刑要覧

（史書・記録） 古事記、旧事記、六国史、日本紀神代纂疏、風土記、扶桑略記、東鑑、神皇正統記、大禅記、園太暦、建長年中賀茂御幸記

（文芸） 伊勢物語、土佐日記、大和物語、宇津保物語、闕疑抄（伊勢物語か）、枕草子、春曙抄、源氏物語、湖月抄、河海抄、岷江入楚、十訓抄、方丈記、徒然草、大鏡、栄花物語、保元物語、平家物語、源平盛衰記、太平記、信長記、東海道紀行（小堀遠州）、東海道紀行（烏丸光広）、枕中記

（神道・仏教） 鎮座本紀、神道加持経、神風和記、元元集、宝基本紀、大和豊秋津嶋卜定記、倭姫世紀、山家要略記、元亨釈書

（和歌・詩文） 古文後集、蠡海集、扶桑名勝詩集、性霊集、菅家文草、万葉集、古今集、三十六歌仙、懐中抄、惺窩文集、近江八景・唐八景賛、詞林采葉抄

（その他） 百戦奇法、難経格致余論、簠簋内伝、朝野群載
（現行名と異同がある書は、原則として現行名に改めたが、そのままとしたものもある。）

種盛の読書は広範囲にわたっている。この中、神道・系譜・官職・公事・故実・法制類は、月読社祢宜という家職に係わるものであり、種盛にとっては実務的な意味を持つ。そのことは、元禄五年（一六九二）から六年にかけて『令義解』『延喜式』『江家次第』を「丹点シ歴覧」した際、「吾等《トモカ》ラ神職ハ古ノ道ヲ弁ヘサレハ今ノ神事ヲ執行センニ其故実ニカナナハサルホトニ件ノ三部見スンハアルヘカラス」（六年九月十三日条）と記していることより明らかである。『令義解』について「本朝ノ人見スシテカナナハサル書也」（延宝八年九月五日条）とも記し、『職原抄』については、社司の大宰帥任官に係わって、「帥ノ官ハ流人ノ人ノ成ル官也社司之ノ官ニ任シラルモ何ノ益アランヤ却テ恥ナル事也職原抄ヲ見テ之ヲ知ルヘシ」（元禄三年九月十日条）と、論定の根拠に用いている。また、史書・記録の類も神職を全うするために必要なものと認識している。元禄三年（一六九〇）二月上旬から五月二十四日に懸けて「一日トシテ無不交合交合ノ間無他念止他行令頭痛者也」（五月二十四日条）との熱意で『園太暦』を校合しているが、それは『園太暦』を「古ノ道ヲ弁ヘ」る貴重な史料と考えていたからである。とはいえ、種盛は、書物を家職履行の具とのみ捉えていたわけではない。

予モ清貧寒素ニシテ本朝ノ書籍ヲ求ント欲ニ力ラナシ口惜事ニ思フ也一時其勢力ヲ得タラハ先万端ヲ擲テ書籍ヲ求ヘキ也金万嬴ヲ与ンヨリハ一巻ノ書ヲ子孫ニ与ンニハシカシトソ云誠哉書ハソノ智識ヲ益テ自他ノ教戒ニナルソヤ金ハ其智ヲ暗フシ自他ヲ害シソノ僑奢ヲ益テ終ニソノ身ヲ亡ス者也朱子ノ小学ニ金ハ水火病苦ナトノ不虞ノ備ヲツ、シミテ大深キ貯ハ却テ身ヲ亡スモト也トノ心ヲノセラレタレハ必ス小人ノ如ニ貪欲アルヘカラス物ヲ徳トセスシテ吾身上生レツキタル徳ヲ徳トスヘキ也（元禄六年九月十三日条）

とは種盛四十一歳の折りの感懐である。そこには書籍希求の念が強く現れている。元禄三年（一六九〇）種盛は父

の重種と「孟子養気論大極自然神道陰陽或ハ不立文字ト達磨カ言」について議論しているが、このことに関し、

父君ト道ヲ論スル事父子ノ間善ヲ責ルニ似タリト云ヘト父君道ヲ論スル事ヲ好メリ学ノ明ナラン事ヲ欲セリ父君晩年ニシテ道ヲ論シ玉コト早年ノ見殆ネンコロナレハ也而惜二于其性理ノ書ニトヲサカリ玉コトヲ一老年故書ヲ見玉コト倦リ眼気衰レハ也（九月八日条）

と記す。また、『近思録備考所載之周子太極図』については「道ヲ学者是ヲ置テ何ヲカ見ンヤ」（元禄三年九月十二日条）と述べる。こうした、儒学を基盤とする好学の気風は、重種・種盛・種愷と受け継がれたもので、宗政氏は「松峡（種愷―原水注）の松室家は文事を代々嗜む家であったのである。ただ文芸に遊んだというのみではない、父（種盛―原水注）は当時の松尾社家中では最も学識のあった人である。」と記す。さらに、種盛の書籍観を探ると、

今時ノ新書ヲ見ン輩ハ歌書ナラハ古今源氏ウツホ枕冊子栄花イセ物語万葉集ヲ鏡トシテ見テ此等ノ書ニ背タルコトハ用ヘカラス神書ナラハ旧事六国史ヤ延喜式ヤ令義解ヤ江次第風土記等ニ背ケル説ハ用ヘカラス亦此等ノ書ノ外ニ大鏡ノ元々集ノ神皇正統記ノ職原抄ノト云テ古賢ノ作書アリ多ハ明文ヲ挙ノセテ分明ノ説トモ也サレト元元集ヤ日本紀纂書ナトニハ誤ヲ以テ誤ヲ伝フノ意ニヤ誤説ヲノセラレタル事多也（天和二年十月一日条）

と記し、各分野における規範書を明記している。こうした立場に立つ故に、『方丈記』『徒然草』については「和字ノ文法ヲナレツカイ粗故実ヲノセタレトモヲシツメテ文ヲ作ニ意アリテ誣強テ作レルホトニイヤシキ所カ見ユルソ」（延宝八年八月二十九日条）と批判的であり、空海に対しても「実ノ隠者ニアラス文筆ヲ以テ世ニ媚ヘツラヒタル僧ト見ソツラ〳〵文ヲ見ニ作ハ利発ナレ共意味ニ於テハ白氏杜氏ニハ劣タルモノ也」（貞享元年四月十四日条）と手厳しい。漢籍・漢文体の書籍には多く加点作業を行い、古典については考証的・注釈的な接し方をする。従って、本文に厳密性を求める傾向がある。板本万葉集が「和点甚誤」ることを不本意とし、「名人ノ書写本ヲ見タキ者也」（天和二年十一月一日条）と嘆き、『園太暦』は「伝写ノ謬多シテ読カタキ処」があるとの不平を漏らし（元禄九年七

月十二日条）、『大鏡』は「古板ナレハ其謬誤多シテ見匹シ朱点ヲ加へ見也」（天和二年六月二十八日条）と記す。そこには善本を希求する念が強く現れている。江戸時代の識者の多くが、単に古典籍を書写・収集することに満足せず、よりよい本文を求めて校合作業をしていることは、長友千代治氏の指摘するところである。(3) 種盛もまた、よりよい本文を求め学究的に古典に向かう一人だった。

さて、種盛書写とされる松だが、書写事情・書写年次ともに分からない。『種盛日記』（天和二年五月二十九日条、種盛三十歳）に、「神皇正統記ヤ保元物語ニ今ノ帝都ヲ守ルへキタメニ松尾ノ神京西ニ鎮座シカモノ神東ニ降臨アリ」と見える。当該記載は、『保元物語』については「北には賀茂大明神王城をまほり給（略）そのほか平野松尾祇薗広瀬龍田住吉春日の社にいたるまてゐんきんいらかをならへて」（26―14）を踏まえたと推測される。上掲記載より、種盛が天和二年（一六八二）当時既に『保元物語』を見ていたことは明らかである。東国の本文を掲げたが、諸系統ほぼ同様であり、『種盛日記』の記載と符合する伝本は見あたらない。第一、厳密な引用ではないから、『保元物語』の如何なる系統を見たかは分からず、従ってそれが松と係わるものだったか否かは明らかでない。江戸時代、『保元物語』写本の素性を探る唯一・最高の手引きとして繙かれたのが、元禄六年（一六九三）水戸彰考館より上梓された『参考保元物語』である。これは、京師本・杉原本・鎌倉本・半井本・岡崎本の五異本を流布の版本と比校したもので、該本の公刊を契機として異本の問題が世上に明確に認識されることとなる。ただし、松の本文はかなり異色であるため、参考本を用いてその素性を的確に認識することは困難である。種盛は該本の稀覯性を承知してこれを書写したと考えるべきだから、参考本を見ていたなら、奥書等の形でなんらかの見解を記しとどめたと思われる。それがないのは、松の書写時が、参考本が上梓された元禄六年（一六九三、種盛四十一歳）以前であったからか、あるいは上梓後いまだ普及していない頃だったからだろうか。そのあたり判然としない。

注

（1）「神道史研究」（6—3　昭和三十三年）

（2）「松峡　松室煕載年譜」（「龍谷大学論集」392　昭和四十五年一月）他、「松室松峡—初期文人とその形成—」（「国文学論叢」19　昭和四十九年三月）、後に『日本近世文苑の研究』（未来社　昭和五十二年）に収録。宗政氏が松峡研究の第一史料として利用したのは、松室家に伝えられた松峡の日記である。延宝七年（一六七九）四月種盛二十七歳に始まり明治十一年（一八七八）に至る、月読社歴代祢宜職及び支流家非蔵人勤仕者の日記三百五十二冊が現在京都大学附属図書館に寄託・保管されており〔羽倉敬尚氏『洛西松尾月読神社譜代祢宜職松室本家日記及家記由緒幷目録』（謄写版　昭和三十六年八月）に収録年月の具体が記されている〕、種盛については、延宝七年（一六七九）四月より元禄十三年（一七〇〇）四月に至る、二十七歳より四十八歳までの二十二年間の日記が残されている。

（3）『江戸時代の書物と読書』（東京堂出版　平成十三年）

第三部　考証本・亜流本・派生本考

近世期、版行によって古典作品の多くが普及した。『保元物語』もその例外ではない。慶長年間に古活字版に組まれたのが該物語版行のはじめで、以後、元禄十五年刊平仮名交じり絵入り整版本に至るまで、数次に亘って出版された（僅かの後刷本を除いて『保元物語』には刊記がない。僚巻の『平治物語』刊記からの判断）。その後の、後印や覆刻の無刊記本も多い。版行という形で謂わば定本化した本文が、それまでとは比較にならない規模で供給されるようになったことで、実質的な異本の形成に終止符が打たれたと言えるだろう。ただ、流布本の定本化が進むと、その史料性に少なからぬ疑問が生じ、検証の必要に迫られるようになる。その結果生み出されたのが『参考保元物語』である。また、江戸中期以降は重版・類版の取り締まりが厳しくなったことから、物語のやきなおしともいうべき作品が生み出されてゆくことになる。それらは、書名に「保元」の名を冠しながらも、もはや『保元物語』とは異質の作品であり、亜流・派生本として位置づけられる。本部では、そうした著作のいくつかをも取り上げて考察する。

第一章　『参考保元物語』

『参考保元物語』（以下、参考本と略称）は『保元物語』を『大日本史』編纂の一資料とすべく、その記載事項に細密な検証を行った成果を一書としたものである。本章では、参考本について、編纂の経緯、底本の問題並びに研究史上の意義を考える。

まずは、編纂から上梓に至る経緯を見る。該本には、編者内藤貞顕による跋文が存在している。

嚮我相公命臣弘済校讎保元平治物語及盛衰記太平記諸本幷存異同旁捜群書以為修史之助弘済未終功而歿再命臣貞顕重校焉　元禄己巳之冬書成共冠以参考二字但恐採摭未博疑惑尚多姑蔵之館備他日之考耳

記すところ、徳川光圀が「修史之助」とするために、今井弘済に保元・平治・盛衰記・太平記の校讎を命じた。しかし、弘済が「未終功而歿」した（元禄二年一月十二日没）ために、内藤貞顕に遺業を継いで「重校」せよとの命が下った。貞顕は、ほぼ一年弱後の元禄二年（一六八九）冬成稿したが、「恐採摭未博疑惑尚多」の故をもってしばらく館に蔵し、「他日之考」に備えることとした。

参考本が上梓されたのは、それからほぼ四年を経た元禄六年（一六九三）十一月のことである。

近代以降、解説の多くは、右掲の貞顕跋文に従って参考本元禄二年成立を説く。(1)当該跋文は校讎者貞顕の記だから間違いはないだろう。ただ、それは元禄二年冬の時点における記であって、それ以降上梓までの間の状況は記されていない。[2]しかし、元禄二年以降も改訂作業のなされたことは、京都大学文学部蔵『大日本史編纂記録』（以下、『記録』と略称）を用いて久保田収氏が明らかにするところである。[3]以下、久保田氏の指摘と重なる部分もあるが、『記録』に従い、元禄二年以後の補訂の経緯を記す。

元禄四年五月十四日付、佐々介三郎宛て中村新八書簡に、

内藤甚平方盛衰記ノ参考を先さし置候て保元平治参考ニかゝり当年中ニも板行ノ成申候様ニ可仕旨被仰出候間其段可申渡候由得其意候則甚平方へ其段申含候処奉承畏候由ニ御座候（『記録』第十四冊所収）

と見える。これに依れば、煩瑣を極める盛衰記をひとまずさし置き、保元・平治の早期刊行を光圀は指示したようである。同年七月には、丸山雲平に対し貞顕に助勢すべしとの命が下されている（『記録』第十五冊所収、同一日付、佐々宛て中村書簡）。そうした督励の結果、翌五年五月に至って最終的な完成をみたようだ（『記録』第十八冊所収、五月十一日付、井上玄桐宛て中村新八・鵜飼金平書簡）。光圀はこれをねぎらって、貞顕に銀五枚、内藤六平に二枚、丸山雲平・高田清八に一枚、服部新介に二百匹を下賜した。[4]その褒賞から明らかなように、複数の共同作業に依る改訂作業であり、貞顕は主幹の立場にあったことが知られる。そして翌六年の上梓に至るのだが、元禄二年末の一応の成稿から五年五月の事実上の完成に至るまでの改訂がどのようなものであったか詳らかではない。しかし、それはかなり規模の大きいものだったのではないか。そう推測される一証を示す。

参考本中、版本との対校に用いられ、現在も彰考館文庫に蔵されている半井本には、

右保元物語元禄辛未春以森／尚謙所伝借半井驢庵本謄／写焉

との奥書があり、さらに

保元中巻南都一乗院坊官二条寺主所蔵乃此善本也／元禄辛未夏校讎之以朱旁書改補誤字脱文以帰正／焉

貞顕識

との押紙がある。

右の奥書・識語により、当該本は「半井驢庵本」を元禄四年（一六九一）春謄写したものであること、その中巻部に見られる朱筆書入れは内藤貞顕により同年夏「南都一乗院坊官二条寺主所蔵」本をもってなされたことが知られる。ここにいう「南都一乗院坊官二条寺主所蔵」本は文保本を指すと考えられる。該本は、半井本の謄写された元禄四年より十一年前の延宝八年に佐々介三郎が南都採訪の際入手したものである（第二部第一章第一節（二四二頁）を参照されたい）。ただし、参考本は文保本を利用してはいない。それは、該本は「善本」（貞顕識語）と認められるものの、中巻のみの零本であるため、同系統の完本である半井本をもって代表させたためと思われる。しかし、先述したように、半井本の入手は元禄四年春であり、それは貞顕が跋文において参考本の一応の完成を宣言した元禄二年より後のことである。こうしたことから以下の推定が可能になる。元禄二年の成稿の時点では恐らくは文保本が校勘に用いられていた。しかし、その後同系統の完本である半井本が入手できたため、元禄四年夏に文保・半井両本の対校を行い、その上で、改めて文保本に替えて半井本を参考本の校讎の資とすべく大幅な改訂を行ったものと思われる。元禄二年以降の改訂作業が容易に進まず、光圀の督励を受けたのは、例えばこういった状況、即ち伝本の新出による校勘のやり直し、あるいは、記録・史料類の新たな入手による事実の再検討の必要性などが生じたためと思われる。元禄二年以降の改訂作業が枝葉に係わる調整でなかったことが窺われる。

その凡例に「以㆓印本㆒為㆓本書㆒」と記すことより、参考本は印（版）本を底本としていることが知られる。ただし、いずれの版種を用いたかは明示していない。以下、参考本が底本として使用した版種の特定を行うが、調査の対象を、古活字版（第四・九・十種未見）と整版本（元禄十五年刊記版を除く）とする。

①漢文の章段目録を有する、②章段区分を有する、③漢文の序文を有する、④片仮名交じり表記、等が形態面での参考本の特徴だが、各項について諸版の姿を示すと次のようになる。

①　目録

漢文（参考本と同）十一、寛元版

訓読文　七、八、寛三版、明暦版、貞享版

無　一、二、三、五、六

②　章段区分

有（参考本と同）七、八、十一、寛元版、寛三版、明暦版、貞享版

無　一、二、三、五、六

③　序

漢文（参考本と同）寛元版

訓読文　一、二、三、五、六、七、八、十一、寛三版、明暦版、貞享版

④　本文表記

片仮名交じり（参考本と同）十一、寛元版

平仮名交じり　一、二、三、五、六、七、八、寛三版、明暦版・貞享版

四項目の全てにおいて参考本と一致するのは寛元版のみであり、参考本と寛元版との緊密性が窺われる。ただし、この事実のみをもって参考本の底本が寛元版であると断言するにはなお慎重でなければならない。というのも、④本文表記、について言えば、参考本は片仮名交じりだが、その底本も同様に片仮名交じりであったかどうかは厳密には分からない。参考本が表記形態を改めていない保証はないからだ。参考本は、版本との校讎に用いた五部の異本の本文をすべて片仮名交じりで表記しているが、この中、実際に表記が片仮名交じりであるのは半井本のみで、他三本（岡崎本は不明）は平仮名交じりである。参考本は異本本文の表記を片仮名交じりに改変・統一して転載し

ている。こうした事実がある限り、表記形態に着目した前掲表から導き出される判断のみではなお危ういところがあるかもしれない。もう少し内容に立ち入った検討が必要だろう。

次頁の表は、版本間で異同の目立つ記述のいくつかを掲げたものである。上欄は参考本が底本に使用した版本の本文、中欄は参考本が底本に使用した版本と同記載を持つ版種、下欄がそれ以外の版種における記載である。なお史実・文脈・語彙などの面より判断して妥当とみなされる記載には※印を付した。（ ）内は国書刊行会本における頁・行である。

次頁の表のいくつかの事項について少々の説明を加える。②は参考本に、

保延五年五月十八日、〈本書誤作二保元五年四月十八日一、今従二諸本及諸実録一改レ之、〉美福門院〈割注略〉御腹ニ皇子〈割注略〉御誕生アリシカハ、

（〈 〉内は割書だが、便宜上一行書きにした）

とある箇所。参考本が底本に使用した版本が、近衛帝の誕生を保元五年四月十八日としていたのを、参考本は「諸本及諸実録」に従って保延五年五月十八日に是正している。当該部、寛元版、寛三版、明暦版、貞享版が参考本の底本の記載と一致しており、他版は、史実通り保延（「ほふゑん」「ほうゑん」）五年五月十八日もしくは保延五年四月十八日とする。

③は、謀反の意を頼長に告げる崇徳院の言の一部、「我身徳行ナシトイヘトモ、十善ノ余薫ニコタヘテ、〈薫、旧作レ君、今従二異本一〉先帝〈鳥羽〉ノ太子ト生レ、」とある中の「余薫」は、元の版本に「余君」と誤記されていたのを参考本が改めたものである。当該部、第十一種と寛元版のみが「余君」とし、他は「餘薫」「よくん」「よてん」とする。その他の掲載事例については逐一の説明を省くが、一覧して明らかな如く項目のすべてにおいて参考本の底本と一致するのは寛元版であり、両者の緊密性は明白である。ただし、なおいくほどかの問題がないわけではない。それは、参考本と寛元版を対校した場合、両者の本文が完全には符合しない点が見られることである。しかし、

参考本の底本の記載	上記と同記載の版種	他版の記載
①保元合戦記（端作）	寛元、寛三、明暦	保元物語
②保元五年四月十八日近衛誕生（2下11）	寛元、寛三、明暦、貞享	※保延（ほふゑん、ほうゑん）五年五月十八日、同年四月十八日
③十善ノ余君（16下4）	十一、寛元	余薫、よくん、よてん
④旧院十日（16下10）	十一、寛元、寛三、明暦、貞享	登霞、とうか
⑤小天狗（23下11）	十一、寛元、寛三	聖天供、せうてんく、しやうてんく、天狗、小天く
⑥似不顧存（32下4）	六、寛元	似不顧存擯、似不省存意、似□不□存、そ（く）んいをかへり見さるに似たり、存をさるに似たり、など区々
⑦スキマカゾヘノ悪七別当（36下16）	七、寛元	あきま
⑧為義カ郎等（79下6）	十一、寛元	※為朝
⑨仙洞ニモ御兄（100下17）	十一、寛元、寛三、明暦、貞享	※弟
⑩頼少（104上13）	七、十一、寛元、寛三、明暦、貞享（「たのみすくな」を含む）	単己無頼、たんこふらい
⑪御舎弟（131下10）	寛元、寛三、明暦	※兄

この現象は参考本の本文改変に帰してよいと思われる。参考本は底本の本文を改変したことを凡例に記している。その要をとると、印（版）本の字に「有二伝訛一」場合、「直刪レ之」その下に「旧誤作レ某、今改レ之」と注記する。又、その「脱誤」についても「依二異本一」これを訂する。特に、「禁裏仙洞、及頼長師長等書簡」のごとき、「文字

顚倒脱誤甚」しい部分については、「異本適レ可者」従って改める。但し、当非の明らかでないものについては、「姑存レ古」敢えて私に改めない。さらに、篇目で「繆差」や「文字顚倒」のために読みがたい箇所については、「通二考異本一」した上で「取捨増損」するとの趣意である。前表の②③に示した事例は「伝訛」を改めた例である。

又、

推古天皇〈割注略〉御時、上宮太子〈以上六字本書脱、今依二諸本一補レ之、下略〉世ニ出テ（41上9）

大庭平太景義、同三郎〈本書漏二景義以下五字一、今依二諸本一補レ之、〉景親トソ名乗タル（73下14）

などは底本の「脱誤」を補った例である。こうした注記を付した上での改補については問題ないが、この他にも参考本と寛元版との間には微細な異同が多数見られるが、注記のないものも多い。例えば、宿直（参考本）―殿居（寛元版）、諫サセ給フ（参考本）―勇サセ給フ（寛元版）、臨終正念（参考本）―臨終生念（寛元版）、ヰテ参ル（参考本）―出参ル（寛元版）など、あるいは、打籠ラレテ（参考本）―被打籠テ（寛元版）、意趣ニアラス（参考本）―非意趣ニ（寛元版）といった文字や表記の相違、さらに、寛元版には振り仮名や濁音表記などが多く見られるのに対し、参考本にはそうした処置が少ないといったことなど、小さな異同は枚挙にいとまない。しかし、これらの現象は、寛元版と参考本の関係の直接性を否定する積極的な根拠にはなりえないだろう。特に注記はないがすべて参考本による改変の結果とみなして差し支えないと考えられる。(5) 以上より、参考本が底本とした版種は寛元版と特定しておそらく大過あるまい。

参考本の発起がいつだったかは定かでない。が、元禄二年には一応の成稿をみているので、それより数年前のことだろう。(6) とすれば、発起の時点では古活字版はもちろん寛元版・寛三版・明暦版など、代表的な種類は既に出揃っていたと考えてよい（貞享版は年次的に無理だろう）。参考本が校讎に先立ちまず行わねばならなかったことは、複数の版種からいずれを底本とすべきかだった。結果として寛元版を採択したようだが、該版が整版本中もっとも古いことや、他の整版本が絵入り版で俗気を有していることなどがその理由と思われる。今から見れば、古活字版群が検討の対象にされなかったことに不足を感じるが、当時の状況を顧慮すれば、ないものねだりであるかもしれない。

参考本は四十九部の文献を引用書目として掲げる。これは当時としては驚嘆すべき規模での文献博捜を基盤に、『保元物語』の検証がなされたことをものがたる。四十九部という引用書目数は、現在行われている主要な注釈書、例えば新・旧日本古典文学大系本や日本古典文学全集本、角川ソフィア文庫本におけるそれに比べれば遥かに及ばない。しかし、現代の注釈書は注釈という広汎な営為をなすものであり、利用文献は記録・史書のみならず故実書・地誌・古辞書・経典・漢籍等に及ぶ。参考本が唯一至上の目的とした事実検証に限れば、現代の諸注釈書は参考本の渉猟の成果を大きく抜くものではない。このことは、検証に不可欠な史・資料の多くが参考本の段階で探索されていたことを語る。

当時としては稀な博捜の成果を背景とした参考本は如何なる姿勢をもって考証に臨んでいるのか。結論をさきに言えば、極力私意を排し、可能な限り客観的な帰結にたどりつこうとする姿勢を見せている。それは、今日の研究理念と変わるところがない。むしろ、より厳正でより禁欲的でさえある。

以下、具体例を示してその考証のありようを見る。頼長の内覧宣旨拝受を例にとる。底本とした版本がその拝命日を（久安七年）正月十九日とすることについて、参考本は京師本等の異本並びに『一代要記』『百練（錬）抄』の十日説、『公卿補任』『歴代皇紀』の十六日説を紹介した上で、『台記』の記事を根拠に十日を是としている。日録を編史類に優先させる、こうした論立ては今日の考証法と同じであり、高い説得力を獲得している。なお、検討の結果確定しえないと判断した場合、関連史料を列挙するにとどめて後学の参考とし、いたずらな付会を避けたことは極めて良心的といえる。波多野次郎の名が諸本間で義通（吉通）・延景（信景）と異なることについて、『系図一本』『東鑑』の記載を掲げた上で「未㆑知㆓孰是㆒」（48上9）と結論を保留していること、崇徳院出家の場所について「知足院ノ方」の「怪シケナル僧房」とする『保元物語』の記述に対し、「按㆓一代要記、帝王編年記㆒、七月十二日、新院於㆓仁和寺㆒御出家、云云、未㆑知㆓孰是㆒」（91下2）と記していること、為朝の年齢について、底本が前後で齟齬する点や、他本及び系図の記載に触れた上で「実録又無㆓所見㆒」（176下2）、「諸説未㆑足㆓確據㆒」（176下4）とするなど慎重な姿勢が随所に見えている。

以上の例に見るように参考本は確固たる考証法を確立しているのだが、史・資料が現代ほどには整備されていなかったために、思わしい結論にたどり着けていない場合も少なくない。例えば、崇徳院方廷臣達の流罪宣下の時日を、底本である版本が二十五日と記す点に関しては、「京師、杉原、鎌倉、半井本、不㆑載㆓遠流宣下日時㆒」（153上3）と記すにとどまり、版本の記載に当否の判断をさし下すことができなかった。又、頼長の子息範長の配所についても「配所安芸国トソ聞ヘシ、〈安芸、半井本作㆓安房㆒〉」（154下15）と記すのみで、「安芸」「安房」のいずれが正しいかの判断は保留している。その他にも保元改元の時日について、『百練（錬）抄』『愚管抄』など編史類の記す四月二十三日、二十四日、二十七日、二十八日等の諸説を掲げた上で、「未㆑知㆓孰是㆒」（9上3）と結論を保留している点、鳥羽の即位を嘉承二年十一月朔日と誤っている点（1上13）など、これらは現在ならば『兵範記』『中右記』『殿暦』等によってただちに明快な判定が下せる事柄である。(7)

このように参考本の考証にはいくほどかの不備が認められる（中でも、『兵範記』を逸している失錯は大きい）。しかしそれは当時としてはやむを得ないことであった。史料探索の便において参考本編纂時の状況は今日と大きく異なっている。『保元物語』の検証に資する記録類が果たして存在するのか、存在するとすればどこに蔵されているのか、それ自体が不明であった。存在が確認されたとしても、その披見が極めて困難なことが多かった。幕府の権威を背景として編まれた『本朝通鑑』が記録類の主要な持ち主である公卿達の協力が得られなかったために不本意な結果にとどまったことはよく知られている。そういった状況下での史料の探索・収集の辛苦がいかほどのものであったかは、史館の活動を伝える記録類を繙くことによって窺い知られる。当時の閉鎖的な状況を考慮するなら、やはり参考本は時代を抜きんでた産物というべきであろう。

以上、述べきたったように参考本の考証姿勢は極力私意を排し、史料に語らせようとするものである。今日からみれば認定の不備もないではないが、多くの場合高い説得力を有するに至っている。結論を急がないのも問題箇所が明白になり、後学を大きく利している。その功についてなお述べるなら、主要な事実や出来事に関して、検証のみに終わることなく諸文献から関連記事を収集・掲載したことの意義は極めて大きい。例えば近衛院崩御に係わっての『今鏡』『古事談』の記事、頼長の人となりに関する『台記』『今鏡』『愚管抄』の記事、頼長の近衛院呪詛の風聞に関する『古事談』『台記』の記事、青海波伝授に係わる諸文献記事などの掲載は、事実考証という当面の目的を越えて、後世、物語の性格を読み解く上に大きな示唆を与え、近代以降の作品論を生む母胎となった。

参考本の特徴としては他に版本と異本の異同を明示する点があげられる。もちろんそれは版本の記載事項の検証が眼目であって、現代人が抱くのと同様な興味が参考本編者にあったわけではなかろう。しかし編者の意図如何に係わらず、近代以降の研究者に異本への目を開かせる結果となり異本研究の礎となったことは疑いない。藤岡作太郎氏や野村八良氏の研究は異本の問題に言及した先駆だが、(8)両氏ともに恐らく異本そのものは実見しておらず参考本の校異をもとに論じたようである。

以下、参考本における異本本文掲出の様態について述べる。該本は、底本とした版本と異本との異同を、短い場合は割書形式で、長い場合は○印を冠して「……本云」の形式をもって示す。それには「半井本云」のように一異本の本文のみを単独で掲出する場合と「京師本、杉原本、鎌倉本、半井本竝云」のように複数本の本文を一括して掲出する場合とがあり、量としては後者が多い。このことは各異本の個性に意を注ぐというよりは、版本対異本という構図において版本の性格をより明らめることに参考本の意図があったことを窺わせる。

具体例を示してその掲出のあり方の特徴を探る。例示するのは「為義北方入水事」の段の、為義の妻の嘆きを叙する条、参考本が、諸異本の本文が版本の本文と大異するとして「京師本、杉原本、鎌倉本、半井本竝云」の形で、異本本文を一括掲出している箇所である。「京師本、杉原本、鎌倉本、半井本竝云」として参考本が掲げる本文を中心に据え、その両側に各異本そのものの本文を校合した（当該部については、半井本は内閣文庫蔵本ではなく、内藤貞顕らが実際に使用した彰考館文庫蔵本に依った）。

（a）

杉原　か丶るへし　たにしり　ミな　物を　なりともあひく
京師　か丶るへし　たにしり　みな　ぐ　そまいる　なりともあいぐ
〇参考　角　ト　知　タラハ皆　具シテ　参　ラマシ　セメテハ一人也　共　相　具シタラ
鎌倉　か丶るへし　せ・　四人なからそ　責・　身に副・　りせ
半井　（独モ二人モ具シタラハ終ニハ惜ミ遂①ストモ今マテ見タラハ能ラマシ・・・・・・・・・・・・・・）

たとひのか　・はて　とも　とりくミ　いかに　なり　けさ　かきりの別　ことの
たとひのか　はて　とりくミ　いかに　かきり　あり
〇ハ縦　遁　レハ果　ス共　手ヲ取　組　テ　如何　モ成　ナマシ　今朝ヲ限　ニテ有※　ケルヨ
・・・・・・・・・・とり・　そいかに　・　さハ　あらむ事の口惜
・・・・・・・・・・・・・・・・）　・・・・　・・・・・・

かなしさよおさな　とも・ね　かほ　み　物・をへ出さる　いひ　まことなり
おさな　もの　ね　かほ　いひ　ことわさ　まことなり
○　稚　キ者　共　ノ寝タル顔　ヲ見テヨソヘイテスト云　ナラハセル諺　ハ実　也　ケルソヤ
さよ　・・・・・・・・・・・・・・・・・・・・・・・・・・・・
・・・・・・・・・・・・・・・・・・・・・・・・・・・・・

けに　むま　まて　まもら　ちかはせ　きけ是ハたゝし
満　ぼさつ　すゐ　まて　まもら　ちかわせ　きけ是はまさし
○実　ヤ八幡大菩薩　ハ源氏ノ家ニ生　ル、ヲハ末　々迄　モ守　ント　誓　給フトコソ聞
夫　・・・・・・・・・・・・・　云御　の有なるに・・・・・
・・・・・・・・・・・・・・・・・・・・・・・・・・・・・

きけちやく　いまたおさな　ともを　させ　うら　かく有・　し　しりた
きかとくなりたとひおさな　もの成・　すてさせ　うら　かく　し　しる
○　縦※　稚　キ者　ナリ共捨　給フ　恨　メシサヨ角　アルヘキト知※　ナラハナシカハ
・　少　まて・失ひ　ひぬる事の口惜・・・・・・・・・・・・・・・
・・・・・・・・・・・・・・・・・・・・・船岡山ヘハ行スシテ何シニ

まいるへき　此ほときせい申つるも　　身のうへまたハ　とも　行末のいの
やはた　まいり　このほとしやうじんはじめしも　はうくわんとの、　いのり　が　いの
○八幡　へ　参　ケン　　判　官　殿　ノ御※祈　子共　カ　祈
・・・・・・・只今参つる心も　・・・・・・此等
ハ　ソ　・・（八幡殿②へ参モ誰為入道殿ト四人ノ子トモノ祈ノ為也）・　・・・・

り　ため　けさしも　まいり・・　とも　最後をしらさりつる事よ
り　ためぞ　しもやはた　まい　とも　さいこの　いま一度
○　ノ為　ソカシ　今朝　八幡　へ参※　ラスハ子　共　ノ　名残ヲハ
かゝりせハ何しにか参つらむ留居つゝ・・・・・・・・此者　こそ
・・・・・・・・・・・・・・・

・・・・・くや　・のたまひ　こそはかなけれ　なく　のたまひ　舟
おし　くや　まふて　・のたまひ　こそせめてなれ　なく　のたまひ　ふ
○惜　ミテマシ悔　シカリケル物詣　ヨトソ宣　ケル　又泣　々宣　ケルハ船
まゝしか・由　無　・恡うさへ思れ　こそ責の事とハ覚しか・・・・・・・・
・・・・・・・・・・・・・・・・・・

ゆき　むな　かはね　み　ハおも　とも　さため　•
なをか　ゆき　むな　かはね　おも　とも　さため　いぬ
○岡　山へ行　テ空　シキ骸　ヲモ　見ハヤト　思　へ共　〈半井本云、略〉今ハ定　テ犬　モ
・・・実　に　・　也　（トモ）今一度ハ　たし・・去
・・・・・・・・・・・・・・・（相当本文）顔モ無キ身ヲ今　ハ

からす　ちら　こ、かしこ　・・・・　しかいとも　もとめ　あしかれハ
からす　ちら　かしこ爰　わ　げなるしがいども　もとめいだい　よ是ハ
○烏　モ引散　シヌラン彼　此　ヨリカハユキ　死骸　共　ヲ求　出　シテ　是ハ乙若カ手
・食　かしこ　・　・取　たらむ・・・・・
物　共　テ・・カシコノ藪　枝一ツコ、ノ谷ヨリ骨一ツ尋　足ニテ有ケリ

あし　・　いひてミ　め　なか〳〵　じ　おも　なり
なか〳〵　じ　おも
○　天王カ足　ヨナント　見ンモ目モアテラレシナレハ中　中　ユカシト思　フ也
・・・・・・　てハいと、為方なかるへし今ハ只けさを限にてこそあらめ
亀若カ手ニテ有ケリ鶴若　骨ニテ有ナント云ン事コソ悲ケレ・・・・・・・・・・・・・

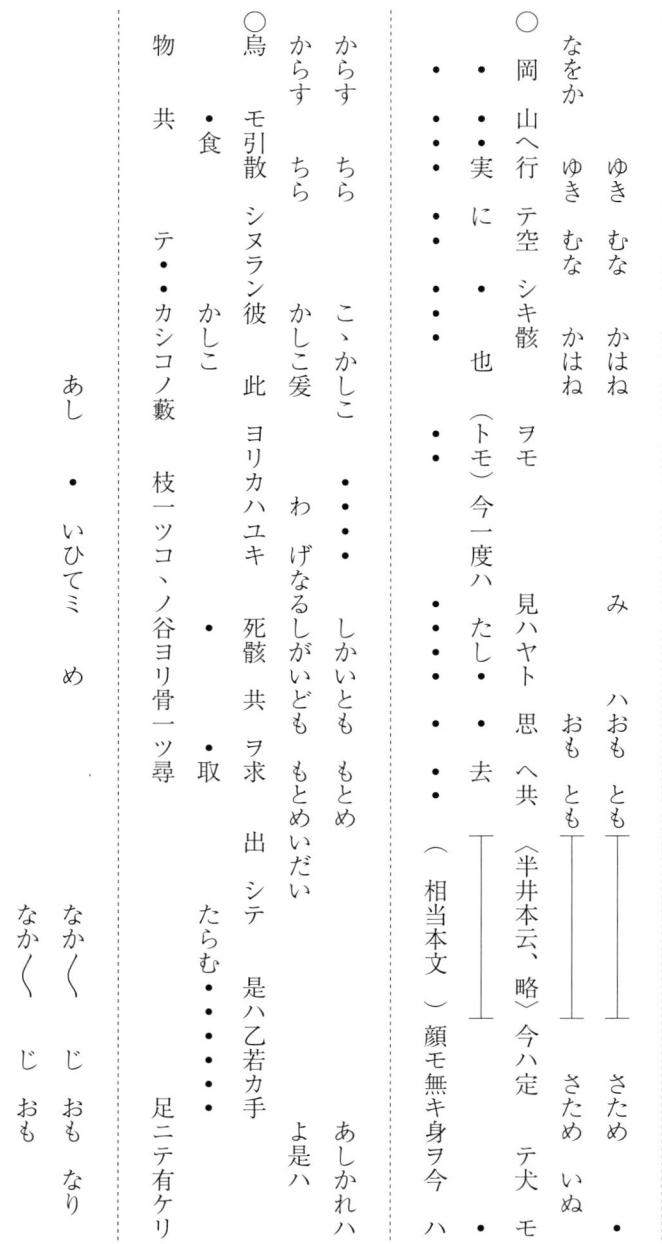

馬嵬かのへのそのむかし（略）　にまいり　さま　かへ　　とも
はくわいか原鳥部山（略）　さかうづまさ　まいつ　さま　かゑ　おも
◯　（略）　嵯峨太　秦　へ参　テ様　ヲ替　ント思　へ共
うつまさ　に詣つ、・・・・　は
法輪仁和寺大原ノ方ニ行　ハヤ　トモ是コソ誰カ妻ニ

身のなれるはてのありさまよ・・　ん　法師原　のさた　こ
ためよし　つま　ん　ほうしはらのさた
◯　為　義　カ妻　ノ　※ミメノヨクテワロクテ　ナ　ト　沙汰セ　ン事
朝臣　有様よ　・・・・・・・・　られむ・
テ（略）　法師　ニテ有ケルナ　サ悪サヨ髪ノ長テ（略）・　ラ

と　かきか　こひ・　手つか　カ
こしかきがかたな　こう　ミつか　カ
◯　モ　心ウシ〈鎌倉本云、略〉トテ輿　舁　ノ刀　ヲ請　テ〈鎌倉本、半井本、竝無二輿舁字一〉自　ラ髪
口惜（相当本文）　・・・　・こい寄　自③　・も
コソ恥シケレ（略）　・・・　乞・　本結キハヨ

ミ　　きりおろ　あまた　むすひわけ　　　たむけたてまつり　つゝミく　テ河　中へ・いれて

ミ　　きりおと　あまた　ゆい　わけ　　ほう　たむけ奉り　つゝミ　テ　中へ　いれ

○　ヲ　截　落　シ数多　ニ結　分　仏神三宝　ニ手向　石ヲ包　具シ　川ノ底ニソ沈メ

と結きハよりかい切　・あまた　　て　・・　廻　して　に　て河　・　・て

リ手ツカラ　押切テ　・皆・　・・　テ　・・　廻　シテ　ツゝミ　テ桂川・

　　　　　り

○ケル

　　　　　り

タ

※①本文を墨滅して右行間に「遂」、②「殿」の上に「〇」、③「目」の上に「〇」)

平仮名と片仮名の区別は厳密ではない。半井本は独自性が濃いため、相当記述のみを掲出・校合した。右掲の校合から参考本の異文掲出法について次のことが知られる。京師本以下四本「竝云」として参考本が掲出する本文は、四本の中では京師本に最も近い。※印を付した「有ケルヨ」「縦稚キ者ナリ共」「知ナラハ」「御祈」「参ラスハ」「ミメノヨクテワロクテ」などの箇所からそのことが分かる。複数異本の本文を一括掲載するといっても、事実上は京師本にほぼ依拠している。ただし、異同の甚だしい部位については、「半井本無、而云」「半井本云」「鎌倉本云」の形で、個性の強い本文を割書形式で掲出している〈〈 〉部がそれに当たる〉。また、京師本に依拠してはいるが、その忠実な転載ではなく、本文のかなりの省略（簡略化を目的とする改変を含む）や、補改が見られる。

本文省略の例としては、「はくわいか原鳥部山」にはじまる比較的規模の大きい情調文の削除から「はかなけれ」といった文末表現の切り捨てまで多岐にわたり、趣意を損なわない程度の簡略化を意図している。次に、本文改変の例としては、京師本の「まいるまし」を文脈上不当と見て「参ラマシ」と改めていること、さらには京師本の「かわゆげなる」「川の中」を採らず、それぞれ「カハユキ」「川ノ底」と改めていることなどが挙げられる。「まいるまし」「かわゆげなる」はともかく、「川の中」については京師本の本文でも差し支えないと思われるが、参考本の編者は、鎌倉本に見える「川の底」をより適切と判断しこれを採用したのだろう。

以上をまとめるなら、参考本における異文掲出（複数異本一括掲出の場合）の様態は、①いずれか特定の一本に主拠して行文をなしているが、異同の大きい部位については「……本云」の割書形式で個性の強い本文を別掲している、②依拠本の忠実な転載ではなく、省略・改変・補正を施している、ということになる。

ただし、上記姿勢はごく限られた部分の校合から得られた見通しである。参考本全体としてはどうであるのか。以下、この点を述べる。同形式をもって二例を追加する。

（b）

京師　いとう　ず・・・・　・ど　どおつ　・・・・・・・　ていとう五

○**参考**　伊藤　六一タマリモタマラス馬ヨリ倒　ニトウト落　レハ兄ノ伊藤五人手ニカケシトヤ思ヒケン馬

杉原　さかさま　ど　おちけ　じ

お　・・くび　とるかげつな　いそぎひきかへ　あきのかミ　・まへ、来
○ヨリ飛　テ下リ弟カ首　ヲ取　景　綱　是　ヲ見テ急　キ引　返　シテ清盛　ノ御前　ニ参　テ申ケルハ
とんでお　くひ　とる　これ　いそ　まへ　まいり

あなおそろ　ちん　の　ぜい　・いとう　ハはや　・いおと　・　ぬきやつにもすいぶんさねよ
○穴　怖　シノ鎮　西　八郎殿ノ弓　勢　ヤ候伊藤　六　矢場　ニ射落　サレテ候　彼　者ハ
あなおそろ　ゆんぜい　やには　いおと　かの

き　・　・きせて　ひ　物を　ゐ・・・　いとを　ふしぎに・・おほえ　いとう　がよろ
○鎧　ヲ重　テ著　候　ツル　二領ノ具足　ヲ射徹　スタニモイカメシ　ト覚　候ニ伊藤　五カ鎧
よろひ　かさね　きて　くそく　いとを　き　おほえ　よろ

ひ　にうら　ひ　かやう　いか　よろひ　き　もんへ　むかい　あなおびた、し
○　ノ袖　裏　カイテ候加様　ニ候ハンニハ如何ナル鎧　ヲ著テ此門　ニハ向　候ハンスルソ如何様
ひ　うら　き　かやう　いか　よろひ　き　むかひ　いかさま

二三　かさねき・・　かな　共・おほえ　かつ　いくさ　しかうお
◯鎧　ヲ十　領モ重　テ著サランヨリ外　ハ叶　フヘシトモ覚　候ハス命　アリテコソ軍　ヲモ仕
よろひ　かさね　き　ほか　かな　おほえ　いくさ　つかまつ

くをもあらわさめあな・・・・　・・あさみをる・
◯　候ハンスレ　穴　スサマシノ人ノ勢　候ヤト申　ケレハ
り　あな　いきおひ

（c）

鎌倉　其日ハ　の　の冑　許　たり
京師　ハあかちの　の・ひたゝれ　わきたて　くそくはかり　・はいたりゑほし　たて
◯**参考**　義朝　赤　地　錦　鎧直垂　ニ脇　楯　小具足　計　ニテ太刀ヲ帯　烏帽子引　立　庭上ニ
杉原　はあかちのにしきの・ひたゝれ　こぐそくハかり　・はきたりゑぼしひきたて

て候　・・・　し・　父　て

・　かしこまつてぞ候ひけるしんぜい・・・おほせくた　なんぢしんふきやうたい　すてみか

○跪ク　信　西　ヲ以　テ仰　下　サレケルハ汝　親　兄　弟　ヲ捨　御方

ひさまつきかしこまつてそ候ける　もつ　おほせ　なんぢ　父　すて　か

候　ある所也・　給せつ今度の奉　公

た　候　はなはだ　・今度　の　しやう　おゐ　なんち　ぶ　ちうせつ

○　ニ参ル条　尤　叡　感　甚　シ然　レハ　大将　ニ於　テハ汝　ニタフ　忠　節

た　でうもつともゑいかんはなはた　しか　こんとの　おひ　なんち　まハる

なんに於て　申候　ハ　免

ぬきんでよていれば　ころ　せうでん　ふしつ　ゆる　むね

○ヲ抽テ　ハ日来　所望ノ　昇　殿　不日　ニ聴　サルヘキ也　其　旨　ヲ存知仕　候へ

ぬきんで　ころの　を　ゆる　なりそのむね　り　とおほせ

下野守　　　被　　　　　　　　る
かしこまり・　　いゐ　つ　ふ　こと　かつせんの庭　　　あん　うち
○　義朝　畏　テ　申ケルハ家　ニ申伝タ　ル事　候軍　　ニ出テ死　ハ存　ノ中　ノ事生
けれハ　かしこまり　　つ　ゆ　合戦の庭　する　あん　うち　いく

る　　　　　　　　　　かへ候
・　こと　・に　けんめい　おゐ　命ならびにせんし　おもむき　替り候・・又か
○　ハ存ノ外　ノ事　也　然レハ　愚　命　ニ於　テハ故院ノ御遺誡幷　宣　旨ノ趣　ニ換　ヌレハ骸
る　ほか　なりしかるにけんめい　おひ　命ならひにせんじにて候へ　・・　・・　か

ハ　　日の　花　せ
はね　せんちやう　さら　こと　唯　・・・いき　ふた度かへりさん　し候
○　ヲ戦　場　ニ曝　サン事　只今也　サレハ生　テ再　帰　参　スヘクハコソ後　栄　ヲモ期サ
はね　せんぢやう　さら　む　なり・・・・二たひき　さん　し候

然れは　下せられ
ハ　うん　まか　たのミすくな　ちよくようある　唯　せんじ　くた
◯　メ天運　ニ任　スルヨリ外　ハ恃　少　キ命　也　後日ニ勅　許　有　ヘクハ只今宣　旨ヲ下
ハ　まかせん　ほか　たのミすくな　いのちなり　せんじ

候へしと覚　するなら　•　出来ぬ　日来の
るへしとおほえ　ゆへ　ねんらいの　たつ　知候なら　いま　いさ　べ
◯サレタク　候其　故　ハ　所望達　シヌト存セ　ハ今　少　勇　ム心モ候　ヘシ
そのゆへ　年　来　の　するなら　すこしいさ

を　又も　すて　ぬ　•••••
をたつ　•••　すて　ことかつう　まうねん　なりかつう　むねん　も　べ　かひか
◯所望　達　セスシテ二ツナキ命ヲ捨　ン事　ハ妄　念　共　成　且　ハ無念　ニ　候ヘシトテ階　下ニ
を　すて　かつう　ともなりかつう

ミ
ちかつきす丶ミ
○近　ク　進　ヨル
ちか　す丶み

まず、参考本の依拠本については、（a）の場合、京師本に主拠していることが認められたが、（b）で参考本が「京師本、杉原本竝云」として掲げる本文は、実際は杉原本のそれであって京師本には似ない。さらに（c）で参考本が「京師本、杉原本、鎌倉本竝云」として掲げる本文は、ある特定の一本との緊密な関係を示さず、各本の本文を混合したような現象を呈している。すなわち、主拠本について（a）は京師本、（b）は杉原本が挙げられるが、（c）ではその認定が困難である。参考本における複数異本の本文掲出の様態には場所によってかなりの差のあることが分かる。結局、参考本における異文掲出については一貫してある特定の一本に依拠する姿勢は見られないこと（印象判断的な物言いが許されるなら、京師・杉原本に依拠する場合が最も多く、次いで鎌倉本が時に半井本が用いられている。なお、各箇所において如何なる理由でその本文が採択されたかはよく分からない。場合に応じてかなり主観的な判断がなされた風であり、全体を貫徹する、依拠伝本の選択基準らしいものは見いだせない）、また、依拠伝本が認定できる場合でも、依拠伝本の本文と参考本掲出本文との親疎の度合いは一定しておらず、極めて密着度の高い箇所から判定が困難な箇所まで振幅のかなり大きいことが分かる。[9]

次に、本文省略・改変・補正について述べる。まず省略の場合だが、これについては引用をできる限り簡単にとの意図から、修辞の類や文末の言い回しなど微妙な表現を切り捨てる場合と、かなりの規模にわたる省略の二種類がある。前者については説明の要はあるまい。問題となるのは後者である。例示部にも明らかな如く、美文調の情調表現や評言の類がその対象とされている。こうした類の記述は、底本とした版本についても「憂情虚色之文」「無レ益二事実一」との理由をもって削除している。底本に対してさえそうであるから、異本本文の掲出に同処置を取っていることは当然と考えられる。異本本文の大幅な削除例としては、近衛院崩御、義朝昇殿、崇徳院と武士の離別、為義父子の離別、為義斬首、為義の妻入水に係わる情調表現・評言などである。もちろん参考本はそれら記述を省いたことを明記してはいない。

改変・補正も全体を通じて見られる姿勢である。特に補正については、複数異本の一括掲載の場合よりも一異本の転載部において、その姿勢が顕著である。一、二例示すれば、義朝幼少弟斬刑の段、参考本が「鎌倉本云」としてその本文を掲出する一節「今少モ疾、判官殿ノオハシマス所へ参ント思ハ、ヽ」(139上17)とある傍線部、鎌倉本自体には「おハせし」(影946—7)(62—8)とある。これは鎌倉本の「おハせし」を不当と見た参考本が「オハシマス」と改変している例である。また、為朝についての描写、半井本引用の一節、「弓手ノカイナ四寸増テ」(29下15)の傍線部が当の半井本には「ステニ四寸」とある。参考本は「ステニ」の語を不当と判断し削除している(「ステニ」は恐らく「右手ニ」を誤ったものだろう)。

依拠伝本の選定、及び本文省略・改変・補正という観点から見てきたが、これに加えてもう一つ看過することのできない現象がある。それは異本間の記事構成についてである。『保元物語』諸本は各々独自の構成を有する。大きくは章段配列から小さくは文章単位まで数次の段階において相違がみられる。しかしそうした構成上の異同に参考本はまったく触れない。版本の展開に沿って異本の相当記述を併載しているため、異本の詞章配列のあり方は分からない。それは章段配列についても同様である。参考本をもってしては各異本の記事構成のありようを知ることはまったくできない。

以上、具体例を挙げつつ参考本における異本本文掲出の実態を眺めてきた。約言すると、参考本には各異本の姿を再現する意図はなく、版本対異本という構図で版本の理解に資するものとして異本群を扱おうとしている。そのため、異本本文を版本の本文と対比する形で可能な限り一括して示している。具体的な形としては、大抵の場合ある特定の一本に主拠するが、厳密な転載ではなく、かなり大胆な省略を行い、かつ他本を参照しつつ私意による改変や補正を行っている。皮肉な見方をすれば参考本は校異の部については、どの異本でもない新たな一本を作りだしたということかもしれない。また諸本間の構成の異同にまったく意を払っていないのも大きな特徴である。参考本編纂の目的は、『保元物語』を修史の一助として利用するに先だっての該本の事実性の検証にあるのだから、所期の目的は達せられている。ただし、現代人の異本認識の欲求を満足させるものでは到底ない。各異本の復元という立場から参考本を見る時、三つの大きな難点がある。第一は、互いに相違する複数の異本の本文を「竝云」の形で可能な限り一括して示そうとした点(10)、第二は情調文・評言等を削除している点、第三は構成の相違に言及していない点である。特に後者二点は各異本の作品としての特質を把握しようとする際、致命的な欠陥となる。参考本が「無レ益二事実一」として切り捨てた記事群及び黙殺した構成の異同そのものこそが各異本の作品世界を特徴づける重要な要素の一つだからだ。この二点を無視しているが故に参考本は異本究明のための十分な資料とはなり得ていない。繰り返すが、参考本は検証という点では優れた成果を挙げている。所期の目的を達成している。しかし、修史に資すための史実性の検証にその目的を絞るなら参考本はこれほど煩瑣に異本本文を掲出する必要はなかった。もっと簡単な校異でこと足りたはずだ。そうしなかったのは、参考本自体が、おそらくは当初の目論見ではなかった異本の叙述世界の位相に興味の一歩を踏み入れてしまったからに他ならない。そのため、検証面では必要以上に詳しいが、異本の叙述世界を浮き上がらせるには物足りないという中途半端な結果に終わったといえるのではないか。

注

（1）国書刊行会本の例言は「保元物語は夙く元禄二年脱稿せしが、平治物語の成るを俟つて、元禄六年共に版刻に附せられた」とし、『増補改訂日本文学大辞典』（昭和二十五年　新潮社）も「元禄二年に編纂、同六年に刊行」とする。『日本古典文学大辞典』（昭和五十九年　岩波書店）もまた同じ。

（2）同跋文は『参考平治物語』『参考太平記』にも見られるが、『参考源平盛衰記』には見えない。従って『参考源平盛衰記』についてはいま一つ定かでないが、普通に読めば該書の成稿をも言明しているかの如くである。この解釈が許されるなら、最初は『参考源平盛衰記』にも同跋文が付されていたが、以後の改訂が余りにも長期にわたったため後に削除したかとも推測される。とすれば、同跋文はかなりに形式的な一文であるのかもしれない。なお、『参考源平盛衰記』の改訂の経緯については、松尾葦江氏の以下の諸論に詳しい。『新定源平盛衰記』第一巻解説（昭和六十三年新人物往来社）、「大日本史編纂記録のこと」（同月報3　平成元年四月）、「元禄本と享保本のこと」（同月報5　平成三年二月）。

（3）『近世史学史論考』（昭和四十三年　皇学館大学出版部）

（4）『記録』第二百四十冊、元禄五年十月四日条に依る。なお、第二十一冊所収、十月一日付、中村新八宛て鵜飼金平書簡中に「参考保元平治出来ニ付甚平殿已下御褒美被下候御伺相済候由御用意珍重ニ存候」と見え、その数日後（写真によったため日付を確認できず）の同人書簡にも「内藤甚平殿保元平治参考之御褒美被下之手伝衆迄御下之候昨日被下候」と見えている。

（5）数は少ないが明らかに参考本の改竄と思われる箇所もある。一、二例示すると、寛元版が「大炊御門面ニ東西ニ門ニアリ」（一19オ1）とする傍線部を参考本は「東面」（34下7）とする。大炊御門大路は東西に走るから、参考本の「東面」は不当であり、寛元版の如く「東西」とあるべきところ。また、寛元版が「手綱ヲモ取得給ハスシテ」（二14ウ1）とする傍線部、参考本が「給ハシテ」（86下3）とするのも該本の誤りである。これらは参考本における改竄あるいは誤刻とみられる。

（6）久保田氏は『参考源平盛衰記』の着手時期を注（3）の著書において「明らかでないが、寛文の末か延宝の始めごろ」と推測しているが、保元・平治もそれと相前後する頃だろうか。

（7）頼長の三男隆長の失脚前の官職については、兄弟の官職からの類推により鎌倉本の記す「右中将」を「近レ是」（146上12）としつつも「隆長官位余無レ所ニ考證一」と結ぶ。又、彼の年齢については「據ニ台記一、隆長至ニ保元元年一、実十八歳。」とする。しかし、この二点に関しては『台記』『兵範記』を駆使した御橋悳言氏『保元物語注解』に参考本の誤りが指摘されている。これは『台記』内部の齟齬も原因しているのだが、参考本の不徹底な調査にも原因が求められる事例である。

（8）藤岡氏『鎌倉室町時代文学史』（大倉書店　大正四年）、野村氏『鎌倉時代文学新論』（明治書院　大正十一年）

（9）こうした不統一、即ち、依拠伝本が一定していないこと、依拠伝本の本文と参考本転載本文の親疎度が一様でないことの原因の一つは、参考本の編纂が共同作業によってなされたことにあるのではないか。弘済及びその遺業を継いだ貞顕は主幹として編纂方針を指示しただろうが、細部については各担当者の判断に任せたのだろう。

（10）異本間の異同についてはさらに割注の形で相当細部にわたり明示している。煩瑣に過ぎるほどの工夫が払われているのだが、そうした努力にもかかわらず、各異本本文を十分に示し得ているとは言いがたい。

第二章　版行作品

第一節　『絵本保元平治物語』

表紙中央子持ち枠題簽に「絵本保元平治物語一（〜五）」とある全五冊の小本。第五冊末に「安永十年辛丑正月吉日／地本問屋　江戸通油町北側　仙鶴堂　鶴屋喜右衛門板」の刊記がある。全五十丁、保元・平治に各二十五丁を振りあてる。序文を除く全面に絵を有し、上部余白に本文を記す。

該作（以下、絵本と略称。また、考察を保元相当部に限る）の母胎となった『保元物語』は、貞享版・元禄版のいずれかと思われる。そう判断される根拠を以下に記す。本文引用は絵本に依り、末尾（　）内に存在位置を示す。また、これまでと同様、日本古典文学大系本付録古活字版における相当本文の存在位置も並記する。

①　此ほとハほしの位しづかに（4オ21）（350上4）

貞享版・元禄版は絵本に同じだが、他版は「此ほとハ」と「ほしの位」との間に「雲の上には」の語を持つ。

②　馬のり十きばかり（4ウ13）（350下7）

傍線部を貞享版・元禄版は「馬乗」とする。他版は「馬上」。

③　夜中のせうぶをけつせんど（13オ1）（367下9）

傍線部、貞享版は絵本に同じだが、他版は「に」。

④　御かほニ御手をあてゝなき給ひける（16ウ13）（372下3）

傍線部、貞享版・元禄版は絵本に同じだが、他版は「御手をかほにをしあてゝ」。

⑤　よし朝いかに申さるゝ共立かたく覚へ侍れ（18オ24）（376下9）

傍線部、貞享版は絵本に同じだが、他版は「立かたくこそ」。

⑥　たけ一丈あまりある大わらハ（24ウ19）（396下15）

傍線部、元禄版は「なる」、他版は絵本に同じ。

⑦　田はたもなし（25オ2）（397上9）

貞享版・元禄版は絵本に同じだが、他版は「田もなし畠もなし」。

以上、絵本の本文が、貞享版・元禄版と一致する事例のいくつかを示した。元禄版よりは貞享版と一致する箇所がいくぶん多いことより、絵本の元本は貞享版であったかと推測される。ただ、この程度の符合をもって断言できるか躊躇はある。事実、絵本には貞享版と異なる事例も見いだされる。

①　よりかたと八郎為朝とせんぢんをあらそひける（8ウ18）（361上4）

傍線部を貞享版は「為義」と誤る。他版は、絵本と同じく「為朝」と正しい。

②　そくさいにてハあしかりなん（24オ2）（396上10）

傍線部「にてハのち」（寛三版・元禄版）、明暦版「にていのち」、貞享版「にて命」。「にてハのち」（寛三版）

↓「にていのち」（明暦版）↓「にて命」（貞享版）と転訛したと思われる。

①の場合、絵本は貞享版ではなく元禄版と符合している。ただし、貞享版の「為義」が誤りであることは一見して明らかだから、絵本が貞享版の誤りを是正したのかもしれない。しかし、②は如何か。この場合、絵本と一致す

る版はないが、絵本の「にてハ」は貞享版の「にて命」よりは、寛三版や元禄版などの「にてハのち」のごとき形から生じたと見る方が納得しやすい。この事実のみに注目するとき、絵本が利用したのは貞享版ではなく元禄版だったかとの思いもわく。このようにいまひとつ明らかではないが、貞享版・元禄版のいずれかに依ったものと考えておきたい（両版を利用した蓋然性も捨てきれない）。いずれにせよ、絵本は、当時入手が容易だった整版本を利用したのだろう。

絵本の記載内容を簡単に述べると、『保元物語』を出来事・筋本位に抄録したものであり、情調表現や評論のほぼすべてを切り捨てている。また、記事項目もかなり省略している。上巻相当部を例に取ると、美福門院出家、教長による崇徳院諫奏、頼長上洛、崇徳後白河書状の応酬、旧臣達の嘆き、崇徳方及び後白河方における軍議、東三条殿行幸など多くの記事がない。

絵本の本文形成については、『保元物語』の本文をほとんどそのまま引き写している部分と、要点のみを記しとどめている部分の二様が認められる。例を示す。

去程に同き八日関白殿下大宮の大納言これミち卿春宮太夫むねとし卿参内して来る十一日左大臣るさいの由定りぬむほんのことすでニろけんによつて也其故ハ左府東三条ニある僧をこめてひほうをこなハせだいりをしゆそし奉る、由聞て下野守義朝に仰せて打取に向ハせけるにおこがましくだんをかまふてちうやひるますいのりける義朝かの僧をいましめしか〳〵のことをたつね給ふに一つもつ、まず申ける故其ま、からめ取て引給ふ（6オ1）

右は、『保元物語』の「新院御むほんろけん幷てうふくの事」の前半に相当する絵本の本文だが、頭より「下野守義朝に仰せて」までは、『保元物語』の本文をほぼそのまま採っている。しかし、これ以降は、祈禱僧への頼長書状を省くなど、日本古典文学大系本付録古活字版で二十一行程度の内容を七十九字に圧縮している。このように、ある箇所を境としてその前後で『保元物語』への忠実度に大きな落差が生じているが、これは絵本の叙述形式に起因しているのではないか。というのは、絵本は一連の叙述を半丁もしくは見開き単位にまとめている。従って、右掲例の場合、「新院御むほんろけん并てうふくの事」記事は一面（第六丁表）のみに収めきることが求められ（絵柄は義朝による祈禱僧捕縛）、その紙幅に合わせるべく後半部を大幅に端折ったものと推測される。絵本はこの原則に従って本文を作成したようで、その結果『保元物語』の本文との密着度に落差を生じたのだろう。

『保元物語』の本文を大胆に摘み取ったために、文脈に不都合を生じている箇所もある。例えば、

あきの守清もりハ多勢のものなれバ尤召るべけれ共一の宮重仁親王ハ故院の御ゆいかいにまかせて内裡をしゆこし奉るべしと御使有ければ（7ウ12）

との文章は、意味が通じない。傍線部「しゆこし奉る」の主語は「清もり」だが、右掲文では「重仁親王」の如く読み取られる恐れがある。それは「一の宮重仁親王ハ」と「故院の御ゆいかいにまかせて」との間にある「故刑部卿忠盛のやうくんにてましませハ清盛ハ御めのと子なれハ故院御心を、かせ給ひて御ゆいかいにも入給ハすしかるを女院御はかりことをもつて」（貞享版に依る）（355下5）を削除したためであり、この事実は、絵本の不用意な抄出姿勢を示す。

同様に、

去程ニ夜もやう〳〵明行ニぬしもなきはなれ馬源氏のぢんへかけ入たりかまだ二郎是をとらせて大将ぐんにミせ奉て今夜つくしの御ざうしのあそバされて有げに候あないかめしの御弓ぜいやと申ければ（9ウ1）

についても、状況の充分な理解が得られない。為朝に、乗り手（山田小三郎）を射殺された「ぬしもなきはなれ馬」が義朝の陣に迷い入る場面だが、絵本は為朝と山田の交戦記事そのものを省いているため、絵本のみを追う限りでは、この「ぬしもなきはなれ馬」の正体を知ることはできない。これも抄略により生じた不手際である。

僅かながら固有の改変や付加も見られる。改変では、為朝が合戦に際し「ひざまる」を着したとの記述（7オ17）（流布本『保元物語』では、膝丸は為義が義朝に送ったとする）が、付加記述では、「今さぬきの国の象頭山こんひら大こんけんとあかめ申ハこの御霊なり」（23オ29）との崇徳院に係わる一文が目につく程度である。

この他、為朝の活躍の多くを切り捨てている事実も目に付く。山田小三郎との対決、義朝との詞戦い、義朝威嚇、大庭景能との交戦等を削除しているのだが、そのため為朝の印象は希薄になり、かわりに『保元物語』では添え物的存在だった群小による戦闘記事が前面に押し出されている。そしてこの事実もまた絵柄との係わりで理解されると思われる。絵本の合戦場面は、為朝を中心とする乱戦（見開き）、義朝出撃（見開き）、実盛、悪七別当を討つ（片面）、金子十郎奮戦（片面）、望月・諏訪・狩野等奮戦（見開き）、義朝白河殿を焼討（見開き）の六図からなり、そこには多様な人物の登場が見られる。仮に絵本が『保元物語』の展開に忠実に従うなら、合戦場面は自ずと為朝を中心とする絵柄ばかりとなる。絵本はそれを避けて、物語においては副次的だが多様な戦闘が描出されている箇所を抽出したのではないか（為朝の豪勇ぶりについては、捕縛から伊豆における自害までを二・五丁にわたって叙すことで事足りると判断したか）。以上のように捉えることが許されるなら、絵本には、絵を本文より優先させる姿勢、すなわち、絵を主、本文を従とする姿勢が読み取られるといえようか。

最後に、絵全般について述べると、全三十二図（見開き・片面に係わらず、一場面をなしていると判断される場合を一図と数えた）中十図ほどは貞享版・元禄版の絵柄を模している。第一丁裏〜第二丁表の図（貞享・元禄版上巻第一図、公卿参内）、第三ウ〜四オの図（同上巻第二図、た、さね公御いけん）、第八ウ〜九オ・九ウ〜一〇オ・一一ウ〜一二オの図（同中巻第一〜三図、合戦）、第一八ウの図（同下巻第一図、義朝、波多野に幼少弟斬を命）、第一九ウ（同下巻第二図、幼少弟斬首）、第二〇オの図（同下巻第三図、波多野、為義妻に報告）、第二一ウ〜二二オの図（同下巻第五図、師長忠実に呈状）、第二三オの図（同下巻第六図、崇徳院の配所の様）などにその形跡が濃厚に認められる。中には、貞享版・元禄版と異なる場面に転用しているものもある。第三ウ〜四オの図は、貞享版・元禄版の「しんゐん御むほん」「たゝさね公御いけん」との説明より、「たゝさね」による崇徳院諫奏の場面を図絵化したものと知られるが、絵本は、これを崇徳院と頼長による謀議の場面に転用している。また、第一八ウの図は、貞享版・元禄版に付された「よしともおゝせわたス」「はたの、次郎」の説明から、義朝が波多野に幼少弟斬首を命じる図と知られるが、絵本は、義朝が鎌田に為義の斬首を命じる場面としている。さらに、第二三オの図も、貞享版・元禄版は「新院をおしこめ給ふ事」との説明を記すのみだが、絵本は康頼が崇徳院を配所に訪ねる場面に規定している。挿絵に関し付言するなら、貞享版・元禄版の場合、時に絵と本文が相即していない事実が認められる。例えば、先に触れた上巻第二図は、図に添えられた説明によれば、「たゝさね」が崇徳院を諫止する場面と考えざるをえないが、図に相当する本文はない。「たゝさね」は「よしなが」（正しくは教長）の誤りかと思われるが、そう理解するにしても、図とそれに対応する本文の位置がかなり離れている。その点、当該図を、崇徳院・頼長の謀議の場を描いたとする絵本の処置は位置的にも納得される。また、貞享版・元禄版の上巻第五図は、「いくさひやうしやう」「六条判官ためよし」「八郎ためとも」との説明より、崇徳院方の軍議の様を描いた図と知られるが、絵柄は、為義を上座に為朝らが議している風であって、崇徳院・頼長に向かって為義・為朝が献策をする趣旨の記述とはそぐわない。このように、貞享版・元禄版においては、本文と絵が相即していない場合があることより、版下作者と挿絵作者の間に十分な疎通のなかったことが推測される。それに比し、絵本では、本文と絵がよく相応している。

以上を要約すると、絵本は、貞享版もしくは元禄版の本文を筋本位に抄出することによって作り上げられたものと理解される。物語の大筋を知るには便利だが、物語の放つ文学的光芒を失っている。物語の異本作者達の多くがそれぞれに工夫を凝らした為朝活躍の多くを切り捨て、抒情性の濃い行文をそぎ落とし、骨子のみを無造作に記しとどめている箇所も多い。ただ、絵と文が一体化し、それなりの感興を醸し出してはいる。

第二節　『保元平治闘図会』

家蔵本には、外題は「絵本保元平治」、序題・目録題・巻首題は「保《ほ〔う〕》元《げん》平《へい》治《ぢ》闘《かつせん》圖會《づゑ》」。全一〇巻。秋里籬島著。前五巻計一三六丁が保元相当部。第一〇巻末に「享和元年辛酉八月／東都書林　松本平助／浪華書肆　柳原喜兵衛／京都書鄽／小川多左衛門　出雲寺文次郎　今井喜兵衛　小川源兵衛」の刊記がある。

該作（以下、『図会』と略称）の著者、秋里籬島は、「近世中期の終り頃」「おびただしい『名所図会』を出板して一世を風靡した人物」[1]である。近年藤川玲満氏により、その出自や生涯が明らかにされつつある。[2]なお、該作や『源平盛衰記図会』など、軍記をもとにした「図会もの」については、「極めて一般的な流布本を利用し」たもので、「ところどころ文章の異なっている点もあるが」、全体としては「完全な敷き写しといえる程度のものであ」[3]るとの横山邦治氏の言に概ね尽くされている。

該書は、自序において「いくさ物がたり」の成立に触れ、保元・平治の乱に言及し、その史跡や関係者の墳墓について述べる。そして、巻頭に『枕草子』の「物語は」の段を引き、「またむかしの騒擾を人聞つたえて書あらハせしは保元平治のものかたりなり」（一3ウ8）とした上で、以下保元・平治物語の本文に入る。保元相当部について述べると、『参考保元物語』にそのほとんどを依拠している。参考本については前章で述べたが、流布本を底本として京師本・杉原本・鎌倉本・半井本・岡崎本の五異本を対校し、伝本間の異同を明記する一方で、記録類を利用して記載事項の是非を検証したものである。水戸史臣今井弘済考訂、内藤貞顕重校で元禄二年（一六八九）一応の成稿を見たが、その後も改訂を加え、元禄六年、僚巻の『参考平治物語』と共に上梓された。『図会』は、この参考本の底本本文（寛永元年片仮名交じり整版本と思われる）にそのほとんどを依りながら、参考本所引の異本本文を適宜組み込む方法で作られている。一見、流布本の本文を基調としながら、広く異本を参看し、それらの本文を補入・付加したように見えるが、実際は、参考本をほとんど唯一の材料として作成したものである（この点、「本文には流布本を利用したらし(4)」いとの横山氏の説は訂正する必要がある）。左に本文作成の具体を見る。

（『図会』）

歩出たる体。樊噲もかくやと覚てゆゝしけり謀は張良にも劣らず。されば堅陣を敗る事呉子。孫子が難しとする所を得弓は養由をも恥ざれば天を翔る鳥。地を走る獣恐ずといふ事なし。上皇を始進らせてあらゆる人々音に聞ゆる為朝見んとてこぞり給ふ為朝父の跡に居替て畏るを新院母屋の御簾を綻ばし叡覧ありて龍顔頻咲壺に入らせおハします誠に一人当千とハこれをこそ申さめとて御感ある（一26ウ9）

（**参考本**）

歩出タル体、樊噲モ角ヤト覚テ由々シカリキ、謀ハ張良ニモ劣ラス、サレハ堅陣ヲ破ル事、呉子孫子カ難シトスル処ヲ得、弓ハ養由ヲモ恥サレハ、天ヲ翔ル鳥、地ヲ走ル獣、恐スト云事ナシ、上皇ヲ始進ラセテ、アラユル人々、音ニ聞ユル為朝見ントテコソリ給フ、

○京師本、杉原本、鎌倉本、半井本竝云、其後為義ヲ召テ、合戦ノ次第〈半井本云、左府御尋アリ、〉御尋アリ、〈略〉父ノ跡ニ居替テ畏ル、〈京師、杉原、鎌倉本竝云、為朝ハ馬上歩立、総テ空ヲ翔ル翼、地ヲ走ル獣、サケ針ヲモハツスト云事ナシ、云云、〉新院母屋ノ御簾ヲ綻ハシ叡覧アリ、龍顔頻咲壺ニ入セオハシマス、云々、左府〈京師、杉原、鎌倉本竝云、大床ニ候シカ遥ニ見出シテ笑給フ、為朝既ニ参候、誠ニ由々シキ兵ニテ候、一人当千トハ是ヲコソ申サメトテ御感アリ〉（37上17）

（〈　〉内は割書だが、便宜上一行書きとした）

右は為朝登場の部分である。参考本の、傍線を付した記述を順にたどれば『図会』の本文ができあがる。この事実より、『図会』が参考本所載の本文を適宜混合して成立したことが了解できる。抄取の結果、本来は左大臣頼長の言であった「誠に一人当千とハこれをこそ申さめ」が、『図会』では崇徳院の言の如く読みとられる現象を生んだりもしている。一例を掲げるにとどめるが、『図会』が参考本をもとに本文を作っていることは明らかであり、異本そのものを直接利用してはいない。ただし、流布本に関しては、参考本とは別に用意したらしい。参考本は流布本を底本としながらも、故事・評論の類いについてはこれを「皆作者之論、無レ益ニ事実一」「今無レ補ニ実迹一」といった理由で省略している場合がある。しかし、参考本が省いたそれら評言のいくつかを『図会』は有している。父殺しに対する義朝批判、鳥羽院を難じた治世論などが該当するが、このことは『図会』が何らかの流布本（詳しい調査はしていないが、元禄版を基盤に寛元版など他の整版本をも参考にしたか）によって参考本の欠を補ったことを示している。

以下、『図会』における参考本本文取りこみの様態を述べる。該本は参考本の底本を主体とし、折々に参考本掲出の異本本文を挿しはさむ方法で本文を作成している。異文の取りこみ方も、参考本の、

下臈ノ射ル矢、立カ立ヌカ御覧セヨトテ、能引テ射タレトモ、〈半井本云、御曹司ノ練鐔ノ太刀ノモ、ヨセニソ射留タル、五十余騎カ放ツ矢ハ、一ツモ敵ニ立サリケリ、為朝大ニ笑テ、云々〉為朝是ヲ事トモセス、アハヌ敵ト思ヘトモ、汝カ詞ノ艶キニ、（55上14）

をもとにして、

下臈の射矢立か立ぬか御覧ぜよとて能引て射たれども為朝の練鐔の太刀のも、よせにぞ射留たる五十余騎が放つ矢ハ一ツも敵に立ざりけり為朝大ヒに笑てあハぬ敵と思へども汝が詞の艶しさに（二6ウ6）

のように、傍線部を繋ぎ合わせた形のものが多く、挿入しやすい異文を適当に取りこんだ観があり、その取りこみ

姿勢に一定の方針があるようには見えない。従って、異文は短章を折々に取りこむ程度で、ほとんどが参考本の底本の転載と言っても過言ではない（ただし、為朝捕縛から配流に至る経緯については、異文の方を採用している）。なお、底本と異文の両方を持ち込んだために、表現は異なるが、義朝・清盛が叡感に与る場面や、重仁を乳母子の清盛・頼盛が見放した記述が重出する場合もある。

『図会』は史実への対応姿勢も曖昧である。参考本は異本間あるいは物語と記録類との間に、事項（特に時日や人名）の相違が見られる場合には、これに検討を加え、当否の判定できるものについてはその旨を注記している。この点に関しては、『図会』は参考本の考証結果に従っている場合もあるが、そうでない場合もある。一例を示すと、

　久安六年九月廿六日氏長者に補し仁平元年正月十九日内覧の宣旨を蒙らせ給ふ（一9オ11）

について、相当部を参考本は、

　久寿〈諸本作二久安一、為レ是、〉六年九月二十六日、氏長者ニ補シ、〈割書略〉同〈本書漏二七年字一、按、乃仁平元年、〉正月十九日内覧宣旨蒙ラセ給フ、〈十九日、京師、杉原、鎌倉本、竝作二十日一、為レ是、……〉（13下1）

とする。両者を併せ見ると、『図会』は、頼長氏長者並びに内覧宣旨の年次については、参考本の考証に従っているが、内覧宣旨の日については、参考本の指摘に従っていない。このように『図会』の処置には一貫性がなく、いずれかと言えば、従っていない場合の方が多い。曖昧というよりは杜撰というべきである。

もともとした参考本の本文と『図会』の本文の間には、語句・表現の小異がまま見られるものの、大局として、参考本の本文そのままを引き写しているといってよい。(5)「式子内親王の御歌に筆のあと過にし事をとゝめすは」にはじまる自序、及び「物かたりは住吉宇つほ殿うつり」との『枕草子』の引用からはじまる冒頭部のみがまとまりをもった固有記述と言うべく、その他は、「斯て光陰に関守なく」（一7オ10）、「東雲のほがら〳〵と明行頃」（二10オ4）、「きのふよりけふは数そふ涙かなと人々おもひを述るに」（二18ウ11）、「桑田変じて海となる習ひ」（二25オ1）、

「何とかハ頼ミ頼ますめのまへに有も空しきかげろふの世をと安嘉門院四条の詠給ひしも思ひ出され」（三13ウ9）、「晋の懐公狐突を殺すこれを昏暴といふ後白河帝一旦の忿怒により源氏譜代の雄将を戮しける」（四3ウ3）といった類の、章段冒頭に添えられた短文、あるいは、「龍神感応ありけるにや波のうへに火焔もえ上つて見る者恐くも又奇異の思ひをなしにける」（五10オ6）といった類の付加文、及び、異種本文混合に係わってのいくほどかの改変操作を特徴とするにとどまる。

挿絵は、保元相当部に四十九図存在しており、寛三版・明暦版の三十五図、貞享版・元禄版の十六図より多い。また、絵面には本文の要を取った固有の説明を付し、中にはさらなる敷衍も見られる。後白河方軍議の図における「惣大将にならんと義朝階を昇て評議をなしけるこれ清盛と不和なるゆへ也」（一32オ4）、為義斬首の図における「為義の墳今も朱雀に侍るなり」（三21オ12）、崇徳院経沈めの図における「童子忽然として焔中に現れふしぎの霊瑞を見せ給ふ」（五9オ9）といった一文を例としてあげることができる。また、物語の筋とは係わりのない空海説話（一3オ）や西行の歌（四3オ、18オ）を書き込んでもいる。絵柄は整版本を参考にしたものもあるようだが、強い影響は認められない。

結局、『図会』は参考本の底本本文をほぼそのままに転載し、かつ、所引の異本本文を補入、もしくは差し替え、参考本が切り捨てた評論類を整版本をもって補い、さらに若干の増補をなした作物と認識される。『保元物語』の普及には貢献するところ大であったかとは思われるが、参考本の盗用と言えるほどのものであり、「名所図会を著わす片手間仕事」であり、「読本という文学領域における文学的価値は、ほとんど零に等しい」との横山氏の言に加えることはない。

注

（1）浅野三平氏「秋里籬島」（「女子大国文」71　昭和四十八年十月）、後に『近世中期小説の研究』（桜楓社　昭和五十年）に収録。

（2）「国文学研究資料館蔵『秋里家譜』翻刻と解説」（「国文」110　平成二十年十二月）他、後に『秋里籬島と近世中後期の上方出版界』（勉誠出版　平成二十六年）に修正収録。

（3）『読本の研究』（風間書房　昭和四十九年）

（4）『日本古典文学大辞典』（岩波書店　昭和五十九年）の「保元平治闘図会」の項。

（5）「参考云悪左大臣と称するハ的当せず」（一9オ1）とあるのは、参考本の「按、此称二悪左大臣一者、義不二専的当一」（12上2）を引いたもので、このように参考本の名を掲げてはいるけれど、参考本を用いて本文を作成したことは断っていない。また、「愚管鈔云」として、『愚管抄』の本文を掲げてもいるが、これも『愚管抄』そのものからの引用ではなく、おそらくは参考本からの孫引きだろう。

第三節　古浄瑠璃『保元平治軍物語』

古浄瑠璃『保元平治軍物語』（以下、『軍物語』と略称）は、横山重氏等編『古浄瑠璃正本集　第八』（角川書店昭和五十五年）解題に依れば、東京大学総合図書館霞亭文庫にのみ七冊本（前四冊が保元物語相当）の完本が存在し、[1]刊年は「元禄八年正月であらうか」との由である。阪口弘之氏は、おそらくは該作をも含む「軍記物語に題材を得た七巻一組の浄瑠璃」を「浄瑠璃の語りと同じ調子ながら、初めから小説などと同様の読物（読本）として刊行された」「軍記読物浄瑠璃」としてまとめる。[2]以下、『軍物語』の『保元物語』相当部について考察する。

まず、『軍物語』が元本とした本文の認定を行う。該作が流布本『保元物語』を元にしていることは正本集解題の明らかにするところだが、さらに進めて、流布本系統の如何なるものに依ったかその特定を試みる。

それが、流布本系統中の善本、すなわち、古活字版第一種や古態写本でないことは、これら古態本のみに共通する異文のほぼすべてを『軍物語』が持たないことより明らかである。流布本系統でも比較的後流に属するものを元にしたと考えられるが、その特定は思いの外困難である。古態本を除く諸版間の異同が微細であること、『軍物語』が『保元物語』の本文を大胆に改変していることの二点が主な原因である。『軍物語』は大胆な省略・増補・改変を行っているため、総体として『保元物語』との異同が甚だしい。ただ、中に『保元物語』の詞句を忠実に取りこんでいる箇所もあるので、こうした箇所についてはかなり些細なところまでの本文比較が可能である。そうした中からある程度の特徴を見せる異同のいくつかを次に掲げる。『軍物語』の本文を掲げ、上掲正本集における存在位置を〈　〉内に示す。（　）内は、日本古典文学大系本付録古活字版における相当本文の存在位置である。

①　びんごの守とし道〈316上13〉（355上8）
　傍線部、寛三版以降の整版本すなわち寛三版・明暦版・貞享版・元禄版は『軍物語』と同。他本は「備後権守」（急は「ひせんの権守」）。

②　五人ばりの弓、長さ七尺五寸〈318下7〉（356下19）
　傍線部、第七・十一種と整版諸本は『軍物語』と同。他本は「三」もしくは「八」。

③　某が二の矢をはなさん斗にて〈319上17〉（357上19）
　傍線部、寛三版以降の整版本は『軍物語』と同。他本は「矢二三」。

④　なりたの太郎、長井さいとう別当さねもり、はこだの次郎、川上三郎〈321下7〉（359下14）
　人名表記の順序が寛三版以降の整版本は『軍物語』と同。他本は順序が相違。

⑤　さけをたのしみ、おんなにおぼれて〈352上17〉（390下17）
　傍線部、寛三版以降の整版本は『軍物語』と同。他本は「たしみ」あるいは「たしなみ」。

⑥　わしたに一羽には、千里をとぶと云ふ事聞ず〈358上13〉（396下8）
　傍線部、寛三版以降の整版本は『軍物語』と同。他本は「いふに」。

右掲の事例により、『軍物語』の本文は寛三版以降の整版本と一致する場合の多いことが知られ、このことより、該作はそれら整版本のいずれかをもとにして作られたかと推測される。寛三版以降の整版本としては、現在、寛三版・明暦版・貞享版・元禄版の存在が知られているが、中で寛三版と一致する場合が多いようだ。以下にその例を示す。

①　京中のきせん上下、しざいざうくを、とうざいへ持はこび〈312上7〉（349下20）

傍線部が貞享版・元禄版にはない。寛三版を含め他本には『軍物語』と同じく存在。

②　いかでか参られざらんとの給へば〈315上8〉〈353下13〉

傍線部を明暦版以降は「まいらさらん」とする。寛三版を含め他本は『軍物語』に同。

③　源九郎ためなか〈315下4〉〈354上4〉

傍線部が貞享版・元禄版にはない。寛三版を含め他本には『軍物語』と同じく存在。

④　我こそあらめとろんしけるが〈323上16〉〈361上7〉

傍線部が貞享版・元禄版にはない。第一種並びに古態四写本は「先陣を懸め」。寛三版を含め他本は『軍物語』に同。

⑤　我等は、ゐばをもとむるたかのごとし、けうとは、たかにおそるゝ、きしにあらすや〈332上17〉〈367上9〉

傍線部が貞享版・元禄版にはない。寛三版を含め他本には『軍物語』と同じく存在。

⑥　田もなし、はたもなし〈359下3〉〈397上9〉

貞享版・元禄版「田はたもなし」。寛三版を含め他本は『軍物語』に同。

⑦　げにも見れば、鳥あなおほし〈359下14〉〈397上16〉

傍線部を明暦版・貞享版「これハ」とする。寛三版を含め他本は『軍物語』に同。

以上、ごくささやかな現象なので、説得力についてはいささかこころもとないが、貞享版・元禄版さらには明暦版との相違が比較的目につくことより、寛三版との係わりで捉えられそうだ。では、利用したのは寛三版のみだったかとなると、この点もはなはだ微妙である。というのは、『軍物語』の本文には寛三版との一致が多く見られる一方で、他本と一致する事例も散見するからだ。

①　らくちう、ぶつさうのよし承り〈313上2〉〈350下9〉

傍線部、貞享版・元禄版のみ『軍物語』と同。寛三版を含め他本は「うけたまハる間」。

② 東のつゝみを、北へ向てあゆませける〈323上6〉（360下14）
傍線部、第一種並びに古態四写本は『軍物語』と同。寛三版を含め他本は「に」。

③ はげたる矢をはづしける〈328下12〉（364下20）
傍線部、寛三版を含め第十一種以降「つがふたる」「番たる」とする。他本は『軍物語』と同。

④ しばしかためて、ひやうどはなし給へば〈329上18〉（365上16）
第一・二・六・八種並びに古態四写本には『軍物語』と同じく傍線部があるが、寛三版を含め他本にはない。

⑤ 鳥の海の弥三郎〈330上1〉（365下10）
傍線部、急のみ『軍物語』と同。寛三版を含め他本は「三郎」。

⑥ 水はじきにて、みづをはぢくに事ならず〈334上5〉（368上14）
傍線部、第一種並びに古態四写本が『軍物語』と同。寛三版を含め他本は「をもて」。

⑦ 御兄たちも、ためともの外は〈342上16〉（382上13）
傍線部を寛元版・寛三版・明暦版は「御舎弟たち」とする。他本は「御舎兄達」と『軍物語』に同義。

⑧ 我こそ先にと思へ共〈343下4〉（383上10）
傍線部を寛三版以降の整版本は「我ら」とする。他本は『軍物語』に同。

⑨ ゆゝしく、人にしのぶと見へたり〈357上2〉（395下18）
傍線部、貞享版・元禄版のみ『軍物語』と同。寛三版を含め他本は「おほえたり」。

右掲項目中、②③④⑤⑥⑦⑧は、『軍物語』の本文が寛三版より前の版本や古態写本のすべて、もしくはそれらのいくつかと一致する事例である（⑦は後出の貞享版・元禄版も含む）。ただし、この中の②⑦⑧は、語彙自体もしくは前後の文脈から寛三版本文の不当性が確認できるので、これらについては『軍物語』が寛三版の本文を是正したかとも考えられる。また、⑤は、『保元物語』以外の文献との交渉が推測される。[3] これらを除いた事項③④⑥が純粋に寛三版より前に成立した版種並びに古態写本と『軍物語』との本文の一致を示す現象と認められるが、この程度の符合をもって両者の交渉関係を主張できるかとなると疑問である。その他の①⑨は、『軍物語』が寛三版より後出の貞享版・元禄版と一致する事例であり、『軍物語』がこれらの影響下にある蓋然性を窺わせる現象だが(ただし、『軍物語』の刊行を「元禄八年正月」かとする前掲解題に従えば、元禄十五年刊行の元禄版との関係を考える必要はない)、改変性などを考慮に入れるなら、これらとて『軍物語』と貞享版の関係を示す根拠としてどれほど積極的に押し出せるかどうか疑問である。

結局、『軍物語』は寛三版を元として本文を作成したと考えてほぼ大過なかろう。他版については貞享版等を参看したと見る可能性もないではないが、よく分からない。

次いで、『軍物語』の内容について述べる。先述したように、『軍物語』は『保元物語』の本文をほぼそのままに踏襲する一方で、かなり大胆な削除・添加をも見せており、全体として『保元物語』とは異質の世界を形造っている。その性格は、

（1）記事項目の大胆な削除並びに本文抄略
（2）本文付加並びに記事の増補
（3）全体に平易な表現
（4）部分的な意図的改変

の四点に絞られようか。以下、それらの各々について見る。まず、（1）記事項目の大胆な削除並びに本文抄略、は次の視点からなされている。

①事柄の詳細は削除
②崇徳院及び為義・為朝以外の人物に係わる記載は多く削除
③情調表現の大幅な縮小

①については具体説明の要はなかろう。②は①とも係わるが、鳥羽院出家（346上11〜14）・美福門院出家（347下4〜9）・勝尊捕縛（351下8〜352上12）、さらには、乱後における重仁拘禁（375上6〜14）並びに出家（387下3〜11）記事などが主な削除例としてあげられる。中で顕著であるのは、頼長に係わる記事群である。その人となりの説明を大幅に抄略している他、負傷から逃亡、死に至る経緯は極めて簡略で、かつ頼長信西亀卜論、頼長を失った父忠実の悲嘆、子息達の配流などの関連話もすべて除いている。

③については、『軍物語』が、話柄を崇徳院及び為義・為朝に収斂する意図のあることを②に記したが、彼らに係わる記事でも、長い情調記述は大幅に切り詰めている。為義の逃亡から出家（375上15〜376上2）、為義の経歴（376上3〜17）及び、崇徳院の悲嘆の描出などがその例としてあげられる。

次に（2）本文付加並びに記事の増補、について述べる。『軍物語』は、理解を容易にするため全体を通じて細かな詞句を付加している。その他には、

①段末の多くに評言を付している。
②『保元物語』にない記事を増補している。

といった事実が認められる。①の場合、一之巻第一末に「本朝鳥羽の院の、ほうぎよのてい、もの〻あはれは是なりとみなかんぜぬものこそなかりけり」〈310下15〉といった類の評言を有することをはじめとして、段末の多くを、「ものこそなかりけり」「人こそなかりけり」との世人の評言で結んでいる。これは、古浄瑠璃に特徴的な様式であり、(4)『軍物語』の個性とするには当たらない。「其後」との書き出しと共に、『保元物語』を浄瑠璃形式に仕立て直

した際の現象と解すべきものである。

②に属する最も顕著なものは、閻王の前に引き据えられた為朝が、地獄の苦患を受け、菩提心に目覚めることを記す、活字本にして五頁強に及ぶ大規模な増補である。他には、簡略ながら、近衛院崩御に係わっての「ぬへと云ふ化生をは、源三位より正承つて、いおとしけれ共」〈309上6〉との一文が注目される。後者は、『平家物語』その他に記されて名高い源三位頼政のぬえ退治説話を踏まえたもので、『よりまさ』（前掲正本集第一所収）、『小夜中山』（同第十所収）、『扇の芝』（『古浄瑠璃正本集　加賀掾編』第二所収）など、該説話を取りこんだり言及している古浄瑠璃は多い（国立劇場芸能調査室編『浄瑠璃作品要説』に依れば、後代の浄瑠璃である並木宗輔・安田蛙文『待賢門夜軍』や竹田出雲・近松半二ら『菖蒲前操弦』などもこれを素材とする由である）。前者の為朝閻魔庁拘引談については、その典拠を知らない。あるいは、古浄瑠璃に見られる地獄巡り話(5)との係わりで捉えられるのだろうか。伊豆における為朝は悪行人としての印象が強い。流布本は、地蔵菩薩に帰依し殺生の罪を懺悔する為朝の様を書き込むことで、そうした面の緩和を図っている。『軍物語』は、流布本の路線をさらに進展させたものといえる。為朝は地蔵菩薩の教化を受け、その死に際しては、妻に出家を命じて子とともに逃がす（『保元物語』の為朝は、非情な武士の論理を貫き、子供をすべて手に懸けようとする）。これは、古浄瑠璃の多くが、「勧善懲悪を基調とし(6)」、主人公を善人として形象化することと軌を一にする現象といえ、やはり浄瑠璃形式に仕立て直す際の視点の一つと考えられる。

（3）全体的に平易な表現であることもまた浄瑠璃一般の性格として認識される。一例として、

只今おしよせ、風上に火をかけられたらんに、なんぎはめのまへ、こなたよりせん事を、敵にせられて、かうくわいし給はん、おかしさよ、思へは〳〵口おししと、うでをさすり、はがみして、立けるが、ゐゝ天うんつきたる人々に、頼れ給ふ父為よし、其外一もん、此為朝も同しがうにん也とつぶやきて、御てんを退出したりけり〈320上2～8〉

を、対応する『保元物語』の本文、

　た丶今をし寄て風上に火をかけたらんにハた丶かふともりあらんや敵かつにのる程ならハ誰か一人あんをんなるへきくちをしき事かなとそ申ける（寛三版　一32オ9）

と比べる時、『軍物語』が浄瑠璃風の文体に仕立て替えていることが明瞭に看取される。

最後に、（4）部分的な意図的改変、としては、平基盛・源のちか春（源親治）の戦闘を、ちか春優勢の如く描き替えている事実があげられるが、これも、浄瑠璃の通例としてしばしば指摘される源氏称揚・平氏軽侮現象と捉えられようか。ほか、特に顕著であるのは、頼長の矮小化である。その人となりについて「其心かうにして、道にもあらぬ、ぶゆうを、このみ給ふゆへ、世の人、宇治の悪左府とぞ申ける」〈311上16〉と『保元物語』とはまったく異なる説明をしている点、作戦の誤りを為朝に非難された姿を「大臣殿一言も出ばこそ、力及はず」〈322下10〉と記す点、敗戦の報に接した姿を「こしをぬかし、人事に手を合、今度のいのち、たすけよと斗也」〈333下12〉と描く点に顕著である。前述した頼長関係記事の大幅な切り捨てとあいまつ頼長矮小化は、己の野心から崇徳院をそそのかし謀反へといざなった叛臣として彼を位置づける『保元物語』の姿勢を拡大解釈したものか。

結局、右に掲げた『軍物語』の特色の多くは、それが浄瑠璃形式で著述されていることに由来すると捉えられる。すなわち、崇徳院及び為朝を核とする源家の悲境をものがたる浄瑠璃として『保元物語』を仕立て直したものだが、できる限り広い視野に立って事件・事実を歴史の流れの中に捉え、位置づけようとする歴史文学としての『保元物語』の本来性を失い、伝奇的な方向に大きく傾斜した作品となっている。それはもはや根元のところで『保元物語』とは似て非なるものであった。

注

（1）同解題によれば、慶応義塾図書館・天理大学附属天理図書館・阪口弘之氏に残欠本がある由である。また、中京大学図書館にも三之巻の零本がある。

（2）「軍記読物浄瑠璃の成立—浄瑠璃と草子本—」（大阪市立大学文学部紀要「人文研究」37—7　昭和六十年十二月）。該作が最初から読物として作られただろうことは、早く若月保治氏『古浄瑠璃の研究』第三巻（桜井書店　昭和十九年）や『古浄瑠璃正本集　第八』解題等に見えており、現在通説化しているようだ。

（3）鳥の海の弥三郎については、第一部第五章第二節で検討した。

（4）近石泰秋氏『操浄瑠璃の研究—その戯曲構成について—』（風間書房　昭和三十六年）

（5）鳥居フミ子氏「土佐浄瑠璃『泰平簺』と謡曲—地獄巡りから月宮殿巡りへの展開—」（東京女子大学「日本文学」68　昭和六十二年九月）、後に『近世芸能の研究—土佐浄瑠璃の世界—』（武蔵野書院　平成元年）に「簺地獄巡りの変容」として補訂収録。

（6）注（2）の若月氏の著書、第一巻（昭和十八年）。

（7）注（6）に同。

第三章　版行本から生み出された写本

第一節　京都大学附属図書館蔵『保元一乱記』

第一丁表左肩並びに第二丁表に『保元一乱記』と内題・首題がある。外題はない。一巻一冊。七一丁。袋綴。寸法二四・二×一六・五糎。淡黄色布目表紙は後補と思われる。帙入。表記は、第一一丁表まで片仮名交じりだが、同丁裏より平仮名交じりに変わる。本文と同筆と思われる墨による加筆・訂正、及び後人による朱の加筆・訂正が見られる。平松家旧蔵[1]。表紙右肩に「平松／第一門／ホ－1」第一丁表右肩に「平松／8／1」「平松／56套／863」のラベル貼付。第二丁表右肩に「京都／大学図／書之印」の朱方印、左に「146574／大正3.11.3」の楕円印。成立年次は明確でないが、書中、天明六年（一七八六）刊の『三国通覧図説』の名が見られること、及び後述する如く、該書（以下、『一乱記』と略称）が、享和元年（一八〇一）刊の『保元平治闘図会』を種本とすることより、享和元年を上限とする近世末期以降の著作である。また、書中「本ノママ」といった類いの傍書が見られることより、原本ではなく転写本であることが知られる。

以下、その性格について述べる。第二章第二節（五九八頁）において、『図会』が参考本を元に作られたことを示す例証として、為朝登場の部分を掲出した。『図会』の当該部を『一乱記』と併載する。

（『図会』）

（ア）歩出たる体。樊噲もかくやと覚てゆゝしけり謀は張良にも劣らず。されば堅陣を敗る事呉子。孫子が難しとする所を得弓は養由をも恥ざれば天を翔る鳥。地を走る獣恐ずといふ事なし。上皇を始進らせてあらゆる人々音に聞ゆる為朝見んとてこぞり給ふ（イ）為朝父の跡に居替て畏るを新院母屋の御簾を綻ばし叡覧ありて龍顔頗咲壺に入らせおハします誠に一人当千とハこれをこそ申さめとて御感ある（一26ウ9）

（『一乱記』）

歩出たる有さまハ項羽樊噲もかくやと覚へて勇々しかりけり為朝父の跡に居替て畏るを新院は母屋の御簾より叡覧有て龍顔頗る笑壺に入らせ給ひ誠に一人当千とハ是をこそ申さめとて御感あり（19オ9）

字句に多少の異同があるが、『図会』の傍線部記述をつなぎ合わせれば、『一乱記』の本文ができあがる。この事実から、『一乱記』が『図会』を元に作成されたであろうことはまず間違いない〔傍線部（ア）が参考本の底本本文、（イ）が参考本所引「京師本、杉原本、鎌倉本、半井本竝云」の本文と一致することより、参考本が大元であることも疑いない〕。さらなる証例を加えるなら、『一乱記』の冒頭、

物語ハ住吉、宇治、ウツホ、殿ウツリ、月マツ女、カタノ、少将、（略）竹取、世継、大和物語アリ、是等ハ和歌ヲ学フヨスカ成ヘシ、又アハレニ、聞ユルハ、ムカシノ軍物カタリ、成ヘシ、優ニオハセシ、人ノ終ヲ、ヨクシ玉ハザリシ事ナド、消モ入ベキ、心地スル、サレバ、式子内親王ノ御歌ニ筆ノアト、過ニシ事ヲ、ト、メズハ、シラヌ昔ニ、イカデアハマシト、詠玉フモ、マコトナルカナ、

の記述が、『図会』の自序の冒頭、

式子内親王の御歌に筆のあと過にし事をとゝめすはしらぬむかしにいかてあハましと詠たまふもまことなるかな

並びに、巻之壱「後白河院御即位」の冒頭、

物かたりは住吉宇つほ殿うつり月まつ女かたの、少将（略）竹取世継大和ものかたり有これらは和歌を学ふよ[2]すがなるへし（一３ウ４）

に依っていることも疑う余地がない。

結局、各本の関係は、参考本→『図会』→『一乱記』の流れで捉えられる。ただ、ここまでの論述では、『一乱記』と『図会』の先後を確定できたとは厳密にはいえないかもしれない。しかし、この点については、三本の本文を比較した場合、参考本と『図会』が近似し、『一乱記』が離れていることより、参考本と『図会』の間に『一乱記』を置くことはできない。

以上、『一乱記』が『図会』を種本として成立したことを確認した上で、『一乱記』の特質を考える。『図会』がその母胎である参考本の本文に比較的忠実であるのに対し、『一乱記』は『図会』を種本としながらも、抄略と増補という相反する両面からかなり自由な改変を行っている。

抄略について述べると、経緯を伝える事を旨とし、詳細をかなり大胆に切り捨てている。情調表現、人物の独白・対話を大巾に切り詰めたため、その分物語としての妙味が後退している。こうした抄略姿勢は全体を通じて見られるが、物語後半部の為義一族の刑死や自死、崇徳院の讃岐配流等、敗者の悲境に視点を据えた各章段に顕著である。例えば、為義の妻の入水に関して、『図会』は二丁半の記述を持つが、『一乱記』はそれを一丁程度に要約している。戦闘描写についても、極端な場合は、『図会』で一丁半に及ぶ平基盛と宇野七郎親治との交戦を僅か三行に縮めている。また、鳥羽院熊野参詣の段をそっくり省いているのも目につく現象である。本段は、鳥羽体制が神意に見離されたことを語る優れて物語的な段ではあるが、保元の乱そのものを語るものではないため省いたのだろう。このように大巾な抄略がまま見られるものの、保元の乱の骨子はほぼ記しており、詳細を省き物語の筋そのも

のを伝えることを基本姿勢としている。

以上、その抄略の一端を記して該書のありようを探ったが、次には固有記事について述べる。分量としては少ないが、部分的に独自の記述が存在している。それらを内容面から、①注釈・解説性、②人物形象、③評論性、に分けて検討する。

まず、①注釈・解説性を持つ記事については、それらを、さらにⒶ地名・人物についての補足、Ⓑ出来事の補足、Ⓒ故事、に類別しえる。その各々について実例を示すと、Ⓐには、保元の乱の戦跡、関係者の墳墓についての説明などがあげられる。内容は、『図会』の自序などに見られる記述を敷衍したものである。その他、地名・人物について、時に簡単な注記・補足が見られるが、これ等も多くは参考本や『図会』の記述を引継いでおり、中にいくぶんか独自の注記を添えたものもある。ただし、人名についてはさかしらが目立つようである。いずれにせよ、それらの多くは通俗的で厳密な考証性からは遠いところにある。次に、Ⓑ出来事の補足、について述べると、これに該当する最も特徴的な記事は、為朝琉球渡島譚であろう。これは伊豆に配流された為朝がその後琉球へ押し渡り、その子が琉球王になったという著名な伝承を記したものである。『一乱記』は、『保元物語』及び『図会』に見える為朝鬼が島渡島譚を琉球渡島譚に置き替えている。そのために、琉球に渡った為朝が伊豆大島に帰り、その地にて自害する構成を取る。為朝を琉球王の祖とする伝承の起源は明らかではないが、近世期には広く信じられていた(3)。『一乱記』は『三国通覧図説』を典拠としている。他に、Ⓑに該当する記事としては、師長が祖父の忠実に出家を制止された事に関連し、その後の彼の人生、即ち最終的には従一位太政大臣と成り、「人臣の位を極」（58オ9）めたことを述べ（その記載は厳密には正しくない(4)）、忠実の出家制止が適切であった由を述べている事などがあげられる。Ⓒ故事、に属するものとしては、応神天皇より建武に至る「御国争ヒ」の歴史、清和天皇即位、菅原道真左遷、源氏重代の鎧源太が産衣の由来などが目を引く。

次いで②人物形象、について述べる。これについては、登場人物のいく人かに新たな形象性の付加が見られるが、中でも忠通と為義に顕著である。忠通の場合、原拠の『保元物語』における印象は希薄だが、『一乱記』では鮮明になっている。忠通が、父忠実配流の措置に抗議する場面が、『図会』では「殿下父を配所へ遣して其子摂籙を仕らん事面目なきよし仰ければ」（五5ウ10）（参考本も同）と簡単だが、『一乱記』は、忠通の言説を大幅に膨らませ、「天気なほ御宥恕なきに於てハ庶人と成て父と浮沈をともにせんそれも猶許し給ハずバ自ら白刃に伏て父の遠流に申替ん」（60オ5）といった尽心の言に増幅し、孝子としての像を前面に押出す。また、他の箇所でもその人間性を強調し、全体を通じて仁者として描く。

為義の場合、原拠の『保元物語』は、為朝の引立て役に終始する優柔な性格に描く(5)のに対し、『一乱記』は勇力、分別、先見性を兼ね備えた良将としての性格を与えている。崇徳院の誘いに軽々に応じなかったのは「遠き慮」（13オ8）の故であり、為朝の夜討の進言が頼長に斥けられた時点で味方の敗北を予見し、「さめ〴〵と落涙」（20ウ6）したとし、その戦いぶりについても「今生の思ひ出にと一際勝れて出立たり」（32ウ4）と記すなど、強い印象で造型している。この事実は次に述べる評論性と深く係わる。

最後に③評論性、について述べる。それら立論の多くは道義的な立場からなされており、②人物形象、と不離の関係にある。即ち、忠通の至孝を強調する該書は、その至孝に諸人感じた事を述べ、その人徳を讃え、忠通の一流が摂家として今に連綿と続いている事を「至孝の陽報天のしからしむる処歟」（62ウ1）と説く。この忠通称揚は翻って、恩賞惜しさに我が父を斬った義朝への痛罵となる。義朝を五逆罪の第一を犯した悪人としてその浅慮を指弾する姿勢はやはく『保元物語』に見られるが、『一乱記』は、孝子忠通対凶逆義朝という構図で義朝をより激しく批難する。それはまた前述の為義良将化とも呼応しており、為義の良将ぶりを強調すればそれだけ不義の子としての義朝の印象が深まる構造である。その批判は、義朝に父の斬首を命じた後白河に及び、彼を「不徳」とする。

朝廷批判については「且は朝家の御あやまり」と既に『保元物語』の段階で見られるものだが、それがより顕然となっている。

触れ残した点は多いが、『一乱記』の概要を記した。要するに、該書は、『図会』（遡源すれば参考本）に依って保元の乱の梗概を記し、それに評注を加えたものである。注は通俗的で、評は主に道義的な観点からなされている。そうした道義観は、また本文改変の主要な動因にもなっている。江戸時代には、義の観点から多くの史論書が書かれ、保元の乱もしばしば俎上にのぼせられた。[6]『一乱記』も序文で『読史余論』に触れているが、該書の人物評価には、そうした史論書が強い影響を与えている。『保元物語』の評釈書である『保元物語大全』（西道智）もまた、同様な観点から評論しており、「義朝ハ人倫ニあらず」と言いきり、忠通については、「まことに孝子と云つべし」と評している。[7]『一乱記』はこうした評を背景に人物像の改変を意図した書であった。

注

（1）平松文庫の京都大学入館の経緯については、『京都大学附属図書館六十年史』に説明がある。
（2）「よすが」を版本は「よゆか」とするが、物語日本史大系第二巻所収本により「よすが」と改めた。
（3）琉球における為朝伝説については東恩納寛惇氏『琉球の歴史』（至文堂　昭和三十二年）に詳しい。また、早く曲亭馬琴は『椿説弓張月』の中で諸書を引いてこの問題を論じている。
（4）『一乱記』は、師長は保元の乱により土佐に流されたが、「程なく召帰され」（58オ6）た。しかしその後、また清盛により尾張に配された。が、それも赦免されて再度帰洛、その後は、「次第の昇進滞なく従一位大政大臣に上り人臣の位を極め」（58オ8）たとする。しかし、史実は安元三年（一一七七）従一位太政大臣となったが、二年後の治承三年（一一七九）に解官されて尾張に配流、当地において出家している。『一乱記』は任太政大臣叙従一位の時期を尾張配流後のように装っている。

（5）栃木孝惟氏「半井本『保元物語』に関する試論—為義像を中心として—」（『中世文学の研究』明治書院　昭和四十三年）、後に『軍記物語形成史序説』（岩波書店　平成十四年）に再録。

（6）原水「（概説と翻刻）東北大学附属図書館蔵『読史筆録　保元物語』」（「名古屋大学国語国文学」67　平成二年十二月）を参照されたい。

（7）孝心についてはともかく、当時の史論は「而して忠通の罪も、亦未だ頼長と執れか伯仲なるを知らざるなり」（『保建大記』）、「その姦は、則ち頼長に勝る」（『日本政記』）など、総じて忠通を諂諛の奸臣と見る向きが強い。

第二節　国立公文書館内閣文庫蔵賜蘆拾葉所収『保元物語』

国立公文書館内閣文庫所蔵の『賜蘆拾葉』（請求番号217-11）中に『保元物語』が収載されている（ただし、義朝の幼少の弟斬刑以降の記事はない）[1]。該本（以下、賜蘆本と略称）は、第二章第二節で取り上げた『保元平治闘図会』と同様『参考保元物語』所載の複数の伝本の本文を適宜綴り合わせた一種の編集本である。

該本の巻末には、『賜蘆拾葉』の編者新見正路により、

一　世に用る保元物語水戸侯之参考等ニ種々有之由をそ載此書若其内　岡本　吉野本之類にや（巻首題の下にも、「本云」として同趣文が後人により朱書されている）

との一文が記されている。これに依れば、新見正路は該本を「岡本　吉野本之類」かと推測している。「吉野本」については寡聞にして知るところがないが、「岡本」は岡崎本を指すと思われる。岡崎本は、参考本が流布本との対校に用いた五異本の中の一つであるが、現在その所在は不明である。ただし、最初に述べたように、賜蘆本は岡崎本の類ではない。新見正路をしてそのように誤認させたのは、賜蘆本が参考本所引の岡崎本の本文を取りこんでいた、しかもその現象が巻頭部に特に顕著であったためと思われる。参考本を種本として生み出された写本の素性を、参考本を用いて探ろうとしたことになる。

以下、賜蘆本の本文形成の実状について略述する。鳥羽院熊野参詣の一部を例に取りその具体を見る。

（**参考本**）

爰ニ久寿二年冬ノ比、法皇熊野へ御参詣アリ、〈鎌倉本云、①仁平三年春二月、法皇熊野御参詣ト聞へシ、御懇志ノ余リ、本宮ニシテハ、金泥ノ一切経供養ヲ遂ラレキ、②云々、〈下略〉〉③本宮證誠殿ノ御前ニテ、〈京師、杉原、半井本竝云、④御通夜アリ、云々、鎌倉本云、御奉幣事畢テ、御法施ノ御念誦ノ間ニ、夢現トモアラス、云々、〉⑤現当二世ノ御祈念アリシニ〈京師本、杉原本云、⑥深更ニ及テ、云々、半井本云、夜半許ニ⑦神殿ノ御戸ヲ排キ、⑨白ク細キ小キ左ノ御⑧手ヲ指出シ、云々、〉⑩夢現トモアラス、御宝殿ノ中ヨリ、童子ノ御手ヲ指出シテ、〈京師、杉原、鎌倉本竝云、御殿ノ御簾ノ下ヨリ美シキ左ノ御手ヲ指出シ、云々、〉⑪打返シ打返シセサセ給フ、〈半井本云、是ハ如何〈下略〉〉⑫法皇大ニ驚キ思召テ、先達幷ニ供奉ノ人々ヲ召テ、不思議ノ瑞相アリ、権現ヲ勧請シ奉ラハヤト思召テ、マサシキ巫ヤアリト⑬仰ケレハ、山中無双ノ巫ヲ召出ス、〈割書略〉御不審ノ事アリ、占申セト仰ケレハ、

○鎌倉本云、⑭山中第一ノイヲカノイタト申、八十有余ノ巫女ヲ召、権現ヲ下シ奉ル、⑰巫白髪ヲ振立テ、踊狂フ事数刻ニ及フトイヘトモ、⑮オリサセ給ハス、遥ニ未三点許ニ、⑱権現巫女ニ託シ給フト見ヘテ、暫静マリテ、右ノ手ヲサシアケ、打返シ〳〵、是ハ如何ト申、云々、〈下同二本書一〉

朝〈半井本作レ寅、〉⑯ヨリ権現ヲオロシ進ラスルニ、午時マテ〈京師、杉原、半井本竝云、日中過マテ、云々、〉オリサセ給ハネハ、古老ノ山伏八十余人、般若妙典ヲ読誦シテ、祈請良久シ、巫モ五体ヲ地ニ投、胆膽ヲ砕ケレハ、〈略〉サテ如何候ヘキト申サセ給ヘハ、

○京師本、杉原本、鎌倉本竝云、⑲御手ヲ合、我九五ノ尊位ヲ践トイヘトモ、イマタ三界ノ繋縛ヲ出サル凡夫也（6上17）

（〈　〉内は割書だが、便宜上一行書きとした）

（賜蘆本）

仁平三年春二月法皇熊野御参詣とそ聞えし御懇志の余り本宮にしてハ金泥の一切経供養を遂らる御幣事終て

本宮證誠殿の御前にて御通夜有りけり現当二世の御祈念有しに深更に及て神殿の御簾の下より白ク細ク小サキ御手を指出し夢うつゝともあらす打返し〳〵せさせ給ふ法皇大に驚只《思》（「只」の上に「ヽ」）召先達幷供奉の人々をめして不思議ノ瑞相あり権現を観請し奉らはやと仰有けれは山中第一のいをり《か》（「り」の上に「ヽ」）の板と申八十有余の巫女をめし出《し》て権現をおろし奉るにおりさせ給わす古老の山伏八十余人般若妙典を読誦し巫も白髪をふり立て踊狂ふ事数刻に及ふ未の三点計に権現巫女に託し給ふと見得て暫ク静り右の手を指上ケうち返〳〵是ハいかゝと申法皇御手を合させ給ひ我九五の尊位を踏といへとも未三界の繋縛を出さる凡夫也

（ミセケチと傍書は朱筆）（7オ8）

参考本の本文を①から⑲の順につなげば、賜蘆本の本文ができあがるという寸法であり、その形成のあり方は明白である。右掲例が示すように、賜蘆本の編者は、参考本所引の異種本文を自在にないまぜながら、結果としてさらに新たな混態本を生みだしたのである。

その本文取りこみの様態について述べると、本文の取捨姿勢はかなり恣意的で、明確な基準があるようには思えない。文脈に矛盾が生じなければできる限り異文を取りこんだようだし、流布本本文と異本本文の両者ともに採ると重複が生じる場合は異本本文を採っている。従って、中巻の合戦部など系統間の差が甚だしい箇所では、異本本文を優先的に取りこんだため、杉原・京師本（すなわち宝徳本系統）の本文が大半を占める結果となっている。この点、底本本文を優先する『図会』と異なるが、宝徳本系統を優先している理由はその文学的達成度を評価したというよりは、流布本に対する異本の希少性に属目したことにあると思われる。

こうした編集姿勢の暖昧さは史実への対応にも現れており、参考本の考証結果に必ずしも従っていない点また『図会』と同じである。例えば、鳥羽立太子について、参考本は、

〈鳥羽院は―原水補足〉八月十六日〈京師、半井、岡崎三本作二十七日一、為レ是、〉皇太子ニ立セ給フ、〈按、今鏡、

歴代皇紀、一代要記、皇年代略記、百練鈔、竝云、八月十七日立太子、〉（1上8）と記す。該書は、底本とした流布本の記す（康和五年）八月十六日鳥羽立太子を非として斥け、京師本等の記す十七日を是としている。この点について、賜蘆本は参考本の考証を容れて十七日としている（ただし、四月十七日と誤る。四は書写の段階での誤記と思われ、後人により八に朱書訂正されている）。このほか、参考本の考証に従っている例としては、近衛院即位（ただし、即位の月を脱し朱筆にて補入）、美福門院出家の時日等が数えられる。しかし、これも一貫した姿勢とはなっておらず、近衛院誕生、同崩御、鳥羽院剃髪の時日など、参考本の考証に従っていない場合も多く、しかもその処置に明確な根拠があるとは思われない。こうした史実に対する厳密性は書写が進むにつれてなおざりになり、特に人名については参考本の考証をほとんど無視している。

ただ、その一方で、種々の異本の本文を矛盾のないように綴り合わせる配慮は見せている。一例を示す。為朝の手郎等の一人、三町礫の紀平次に係わる記述である。

金子党に続者共山口六郎仙波の七郎御曹司の方より三町礫紀平次太夫大矢の新三郎二人続落合て切合たり紀（ア）―平次太夫ハ山口六郎ニ妻手の肩《肩》（「肩」の上に「ヒ」）ヲ切られ新三郎ハ仙波七郎に弓手の腕を切られ退キけり（イ）（略）根津神平懸出たるを紀平次太夫能引て射る鎧の引合を篦深く射られ馬より落（71オ9）

（ア）で山口六郎に肩を斬られ敗退した紀平次が、（イ）で再び登場し、負傷した肩で弓を「能引て」放ち、根津神平を射落としている。負傷して退いた紀平次が再び戦場で活躍しているのは、致命的な矛盾とは言わないまでも、首をかしげる展開である。この不自然な結構は、賜蘆本が参考本所引の複数の異本から同趣記事（紀平次負傷）を重複してとりこんだことに由来している。つまり（ア）は参考本所引の半井本の本文に依っており、紀平次が山口六郎に敗れる旨を記す。一方、（イ）は参考本所引の京師本・杉原本の本文に依っている。ただし、（イ）の場合、参考本の記述は、京師本・杉原本竝云、(略)根津神平懸出タリ、紀平次大夫組ント相近ツク所ヲ、神平能引テ射、鎧ノ引合ヲ篦深ニ射ラレテ落、(83上17)

とあり、紀平次が根津神平に射られている。これが本来の形である。つまり(ア)(イ)は、紀平次負傷についての伝本間の相違記事であり、本来共存できないものである。これを賜蘆本は、参考本前掲本文の傍線部を削除し、紀平次負傷の記事を紀平次の武勲譚に改変することで、紀平次負傷記事が重出する不手際を回避している。賜蘆本はそれなりの配慮を払い、表立った破綻のない伝本を新たに作りあげているといえるが、さかしらではある。

このように、部分的な改変、あるいは省筆も見られ、又わずかながら固有記載をも持つ。顕著な固有記事は二つある。一つは鳥羽院誕生奇瑞譚に続いて、ほぼ一丁にわたり、『古事談』の伝える崇徳院の白河院実子説などを交え、保元の乱の因を略説したもの、もう一つは、源為義の崇徳院方参候記事に続く、為義の次男義賢、三男義憲についての若干の説明である。前者は「伝称ス」(3オ1)、後者は「或曰」(28オ8)ではじまり、いずれも本行より二字下げで、表記も片仮名交じり(他は平仮名交じり)である。この二条の注記以外はすべて参考本一書のみを用いて作成したと考えられる。

注

(1)　巻末に「此書此末此外之巻之由ニ而無之　為義幼少之子共被誅事　左大臣御死骸実検　新院讃岐国潜幸　左府公達流罪　大相国上洛　為朝被生捕事　同最期　等之条々雖有之紛失するのよし依之書写筆工を止ム」とある。

第四章　為義の小児の処刑を題材とする小品群

龍谷大学図書館に『保元平治』なる小冊の写本が蔵されている。書誌を略記する。水浅葱表紙。外題は表紙左題簽に「太平基軍伝 保元平治」とあり、二作品を合綴する。全一冊。二六丁。内訳は、『太平基軍伝』一四丁、『保元平治』一一丁、その他である。『太平基軍伝』はごく一部の残欠本文。平仮名交じり。袋綴。近世末期の書写と思われるが、虫損甚だしく保存状態は悪い。表紙見返しに、昭和四十五年真鍋広済氏寄贈の旨を記した黒文長方印、第一丁表に「龍谷大学図書」の朱長印、並びに「明石　中喜茂」の墨円印（該印は他箇所にも押捺）、第二五丁裏に「丸尾茂兵衛」と墨書。

『保元平治』については、第一五丁表中央に「保元平治」との打ち付け書きがあり、裏に左掲の目次がある。

一　源廷尉妻計レ救二幼児一《げんていゐつまはかるすくハんやうに》　并秦野延景承レ命哭レ刃《はたののぶかげうくめいこくすやいば》　事

一　四人幼児忍レ気呑レ声《ちごしのひきをのむこへ》　并長子乙若哭《こくして》　肝腸《かんちやう》を断《たんず》　事

一　延景向レ輿　逓二遺物一《のぶかけむかいこしをおくるゆいもつ》　并源廷尉妻投レ水落レ命《けんていゐつまとうしてミづおとすめい》事

「保元平治」の題が付くが、内容は、保元の乱における源為義の小児の処刑とその母入水の経緯を叙したものであり、『保元物語』下巻「義朝幼少の弟悉く失はるる事」「為義の北の方身を投げ給ふ事」の二章段に相当し、『平治物語』とは無関係である。本文は、まま省筆が見られるものの、流布本『保元物語』のそれとほぼ重なる。ただし、冒頭より約二丁分（即ち「源廷尉《けんていい》妻《つま》計《はかる》レ救《すくハん》二幼児《やうに》一」の部分）は、まったく独自の記述である。以下にその概要を記す。

合戦の余燼が残るある日、一人の女房が浮田宣成邸の門前に立つ。女は、いであった小嶋源三に向かい、自分は為義の妻であると名乗り、「幼稚の時孤子となりて乳夫の方に在しを此館の主権太夫宣成殿の厚恵によつて」為義に縁づいたいきさつを語る。又、日頃の無沙汰をわびつつ、この度の合戦に夫為義が斬首され、「今ハ天下こと〴〵く敵となつ」たことを述べ、乙若等四人の小児達を「世上の治るまであづかりしのばせて」くれと懇願する。小嶋は「あハれを催」すが、既に宣成が故人であることを理由にその願いを拒む。女は「うらめしげに館の内を打見ていとまさへそこ〳〵に」むなしく立ち去る。(2)

以上が該篇の独自部分の梗概であり、この後、本文は流布本『保元物語』の前掲の二章段と近似するものとなる。(3)

該篇は、『保元物語』の残欠本文もしくは抜書の類いではなく、『保元物語』をもとに一篇の完結した短編として仕立てたものだろう。「然るに此比都は保元の乱によつて世の中騒動す」との書き出しを持つが、管見では「然るに」で起筆する作品を他に知らない。しかし、「去間」「去程に」といった書きだしは中世小説や舞曲には珍しくないし、「さても」「その後」「とかくする程に」といった場合もある。とすれば、該篇の「然るに」が冒頭として特に奇異ということでもあるまい。また、『保元物語』の残欠本文と仮定した場合、その部分のみでは内容が十分に把握しきれない点が生じるが、該篇にはそうした不備はない。小児の母の言中に保元の乱の経緯が要約されており、該篇のみで彼女の置かれている情況が理解でき、それ自体に完結性が認められる。こうした事実よりみて、『保元物語』の中から、為義の小児の処刑並びにその母の入水の段を抽出し、愛児の助命に心を砕きながら果せず、その後を追った母性の悲話として、首尾を整え、独立した小篇として作成したものと思われる。

小児の母である為義の妻に相似した境遇設定をされる人物に『平治物語』における常葉がいる。四人の子に先立たれた悲しみに耐えられず深淵に身を投じる為義の妻、三人の幼児を連れて雪中をさまよう常葉、いずれも母性の極度の高揚を描く。ただし、常葉の場合、その生の軌跡が舞曲・謡曲・中世小説・浄瑠璃・歌謡その他後発の文芸・芸能に素材を提供する形で種々の展開を遂げたのに比して[4]、為義の妻の場合、そうした現象は見られないようである。その相違の理由は何なのか。推測するに、常葉の場合、結果的には子供を救い、自らも存命したこと、又その子供の一人が義経という英雄に成長したことなど、後世の想像を駆りたてる素地があったのに対し、為義の妻の場合は、子供も処刑され、自身も入水という形でその生に決着をつけたため、自由な仮構の余地を残さなかったことが理由の一つに挙げられるのではないか。ともかくも、該篇の存在は『保元物語』にも『平治物語』の常葉の場合に似た形での享受があった事実を示していて興味深い。

ただし、文芸としては拙劣であり、記述内容の不整合も見られる。即ち、為義の妻が、「八幡宮へ祈願に詣で」ると称して、「実ハかの幼少の子共の身の上をたのミまいらせんが為」に浮田邸を訪れたと記しながら、後続する妻の述懐中に「今朝八幡へ参りつるも判官殿や子共の為そかし」と八幡詣でを悔やむ言が見える点は矛盾と言える。浮田邸訪問のくだりは、『保元物語』にはない該篇独自の部分であり、後者は『保元物語』の本文をそのまま引きうつした箇所である。両者の取り合わせに際して充分な整合を行わなかった故の矛盾である。

該篇が記す浮田宣成なる人物の実在性、並びに彼がその養女を為義に嫁がせたとする点については徴証を得られない。ただ、『吾妻鏡』（建久元年十月二十九日条）は、為義の妻を内記大夫行遠の女で、内記平太政遠、平三真遠、青墓長者大炊らと兄弟・姉妹とする。これが事実なら、該篇が語る彼女の境涯「幼稚の時孤子となりて乳夫の方に在し」との記述にどの程度の信憑性があるのだろう。又、本文中に「延景はつと胸ふさがり」「乙若かふりふり」「岸よりかつぱと身をなげて」など、伝統的な軍記物語には使用されない用語が散見するが、こうした事実も浮田の問題と共にその成立圏に関わる現象として留意すべきだろう。

該篇と同種の作品として、真宗興正派興正寺蔵『ふなおか山の物かたり』と早稲田大学図書館蔵『ふなをかやまの物語』の存在が知られている。まず、興正寺本について述べる。はじめに書誌を記す。外題は表紙中央白地無辺題簽に「ふなおか山の物かたり」、巻首題も同。紺色無地表紙。一巻一冊。墨付一二丁。袋綴。本文料紙は楮紙。寸法二七・八×二一・二糎。一面一〇行。平仮名交じり。表表紙右肩に「ナ」と朱書。

該篇は『お伽草子事典』（東京堂出版　平成十四年）（小林健二氏執筆）に依りその存在が広く知られた。当該項に、『保元物語』為義幼少子息の処刑とその母自害の章段を「独立させて物語化し」た小品で、「『保元物語』を基にしながらもかなり物語草子として潤色が加えられている」と説明されるように、筋立ては『保元物語』と同じだが、記述内容に相違が認められる。刑執行者を「はたの、四郎」とする点（『保元物語』は、波多野次郎・波多野小次郎・秦野次郎などと区々だが、四郎とするものはない）、四人の子供の中、つるわかとかめわかの年序が逆になっている点、四人の傅の名の部分的相違、てんわうの傅ないきのへいたの年齢を十九歳とする点（『保元物語』には明記なし）などを事例として挙げることができる。本文や表現面でも固有性が濃く、そうしたことも一因となってか、母胎となった『保元物語』の系統を特定することが困難である。具体例を示して述べると、該篇は、母の年齢を三十七歳と記すが、これは『保元物語』では根津本系統にのみ見いだされる記述である（他系統には年齢の明記はない。参考本によれば、現在所在不明の岡崎本にも当該記述が見られる由である）。この事実を根拠に母胎を根津本系統に特定できるかといえば、そうとも言い切れない。というのも、該篇には、「はたのかきたるよろいあかかわおとしなれともなみたにあらはれてあらいかわにそなりにけり」との一文があるが、根津本系統には相当記述がなく、半井本系統や宝徳本系統（松井本系列を除く）及び宝徳本系統の派生系統にのみ同趣文が見られるからである。この他、細部の筋立てについては、鎌倉本や流布本とも合致・類似する点が少なからず見いだされる。該篇は、親疎の差はあれ、部分部分において、『保元物語』の複数の系統と個別的な符合・類似を見せており、これに本文・表現面の固有性も加わったためか、母胎となった『保元物語』を一系統に絞り込むことができない。この現象をどう理解すべきか。該篇の形成に『保元物語』の複数の系統本が関与したのか、もしくは、現存知られていない伝本が基になったのか、あるいは、参考本が掲出する異種本文を綯い交ぜて作成された蓋然性もある。

早稲田大学蔵本は、齋藤直寿氏により、翻刻を付して紹介されたもので、その固有性についても詳しく述べられている。[6] 書名が同一であること、筋に似通う点があることより、[7] 興正寺本とは同一本から生じたと考えられるが、早大本の方が変容が進んでいる。なお、齋藤氏の指摘するように、早大本の「主題は遺児の方にある」（興正寺本もほぼ同）が、龍大本は、小児を失った母の方に主眼があることは既に見た。母胎とした『保元物語』も、龍大本と興正寺本・早大本では異なるようであり、[8] 両者の形成に相互関係はなさそうだ。『保元物語』における、小児の処刑とその母の自死は、後世の享受者達に、独立した小篇を編む意欲をかきたてさせるほどに強い衝撃を与える章段だったらしい。

注

（1）第二十六丁裏に「孫子の曰」で始まる一文がある。
（2）「乳夫」の「夫」は、「母」と書いた上に重ね書きしたか。
（3）流布本を基にしていることは間違いないが、大幅な省略や書き換えを行っているために、現存する写・版本のいずれにより近いかは定めがたい。ただ、古態写本や第一種古活字版並びに貞享版や元禄版などの後出の整版本とは異なるようだ。なお、該本は末尾に石清水八幡宮の祭神についての説明を記す。
（4）後世文芸・芸能の常葉譚受容の実態については、島津久基氏『義経伝説と文学』（明治書院　昭和十年）に詳しい。
（5）筑波大学附属図書館蔵根津文庫旧蔵本は「廿七」とする。
（6）「新出　早稲田大学図書館蔵『ふなをかやまの物語』について」（「軍記と語り物」48　平成二十四年三月）
（7）興正寺本・早大本が似通う点としては、乙若が、はたの、四郎（わたの二良）の誘い出しに難色を示すが強勧される点、乙若が辞世の歌（句に異同あり）を記す点などが挙げられる。また、「このさうしを御らんせん人〳〵ハ四人のきんたち御せんみな〳〵のまうしやのためにねんふつ申よく〳〵御ゑかうあるへし」（興正寺本）、「これを御らんせむ人々はねんふつ申給ひてゑかうさせたまは丶、草のかけまてもうけよろこひ給ひてまほりのかみとなり給ふへき物なり」（早大本）（原本未見。齋藤氏翻刻に依る）と、読者に追善を勧める形で終わるのも、ある種の中世小説にしばしば見られる形である。

（8）　母胎とした『保元物語』の系統が異なることを示す例として、刑執行者を、龍大本が「延景」、興正寺本・早大本が「よしみち」としている点が挙げられる。龍大本は流布本と一致し、興正寺本・早大本は他系統の記す「義通」と一致している（ただし、半井本は「信景」「義通」「吉道」が混在）。

まとめ

本部では、『保元物語』の考証本・亜流本・派生本のいくつかについて略述した。第二、三章に取り上げた著作は、『保元物語』の内容をより広く世に知らしめる点で功績があったとは思われるが、各々で述べたように、もはや『保元物語』とは似て非なるものである。これらが依拠した『保元物語』が、流布本系統の後流本であったり、あるいは参考本であるところにも、本文の吟味・採択にほとんど意を払わなかった各々の作・編者の姿勢が窺われる。それにしても、参考本が、以後の『保元物語』受容に与えた影響は極めて大きかった。『図会』の保元相当部は、参考本所引の各種本文を適宜綴り合わせることによって生み出されたものであるし、その『図会』をさらなる種本として『一乱記』が作られた。賜蘆本もまた『図会』と同じ方法で編まれている。『椿説弓張月』が参考本を利用したこともよく知られている。伴信友『中外経緯伝』の為朝話もまた参考本に依っている。『貞丈雑記』『安斎随筆』『軍用記』『保元物語武器談』『武器考證』といった伊勢貞丈の著作や新井白石『本朝軍器考』も同様である。参考本が後世の『保元物語』受容に寄与した点は多大であった。たまたま市井に『保元物語』の写本を求め得た好事家もまた参考本を用いてその本文の素性を確かめようとしている(1)。

注

（1）早稲田大学図書館蔵津田葛根識語本の僚巻平治物語下巻末に、津田葛根は「水府彰考館之儒未見之一奇書歟可貴可愛矣」と書き込んでいる。また、糸魚川市民図書館蔵本の下巻には、「保元物語古写本三本自大父以来／蔵之然不知何人之筆跡而出于／何処今以／水府候《ママ》参考本讎校之与所謂／京師本杉原本大同小異其間／載諸本不見事実奇世之／別珍也子孫可永保之為家／宝云尓／明和九辰八月　　河邨秀興□」との河邨秀興による元奥書が見えている。大東急記念文庫蔵屋代弘賢旧蔵本にも、参考本を用いての弘賢による校合が認められる。参考本は近代に入ってもなお参看されている〔池田毅氏「保元物語の一異本に就いて」（「立命館文学」昭和十三年三月）〕。もっとも、参考本の示した校異が充分でないため、その多くは判断を誤っている。

付録 『保元物語』現存写本目録

現時点で私がその所在を確認している『保元物語』写本の目録である。その意味で中間報告に留まる。本目録は左記の要領で作成した。

① 翻刻がある場合は（翻）の項に、影印（複製、マイクロフィルム、公開デジタル画像を含む）がある場合は（影）の項に示す。国文学研究資料館及び慶応義塾大学附属研究所斯道文庫にマイクロフィルム（紙焼本）がある場合は、「国文研」「斯道」の略号を付して請求記号を記す。斯道文庫については、同文庫編『マイクロフィルム等目録初輯』（昭和六十二年）及び「斯道文庫論集」22（昭和六十三年三月）所収目録による。

② 個々の伝本についての解題・解説や参考資料がある場合は、（解）（参）の項に示す。

③ 敬称は略す。

○文保・半井本系統

彰考館文庫蔵文保本

（影）「軍記と語り物」6（昭和四十三年十二月）、古典研究会叢書『保元物語』上巻（汲古書院　昭和四十七年）、国文研 32-37-2　E694、斯道 A338E

（翻）『鎌倉本保元物語』（三弥井書店　昭和四十九年）

（解）古典研究会叢書『保元物語』解題（汲古書院　昭和四十九年）

慶応義塾大学附属研究所斯道文庫蔵本

（翻）坂詰力治他「慶応義塾大学附属研究所斯道文庫所蔵　半井本『保元物語』〔翻刻〕」（「東洋大学大学院紀要」44　平成十九年三月）

（解）「創立十周年記念近蒐善本展観目録」（斯道文庫　昭和四十五年十二月）、古典研究会叢書『保元物語』解題（汲古書院　昭和四十九年）、『慶応義塾大学附属研究所斯道文庫貴重書蒐選図録解題』（平成九年）

国立公文書館内閣文庫蔵半井本

（影）国文研　19-44-5　E2367

（翻）『半井本保元物語本文・校異・訓釈編』（笠間書院　平成二十二年）

（翻・解）『保元物語（半井本）と研究』（未刊国文資料刊行会　昭和三十四年）、新日本古典文学大系『保元物語　平治物語　承久記』（岩波書店　平成四年）

彰考館文庫蔵半井本

（影）古典研究会叢書『保元物語』上巻（汲古書院　昭和四十七年）、国文研　32-37-4　E696、斯道 G1015・A338F

（解）古典研究会叢書『保元物語』解題（汲古書院　昭和四十九年）

○鎌倉本

彰考館文庫蔵鎌倉康豊本（上・下巻）

（影・解）古典研究会叢書『保元物語』下巻（汲古書院　昭和四十九年）

（影）国文研　32-37-3　E695、斯道 A338D

（翻・解）『鎌倉本保元物語』（三弥井書店　昭和四十九年）

○宝徳本系統

（**宝徳本系列**）

今治市河野美術館蔵大型本〈京師本系統―永積分類〉（為朝説話を除く）

（影）国文研　73-124-2　E3169、斯道 B1104D

（参）「弘文荘待賈古書目」14・20（昭和十五年五月、二十六年六月）

今治市河野美術館蔵斑山文庫旧蔵本

（影）国文研　73-124-3　E3170、斯道 G194・B389B

（参）高野辰之「保元物語再読」（「歴史と国文学」昭和十五年六月）

学習院図書館蔵九条家旧蔵本

（影・解）日本古典文学影印叢刊『保元物語　平治物語』（日本古典文学会　昭和六十三年）

九州大学附属図書館支子文庫蔵本

（影・解）在九州国文資料影印叢書『保元物語』（昭和五十四年）

（影）国文研　250-16-3　E6326（公開画像あり）

彰考館文庫蔵京師本〈京師本系統―永積分類〉（為朝説話を除く）

（影）古典研究会叢書『保元物語』上巻（汲古書院　昭和四十七年）、国文研　32-37-1　E693、斯道 A339E

（解）古典研究会叢書『保元物語』解題（汲古書院　昭和四十九年）

静嘉堂文庫蔵旧本〈京師本系統―永積分類〉（為朝説話を除く）

（影）マイクロフィルム版　静嘉堂文庫所蔵『物語文学書集成』第五編（雄松堂　昭和五十九年）

中京大学図書館蔵本

（影）国文研　299-20-2、斯道 A564C（赤木文庫）

（解）『中京大学附属図書館蔵国書善本解題』（昭和五十五年）、『中京大学図書館蔵国書善本解題』（平成七年）

東京大学国語研究室蔵『保元記』

（影・解）複刻日本古典文学館『保元記』（ほるぷ出版　昭和五十三年）、東京大学国語研究室資料叢書『保元記　平治物語』（汲古書院　昭和六十一年）

前田育徳会尊経閣文庫蔵大型本〈京師本系統―永積分類〉（為朝説話を除く）

前田育徳会尊経閣文庫蔵伝積善院尊雅筆本（為朝説話を除く）

（解）犬井善壽「前田家本『保元物語』管見」（東京教育大学中世文学談話会「会報」3　昭和四十五年三月）

陽明文庫蔵宝徳三年奥書本

（影・解）陽明叢書『保元物語』（思文閣　昭和五十年）

（影）国文研　55-155-2　E2901、京都大学文学部蔵影写本(1)

（翻・解）新編日本古典文学全集『将門記　陸奥話記　保元物語　平治物語』（小学館　平成十四年）

東海大学附属図書館桃園文庫蔵一本

（解）『桃園文庫目録』

（**陽明本系列**）

糸魚川市民図書館蔵本

（参）『糸魚川市民図書館所蔵　図録和漢書と蔵書印』（糸魚川市教育委員会　平成十三年）

京都大学国文研究室蔵『保元記』

宮内庁書陵部蔵平仮名交じり本〈正木本系統―永積分類〉（為朝説話を除く）

（参）「弘文荘待賈古書目」26（昭和三十一年三月）

国文学研究資料館蔵宝玲文庫旧蔵本〈正木本系統―永積分類〉（為朝説話を除く）
（影）国文研 20000814（公開画像あり）
（解）「国文学研究資料館特別展示目録13　第19回特別展示　新収資料展―昭和63〜平成2年度期―」（平成三年十一月）、国文学研究資料館創立二十周年記念「特別展示図録」（平成四年十一月）
（参）「一誠堂古書目録」69（平成元年十二月）

佐賀県立図書館蔵本（為朝説話を除く）
（参）「図書館だより」（佐賀県立図書館　昭和四十二年三月）、島津忠夫「佐賀藩の文事」（『島津忠夫著作集』第十巻　物語　和泉書院　平成十八年）

大東急記念文庫蔵屋代弘賢旧蔵本（為朝説話を除く）
（影）『大東急記念文庫所蔵古写古版物語文学総瞰』雄松堂
（解）川瀬一馬『古写古版物語文学書解説』（大東急記念文庫　昭和四十九年）、『大東急記念文庫貴重書解題』第三巻　国書之部（昭和五十六年）

天理大学附属天理図書館蔵残欠本（中巻欠）
仁和寺蔵本（上巻頭より東三条殿行幸記事まで該当）
原水蔵彩色絵入り本零葉
広島大学図書館中央図書館蔵米子市立米子図書館旧蔵本
正木信一蔵本〈正木本系統―永積分類〉（為朝説話を除く）（未調査）
（翻）『正木本『保元物語』上・中・下』（私家版　昭和四十五年）〔未確認。「軍記と語り物」31（平成七年三月）付載「軍記物研究文献目録」に依る〕

陽明文庫蔵三巻本

（影・解）陽明叢書『保元物語』（思文閣　昭和五十年）

（影）国文研　55-155-1　E2900

（**松井本系列**）

京都府立総合資料館蔵高橋貞一影写安田文庫蔵本

九州大学国文研究室蔵本

国学院大学蔵本（為朝説話を除く）

（解）平成十八年度国学院大学特色ある教育研究「文献学の基礎を体験させる古典教育」研究成果報告書

『古典籍体験の会で学ぶ』（平成十九年三月）

（参）『玉英堂稀覯本書目』198（平成二年九月）

実践女子大学図書館蔵常磐松文庫蔵本

神宮文庫蔵賢木園文庫旧蔵本（上巻頭より後白河勢出撃記事まで該当）

（影）国文研　34-406-3　E3587

静嘉堂文庫蔵玄圃斎旧蔵本

（影）マイクロフィルム版　静嘉堂文庫所蔵『物語文学書集成』第五編（雄松堂　昭和五十九年）

静嘉堂文庫蔵松井簡治旧蔵本

（影）同右、京都府立総合資料館蔵高橋貞一影写本（特/922/19/1～3）

天理大学附属天理図書館蔵袋綴本

（参）「弘文荘待賈古書目」8・10（昭和十一年十一月、十二年十月）

名古屋市蓬左文庫蔵平仮名交じり本（上巻頭より後白河勢出撃記事まで該当）
（影）国文研　48-65-5　E1462
（翻）「名古屋市蓬左文庫蔵保元物語〈平がな本〉翻刻　上・下」（「説林」37・38　平成元年二月、二年二月）、『保元物語』（武蔵野書院　平成五年）
原水蔵本（上巻のみ存。上巻頭より後白河勢出撃記事まで該当）
早稲田大学図書館九曜文庫蔵残欠本（下巻のみ存）
（影）早稲田大学図書館古典籍総合データベース
早稲田大学図書館蔵津田葛根識語本
（影）斯道　A563C（赤木文庫）、早稲田大学図書館古典籍総合データベース
（参）「玉英堂稀覯本書目」123（昭和五十三年六月）、久保尾俊郎「早稲田大学図書館所蔵軍記文献目録」（『軍記文学の系譜と展開』　汲古書院　平成十年）

（**金刀本系列**）
学習院大学日本語日本文学研究室蔵本（上巻欠）
（影）国文研　216-144-2　E7566
国立公文書館内閣文庫蔵袋綴本（上巻欠）
金刀比羅宮図書館蔵本
（影）国文研　42-1-2-1　E2844、斯道 G1321・B391C、京都大学文学部蔵影写本（2）
（翻）日本古典文学大系『保元物語　平治物語』（岩波書店　昭和三十六年）
彰考館文庫蔵鎌倉等覚院本（中巻のみ該当）

（影）古典研究会叢書『保元物語』下巻（汲古書院　昭和四十九年）、国文研 32-37-3　E695、斯道 A338D
天理大学附属天理図書館蔵粘葉本
東京国立博物館蔵平仮名交じり本
早稲田大学図書館九曜文庫蔵文久二年本
（影）早稲田大学図書館古典籍総合データベース

○根津本系統

（根津本系列）

学習院図書館蔵斑山文庫旧蔵慶長十二年奥書本
（影）国文研 216-145-3　E7569
（参）高野辰之「保元物語再読」（「歴史と国文学」昭和十五年六月）
京都国立博物館蔵天正二十年奥書本
神宮文庫蔵賢木園文庫旧蔵本（上巻の東三条殿行幸記事以降下巻末まで該当）
（影）国文研 34-406-3　E3587
筑波大学附属図書館蔵根津文庫旧蔵本
（影）国文研 6-51-7　E217（公開画像あり）
名古屋市鶴舞中央図書館蔵佐々木輝子寄贈本
名古屋市蓬左文庫蔵平仮名交じり本（上巻の東三条殿行幸記事以降下巻末まで該当）
（影）国文研 48-65-5　E1462
（翻）「名古屋市蓬左文庫蔵保元物語〈平がな本〉翻刻　上・下」（「説林」37・38　平成元年二月、二年二月）、

『保元物語』（武蔵野書院　平成五年）

仁和寺蔵本（頼長・為義談合記事以降が該当）

原水蔵本（上巻のみ存。東三条殿行幸記事以降上巻末まで該当）

龍谷大学図書館蔵本

（史研本系列）

京都大学国史研究室蔵本

伝松室種盛書写本（下巻該当）

（京図本系列）

学習院図書館蔵慶長十六年奥書本

（参）「弘文荘待賈古書目」30（昭和三十二年十月）

京都大学附属図書館蔵本

（翻）『京図本保元物語』（和泉書院　昭和五十七年）

（影・翻）京都大学電子図書館

早稲田大学図書館蔵枡型本

（影・解）早稲田大学蔵資料影印叢書『軍記物語集』（早稲田大学出版部　平成二年）

（影）斯道 A563C（赤木文庫）、早稲田大学図書館古典籍総合データベース

（参）久保尾俊郎「早稲田大学図書館所蔵軍記文献目録」（『軍記文学の系譜と展開』汲古書院　平成十年）

（三系列のいずれにも属さない伝本）

学習院大学日本語日本文学研究室蔵『忠光卿記』紙背断章

（影）国文研 216-31-2 N1955（忠光卿記）

（参）「弘文荘待賈古書目」11・30「忠光卿御記」（昭和十三年五月、三十二年十月）

（系列不詳本）

東海大学附属図書館桃園文庫蔵『保元物語』二本

（解）『桃園文庫目録』

（為朝説話のみが該系統に属する伝本）

今治市河野美術館蔵大型本

宮内庁書陵部蔵保元記

宮内庁書陵部蔵平仮名交じり本

国学院大学蔵本

国文学研究資料館蔵宝玲文庫旧蔵本

彰考館文庫蔵京師本

静嘉堂文庫蔵旧本

大東急記念文庫蔵屋代弘賢旧蔵本

前田育徳会尊経閣文庫蔵大型本

前田育徳会尊経閣文庫蔵伝積善院尊雅筆本

正木信一蔵本（未調査）

（抜書）

松平文庫蔵『保元物語抜書』

（影）国文研　358-43-5

（翻・解）笠栄治「松平文庫蔵『保元物語抜書』」（「軍記と語り物」2　昭和三十九年十二月）

○龍門本

龍門文庫蔵鍋島家旧蔵本

（解）『龍門文庫善本書目』（昭和五十七年）

○流布本系統

（古態本）

大東急記念文庫蔵褐色表紙本

（影）『大東急記念文庫所蔵古写古版物語文学総瞰』雄松堂、京都大学国文研究室蔵本（古梓堂文庫蔵本の透写本）oil//5

（解）川瀬一馬『古写古版物語文学書解説』（大東急記念文庫　昭和四十九年）、『大東急記念文庫貴重書解題』第三巻　国書之部（昭和五十六年）

東京国立博物館蔵和学講談所旧蔵本

名古屋市蓬左文庫蔵朱色地絵表紙片仮名交じり本

（影）国文研　48-65-4　E1461

（解）『名古屋市蓬左文庫善本解題図録』第一集（昭和五十五年）、『蓬左文庫図録』（昭和五十八年）

福島県三春町歴史民俗資料館蔵本

（古活字版を源流とする伝本）

今治市河野美術館蔵下条屋文右衛門旧蔵本

（影）国文研　73-125-1　E3171、斯道 B1105J・B1113A

韓国国立中央図書館蔵本

（影）国文研　365-130-1（公開画像あり）

（解）「韓国国立中央図書館所蔵の日本古典籍—善本解題【中世散文】」（『日韓の書誌学と古典籍』勉誠出版　平成二十七年）

国立公文書館内閣文庫蔵井上頼圀旧蔵本

（影）国文研　19-45-2　E2369

神宮文庫蔵村井敬義奉納本

（影）国文研　34-406-1　E3585

天理大学附属天理図書館蔵松平家旧蔵国籍類書本

名古屋市鶴舞中央図書館三輪文庫蔵本

穂久邇文庫蔵横本

（整版本を源流とする伝本）

（寛永元年版を源流とする伝本）

正宗文庫蔵本

早稲田大学図書館九曜文庫蔵三帖本

（影）早稲田大学図書館古典籍総合データベース

佐賀県立図書館蔵本（為朝説話のみ該当）

群馬大学附属図書館蔵『保元物語為朝之条下抄録』

（影）国文研　77-20-6

島津久厚蔵真名本〔未調査。高橋宏幸「『保元物語』『平治物語』の真名本について―表記を中心に―」（『中世説話の世界』笠間書院　昭和五十四年）に依る〕

（寛永三年版を源流とする伝本）

今治市河野美術館蔵列帖本

（影）国文研　73-125-2　E3172、斯道 B1095B・B1106A

海の見える杜美術館蔵絵巻〔未調査。山田雄司「奈良絵本・絵巻『保元物語』における崇徳院像」（『源平の時代を視る』思文閣出版　平成二十六年）に依る〕

（影）石川透他『保元・平治物語絵巻を読む』（挿絵のみ掲載）（三弥井書店　平成二十四年）

海の見える杜美術館蔵彩色絵入り本（未調査。前掲山田論文に依る）

大阪天満宮蔵本

（影）斯道 A678I〜679A

名古屋市鶴舞中央図書館蔵九帖本

（影）国文研　89-249-1

原水蔵一帖本

原水蔵彩色絵入り横本（残欠本）

彦根城博物館蔵彩色絵入り本

広島大学図書館中央図書館蔵松平家旧蔵本

福井県立図書館保管松平文庫松平宗紀所蔵本

仏教大学図書館蔵本
（影）仏教大学図書館貴重書等のデジタルコレクションズ
穗久邇文庫蔵竹裏館文庫旧蔵本
早稲田大学図書館九曜文庫蔵六帖本
（影）早稲田大学図書館古典籍総合データベース

（明暦三年版を源流とする伝本）

二松学舎大学附属図書館蔵彩色絵入り本
（翻）『二松学舎大学附属図書館蔵　奈良絵本『保元物語』『平治物語』』（二松学舎大学東アジア学術総合研究所
平成二十四年）
原水蔵三帖本
早稲田大学図書館蔵『謡文句見聞録』
（影）早稲田大学図書館古典籍総合データベース

（寛永三年版並びに貞享二年版を源流とする伝本）

茨城大学附属図書館菅文庫蔵本

（不詳本・未調査本）

大妻女子大学蔵本
（解）『小井土守敏「新収資料紹介　写本『保元物語』」（「大妻女子大学 草稿・テキスト研究所　研究所年報」6
平成二十五年三月）
玉英堂書店蔵彩色絵入り本

○杉原本系統

彰考館文庫蔵杉原本

（影）古典研究会叢書『保元物語』下巻（汲古書院　昭和四十九年）、国文研　32-36-5　E692、斯道 A338B

（解）古典研究会叢書『保元物語』解題（汲古書院　昭和四十九年）

専修大学図書館蔵蜂須賀家旧蔵本

（解）『専修大学図書館蔵蜂須賀家旧蔵本目録』（昭和五十九年）

ソウル大学蔵本

（影）国文研　269-31-3　E7721

塩釜神社蔵絵詞

（影）国文研　シ2-5-1

（解）笠栄治「『絵詞平治』（塩釜神社蔵本）について」（『福田良輔教授退官記念論文集』　昭和四十四年十月）

○東大国文本系統

東京大学文学部国文学研究室蔵本（上巻のみ存）

（翻・解）「東京大学文学部国文学研究室蔵『保元物語』―翻刻と研究―」（早稲田大学大学院文学研究科日本文学専攻中世散文研究室　平成九年十月）

伝松室種盛書写本（上巻該当）

○宮内庁書陵部蔵『保元記』

（解）藤田哲子「宮内庁書陵部蔵『保元記』について」（軍記・語り物研究会　第三七六回例会　発表資料　平成二十年一月）

○久曾神昇蔵伝北条時頼筆断簡

（影・翻）久曾神昇『物語古筆断簡集成』（汲古書院　平成十四年）

○未調査本

エジンバラ市図書館蔵彩色絵入り本

○関係文献

石川透蔵断簡（絵のみ存）

（影・解）石川透「『保元・平治物語』奈良絵　断簡　解題・影印」（「三田国文」53　平成二十三年六月）

国文学研究資料館蔵彩色絵入り本断簡（絵のみ存）

（影）国文研　新・奈良絵本データベース「保元平治物語絵」

京都大学附属図書館蔵『保元一乱記』

宮内庁書陵部蔵保元平治物語類標

（影）国文研　20-93-2-36　J107

（解）「国文学研究資料館蔵『保元物語』・『平治物語』及び『平家物語』（写本）マイクロ資料解題」（「調査研究報告」25　国文学研究資料館　平成十六年十一月）

真宗興正派興正寺蔵『ふなおか山の物かたり』

（解）『お伽草子事典』（東京堂出版　平成十四年）（小林健二執筆）

鶴岡市郷土資料館蔵本(3)

内閣文庫蔵賜蘆拾葉所収本

（影）国文研　19-165-1-53　A22

蜷川家文書「保元物語聞書」

（解）鈴木彰「『蜷川家文書』にみる軍記物語享受の諸相とその環境」（「文学」（平成十五年三月、十六年一月）、後に『平家物語の展開と中世社会』（汲古書院　平成十八年）に収録）

龍谷大学図書館蔵『保元平治』

早稲田大学図書館蔵『ふなをかやまの物語』

（翻・解）「新出　早稲田大学図書館蔵『ふなをかやまの物語』について」（「軍記と語り物」48　平成二十四年三月）

仁和寺蔵保元平治合戦図屏風

（影・解）『源平合戦とその時代』（香川県歴史博物館　平成十五年）

メトロポリタン美術館蔵保元平治合戦図屏風

（影）梶原正昭他編『保元平治合戦図』（角川書店　昭和六十二年）

俵屋工房制作保元平治物語扇面絵（所々蔵）

（影・解）『琳派絵画全集宗達派二』（日本経済新聞社　昭和五十二年）その他、論文多数。

（影）『帝室御物宗達筆保元平治物語扇面絵』

注

（1）整理番号　国文学／oi1／3　外題は表紙左題簽に「陽明文庫本影写保元物語上（下）」。二巻二冊。袋綴。平仮名交じり。書写者は、上巻中路富美子、下巻川上まき子。朱筆にて補正。巻末に「陽明文庫本により透写せしむ／昭和十五年十一月」。

（2）　整理番号　国文学／oi1／4　外題は表紙左題簽に「金比羅神社本影写保元物語上（〜下）」。三巻三冊。袋綴。平仮名交じり。書写者は、上巻佐々木茂子、中巻中村始子、下巻中村延子。朱筆の勘物少々。下巻末に「琴平神社本により透写せしむ／昭和十七年四月」。

（3）　原本未見。複写物により調査。書名不詳。墨付三九丁。『保元物語』『平治物語』『曾我物語』『十訓抄』等諸書より章句・文辞を抜き書きしたものと思われる。『保元物語』に関しては、宝徳本・鎌倉本・流布本の各々に相似する章句が混在していることより、一見、複数の異本を博引したようだが、実際は、『参考保元物語』所引の複数異本の本文を抜き書きしたものである。『平治物語』についても同様。同館の御示教に依れば、該書は、照井長柄関係の資料として保管されている由である。照井長柄〔文政二（一八一九）〜明治二十二（一八八九）〕は『新編庄内人名辞典』に立項。

章節と礎稿との関係（初出一覧）

本書の各章節と礎稿とした初出論文の関係は次の通りである。誤りの是正はいうまでもないが、全体にわたって手直しをした。大幅な改変や組み替えをした節もある。

序文　「『保元物語』諸テクストの作者像——金刀比羅本・流布本」（『保元物語の形成』汲古書院　平成九年）の冒頭部と「『保元物語』写本目録稿」（徳島大学総合科学部「言語文化研究」6　平成十一年二月）の「一諸本分類について」を融合・改訂。

第一部

第一章

第一節　「龍門本『保元物語』本文の一考察—文保本との関連性の面より—」（『国語国文学論集』昭和四十八年）、「龍門本『保元物語』の古態性をめぐって」（「徳島大学学芸紀要」24（人文科学）昭和四十九年十月）、「文保本『保元物語』形成試考—古態保元物語追究の一助として—」（「徳島大学学芸紀要」33（人文科学）昭和五十八年十一月）を解体・融合し、書き改めた。

第二節　「素材・典拠としての『保元物語』—『保元物語』本文の摂取・利用の様態—」（「国学院雑誌」98—12 平成九年十二月）の二。

第三節　「半井本『保元物語』の相貌—その史料としての側面—」（「徳島大学総合科学部紀要」人文・芸術研究篇1 昭和六十三年二月）

第二章
第一節　「鎌倉本『保元物語』考」（「国語と国文学」56―4　昭和五十四年四月）
第二節　新稿

第三章
第一節　「『保元物語』諸テクストの作者像――金刀比羅本・流布本」（『保元物語の形成』汲古書院　平成九年）の二。
第二節　「素材・典拠としての『保元物語』―『保元物語』本文の摂取・利用の様態―」（「国学院雑誌」98―12　平成九年十二月）の三、四、六。

第四章
第一節　「京図本系統『保元物語』の本文」（「名古屋大学国語国文学」29　昭和四十六年十二月）
第二節　「京図本系統『保元物語』ノート」（「徳島大学学芸紀要」（人文科学）26　昭和五十一年十月）、『京図本保元物語』解説（和泉書院　昭和五十七年）を融合・改訂。

第五章
第一節　「『保元物語』諸テクストの作者像――金刀比羅本・流布本」（『保元物語の形成』汲古書院　平成九年）の三。
第二節　「素材・典拠としての『保元物語』―『保元物語』本文の摂取・利用の様態―」（「国学院雑誌」98―12　平成九年十二月）の五、六。
第三節　「鎌倉権五郎景正武功話の展開―流布本『保元物語』定置への模索と係わって―」（「文学研究」89　平成十三年四月）

第六章
第一節　「杉原本『保元物語』雑考」（徳島大学総合科学部「言語文化研究」3　平成八年二月）の一部。

第二節　「伝松室種盛筆『保元物語』について—その紹介より東大国文本に及ぶ—」（『中世軍記の展望台』和泉書院　平成十八年）の一部。

第三節　新稿

第四節　新稿

第七章　「岡崎本『保元物語』考」（『軍記物語の生成と表現』和泉書院　平成七年）に、その後調査した伝本を加え、改訂・増補。

第二部

第一章

第一節　「水戸史臣による『保元物語』伝本の収集—文保本の場合など—」（「新日本古典文学大系月報」37　岩波書店　平成四年七月）の文保本に係わる部分。

第二節　新稿

第二章　「宝徳本系統『保元物語』本文考続貂」（上）（徳島大学総合科学部「言語文化研究」21　平成二十五年十二月）に「『保元物語』写本目録稿」（徳島大学総合科学部「言語文化研究」6　平成十一年二月）の「早稲田大学図書館蔵津田葛根識語本」の項、「『保元物語』写本目録稿補遺」（徳島大学総合科学部「言語文化研究」15　平成十九年十二月）の「国学院大学蔵本」の項その他を加えたものを補訂して書き継ぐ。

第三章

第一〜六節　「京図本系統『保元物語』本文考続貂」（徳島大学総合科学部「言語文化研究」9　平成十四年二月）に、「管見『保元物語』の伝本二、三」（『徳島大学総合科学部創立記念論文集』昭和六十二年）の「龍谷大学図書館蔵本」の項、「学習院大学蔵『忠光卿記』紙背『保元物語』の本文」（「名古屋大学国語国

文学」63　昭和六十三年十二月）、「『保元物語』書写・購求・考証・利用の諸相―江戸時代における古典学・古典籍愛好の一齣―」（徳島大学総合科学部「言語文化研究」15　平成十九年十二月）の伊勢貞丈の項、「伝松室種盛筆『保元物語』について―その紹介より東大国文本に及ぶ―」（『中世軍記の展望台』和泉書院　平成十八年）の一部をまとめたものを補訂。

付節一　新稿

付節二　「『保元物語』写本目録稿」（徳島大学総合科学部「言語文化研究」6　平成十一年二月）の松平文庫蔵『保元物語抜書』の項。

第四章

第一節　「『保元物語』流布本の古態を求めて」（徳島大学総合科学部「言語文化研究」2　平成七年二月）を改訂・増補。

第二節　「『保元物語』整版本の展開」（徳島大学総合科学部「言語文化研究」5　平成十年二月）

第三節　「静嘉堂文庫蔵鱗形屋版保元物語について―版種特定作業を通して貞享版の出版事情に及ぶ―」（徳島大学総合科学部「言語文化研究」7　平成十二年二月）

第四節　「奈良絵本保元・平治物語について」（「汲古」45　平成十六年六月）の『保元物語』に係わる部分を増補。

第五節　「『保元物語』流布本系統写本についての基礎調査」（「汲古」26　平成六年十一月）、「『保元物語』写本目録稿」（徳島大学総合科学部「言語文化研究」6　平成十一年二月）、「『保元物語』写本目録稿補遺」（徳島大学総合科学部「言語文化研究」15　平成十九年十二月）の流布本に係わる部分を元に、その後調査した伝本を加えて補訂。

第五章　「杉原本『保元物語』雑考」（徳島大学総合科学部「言語文化研究」3　平成八年二月）

第六章

第一節　新稿

第二節　「伝松室種盛筆『保元物語』について―その紹介より東大国文本に及ぶ―」（『中世軍記の展望台』和泉書院　平成十八年）、「『保元物語』書写・購求・考証・利用の諸相―江戸時代における古典学・古典籍愛好の一齣―」（徳島大学総合科学部「言語文化研究」15　平成十九年十二月）の松室種盛に関する部分を一括・融合。

第三部

第一章　「『参考保元物語』考―編纂の経緯・底本・意義―」（「徳島大学総合科学部紀要」人文・芸術研究篇6　平成五年二月）

第二章　「近世における『保元物語』変質・解体の一様相」（「名古屋大学国語国文学」84　平成十一年七月）

第三章

第一節　「『保元物語』受容の一端―『保元一乱記』『保元平治』の場合―」（後藤重郎先生古稀記念『国語国文学論集』和泉書院　平成三年）の「保元一乱記」の部分。

第二節　「管見『保元物語』の伝本二、三」（『徳島大学総合科学部創立記念論文集』昭和六十二年）の「内閣文庫蔵賜蘆拾葉所収本」の部分。

第四章　「『保元物語』受容の一端―『保元一乱記』『保元平治』の場合―」（後藤重郎先生古稀記念『国語国文学論集』和泉書院　平成三年）の「保元平治」の部分、「『保元物語』写本目録稿補遺」（徳島大学総合科学部「言語文化研究」15　平成十九年十二月）の真宗興正派興正寺蔵『ふなおか山の物かたり』の項を一括したものを補訂。

付録

「『保元物語』写本目録稿」（徳島大学総合科学部「言語文化研究」6　平成十一年二月）、「『保元物語』写本目録稿補遺」（徳島大学総合科学部「言語文化研究」15　平成十九年十二月）を補訂。

あとがき

『保元物語』に関する論の中から、系統や伝本を扱ったものをまとめて一書とした。ただし、長年月にわたるものなので、書式の統一・字句の修正・誤りの訂正程度では追いつかず、大きく書き改めたり複数論文を融合・改訂した結果、初出とは様変わりした箇所も少なくないが、これを定稿としたい。各章節と初出論文との関係については、「章節と礎稿との関係（初出一覧）」の項に記した。

大学時代は永積中世国文学史観に酔った。卒業論文は永積論の猿真似だった。大学院では、松村博司先生・後藤重郎先生・山下宏明先生のご指導をいただき、修士論文は本文批判で書いた。しかし、その頃の私には本文批判は自分の本分ではないという思いがあった。栃木孝惟氏が「日本文学」に書かれていたような論文が書きたかった。三十歳代の半ばだったろうか、長坂成行氏から電話が入った。「龍谷大学の保元はどういう本？」龍谷大学に保元の写本があることは『国書総目録』で知っていた。しかし、今までに言及されたことがないので、なんの価値もないものだろうと思い、調査する気もなかった。彼は質問したのではない。「素性を知らない本だろう。さぼってないで調べろよ」それが真意なのだ。上洛の機会があったので、時間を作って閲覧した。それは予想に反してちょっと珍しい根津本系統の伝本だった。このような本が公表されずに眠っていたことが意外だった。その後も彼は頭抜けた博捜力を駆使して新たな写本の存在を次々に報せてくれた。「怠けていないで勉強しろ、勉強しろ」とせき立てるように。そうなってくると、こちらも段々面白くなり、自分でも捜すようになった。いつの間にか伝本調査は私の大きなテーマになっていた。しかし、小著に明らかなように、本文批判ははっきりとした物言いができずまことに歯がゆい。一本一本の木を調べても森ははっきりした姿を見せてくれない。しかも、次々に伝本が出現する。ここ数年でもたまたま目にした古書店の販売目録に未確認の写本が数本掲載されていた。「本文批判は迷宮のようなものだから深入りしないようにしている」と同学の方が言われたが、賢明だと思う。私を底なし沼に追い落とした長坂氏を恨むべきか、感謝すべきか。

一時期、友人・知人から論文をまとめるよう勧められた。廣橋研三氏から、「本を出しませんか。引き受けますよ」との懇切なお手紙を再度にわたっていただいた。そんなことから、旧論文の手直しをしたり、構成を考えはじめた。しかし、どうしたら一書にまとまるのかまるで見えてこない。半年ほど漂流したあげく、ついに投げ出してしまった。時が流れ古稀を迎えた今、過去の仕事を顧みると、その都度その都度の関心事を書いたために、無計画な建て増しを繰り返したいびつな家のようだ。書いた本人でさえよく分からなくなっている。もし拙論を利用して下さる方があったなら、大変な手間をおかけすることになりそうだ。粗忽者なので間違いも多い。否定された説は撤回すべきだとも思った。「本にまとめるのはもちろん自分のためだけれど、社会的責務でもあるんだ」。若い頃は「フーン」と聞き流していた実直な早川厚一氏の言葉がなんとなく真実味を帯びはじめていた。この度一書にまとめたのはそうした事情からである。

学生時代から影の薄い存在だった。山下先生は開口一番「勉強してますか」といつも仰った。自分の怠惰を見抜かれているようで、それを聞くのが嫌で逃げまわっていた。そんな私がこうして一冊の本をだせるのも、友人や同学の方々の励ましや支援があったからこそと思う。武久堅氏・松尾葦江氏はいくども「出版社を紹介しますよ」と仰って下さった。入江昌明氏には資料あつめにしばしば助力を得た。廣橋氏には二十年以上待っていただいたが、この程度のものしか書けなかったことをお詫びするとともに心よりお礼を申しあげたい。

私事ではあるが、本書を亡父母浩・タケ子に捧げるわがままをおゆるしいただきたい。妻美知にも礼を言いたい。

子供たちそして懐かしのビリにもありがとう。

本刊行物は、ＪＳＰＳ科研費　JP16HP5038の助成を受けたものである。記して深謝申しあげる。

平成二十八年八月一日

原水民樹

■著者紹介

原水民樹（はらみず たみき）

一九四七年　兵庫県に生まれる
一九六九年　大阪教育大学卒業
一九七三年　名古屋大学大学院文学研究科博士課程中途退学
二〇一二年　徳島大学定年退職

研究叢書479

『保元物語』系統・伝本考

二〇一六年一一月二五日初版第一刷発行
（検印省略）

著者　原水民樹
発行者　廣橋研三
印刷所　亜細亜印刷
製本所　渋谷文泉閣
発行所　有限会社 和泉書院

大阪市天王寺区上之宮町七－六
〒五四三－〇〇三七
電話　〇六－六七七一－一四六七
振替　〇〇九七〇－八－一五〇四三

ISBN978-4-7576-0815-3　C3395